2016年度国家社会科学基金一般项目（16BZW037）
2020年度国家出版基金资助项目（2020J-162）
"十四五"时期国家重点图书出版专项规划项目
2021—2035年国家古籍工作规划重点出版项目

国家出版基金项目
NATIONAL PUBLICATION FOUNDATION

浙东唐诗之路沿线戏曲丛刊 俞志慧 主编｜审订

# 调 腔 传 统
# 珍稀剧目集成

吴宗辉 俞志慧 汇编｜校注

卷 三

时戏二

浙江工商大学出版社·杭州

**图书在版编目(CIP)数据**

调腔传统珍稀剧目集成 / 吴宗辉,俞志慧汇编、校注.
— 杭州:浙江工商大学出版社,2022.9
ISBN 978-7-5178-4809-7

Ⅰ.①调… Ⅱ.①吴… ②俞… Ⅲ.①新昌高腔—剧
本—研究 Ⅳ.①I207.365.54

中国版本图书馆 CIP 数据核字(2021)第 280625 号

## 调腔传统珍稀剧目集成

**DIAOQIANG CHUANTONG ZHENXI JUMU JICHENG**

吴宗辉 俞志慧 汇编、校注

| | |
|---|---|
| 出 品 人 | 鲍观明 |
| 策划编辑 | 任晓燕 张晶晶 |
| 责任编辑 | 张晶晶 祝希茜 |
| 责任校对 | 韩新严 |
| 封面设计 | 观止堂_未氓 |
| 责任印制 | 包建辉 |
| 出版发行 | 浙江工商大学出版社 |
| | (杭州市教工路 198 号 邮政编码 310012) |
| | (E-mail:zjgsupress@163.com) |
| | (网址:http://www.zjgsupress.com) |
| | 电话:0571-88904980,88831806(传真) |
| 排 版 | 杭州朝曦图文设计有限公司 |
| 印 刷 | 杭州高腾印务有限公司 |
| 开 本 | 710 mm×1000 mm 1/16 |
| 印 张 | 154 |
| 字 数 | 2842 千 |
| 版 印 次 | 2022 年 9 月第 1 版 2022 年 9 月第 1 次印刷 |
| 书 号 | ISBN 978-7-5178-4809-7 |
| 定 价 | 1288.00 元(全五卷) |

# 卷三目录

# 时戏二

三八　三婿招

调腔《三婿招》共十五出,剧叙郑德仁进京探父,病倒凉亭,为周瑞安收留。德仁病愈后,为酬深恩,把亲妹郑美照许配与周瑞安。郑母李氏在家愁郁多年,复又思儿心切,染上一病,幸得侄儿李文秀辛勤照料,李氏遂将女儿郑美照相许。德仁之父郑元金在京,与同僚聚会,席上将女儿郑美照许与同僚之子王伯清。三婿临门,闹至公堂。知县金怀设计,假报美照暴卒,唯周瑞安愿收尸骸,李文秀和王伯清均退婚书。周瑞安遂与郑美照完婚。

调腔该剧有晚清《三婿招》总纲本(案卷号 195-1-102),但前缺三叶(六面),致使第一、二两号散佚,而最后的第十五号亦仅存其半,同时纸张中上部皆有缺口。中国戏剧家协会浙江分会、浙江省文化局戏剧处编印的《浙江省戏曲传统剧目汇编》第82集收有本剧。相比之下,晚清《三婿招》总纲本(案卷号 195-1-102)曲文较各本准确,人物宾白和唱腔符号也显示出年代相对较早的特征,故校订时以之为底本,残缺处据《三婿招》吊头本(案卷号 195-1-128)和正生、小生、正旦、小旦、净、末单角本校补,同时曲文还参考了1957年方荣璋所记曲谱手稿(案卷号 195-4-24)。至于第一号和第二号,付、老旦、外的说白参照《浙江省戏曲传统剧目汇编》第82集本补入,小旦、小生部分以及曲文则据《三婿招》吊头本(案卷号 195-1-128)和单角本校录。

## 第一号 探父

付(郑德仁)、老旦(李氏)、小旦(郑美照)

(付上)(引)只为阿爹事,日夜挂在心。(白)小子姓郑名德仁,阿爹郑元金,在刑部尚书衙门里当差,当之一个刀笔。我小格辰光出门,已有十二年哉。以前都有银子带回,单单旧年无有银子带来,连个音信也无得哉。我格老娘在家担心着急,饭也勿想吃,觉也困勿去,要我到京城里去跑之一趟,去探望我格阿爹,待我请出我格老娘、妹子,一同商量罢哉。母亲、妹子有请。(老旦、小旦上)(唱)

【姐姐拨棹】①别家园一十二春,在京都吏目经承。银书不到寄佳音,银书不到寄佳音②,因何的岁暮无闻?(付白)母亲在上,倪子拜揖。(小旦)母亲,女儿万福。(老旦)罢了,一旁坐下。(付)妹子见礼。(小旦)哥哥见礼。(付)请坐。(小旦)请坐。(老旦)儿吓,你父在京都办差,往年都有银子带归,或有书信寄回,旧年突然音信全无,好不奇怪。儿吓,为娘心中好不着急,要你到京都去探望父亲,你道如何?(付)母亲差遣,儿当然会去个。阿哉妹子,阿哥要去京城探望阿伯哉,老娘就交拨吓哉,你在家要好好服侍个嘞。(小旦)哥哥此去,路上须要小心。母亲在家,哥哥何须吩咐,妹子自当孝敬。(付)介末好个,吓把阿哥介行装拿来。(小旦)晓得。(小旦下)(老旦)儿吓,为娘有书信一封在此,你带在身上,一路要小心才是。(唱)**关河叠叠风霜随,涉水登却山里行。**

【朱奴儿】**离膝下关山远奔,别故园千里行情。**(付唱)**严亲休得闷洶洶,出天涯两月回程。**(同唱)**去身定,弥月年深,进京都自有爹行亲近,爹行亲近。**

【前腔】(老旦唱)**儿此去奔波苦辛,娘与女朝夕挂心。**(小旦上)(唱)**问安尊前缺晨昏,儿不孝甘旨定省。**(白)哥哥,行李在此了。(付)母亲,孩儿拜别去也。(同唱)**去身定,弥月年深,进京都自有爹行亲近,爹行亲近。**

【尾】**餐风宿水何惯经,一路迢迢进帝京。受尽奔波途路辛。**(下)


# 第二号　探母

小生(周瑞安)、外(李老伯)

(小生上)(引)重整家园,见严亲事务安然。(诗)贸易名利事,店内作营生。货物未检点,托与老年人。(白)小生周瑞安,扬州人氏。父亲周泰,在日官居吏部。小生年方二九,旧岁得入黉门,尚未婚配。不愿出仕,开了一张

---

①　此曲牌名195-1-128吊头本题作"且怕尤",绍兴方言"怕"音"破",今依声校作"姐姐拨棹"。【姐姐拨棹】系南仙吕入双调集曲,集自【好姐姐】一至二句和【川拨棹】三至八句。

②　"银书"句单角本原不重,195-4-24曲谱第三、四两句唱腔相同,今据以补出叠句。

绸缎铺，名曰永和号，生意倒也有利息。今日系念母亲，将店内货物，一概托与李老伯掌管，未知他心意如何。不免叫他出来，李老伯有请。（外上）一听小主唤，上前问根源。小主人见礼。（小生）见礼。（外）请坐。（小生）请坐。（外）小主人唤老汉出来，不知有何吩咐。（小生）叫你出来，非为别事，小生系念母亲，将店内之事，托与老伯掌管，心意如何？（外）小主人说那里话来？老汉年迈，只好店内料理，那柜上之事那会照管？（小生）老伯，你与我父亲从幼营生，老伯若不掌管，叫小生如何归家探望娘亲？（外）如此说来，不知小主人几时起程？（小生）就此拜别。（唱）

【（昆腔）剔银灯】别尊长关河路津，望归里夜宿晓行，险峻江洋波浪层。（同唱）去行行，待和秋月，紧急归家福待临①。（下）

## 第三号　路病②

付（郑德仁）、小生（周瑞安）、正旦（张氏）

（付上）嗳呀，苦吓！（唱）

【绵搭絮】③途路凄凉，沉疴身异乡。似这般形骸不可④，旅馆中乍见尽惊慌⑤。谁担代无倚傍，不救时身陨命绝，这风寒如何抵挡？我只得沿途挨去，有凉亭暂歇免惆怅，暂歇免惆怅。

（白）我郑德仁，自离家乡，进京探亲，途中感冒风寒，患病旅邸，请医调治，

———————

① 紧急、待临，195-1-128吊头本作"聿吉""退绫"，暂校改如此。
② 底本场号以小字写在出目名右下方，兹依据全书体例做出调整，后仿此。
③ 本曲底本"慌"和"谁担代无倚"残缺，"风寒"作"公按"，"免"作"可"，据《调腔乐府》补校。
④ 不可，底本作"不肯"，据文义改。"可"指痊愈，"形骸不可"犹云形骸不堪，即有病在身。
⑤ "似这般"至"尽惊慌"，《调腔乐府》作"似这般形骸，不肯留旅店中，乍见了尽惊慌"。按，底本在"不肯（可）"之下绝句，"肯（可）"字右侧有唱腔符号，"肯（可）"和"旅"之间有过板符号，再结合前腔的词式来看，《调腔乐府》所校未必得其真。

　　谁想日重一日,医生不肯下药。那店家说我异乡人氏,并无亲戚,倘有不测,惊动官府不便,只得挨到别家铺中去,都不肯收留。咳,只得随路挨上,看前面有座凉亭在此,是我终命之所了。(走场)(唱)

【前腔】①仰天空望,此际好悲伤。怎奈我病入在膏肓,休埋怨怎奈我命所当。痛伤心悲苦怆惶,别慈颜迢迢路远,见爹行怎进帝邦②? 止不住气喘呼吁,有谁来送茶汤,有谁来送茶汤?

　　(走场)(小生上)(唱)

【忆多娇】别店房,负行囊,一路行程归故乡,顺水滔滔渡滨江。炎暑怎抵挡,炎暑怎抵挡,耀耀夏日天长,耀耀夏日天长。

　　(付)阿唷,阿唷。(小生)你这病人,有行囊的,怎不向旅邸安身,为何睡在凉亭之上?(付)我是异乡人氏,病重如山,饭铺不肯收留,挨到这里,行走不来了。(小生)府上何处?(付)我是嘉兴镇宅③人。(小生)作何贵业?(付)我是进京探亲的。(唱)

【斗黑麻】长途便④往,孤身凄凉。患病路中,何处倚傍? 命颠连,魂异乡,悲痛慈颜,儿命横丧。(小生白)可怜。(唱)难安我心曲⑤,怎忍尸路旁? 不远门庭,不远门庭,留归村庄。

　　(白)弟念兄异乡人氏,病在此地,这炎暑天气,如何解得病势? 小弟家下不远,同小弟回去,煎些汤水,请医调治,贵恙不久痊愈了。(付)我是病人,况素昧平生,怎好打搅?(小生)这个不妨,待弟搀扶兄去。(付)难得难得,世间上有个样好人。(小生)兄吓!(唱)

――――――――――――――

　　①　此曲《调腔乐府・套曲之部》无,195-1-128 吊头本有本曲而无上曲。

　　②　此句底本残剩句首"见爹"二字,据 195-1-128 吊头本校补。

　　③　后文第十二号《审问》云镇宅县,按,浙江嘉兴无镇宅县,疑将苏州震泽讹作镇宅,并误系于嘉兴名下。震泽县,清雍正二年(1724)由吴江县析置,民国元年(1912)复并入吴江县。

　　④　宾白"进京探亲的"和曲文"长途便",底本残缺,宾白据剧情补,曲文据 195-1-128 吊头本补,曲牌名据《调腔乐府》补。

　　⑤　心曲,底本作"身曲",据单角本改。

【前腔】你不须恺怏，安心调养。(付唱)济困扶危，救度慈航。咽喉燥，神昏荡，眼目昏花，切情①肝肠。(小生唱)孤苦行狼狈，况今又异乡。服药调和，服药调和，且慢愁肠②。(小生扶付下)

(正旦上)(引)一路迢迢，望不见儿归故乡。(白)妾身张氏，出嫁周门，夫主去世，遗下一子，名曰瑞安，在镇江开绸缎铺面。家中无人，我有书带去③，叫他回来，怎的还不见回来？(付、小生同上)(合唱)

【尾声】汗淋漓免彷徨，感得恩兄救吾行。(小生白)兄吓！(唱)舒却愁闷，休得闲思想。

(白)来此家下，兄请进去。母亲开门，孩儿回来了。(正旦)儿吓，这是何人？(小生)母亲，他是异乡人氏，有些小病，伏遇炎暑，倒在凉亭，孩儿心生恻隐，留归家中。母亲④取汤水来。(正旦)晓得。(付)难得恩兄收留，又蒙伯母如此见怜，此恩何日得报？(小生)兄说那里话来？(正旦)儿吓，汤水在此。(小生)兄，请用汤水。(正旦)儿吓，这是病人，如何留归？(小生)这样炎暑天气，一个病人，孤落在凉亭之上，孩儿一时恻隐留归，请医调治，自能痊愈，母亲且请放心。(正旦)也是你的好意，与他客房中静养。(小生)孩儿晓得。仁兄，请到书房中安睡。

　　　　(付)难得君家恻隐心，提扶途中患病人。

　　　　(小生)堪怜异地他乡客，(正旦)方便寸地有收成。(下)

---

①　切情，195-1-128 吊头本作"寸断"。

②　"服药调"之下，底本残缺，195-1-128 吊头本作"宽心条何（调和）慢愁肠"，今参照补足。

③　"我"字前底本尚有二字，残存部分笔画。

④　"凉亭"和"亲"之间，底本残缺近十字，参照单角本补。

# 第四号 请药①

小旦（郑美照）、正生（李文秀）、老旦（李氏）

（小旦上）（唱）

【金络索】（起板）寒门守清贫，母女度昏晨。忆子天涯，郁虑②身患病。暗地泪珠淋，我多愁闷。（走板断）（白）奴家郑氏美照，哥哥进京探亲，不期母亲身患疾病，亏得表兄，请医调治，奈病积郁多年，如此病重。想爹爹在京有十二年不回，虽有银子带回，我兄妹尚未婚嫁③，岂非积郁多年？今哥哥初次出门，未知途中平安，日夜愁闷，岂非郁虑？（唱）神衰力倦，空费枉劳心。似这等瘦损④恹恹自沉吟，今日个暮景凋残、暮景凋残伤切情。悲哽，叫人兀自闷沉沉。望神天垂怜惜悯，叩祈祷夜香焚，叩祈祷夜香焚。

（走板）（正生上）（唱）

【刘泼帽】⑤姑表不时来亲近，都只为年积病深，请药回归双环叩门⑥。（走板）（白）妹子开门。（小旦上）（唱）忙启门栏⑦泪珠淋。

（走板）（正生）妹子，药在此。（老旦）儿吓，扶我出去。（小旦）晓得。（老旦上）（引）白云来望，怎不见儿归故乡？（正生）姑娘，侄儿拜揖。（老旦）儿吓，你且坐下来。（小旦）表兄在此陪侍母亲，待我煎药去。（正生）是。（小旦下）（老旦）我病到这般光景，多应不济时的了，还要服什么药？（正生）姑娘，先生说，

---

① 出目名"药"字底本残缺，据 195-4-24 曲谱补。

② 郁虑，底本作"遇虑"，今改正，下道白"郁虑"同。

③ 此句底本残缺约四字，句首存"我兄妹"三字，今补。

④ "神"和"损"之间，底本"衰"字残存上部，其余残缺，参照 195-1-128 吊头本及单角本补。

⑤ 此曲牌名及下文【尾】，底本缺题，据 195-1-128 吊头本及单角本补。

⑥ "门"字底本脱，据 195-1-128 吊头本及单角本补。

⑦ 栏，底本作"槛"，据单角本改。门栏，亦作"门阑"，门前栅栏，这里泛指门扇。又借指家门，如下文第九号《投亲》【风入松】第一支："羞答答怎进门栏，我是个新亲谊贵客娇。"

这几日就好了。(老旦)我积郁多年,今又思儿心切,患病怎能好的?(正生)姑娘静心调养①,表兄路上平安的。(老旦)若没有侄儿,又有谁来请药②?(小生)侄儿嫡亲姑娘,理当服侍。(老旦)难为你一片好心,将妹子终身许配你。(唱)

【罗帐里坐】③**欲言启咨,良缘婚配。旧眷新亲,男女成对。堪羡你才貌端庄,不弃我家贫入赘。**(正生唱)**羞惭满面意徘徊,此际时无言来答对,无言来答对。**

(老旦)如此良缘,就不必推辞了④。(小旦上)(走板)(唱)

【尾】**儿药长奉亲帏,**(走板断)(白)母亲,药在此。(正生)侄儿告别。羞惭无地躲,归家满面红⑤。(正生下)(小旦)母亲,表兄为何就去了?(老旦)他么?(唱)**这一句自觉**⑥**惭愧。**(小旦白)有甚么惭愧来?(老旦)难为他朝夕相倚,我将你终身,许配与他。见你出来,满面通红,竟是去了。(小旦)母亲吓!(老旦)儿吓!(唱)**看他才貌端庄,何须央大媒?**(下)

## 第五号　酬谢

付(郑德仁)、小生(周瑞安)、正旦(张氏)

(付上)(引)德配恩高,(小生上)(引)全天退灾消。(付)恩兄,感蒙恻隐,留归调养,今已痊愈,拜别起程。到京中见过家父,转来酬谢。(小生)弟若要酬

---

① "患病怎"和"调养"之间,底本残缺近十字,今补出"能好的"和"姑娘静心"七字以及角色名称。

② "请药"前底本残缺约四字,今补。

③ "里"字底本原无,调腔《循环报》第二十三号该曲牌名有,从补。

④ "辞了"前底本残泐约七字,其中前四字为一逗,"不必"二字残存笔画,今补足。

⑤ 此下场白底本句首残剩"觍面"二字,今从单角本。

⑥ 觉,底本作"却",据195-1-128吊头本改。后文第十二号《审问》"理觉难容"的"觉"原亦作"却"。

谢,也不会留归仁兄了。日子一长,恐耽误了仁兄进京①,所以不敢屈留。
(付)请老伯母出堂,弟拜辞而去。(小生)母亲有请。(正旦上)(引)河风正飘,
送行人登程须早。(付)伯母。(小生)母亲。(正旦)炎暑时候,本欲宽留,你
有事要紧,不敢屈留。儿吓,备五两银子,以为路费。(付)小侄多蒙恩兄收
留,如同再生,后世难忘,请受我一拜。(科)恩兄可曾定婚否?(正旦)还未。
(付)小侄看恩兄,心怀恻隐,若不弃,有一舍妹尚未婚配,共谐秦晋之好②,
不知伯母尊意如何?(正旦)我家寒门,怎敢仰攀?(付)夙世姻缘,岂可有
误?小侄若无兄救回,焉有今日?伯母也不必推辞了。(正旦)此言极是。
但令尊堂或将令妹先许人家,我家岂非空望了?(付)家父在京,有十二年
不回,常有书信来往,舍妹未曾择配。今家母有书,上写着儿女婚姻未定。
小侄进京,即将恩兄恻隐之事,告知家父,以结婚媾。舍下恐家母与舍妹
择配,小侄写书一封,恩兄先到舍下,家母即知,恩兄是家婿也。(正旦)儿
吓,郑兄之言不差。儿吓,你要叫大舅了③。去往行聘,如若不允,即便回
来。(小生)孩儿晓得④。(付)待小侄写起书来。(唱)

**【(昆腔)玉抱肚】膝前达上,途路中患病凄凉。遇恩兄周氏瑞安,行恻隐济危**
**调养。许姻堪羡貌端庄,配合朱陈告娘行。**

(白)书已写明白,请收下。(正旦)整备行李,郑兄起程。(小生)孩儿晓得。
(付)小侄就此拜别。(唱)

**【(昆腔)哭相思】辞行一路带风霜,涉水关河星夜长。**(小生唱)**匆匆拜别情难舍⑤,**
(付白)恩兄,难是要叫妹丈哉。吓,阿,妹丈吓!(同唱)**即便登程免悒怏。**(下)

---

① "也不"和"仁兄进京"之间,底本仅存"留归仁"三字,其余残缺约十字,今补。
② "若不弃"至"秦晋之好","若"字下底本残缺二字,"有一舍"和"之好"之间残缺
约八字,今补。
③ "不差"和"了"之间,底本残缺约八字,据单角本补。
④ 此及下文"孩儿晓得",底本均残缺,今补。
⑤ "小生唱"之下底本残缺约八字,据195-4-24曲谱补。

## 第六号　思家

净（郑元金）、末（王永兴）、丑（王伯清）、外（胡天寿）

（净上）（冷锣）（念）

**【水底鱼】刑部名高，吏目权不小。别人怀宝剑，我有笔如刀。**

（白）区区郑元金，我是嘉兴镇宅人，祖传吏目，来京里向有十二载哉，在刑部里做做帖写，人头倒也熟识，三年点之个承行。勿想旧年，有个陕西朋友，有一起命案，要我周全之己①，应许银子三千两，到之年夜边，没得送来。咳，真真急杀之人哉。店账拖欠，年底尚要还清，这等连夜动身，赶到陕西，讨得银子三千两居来，竟丰年哉②。一到就清账目，人头上原是个样排场。只是家信不得带，我吓年年勿脱银信个。偏偏旧年来个家信，以介③急切，说道男女大哉，都勿曾婚配，要带银信居去，偏偏年夜边，一厘丝毛也没个人来寄送④。我呢倒荡荡乎，游游乎，屋里向⑤，直脚急杀之个人哉。旧日之银号朋友，到年关说要居去⑥，带银信倒也便当。同己酒樽上叙之介叙，把银子书信带之居去，安之我个心。今朝没啥事务，有两个同房朋友，一个叫王永兴，一个叫胡天寿⑦，请我吃酒看戏。个歇时候，为啥还勿来嘘？（冷锣）（末、丑、外上）（末白）闲下无别事，（外）带子去游春。（合白）唅，郑老哥。（净）唅，等久哉，等久哉。（末）儿吓，见了长伯。（丑）小侄拜见。

---

① 己，犹其、渠、伊，用作第三人称代词。六朝小说也屡见"己"字用如第三人称代词的，详参江蓝生《魏晋南北朝小说词语汇释》"己"字条。

② "店账"和"这等"、"讨得银"和"竟丰年哉"之间，底本分别残缺约八字和六字，今补。

③ 以介，方言，又，又这样。"以"相当于"又"。

④ "没"字下底本残缺约五字，其中末字残存笔画，略似"送"字，兹补"个人来寄送"五字。

⑤ 屋里向，即屋里。里向，方位词。

⑥ "旧日"至"居去"，底本残剩"日之银号""说要"和"去"七字，今补。

⑦ "一个叫王永兴，一个叫胡天寿"，底本原无，但第十二号《审问》提及胡天寿，是以据单角本补。

(净)勿敢勿敢，此位是？(末)这是小儿，才得进京。(净)阿哟，看个后生，可以做得事业。请坐，请坐。动问兄，令郎有多少年纪哉？(末)十八岁。(净)答我里囡同年个。(外)老郑，陕西讨账回来，小弟在此接风，吃酒看戏，好不快活①。(净)要看戏哉。王兄令郎，可曾婚配？(末)小儿未曾婚配②。(净)那啥，还勿曾定亲么？胡老哥，弟见王兄令郎，人品勿歇③，我屋里囡，年纪也是十八岁哉，还勿许人家，我与兄结之儿女亲家何好？(外)媒人是小弟了。(末)只是小弟家寒，怎敢仰攀？(净)喏喏，求婚求媒，我里囡许配之㖞④，㖞倒装起腔来哉。(末)聘礼如何？(净)自家衙中女婿，若说铜钱银子，笔头上⑤硬得硬，银子几千送来哉。(末)我儿过去拜了岳父。(丑)岳丈在上，小婿拜见。(净)罢哉，罢哉。(外)郑老哥，拜见银子是要个。(净)有两个元宝来里，拿之去是哉。

(净)**千里姻缘一线牵，**(末)**和谐琴瑟永百年。**

(外)**调和风月成人美，**(丑)**只恐缘浅勿团圆。**

(净)嗳，要团圆。(下)

## 第七号　遇父

付(郑德仁)、净(郑元金)、丑(王伯清)

(付上)(唱)

**【锁南枝】繁华地，锦绣邦，得进京都喜洋洋⑥。大地聚经商，名利闹非常。**

---

① “吃酒看”之下，底本残缺约五字，今补。

② “小”字下底本残缺约五字，今补。

③ 歇，方言，差。《越谚》卷下《单辞只义》“鞁、趿、儵、歙、瘕”条：“并音歇。越贬人物不美曰‘瘕’。”绍兴方言读作[ɕieʔ]，阴入调。

④ 此句前底本尚有一句，句首存一“要”字，其后残缺约五字。

⑤ “女婿”和“头上”之间，底本残缺五六字，参照单角本补。

⑥ “繁华”至“喜洋洋”，底本残剩“繁”和“喜”以及“华”“都”“洋”的若干笔画，据195-1-128吊头本补。

（白）我郑德仁，探父进京①。问得刑部衙门，还在前面。（唱）**过衙衕②，望曲巷③；车马响连声，不住多劳攘④，不住多劳攘。**

（走板）（净、丑上）（唱）

**【前腔】心欢喜，貌端庄，坦腹亲招赘东床。半子可相倚，**（合唱）**觌面在路旁。**（付白）唅，爹。（净）倪子⑤，吪进京来哉。好个模样长大⑥，我做爹勿认着哉。

（唱）**见德仁，记家乡；旧岁杳无音，定然倚门望，定然倚门望。**

（付）做倪的拜见。（净）罢了。女婿，见了大阿舅⑦。（付）勿敢，勿敢。（净）坐之落来。旧年岁底，没得银信寄回，那哼过年？（付）过年有啥过勿来？（净）旧年在陕西讨账，才得进京。（丑）小婿告别。（净）有点家常事务来里，吪去之是哉。（丑）才时离膝下，明朝备接风。（丑下）（付）唅，爹，方才一位后生，为啥叫己女婿吓？（净）己是河南人，名叫王伯清，才得进京。看己人品生得端正，将阿妹终身许配之己哉。（付）阿哟！（唱）

**【前腔】情难诉，怎启讲，好事今朝成怨障。呈送老贤亲，家书来达上。**（净唱）**书中事，不过为家常；**（白）吪个娘，书信写得明白，阿妹没得人家⑧，难是有得人家哉嗻。（唱）**送亲到河南，京都备资妆⑨，京都备资妆。**

（付）阿伯，阿妹早经⑩许得人家哉呢！（净）吪个娘许个呢啥？（付）勿是娘许

---

① "白"和"进京"之间，底本残缺约五字，今补。

② 衙衕，即"衚衕"，省作"胡同"。明杨慎《丹铅总录》卷二六："今之巷道，名为'胡洞'，字书不载，或作'衚衕'。"

③ 望，底本作"无"，195-1-128吊头本此处作"过梧桐（胡同），望小桥"，据改。另，望曲巷，《调腔乐府》作"经曲巷"。

④ 劳攘，底本作"唠嚷"，今改作通行写法。劳攘，同"扰攘"，纷扰，纷乱。

⑤ 倪，底本作"妮"，下又作"倪"，今统一作"倪"。倪子，方言，儿子。

⑥ "好"字下底本残缺约五字，单角本作"格位后生，好像德仁儿子，我倒问子一声。/你后生可是镇宅德仁我倪子吪么？（笑）你格模样长大，我做爹勿认着哉"，据补。

⑦ "拜见"和"阿舅"之间，底本残缺约七字，参照单角本补。

⑧ 此句底本残缺，据单角本补。

⑨ 此句底本残缺，据单角本补。

⑩ 早经，早已，早就。

个,我做阿哥许个。(净)许得啥人家?(付)许得扬州江都县人,姓周名瑞安,年纪十八岁,一表人才,在镇江开绸缎铺个。(净)镇宅到扬州,路有千里,况且扬州没得亲眷。个头亲事,那许得个样远个呢?(付)镇宅到河南,爹个样许个①哈,路还要远来。(净)已进京来探亲,做爷个看得欢喜,许配之己哉。(付)呒看得欢喜许哉,我是苦中作乐,也许哉。(净)啥说话?(付)爹,是呒旧年,没得银信带居,今年等到五月尽,阿妈着急哉。银信犹可,道呒个人在京里,勿知病哉,勿知死哉。(净)唔。(付)故而差倪子,进京来个嘘。(唱)

**【前腔】伏炎暑,病膏肓,**(净白)呒来路上,生之病哉么?(付)饭店勿肯收留。(净)理该居去。(付)偏偏过得扬子江哉。病倒凉亭,多亏周瑞安呵!(唱)**心怀恻隐救我行。恩德无报答,亲妹结鸾凰②。**(净白)受恩酬谢,那介将阿妹终身,好当谢礼的么③?(付)我许得勿差个。(净)还说勿差么?(付)年纪十八岁,知书达理,没得兄弟姊妹,是个独养子,只有寡居娘。田地有,开个绸缎店,做人慷慨了勿得,我看得欢喜许哉。(净)做爷个,难道没得主意么?(付)阿伯,常言道"家有长子④,国有大臣"。(净)放屁。(付)阿伯,呒个头亲事,几时许个?(净)我吓昨日许⑤。(付)呒迟我早,只好待得我哉。(净)咳!(唱)**不达礼,乱纲常;**(付唱)**这是凤世良缘,成就百年畅,成就百年畅。**(下)

# 第八号　登程

正旦(张氏)、小生(周瑞安)、净(郑元金)、末(王永兴)、丑(王伯清)、付(郑德仁)

(冷锣)(正旦上)(引)良缘天定,双璧合锦堂欢庆。(小生上)(引)初开宝镜,登

---

① "个呢"和"许个"之间,底本残缺七字,今补。
② "恩德"二句底本残剩"德无报"三字,据195-1-128吊头本补。
③ "谢礼的么"四字底本残缺,参照单角本补。
④ "主意么"和"有长子"之间,底本残缺六字,今补。
⑤ 此句底本残缺,据单角本补。

程去胜差淮阴。(正旦)儿吓,今日送书,若无别说,即便下聘;如若不允,即速速回来。(小生)孩儿就此拜别。(唱)

【(昆腔)香柳娘】别慈①颜登程,别慈颜登程,迤逦去嘉兴,姻缘自有皆前定。(正旦唱)送孩儿起程②,送孩儿起程,亲口自玉成,何须暗沉吟?(小生唱)离故园别亲,离故园别亲,(合唱)打叠行囊,庭帏堪惊③。(下)

(净上)(唱)

【前腔】顿令人怒嗔,顿令人怒嗔,心惟幻中真,胡为妄作加愁闷。(白)好小畜生,一心要将阿妹终身,当之谢礼哉。难叫女婿生之俊俏,他人见④之己,也是欢喜个嘘。(唱)是俊俏郎君,是俊俏郎君,(白)亲家写书,为啥还勿曾见,个也奇杀哉。(唱)令人挂胸襟⑤,非我这劳神。(末、丑上)(唱)孔雀的射屏⑥,孔雀的射屏,凤世前盟,订结朱陈。

(净)亲家来哉。(末)亲家。(丑)岳丈。(末)多蒙亲家厚意,小儿到府中做亲,与大舅同去。(净)德仁,行李可端正?(付)端正哉。(净)走出来。(付上)咳!(唱)

【前腔】这事儿怎凭,这事儿怎凭,皆又忘恩,如何阻隔他行讯?(净白)书信写来里哉,带之妹丈居去做亲。(末)多多拜上令堂,诸事不周,望乞海涵。(付)阿伯,扬州个头亲事,那哼呢?(净)吪放心,准备礼物,去酬谢己么是哉⑦。(唱)莫踌躇挂心,莫踌躇挂心,微礼去恭敬,权为酬神恩⑧。(末白)我们送他一

---

① "别慈"二字底本残缺,今补。

② 此句底本残缺,据 195-4-24 曲谱补。

③ 堪惊,底本作"看京",暂校改如此。

④ "女婿"至"人见"之间,底本残缺约六字,今补。

⑤ "为啥还"和"胸襟"之间,底本残缺六七字,参照单角本补。

⑥ 孔雀的射屏,的(dì),靶心。用窦毅借射孔雀屏择婿,最终招得唐高祖李渊的典故,谓择婿缔婚、缔结姻姻,详见《凤头钗》第十一号【驻马听】"欲渡银河孔雀屏开"注。《西厢记·请生》【耍孩儿】:"准备着鸳鸯夜月销金帐,孔雀春风射玉屏。"

⑦ 么是哉,亦作"没是哉""末是哉",表示肯定的语气,相当于"就是了""就行了"。

⑧ "去""神"二字底本脱,据单角本补。

程。（净）请。（合唱）**折天香登瀛**①，**折天香登瀛，即忙登程，须要当心**②。（下）

# 第九号 投亲

小生（周瑞安）、付（郑德仁）、丑（王伯清）、正生（李文秀）、

老旦（李氏）、小旦（郑美照）

（走板）（小生上）（唱）

【风入松】**旷野景繁饶，节届中秋悄悄**③。**客邸孤栖甚萧条，姻缘事、姻缘事百年和好**。（走板断）（白）我周瑞安，奉母亲之命④，来到镇宅送书，看看已是荷花桥了。（唱）**羞答答怎进门栏，我是个新亲谊贵客娇**⑤，**新亲谊贵客娇**。（小生下）

（走板）（付、丑上）（唱）

【前腔】**滔滔一路无耽搁，星夜长行路遥**。（丑白）大阿舅，你一出京都，为啥愁愁闷闷，却是为何？（付）我有心事。（丑）你有啥心事，何不对我一讲？（付）咳，叫我那哼说得出口吓！（唱）**银牙吐露被人笑**，（白）咳，郑德仁，郑德仁，知恩不报，禽兽不为也！（唱）**这事儿、这事儿如何安好**⑥**？**（丑白）唅，大阿舅。（唱）**言词儿莫记心劳，途路中免焦躁，途路中免焦躁**。

（走板）（丑）大阿舅请。（付）嫌烦高请、请，哴只管走。（下）（正生上）（转急走场）（唱）

【急三枪】**是我这，小寒蓬，蒙亲招**。**无六礼，成花烛**⑦，**无六礼，成花烛**。（白）

---

① 登瀛，即"登瀛洲"。《旧唐书·褚亮传》载唐太宗为秦王时，开文学馆，收揽四方彦士，图画"十八学士写真图"，"预入馆者，时所倾慕，谓之'登瀛洲'"，后遂以"登瀛洲"比喻士人平步青云。

② "即忙"至"当心"，底本残剩句首"即"字，参照195-4-24曲谱补。

③ "旷野"句底本残剩"饶"字，"悄悄"底本作"消消"，据195-1-128吊头本校补。

④ "我"和"命"之间，底本残缺六七字，据单角本补。

⑤ 娇，底木作"交"，今改正。"贵客娇"即"娇贵客"，又说"娇客"，指女婿。

⑥ "这事儿"句底本原无，据195-1-128吊头本补。

⑦ "烛"字底本残缺，据195-1-128吊头本补。又，该字单角本一作"招"，一作"照"。

小生①李文秀,前者姑娘得病,家中无人料理,是我请医调治。如今姑娘病愈,派人前来叫我②,不免前去一走。(唱)**权收拾,书和诗,架安好。到他家,当代劳,到他家,当代劳。**

(走板)(白)姑娘开门。(老旦上)(唱)

**【风入松】骤听③唤声高,即出中堂看瞧。**(白)侄儿,你来了。我儿捧茶来。(走板)(小旦上)(唱)**香茗一盏奉④客交,好叫我、好叫我羞脸红桃。**(走板断)(白)母亲,茶儿奉上⑤。(老旦)你且进去。(小旦)晓得。(小旦下)(老旦)侄儿请茶。(正生)侄儿不敢。请问姑娘,唤侄儿到来何事⑥?(老旦)前者我病之时,却有一言,将表妹终身许配与你。今已病好,但表兄进京,归期难定。一来家下无人料理,二择个吉日,与你完姻了。(正生)姑娘,侄儿家寒,守着几本破书。(唱)**怎奈我四壁萧条,伉俪事且慢表,伉俪事且慢表。**

(走板)(小生上)(唱)

**【前腔】路行来写着,儒学家门殊小。**(白)此间已是郑家了,里面有人么?(老旦)外面何人高叫?(正生)待侄儿去看来。(小生)府上可是德仁兄家下?(正生)正是。(小生)德仁兄有书在此。(正生)请少待。姑娘,表兄有书到此,人在门首。(老旦)请他相见。(正生)晓得。仁兄请进。(小生)此位可是德仁兄令堂?(老旦)正是。/(正生)弟的姑娘⑦。(小生)待小侄拜见。(老旦)不敢。先生何处会着小儿?(小生)在敝地⑧得遇。有书在此,老伯母请看。(老旦)侄儿,你陪先生在此,待老身进去,看过书信。(正生)是。(老旦下)(小生)请便。

---

① 小生,单角本或作"卑人",后者较符合正生的口吻。
② "小生"至"病家"、"如今"和"前来"之间,底本分别残缺八九字和六七字,今补。
③ 骤听,底本作"骤言",195-1-128吊头本作"蒙(猛)听",据校改。
④ 奉,底本作"来",据195-1-128吊头本改。
⑤ "母亲茶儿奉上"底本残缺,今补。
⑥ "唤"字下底本残缺约八字,据单角本补。
⑦ "德仁兄令"和"待小侄拜见"之间,底本残缺约七字,正生本有"弟的姑娘"的答话,现处理成老旦和正生同时回答。
⑧ "何处会"和"在敝地"之间,底本残缺五六字,今补。

（正生）请坐。（小生）有坐。（正生）请问仁兄，高姓大名？（小生）弟姓周，名瑞安，乃扬州江都人也。（正生）与表兄至遇？（小生）那德仁兄么！（唱）**凉亭途遇病沉缘**①**，留庄院、留庄院请医药调。痊愈日忙进京都**②**，有家书来代劳，有家书来代劳。**

（老旦上）不好了！（唱）

**【急三枪】看罢了，这情事**③**，终身托。却叫我，难诉告，却叫我，难诉告。**（小生白）老伯母。（老旦）老身看过小儿书信，途中有病，多蒙收录。又感令堂厚待，感谢不一，且在寒舍权住几天。（小生）多谢老伯母。（付、丑上）走！（走板）（唱）

**匆匆的，步儿忙，过小桥。早又是，家门道，早又是，家门道。**（走板断）

（付）到哉，到哉。阿妈！（老旦）我儿你回来了。（正生）表兄回来了。（付）居来哉。（小生）吓，德仁兄！（付）吓，好好，唔也来带哉。（小生）小弟才到。（丑）大阿舅，个位就是岳母哉。（付）就是阿妈。（丑）岳母请上，小婿拜见。（老旦）且慢。吓，德仁，你有书带回，一个先在此，今日又带一个回来，又叫我岳母？（付）骨个是京里爷许个。（老旦）这是你爹京里许的？不好了！（付）好勿来哉④。（正生）姑娘。（老旦）阿哟，我已将女儿终身，许配与你⑤。（丑）大阿舅，此位是？（付）是我介表兄弟。（丑）介没⑥表阿舅哉。此位呢？（付）个是我妹丈。（丑）介没连襟哉。（老旦）咳！（付）个介是爷许个，难介那介揭得开？（老旦）这遭怎生是好？（唱）

**【风入松】上写东床来亲招，是河南王姓客交。良辰择吉做花烛，那德仁、那**

---

① "凉亭途遇"四字底本残缺，此句单角本一作"凉亭投御（途遇）病安好"，一作"凉亭之遇病成了"，据补。沉缘，底本作"疚疗"，今改正。

② 忙进京都，195-1-128吊头本作"自许姻眷"。

③ "有家书来代劳"和"情事"之间底本残缺，其中"不好了"三字据剧情补，"看罢了这"四字据195-1-128吊头本补。

④ "你爹"和"勿来哉"之间，底本残缺约八字，今补。

⑤ "许配与你"四字底本残缺，今补。

⑥ 介没，"介"亦作"个""格""合"，"没"亦作"末"，方言，那么。

**德仁胡言**[①]**乱道**。(付白)阿妈吓!(唱)**患难中若非救捞,郑氏宗支断孤落花啼鸟**[②]**,孤落花啼鸟**。

**【前腔】**(丑唱)**令人难猜度**[③]**,因甚的冷面遗落**。(小生唱)**叫人难信又难道**,(白)德仁兄吓!(唱)**高堂的、高堂的因甚气恼?**(正生白)姑娘!(唱)**其中事另有深奥,忙辞归离门道,忙辞归离门道**。

(老旦)吓,你不要去。侄儿吓!(唱)

**【前腔】前言怎退却**,(正生白)姑娘!(唱)**谁怜我亲谊旧交?**(付白)那介,呃也是么?个遭弄得糊踏踏哉!(唱)**一女三婿都亲招**,(丑白)岳母不快,小婿也晓得了。(唱)**河南道、河南道虑着那山遥路遥**[④]。(小生白)德仁兄,令堂今日之下呵!(唱)**厌着我孤身落拓**,(合唱)**天已暮难诉根苗,天已暮难诉根苗,待来朝分白皂,待来朝分白皂**。(下)

## 第十号　闺怨

小旦(郑美照)、老旦(李氏)

(走板)(小旦上)(唱)

**【点绛唇】铜壶催箭,声声漏传,心惑煽**[⑤]。**如坐针毡,姻缘遭更变**。(走板断)

(白)哥哥进京探亲得病,蒙周家[⑥]收录,请医调治。面无识认,行此恻隐,救命大恩,无以酬报,即将[⑦]我终身许之。母亲如此病重,若无表兄料理,病体怎得痊愈?况母亲亲口许之。爹爹在京,亦将我终身许与河南。三

---

① “烛”及“那德仁、那德仁胡言”九字底本残缺,据195-1-128吊头本补。

② “落”字底本残缺,据文义补。又,此句195-1-128吊头本作“呈(郑)氏宗花啼鸟”,195-4-24曲谱作“宗支断孤鸿鸟”。

③ 此句底本残缺,据195-1-128吊头本补。

④ “河南道”底本失叠,“路遥”底本作“路远”,据195-1-128吊头本改。

⑤ “铜”和“煽”之间底本残缺,据195-1-128吊头本及单角本补。

⑥ “哥哥”和“周家”之间,底本残缺六七字,今补。

⑦ “将”字底本脱,据文义补。

不照顾,奴的终身如何是好①?(唱)

【混江龙】我只得嗟吁声连,三婿今朝进堂前。一个是受恩订结,一个是亲口许姻缘。这一个老娘亲爱女垂怜②,把一个小奴妖、俱系红绿缠③。老娘亲向来执见,我兄长不听人言④。唬得我心惊战,闷得人意熬煎。好叫我含羞满面,悲苦万千。又未知奴姻缘,落在那边,落在那边?

(走板)(老旦上)(唱)

【油葫芦】此际是夜静更深无主见,进香闺、来诉姻缘,(插白)儿吓!(唱)休得要泪落胸填,泪落胸填。(小旦白)母亲!(唱)奴命薄缘悭、缘悭分浅,嗳呀!羞答答、怎向、怎向人言?似这般身无主,可也风筝线断;似这般恶姻缘,揾不住好悲涟。难道是绣幕中,从此来倒颠?既不是颠倒呵,为甚的这般?好叫我滴溜溜不住的泪泪涓,有道是命孤穷不能效鹣鹣,不能效鹣鹣⑤。

(老旦)儿吓,此事如何结局?(小旦)有甚么了局⑥?(老旦)儿吓,做娘的正想你参参在京,把你终身许配与河南,那知我家下先许你表兄文秀?可怪这不肖之子。(唱)

---

① "身如何是好"五字底本残缺,今补。

② "许姻缘"和"这一个老娘亲",底本残缺,据195-1-128吊头本补。

③ 红绿,《越谚》卷中《风俗》"红绿帖"条:"面写泥金'礼书'二字,婚姻初定用小'礼书',迎娶用大'礼书'。仅写尊长姓名,并不及某男某女。从无耀换者,可谓有信。"《(光绪)重修於潜县志》卷九《风俗志》:"潜俗从简,农家只用庚帖。"注:"俗谓之'红绿帖'。"於潜,在今杭州市临安区。或指"红绿带",清湖州人费南辉《野语》卷七《语屑》"牵锦"条:"交拜礼成,以红绿带作结,婿与妇各持一头,牵引入房,谓之'红绿牵锦'。"《调腔乐府·套曲之部》改"红绿"作"红绳",实不必。

④ 不听人言,底本作"不信人间",据195-1-128吊头本及单角本改。

⑤ "命孤"以下,底本残缺,据195-1-128吊头本和《调腔乐府·套曲之部》补。又,鹣鹣,即比翼鸟。《尔雅·释地》:"南方有比翼鸟焉,不比不飞,其名谓之鹣鹣。"

⑥ 此下因底本残缺,少一句,所缺之句句首残剩"女儿"二字,其下残缺四五字。

【哪吒令】①浪霏霏人儿轻贱,轻辜负青春少年。此际是打发何言,一个个都是亲口许姻缘。(小旦唱)又不是结层楼东床选②,又不是、金谷缘③渡飞仙。又不是天台景,游桃园④,又不是登高魁及第一仙⑤。

【天下乐】我只得仰望苍天,阿吓天也么天,怎把我郑氏女⑥,忒冷的罡风起在半空旋,罡风起在半空旋。(老旦唱)慢悲啼休泪涟,莫烦恼安心田,待明朝有主见,管叫你愁容换喜面,愁容换喜面。

【尾】(小旦唱)那得个神州飞渡降天仙,又何来昆仑海岛蜃楼献⑦? 我这里双锁眉尖,只落得坐香闺,无昼夜常闷恹恹,常闷恹恹。(下)

# 第十一号　闹吵

付(郑德仁)、小生(周瑞安)、丑(王伯清)、正生(李文秀)、老旦(李氏)

(付上)咳!(唱)

---

①　此及以下曲牌名抄本缺题,《调腔乐府·套曲之部》以"浪霏霏"至"许姻缘"为【好姊姊】(【好姐姐】),"又不是"至"半空旋"为【天下乐】,"慢悲啼"至"换喜面"为【寄生草】,"那得个"至"常闷恹恹"为【鹊踏枝】。不尽是,兹根据附录二《调腔曲牌分类详解》相关曲牌的排比分析重订。

②　楼、床,底本作"缘""边",据195-1-128吊头本改。

③　"又不是金谷"五字底本残缺,据单角本补。金谷,指西晋石崇所筑金谷园。清沈自晋《鞠通乐府·忆佳人》:"可惜金谷缘悭,石家人去,笛远楼空,峰冷一带。"另,金谷缘,195-1-128吊头本作"金钟鼓"。

④　游,底本作"有",据195-1-128吊头本改。"天台景,游桃园",指有才郎相配。相传刘晨、阮肇入天台山采药迷路,攀岩摘桃充饥,逆溪流而上,得遇二女,结为夫妇。事见《太平御览》卷四一地部六引南朝宋刘义庆《幽明录》。又东晋陶渊明作《桃花源记》,后人将陶渊明的桃花源同刘晨、阮肇天台桃径遇神女的故事牵合在一起,明初王子一有《刘晨阮肇误入桃源》杂剧。桃园,《调腔乐府·套曲之部》作"桃源",实同。

⑤　"一仙"底本残缺,据195-1-128吊头本补。按,宋吴坊《宜斋野乘》"状元词误"条引《鹧鸪天》词:"五百名中第一仙,等闲平步上青天。"调腔《循环报》第七号【玉交枝】:"愿你桂枝来高攀,五百名中第一仙。"

⑥　"仰"和"我郑氏女"之间,底本残缺,据195-1-128吊头本及单角本补。

⑦　献,195-1-128吊头本同,疑即"现"字。

【驻云飞】作事胡糢①，一女三婿事如何？酬恩亲口许，怎好打发他？喋！（小生上）（唱）**及早归故土**，（白）吓，德仁兄，小弟要回去了。（付）呒来答做亲。（小生）咳，德仁兄吓！（唱）**家有老母。凝望门庭，昼夜可②安妥**？（付白）妹丈，我明白个哉，呒道我冷落了呒？只为我阿舅③有心事。（唱）**至戚亲谊莫气我④**。

（急走板）（丑上）（唱）

【前腔】**怒满胸窝**，（白）大阿舅，丈人叫我同得呒来做亲个嘘。（唱）**订结朱陈不丝萝**。（付白）做亲，只怕没介世事。（丑）呒那介来东话吓？有媒有证，没介世事么？（唱）**出言不达礼⑤，反把人欺侮**。喋！（付唱）**不必起风波**，（丑白）起风波么？骨个是丈人让呒带得我来做亲个嘘⑥。（付唱）**休得啰唆**。（丑白）哈，郑德仁，呒举手舞脚，要打呢啥？（付）看高兴。（丑）咳！（唱）**王法全无，直恁⑦将人恶。告到当官问萧何，告到当官问萧何**。

（急走板）（正生上）（唱）

【前腔】**言词虚讹，大义人伦岂反复？婚姻虽前定，也须察腾挪⑧**。喋！（付插白）好公道人。（正生唱）**姑表亲旧族⑨**，（付唱）**休来管我**。（正生白）我好言相劝，将我挺撞么？（唱）**犯法违条，忒杀心凶恶**。（付白）李文秀，我也明白哉，呒也是打脚个吓！（唱）**谅必胡为来嵯峨⑩**。

---

① 胡糢，同"糊糢"。

② "母凝"至"夜可"，底本残缺，据 195-1-128 吊头本及单角本补。

③ "我冷"和"我阿舅"之间，底本残缺约六字，其中末字残剩笔画，略似"为"字，今补足。

④ 此句 195-1-128 吊头本及单角本作"及早归家免欺我"，且紧接于上文"昼夜可安妥"之后，系小生唱段。

⑤ 此句底本残缺，据 195-1-128 吊头本补。

⑥ "我来做亲个嘘"六字底本残缺，今补。

⑦ 恁，底本作"凭"，第十二号《审问》"一任你奸巧滑讼"之"任"原亦作"凭"。后者单角本作"恁"，同"任"，今改作"任"。

⑧ 腾挪，亦作"腾那"，变化，改变。

⑨ 旧，底本作"不"，据文义改。另，此句 195-1-128 吊头本作"姑表亲非亲"，195-4-24 曲谱作"姑表不是亲"。

⑩ 嵯峨，底本作"搓哦"，195-1-128 吊头本作"差我"。嵯峨，坎坷不平。

（走板）（打介）（付）阿妈是吭么？（老旦上）阿吓，畜生吓！（唱）

**【前腔】全没规模，不肖无知多讹错①。送书皆姻眷，京都打发他。喋！**（付白）一个阿妹②，勿把吭做亲个吓。（唱）**休提谐凤卜，骂你老太婆③。**（老旦白）畜生，你妹子终身，许配那一个？（付）阿妹终身，许配己哉。（老旦）畜生吓！（唱）**詈口渣渣，还要说什么？送到当官问那个，送到当官问那个！**

（付插白）竟到当官去么是哉。（老旦、正生、小生、丑合唱④）

**【尾】扯衣祆休逃躲，告你忤逆罪大。便将你截腹屠肠休逃躲⑤。**（下）

# 第十二号　审问⑥

末（金怀）、老旦（李氏）、付（郑德仁）、小生（周瑞安）、丑（王伯清）、

正生（李文秀）、小旦（郑美照）、净（王吉）

（末上）（引）铁案如山，讼案事无穷奸顽。（白）七品正堂堂，万事有义方。生死初呈上，出入照皇皇。下官金怀，乃山西人也。部选分发，江南候补，受镇宅县事。午堂比告，因此升堂。（老旦、付、小生、丑、正生上⑦）（老旦）阿呀，爷爷吓！情不堪诉，理觉难容。爷爷冤枉吓！（末）老婆子，叫什么冤？（老旦）爷爷吓，逆子不法，送到台下究治。（末）报名上来。（老旦）小妇人李氏，逆子郑德仁。（末）尔等都是劝证邻里么？（丑）不是。小人河南姓王，名伯清，来做亲个。（正生）小人是台下李文秀。（小生）小人是扬州江都人氏，姓周名瑞安。我们都是⑧郑家女婿。（末）你们都是郑家女婿？（众）都是郑家

---

① 讹错，底本作"叱挫"，今改正。
② 句前底本尚有二句，前一句为"河南人"三字，其下底本残缺约七字。
③ "骂你"句底本残缺，据195-1-128吊头本补。
④ "合唱"前正生、小生、丑三个角色名目，底本未标，据剧情补。
⑤ 将你，底本作"将我"，"肠休逃躲"四字残缺，均据195-1-128吊头本校改。
⑥ 出目名底本残缺，据195-4-24曲谱补题。
⑦ 此处角色上场底本未标，据剧情补，下文角色上下场缺者径补。
⑧ "江都人"和"都是"之间，底本残缺约八字，今补。

女婿①。(末)下去。(众)吓。(小生、丑、正生下)(末)老婆子,有什么不法?你丈夫呢?(老旦)丈夫郑元金,在京刑部经承,有十二年不回了。(末)有几个儿子?(老旦)只有一个。(末)一子三女么?(老旦)女儿也只得一个。(末)案下三人,都说是你女婿。(老旦)爷爷吓,因去年岁暮,没有银子家书②寄回,今年五月尽,差逆子进京探亲。(唱)

【桂枝香】**离乡心猛,作事纵横。女终身婚配江都③,进京华别起烟风。**(白)那河南人,是丈夫在京许的,逆子带归做亲。(唱)**是非重重,是非重重④。**(末白)奉父亲之命,同归毕姻,理该做亲。(老旦)爷爷吓,逆子进京以后,小妇人患病沉重,亏得内侄李文秀,请医调治,才得痊愈,已将女儿终身,许与文秀。又有周家来做亲。(唱)**狐疑烦冗,不期的又有门扃⑤。**(末白)吓,又有那一个来?(老旦)就是逆子带了河南人,亦来做亲。小妇人只有一个女儿。(唱)**情不容,人伦来颠乱,公堂来呈送,公堂来呈送。**

(末)下去。(老旦下)(末)郑德仁,你母亲送你不法,如何受罪得起?(付)老爷,小人奉母命进京探亲,过得扬州,正值炎暑,不幸遭遇疾病⑥,若无周瑞安恻隐留归,孤魂异乡。小人病愈⑦,无可酬报,有妹子未配,故结姻眷,写书与妹丈,到家做亲。小人进京,罗里晓得我个爹,把阿妹配许河南人哉,叫小人带至居来做亲。(末)你把途中受恩一事,可对你父亲说么?(付)小

---

① 此句底本残缺,据单角本补。

② "年岁"和"家书"之间,底本残缺约五字,今补。

③ "横女终身婚配江都"八字,底本残缺,据 195-1-128 吊头本补。

④ "是非重重"底本未叠,据 195-1-128 吊头本改。下文"其中作弄"和"香闺女容"同。

⑤ 门扃,底本"扃"作"局",195-1-128 吊头本作"门风"。按,调腔抄本"扃"或与"局"形近相乱,如《双喜缘》第十一号《前绣房》【一江风】第一支"步匆匆,萦望东厢,这是庵门扃"的"扃",抄本皆作"局"。今改正,下文"门扃"同。门扃,从外面关门的门闩、门环,代指门户,剧中指来上门做亲的周家和王家。

⑥ "正"和"疾病"之间,底本残缺七八字,今补。

⑦ "小人病愈"四字底本残缺,今补。

人说个,我里爹说道,受恩自有钱财酬报①,叫我带之河南人来做亲。罗里晓得阿妈,把阿妹许与表兄李文秀哉。只有一个囡②,话三个女婿,那哼做亲? 都是小人罪愆,故此来送忤逆,求大老爷天断。(末)受恩许亲,亦不为过;父许女姻,带归成亲,亦是正理。涉讼者,定是内侄的主唆。下去。(付下)(末)带李文秀。(正生上)有。(末)那德仁,是你表兄么?(正生)德仁之母,小人嫡亲姑娘。(末)你爹娘可在?(正生)父母去世了。(末)可有兄弟?(正生)只有小人只身。(末)作何事业?(正生)在家攻书。(末)唔。姑娘家中,你是常来往的么?(正生)姑娘有病,只有表妹在家调治,小人前去料理。今病体痊愈,是姑娘亲许的。(末)那德仁带婿归家,你定在姑娘跟前主唆,图谋姻事③。(正生)爷爷吓,小人非谋姻事。(末)既已非谋姻事,下去。(正生下)(末)带周瑞安来。(小生上)有。(末)郑德仁如何许亲的?(小生)爷爷吓,那郑德仁呵!(唱)

**【前腔】患病途中,恻隐心浓。病痊愈自结婚姻,有姻书和谐鸾凤。**(白)小人原是不肯来的,母亲说,如小人若不来,辜负德仁兄大义,况姻缘一世终身。(唱)**那知其中作④弄,其中作弄?**(末白)吓,郑德仁写书叫你来做亲的么?(小生)是。(末)下去。(小生下)(末)带王伯清。(丑上)有。(末)王伯清,你的姻事,郑德仁父亲许的么?(丑)是。小人父亲与岳丈俱是刑部经承,情投知己。小人进京探亲,是岳丈亲许婚姻,有媒有证,乃是胡天寿嘑。(唱)**非敢我主谋唆讼,是德仁亲带门扁⑤。情不容,伏望青天断,内情有机锋⑥,内情有机锋。**

(末)下去。(丑下)(末)据情理判决,当配河南王伯清,但娘、儿俱皆病许,难以辜负,必须公断。过来,传李氏。(老旦上)有。(末)你女儿,可有什么言

---

① "自有钱财酬报"六字底本残缺,今补。
② "李文"和"囡"之间,底本残缺约六字,今补。
③ "唆图谋姻事"五字底本残缺,联系上下文补。
④ "那知其中作"五字底本残缺,据195-1-128吊头本补。
⑤ "我"和"是",底本均作"见",据195-1-128吊头本改。亲带门扁,亲自带到家门里来。
⑥ 机锋,底本作"几风",195-1-128吊头本作"计风",暂校改如此。

语?（老旦）没有言语，日夜在房中啼哭。（末）依你主见，你女儿终身许配那一家？（老旦）爷爷吓，逆子许姻，作不得准。（末）依你说来，你女儿终身，是在王姓了？（老旦）爷爷吓，我那丈夫，有十二年不回，就要许亲，理该先寄书信，就不会有逆子带了王姓的前来做亲①。况小妇人许亲在早，女儿终身大事，岂可背负前盟？望爷爷公断。（末）老婆子，既已许亲在早，你理应就该做亲。（老旦）阿吓，爷爷吓！因他父子不在家中，无人料理，故此不做亲的。（末）内有情由，怪你不得。唤你女儿②来问供，本县在此立等。（老旦）爷爷吓，与女儿无干的吓。（末）本县自有公断。（老旦下）（末）适才取了李氏③口供，那李文秀，内有舛错，且听女子口供。（唱）

**【前腔】问切情踪，判断有公。铁案下玉石难分，一任你奸巧滑讼。**（众白）启老爷，女子到案。（末）带上来。（老旦、小旦上）（小旦）嗳吓，爷爷吓！（末）你不要慌，本县有话问你。你哥哥将你终身，许与扬州，你父亲义将你许与河南④，你母亲许与你表兄。你的终身三许，岂非名节攸关？（唱）**香闺女容，香闺女容。**（白）你有话，讲上来。（老旦）儿吓，老爷问你，欢喜那一家？可以公断，你说来吓。（小旦）爷爷吓！（唱）**此刻是万箭攒胸，羞答答如何诉公？**（老旦白）阿哟，儿吓！一世终身大事，出在你口了。你欢喜那一家，就许配那一家⑤。（末）你讲上来。（小旦）爷爷吓，小女子终身，付之于天吓⑥。（唱）**命孤穷，遗臭公案下，惟死不伤风，惟死不伤风。**

（付、小生、正生、丑上）（小生、正生、丑合白）求老爷公断。（付）老爷，忤逆好送，阿妹婚姻，小人总要报恩个呢。（老旦）吓，畜生吓！我的病，怕不是你表弟

---

① "爷爷吓我那丈夫"和"信就不会有逆子带"，底本残缺，今补。
② "内有情"和"你女儿"之间，底本残缺约六字，今补。
③ "自有"和"李氏"之间，底本残缺约七字，参照单角本补。
④ 次"你"字底本脱，据文义补。
⑤ "就许配那一家"六字底本残缺，今补。
⑥ "之于天吓"四字底本残缺，据单角本补。

文秀请医调养好的？阿哟，爷爷吓！我女儿终身，要许配给李文①秀的吓。(丑)老爷，小人有媒有证，况且丈人叫大阿舅送我来做亲个，两厢情愿，不是强逼个②。(老旦)阿吓，爷爷公断吓！(丑)老爷有啥个公断，竟要拣好日把我做亲。(付)介没要酌酌看来。(末)唔，公堂上如此不法，将德仁锁了。原差③。(净)有，小人原差。(末)将女子押着，本县明日再审。掩门。(众)掩门。(老旦)阿吓，儿吓！(唱)

【哭相思】婚姻事遭磨弄，如今风月两无功。香闺弱怯心胆碎，羞面难代泪珠浓。(下)

# 第十三号 设计

末(金怀)、贴旦(门子)、净(王吉)

(末上)(引)巧案朦胧，治政事超冤豁讼。(白)今日升堂一案，曲折非常。看女子情踪难详，台下三人，俱要④做亲，叫本县断于那一处？方才女子言道付之于天，只好⑤终身付之于天也，看三人行志了。为此传原差进来，密言嘱咐。(贴旦上)启老爷，原差王吉唤到。(净上)自幼公门办事，难说巧案等情。原差王吉叩头。(末)王吉，你是个老头役，办事精细得紧。但今日争女三婿，是非⑥真情，难以判断，有谕单一支，交待与你，你可照谕单办事，毋得泄漏，重重有赏。(净)启老爷，这样事情可办，但亲人总要见面的。(末)亲人不见面，也成案不来？(净)这个……(末)你是个老头役，这样公案不能办事么？(净)待小人思忖复命。

---

① "要许配给李文"六字底本残缺，今补。
② "做亲个"和"强逼个"之间，底本残缺约六字，今补。
③ 原差，衙役的一种，主要的职责是押解犯人、传唤两造。
④ "情踪"和"俱要"之间，底本残缺约七字，且"俱要"前有一逗，今补。
⑤ "方才女子"和"好"之间，底本残缺约六字，今补。
⑥ "女三婿是非"五字底本残缺，今补。

（末）此案切莫漏风声，须知定案要公平。

（净）疑案见过多多少，不听一女许三姻。（下）

# 第十四号 假报

丑（王伯清）、净（王吉）

（丑上）气杀哉！（念）

【水底鱼】颠倒人伦，纲常何安顿？有媒有证，怎的不成婚，怎的不成婚？

（白）咳，世界上，罗里有个样抖答①事务？况且是有媒有证，丈人叫我来做亲个，难道②错过之理？今朝当堂催讨，断把我呢罢哉；如若勿断把我，扬州府里，告他一状，进京去告诉之丈人阿伯，县官考成，保己勿牢。同之丈人来，勿怕己把我做亲。算计已定，竟到公堂上击鼓么是哉。（净上）（念）

【前腔】急报公庭，人命不非轻。罪孽□□，□□□避身，□□□避身。

（丑）吓，你是个原差？（净）咳，为之眶个件公案，我那案犯之人死哉！（丑）有谁死③？（净）就是个大姑娘，老爷叫我押起，端端正正来里。勿想今朝早起，同之己个娘，早上吃饭，勿到一个时辰。（念）

【前腔】腹中叫疼，愁患顷刻凶。呜呼绝命，魂魄赴幽冥，魂魄赴幽冥。

（丑）那啥，死哉？（净）绞肠痧④一时痛杀哉！（丑）阿哟！（念）

【前腔】魂飞魄惊，娇容一命倾。无缘不聚⑤，空费这虚名，空费这虚名。（下）

---

① 抖答，同"兜答""兜搭"，麻烦，周折。详见《一盆花》第十三号"只是伊个阿哥有点兜答"注。

② "做亲个"和"难道"之间，底本残泐半行，其中残剩第二至四字"是县官"和末字"娘"。

③ "死哉"至"谁死"，底本残缺，今补。

④ 绞肠痧，指不吐不泻而有剧烈腹痛的霍乱病。《说文·疒部》："疞，腹中急也。"王筠《句读》："今之绞肠痧也。"段玉裁注："今吴俗语云绞肠刮肚痛，其字当作'疞'也。"

⑤ 聚，底本作"叙"，聚、叙方言音同，据改。

# 第十五号　发判

末(金怀)、净(王吉)、老旦(李氏)、付(郑德仁)、正生(李文秀)、丑(王伯清)、小生(周瑞安)、小旦(郑美照)

(末上)(唱)

**【新水令】世事纷纷一局排，巧公案必须清白。良缘凭天数，行志各心怀。非我乔才，这其中事有尴尬，事有尴尬**①。

(白)本县，为三婿争亲一案，内有谕单，着王吉照单办事②，出堂看他动静便了。(净上)报！一酌③不精细，今朝祸骤临。原差禀事。小人奉命，看守这女子，早上起来，吃了半碗饭，腹中叫疼起来，那女子死了。(末)怎么，女子死了？带李氏。(老旦上)有。(末)李氏，你与女儿同在④一处，怎样死的？(老旦)阿呀，爷爷吓！我女儿昨夜哭了一夜，早上起来，苦苦哀劝⑤，吃了半碗饭。(净插白)老爷，新新鲜鲜的鱼汤。(末)多讲。(唱)

**【折桂令】还敢来絮叨叨乱语胡猜，公案无情，休加命牌。定然是诈行凶要图钱财，急得他少年轻苦痛悲哀。他心乱如麻，无计施为。送断青女幽泉，十恶罪你受应该，你受应该**。

(白)带郑德仁。(付上)有。(末)你与差役多少银子，如此畏逼？(付)小人呒得银子。(末)带众犯人上来。(正生、丑、小生同上)有。(末)你等有多少银子与原差，如此畏逼身亡？(众合白)我们俱要争亲，怎敢如此？(末)那女子已死，你等俱是人犯，一齐上了锁。本县亲验尸首，还是急症身亡，还是畏逼

---

① “非”字后，底本残剩“乔才”和“有”字笔画，据195-1-128吊头本及单角本校补。尴尬，事情棘手。

② “谕单”和“办事”之间，底本残缺约五字，今补。

③ 酌，同“着”。

④ “李氏你与女儿同在”八字底本残缺，今补。

⑤ “起来”和“哀劝”之间，底本残缺约七字，且末字为重文符号，今补“苦苦”二字。

而死,验过后回来定罪。打道①。(末下)(付)阿哉,实指望报人恩德,那晓得我倒成之犯人带哉。(小生)兄吓!(唱)

【雁儿落】②怎奈我无沾无缘对,怎奈我、身不幸又徘徊。(付唱)我受恩德今违背,怎奈我、无边后悔③。(正生唱)俺呵!我是个守分人心不昧,案不多、不幸遭狼狈。(丑唱)被累,实指望同入罗帏④;我好悔,苦守此一旦珠沉与璧摔,一旦珠沉与璧摔⑤。

(大走板)(末上)这女子果然急症身亡,与你等无故也。(唱)

【收江南】呀!巧案朦胧不明白,你是个守分人心不昧。(白)王伯清,(唱)你是个有媒有证理应该,(白)李文秀,(唱)你是个姑娘许女当敬爱。(白)周瑞安,(唱)你是个兄长恩答对。

(白)你们都在台下,那一个放出良心,将这尸首收回去?(丑)大老爷,小人活介末要个,死介末是勿要哉介。(末)你是个有媒有证。(丑)同死人成亲,名头难听。(末)人死难道不亲了?(丑)高山劈竹,永远断绝。(末)你倒退得干净。(末)李文秀,你收了表妹尸首回去。(正生)老父台,生员家寒,收殓不起,望父台详察。(末)怪你不得。(正生)谢父台。(末)周瑞安,二人不要,你也不要了的?(小生)爷爷,生是周家人,死是周家鬼,小人情愿收了尸骸回去。(末)你不可后悔?(小生)小人不悔。(末)好!(唱)

【沽美酒】不负你前盟收尸骸,重人伦堪敬爱,不枉了、苦女一命丧泉台。一

---

① 前一"还是"与"打道"之间,底本残缺十余字,参照单角本补。此下底本散佚,据195-1-128 吊头本及单角本补全,其中付、丑二角说白系参照《浙江省戏曲传统剧目汇编》第 82 集本添补。

② 【雁儿落】,195-4-24 曲谱题作【步步娇】,非是。此曲为【雁儿落带过得胜令】,"俺呵"以下为【得胜令】;下文【收江南】【沽美酒】【清江引】,曲牌名抄本和曲谱缺题,今从推断。

③ 后悔,195-1-128 吊头本作"为"并叠字,据文义改。

④ 罗帏,195-1-128 吊头本作"罗刚",今改正。

⑤ 珠沉与璧摔,195-1-128 吊头本作"朱成与碧衰",今改正。"璧摔"义同"璧碎",与"珠沉"均喻女子死亡。

灵儿可有记载①,春秋祭礼年年在。(白)写好退婚帖子,呈上来。(正生、丑合唱)俺呵! 蒙断案在即,毋得悔赖。呀! 这姻缘一笔勾坏,一笔勾坏。

(末)一干人等,走出公堂。(正生、丑下)(末)郑德仁下去。(付下)(末)封门。

周瑞安!(唱)

【清江引】你也不必哭哀哀,姻缘二字依然在,心怀恻隐自有天报来。今日里喜笑颜开,俺与你花烛双拜,花烛双拜。

(小旦上)(小生)妻吓!(末)彩轿一顶,送与贵府。(小生)谢父台。(吹【过场】)(拜堂)(末)这场公案若不是下官审问呵,怎能得合良缘也?(吹【尾】)(下)

(小生上,考试,出考场,团圆)(下)

---

① 记载,195-1-128吊头本作"奇才",单角本一作"得在",一作"才主",据195-4-24曲谱改。

三九　双玉配

调腔《双玉配》，又写作《双玉佩》，共十九出，剧叙嘉兴秀水县蒋尚达、蒋尚德为同胞兄弟，蒋尚达以举业为生，但因时运不济，以致家业萧条；蒋尚德以经商为业，因经营有方，遂富甲一方。蒋尚达因其子文瑞得中案首，无法措办游街所需头巾、蓝衫，向其弟蒋尚德借银，蒋尚德因其兄屡借不还，竟拒之。其时，蒋尚德发妻亡故，托好友包弄光做媒。蒋、包二人游玩慈悲阁，巧遇包弄光之外甥女韩玉英上香。蒋尚德惊见玉英美貌，欲娶之续弦，又因己才貌俱劣，强令其侄文瑞代自己赴韩家会席。洞房中，韩玉英方知被骗，于是以嫁妆被侄儿骗取为由，招文瑞进屋，然后强告叔父调戏侄媳。众人为此争闹不已，闹至公堂。先时，蒋尚德聘定沈文龙之女沈月娇，但嫌沈月娇貌丑，遂借口媒人汪不顺亡故，不曾迎娶。适逢沈文龙呈告蒋尚德停妻再娶，知县杨益清顺水推舟，两家各自完婚。

本剧提及聘物玉佩一双，故剧名第三字或作"佩"，但抄本一般写作"配"。按，本剧写韩玉英、沈月娇二女各自完婚，检绍兴方言"月"字白读有二音，一与"玉"同，而戏曲人名用字有时也较随意，韩、沈二女各自成亲即双"玉"各成婚配，则剧名末字作"配"亦无不可。又，民国二、三年（1913、1914）绍兴的调腔班"大统元"赴上海商办镜花戏园演出，以及民国二十四、二十五年（1935、1936）"老大舞台"赴上海远东越剧场、老闸大戏院演出，都曾搬演本剧，剧名题作《凤玉配》，其中一次注明"进香起，大堂成亲止"。另，宁海平调"前十八"本有《双玉佩》一剧，写林尚书和钱尚书以玉佩为信物，分别将己女许配与王家长子仲林、次子仲秀。后王家衰落，钱尚书悔婚，反受其辱，故事不与调腔此剧同。

整理时曲文以清末杨境轩《双玉配》吊头本（案卷号195-1-93）为底本，校以民国七年（1918）"方玄妙斋"《玉簪记》等吊头本（案卷号195-1-4），念白拼合正生、小生、正旦、贴旦、净、末、外单角本，其余角色从1962年整理本（案卷号195-3-76）录出。

## 第二号

末(蒋尚达)、正旦(王氏)

(末上)(引)礼乐家声,施仁义济困怜贫。(诗)诗书勤读旧门庭,济困扶危世清贫。炎凉世态手足亲,一贫一富叹双亲。(白)卑人,蒋尚达,乃是秀水县人氏。先父官居翰林,母亲张氏,生我兄弟两人,并无姐妹,不幸双亲早亡。先父家私尽托兄弟掌管,这也非在话下。娶妻王氏,两下同庚,单生一子,取名文瑞,才年一十六岁,新进案首,要往街坊游街,没有银子使用,想起好不惭愧人也!(唱)

【胜如花】叹门楣旧墙垣,懊恨那时乖运蹇。没来由妄想成名,费灯油消败田园。当日个车马临门,叔亲谊恭贺非浅①。(白)想前者有家私,广结高朋,如今家业萧条,何有亲戚朋友?有道"贫在街坊无人问,富在深山有远亲",古人之言,不可谬说。(唱)心思应算②,乃我无计周全。自古来人面高低,言不尽世情冷寒,世情冷寒。

(正旦上)(唱)

【泣颜回】难诉家常这根源③,奈良人、消败田园。官人!何事沉吟,因甚的声声长叹?(白)官人见礼。(末)娘子见礼。(正旦)请坐。(末)同坐。(正旦)官人,你为何在此愁烦?(末)娘子,我想前者有家私,广结高朋,如今家业萧条,岂不长叹?(正旦)前者孩儿不进案首,你要愁烦;今日得进案首,何须忧虑?(唱)功名有望,愿得鹏程翰苑。(末白)娘子,我想明日乃是龙虎吉日,孩儿要往街坊游街,头巾、蓝衫纷纷没有,如何是好也?(唱)怎奈我家业萧条④,几年

---

① 此句195-1-93吊头本及单角本作"有朋曾(友朋赠?)贺何非浅",据195-1-4吊头本改。

② 心思应算,195-1-93吊头本及单角本作"我心思暗想",此从195-1-4吊头本。

③ 根源,195-1-93吊头本作"根由",195-1-4吊头本作"根园(源)",从改。

④ 萧条,195-1-93吊头本作"消败",此从195-1-4吊头本及单角本。

来败尽田园。

（正旦）孩儿要多少银子使用？（末）只要五十两银子使用。（唱）

【催拍】奈我家室如磬悬①，（正旦白）何不到叔叔家中挪借？（末）不要说无情兄弟呵！（唱）顿令人、冲冠怒恼。（正旦白）提起叔叔，为何动起怒来？（末）前日问他借银，不借倒也罢了，他说恶言忒毒。（唱）**恶语无端，恶语无端，胜似那陌路一般，视我行作等闲。恶气儿难忍②胸填，坏纲常人伦断，坏纲常人伦断。**

（正旦）官人，前者孩儿不进案首，道不借；如今孩儿得中案首，借银那有不容之理？（末）有没有，到他家一走。（唱）

【尾】为家贫穷苦难言，愿得他相爱相怜。（白）娘子吓！（同唱）**世态炎凉总一般。**（下）

# 第三号

净（蒋尚德）、末（蒋尚达）、丑（家人）

（净上）（唱）

【孝顺歌】家富豪，门庭耀，不幸爹娘去世早③。家业惩兴隆，却是一④同胞。（白）学生蒋尚德，我有一介阿哥，名叫蒋尚达，家私对半均分。里来心高气傲，要想做官。难⑤官勿做得，家私败完哉。就是学生开爿当秀才，城里大字店都是有分头勾。年年买店，岁岁起屋，好勿有兴嚯。（唱）**财星命招，财星命**

---

①　磬，抄本讹作"声"，今改正。室如磬悬，即室如悬磬，形容空无所有。磬，打击乐器，用石、玉或金属制成，悬挂在架上。《国语·鲁语下》："室如县磬，野无青草，何恃而不恐？"韦昭注："县磬，言鲁府藏空虚，但有榱梁，如县磬也。"县，后作"悬"。

②　难忍，195-1-93 吊头本作"忍耐"，据 195-1-4 吊头本及单角本改。

③　此句 195-1-4 吊头本作"不幸声声化游早"，光绪二十九年（1903）"蔡源华办"净本（195-1-38）作"家声赫赫多显豪"。

④　却是一，195-1-93 吊头本作"执却是"，据 195-1-4 吊头本改。

⑤　"难"以及下文"难介"，方言，意为现在，当下。

**招,福星降临,造化真不小。**(白)学生末发妻亡故,汪不顺介毡养骗一骗,聘定沈文龙介个囡。穷呢勿消说得,就是新人头癞,三分勿像人,七分像鬼嘘。(唱)**玷污我门庭,被人来嘲笑。恨吴刚**①**,花言调;耽误我青春,空负襄王庙,空负襄王庙。**

(末上)(唱)

【前腔】**步趑趄,不停着**②**,借贷豪门是同胞。不住**③**气喘吁,迤逦是家窑**④**。**(白)门上那一位在?(丑家人上)外面那一个?原来是大员外,小人叩头。(末)少礼。(丑)谢员外。到来何事?(末)二员外可在?(丑)员外独坐中堂。(末)说我要见。(丑)晓得。员外,员外,员外,大员外来哉。(净)那啥,大员外来哉?呒去回复说,二员外勿来带屋里。(丑)回复勿来哉个,我早早说过哉,员外独坐中堂。(净)呒贼精狗毡养,是要话我来带屋里。或者话我收租去,盘当去,是死死话,话在中堂。(丑)员外,小人老实头人,总老实头话。(净)吓,我赖屋里,老实头人用勿着吓。(丑)小人个卯⑤话错,下回勿话哉。(净)难介勿用话,叫他自家进来。(丑)大员外,二员外命你自进。(丑下)(净)唅,阿哥呒来哉。(末)兄弟,为兄到此。(净)见礼脚⑥。(末)请来见礼。(净)请坐脚。唅,阿哥,呒来还银子?(末)非也。(净)还柴米?(末)也非也。(净)来做啥?(末)咳!(净)阿哥吓,叹气叹勿得,怪勿得你一份人家要穷。(末)兄弟一言难尽呵!(唱)**为家业颠倒,家业颠倒,奈我时乖运蹇,产业来败消。**(净白)阿哥,我解劝呒,呒末想做官,官勿做,家私来败完。(末)为兄原是不能上达,你侄儿新进案首,没有头巾、蓝衫,银子分文没有,因此为兄到来呵!(唱)**赖祖荫庇,泮**

---

① 吴刚,代指媒人,详见《凤头钗》第五号【尾犯序】第三支"何必吴刚执柯"注。第六号(昆腔)驻马听"恼彼吴刚"、第九号【驻云飞】第一支"凝眸望吴刚,心思暗想"的"吴刚"同。

② 着,195-1-93 吊头本作"答",据 195-1-4 吊头本及单角本改。

③ 住,195-1-93 吊头本作"忍",据 195-1-4 吊头本及单角本改。

④ 是家窑,单角本作"家门道"。

⑤ 个卯,这次。卯,方言,次,回。

⑥ "脚"及下文"把伊赖戴嘉"的"嘉",句末助词。嘉,亦作"介""加"。

水得游早。(白)明日乃是龙虎吉日,要往街坊游街,缺少银子使用,望兄弟呵!(唱)**望周全,小儿曹;因此急登门,伏望来应照,伏望来应照。**

【前腔】(净唱)**听言来,无主着,仔细跦跦怎计较?**(白)阿哥,我想秀才都做官,皇帝呒有个许多纱帽把伊赖戴嘉①。(唱)**全不来思忖,全不来猜度。**(末白)皇天不负善心人。(净)呒家屋里败得一条筋。(末)书中自有黄金屋。(净)呒家屋里黄金打墙这。(末)咳!(唱)**恶口嚣嚣,恶口嚣嚣,**(白)蒋尚德,你不要自称富豪。(唱)**恶语无知,横目来轻藐。**(净白)阿哥,今日到来借柴米,明日来拿银子。呒借去勿还,就是一块山拨呒搬光,海里水被喝干这嘘。(唱)**不时来挪借,何有些归赵?**(末白)蒋尚德,不要把我孩儿看轻呵!(唱)**他凌云志,气冲霄;有日步青云,雁塔题名早,雁塔题名早。**

(净)阿哥,呒做官勿能够,讨饭在眼前头。(末)何以见得?(净)嗏!(唱)

【前腔】**不度己,不忖量,说甚同胞共娘胎。**(白)勿得呒话,勿得能够。(末)咳!(唱)**纲常来轻弃,礼义来败消。**(科)(丑上)员外,盘当去哉,盘当去哉。(净)我要盘当。(丑扯净下)(末)罢罢罢!(转头)(唱)**匆忙就逃,匆忙就逃,毒口伤人,一味轻视②吾曹。败坏伦理,不念共同胞。**(哭科)**良言劝,受懊恼;世事多更变,羞面归家道,羞面归家道。**(哭科,下)

## 第四号

正旦(王氏)、小生(蒋文瑞)、末(蒋尚达)

(正旦、小生上)(同唱)

【一江风】**意彷徨,母子心惆怅,家业甚凋残。泪满腔,苦守蓬门,朝暮无倚**

---

① 把,亦作"拨",给。伊,195-1-38本作"咦",后文又作"以",今统一作"伊"。伊赖,方言,他们。此处《牡丹亭》《双玉配》净本[195-1-142(7)]作"呲,阿哥,我是长(时常)叫你呒两句书勿要读,呒是(自)家舌(折)得勿勾(够),还要嘻(害)倪子来东苦啰么"。

② 轻视,195-1-93吊头本作"视",195-1-4吊头本作"亲(轻)",据单角本改。

傍。(小生白)母亲,孩儿拜揖。(正旦)罢了,一旁坐下。(小生)谢母亲,告坐了。(正旦)儿吓,你爹爹到叔叔家挪借,到这般时候,不见回来。(小生)母亲,目下世情,但是锦上添花,谁来雪中送炭,何用叫爹爹前去挪借银子?(正旦)儿吓!(唱)蹰躇意彷徨,无计难度量,何处诉告这情况?

　　(末上)(唱)

【前腔】气劳嚷,不住步跟跄,浑身汗似汤。(正旦、小生唱)见爹行,气喘吁吁,咽呫①在胸膛。令人细猜详,有甚事情况,且说衷情一一道短长。

　　(小生哭)吓!阿吓,爹爹吓!(正旦)官人,到叔叔家中挪借银子,为何这般光
　　景回来?(末)咳,我原是不要去的,被你苦苦相劝,不想那恶杀人呵!(唱)

【江头金桂】(起板)自恨我命遭下场,没来由功名妄想。我也是旧族门楣,奕世书香,消败田园千万垧②。到今朝一旦空望,一旦空望。(正旦白)还是有也没有?(末)这没人伦的兄弟,银子不借倒也罢了,他言语忒毒。(唱)他那里依恃豪富,轻贱我行,依恃豪富,轻贱我行,毒口将人③来肮脏。(正旦白)没有,理该早早回来。(末)我本要早早回来,不想与他争闹。(唱)我欲待逗留不往,逗留不往,受他无限伤心话,好悲伤。说什么同胞亲手足,胜比陌路人一样,胜比陌路人一样。

【前腔】(正旦、小生同唱)听言来泪落胸膛,顿令人心下难安。家不幸遭此卑贱,玷辱门墙,颠倒人伦坏纲常。(小生白)爹爹且是放心,孩儿只要立志攻书,有日功名上达。(唱)有一日夺志翱翔,夺志翱翔,只问他嫡母亲谊,如何启讲,受尽熬煎苦悲伤。(末白)吓,明日龙虎吉日往街坊游街,头巾、蓝衫没有,为父心中如何过得?(正旦)儿吓,没有银子游学,如何是好?(小生)爹娘,有道"素富贵,行乎富贵;素贫贱,行乎贫贱",孩儿人斑在内,虎斑在外,总有日功

---

　　①　咽呫,195-1-93吊头本作"因甚",据195-1-4吊头本改。咽呫,呜咽,哽咽。
　　②　垧,195-1-93吊头本作"箱",195-1-4吊头本作"想",今改正。
　　③　将人,195-1-93吊头本作"伤人",单角本作"将言",据195-1-4吊头本改。

名上达。(唱)**又何须心下悒怏,心下悒怏,古来贫寒士之常**①。**有何妨,转望春雷轰天震,三汲龙门泛波浪,三汲龙门泛波浪。**

(末、正旦)好!(同唱)

**【尾】立志儿青霄上,愿你名题金榜。**(小生白)爹娘吓!(唱)**那怕龙门高千丈,三汲龙门泛海洋。**(下)

# 第五号

老旦(包氏)、贴旦②(韩玉英)

(老旦上)(唱)

**【桂枝香】寒居寂寞,柴扉冷落。叹夫君早归泉世,守安居遽**③**度朝暮。**(坐)(白)老身包氏,相公韩国忠,早早去世,单生一女,取名玉英。女儿在书房攻书,不枉老身教女有方也!(唱)**心意折挫,心意折挫,那些个浪蝶游蜂,怎采那奇葩奇佐?**(白)女儿年纪长大,尚未婚配,好生挂念也!(唱)**结丝萝,不论贫与富,鹊桥渡银河,鹊桥渡银河。**

(贴旦上)(唱)

**【前腔】轻离绣阁,香尘步蹴**④。**绕回廊早向庭帏,问慈亲安然心曲。**(白)母亲,女儿万福。(老旦)罢了,坐下。(贴旦)谢母亲。(老旦)儿吓,不在书房攻

---

① 贫寒士之常,古语有"贫者,士之常"。《说苑·杂言》"孔子见荣启期"篇:"夫贫者,士之常也;死者,民之终也。处常待终,当何忧乎?"此文又见《慎子·外篇》《孔子家语·六本》《列子·天瑞》等书。常,常事,常态。

② 贴旦,195-1-4 吊头本作"小旦"。

③ 遽,195-1-93 吊头本从彳旁,声旁构形不清。195-1-4 吊头本该字作"君",次字左彳右属(同"处"),文字有错乱。"彳""辶"旁意义相近,偏旁"属""豦"形音相近,而俗书不别。准此,该字或即"遽"字。《说文·辵部》:"遽,一曰窘也。"谓窘迫。又,"遽"或通"讵",副词,表示反问,相当于"怎么"。

④ 蹴,195-1-93 吊头本作"促",今改正,后文第十号【梁州第七】"乔打扮假男子香尘步蹴"的"蹴"同。蹴,踩,踏。

书,出来何事?（贴旦）女儿出来问安母亲。女儿有话,禀告母亲知道。（老旦）儿吓,有话坐下来讲。（贴旦）母亲前者有恙,女儿在慈悲阁许下心愿,如今母亲病体痊愈,女儿意欲前去了还心愿,未知母亲心意如何?（老旦）儿吓,你前去了还心愿。丫环,叫家人整顿香烛同去。（贴旦）多谢母亲。（老旦）儿吓,为娘为你终身,时刻挂念在心。（贴旦）女儿终身自有天定良缘,何劳母亲挂念?母亲吓!（唱）**休得为儿瓜葛,为儿瓜葛,婚姻事凤世前定,自有那吴刚执柯。休得挂心窝,有日成婚配,于飞谐凤卜,于飞谐凤卜。**

（老旦）儿吓!（唱）

**【前腔】你言差讹**①**,韶光易过。恐误你年少青春,最堪怜日月如梭。**（贴旦白）母亲吓!（唱）**儿是个嫩柳娇娥,嫩柳娇娥,不比那闲草闲花,就婚姻百年配合。**（同唱）**仰天祝,孔雀屏开早,琴瑟永调和,琴瑟永调和。**（下）

# 第六号

付（包弄光）、净（蒋尚德）

（付上）（念）小子生来又丑又鄙,弄光山园与田地。游荡当生意,滑稽勿滑稽②?（白）小子姓包名弄光,我阿伯、阿妈交拨我也有家私如山,给我好吃好用,好嫖好赌,一份人家给我弄得滑塌精光③。也吭末啥格行当好做,在街坊讲讲好话,打打秋风,弄点现成白饭吃吃。本城地方,有位蒋大爷,做人来得慷慨,大爷、大爷叫二声,细碎银子挪些用用,有啥不好? 个歇时光空闲带哉,往大爷府廊一走。（圆场）去去行行,行行去去,转弯落角,一踱二踱到哉。让我自家走进去。蒋大爷,蒋大爷!（净上）（念）

---

① 差讹,195-1-93 吊头本作"蹉跎",据 195-1-4 吊头本改。

② 按,据 195-1-93 吊头本,付角上场所唱为【字字双】,但 195-1-93、195-1-4 吊头本均未抄录具体的曲文,此据 195-3-76 整理本录出。

③ 滑塌精光,方言,一点不剩。

【赵皮鞋】家私甚冗烦，同胞作等闲。终日里想那巫山，恨杀神女不下凡。别样都勿少，少得头上一个纱帽。

（付）纱帽吓纱帽，老包阿就到。（净）老包。（付）大爷，大爷，吓像财神菩萨介坐东，让老包来遛介遛。（作揖）（净）好省，好省，请坐，请坐。哈，老包，骨两日为啥勿到我屋里走走？（付）大爷，老包有点穷忙。（净）啥个忙？（付）阿哉大爷，我来拉收租带讨账，格是穷忙。（净）收租带讨账是有①。（付）有末是吓大爷有，我老包那会有。（净）咳。（付）阿哉大爷，吓为啥唉声叹气？（净）我有心事。（付）有啥心事？（净）阿吓，老包，我骨心事，吓勿晓得勾嘘。（唱）

【(昆腔)驻马听】家业兴隆，恼恨神女不下凡。若得个鸾凤双双，夜里同房，喜气洋洋。（付白）那吓大娘娘还是有，是吓有呢？（净）早已定者。（付）是啥人？（净）汪不顺介毡养骗得一骗，聘定前村沈文龙介女。（付）沈文龙人家是穷个。（净）穷也勿必话哉，个个人三分勿像人，七分好像个鬼嘘。（唱）面貌丑陋真不堪，所以恼恨不顺汪。（付白）大爷，有道"红颜多薄命，丑陋做夫人"，讨带过来会撑聚人家就好哉。（净）老包，个个人丑陋，能得困哉么？（付）吓倒话话看。（净）头末是癞个。（付）是癞头婆。（净）眼睛末是斜个。（付）是个斜眼婆。（净）口末是歪，嘴末是塌个。（付）是个歪嘴婆。（净）所以耽搁起来东嘘。（唱）恼彼吴刚，欺我肉眼，怒满胸膛。

（净）老包，替我去做媒，沈文龙个囡吓那介弄法？（付）媒人啥人？（净）媒人汪不顺。（付）汪不顺有否来东？（净）个人死过哉。（付）死过哉，就拉倒哉。（净）老包，礼书。（付）好烧还个。（净）玉佩。（付）玉佩人家数多，算勿得凭据。（净）里若告到当官，那介吃罪得起？（付）天大官司，只要磨大银子，满堂介抬进去，官司会赢个。（净）哈，老包话勿差勾。我有句话，天大官司，磨大银子。老包，吓把我做媒。（付）今朝吓末工夫，我有个会值着，要打算廿两银子。（净）明白哉，明白哉。老包，先有银子十两，押袖银子来带，拿

---

① 有，《越谚》卷下《单辞只义》："有，财足也，称富也。"

去买杯茶吃吃,媒做成哉还有谢。(付)我袖口爱财,进去勿出来。(唱昆腔【尾】前段)(净白)老包吓!(唱)

**【(昆腔)尾】若得仙女来成双,谢你媒翁喜气洋。**(下)

# 第七号

正旦(师太)、末(院子)、花旦(丫环)、贴旦(韩玉英)、净(蒋尚德)、付(包弄光)

(正旦上)(引)口念不绝千声佛,作恶空烧万炷香。(白)贫尼慈悲阁当家就是。今日二月十九,有香客到来,了还香愿。徒弟们打扫佛殿,奉茶侍候。(末院子上)特地到此来,只为夫人命。门上那一位?(正旦)外面那一个?(末)韩小姐前来了还香愿,男女不可混杂。(正旦)轿子带上。(末)轿子带上。(家人带轿,花旦、贴旦上)(打【水底鱼】)(正旦)小姐请进。(末、家人下)(正旦)鸣钟擂鼓。(贴旦)大士在上,信女韩氏玉英,前来了还香愿。(唱)

**【(昆腔)玉抱肚】望大士保佑娘亲,福寿增百年康泰。奴终身良缘未配,知何日孔雀屏开?**(正旦白)小姐在上,贫尼稽首。(贴旦)师太少礼。过来,把香金银放在师太佛桌上。(正旦)多谢小姐,请小姐里面客堂用茶而去。(贴旦)多谢师太。(唱)**多感得师太敬尊,离佛殿去用香茶。**(花旦、贴旦、正旦下)

(净、付上)(净唱)

**【前腔】①携手双双,学斯文游玩双双。**(付白)大爷,我搭你两个人老酒吃得高高兴兴,出得门来,为何闷闷不乐?(净)咳,老包,今日大爷勿高兴。(付)格末到东门外,慈悲阁看赛观音去。(净)那啥,东门外有赛观音?(付)今朝二月十九,观音胜会,烧香拜佛都是娇娇滴滴个大姑娘。(净)去去看来。(付)大爷

---

① 本出第二、三两支【玉抱肚】的净角部分据单角本校录,其余据 195-3-76 整理本编入。

请。(净)老包请。(唱)**转过了阛阓**①**花街,看纷纷热闹喧哗**。(末、家人随花旦、贴旦上)(贴旦唱)**出庵门拜别师太,回家中免娘挂怀**。(贴旦上轿,花旦、末、家人带轿下)

(净科)妙吓!(唱)

**【前腔】见娇娘心中欢畅,若得同房喜气洋洋**。(付背白)好看不好看,好像饿杀雄狗。(净)老包,吓看观音出现这。(付)观音在啥地方?(净)喏喏,去一位大姑娘,是勿是像观音吓?(付)个那里是观音,是老包个外甥囡。(净)那啥,格位大姑娘是老包个外甥囡?今年多少年纪这?(付)十八岁哉。(净)十八岁么,可有人家?(付)高勿攀,低勿就,还是个光棍大姑娘。(净)还没有人家?(科)老包,把我去做媒。(付)阿唷大爷,外甥囡拨吰做老婆是好做过,不过媒金银要重些个。(净)要多少?(付背白)叫我自家话,我那介话,让我糊里糊涂话几句东好哉。五、五、五。(伸手)(净)五百两?勿多,勿多。(付)大爷,社②是五百两。(净)就是五千、五万,勿多。(唱)**与我撮合访佳人**,(付背白)五千两也好话,五万两也好话,偏偏去话个五百两。(净)老包。(付)老包,老包叫勿来哉。(净)那介改口?(付)外甥囡拨吰做老婆,要叫我老舅公哉呢。(唱)**月老是咱系红绳**。(净)啥,要叫舅公?(付)我要摆老舅公个架子哉。(净)来,叫叫看。唅,老舅公。(付)外甥婿。(净)老舅公。(付)外甥婿。(净)老舅公。(唱)**聘定多娇女红裙,我和你知己双双一同心**。

**【(昆腔)尾】心中想想真高兴,讨个娇娘再成亲**。(付白)百事会凑头,做媒去罢哉。(唱)**去到他家走一程**。(下)

---

① 阛阓,《诗经·郑风·出其东门》"出其阛阓,有女如荼"郑笺:"阛读当如'彼都人士'之'都',谓国外曲城之中市里也。"后遂以"阛阓"指城中街道。

② 社,方言副词,相关方言研究著作亦记作"是",《绿牡丹》总纲本(195-1-156)记作"受""射""谁",《绿牡丹》第八号:"(丑)那个,有大姑娘个?(付)受个。……(众家人白)大姑娘射有带。"绍兴方言读作[ze],阳上调,意为"的确,确实"。

# 第八号

老旦(包氏)、付(包弄光)、贴旦(韩玉英)

(老旦上)(引)年迈苍苍无依靠,只有一女度昏朝。(白)老身包氏,单生一女,尚未婚配,时刻挂念在心。(付上)奉了大爷命,前来做媒人。阿姐见礼。(老旦)请坐。(付)请坐。(老旦)这几天为啥不到为姐家来走?(付)吽阿姐人家有,阿弟人家穷,勿是借来总是拖,被外人取笑,故而勿来。(老旦)至亲家何出此言。今日到来何事?(付)一来拜望阿姐。(老旦)那二?(付)拨外甥囡前来作伐个嗬。(唱)

【锁南枝】**家富豪,门庭耀,家声赫赫多势耀。富比石崇家,赛过陶朱豪。**(老旦白)可有在庠?(付)新进的监生。(老旦)兄弟,监生会新进的?(付)咳,旧年入得学来个。(老旦)兄弟,人家不论贫富,只要新郎才貌端庄。(唱)**淑女的,正窈窕;才貌并相连,不论贫富豪,不论贫富豪。**

(付)阿姐,说起财,街坊上大字号店爿爿有分;说起貌,也是潘安再世个嗬。(唱)

【前腔】**胜比题桥,有才高①,犹如宋玉②不差毫。**(老旦白)兄弟,外甥女儿一世终身,吓勿可哄骗。(付)我自家嫡亲个外甥囡,也骗勿到那里去嗬。(唱)**行聘到门墙,迎娶做花烛。**(老旦白)兄弟若要为姐允亲,依我一件大事。(付)只要亲事允得,不要说一件,就是十件也依得吓。(老旦)要新郎过门会席,面看才貌,方可允亲。(付)阿姐,年岁荒旱,新郎倌过门会席,花费银子好省个。(老

---

① "胜比题桥有才高",195-1-93吊头本作"胜比容,有才高",195-1-4吊头本作"胜比提(题)桥,容有才高",据校改。题桥,又称"题桥柱",汉代司马相如初离蜀赴长安,曾于成都城北升仙桥题句于桥柱,自述致身通显之志。事见东晋常璩《华阳国志·蜀志》。后遂以"题桥柱"指身怀功名抱负。

② 宋玉,195-1-93吊头本作"贯玉",第十号"貌傅粉如宋玉"之"宋玉"亦同,195-1-4吊头本作"赏(宋)玉",据校改。

旦)兄弟，为了女儿一世终身，花费银子何足为奇？（付）倒灶哉。（背白）我赖个大爷走带过来，脸末麻介，还有二扇老实胡，走带过来摆盘景，个遭那介好呢？阿姐，阿弟告别哉。（唱）**心思忖，暗思想；且隐藏头尾，做出换月老，做出换月老。**（付下）

（贴旦上）（唱）

【前腔】**闻客至，步轻绕，暂离绣阁帘幕飘。轻启这朱唇，问候娘年老。**（白）母亲，女儿万福。（老旦）儿吓，罢了，坐下。（贴旦）谢母亲。母亲，方才何人到此？（老旦）你母舅到此。（贴旦）到来何事？（老旦）为你终身前来作伐。（贴旦）才郎是那一家？（老旦）本城蒋翰林之子蒋尚德。（贴旦）母亲允也不允？（老旦）为娘允他去了。（贴旦）母亲，想母舅乃舌辩之徒。（唱）**心不正，意焦燥；一味口胡讪，利嘴花言掉，利嘴花言掉。**

（老旦）儿吓，为娘有言说过，那生过门会席，面看才貌方允亲。那生到来时节，无人接客，如何是好？（贴旦）母亲且是放心，女儿自有计会。（唱）

【前腔】**何须虑，挂心劳，香茗设席美佳肴。待宾一般同，四下来备好。**（同唱）**母和女，吐心苗；愿得乘龙婿，东床坦腹招，东床坦腹招。**（下）

# 第九号

净（蒋尚德）、付（包弄光）、外（院子）、小生（蒋文瑞）

（净上）（唱）

【驻云飞】**乍见娇娘，顿使人儿魂飘荡。一貌如花样，胜比嫦娥降。咦！**（白）学生蒋尚德，前日在慈悲阁看见韩小姐生得一貌如花，为此差老包去做媒，勿见居来，那哼这？（唱）**凝眸望吴刚，心思暗想。撮合成婚早，得配销金帐。同上阳台凤求凰。**

（付上）勿谎勿成媒，勿骗勿成双。老包来哉。（净）唅，老包吙来哉。好好好，请坐，请坐。咳，老包，媒事那介哉？（付）个头亲事一说就允，一到就

成。(唱)

**【前腔】听诉端详,始末根由道短长。**(净白)成哉,好朋友!(付)慢点叫,慢点叫,还有点斗答①个嘘。(净)老包,亲事有啥介斗答?(付)我阿姐做事老到,要新郎倌去过门会席,面看才貌,方可允亲个嘘。(唱)**才貌并双全,赛过西施样。嗟!**(净白)吓,吽阿姐话亲事成哉,要看才貌勾句话吓?(科)走走走。(付)吽啥去?(净)看才貌嘘。(付)哙,大爷,是吽去拨其看才貌去个。介倒好个,呕呕摆盘景去个。(净)我大爷介头发少?(付)大爷,吽相貌好是好个,可惜有两扇老实胡勿好。(净)吓,还欠光汤②点?勿难介,去到街坊廊,叫之锉光老师锉锉光③。(付)阿哉大爷,铜锡铁器是好锉个,吽个面孔好锉介?锉得血出糊拉,像猢狲个屁股哉。(净)锉勿来就话锉勿来,比到猢狲个屁股里去哉,格末倒是绞牢哉个。(付)好商量。(净)好商量个,格末商量,坐介坐。那介商量商量?(付)阿哉大爷,不论亲戚朋友、知交兄弟,只要年纪小、文字饱,个头好点,好去代看亲。(唱)**觑面招东床,会席伊行。做一个换斗移星,叫他难猜详。暗地机关怎主张。**

(净)那介话,只要年纪小、文字饱,个头还要光汤点,好代看亲个?介是有带有带,介是当店里个朝奉先生。(付)叫啥个名字?(净)叫阿七。(付)相貌好勿好个?(净)好个好个,头末有点癞个。(付)头癞是勿好去个。(净)吽讲是光汤点,我想头发呒有末总算光汤东哉。(付)勿好个,勿好个,光汤末要面上光汤,癞头末去勿得个。(净)来得哉,来得哉,南货店还有个学生子。(付)叫啥名字?(净)叫阿狗。(付)阿狗是我晓得个,有点跷脚个。(净)脚跷,个头是生得好。(付)勿相干,脚跷是勿敢去。(净)脚跷末,轿子好拨得伊坐得去。(付)轿子坐到,爬进门槛末总要看出来个。(净)格末去勿来个,

---

① 斗答,同"兜答""兜搭",麻烦,周折。详见《一盆花》第十三号"只是伊个阿哥有点兜答"注。

② 光汤,方言,光滑。

③ 此下至"哈,老包,有个来带"之前,净角说白单角本省略,据195-3-76整理本校录。

癞头、跷脚都去勿来个。咳噎,老包,大爷大肠盘小肠,忖带起来,亲戚朋友也勿少,要比我大爷个头好,看看还是少。(付)阿哉大爷,勿要挑大好个,只要比吆大爷光汤一些些就好来。(净)那介话,只要比我大爷光汤一点点就好个?吆话要好要好,我末拚命想到大好里去哉,要光汤点是看看有……哈,老包,有个来带。(付)啥人?(净)是我介阿侄,名叫文瑞,还是新进案首。(付)个头好勿好?(净)壮里少为,比我光汤。(付)好个,好个,去请得来。(净)勿用请。今日龙虎吉日,来冬①迎秀才,转来要拜望我阿叔个。(付)个末坐着等哉。(净)坐来里等。(外院子上)启员外,小相公来拜望哉。(净)唅,那啥,小相公到者?(外)到者。(净)老包一头话出口,来哉。(小生上)迎学游街过,特来拜光祖。(净)唅,阿侄吆来者。(小生)叔父在上,侄儿拜揖。(净)勿要拜。(小生)叔父,此位是谁?(净)介位阿叔好朋友,名字包弄光。(小生)包叔父,小侄拜揖。(付)请起,请起。(净)阿侄请坐。(小生)二位叔父在此,侄儿那有坐位?(净)只管坐。(付)大爷也坐。大家坐,三个人三脚香炉介摆东。(净)阿侄今年十六岁新进案首,帮爹娘长气,就是阿叔走到街坊,多少威风。(小生)一来祖上鸿福,二托叔父之福庇。(净)介话介话,介是吆后生吆要好个缘故。(小生)侄儿就此告别。(净)唅,慢点,慢点,我阿叔有着叙话来且,要同吆话,要同吆话。(小生)叔父请讲。(净)阿侄,吆阿爹吓骨日来问我借银子,我倒勿曾开口,吆爹个动气比我来得大,里别转头就走哉呢。(小生)我父亲年迈之人,不要管他。(净)话末是介话,阿侄吆也且②气我吓!(小生)侄儿怎敢。(净)好,量大福也大,后来七坐八坐扒③你坐。(小生)告别。(付扯衣)(净)老包,我今一句话勿出口带吓!(付)侄相公请坐。(小生)请坐。(净)阿侄,我有一件事体,要同吆商量。吆晓得乃婶

---

① 冬,"冬"亦作"东",方言,在(某处),正在。"东(冬)"的用法详见《西厢记·游寺》"梦里来带成亲"注。

② 且,方言,这里相当于"来东",在,在某处,正在。

③ 扒,同"拨",给。

娘死故,我阿叔还勿定亲,为此差包叔父做媒,聘定韩小姐嘘。(唱)

【前腔】**聘定承当,订结朱陈凤求凰。百事皆允诺,即日可成双**。喏!(小生白)叔父,婶娘亡故,只要门当户对人家,包叔父为媒,迎聘过门就是了。(净)允呢允,这里话要新郎过门,面看才貌。想我叔才貌也算过,老包说还欠光汤点,为此要劳劳阿侄个驾嘘。(唱)**假扮做襄王,秦楼楚上**。(小生白)叔父,侄儿一则年轻,况且衣衫蓝缕,如何去得?(唱)**还须三思,望乞再参详。恕我无知别商量**。

(净)阿侄好去呢。(小生)侄儿难以遵命。(付)倒霉哉,倒霉哉。(净)吓到底去勿去?(小生)侄儿难以遵命。(净)勿去就歇,我把吓无良心狗入。一头无得吃,来拿米柴;无得用,来拿银子;无得穿,来拿衣裳。今日些些小事要吓去,勿去就歇嘘!(唱)

【前腔】**恼乱人肠,两太阳中烈火扬**。(小生白)侄儿实是去不来的,就此告别。(净)慢点去,去勿来个这,我末同吓算账。阿狗吓,吓廿八档大算盘拖得出来算带起。喏!(念)山场田地园,秀才卖带完。都勿够。(小生科)(净)老包,气杀哉。(付)大爷吓勿要气,让老包去话去。(净)老包,勿要话起。我人一头气起来胡须冰冷,有来头勿到我门,气杀哉!(付)小相公,吓阿叔赖气得胡须冰冷,还望侄相公去去好哉。(小生)包叔父吓!(唱)**弱质书生辈,打扮做新郎**。喏!(付白)好。终究后生人,到底有脸孔,有脸孔。(净)去哉?(科)勿去介。(科)(付)好看勿好看,小相公话去,吓倒话气杀哉。大爷,小相公话去哉呢。(净)阿侄,(笑)去哉么?(小生)叔父,侄儿去去就是了。(唱)**何须怒满腔,嫡亲情况**。(净白)到底是自家阿侄。阿侄,吓走带过去,记得叔父好意,勿可记得恶意,这头亲事不可凿断哉。(小生)叔父,非是侄儿夸口说。(唱)**我是个少年英才,翰墨世流芳。满腹珠玑在胸膛**。

(净)好吓!(唱)

【尾】**今朝打扮做新郎,谁认假冒乔妆。这段姻亲真个喜非常**。(小生下)

(付)大爷,小相公拨吓去,吓抬场点伊,啥个生意拨伊点做做?(净)那介话,要抬场点伊?介我铜钱拨二百伊,让伊摆罗汉豆摊去。(付)大爷,秀才相

公摆罗汉豆摊多少难看。大爷,吭大字号店拨爿伊开开。(净)老包介也勿差,个头亲事若还成哉,拨阿侄开当吓。(付)开当店倒好个。(净下)(付)吭个娘杀有点家私末开当开当,碰到我老包末,弄得吭滑塌精光、光、光、光。(下)

# 第十号

老旦(包氏)、贴旦(韩玉英)、末(院子)、付(包弄光)、小生(蒋文瑞)

(老旦、贴旦上)(同唱)

**【一枝花】好事重重喜心窝,鸦鹊报帘幕。画堂前孔雀屏开早,听声声、听声声叠奏笙歌。满筵前摆着了酒果,早准备玉液金波①。画堂前瑞气盈盈,笑吟吟争先齐贺,争先齐贺。**

(老旦)儿吓,少刻那生到来,无人接客,如何是好?(贴旦)母亲且是放心,女儿自有计会。(唱)

**【梁州第七】②儿虽是嫩柳娇娥,当日个女木兰代父辅佐。单身的亲向边关,有谁个因依识破,因依识破?**(老旦白)你进去装扮起来。(贴旦下)(老旦)过来。(末院子上)有。(老旦)文房四宝,摆在桌上。(末)要他何用?(老旦)你那里晓得?(唱)**今日个香车馨郁,宝扇初开③,三星喜祝。少刻时准备香茗满金波,莫使他醉酩酊两眼认糊模。**(末下)(贴旦上)(唱)**乔打扮假男子香尘步蹴,假斯文、知书达礼多,**(白)母亲,扮起可像么?(老旦)儿这样假扮,为娘不认得了。(贴旦)母亲也不认得,何况那生呵!(唱)**这根源有谁知么?**(白)母舅到来的时节,与他说明才是。(唱)**莫使他因依猜破,露机关羞脸难躲,羞脸难躲。**(付上)天上无云不下雨,地下无媒不成亲。(进门)阿姐。阿姐见礼。(老旦)见了

---

① 此句195-1-93吊头本作"今日个玉锦分破",195-1-4吊头本作"早正被(准备)红苏绣暮(幕)",今从单角本。单角本"早准备"一作"准备着"。

② 本曲《调腔乐府》以"儿虽是"至"有谁个因依识破,因依识破"为【梁州第七】,"今日个"至"羞脸难躲"为【千秋岁】,余下为【画眉序】,且所谓【画眉序】的曲文与抄本不同。

③ 初开,195-1-93吊头本作"喜开",据195-1-4吊头本改。

母舅。(贴旦)母舅。(付)是了。唅,阿姐,格个是啥人? (老旦)自己外甥女儿都不认得了? (付)那介话,是自己外甥女儿? 为啥介打扮? (老旦)无人接客,故而这样打扮的。(付)唅,外甥囡,唔倒下落老面皮,做出真生意带哉。啥个称呼? (老旦)堂弟称呼。那生到来,不要识破机关。(付)有数。(老旦唱)**这的是暗机关,移星换月措。掩耳偷铃是有反复,因依难说其情局。**

(末上)报,蒋相公驾到。(老旦、贴旦)起乐。(吹【过场】)(老旦、末下)(小生上)世兄。(贴旦)弟不知蒋兄驾到,有失远迎,多有得罪。(小生)小弟拜望来迟,万望恕罪。(贴旦)弟备得有酒,蒋兄畅饮。(小生)请。(贴旦)看酒来。(吹【过场】)(贴旦)蒋兄,待弟奉敬一杯。(小生)小弟陋巷庸才,登望高门,惭愧不已。(贴旦)好说。(科)母舅,甥儿拜敬一杯。(付)不敢。(贴旦)蒋兄请上坐。(小生)韩兄请上坐才是。(贴旦)蒋兄是客,请上坐。(付)蒋相公,唔是新郎倌,上横头坐东勿要紧个。(贴旦)蒋兄请。(小生)韩兄请。(贴旦唱)

**【四块玉】画堂前,喜气多。听声声奏笙歌,满筵前山珍异味金樽大。**(白)蒋兄请宽饮几杯。(小生)弟酒是有了。(付)阿哉外甥,蒋相公酒是勿吃个,唔要吃末自己多喝两杯东。(贴旦)母舅说那里话来? (唱)**今日个初宴琼林不虚讹,畅饮醍醐各诉①衷情曲。酒逢知己千杯少,话不投机半句多。**

(贴旦)来,将酒筵收过了。(末送诗联上,撤酒筵下)(贴旦)蒋兄,舍妹诗联一首,请蒋兄和其下韵。(小生)韩兄,弟才疏学浅,怎好班门弄斧? (贴旦)闻得蒋兄才高八斗,下笔成文,何必推却? 弟里面有事,不得奉陪。请。(小生)请。(贴旦下)(末送笔墨砚台上)老奴来磨墨。(付)喏,蒋相公,那小姐诗联唔看看。(小生)阿吓,妙吓! (唱)

**【幺篇】真堪羡淑女娇娥,胜班姬才广学多。见了这不觉喜心窝,织锦回文难学他。**(付白)小相公,唔要记得阿叔好意,勿要记得恶意,这头亲事,勿可拨伊凿断。(小生)包叔父,你且是放心,待我做起来。(唱)**这诗赋奇绝喜祝,那知**

---

① "各诉"二字195-1-93吊头本脱,据195-1-4吊头本及单角本补。

俺、锦绣满腹？挥兔毫字字行行来接着,刻时的下笔成文奇情局。(付白)吓这诗联拿拨小姐去看看。(末送诗联下)(付)阿哉小相公,这头亲事,三九廿八,四九卅七,吓勿要拨伊凿断。(小生)包叔父,非是小侄夸口。(唱)**又何须挂心腹,俺提笔起诗行多迅速**①。**俺可也自夸能,锦绣无差讹。**

(老旦上)(唱)

**【乌夜啼】出中堂亲观坦腹,妙吓! 好才郎、话不虚讹。**(付白)阿姐,新郎倌个相貌那光景?(老旦)兄弟,是好的。(付)我话好末是好个。蒋相公,拜见岳母。(小生)岳母请上,小婿一拜。(唱)**忍羞惭躬身执曲,羞得我脸红桃舍却桃花破**②。(付白)阿姐,伊拜得拜,张面孔拜得血红带哉。(老旦)后生家,怪他不得。(小生)就此告别。(唱)**拜辞了桑榆景暮,忙出庭帏步履迅速,步履迅速。**(小生下)(贴旦暗上,科)(付)喏喏喏,大姑娘看老公介饶③个,头歇看得勿够,个歇还要到门口头来看介。蒋相公是去哉,吓要看就来看我娘舅二扇老实胡。(付下)(老旦)儿吓,那生才貌双全,你一世终身有靠的哟。(贴旦)母亲!(唱)**非是儿不识羞观面会他,都只为一世终身事儿大。**(同唱)**堪羡他貌傅粉如宋玉,和诗章下笔成文心不惑,下笔成文心不惑。**(下)

# 第十一号

付(包弄光)、老旦(包氏)

(四手下抬礼上,付随上)(付)妙吓! 小子包弄光,聘定韩小姐,今朝准备发盘

---

① 此句 195-1-4 吊头本及单角本作"俺提笔起忍(岂任)迁达"。

② 舍,195-1-4 吊头本作"拾"。单角本此句作"羞使我脸红桃花破"。桃花破,形容脸红的样子。

③ 饶,方言,饥饿。该字《集韵》作"膭",《集韵·豪韵》:"膭,脆也,一曰腹鸣。"

面①,好光彩的盘面也!(吹梅花牌子【驻马听】)(圆场)(老旦上)见礼。(付)阿姐见礼。(四手下)夫人在上,众人们叩头。(老旦)里面酒饭。(四手下抬礼下)(付)阿姐,盘面如何?(老旦)果然来得光彩。(付)这是礼书,这是玉佩。(老旦)几时迎娶?(付)十六迎娶。(老旦)为何这等迅速?(付)明朝日子好。(老旦)里面有酒。(付下)(老旦)妙吓,果然好盘面也!(吹梅花牌子【驻马听】)(白)过来,整顿回盘侍候。(吹【过场】)(四手下、付上,老旦送下)(老旦)待我进房与女儿说明便了。(下)

# 第十二号②

### 丑(沈月娇)、外(沈文龙)

(丑上)(念)奴奴生来貌如花,脸上点点麻。发如松毛散,双眼乱婆婆。七八寸介脚,看看还勿大,看看还勿大。(白)奴家沈月娇,爹爹沈文龙,母亲早已亡故,单生奴家一人,好不烦闷人也。(外上)只为女儿事,归家说分明。(丑唱)

【(昆腔)驻云飞】闷坐绣房,想起姻缘好悲伤。母亲已早亡,爹爹无主张。喋!(白)阿伯请上,女儿倒笃。(外)万福。(丑)万福。(外)罢了,坐下。(丑)谢阿伯,告坐哉。阿哉阿伯,阿因今年有几岁年纪东哉?(外)年一十八岁。(丑)为何不许人家?(外)人家早早有了。(丑)许配那一家?(外)许配蒋尚德。(丑)蒋尚德个断杀狗入,为何不来迎娶女儿?(外)媒人亡故了。(丑)蒋尚德是话勿来迎娶,女儿熬勿牢哉嘘。(唱)叹如水流光,好景不长。(白)阿伯,鱼末挂

---

① 发盘面,《越谚》卷中《风俗》"发盘"条:"结婚姻行聘,盛备钱银缎绸、喜花红帖、钗镯、黏果、结果、响果、鸡鹅鱼肉,船亭、果亭、茶架、花雕酒,拜束而往,名此。""盘面"指各类聘物。

② 本出195-1-4吊头本丑角上场所念曲调为【赵皮鞋】,所唱曲调为【桂枝香】,195-1-93吊头本所唱曲调为【驻马听】,由于吊头本未抄录干念曲文和昆腔曲文,据195-3-76整理本录出。

臭,猫末想嗅,蒋尚德再勿来迎娶,女儿盗生要嘞嘞叫生出来哉。(唱)**恨杀冤家,把奴撇一旁。独守空房意若狂。**

(外)赶到他家,教其来迎娶便了。进房去。(下)

# 第十三号

净(蒋尚德)、末(傧相)、老旦(包氏)、贴旦(韩玉英)、花旦(丫环)、

小生(蒋文瑞)、末(蒋尚达)、付(包弄光)

(净上)(念)

**【赵皮鞋】今朝打扮做新郎,宫花插起帽非常。洞房春内色,花烛并双双,锦帐内当非常。**

(白)学生蒋尚德,今有包弄光做媒,聘定韩小姐,今日迎娶。男吓,花轿发出,吹打吹打,闹热闹热。(吹打梅花牌子【普天乐】)(四手下带花轿上,末傧相随上)(净)发到韩府去。(科)(四手下、末下,净下)(四手下带花轿上,末随上)(老旦上)喜言赞上,重重有赏。(末)伏以请:一块沉香木,雕成一马鞍。新人往上跨,百年保平安。请。(吹梅花【过场】)(贴旦上轿,花旦丫环随上,老旦下,末、四手下带花轿圆场)(末)阿哉,圆眼。(净上)哒,员外。(末)员外在上,傧相叩头。(净)起来。(末)谢员外。(净)傧相,吓好话有勿有东?(末)好话有,赏报重一些。(净)赏报有个,好话凑凑头头介来。(末)员外年纪老,重新讨多娇。好勿好?(净)好个,好个,再讲落去。(末)今朝洞房拜花烛,天亮一场官司到。(净)哒,包讨好。(末)包讨好。请。(吹打,拜堂,洞房,末、花旦不肯出,净给银,末、花旦下)(净关门,持灯)(净)让①我揭起盖头红,里面见娇容。妙吓!(贴旦)呀!(唱)

**【醉花阴】难猜情关事根源,不合的订结姻眷。是那日共席亲观面,与他行、**

---

① 让,单角本作"仰",下文"让学生老实话末是哉"的"让"字同。让、仰方言仅声调有别,据改。

与他行同叙交言。见他是青春一少年，有诗句提笔花笺，小书生才貌双全，早难道李戴张冠，李戴张冠？

（净）小姐说我矮么？（贴旦）你是何等样人，敢来戏弄与我？（唱）

【画眉序】休得瞒心昧，暗设牢笼甚无端。彻敢①来撮弄娇颜。（净白）哈，小姐，吪看夜深哉，吃两杯，好困觉哉。（贴旦）你还说不是撮弄么？（唱）一味的言语支吾，妆圈套设局奸骗。（白）你好好说来便罢。（净）如若不说？（贴旦）如若不然呵！（唱）公庭一一来判断，与伊行理论当官，理论当官。

（净）小姐，学生有媒有证，吪说理论当官？（贴旦）你是何人为媒的？（净）乃娘舅为媒，娘亲口许，我有玉佩为聘个嘘。（唱）

【喜迁莺】当日个会席、会席交言，觌面儿亲许、亲许姻眷。喜也么浅，今日个美景良宵，休辜负洞房烛焰②。（白）小姐，吪道学生貌丑，学生看看有趣嘘。（唱）喜非浅，我和你同上阳台，做一个凤倒鸾颠，凤倒鸾颠。

（贴旦）我且问你，那日会席，可是你来的么？（净）会席是学生来勾。（贴旦）我有诗联一首，可是你和的？（净）诗联是学生和的。（贴旦）诗联上几句，你且说来。（净）骨遭逼得我命哉。来里哉，来里哉。小姐，赵钱孙李，司徒司空，小姐头，学生尾，两个成双一对好夫妻。（贴旦）阿吓，不好了！（净插白）好带，好带。（贴旦唱）

【画眉序】闻情泪涓涓，此际如何解眉攒③？枉了我才学渊源④。阿呀，母亲吓！可怜你暮景桑榆，怎撇你孤苦残喘。这会无计解眉攒，罢！拚一死早赴

---

① 彻敢，意为竟敢、胆敢。该词调腔用例甚多，或系"辄敢"之音变、俗读，或为"竟敢"的类推（"彻"有"完结、穷尽、彻底"义，与"竟"的"完毕、终于"义相当）。《古本戏曲丛刊》二集影印明金陵文林阁刊本《四美记》第十八出【大迓鼓】："胡言只恁狂，不知道理，彻敢猖狂。""猖狂"同"徜徉"。明末刊《三刻五种传奇》本《浣纱记》第三十二出《谏父》："（净怒科）你那老奴，在我跟前，彻敢狂妄。"明金陵文林阁《绣像传奇十种》本、《古本戏曲丛刊》初集影印明崇祯间怡云阁本、汲古阁《六十种曲》本《浣纱记》"彻敢"作"辄敢"。

② 烛焰，195-1-93 吊头本作"烛夜"，据 195-1-4 吊头本改。

③ 眉攒，195-1-93 吊头本作"眉转"，据 195-1-4 吊头本改。

④ 渊源，195-1-93 吊头本作"源ㄑ"，据 195-1-4 吊头本改。

**黄泉,早赴黄泉**。(五已)

(净科)吓,小姐慢点,慢点,让学生老实话末是哉。(贴旦)你且说来。(净)骨日在慈悲阁见韩小姐容貌吓!(唱)

【出队子】**见了你青春、青春少年,顿使我欲火、欲火心燃**①。(白)吪舅翁说面看才貌,小姐,学生才貌也算光汤个,乃娘舅说还欠光汤点,所以学生设下一计嘘。(唱)**做一个接木移花计心偏,假乔妆登门叩见,早结下朱陈百年,朱陈百年**。

(贴旦)那日到我家会席,是你何等样人?(净)会席是我阿侄,名字叫做文瑞,伊还是个新进秀才,秀才。(贴旦)此人可在?(净)来哼中堂陪客。(贴旦唱)

【刮地风】②**呀! 好叫奴说不出这姻缘,他那里巧机关暗地瞒天。那知我李戴交欢,撇得你老年人孤苦残喘。这壁厢,那壁厢,泪涟。顾不得含羞芙蓉面,说真情做一场事泼天,做一场事泼天**。

(白)既如此,去接我母亲到来。(净)哈,小姐,才得过门,接吪娘亲到来做啥? 小姐,吪看夜深哉,好困觉哉。(贴旦)你不去,待我差丫环去。(净)慢点,慢点,待我去。(开门)待我自己去。吓,人吓! 小轿一乘,到韩府接韩老夫人来,说有话,快点走。(内)晓得。(关门)(净)小姐,吪娘去接,难好困觉。(贴旦)且慢,你去叫侄儿进房来。(净)哈,还要叫阿侄来做啥?(贴旦)那日会席,我母亲有妆奁交代与你侄儿。(净)个是自家阿侄,明日好叫。(贴旦)还有数百两银子在内的吓!(净)哈哈哈③,还有银子用么?(贴旦唱)

【滴溜子】**尽都是,尽都是,钗环宝钿;还有那,还有那,金银珠钏**④。(白)冤家,他今日不拿来,明日岂非要图赖的呵!(唱)**人心难猜难拴,穷极无所欲,暗地**

---

① "青春"和"欲火"195-1-93吊头本未叠,据195-1-4吊头本改。

② 此曲195-1-93吊头本有目无词,据195-1-4吊头本及单角本校录。

③ 哈,同"吓",语气词,表示惊讶。

④ 珠钏,195-1-93吊头本作"钗钏","钗"字与上文"钗环"重复,据195-1-4吊头本及单角本改。

兑换。**向何处青红分辨,青红分辨。**

（净）小姐说话勿差,我去叫得进来。（开门）两夫妻一头话明白哉。伊是就知心知意,同我话哉嘘。（唱）

**【鲍老催】令人心欢,知心得意女婵娟,正可掌管我家园。**（净下）（贴旦）阿吓,韩氏,韩氏,你枉有许多才学,反受他诡计也！（唱）**恨奸媒,使巧计,邪意心偏。**（白）且住,今夜若不绝他念头,一世终身无望,我也顾不得着耻了。（唱）**怎顾含羞芙蓉脸,叫他有口忍难言,一场空欢忻①,一场空欢忻。**

（净、小生上）（净唱）

**【三段子】邪意心偏,**（小生白）什么邪意心偏？（净）乃婶娘交代哑,为啥勿拿出来嘘？（小生）婶娘那有妆奁交给侄儿来吓？（净）哑还要抵赖么？（唱）**还敢来巧语花言;**（白）同我去。（小生）叫我到那里去？（净）到我房里去。（小生）我是不去。（净）来,爹吓！（唱）**步儿蹒跚,**（小生唱）**激得人怒满胸填。**（净白）小姐,来带哉。（小生）婶娘,侄儿拜揖。（贴旦）罢了。（小生）婶娘,你那有妆奁交代与侄儿来吓？（贴旦）如何吓？他今日就要抵赖,到明日也不用问他的了。（净）小姐,待我一巴掌。（贴旦）你这样行为,他见你就慌了。（净）小姐,是要慌末肯拿出来。（贴旦）你不要如此,你到房门外去。（净）那啥,要我门外去？（贴旦）冤家,你到房门外去,待我哄他出来,你即刻好进房睡的吓。（净）小姐说话勿差匀,我到房门外去,哑好问介畜生讨还。我去哉。（贴旦关门）（净）门勿用关,小狗入逃出来,我一巴掌。（小生）婶娘,你那有妆奁交代与侄儿来吓？（贴旦）没有就罢了。我且问你,那日到我家会席,可是你来的？（小生）是侄儿来的。（净插白）是伊来介。（贴旦）奴有诗联一首,可是你和的？（小生）诗联一首,是我做的。（贴旦）咳,冤家,你害得我好苦也！（唱）**乔妆坦腹②罪非浅,设局牢笼来串骗,平空衅起祸无端。**

---

① 此句 195-1-93 吊头本作“一桩难分办(辩)”,据 195-1-4 吊头本改。

② 坦腹,195-1-93 吊头本作“打扮”,据 195-1-4 吊头本及单角本改。

(小生)这是叔父严命,叫侄儿无可奈何。(贴旦)那个不消说得。今日必须要还我一个了局。(小生)什么了局?(净插白)小狗入,了局都勿晓得么?(贴旦)你是读书之人,了局也不晓得么?(唱)

**【前腔】**①**你是个君子少年,我是个窈窕淑女正娇妍**②**;一对的女貌才郎,我和你上阳台做一个凤倒鸾颠,凤倒鸾颠。**(小生白)婶娘吓,此事害不得侄儿来的。(贴旦)冤家吓,我也顾你不来了。(唱)**休辜负切莫迟延,我和你做一个并头莲,做一个并头莲。**

(贴旦扯小生入床帐内)(净)唅,来东做啥吓?(科)吓,勿好,弄得糊达达哉吓!
(唱)

**【四门子】从未见这段根源,无情火起透放亜变。**(踢门进,将贴旦、小生扯出)(净唱)**打你这忤逆强奸,**(一己)(白)阿侄小畜生,妆奁勿拿出来,来带困觉吓!(唱)**大义人伦纲常倒颠。**(贴旦白)住了。你是堂上叔公,到侄媳房中作何勾当?(净插白)那介,叔公都叫出来哉?(贴旦唱)**全不达礼,作事胡缠。**(净白)唅,小姐,我讨来做老婆③个。(贴旦)你是娶来做侄媳的。(净)做老婆个。(贴旦)做侄媳的。(净)勿可诱引我阿侄。(贴旦)你敢是嫖嬉我侄媳?(净)呀呸!(贴旦)呀啐!(净)我道入杀旺个娘!(唱)**毒口无知,巧语花言,呀!恨妖娆邪意心偏,邪意心偏**④。(净下)(小生科)婶娘吓,你总总害不得侄儿来的。(贴旦)阿呀,冤家吓!奴家若不见你才貌,也不受他诡计了。(唱)**奴是个闺阁婵娟,见了你才貌双全。今日个是天缘,休得惊慌何必胆战,何必胆战?**

(净、末上)(净唱)

**【三段子】纵子无端,**(末白)兄弟,有什么纵子无端?(净)旺生得好倪子⑤!(末)

---

① 此前腔及下文【三段子】,曲牌名抄本缺题,今从推断。

② "窈窕"和"正"三字,195-1-93 吊头本原无,据 195-1-4 吊头本及单角本补。

③ 老婆,单角本模拟方言作"老妈","妈"读如"嬷"。下文单角本书作"老婆"者一处,其余作"老妈",今统一作"老婆"。

④ "毒口"至"心偏",单角本作"设局来串骗,瞒心昧意恨非浅,我只得叫哭皇天(又)"。

⑤ 倪,单角本作"呢",后文又作"倪",今统一作"倪"。倪子,方言,儿子。

我儿是好的。(净)同我老婆来困觉。(末)我不信。(净)呒勿信,同得我去。(末)到那里去?(净)房里去。(末)房里我不去。(净)来吓,阿哥吓!(唱)**过回廊步儿翩跹**;(小生白)爹爹,孩儿拜揖。(末打小生一掌)(小生)阿唷!(末)畜生,你在婶娘房中作何勾当?(小生)我在中堂陪客,叔父扯我进房来的。(末)兄弟走来,我儿在中堂陪客,扯他进房何事?(净)阿哥,叫他进来,讨还妆奁,勿该进来困觉吓。(小生)叔父,你不要含血喷人!(一己)(末打小生)(末)畜生,你枉读诗书。(唱)**打你这忤逆强奸**,(贴旦白)公公差矣,我与你孩儿在此洞房,可恨叔公到侄媳房中,调嬉侄媳。你不谅情察义,还要打起孩儿来么?(唱)**不细察就里根源**。(末白)小姐,这姻缘是我兄弟,不是我孩儿的。(贴旦)公公,我母亲原许配你孩儿的。(末)小姐,姻缘大事,上有父母之命,下有媒妁之言,不可无中生有。(唱)**你是个千金女非等闲**。(贴旦白)公公,非是媳妇无中生有,我母亲亲口许配你孩儿,还有诗联一首为证的呵!(唱)**觌面亲许,何言分辩?**(末白)兄弟走来,何人为媒?(净)媒人包弄光。(末)人在那里?(净)来哼吃酒。(末)叫他进来。(净)我去叫得来。老包!(科)弄光!(付上)七巧八马好老酒。(唱)**中堂何事闹声喧?**(净、贴旦各打一掌)(付)哈,大爷,呒为啥勿洞房嘞?(净)问呒外甥囡吓。(净、贴旦又各打一掌)(付)我吃得四杯酒,倒吃得四个巴掌。哈,外甥囡,呒打我娘舅巴掌哉。(贴旦)住了,谁是你甥女,我骂你忘恩负义的禽兽也!(唱)**骂你这忘恩义人伦绝断**,(付白)我老实话,呒打我娘舅巴掌,送呒忤逆不孝。(贴旦)我不打你母舅,打你串媒局骗。(唱)**直恁的设局串骗,坏纲常人伦断,坏纲常人伦断。**

(净科)包弄光,伊赖两个人先困过哉。(老旦上)(唱)

**【水仙子】**呀呀呀当夜来,呀呀呀当夜来,是何缘、好叫我难猜这情端。(白)初夜洞房,叫为娘到来何事?(贴旦)阿吓,母亲吓!堂上叔公在此嫖嬉女儿吓!(唱)**没来由见色起邪念**,(净白)老包,个是啥人?(付)有老太婆来东,这是我个阿姐。(净)乃阿姐是我丈母老娘。(付)拜拜伊,拜见钱会有个。(净)哈,丈母。(老旦一掌)畜生,你是堂上叔公,在我女儿房中作何勾当?不要把我女儿看轻了,我儿呵!(唱)**知书达礼女婵娟**。(净哭科)包弄光,吰做媒,乃外甥到底许配拨那狗人?(付)介末我来话,大爷让我做媒,有勿有个?(净)有个。(付)让侄相公去会席,有勿有个?(净)会席也有个。(付)做媒也有,会席也有,许拨谁,我也忘记还哉。(净打付)(净)我要打梅酱①哉!(唱)**两家播弄巧花言,得我重谢媒金来串骗。**

(老旦)住了,我们当官理论。(净)当官去末是哉。(同唱)

**【煞尾】今日个清浊难分辨,到公堂自有青天。问一个谁是谁非,真假两处铁案前。**(众下,贴旦扯小生下)

## 第十四号

外(沈文龙)、丑(沈月娇)

(外上)只为婚姻事,归家说分明。阿囡快来。(丑上)阿伯何事?(外)蒋尚德停妻再娶。(丑)阿伯吓!(吹【朱奴儿】)(外白)不要啼哭,为父赶到他家理论。(丑)阿伯,好,阿囡同吰去。(外)好,走。(吹【尾】)(下)

## 第十五号

正生(杨益清)、净(蒋尚德)、付(包弄光)、末(蒋尚达)、小生(蒋文瑞)、
老旦(包氏)、贴旦(韩玉英)

(四手下、正生上)(引)流水鸣琴,公案前真伪两分。(诗)百里②琴堂坐,萧何律不轻③。奸刁多笑意,拔罪想偷生。(白)下官,杨益清,乃是山东人氏。少年皇榜有名,蒙圣恩职授秀水县令,到任以来,盗寇宁静,百姓瞻仰。三

---

① 打梅酱,亦说"春梅酱",春梅子酱,指怨怪媒人。
② 百里,单角本作"百岁",今改正。百里,一县之地,用作县的代称。
③ 不轻,单角本作"不思""不通",据《双凤钗》第十四号改。

六九日放告日期,蒋家有一公案,前来投告,为侄强奸之事,定在今日午时听审。开门。(打鼓)(净、付、末、小生、老旦、贴旦上)(净)反哉,反哉。(付)乱来,乱来。(净)阿侄来了困阿婶,(付)外甥因打娘舅巴掌。(正生)众人犯带进。(众)众人犯在。(正生)跪齐听点。(众)有。(正生)蒋尚德。(净)监生。(正生)蒋尚达。(末)生员。(正生)蒋文瑞。(小生)生员。(正生)包弄光。(付)有。(正生)包氏。(老旦)有。(正生)韩氏玉英。(贴旦)有。(正生)众人犯下去,蒋尚德站着。(老旦)好兄弟。(付)兄弟那里会错东?(老旦)你自己外甥因要串媒局骗。(净)媒人勿错介,吅自家弄勿清之故。(付、老旦、贴旦、末、小生下)(正生)蒋监生。(净)老父台。(正生)本县看状子上原有情弊,细末根枝,一一讲来。(净)老父台容禀。(唱)

**【泣颜回】**上告诉端详,伏乞秦镜细参。为断弦无子,央媒聘定红妆。(正生白)几时行聘?(净)初一日行聘。(正生)几时迎娶?(净)十六日迎娶。那韩氏道监生貌丑,不遂我意,为此叫侄儿进房。(唱)**强奸洞房,毒口的詈骂来肮脏。**(白)还说我嫖嬉侄媳,将我百般詈骂噱。(唱)**望秦台细察分明,铁案前黑白昭彰,黑白昭彰。**

(正生)下去。(净下)(正生)包弄光。(付上)包弄光在。(正生)这头亲事,是你做媒的?(付)是我做媒介。(正生)许配那一个?(付)许配蒋尚德。(正生)你可真的?(付)小人不敢谎言。(正生)下去。(付下)(正生)蒋尚达。(末上)在。(正生)唔,你是饱学秀才,逆子嫖嬉婶娘,你有纵子无端。(末)生员教子有方,怎说纵子无端?(正生)下去。(末下)(正生)蒋尚德。(净上)有。(正生)你与兄长,平日里可有仇?(净)有点仇。(正生)有什么仇?(净)银米勿借个仇吓。(正生)借银不允非为仇。(净)余外一点没有仇。(正生)蒋文瑞。(小生上)有。父台,生员在。(正生)唔,好一个饱学秀才,在婶娘房中,作何勾当,难道不晓朝廷律法?(小生)启禀父台,我在中堂陪客,叔父扯我进房去的。(正生)蒋监生,你侄儿说在中堂陪客,你扯他进房何事?(净)老父台,扯他进房讨还嫁妆勿勾,两个人困觉吓。(小生)你不要含血喷人。(净)吅介小畜生,房里做事体,我哼外头听,我看得勿像哉,连连一脚打进房来,吓两个人放也勿放,骨班人都看见个。(小生)姊娘叫你出房门,你在房门外立听,一时之间,打进房来,难道两下就会奸淫过了?(正生)文瑞此言不差,韩氏叫你出房,你在房外立听,一时打进房门,一刻之时,难道就会奸淫过了么?(净)阿吓,老父台,若说奸淫之字,后生化化,勿要多少工夫个。(科)(正生)胡说。(净)看来官意,有点勿妙,有点勿妙。(科)(净、小生下)(正生)韩氏玉英。(贴旦上)有。(正生)唔,骂你这没廉耻女子,姻缘大事,上有父母之命,下有媒妁之言,看亲夫貌丑,邀侄儿进房,这场风化,体面何存?(贴旦)爷爷容禀。(唱)

【前腔】巧计施为陷我行,安排牢笼预装。设局暗谋,恨他行花言胡讲。(正生白)是你母舅作伐,怎说串媒局骗?(贴旦)我母亲亲口许配蒋文瑞的。(唱)观面才郎,立时的亲口许东床。蒋文瑞亲叩躬身,结姻亲得效鸾凰,得效鸾凰。

  (正生)下去。(贴旦下)(正生)包氏。(老旦上)在。(正生)包氏,这头亲事,许配那一个?(老旦)许配蒋文瑞。(正生)唔。讲胡话了,蒋文瑞不来会席,怎生许他?(老旦)这其间有个缘故。(正生)有什么缘故?(老旦)爷爷容禀。(唱)

【千秋岁】见才郎,容貌世无双,结姻亲并不虚谎。(正生白)许配蒋文瑞,不该受蒋尚德聘仪。(老旦)那日过门会席,做媒也是兄弟来的,会席也是兄弟来的,那知他串媒局骗吓!(唱)机关暗藏,机关暗藏,绝人伦败坏纲常。(正生白)有何为证?(老旦)有诗联为证。(正生)可带在身旁?(老旦)带在身旁。(正生)取来。(老旦)诗联呈上。(正生)下去。(老旦下)(正生)妙吓,好一对奇才也!(唱)观诗句喜非常,才和貌世无双。一对效鸾凰,真个是淑女窈窕,君子才郎,君子才郎。

  (白)包弄光。(付上)弄光来带。(正生)这头亲事,会席是那一个去的?(付)要问蒋尚德。(正生)蒋尚德。(净上)有。(正生)你叫侄儿前去会席,可是有的?(净)老包,会席事情,好勿好话?(付)好话个。(净)好话个?(付)我媒人讲好话总好话个。(净)个末好话。老父台,骨日子监生有点毛病。(正生)有什么病?(净)肚痛病。(正生)别样事情,好叫侄儿前去,婚姻大事,好叫侄儿去的么?(净)自家阿侄,做做枪手勿得吓。(正生)胡说。(净)老包,吪来得荷叶包刺菱。(付)那介?(净)里截出哉。官司输还哉。(付)大爷吪听错东哉,大老爷是介来东话个,蒋尚德吪要官司赢,得要银子。(净)官司会赢,银子有。(付)包我弄光,包我弄光。(净)全看老包,全看老包。(正生)天色已晚,明日再审,掩门。(四手下、净、付下)(正生)那文瑞呵!(唱)

**【尾】好书生喜非常,堪羡他女貌才郎。真是个淑女香闺情一腔。**(下)

## 第十六号

外(沈文龙)、丑(沈月娇)、净(蒋尚德)、付(包弄光)

(外上)(唱)

**【水底鱼】恼恨猖狂,彻敢欺我行。有媒有证,律法犯王章。**

(丑上)阿伯,蒋尚德个个贪娘贼,不碰到就歇,碰到打伊一个落马威。(唱)

**【前腔】急步踉跄,转过大街坊。人来簇拥,又听闹喧嚷。**(下)

(净、付上)(同唱)

**【前腔】泼贱无状,詈口骂我行。有媒有证,一一到公堂。**

(净)老包,昨日初审,今日挂牌复审,染红染白今朝这。(付)大爷放心,天大介官司,磨大介银子。银子县堂里搭搭个抬进去,官司包赢。(净)咳,老包走!(唱)

**【前腔】踏步踉跄,审断不虚谎**①。(付唱)**有媒有证,何必心惊慌。**

(外上)(唱)

**【前腔】铁案公状,**(大一已)(外打净一掌)(外)蒋尚德,你好哇好哇,见我阿囡面貌丑陋,停妻再娶哉?(唱)**律法犯王章。停妻再娶,败坏大纲常。**

(净)哙,吪个人一个人都勿认得,开口骂,动手打么?(丑上)哙,蒋尚德,你

---

① 谎,195-1-93 吊头本作"化",出韵,今改正。

五年前聘定我,你见我面貌丑陋,停妻再娶。阿伯,扯伊当官去。(唱)

【前腔】何必言讲,扯你到公堂。何必分诉,弃妻罪难当。

(外)小囡,扯其当官去。(外扯净下)(丑)吓是勿是包弄光?(付)我不是包弄光,包弄光是我阿哥,我叫包得穷。(丑)吓个遭勿用骗哉,阿拉[①]阿伯话过个,包弄光有老鼠胡子的。吓这个人好呀好呀,你东也骗做媒,西也骗做媒,骗得我终身脱出。勿来末是吓个便宜。(付)来呢,那介哉?(丑)来末我一脚头,踢你杀。(丑下)(付)阿呀,大爷,这官司否则会赢个,个麻皮婆来东,这场官司输东哉,输在麻皮婆脚拗绞头。阿呀,大爷,这场官司输哉,我也勿管闲事哉。(下)

# 第十七号

正生(杨益清)、花旦(门子)、外(沈文龙)、丑(沈月娇)、净(蒋尚德)、

末(蒋尚达、傧相)、老旦(包氏)、小生(蒋文瑞)、贴旦(韩玉英)

(正生上)(唱)

【点绛唇】世事难磨,世事难磨,案儿折挫,有差讹。淑女娇娥,才广与学多。

(白)下官,杨益清,昨日午时判断一案,蒋尚德与包弄光,两下串媒局骗。

(唱)

【驻马听】公案反复,世事纷纷如棋局。堪羡他才广与学多,真是个女须眉织锦才多。(白)看文瑞新进案首,与韩氏两下配合,真个是郎才女貌也!(唱)不枉了登秦堂吹箫品玉,胜萧史、降蓬瀛来会合。跨凤与乘鸾,怎向秦楼宿[②]?

---

① 阿拉,宁波方言,我们。表领有时,有时复数人称代词实际上表示的是单数。

② 此句195-1-93吊头本作"仔细察磨",据195-1-4吊头本改。秦楼,又称"风台""凤楼"。相传萧史善吹箫,秦穆公以弄玉妻之。萧史教弄玉作凤鸣,凤凰来集,秦穆公为之做凤台,后二人偕凤凰飞升而去。事见汉刘向《列仙传》。

思仔细踌躇,怎能来配合? 误点①鸳鸯簿,那得个②吴刚月老来执柯,吴刚月老来执柯?

（三记鼓）（花旦）何人击鼓？（内应）沈文龙击鼓叫冤。（花旦）启老爷,沈文龙击鼓叫冤。（正生）打点升堂。（唱）

【混江龙】**是何故向秦堂哀情上复,有情关、铁案糊模。只俺这笔下超生黎庶曲,一任他奸刁辈十恶知么。俺可也丹心辅佐,**（内白）开门升堂,开门升堂。（三己）（正生）呀!（唱）**听牙爪升堂闹簌。整冠裳琴堂坐,望秦镜照鉴胸窝,照鉴胸窝。**

（四手下上）呵!（正生）叫冤人犯带进。（外、丑上）（外）沈文龙叩头。（正生）你何事前来叫冤？（外）启禀爷爷,蒋尚德五年前头聘定我女儿,见我女儿面貌丑陋,停妻再娶。（唱）

【山坡羊】③**弃前妻人伦颠覆,见娇容、另结丝萝,坏纲常昧心瞒意,明欺我桑榆景暮**。（正生白）蒋尚德聘定你女儿,何人为媒？（外）汪不顺为媒。（正生）媒人可在？（外）媒人亡故了。（正生）有何为聘？（外）有礼书、玉佩为聘。（正生）可带在身边？（外）带在身边。（正生）取来。（外）礼书、玉佩呈上。（正生）少刻与你判断,下去。（外）谢爷爷。（丑）阿伯,这位大老爷伊里哗啦,那介来东话？（外）大老爷话过这,判断当堂拜堂。（丑）阿伯,我赖到啥地方去坐坐？（外）前面土地堂坐坐。（丑）土地堂坐坐？ 好个好个,走走走。（外、丑下）（正生）此案难以判断,有了一桩事情,正好完全美事也!（唱）**细猜摩,弃妻人伦堕。早完全百岁良缘,一双比目。**（白）蒋尚德。（净上）有。（正生）沈文龙告你停妻再娶,可是有的？（净）老父台,监生并无停妻再娶。（正生）来,沈文龙。（外上）沈

---

① 误点,单角本作"早点"。

② "簿那得个",195-1-93 吊头本作"广得",据 195-1-4 吊头本校改。又,那得个,单角本作"那时节"。

③ 此曲牌名抄本缺题,今从推断。《双狮图》第三十七号在【点绛唇】【驻马听】后接【山坡羊】,与此正同。

文龙在。(正生)沈文龙,蒋尚德说,并无停妻再娶,二人公堂上对来。(外)蒋尚德,你好哇好哇,见我女儿面貌丑陋,停妻再娶么?(净)做媒有媒人个。(外)媒人有,汪不顺为媒。(净)去叫汪不顺来。(外)媒人亡故了。(净)媒人死哉,歇哉。(外)还有礼书为证。(净)礼书勿会讲话。(外)还有玉佩为聘。(净)玉佩每人家所有。(外)老爷,他抵赖了。(正生)蒋监生,听你说来,沈文龙诬告与你?(净)老父台,沈文龙诬告,罪犯千条,捆打四十,一记不饶。(正生)本县治他诬告之罪,下去。(净)好青天。沈文龙,呕介囡勿要,勿要。(外)小儿要你要。(净)勿要。(外)要你要。要要要,个杯酸酒要也要呕吃,勿要也要呕吃。(外、净下)(正生)包氏。(老旦上)在。(正生)你女儿许配蒋文瑞,有何为聘?(老旦)有玉佩为聘。(正生)取来。(老旦)玉佩呈上。(正生)下去。(老旦下)(正生)呵吓,妙吓!好一对古玉佩也!(唱)**不讹,配无瑕昆山玉;细琢,宝光儿来射目**①**,宝光儿来射目**。

(白)传蒋尚德。(净上)有。(正生)听你说来,那沈文龙诬告与你,本县治他诬告之罪。你强奸侄媳,是何道理?(净)监生有媒有证,并无强奸侄媳。(正生)你何人为媒?(净)包弄光。(正生)包弄光舌辩之徒,口说无凭。(净)有礼书为证。(正生)你方才说,礼书不会讲话。(净)还有玉佩为聘。(正生)玉佩每人家所有。(净)老父台,玉佩每人家所有,我阿哥那里介玉佩?(正生)你好一张利嘴也!(唱)

**【佚名】彻敢掉舌花言大,镜秦台怎容糊模,绝人伦纲常颠覆**。(白)我且问你,包弄光与你作伐,你谢他多少媒金银?(净)五百两。(正生)怎么,五百两?(净插白)介句话坏哉。(正生)我也明白,难道不是串媒局骗也?(唱)**暗地里移花接木,犯王章轻言萧何。法难逃停妻再娶,激得俺怒满胸窝,怒满胸窝**。

(白)我且问你,此事你愿详,愿罚?(净)老父台,愿详怎讲?愿罚怎说?(正生)愿详,详到上院,革去你的前程。(净)罚呢?(正生)愿罚,罚你银子五千

---

① 射目,195-1-93 吊头本作“射多”,据 195-1-4 吊头本改。

两,当堂缴用。(净)五千两罚勿起,只好罚五十两。(正生)去了衣巾。(净)众头脑,想想,想想……(正生)当堂立缴。(净)遵命,遵命。那两位头脑?(向内)老包,拨旺弄光。(手下)旺员外人家,弄勿光个。(二手下同净下)(正生)蒋尚达。(末上)生员在。(正生)蒋生员,下官将韩氏许配你孩儿,心意如何?(末)这姻缘是我兄弟的,许配孩儿,礼所不合。(正生)本县担代,且是放心。(唱)

**【佚名】义肝忠胆来辅佐,岂容奸刁辈昧心满足。他那里弃前妻别调丝弦曲,必须要整纲常人伦大。管叫他一场空兴呵,来婚配早完全琴瑟永调和,琴瑟永调和。**

(末下,净、二手下抬银上)(净)老父台,银子五千两,老父台检点。(正生)足见蒋家富豪之家。(净)承褒,承褒。老父台,银子遵命,韩氏好拜堂。(正生)只怕未必。(净)哪,还勿能够?(正生)韩氏与你侄儿洞房已过,怎好许配与你?(净)老父台,介桩官司,铁打面焦哉。(正生)罚你银子五千,大大便宜的了。(净)便宜,便宜。银子罚得五千两,老婆无分,还话我便宜,我今勿要便宜哉。(正生)再若多言,莫怪本县无情。来,传傧相。(末傧相上)老爷传傧相,傧相即刻到。老爷在上,傧相叩头。(正生)喜言赞上,重重有赏。(末念)列位,伏以请:一对奇缘巧新闻,痴心妄想谋千金。青天老爷来判断,罚出银子令阿侄困阿婶,请。(末下)(小生、贴旦上,拜堂)(正生)韩氏,叔公当堂叫破而去。(贴旦)叔公。(净)呸!叔公公早早房里叫过哉。旺来冬高兴,我心里蟹爬来带蟹爬。(正生)蒋文瑞,你叔父道你家寒,有银子五千,赠你攻书之本。有日上达,不可忘怀叔父。当堂叔父拜谢而去。(小生、贴旦)晓得。叔父请上,侄儿/侄媳拜谢。(净插白)拜那一个狗入?银子五千两,拨旺讨一个老婆,好做一遭。(小生、贴旦唱)

【佚名】①拜谢你恩高大，跪尘埃躬身曲，今日个衔环结草当报复。（正生白）来，将银子送到蒋相公衙内，回衙领赏。（二手下）晓得。（小生）父台请上，生员拜谢。（唱）谢得你秦镜察摩，谐伉俪结丝萝，难报恩雨露恩大。（二手下抬银随小生、贴旦下）

（外、丑上）（外）阿唷，老爷判断。（正生）与你女儿当堂拜堂，下去。（外、丑下）（正生）蒋监生。（净）哪，勿想饶我么？（正生）本县与你做媒。（净）多谢多谢。是那一家？（正生）沈文龙之女，许配与你。（净）老父台，要银子还有，介是多谢。（正生）不孝有三，无后为大。传候相。（净科）多谢。（末上）老爷在上，候相叩头。（正生）喜言赞上，重重有赏。（末念）列位，伏以请：男又丑来女又丑，一对凑拢配鸾俦。青天老爷来判断，看看一对活出丑。（末下）（丑上，净、丑拜堂，丑下）（净）列位吓，倪子介头要生得好，生得好老婆勿用银子讨。罚得五千两，阿侄同阿婶困觉，阿侄同阿婶困觉。吰勿笑，我心里来带愁。（哭下）（正生）包弄光。（付上）包弄光来带。（正生）亏得你外甥女儿贞烈，不然一世终身，被你所害。来，捆打四十。（付）谢媒哉，谢媒哉。（正生）上了刑具，扣在午门一月，期满然后解放。掩门。（付）列位吓，倷做媒勿可骗，我老包骗一骗，来带甩一根长命线。（下）

# 第十八号

蒋文瑞归家，辞亲赴试。

# 第十九号

蒋文瑞考试。

---

① 此曲195-1-4吊头本作"拜谢你恩高义好，皆康义（谐伉俪）结丝萝。连（衔）环结草因（恩）难保（报）"，单角本略同，唯第三句作"难报投雨露恩大"。

# 第二十号

(团圆)合家团圆,拜谢皇恩。(完)(下)

四〇

双报恩

调腔《双报恩》共二十八出,剧叙解元李秀斌分别助魏得成、韩启彪还债,招致赵如川忌恨。赵如川妻刘氏与小厮新奎通奸,被赵如川发现。赵如川乃诱杀新奎,嫁祸于秀斌,并强逼魏得成送李妻入府,魏得成以己妻代之。韩启彪中状元,巡按地方,惩凶雪冤。剧以魏、韩两人报答李秀斌恩德,故谓"双报恩"。

民国二年(1913)、民国三年(1914)绍兴的调腔班"大统元"赴上海商办镜花戏园演出,以及民国二十四、二十五年(1935,1936)绍兴的调腔班"老大舞台"赴上海远东越剧场、老闸大戏院演出,都曾搬演《双报恩》,其中"老大舞台"演时一次注明从"戒赌起,团圆止",一次注明从"赵如川收帐起,团圆止"。

本次整理以1954年老艺人忆写总纲本(案卷号195-3-9)为基础,拼合正生、正旦、小旦、贴旦、花旦、净、付、外单角本,并参考了1979年整理本(案卷号195-3-89,同批次整理本如《分玉镜》《四元庄》封面小字云"1962年整理",该本整理或在1962年)。另,据上海远东越剧场有关"老大舞台"的演出广告,是剧人物魏大娘(即方氏)由应增福(工正旦,兼演小旦之类的戏)扮演,与新昌的调腔班以正旦扮韩启彪夫人田氏或不相同。

## 第二号

### 小生(李秀斌)、小旦(钱氏)、外(李义)

(小生上)(引)侠气满腔,论男儿志气轩昂。(诗)男儿立志上云霄,口吐虹霓万丈高。有日际遇风云会,方显男儿是英豪。(白)小生李秀斌,乃是镇江府丹徒县人氏。家传礼乐,宦室门楣。父亲在日,官居中宪,母亲王氏,诰受皇封,不幸双亲去世。小生旧岁得中解元,娶妻钱氏,倒也德行温存。今日心中烦闷,把古书诵读几篇,以消闷怀也!(唱)

【(昆腔)二郎神】①平生愿,吉天祥金阶传宣,宴赴琼林心自欢。红楼十里,春色杏花盘旋。衣锦回来笑语欢,乐风光男儿志愿。什么堪羡,羡人在宫袍金銮。

(小旦上)(唱)

【(昆腔)集贤宾】分诗钵②可消愁烦。(白)相公独坐中堂,自言自语,讲些什么?(小生)娘子,卑人只为功名未就,不能显姓扬名,故而愁闷。(唱)论功名千愁万端,何日得金鱼③姓传,不由人愁眉怎宽。(小旦白)相公说那里话来?有道朱买臣五十当富贵,梁太素八十二岁占魁名,相公何须忧虑?(唱)休得要愁锁眉尖,总有日豁开云雾见青天。

(小生)从古以来,有几个朱买臣、梁太素呢?(小旦)这个……(小生)卑人心中烦闷,到儒学游玩,未知娘子可允否?(小旦)相公心中烦闷,到儒学闲游,妾身叫李义服侍相公前去。李义那里?(外上)受恩当图报,年迈力无能。大爷、大娘在上,老奴叩头。(小生、小旦)起来。(外)叫老奴出来,有何吩咐?(小旦)相公儒学闲游,好生服侍,重重有赏。(外)晓得。(小旦)相公回来,妾身备酒接风。(小生)有劳娘子。(唱昆腔【尾】)(下)

# 第三号

丑(新奎)、老旦(必仲)、付(魏得成)、贴旦(方氏)、小生(李秀斌)、外(李义)

(丑、老旦、付上,丑、老旦打付巴掌)(付念)

【大斋郎】时不济,运又微,一生作事不便宜。田园产业都荡废,赌博场中、场中输到底。

---

① 此曲及次曲"论功名"至"怎宽",光绪年间《渔家乐》等外、末、正生本[195-1-129(3)]所抄《前三国(赐马)》末本前抄有,据以校录。

② 分诗钵,指击钵赋诗。南朝齐竟陵王常于夜间组织雅集,刻烛限时赋诗,萧文琰又让人改为击打铜钵催诗,要求钵声止而诗成。

③ 金鱼,单角本作"敬与",今改正。金鱼,唐宋时高官佩金鱼袋,遂代指高官显爵。

（丑、老旦）老魏，喏！（念）

【前腔】心察知，无此理，欠债不还多赖皮。今日一见难躲避，告当官、当官来追逼。

（付）勿要打，勿要骂，欠债还钱，杀人偿命。我魏得成无非欠你乩员外银子，迟两日赌场里赢得来，我一本一利，来还清楚，打骂算勿得铜钱银子个呢。（丑）吓欠我赖员外卅两本钱，十二两利钱，一共四十二两银子。个日子到吓赖屋里去讨，吓家主婆说道是赌钱。到底是赌钱还是借钱，吓总要说之一声明白。（付）大阿叔，勿要怪我里家主婆，我个家资败尽呢也勿消说哉，我里满房家资，都把输之精光。前日之一件破棉袄，是我赌博来输去哉。我来屋里，寻死觅活，你乩来讨铜钱，勿道是讨赌钱啥个呢。（念）

【前腔】错见你，言非礼，难免声声来骂詈。（丑念）从今以后免得多受气，（付白）阿叔，我女娘家，咳！（念）无非言语多咧咄①，话勿歇莫睬伊。

（丑、老旦）好，到吓屋里厢去。（付）咳，到屋里厢去，我要淘气个。（丑）淘气勿淘气，我赖勿管。走，走。（圆场）（丑、老旦）老魏为啥勿走？（付）哪，新奎大叔，我屋里吓来过个。（丑）门口头出青草带哉。（付）我屋里来得穷，没有亲戚来往，断六亲哉，门口出青草哉。（丑）叫吓老婆开门好哉。（付）家主婆开门。（贴旦上，开门）（丑、老旦）咳，老魏，拿银子来还。（贴旦）吓，你们这班人马，到我家来何事？（丑、老旦）问你老魏讨银子勾。（贴旦）官人，你这种银子，借来何用的？（付）家主婆，你错怪个两位大叔，个大叔原借本钱卅两。（贴旦）说来吓！（付）我原是跌赌②输去个。（贴旦）咳！（唱）

【孝顺歌】口胡诌，心不良，祖业家产作寻常。废尽这田园，作事多荒唐。（付唱）休得要说短论长，奈我运蹇时乖，颠倒乖张。休得要出口伤人，错怪他行。

（贴旦白）我不晓得祖上有多少家产，被你败尽，到如今身无立地之处，那一个

---

① 咧咄，单角本作"列说"，据195-3-89整理本改。咧咄，啰唆。

② 跌赌，指赌博。赌博有"跌成"之法，清李斗《扬州画舫录》卷一六《蜀冈录》："跌成，古博戏也，时人谓之拾博。"

肉眼的，肯借你银子么！（丑、老旦插白）那格话？瞎眼个。（贴旦唱）**可怜我日无吃，夜无床；说什么血和本，分明是同赌场，分明是同赌场。**

（丑、老旦）咳！（唱）

**【前腔】听言来，怒胸膛，**（白）老魏走带来，吪家主婆说道是赌钱。还是赌钱，借钱，要说之一声明白嚯。（唱）**欠债不还言辞荒唐。**（付白）好好答①你说，个两位勿是赌朋友，赵府里个大叔。（贴旦）那里赵家来的大叔。（唱）**都是些狐群狗党，狐群狗党。**（丑打付）错杀吪个娘！（付）阿唷吓！（丑唱）**无本无利，反辱骂我行②。**（付白）我错吪娘！（打贴旦）（唱）**贼泼贱，好颠狂；**（贴旦白）魏得成，你来打死了我。（唱）**消除了，冤孽障，消除了，冤孽障。**

（付打贴旦）（小生、外上）（小生唱）

**【前腔】过街衢，曲径巷，呀！蓦听人声闹嚷嚷。何事任胡为，弱女身受伤，**（外白）咳，你这班人，将这女子打死不成？（丑、老旦）咳，伊两公婆讨相骂③，我赖来东解劝解劝。（外）我见你们打的。（丑、老旦）吪个老狗贼打个。（付）打杀吪个狗花娘！（贴旦）魏得成，你来打死了我。（唱）**愿沟渠身丧，沟渠身丧。**（付打贴旦）（小生）兄吓，夫妻乃是人伦之首。（唱）**暂息雷霆，共同商量。夫妻人伦，大义纲常。**（贴旦白）阿呀，苦！（唱）**心思忖，好悲伤；到不如死黄泉，免得臭名扬，免得臭名扬。**

（付）阿吓，家主婆吓！（唱）

**【前腔】累你受惨凄，令人痛断肠，恨杀无知忒猖狂。我废尽这家筵，反把你凌辱不寻常。**（丑、老旦白）阿哉老魏，吪两夫妻假慈悲嚯。（唱）**图赖债不偿，图赖债不偿。**（白）老魏，吪银子有勿有？（付）没有。（丑、老旦唱）**当官追逼，扭结胸膛。**（小生白）二位吓！（唱）**暂息雄威，言词可商。**（付白）家主婆，苦杀你哉呢！（唱）**受饥寒，痛断肠；悔杀我，没商量，悔杀我，没商量。**

---

① 答，亦作"搭"，方言，和，跟。

② "我行"二字195-3-9忆写本原无，据文义补。

③ 讨相骂，方言，吵架。

（丑扯付）见员外去。（小生）放手。（丑）放得吓。（小生）二位还须耐心。他欠你银子多少？（丑）他欠俺卅两本钱，十二两利钱，一共四十二两。（小生）是我代还。李义过来，去到家内，取银子一百两，到这里来。（外）晓得。（外下）（付）哈，大叔，个位相公啰人①吓？（丑）个人吓勿晓得？我话拨吓听：个人是南街李秀斌举人，举人老爷。（付）阿唷，小可与相公从未觌面，怎好受赐？听闻到此，我魏得成不知，多有得罪。（小生）起来。请问高姓大名？平日做何事业？（付）勿瞒相公说，我魏得成起初原有家业，开一爿银号，我勿争气好之一把赌吓！（唱）

【皂角儿】悔杀从前作事不忖量，典田园、花作浮萍逐浪。终朝的悲苦妻房，受尽了冷饿无依好凄凉。（外上）（唱）急忙的，归家里，奉君命，取白银，解人灾殃。（白）相公，银子在此了。（小生）回复大娘去。（外）晓得。（外下）（小生）魏兄，银子在此了，可有借票？（付）大叔，赎我的借票。（小生）将借票扯破。（付）感蒙相公仁义之恩，小可本不敢领，今奈凶债来急迫，只得跪领，只好来世犬马图报。（贴旦）住了。今日受恩公偿债，异日仍好去赌博。（付）阿吓，家主婆吓！（念）起初作事太荒唐，败尽金银千万箱。今日凶债来急迫（丑插白"恩债"），险些将你命丧亡。感蒙大德来资助，来生犬马报恩偿。从今再若来赌博，罢！（用刀砍中指）截指闭目报昭彰。（丑、老旦逃下）（贴旦）阿吓，不好了！（同唱）十指连心，痛苦肝肠。乍见了/好叫我魂飞魄荡，魂飞魄荡。

（小生）兄吓，这细细小事，何必如此？弟还有五十八两银子，与兄将息。

（付、贴旦）危难之际，多蒙恩公重赐，容我夫妻拜领。（唱）

【前腔】跪深深无言达上，重慨赐、恩高德广。夫与妻自惭自惶，犬和马来生报偿。（小生唱）唬得人，战兢兢，小鹿心头撞，十指痛伤。（小生下）（付）阿吓，妻吓！（同唱）自悔自烦，心自惨伤。夫与妻，甘苦同受，甘苦同受，不记愁肠。

（付）阿吓，妻吓！今日里冤枉之你哉呢！（唱）

---

① 啰人，"啰"亦作"罗"，方言，哪里人，啥人。

**【尾】痛连心怨谁行,受尽无穷鞅掌**①。(贴旦白)官人吓,方才若没有李相公解危,你妻子早到鬼门关了。(付)妻吓!(同唱)**受恩深处,铭刻记胸膛。**(下)

# 第四号

净(赵如川)、丑(新奎)、老旦(必仲)、末(阿土)、杂(阿狗)、花旦(刘氏)

(净上)(念)

**【水底鱼】性爱风流,楚馆与秦楼。堪夸豪富,觅利于蝇头。**

(白)学生名叫赵如川,诨号叫做铁算盘。放债勿怕本钱少,缺欠丝毫便送官。胜比皇粮来追逼,私行吊打法不宽。任我横行谁阻隔,财势滔天算不完。天夜哉,为啥个些管账个还勿来交账?(丑、老旦、末、杂上)(丑)家主滔天势,(老旦)赛过虎狼豹。(杂)讨账无亲戚,(末)听得骂声高。(众)员外在上,小人叩头。(净)唗尔才到个时节居来哉,外厢账目那亨哉?(众)年岁荒旱,难以清楚。(净)今年勿能清楚,难道歇得勿成?(众)员外,放债只要有利钱,那怕欠过年。(净)只要有利钱,还要啥个本钱。那个先来?(老旦)我先交。喏!(念)

**【前腔】纹银如白雪,分毫也勿缺。**(净白)清脱哉,一笔勾销。你个来。(丑)来带哉,员外。(净)啥人吓?(丑)魏得成。(净)个个赌鬼魏得成,啥赌场上赢哉?(丑)那里是赢得来,南街头李秀斌替伊代还银子个嘘。(念)**本利还与人,已把中指绝。**

(净)啥个中指截?(丑)员外勿懂,我话拨唔听哉。魏得成拿之一把菜刀,着,把指头斩②落哉,从今后赌也勿赌哉。(净)阿唷,指头经得风要死个。

---

① 鞅掌,谓事多纷扰。《诗经·小雅·北山》:"或栖迟偃仰,或王事鞅掌。"后世谓职事烦剧为鞅掌。

② 斩,方言同"劃"。《越谚》卷上《"头"字之谚》:"劃剁手指头:匹夫、匹妇立誓辄劃指。此喻自警。"详见《分玉镜》第二十号"斩之肉"注。

(丑)阿吓,员外,死勿死,我罗勿晓得,我罗逃得来哉。(净)走得为妙。吽一笔来。(杂)员外,来东哉!(念)

【前腔】**不必逼催,暂停一月**。(净白)暂停一个月,欠老久哉。你个来。(丑)阿土,交账。(末)吽赖交好哉。(丑)我赖交过哉,挨着吽东哉。(末)挨着我哉,我交勿出带。(众)交得出也要交,交勿出也要交。(末)员外来里哉。(净)吽那介哉?(末)有来头。(众)来头,啥个来头?(末)举人老爷韩启彪个,有勿有来头。(丑)欠得我员外银子,那管皇太子也勿相干。(净)韩启彪那介话?(末)员外,喏!(念)**悲苦无衣食,看来难存活**。

(净)啥格叫做难存活?难道我歇得不成?韩启彪介毬养勿是哉。吽爹来做个二衙①,死答任里,没有盘交之费②,我借吽银子一百,有三年多哉,本利全无,算带起来要二百。我员外血本,对话卖得老婆要还我个。(末)阿哉员外,我年纪介许多哉,"卖老婆要还"个句话我勿会话。(净)个句说话勿会话,用吽勿着哉,吽好走哉!(末下)(净念)

【前腔】**放债觅利无欠缺,丝毫进厘忽。若还去无踪,有如汤浇雪**。

(白)个末里头吃酒饭去。(老旦、杂下)(净)新奎,同之我讨账罢哉。(念)

【前腔】**詈口嚣嚣,打骂齐出。总要本利还,一任穷彻骨**。

(内)啐!(净)大娘娘出来哉。(花旦上)步出花阶游玩,账房蓦听声喧。(净)大娘娘。(花旦)员外见礼,请坐。员外,何事在账房吵闹?(净)家人勿会讨账,来里骂个毬养。(花旦)那个少你银子?(净)就是江西二衙个儿子韩启彪,借之银子三年,本利全无,竟想赖哉。(花旦)本银多少?(净)本银一百,利息对合要二百银子还我。明朝自家去讨,勿怕里勿还,卖之家主婆要还我勾。(花旦)世间之上,那有卖妻偿债之理?(净)难道我个银子把异乡人氏少子勿成?(花旦)吓,员外吓!(唱)

---

① 二衙,佐贰官,即明清时知府、知州、知县的辅佐官通判、州同、县丞等,这里指县丞。

② 盘交之费,即盘费,生活费用。此处单角本一作"你个爷是江西人,文进士,带之儿媳,来探亲不遇。里虬两夫妻住来虬,没有饭吃"。爷,父亲。里虬,方言,他们。

【(昆腔)驻云飞】且放宽容,他是贫家一寒穷。异乡无亲戚,谁是他亲朋?(白)员外,有道"放债如同失物",他家贫穷,便放松些罢了。(净)大娘娘,阿晓得①放债个行业,若还一个少,旁人都要看样哉。(唱)喋! 非我心忒凶,全在强横。告到官司,追逼不放松。(花旦唱)追逼当官有惊恐。

(净)自古钱财为根本,伊家休得阻我行。

(花旦)他异乡孤身无措办,怎敢图赖起谋心。

(净)要去讨个。(花旦)员外,我上房备得有酒,吃酒去。(净)新奎,明日同之我去讨。(净下)(花旦)新奎,你可要酒吃么?(丑)那里有?(花旦)酒有,你且随我进来。(科,下)(丑)大娘娘叫我吃老酒,必定有想头②。啐! 哈哈哈!(下)

# 第五号

正生(韩启彪)、正旦(田氏)、丑(新奎)、净(赵如川)、老旦(必仲)

(正生、正旦上)(同唱)

【皂罗袍】忆昔当年荣任,不幸双亲流落孤身。夫妻怎得返乡井,颠沛流离无可支撑。(正生唱)奈我命运蹭蹬,累你饥寒受窘;(正旦唱)青灯黄卷,盖世英名。似这般陋巷箪瓢苦难禁。

(正生)想我韩启彪,穷到这个地位,异地孤身,全无亲戚来往,夫妻将来不能归故乡。(正旦)夫吓,若不是公婆去世,夫妻怎得流落镇江?(正生)异地犹可,但欠赵如川银子一百,三年本利全无。他家人几次前来催讨,闻得赵如川,乃是凶恶之徒,将来必有是非了。(正旦)夫吓,你我穷得这般光景,他也难为我不得。(正生)放债之人,那管穷吓!(唱)

【前腔】财势真恁不仁,怎顾家寒,不顾清贫。三番二次来追逼,难免首告到

---

① 阿晓得,方言,哪里晓得。单角本一作"呒那里晓得"。下文"阿晓放债图利",单角本一作"可晓放债图利",一作"可晓得放债图利嚜"。

② 有想头,《越谚》卷上《"头"字之谚》:"可徼幸者。""徼幸"同"侥幸",作非分企求。

公庭。(正旦唱)苦情哀告,异地孤身;有朝得志,偿还千金。夫妻朝暮难存命。

(丑、净上)(净唱)

【不是路】堪笑穷酸,直恁无耻心多恋。气难闪,亲向他家追逼钱。(丑白)到哉。穷鬼开门,韩启彪开门!(正生)呀!(唱)听声唤,追逼难免飞祸灾,(白)娘子回避。(正旦下)(开门)(正生)员外请进,恕韩启彪不能迎候了。(唱)**恕却书生礼不全**。(净白)勿必谦虚哉。个是血本,借来勿是浪费个。(唱)**忒心瞒,三年本利无一见,直恁无端,直恁无端**。

(正生)怪不得员外的,卑人实是穷寒,乞求员外量宏,卑人有日得志呵!(唱)

【前腔】名登高选,千金偿还感恩宽。(净白)要做之官还,个是隆兴票哉①。(正生)卑人不是谬言吓!(唱)**无改换**,此际贫寒衣食不能全。(净白)三年前借银子个时节,那亨说个?阿晓放债图利?(正生)员外吓!(唱)**奈我命迍邅②,有朝得志青云路,步上金阶做高官**。(丑白)哑个种人想做官,我赖员外要做皇帝者。(正生)喏,蠢才,我韩相公人虽穷,在江西也是一榜举人。我韩启彪呵!(唱)**有日春雷转,禹门三汲桃花浪,青钱万选③,青钱万选**。

(丑)银子拿得来。(正生)那里来的银子?(丑)利钱拨我赖带得去。(正生)本利全无。(丑)员外,韩启彪说,本利全无。(净)放狗屁,分明图赖我银子。

(丑)员外,还是扯到当官去。(净)勿差,到官去。(正生)呵吓,娘子吓!(正旦上)阿吓,夫吓!(净)新奎,骨是啥人?(丑)个是韩启彪家主婆。(净)阿吓,妙吓!(唱)

【朱奴儿】乍见了青春婵娟,顿起我欲火心燃,见色暗谋要图欢,这的是前世凤缘。(正生白)娘子!(唱)**休得,盈盈泪泉,去公堂任判断,去公堂任判断**。

(净)扯之去。(净、丑扯正生下)(正旦唱)

―――――――――――――

① 此句单角本一作"我不开隆兴当"。

② 迍邅,单角本一作"展转",一作"运转",今改正。迍邅,困顿,艰难。

③ 青钱万选,《新唐书·张荐传》载张荐祖父张鷟擅为文章,"员外郎员半千数为公卿称'鷟文辞犹青铜钱,万选万中',时号鷟'青钱学士'"。后以"青钱万选"指文才出众。

【前腔】受饥饿无可支撑，怎奈我、遭此不幸，扯到公堂来追逼，好叫我泪珠淋淋。愁眉，豪奴蝎蛇，到公堂来判断，到公堂来判断。（正旦下）

（丑扯正生上，净上）（净唱）

【尾】行来迤逦进墙垣，图谋必须暗算。（白）门关好之。（老旦上）（丑、老旦）关好之门。（正生）你们扯我进来，敢要为难我不成么？（唱）殴辱斯文罪一款。

（净）未曾打，先一个事，殴辱斯文。韩启彪，吓个人没良心，个爷死在任里，夫妻两个居去勿来哉。我末好意借之吓一百银子，三年本利全无，竟要图赖。若把吓异乡人氏少我，放债也不想放哉！（唱）

【泣颜回】你好没遮拦，一味的口胡诌。久蓄邪心，图赖恩债不还。（正生白）不要把我韩启彪看轻了！（唱）虽则穷寒，便有那千百金、不过是感恩款。有一日得志青云，送朱提亲上门阑，亲上门阑。

（净）勿必远约，今朝就要还银子。（丑）阿哉韩启彪，我赖员外话过哉，快点银子拿得来。（正生）今日要银子，除非追逼我的命。（净）欠债勿还，心想图赖。（正生）住了，你殴辱斯文，王法也全无。（净）吊起来！（唱）

【前腔】奸刁一任高成反①，打得你皮开肉绽。便殴辱斯文，向何处诉告情关。（正生白）呵吓，不好了吓！（唱）奴胎心惮，受鞭笞、痛打身兰弹②。此际时苦口难言，痛得我遍体难安，遍体难安。

（丑）打呵！（净）勿必打哉。今朝没得银子还我，要留张把柄来里。（正生）现有借票，还要什么把柄？（净）你是异乡人，逃走之罗里去讨。把家主婆质当来我屋里，你拿之银子来取；若还没有银子，吓家主婆让之我哉。（正生）住了，衣衫首饰，尽可质当，人岂肯质当？（丑）勿肯写。（净）勿肯，打！（正生唱）

---

① 高成反，高吊并使之上下颠倒。

② 兰弹，光绪十七年（1891）"潘永理记"正生本（195-1-13）作"浪绽"，今校作"兰弹"。兰弹，联绵词，疲弊貌。清胡文英《吴下方言考》卷五："今吴谚状物之死而柔者曰兰弹。"另，光绪后期张廷华《双报恩》正生本［195-1-126(4)］此句作"受鞭体（笞）打得我血流绽绽（潺潺）"，而下文【千秋岁】"凶霸"至"潺潺"作"痛打血泪腮，打得遍体难安"。

【千秋岁】恶贼奸，凶霸无忌惮，打得我血流潺潺。(丑)阿哉韩启彪，我赖员外个话勿错勾，写之一张把柄，将吔家主婆，押拨我员外。喏！(唱)休得悒怏，休得悒怏，免得受伤残。牢笼一处，决不饶宽①。(正生白)罢罢罢！(唱)权且解眉火，且出门庭，解危此番，解危此番。

(丑)打呵！(正生科)我写，我写。(丑)员外，他写者。(净)放得里。(正生唱)

【前腔】忍羞惭，举笔泪潸潸，我无奈出妻屠岸②。此际伤心，此际伤心，一霎祸陷襕衫③。一霎时好艰难，发妻出去天南④。挪借来赎取，同归故土，一路关山，一路关山。

(白)拿去。(丑)人虽穷，两个字倒写得蛮好，我赖员外还及伊勿来。员外，来带哉。(净)还要手印。(丑)员外话过哉，还少一个花押。(正生)罢。罢罢罢，忍气门庭出，淋淋血泪垂。(正生下)(净)难是来里哉。(唱)

【尾】是多娇柳腰蛮，袅娜娉婷相看。变个神女襄王会巫山。(下)

# 第六号

正旦(田氏)、正生(韩启彪)、丑(新奎)、老旦(必仲)

(内哭)(正旦上)(唱)

【江儿水】⑤夫君受凌逼，豪奴逞威名，他是个瘦怯书生，怎受得这断绝。(白)妾身田氏，官人韩启彪。不想公婆去世，向赵如川借银一百，本利全无还他，

---

① 决不饶宽，195-3-9 忆写本"宽"作"放"，195-3-89 整理本"免得"至"饶放"作"免得个受伤残，牢笼计决不宽"，据校改。

② 屠岸，指屠岸贾，春秋时晋国大夫，晋景公时诛杀赵氏，元纪君祥杂剧《赵氏孤儿》、南戏《八义记》有其事。这里代指奸凶。

③ 襕衫，即"蓝衫"，士服，因其于衫下施横襕为裳，故称。明清时为秀才、举人公服。

④ "一霎时"至"天南"，195-1-13 本作"无情还好艰难，发妻出去云南"，195-1-126(4)本作"一杀是(霎时)好监(艰)难，无去情去天难"，今合二者而校之。

⑤ 此曲牌名及下文【玉交枝】，单角本缺题，据 195-3-89 整理本补题。

他将我官人扯到公堂,不知官儿怎样问供。(唱)**哭出鹧鸪天,分明追逼易**①,**这般凄凉怎自知,这般凄凉怎自知?**

(正生上)(唱)

【前腔】**异地孤身子,谁是我亲戚,凶恶豪奴,鞭笞伤痕血。**(白)来此自家门首,叫我如何见得娘子面来吓!(唱)**一见我形骸,悲苦向谁说,这回难见我妻室,这回难见我妻室。**

(白)娘子开门。(正旦唱)

【前腔】**移步往身开,珠泪偷弹淋,扭结到公堂,公然来追逼。快说这因依,免奴伤断绝,儒门之子多周折,儒门之子多周折。**

(白)赵如川这恶贼,将你扯到公堂,怎样问供?(正生)娘子,不是县官追逼,那赵如川这恶贼,扭结到家,要我银子,两下言语触怒,叫众豪奴将我私行吊打。(正旦)怎么,将你私行吊打?(正生)私行吊打犹可,还要我把柄。(正旦)写什么把柄?(正生)他说道我乃异乡人氏,逃走无处来讨银子,要我写一纸质当文契。(正旦)写也不写?(正生)叫我如何说得出口吓!(唱)

【前腔】**痛打声不绝,恶贼心毒蝎,**(白)难脱虎口,我只得写下了。(正旦)怎么,写下了? 不好了!(唱)**我和你同林双栖鸟,不幸今朝来分别。**(丑、老旦上)(同唱)**忙忙来追逼,进他墙门急,**(白)韩启彪,叫家主婆头梳个梳,脚包个包,要去拜堂哉!(唱)**从此夫妻两分离,从此夫妻两分离**②。

【玉交枝】(正生唱)**这段凄凉怎分别,这是我命中注立。凶恶豪奴当场至,滔天势百般威逼。**(丑、老旦扯正旦下,正生关门,追)(正生唱)**走得我神昏力怯,怎支持一步一跌。挤却残躯身崩裂,宁死沟渠结冤孽,宁死沟渠结冤孽。**(科,下)

---

① 此句单角本作"分龙双必易",据 195-3-9 忆写本改。

② "忙忙来追逼"至"从此夫妻两分离"据 195-3-89 整理本录入,而 195-3-9 忆写本作"闹嚷嚷追逼如箭,急急的他家门墙。一一的诉说明白,快快的诉说端详。还须要分别主张,夫与妻论短说长,论短说长"。

# 第七号

小生(李秀斌)、外(李义)、丑(新奎)、老旦(必仲)、正旦(田氏)、正生(韩启彪)

(内)李义随我来。(小生、外上)(小生唱)

【水底鱼】**长闷恹恹,游玩在街前**。(内白)救命!(小生)呀!(唱)**人来蜂拥,又听哭泣连**。

(走板)(丑、老旦扯正旦上)(正旦唱)

【前腔】**泪雨如泉,哀哀哭悲怜。从此无亲,夫妻各一天**。(丑、老旦扯正旦下)

(正生上)(唱)

【前腔】**哀告苍天,欺凌我可怜。抢妻质当,夫妻受熬煎**。

(小生)哪,你是韩兄吓?(正生)弟韩启彪。(小生)为何这般光景?(正生)镇江有一恶虎赵如川,欺我异乡人吓!(唱)

【前腔】**度日如年,贫寒不可言。未还本利,抢妻进家园**。

(小生)怎么,将尊嫂抢去了?(正生)将我寒荆抢去了。(小生)你欠他多少银子?(正生)本银一百,三年算来,共利二百还他。(小生)李义过来。(外)大爷。(小生)你回去对大娘说,取银子二百两到赵家来,速去。(外)晓得。(外下)(小生)兄吓,我与你到赵家评理者。(唱)

【前腔】**冲冠怒气恼胸填,富豪怎不行方便?**(正生白)兄吓,我寒荆抢去犹可,还将弟私行吊打。(小生)吓,怎么,还将你私行吊打? 赵如川,赵如川!(唱)**立志纵横,头上有青天**。

(白)我与你到赵家评理去。(下)

## 第八号

净(赵如川)、丑(新奎)、老旦(必仲)、正旦(田氏)、正生(韩启彪)、
小生(李秀斌)、花旦(刘氏)、外(李义)

(净上)(念)

**【光光乍】姻缘蛮气多，今夜会娇娥。销金帐内笑呵呵，乐事欢娱谁似我。**

(丑、老旦扯正旦上)(丑)员外，抢来带哉。(关门)(净)娇娇，勿要哭哉，走进去。(丑、老旦带正旦下)(净)新奎。(内应)(净)叫丫环出来奉茶。(丫环捧茶上，下)(净喝茶嘬唇)(正生、小生上，踢进)(净)拜堂，拜堂。(小生)拜堂？(净)哙哙，哙吓哙，呒是李秀斌？吓，呒到我屋里来做啥？(小生)做啥？赵如川，你凌辱官家公子，王法全无。(净)李秀斌，呒来做强出头。(正生)赵如川，你劫抢儒门命妇，天理难容，循环有报。(净)韩启彪，呒借得我银子勿还，夫妻思想逃走，家主婆质当来我，要出于情愿个。(小生)他欠你银子，只要还你银子，为何这等私行吊打，拆散人家夫妻？天理难容，少不得循环有报。(唱)

**【点绛唇】恶贼奸刁，恶贼奸刁，纵横强暴，暗计谋。吊打逼写，令人气怒恼。**

(净)韩启彪，你叫之李秀斌前来，包少①我银子是实。(小生)他欠你银子，只要还你银子来呵！(唱)

**【新水令】何故的殴辱斯文毒打，恶豪奴、百般糟蹋。形骸如狼虎，声声面叱咤。他是个瘦怯书生，怎禁得遍体受挞，遍体受挞？**

(正生)吓，兄吓！(唱)

**【驻马听】泪雨如麻，异地孤身好嗟呀。惨凄凄受尽清贫苦守，恨绵绵无路可投，早则是受尽凄凉苦，倒不如、身赴黄泉望故家。**(科)(白)赵如川，赵如川！(唱)**便将我送公庭来逼写，甘心的命掩黄沙。抢人妻有争差，妆圈套定然是**

---

① 包少，同“包梢”(“梢”亦作“稍”)，方言，除了别人已承担的或已约定的，剩下的由某人承担、负责，谓之包梢。这里指图赖未还的银子。

有奸诈，猛拚今朝沟渠丧，这的是前世冤家，前世冤家。（正生下）

（净）勿要雾腾腾！（小生唱）

【折桂令】旧缙绅礼乐儒家，有日身荣，金榜名挂。读书人自有文光射斗，总有日报昭彰，要问你家。（净白）李秀斌，你指手舞脚，勿可讨没趣。（小生）咳！（唱）忒杀奸刁，羞人胡闹。今日个猜透情关，怎可也以真作假，以真作假。

> （净）众家丁走出来，把各门关好，打个刍娘贼。（四家人上）（丑上）员外，蜡烛点哼哉，好拜堂哉。（净）拜勿成。新奎动手！（小生踢，丑倒）（小生）可恼，可恼！（唱）

【雁儿落】恼得俺雷霆怒冲霄，恼得俺气昂昂英雄家。一任你恶狠狠滔天势，又何须意沉沉怕着他。呀！你可也眼睁睁认着咱，奴胎休惊怕。惹起无名火，你命掩黄沙。轻打，流水削落花，似天神狠哪吒，似天神狠哪吒。

> （小生打，丑、四家人逃下。净打科，小生下，净追下）（花旦开门看，下）（小生与丑、四家人上，打，丑、四家人败下。花旦上，小生摔倒花旦，花旦下。净上，小生打）（净）阿唷！（净下）（净、丑、四家人上，小生将净打倒）（净）打杀哉，打杀哉。（正生、正旦上）（同唱）

【沽美酒】盼伊人眼巴巴，盼伊人眼巴巴，苍头的老年华，怎能够两步行来一步跨。好叫我胸前剖挖，似这等悲苦嗟呀。夫与妻异地天涯，感恩公解危扶咱，免得个两地牵挂。（外上）（唱）俺呵！气呼呼步跨路跨，走得我汗雨如麻。呀！早来到奸凶门下，奸凶门下。

> （白）相公，银子在此了。（小生）好，你回复大娘去。（外）晓得。（外下）（小生）兄吓，银子拿到，可有借票？（正生）原有借票。（小生）赵如川，拿借票来。（净）新奎，借票拿出来。（丑下，又上）（丑）来带哉。阿哉员外，借票是勿可还伊呢。（净）勿还，伊要打个。拿出来。（小生）拿来。（净）还之里。（小生）兄吓，拿去扯破了。（正生）原有把柄。（小生）赵如川，拿把柄来。（净）也拿出来，还得伊。（丑下，又上）（丑）哪，把柄，把柄。员外，把柄勿可还呢。（净）勿还，伊要打这，还得伊。（小生）拿来。韩兄，把柄在此，扯破了。（丑）个借票、把柄，一概还拨呒哉，有银子拿得一些来。（小生）大丈夫岂肯少你银子，

你拿衣袘①来。(丑)呵!(小生)拿去。(丑)阿唷,阿唷!(丑下)(正生)赵如川,银子还了,借票收了,你如今难为我不得了。(净)韩启彪,呸也威风得够哉。我明白哉,李秀斌看之韩启彪个家主婆上眼,故此摆个样威势。(小生打净一掌)(净)阿唷!(小生)有道路见不平,拔刀相助也!(唱)

**【收江南】**呀!休得要浪语嘴喳喳,奴胎忒凶霸。俺是冲冲豪气满天涯,慷慨仗义姓名夸。(白)兄,到弟舍下去。(正生、正旦唱)**步履争踏②,步履争踏,跳出了牢笼虎口免波渣,牢笼虎口免波渣。**(小生、正生、正旦下)

(净)咳!(唱)

**【尾】**一番好事成虚话,都做了冰散雪化。(白)李秀斌,呸个㑔娘贼,那亨气得你过!(唱)**定然是闹中得静,轻轻采着这鲜花,采着这鲜花。**(科)

(白)李秀斌个拳头,是个一拳有八斗米重。吓唷吓!(下)

# 第九号

付(魏得成)、贴旦(方氏)、外(李义)、小生(李秀斌)、正生(韩启彪)、

正旦(田氏)、小旦(钱氏)

(内)家主婆。(内)官人。(付、贴旦捧香上)(同念)

**【(昆腔)剔银灯】**穷夫妻躬身香拜跪,高门酬谢配天恩大。(贴旦白)官人,恩公府上在于何处?(付)还要走之上去。(贴旦)有理,请。(同唱)**官宦门庭住南街,昂昂的中宪门台。**(付白)到哉。我答你跪之下来,恭恭敬敬捧之香,个叫做跪门谢恩。等恩公大叔出来,报恩公知道是哉。(唱)**恩高,配天德大,效犬马来生恩戴。**

(外上,开门)(小生、正生、正旦上)(同唱)

———————————

①　衣袘,衣袖的肘部。清胡文英《吴下方言考》卷七:"顾野王《玉篇》:'袘,衫袖也。'案:袘,袖中也。吴人谓袖中曲肱处曰'袖袘'。"

②　争踏,195-1-13本作"争挞",195-1-126(4)本作"挣□",次字经涂改,或为"达""遝"。

【前腔】**喜孜孜笑颜开，遇不平气冲满怀**。(小生唱)**大义人伦心诚快，须记得千里两乖**。(付白)恩公居来哉，我里夫妻来酬谢个。(小生)起来。兄弟倒有些面熟。(付)恩公勿认哉，小子魏得成，勿争气，要跌赌，多蒙恩公救急，斩指头就是我。(小生)到来何事？(付)恩公请坐之，让我夫妻拜谢。(贴旦)夫妻叩谢。(小生)兄吓！(唱)**又何须怎般情态，令人难信又难解**。

(白)李义，请出大娘。(外)晓得。大娘有请。(小旦上)相公回来了，见礼。(小生)娘子见礼。二位尊嫂请进。(小旦)二位大娘请进。(小旦、正旦、贴旦下)(小生)二兄请坐。(正生、付)恩公请坐。(付)自从个日得恩惠，还之赵家个银子，难个我切心做人家，再勿去赌哉。(小生)勤俭持家，乃是正理。(付)恩公，我魏得成若勿是恩公解急，真真妻离子散哉。若说赵如川，放债凶恶。(唱)

【前腔】**本和利重重日大，有①欠缺打骂齐来。追逼公庭如官债，把人儿轻如草芥。豪奴，凶恶狼豺，顿令人目瞪口呆②**。

(正生)兄，你也受赵如川之亏么？(付)个位相公是？(正生)弟韩启彪，受赵如川之亏，多蒙恩公解危。(唱)

【前腔】**遭落魄身无立锥，扶危济困深恩戴**。(小生白)兄吓！(唱)**些须小事莫挂怀，见义勇为在我辈**。(付白)若说赵如川之势，可恶无穷。(唱)**豪奴，百般凶状，镇江地恶虎犹在**。

(小生)弟备得有酒，二兄畅饮。(付)勿敢领情。(小生唱)

【(昆腔)尾】**知己谈心且开怀，有事情畅言无碍**。(正生白)又要打搅。(正生、付唱)**感得你恩，焚香天地拜**。(下)

---

① 有，单角本作"无"，据文义改。
② "呆"字单角本脱，今补。

# 第十号

花旦（刘氏）、丑（新奎）

（花旦上）（念）闷坐绣帏，耽搁春几回。恨杀冤家不理会，叫人难受、难受风流罪。（丑上）嗳，大娘娘。（花旦）新奎，你到来何事？（丑）我来称花绵账。（花旦）花绵账是要你算的。你且随我来。咳！（丑）大娘娘，吥为啥气膨膨？（花旦）我气你家员外。（丑）我也气他。（花旦）你怎么气着员外？（丑）我日夜跟着员外，有啥个事体会勿得知个嘘。（念）野草闲花任意采，弃旧恋新事多乖。一心思想风流债。（白）还说一句。（花旦）还说那一句？（丑念）一心要做风流鬼。（花旦）咳，赵如川，赵如川，你这天杀的，可不气死我也！（唱）

【（昆腔）泣颜回】误我青春冷孤帏，耽搁我风貌美。**欲待要撇却前愆窗月推，说什么李下瓜田败门楣。**（丑白）阿呀，大娘娘！（花旦）新奎，你好没规矩，倘被丫环、小厮看见，这还了得？走出去，我要进房去了。（丑）勿差，被丫环、小厮看破，还当了得。（两面看，关门）（花旦）使不得的。（丑）我新奎年纪大哉，大娘娘不必退却个嘘。（唱）**得开怀处且开怀，窃玉偷香两无猜。**（上床）

# 第十一号

净（赵如川）、花旦（刘氏）、丑（新奎）

（内）气杀哉！（家人掌灯随净上）（净唱）

【（昆腔）秋夜月】心难安，把人来轻看。**冤仇怫郁且迟慢，有朝消却这心患。**（白）可恨李秀斌个肏娘贼，口里夺之馒首去哉。定然是韩启彪家主婆看上眼，所以做出骨样情况。（唱）**暗地机谋，勾引有情关。**

（白）叫新奎出来算账。（家人）新奎，新奎。（内）新奎没有人带。（家人）做啥去哉？（内）讨夜账去哉。（家人）员外，新奎勿来东，讨夜账去哉。（净）新奎日讨日账，夜讨夜账。回避。（家人下）（净）我也要到大娘娘房里去哉。（唱）

【前腔】心自参，笼鸟飞天南。要想成全难上难，行过回廊倚栏杆。(白)为啥房门关来里，骨也奇杀哉。(内)大娘娘！(内)新奎！(净)阿呀，勿好哉嗻。(唱)暗地机谋，勾引有情关。(净下)

(内)新奎吓！(花旦、丑出床)(花旦)咳，新奎吓新奎！(唱)

【(昆腔)东瓯令】情意浓，色兴贪，堪爱丰姿春几番。朝朝暮暮休辞惮①，莫弃我孤单。(白)新奎，员外勿在家中，你要进来陪伴与我的。(丑)我会来的。(唱)彼自偷香我贪欢，春色平分半。

(丑)我要去哉。(花旦扯转，开门两面看，回房)(花旦)新奎，今夜要来的呢。

(丑)员外不在家里，我日也来，夜也来。(丑下)(花旦)但愿这冤家不回来便好。(科，下)(净上)气杀哉！(唱)

【前腔】亲目睹，送门关，唧唧哝哝话情谈。(白)我若然喝破之，臭名传扬，叫我那亨做人？(唱)伤风败俗女红兰，怎叫人前站？(白)倘然被丫环侍女看见，叫我那亨做人？(唱)藏头露尾时时惯，巧事真难挽。

(白)李秀斌说天理昭彰，是勿差勾。我想韩启彪家主婆想勿到手，自己家主婆被新奎困得去哉。(唱)

【(昆腔)尾】口锐利舌斑斓，计出空劳覆一番。(白)那呢②？吓，有哉！(唱)准备钢刀，等月昏暗。(下)

# 第十二号

正生(韩启彪)、小生(李秀斌)、付(魏得成)、正旦(田氏)、小旦(钱氏)、

贴旦(方氏)、外(李义)、净(赵如川)、丑(新奎)

(正生、小生、付、正旦、小旦、贴旦上)(同唱)

---

① 惮，单角本作"弹"，今改正。辞惮，因胆怯而推辞。

② 那呢，犹云那亨呢。其中"那"可视作"那亨"的合音，苏州方言"那亨"合音读作[nã]，阳去调，可参。那亨，"亨"亦作"哼"，方言，怎么、怎样。

【(昆腔)泣颜回】顷刻进帝京,愿得步上鹏程。蓝衫脱却,占鳌头宴赴琼林。(正生白)我夫妻多蒙恩公解危,又蒙连赠,结草衔环。(小生)兄弟另备盘费,相赠进京,功名成就而回。(正生)若能得志,夫妻登门酬恩。(外上)船只已料理停当。(小生)晓得了。(外下)(小旦)我有钗环首饰,送与大娘改换。(正旦)有劳大娘。(正生、正旦)就此告别。(众)有送。(同唱)**分袂泪淋,别恩东何时重会幸。满望着喜报春雷,专听着锣声喜音。**(众下)

(净带刀上)人无三思,必有后悔。今夜结果新奎夤娘贼个条性命,要诬害李
秀斌身上。(起更)(净)呀!(唱)

【前腔】**窃听漏滴已初更,顿起了杀人心性。**(丑上,见净,隐下)(净)来个是新
奎,新奎!(丑上)(唱)**白天容易又黄昏,一阵欢喜一心惊。**(白)员外,吭叫我做
啥?(净)同我到李秀斌屋里,打听韩启彪家主婆答李秀斌阿有私情。(丑)员
外,打听风流事情,明朝去,夜里去勿来个。(净)打听风流事,正要夜深沉。
拿之灯亮去。(丑下,拿灯上)(丑)个盏断命灯来带哉。(净)上前走。(唱)**人声
寂静,凑着今夜杀人命。**(丑举灯看)中宪第。员外,到哉。(净)灭之灯亮。
(丑)员外,个盏灯丢远哉。(净)新奎听听看。(丑)呵,我去听听看。(丑)里哼
头响动,一些也勿有,我个项颈倒来带发痒哉。(净)项颈发痒,我员外医。
(丑)员外拨我医个医。(净)我医项颈这。(唱)**探听着何处风流,这一刀恶气
消平。**(杀丑,下)

(小生、外、付上)(小生、付唱)

【(昆腔)千秋岁】送行程,归来月未升,急忙的快步提灯。(小生绊,尸倒)(小生)
不好了!(同唱)**无限祸,淋漓的鲜血满身。**

(内)众家丁,随之我来。(二家人、净上)(净)李秀斌,我家人答你有啥仇,你把
里杀哉。(小生)你不要血口喷人。(净)放狗屁!人杀在门首,满身鲜血来
里,怕勿是你杀个。众家丁,将李秀斌凶手拿到县里去。(净、二家人押小生
下)(付)阿呀,我赶之上去。(付下)(外)大娘有请。(小旦上)何事呼声急,出
堂问原因。何事?(外)大娘,不好了。(小旦)为何?(外)赵如川家人死在门

首,陷害大爷。赵如川这恶贼,将大爷绑到公堂去了。(小旦)吓,怎么,有

此事来? 快快去到县前打听。(外)晓得。(外下)(小旦)不好了!(唱)

**【(昆腔)尾】**①**吓得人胆慌心惊,不由人珠泪淋淋。祸出仓猝倍伤情**。(科,下)

## 第十三号

末(胡得兴)、净(赵如川)、小生(李秀斌)、付(魏得成)、外(李义)

(末上)执法公庭,王法森森。(白)下官丹徒县胡得兴,只为李秀斌杀死赵如

川家人一案。我前检验尸首,刀伤绝命是实。正是,赫赫威名重,纪纲谁

不遵?(手下上)报,启老爷,外面赵员外要见。(末)请相见。(净上)凶徒心

狠将人杀,难逃云阳罪分身。老父台,职员参。(末)且慢,我与你同年一

般,何出此言。见礼,请坐。(净)告坐了。些须薄敬,父台全收。(末)好说,

何用礼物费心。李秀斌将你家人杀死,有何为证?(净)老父台,他衣襟上

现有鲜血为证,凶器定然藏过。(末)公堂上必须要健口扎实。(净)老父台,

那李秀斌倚恃豪富之势,仗着名号纵横乡党,横霸无忌。(念)

**【四边静】镇江谁不怕凶徒,他诨号是恶虎。仇挟那新奎,看来动刀斧。**

(末)到公堂质对。(净)职员告别。(末)有送。(净)感得青天来鉴察,(末)等

待公堂断分明。(净下)(末)来,吩咐开门。(手下)开门,审堂。(四手下上)

(末)众人犯带进。(手下)众人犯带进。(净、小生两边上)(末)听点。(净、小生)

候点。(末)赵职员。(净)在。(末)李秀斌。(小生)在。(手下)有锁。(末)去

锁。李秀斌下去,赵职员站着。(小生下)(末)赵职员,李秀斌将你家人杀

死,有何为证?(净)老父台,踪影全无,横霸劫抢,谁是见证? 家人新奎与

李秀斌雀角,职员见过几次,李秀斌持刀就杀,所以他的衣襟都是鲜血。

他把凶器藏过,反诬职员,幸得亲获公堂,望老父台审究,以抵新奎之命。

---

① 此曲曲文单角本未抄录,据 195-3-89 整理本录出。

（末）可是实供？（净）实供。（末）下去。（净下）（末）传李秀斌。（小生上）春元在。（末）咳，杀人凶手，称什么春元？去了衣巾，跪着。（小生跪）（末）你将新奎杀死，从实招来，免受刑罚。（小生）念春元……（末）掌嘴。（小生）嘈，不问口供，将人便打，好一个父母官儿！（末）嘈！杀人凶手，还有何辩？（小生）阿咦！（唱昆腔【催拍】）（末白）将他捆打四十。（手下押小生下）一十，二十，三十，四十。（手下押小生上）（末）招也不招？（手下）不招。（末）夹起来！（手下夹小生）（末）收。（手下）收。（末）再收。（手下）再收。（末）收满。（手下）收满。收满也不招。（末）松了夹棒。招也死，不招也死。上了刑具，拿去收监。（手下带小生下）（末）掩门。（众下）（付、外上）（付）祸延林木，（外）殃及池鱼。（付）相公官府怎样问法？（外）不要说起瘟官审问呵！（唱昆腔【尾】一至二句）（同唱）

【（昆腔）尾】恨杀贪饕无情理。

（付）报与大娘知道末是哉。（下）

# 第十四号

小旦（钱氏）、贴旦（方氏）、付（魏得成）、外（李义）

（小旦、贴旦上）（同唱）

【傍妆台】意彷徨，坐卧难宁难酌量。你是个慷慨仗义正堂堂，济困扶危反受这魔障。恶狠狠如狼虎，闹嚷嚷去公堂。恨杀那强梁，平空的起波浪，不由人意怯心惊没主张。（科）

（贴旦）大娘吓！（唱）

【前腔】休悲伤，青天湛湛照善良。（白）大娘，赵如川这恶贼，虽然毒口诬害。（唱）却不道公庭自有龙图断，定是台前辨青黄。且从容休泪滴，慢悲啼免愁肠。（小旦唱）怎叫我愁眉望，此际时泪千行，望断凝眸哭断肠。

（付、外上）（同唱）

【不是路】急步踉跄，祸起平空不寻常。进门墙，诉说因依哭断肠。(小旦、贴旦唱)好惊慌，气喘吁吁面色失，汗雨如珠泪汪汪。(贴旦白)你回来了。(付)家主婆。(小旦、贴旦)打听相公/恩公之事，怎么样了？(付、外)恩公/相公受苦不堪了！(唱)恨瘟赃，严刑拷问多凌辱，受尽了泼天冤枉，泼天冤枉。

 (小旦、贴旦)相公/恩公拿到公堂，怎样审问？(付)赵如川送了贿赂，这瘟赃一口屈问，要相公招出夜杀新奎。(外)赵如川贿赂官衙，不容相公分辩。

 相公呵！(付、外唱)

【前腔】腾腾怒嚷，不合情词闹公堂。(小旦、贴旦白)如何分晓？(付、外)瘟赃竟把相公呵！(唱)执刑杖，酷法讯夹不可挡。(小旦、贴旦白)相公/恩公招也不招？(付)打死不招。(唱)好惨伤，昏昏默默魂何处，口口声声命抵挡。(小旦、贴旦白)相公/恩公不招，瘟赃怎样审问？(付、外)夹了一棒，明日再审。(同唱)好凄凉，披枷带锁刑囚状，拘禁牢房，拘禁牢房。

 (小旦、贴旦)吓，怎么，下在监中了？吓，不好了！(唱)

【朱奴儿】听言来魂飞魄荡，痛儿夫/恩公、受尽屈枉，弱怯书生遭罗网。囹圄内怎受肮脏。(小旦白)李义，取银子一百，去到监中，探望相公。家中之事，烦劳大娘一看。(唱)怎顾，含羞彷徨，没计会多惆怅，没计会多惆怅。

 (贴旦)家下有老妈妈照管，我陪大娘，也要前去探望。(付)勿差个。问个明白，到上台去告末是哉。(唱)

【前腔】拼微命伸冤理枉，救恩公愿死泉壤，(付、小旦、贴旦同唱)击鼓登闻投御状，便鼎烹一死有何妨？盈盈，泪湿衣裳，望儿夫/恩公在那厢，望儿夫/恩公在那厢？

【尾】轻声移步出厅堂，哽咽难收泪千行。(白)相公/恩公吓！(唱)坐井观天恼胸膛，坐井观天恼胸膛。

 (外)请大娘上轿。(下)

# 第十五号

韩启彪考试。

# 第十六号

净(赵如川)、付(魏得成)、外(李义)、小旦(钱氏)、贴旦(方氏)、

丑(禁子)、小生(李秀斌)

(内)男吓,跟之我来!(二家人、净上)(念)

【缕缕金】①只为冤家多牵挂,仇隙要消磨。贿赂也害他,恼恨全不怕。(白)只
为李秀斌勿肯画招,县家总要凶器,勿能定案。有点兜答②来里,也顾勿得银
子哉,竟要活葬之里。再备银子三千,送进官衙,勿怕里勿招。(念)**铁案如山
重,何处招架。我今不怕那雪花,谋命诬着他,谋命诬着他。**(二家人、净下)

(付、外、小旦、贴旦上)(付、外)凝望官衙左侧,(小旦、贴旦)那顾露面抛头?(付)
大娘,监门口到哉。(小旦、贴旦)通报。(付)唅,监里大阿叔。(丑上)啥哉?
(付)大阿叔,李秀斌来啥监里,有人前来探望,有廿两银子,烦劳开监门。
(丑)杀人重犯,会勿来个。(付)我晓得个。廿两银子,送你买茶吃吃。亲人
一见,行当一应勿缺末哉。(丑)咳,叫伊进来。(小旦)官人在那里?(付、贴
旦)恩公在那里?(丑)唅,勿可高声,老爷听见,我要淘气个。阿哉,李秀斌
走出来,吓妻子来探望吓哉。(内)阿吓,我的妻吓!(小生上)(付、小旦、贴旦)
阿吓,相公/恩公吓!(唱)

【哭相思】乍见了肝肠寸断,披枷锁形容改换。

───────────

① 此曲晚清《单刀会》等净本(195-1-11)仅标有曲牌名【缕缕金】而未抄录曲文,今
据《双报恩》净本[195-1-126(3)]校录。又,后者曲牌名题作【四边静】,据词式则以【缕缕
金】为是。

② 兜答,麻烦,周折。详见《一盆花》第十三号"只是伊个阿哥有点兜答"注。

（小旦）相公吓，李义回来说，你下在监中，妻子前来一望。如此凄凉，兀的
不痛杀人也！（唱）

【风入松】盈盈泪如麻，不由人凄凉无话。蓬头垢面神容惨，痛杀杀、痛杀杀
心惊胆吓。一见了带锁披枷，恨杀他做冤家，恨杀他做冤家。

【前腔】（付、贴旦唱）看他夫妻好嗟呀，恨不得一时消化。千思万想无筹划，措
手的、措手的难料难察。（付白）恩公，你且放心，我魏得成拚着一死投告吓！
（唱）便登程速进京华，投御状救伊家，投御状救伊家。

（小生）魏兄，这瘟赃要我招出杀死新奎，我抵死不招，管叫瘟赃难以定案。

（付）若还勿招，三日一拷，四日一问，个苦痛那个吃得起吓！（唱）

【急三枪】休得要，泪盈盈，多惊怕。我是正堂堂，丈夫家。（付、小旦、贴旦唱）严
刑问，怎禁得，三木下。怎支持，难招架，怎支持，难招架。

（小生）家中之事，还望魏兄料理，望尊嫂与寒荆同伴呵！（唱）

【风入松】免我心里多牵挂，视死如归泉台下。香房同伴免孤寡，朝夕里、朝
夕里痛苦怨嗟。（贴旦白）恩公吓，夫妻二人，多蒙恩公偿债，恨不得粉身图报。
（唱）今蒙托陪侍香房，早和晚劝慰他，早和晚劝慰他。

（小旦）相公吓！（唱）

【前腔】伊行支吾好嗟呀，说什么劝慰着咱。叫人难说凄凉话，（小生白）娘子
吓！（唱）又何须、又何须哭泣悲嗟。（小旦唱）倒不如面别君家，死幽冥免牵
挂，死幽冥免牵挂。

（贴旦扯住）（小生）李义过来。（外）有。（小生）家中之事，尽托魏大爷料理，你
须要听他约束。兄吓！（唱）

【急三枪】仗得你，大义人，意可嘉。我在囹圄内，可宽暇。

（付）大阿叔，明日之来料理，勿要把里吃苦。（付、小旦、贴旦、外唱）

【风入松】看看日落西山斜，又听得鸟雀喳喳。分离两处在天涯，此际时、此
际时盈盈泪洒。恨杀那恶贼凶霸，恨切齿咬银牙，恨切齿咬银牙。（丑带小生
下，小旦、贴旦、外下）

（二家人、净上）（唱）

【哭相思】忙辞别出官衙，见席上多少欢耍。（白）妙吓，好齐整女娘！（唱）啼痕挂着盈盈泪洒，发似乌云面桃花。

（白）魏得成。（付）唅，员外。（净）你来县前做啥？（付）好朋友，勿知被罗个舍娘贼，诬害人命，落得监哉，我里①料理监口个。（净）唅，吓有啥个好朋友？（付）李秀斌是我恩人。（净）李秀斌我个仇人。（付）吓做伊着仇，我做伊有恩。（净）三年前欠我银子勿还，还要来强嘴么？男吓！（二家人）有。（净）扯得伊去报恩去。（转场）将台门关之。（二家人）有。（净）叫众家丁拿青柴棍出来打。（二家人）众兄弟青柴棍背出来。（二家人上）（净）唅，魏得成，三年前个种银子，好拨得我哉。（付）我早已还过哉吓。（净）还拨啥人？（付）还拨死鬼新奎个。（净）新奎死还哉，个笔钱要重还过。（付）我借票拨出哉。（净）银子勿用话哉。吓个舍娘贼，可晓得李秀斌杀我新奎，是命案重犯，吓倒去料理监口。方才监门首两位女娘，那一位是李秀斌家主婆？（付）你要问里做啥？（净）可晓得我个心事？（付）吓个心事，我明白哉。（唱）

【二犯傍妆台】你起奸邪，蓦见了丰姿秀丽，顿起了春情伤风化。（白）走来，走来，你看头上是啥东西？（净）箬帽介天。（付）却又来。（唱）却不道湛湛青天来鉴察，（净插白：我是没有天。）顿起这淫欲心肠害女娃。可怜他为着夫妻心悲苦，早则是无限凄凉哭婆婆。（净白）里占韩启彪家主婆，夺得我个风流，难道我夺勿得里结发么？（付）个句说话，放乃娘狗屁。（净打一掌）（付）阿吓！个是恩公好意，全人骨肉，早早送进京去哉。（唱）他疏财仗义，慷慨英华，谁似你狗肺狼心污裙钗。

（净）打个舍娘贼！（四家人打）（净唱）

【前腔】我便行凶霸，触起无情，打得你肉绽皮花。一任你声声骂，要强占那浑家。（付白）赵如川，骨样良心，天理难容。（净）打！（唱）李秀斌的禁囚狱底

---

① 我里，这里相当于"我罗"，方言，我。

遭非命，可不道辜负青春美娇娃。（众白）我赖员外个些说话勿错个。李秀斌落之监哉，李秀斌个家主婆要嫁人，个嫁之我赖员外喏！（唱）**休得悒怏，免得牵挂，牢笼跳出循环报答。**

（付）吓班人都是勿得好死个。（净）打！（唱）

【醉罗歌】休顾那仇家，抵死怎饶他。助强怜弱成虚假，一片巫山做话巴。（四家人打）（四家人唱）**休把祸惹，免得波渣。打死你，也无法**①。（付白）且住。我来俞娘贼屋里，也是没中用勾。让我骗之出门，答个俞娘贼拼个死活。（众）打呵！（付）员外，要李秀斌家主婆，都在我身上。（净）你个俞娘贼，个嘴答个心勿同勾。骗出门另生枝节，要写一张把柄。（付）要里做啥？（净）写一千两银子借票，送李秀斌个家主婆到府，还你借票。（付）阿吓，难是勿好哉！（唱）**恶贼忒杀奸滑。怎写出，献女娃，无计无会无挣达**②。

（净）勿写？打！（付）我写，我写。吓！（唱）

【前腔】千银落飞花，空写文契借。奈他行多凶狠，出门庭且由咱。字字行行，一真一假；又无凭据，契券新写花。**千两花银借赵家。**（净白）还要花押。（付）搭得去。（净）开之门，放里出去。魏得成，吓居去夜里打之轿来，要接哉。（付）我去哉。（唱）**急步的，出门外，他那里凝望眼巴巴。**（付下）

（净）李秀斌，吓当初占我风流，难个出我口气嘘。（唱）

【尾】假惺惺，眼巴巴，准备鲛绡罗帕。（众白）员外，为啥个样打？（净）若勿是介打，罗里肯写借票？（众）员外，话说得太凶险哉。（净）勿是个样说。（唱）**为报仇敌，那顾败柳与残花？**（下）

---

① "休把"至"无法"系集曲【醉罗歌】中的【皂罗袍】六至九句，195-3-9 忆写本已不完整，此据 195-3-89 整理本录出。

② 挣达，单角本"达"原类化作"挞"，同"撑达"，支撑、挣扎之意，详见《铁冠图·乱宫》【一江风】第五支"直恁无争达"注。

# 第十七号

小旦(钱氏)、贴旦(方氏)、付(魏得成)

(小旦、贴旦上)(同唱)

**【一江风】泪浓浓,凝眸望长空,慷慨遭磨弄。各西东,两地悲切,何日再重逢?**(小旦白)大娘,我官人下在监中,不能出狱,如何是好?(贴旦)大娘且是放心,等我丈夫回来,商量计策,上台投告,要救恩公出狱便了。(唱)**停悲且从容,神劳力怯惜,废寝忘餐成何用?**

(付上)(唱)

**【前腔】步匆匆,气吁急喉咙,急急的转门扇**。(贴旦白)官人,你回来了。(付)居来哉。(贴旦)为何这般时候回来?(付)我么?(唱)**愁万种,难诉原因,禁不住心儿痛**。(贴旦白)敢是受气而回?(付)勿但受气,拷稻草个拷得一顿,居来哉。(贴旦)敢是与人厮打?(付)勿但是打吓!(唱)**豪奴心忒凶,妆成计牢笼,前世冤家狭路逢。**

(小旦)敢是与外人相打?(付)相打小事,救恩公要紧。大娘你且进去,我里两夫妻,有句说话来里。(贴旦)大娘请进。(小旦)暂停悲哭泣,哀哀痛夫君。(小旦下)(付)咳!(贴旦)官人,到底为着何事?(付)吓要问我做啥?吓要问我做啥?(贴旦)这又奇了。(唱)

**【醉花阴】难猜难详好心焦,何事的与人争闹?为人的诉情衷分白皂,休得要、休得要心儿里自烦自恼。我和你为恩公无可报,他为你受尽了祸事遭,一一的诉说根苗,诉说根苗。**

(付)家主婆,可恨赵如川个贪娘贼。(唱)

**【画眉序】奸顽多凶暴,我自投罗网落圈套。为恩公仇敌非轻小。扯我身痛打非常,逼写千金借票**。(贴旦白)要你写什么借票?(付)个贪娘贼,害之恩公落之监,也勿消说哉。他还要,还要……(贴旦)还要什么?(付)那亨说得出口嘘。(唱)**不该举笔来亲写,宁甘心命付鸿毛,命付鸿毛。**

（贴旦）他要逼写多少银子借票？（付）要我写一千两银子借票。（贴旦）要你写一千两银子借票何用？（付）咳，阿咦，我要来做啥！（贴旦）阿呀，不好了！（唱）

【喜迁莺】不分明口语、口语嚣嚣，空抱恨费尽、费尽神劳。**心也么焦，急得人心意焦燎，是和否明言直道。**（付白）吓，我好恨吓！（贴旦唱）**休懊恼，莫隐瞒三更敲拷，总漏泄午夜风梢，午夜风梢。**

（付）家主婆，个俞娘贼要我写千两银子借票，道为啥？（贴旦）为着何事？

（付）就来监门口，见大娘容貌吓！（唱）

【画眉序】**欲火袄庙烧①，堪爱风姿花月效。赚我身逼写契凭照。**（小旦上，科，听）（贴旦）既然为大娘容貌，要千两银子借票何用？（付）你阿晓得，借票一写，要来我个身上着落哉吓！（唱）**做一个毛延寿献出昭君，乐欢娱美景良宵。**（贴旦白）你还是写也不写？（付）恶贼把墙门紧闭，叫之豪奴，拿之青柴棍，逼我写，打得骨样光景哉。（唱）**遍体都是淋淋血，威逼勒无可解交，无可解交。**

（贴旦）官人，听你说来，将大娘送到他家中不成？（付）阿呀，家主婆吓！我若非恩人解危，此刻存亡难料。今日恩公落在监牢，眼睁睁玷污多娇。所以居来答吪说个明白，保全大娘名节才好。（贴旦）是吓，保全大娘名节才好。

（付）个我去哉。（贴旦）且慢，到那里去？（付）我去杀得贼娘贼②来。（贴旦）官人吓，你去到他家，这恶贼豪奴如狼似虎，杀他不来，倒做了画虎不成。此事何不依了我？（付）依吪那个呢？（贴旦）官人吓，你将大娘送到我家安顿，待妻子冒认大娘，去到他家，杀这恶贼。（付）个是美人计哉。（贴旦唱）

【出队子】**虽不学连环女英豪，杀奸贼可也安良除暴。夫与妻报恩在今朝。**

（付白）家主婆吓，你个计策原是勿差勾，到之他家，杀得俞娘贼来呢也罢哉，杀勿来那个呢？（贴旦）官人吓，此去不是他死，定是妻亡了么！（唱）**休得将人**

---

① 袄庙烧，详见《西厢记·赴宴》【得胜令】"扑通通点着袄庙火"注。"袄庙火"本指男女恋情的障碍物，此处用来形容欲火之炽。《双玉锁》第五号【出队子】"想娇娥心切、心切怀抱，欲火骤起袄庙烧"义同。

② 贼娘贼，同"俞娘贼""入娘贼"，前一"贼"字绍兴方言读作[zieʔ]，阳入调。

来奚落,愿将一命抛,夫与妻保全名节在监牢。

【幺篇】(小旦唱)**听言来恩高德高,夫与妻名节可保。**(贴旦白)大娘出来何事?(小旦)大娘吓,我在里面,听得明白,赵如川这恶贼,陷害相公,下在监中,如今又起不端之事来么?(唱)**杀贼冤仇可报,宁死沟渠九泉含笑,痛儿夫猚犴监牢,猚犴监牢。**

  (付、贴旦)大娘,我夫妻二人商量明白,不必三心两意者。(小旦)大娘吓,我家之事,怎好累及大娘?(贴旦)怎说"累及"二字吓!(唱)

【刮地风】**呀! 早难道袖手旁观恩不报,胜似那牛马、牛马劬劳。只我这裙布女恩德藏怀抱,荆钗妇刻时来悬吊。**(付白)大娘,我夫妻两个此番杀身图报,要除此恶贼性命,一保全大娘名节,二就要救恩公性命哉。(唱)**休多恋避过今宵,祸与福全在明朝。**(贴旦白)官人,此刻夜静更深,无人知晓,快快送大娘去到我家安顿,即来报与妻子,杀这恶贼便了。(付)勿差个。大娘此刻天夜哉,点之灯亮,到我屋里避难去末是哉。(小旦)大娘请上,受奴一拜。(贴旦、付)我夫妻当不起。(同唱)**这一回,那一回,吉凶难料,生擦擦分离今宵。苦恼,早准备杀身报,生和死何足道,生和死何足道。**(付、小旦下,贴旦下)

# 第十八号

  外(李义)、付(魏得成)、小旦(钱氏)、净(赵如川)、贴旦(方氏)

  (外上)(唱)

【鲍老催】**门衰户落,叹东君轻年少貌,慷慨仗义赴波涛。**(白)我李义,只为相公受屈,进监探望,不免回去了罢。(唱)**我年又迈,人又老,多颠倒。家门不幸已残凋,**(内喊)呵!(外)呀!(唱)**一众人闹吵吵,灯球来高照。**

  (内)魏得成。(外)阿呀,他口叫魏得成,不知为着何事? 待我前去,看过明白。(外下)(起更)(付、小旦上)(付唱)

【四门子】**夜更阑无人来知觉,早又是家门到。**(白)大娘,这里是寒舍了。且是安心在此,若杀得恶贼,就好救恩公便了。(小旦)吓!(付开门,进内)(付)大娘!(唱)**且莫悲号,避过今宵,挺身杀贼胆不小**。(小旦下,付关门)(付)关门锁。(唱)**门儿紧锁,黄昏静悄,呀!可正是女须眉杀奸刀,女须眉杀奸刀**。(内声)(付下)

(四家人带轿上)(净上)(唱)

【双声子】**初更敲,初更敲,因何人未到。来捕捉,定然远奔逃**。(白)可见魏得成?(四家人)魏得成家中门儿反锁。(净)一定来哼李秀斌屋里,走。(唱)**难打熬,金钩钓。一见娇娥,轻轻搂抱,轻轻搂抱**。(净、四家人带轿下)

(付、贴旦上)(同唱)

【水仙子】**呀呀呀气难消,呀呀呀气难消,藏利刀须安好。杀奸邪在今朝,存亡的命难保**。(贴旦白)官人请上,受苦命妻子一拜。(付)还要拜啥?(贴旦唱)**拜拜拜拜深深哭嚎啕,今永诀无言告**。(换衣)**红衫儿身穿好,这容颜红纱罩,管叫他认不出难猜难料,难猜难料**。

(四家人带轿上,净上)那亨哉?上轿。(贴旦上轿,外上,净、四家人带轿下,付关门下,外扯付转)(外)魏得成,把我大娘,抢到那里去?(扯付)(外)要说个明白。

(付推倒外,付下)(外)魏得成,你行得好事也!(唱)

【尾】**丧良心恩义抛,受千金害多娇。岂肯做玷污名节,赶上门庭问根苗**。(下)

# 第十九号

净(赵如川)、付(魏得成)、贴旦(方氏)、外(李义)

(四家人带轿上,净、付上,外随上)(净)关门。(家人关门,外下)(净)下轿,下轿,拜堂,拜堂。(付)员外,个二婚头堂勿用拜花烛。(四家人、贴旦下)(付)员外,借票拿来还我哉。(净)还得。魏兄辛苦哉,吃一杯,我陪陪。(付)员外,你且进房去的,酒我自家会吃勾。(净下)(付)恶贼,恶贼!(唱)

【(昆腔)驻马听】**恶贼无知,今夜叫你命归西。那知移花接木,钓月金钩,暗藏锐利?**(三更)(白)呀,谯楼鼓打三更,内房一定有跷蹊。(内声)(付)发作哉,发作哉。(唱)**心甚取速①,容颜割损,不露祸机。**

(净逃上,贴旦上,四家人两面上,净逃下。贴旦自杀,二家人开门,二家人抬贴旦下。

外上,打付)(付)阿唷吓!(逃下,外下)

# 第二十号

丑(旗牌王德)

(内)马来!(吹打【六幺令】前段)(丑上)俺王德,奉韩大老爷之命,有银子一千,
送与李相公安家,催马一走。(吹打【六幺令】后段)(下)

# 第二十一号

外(李义)、丑(王德)

(内哭)(外上)(唱)

**【(昆腔)玉抱肚】年迈苍苍,力无能不能相待。看东君受尽凄凉,恨恶贼同谋
计排。**(白)吓,正所谓人心难料,那魏得成狗男女,暗算大娘,死于非命。我
本要拚命前去投告,相公说恐又落了圈套。我只得上台前去叫冤,倘能出
罪,亦未可见得。(唱)**苍天怜念苦哉,何殉深恩②告上台。**(外下)

(吹打【玉抱肚】)(丑上)中宪第。待我下了马。里面可有人?(内)来了。(外
上)相公吓!(唱)

**【前腔】准备行程走天涯,蓦见人儿在庭阶。**

(开门)(丑)这里可是李秀斌相公府上?(外)正是。(丑)俺奉韩大老爷之命,
有银一千,送与李相公安家。(外)韩启彪相公做官了么?(丑)做官了。你
家主人可好?(外)我家主人下在监中了。(丑)老人家且自放心,你与我一

---

① 取速,单角本作"耻速",取、耻曲音相近,据改。取速,快速。

② 殉深,单角本作"情身",殉、情方言音同,据改。何,何不。殉深恩,舍身以报大恩。

同去见我家大爷,你家主人可以出罪。(外)多谢尊官。(丑)一同起程。(吹【尾】)(下)

## 第二十二号

正生(韩启彪)

(正生上)(引)钦承皇命,代天巡狩风清。(诗)代天巡狩出帝京,蒙恩隆宠受皇恩。一心削除奸佞辈,铁面森森不容情。(白)本院韩启彪,那年随父流落镇江,受赵如川之亏,多蒙李秀斌解危,完全我夫妻二人进京。蒙圣恩喜得皇榜有名,圣上旨意下来,命我出京巡查。奉封尚方宝剑,虎头金印,龙凤车旗一对,若有贪官受污,豪恶奸刁,先斩后奏。定在今日起程。正是巍巍皇命重,铁面森森也惊心。(四手下上)吹!人马齐备,请大老爷起马。(正生)就此起马。(四手下)吹!(吹)(下)

## 第二十三号

丑(旗牌王德)、外(李义)、正生(韩启彪)

(内)马来!(丑、外上)(吹打【六幺令】前段)(丑白)老人家,你看前面大老爷人马出京来了。见了我家大老爷,你主人冤仇可报。(吹打【六幺令】后段)(丑、外下)(四手下、正生上)(吹打【六幺令】前段)(内白)报上。(手下)所报何事?(内)王德回。(正生)住道。命王德马前相见。(手下)马前相见。(内)马来!(吹打【六幺令】后段)(丑、外上)(丑)大老爷,王德叩头。(正生)起来。(丑)谢大老爷。(正生)此位是谁?(丑)这是李府老总管。老总管,见了我家大老爷。(外)大老爷,小人叩头。(正生)既是老总管,为何不抬头?(外)有罪不敢抬头。(正生)恕你无罪,抬起头来。(外)谢大老爷。(正生)呵吓,果是老总管,请起。(外)谢老爷。(正生)主人别后可好?(外)不要说起我家主人与大老爷别后呵!(唱)

【(昆腔)好姐姐】**把冤情一一上诉,都错见姘人负心**[①]。**投状没形,两下里来错断**[②]。

(正生)后来便怎么?(外)可恨赵如川这恶贼,害我主人下在监中。后来魏得成与赵如川串通一路,将我大娘抢到恶贼家中,死于非命呵!(唱昆腔【好姐姐】后段)(正生白)可恼,可恼!(吹)(白)魏得成,骂你这狗男女,你有恩不报,反作仇敌。(吹)(白)只为义友受辱,来,将人马催往镇江巡查者。(手下)吠!(吹【尾】)(下)

## 第二十四号

付(魏得成)、丑(旗牌王德)、外(李义)、正生(韩启彪)

(付上)(唱)

【风入松】**闻道巡查过扬州,理民情代天巡狩。微躯猛拚丧渠沟,投状纸恩公搭救**。(白)快活杀!衙门前纷纷传说,有钦差大人巡查两江,拔罪起冤,我恩人出罪。暗地做得一张状纸,把县官受贿向上台投告,恩人就好出狱,家主婆亦可消冤。若还告勿准,我也顾不得呸哉。(唱)**便钢刀何怕何愁,浑身胆把状投,浑身胆把状投**。(付下)

(四手下、二旗牌、外、正生上)(正生唱)

【前腔】**关河重叠不住马蹄骤,涉水登山急走。慷慨仗义遭僝僽,恨不得奋身力救**。(白)本院韩启彪,只为义友受辱,恨不得赵如川、魏得成拿来粉身碎骨,以消含冤。来,人马催往镇江巡查。(唱)**含悲泪自惭自羞,身受享恩义兜,身受享恩义兜**。

(付)大老爷伸冤!(正生)可有状纸?(付)原有状纸。(正生)取。(丑)状子呈

---

① 姘、心,外本作“拚”“幸”,据文义改。姘人为非夫妻关系而同居之人,这里盖指魏得成,因李秀斌入狱后托魏得成照管家业。

② 断,外本作“短”,据文义改。按,本剧校录所据外本至此为止,其后未抄录。

上。(正生)"具告魏得成",吓,你这狗男女也来了。前面可有邮亭?(丑)禀老爷,没有邮亭,只有津亭。(正生)上了刑具,带转津亭。(圆场)(手下)有锁。(正生)去锁。(正生)不消细问,捆打四十。(手下押付下)一十,二十,三十,四十。(正生)吓,恶贼,恶贼!(唱)

【前腔】**冲冠怒发恨难收,奸刁贼敢来强口。**(手下押付上)(付)大老爷冤枉吓!(正生)掌嘴。本院早已访问明白,你与赵如川串通一路,陷害李秀斌。(唱)**暗藏毒蝎出门楼,污名节横丧冥幽。**(付白)大老爷,小人为恶虎赵如川谋人害命,拚死前来投告。(外)魏得成!(付)唅,老娘家,吔也来带哉么?(外)你与赵如川串通一路,将我大娘抢到恶贼家中,害我大娘死于非命。(付)个遭话勿明哉。(外)阿吓,大老爷! 快快与我大老爷伸冤吓!(正生)夹起来。(手下夹付)(正生唱)**一味的甜言蜜口,恩和德反成仇,恩和德反成仇。**

　　(白)收。(手下)收。(正生)再收。(手下)再收。(正生)收满。(手下)收满,晕去了。(正生)抓起来。(付)大老爷!(唱)

【前腔】**夫妻商酌话情投,保名节闺阁娇羞。移花接木恐泄漏,藏密处谁来参透。**(白)我家主婆为保大娘名节,挺身替代,只望杀死赵如川个夼娘贼吓!(唱)**露机关仍然祸有,原身丧绝咽喉,原身丧绝咽喉。**

　　(外)魏得成,听你说来,我家大娘未死。(付)勿死,勿死。(外)死在恶贼家中,是何等样人?(付)我家主婆。(外)我大娘人在那里?(付)大娘来我屋里。(外)大老爷,这事冤枉与他了。(正生)松了夹棒。老总管,你与魏得成同去,若见你主母,方知魏得成家中义恩得报。将他上了刑具,毋放走。(付)呵唷,我走勿去哉。阿唷。(二手下背付,同外下)(正生)王德过来听令。(丑)在。(正生)我有令箭一枝,命你先拿赵如川夫妻到来听审。(二手下、丑下)(正生唱)

【前腔】谁料人心有差谬,莫须有三字虚浮。暗藏毒药杯中酒,早难道薰莸遗臭①。保名节愿将命休,夫与妻世罕有,夫与妻世罕有。(下)

## 第二十五号

小旦(钱氏)、付(魏得成)、外(李义)

(小旦上)(引)无限凄凉,恨恶贼见色猖狂。(白)妾身钱氏,官人李秀斌,被赵如川陷害,下在监中。多蒙李义伯上台投告,但愿望准便好。(二手下背付上,外上)(手下)来此已是,门关着。(付)锁匙来东屁股头。(开门)(外)你回复大老爷去。(二手下下)(外)老奴叩头。(小旦)起来。(外)谢大娘。(小旦科)李义,魏大爷为何这般光景?(外)这是老奴害他了。(吹【驻马听】前段)(小旦白)但是我家之事,害你受苦了。(付)只要恩公出狱,我魏得成一死何惜哉。(吹【驻马听】后段)(小旦白)李义,好生服侍与他。(吹【尾】)(外扶付下,小旦科,下)

## 第二十六号

净(赵如川)、花旦(刘氏)、丑(王德)

(内)淫妇,淫妇!(净打花旦上)(花旦)赵如川,这天杀的,为啥打我?(净唱)
【玉交枝】妖娆心欲,污香房伤风败俗。(花旦白)终日在外嫖赌宿娼,反说我伤风败俗。(净)我要问你,新奎罗里去哉?(花旦)新奎要问你。(净)新奎我杀哉。(花旦)新奎是你杀个?(净)我杀哉。(花旦)咳,新奎吓!天吓,天吓!(净打花旦)(唱)无端勾引小奴仆,还要来强口呫呫。(花旦唱)休得要强口阻我,一还一报天不错。

---

① 薰莸遗臭,指恶根未除。《左传·僖公四年》:"一薰一莸,十年尚犹有臭。"杜预注:"薰,香草。莸,臭草。十年有臭,言善易消,恶难除。"两家借债已还,按理风波平息,这里用秦桧以"莫须有"的罪名害死岳飞而遗臭万年的典故,怀疑赵如川后续无故启衅,继续作恶。

（净）那个叫做"一还一报天不错"？（花旦）你好抢别人的老婆，我难道相好一个野老公，相好勿得个么？（净打花旦）（二手下、丑上）（手下）来此已是。（丑）打进去。你可是赵如川？（净）镇江府里赵大爷。（丑）将他锁着。（花旦）为何把我丈夫锁了？（丑）命案。我且问你，你将李秀斌妻子杀死，尸首葬在何处？（净）我勿晓得。（花旦）吓要打我，我话出来哉。（丑）你且说来，重重有赏。（花旦）在后花园枯井里。（丑）来。（二手下）有。（丑）四下搜来。（二手下）李秀斌妻子尸首在后花园枯井里，还未腐烂。（丑）看这妇人，也不是好人。来！（二手下）有。（丑）将他锁着。（丑、二手下押净、花旦下）

# 第二十七号

正生（韩启彪）、丑（王德）、小生（李秀斌）、净（赵如川）、花旦（刘氏）

（【大开门】，吹【过场】，四手下、正生上）（唱）

**【尾犯序】执法恁巍峨，钦命南台一座。堪恨奸刁滑讼，恼恨那贪官糊模。**（白）本院韩启彪，可恨赵如川这厮，自杀家奴，陷害李秀斌。本院命旗牌前去捉拿赵如川夫妻，到来斩首，一以正国法，二以消含冤。（唱）**罪大，犯王章国法难容，萧何律难逃难躲。今日里，安良除暴，消平我心窝。**

（内）报。（丑上）赵如川夫妻拿到，交还令箭。（正生）先传李秀斌。（丑）先传李秀斌。（小生上）大老爷在上，罪人叩头。（手下）有锁。（正生）去锁。（手下）去锁。（正生）李秀斌，赵如川怎样陷害与你，从实讲上。（小生）赵如川恶势滔天，纵横无忌。（唱）

**【前腔换头】凶恶，劫抢女娇娥，俺不平重重移祸。新奎自杀，平白地害我。**（正生白）本院已访问明白，这场事情苦杀你了。（唱）**受磨，慷慨仗义济危扶，忍恻隐心受抑挫。今日里，安良除暴，十恶怎饶他！**

（白）下去。（小生下）（正生）来。（手下）有。（正生）赵如川夫妻带进。（二手下押净、花旦上）（手下）拿到。（正生）听点。（净、花旦）候点。（正生）赵如川。（净）大老爷,小人勿犯法。(正生)淫妇。(花旦)有。(手下)有锁。(正生)去锁。(正生)淫妇下去。(花旦)谢爷爷。吪来带,我好居去哉。(花旦下)(正生)赵如川,你可认得本院?(净)敢是韩……(正生)掌嘴。不消细问,重责四十。(手下押净下)一十,二十,三十,四十。(手下押净上)(正生)恶贼,恶贼!(唱)

**【前腔】玷污伤风俗,凶恶奸刁巧计多。你夜杀新奎,害儒生受磨。**(净白)明明报二百两银个仇。(正生)一派胡言,夹起来。(手下夹净)(正生)吓,恶贼,恶贼吓!(唱)**心毒,一任你利口嚣嚣,我跟前休得胡磨。**(白)招不招?(手下)不招。(正生)收。(手下)收。(正生)再收。(手下)再收。(正生)收满。(手下)收满。(正生)恶贼,恶贼!(唱)**要将你,千刀万段,昭彰不错。**

(手下)晕去了。(正生)抓起来。(净)大老爷!(唱)

**【前腔】望恩宽恕我,见证何来,形迹何所?人命关天,望参详必须察摩。**(正生白)连夹棒起过一边。传淫妇。(花旦上)有。(正生)淫妇姓什么。(花旦)小妇人姓刘。(正生)刘氏。(花旦)有。(正生)李秀斌妻子,可是你丈夫杀的?(花旦)阿呀,大老爷吓!李秀斌妻子,魏得成断杀狗入自做媒,抬进门来,自己割断咽喉死了,不是我丈夫杀个。(正生)李秀斌妻子,不是你丈夫杀,新奎是你丈夫杀的?(花旦)阿呀,大老爷吓!若说新奎个事务,一尺天一尺地,清清水白白米,没有格样事务个。(正生)这淫妇不是好人,将他拶起来。(手下拶花旦)(正生)淫妇,淫妇!(唱)**你呵,休得要瞒心昧己,我跟前休得差讹。**(白)招不招?(手下)不招。(正生)敲。(手下)一二三四五六七八九十。(花旦)阿唷吓!(手下)愿招。(花旦)爷爷吓!(唱)**为风流,冤家看破,望爷爷饶恕与我。**

(正生)松拶。赵如川,你妻子一口供招,还有抵赖?(净)大老爷,刘氏与新奎通奸,被我看见哉,故而杀死新奎,移害李秀斌的。(正生)放了夹棒。来,将这贼夫妻二人绑起来。(唱)

【前腔换头】①仇破,今日个萧何律大,钢刀一起,你命赴云罗。(手下绑净、花旦杀死下)(正生)传李秀斌。(小生上)大老爷,李秀斌叩头。(正生)李秀斌,此案与你无故,还你头巾,上京求取功名去罢。(小生)李秀斌拜谢。(唱)**堪羡,侠义裙钗人堪羡,松筠节操我不如。泪滂沱,祸退灾消,两处平风波。**(小生下)

(正生)来,将丹徒县拿下,奏闻圣上,请旨定夺。封门。(吹【尾】)(下)

# 第二十八号

李秀斌考试。

# 第二十九号

付(魏得成)、小生(李秀斌)、小旦(钱氏)、正生(韩启彪)

(付上)(唱)

【点绛唇】**春浪银涛,春浪银涛,龙门高跳,开欢笑。门楣增耀,喜气风光好。**

(诗)忆昔当年没下梢,感你恩德来救捞。刻时悬念重生德,生死不忘如漆胶。(白)我魏得成,今朝一看斩指头,恒心有个。夫妻为救恩公,不惜性命,难个冤仇消哉,恩人中哉,今日奉旨荣归。准备祭礼,吊奠亡灵,家主婆死在九泉也得瞑目。(唱)

【混江龙】**受尽了悲苦多少,真个是生死莫逆交。喜得个夫荣妻贵,爱的是名节可保。报沉冤高悬秦镜,有清廉覆盆底照。今日个喜孜孜荣归故里盈驷马,华堂前、笑盈盈庆贺人欢笑。这的是积德家重圆余庆,慷慨义救患难不负了善良有报,善良有报。**(付下)

---

① 此曲正生部分 195-1-13 本作"仇破,今日过(个)肖和(萧何)礼(律)大,刚刀一起,你名府云做";195-1-126(4)本作"罪大,罪恶滔滔凌迟碎别(剐),一抓一命血染餐刀。罪大,冤仇消报云云阳血餐刀"。今从前者,而将"名府云做"校作"命赴云罗"。云罗,高入云天的网罗。另,此曲小生部分"松筠节操我不如"一句和"平风波"的"平"系整理时添补。

(小生上)(唱【油葫芦】)(吹【过场】)(付、小旦上)(付)恩公名标金榜,今日荣归,我好欢喜也。(小生)祭礼可有完备?为救我的性命,保全我妻名节,苦杀你夫妻二人了。(付)早已完备。啥说话,我魏得成若勿是个一日恩公怜赠,一生一世飘流落魄,乌有今日个样快活。(小生)如此,安排祭礼,待我夫妻祭奠一番。(小生、小旦拜)(同唱)

【天下乐】跪尘埃哀哀哭泣泪悲号,嚎也么嗨,大义表,感谢你挺身勤劳一命抛。红丧渠沟冤不消,恨深深恶贼多凶霸,哭哀哀三魂去飘渺,成大义保全完贞,我夫妻有恩难报,有恩难报。

(付)折杀之亡魂哉。家主婆!(唱)

【鹊踏枝】只见你鲜血淋淋杀奸刁,拚残躯归泉道。那其间恐露真情,不敢高声叫。苦恼!我只得暗地哭多娇。悲号!今日个亡魂吊,你可也九泉含笑,九泉含笑。

(内)韩大老爷到。(正生上)(付)韩大老爷,小人叩头。(正生)魏兄请起。(付)今日有幸,乐事无双也。(正生)兄,待弟访问门当户对人家,与你配合。

(付)大老爷,我魏得成若还再娶,真真不肖之徒也!(唱)

【寄生草】不昧生平志,我夫妻苦又恼。若然是别图欢爱恩义抛,人伦一旦赴波涛,大纲常轻弃在鸿毛。他在那九泉之下幽冥,可不道孤另放弃①依靠,放弃依靠。

(正生)好,义夫烈妇,倒出在你府。本院奏闻圣上,请旨牌匾钉在堂中,自有诰封。(付)多谢大老爷。(众唱)

【尾】贤良世代荣封诰,一家完聚得安好。积德家善良余庆,善良家重振名标,重振名标。(下)

---

① 放弃,单角本作"方气",据文义改。

四一 闹九江

调腔《闹九江》共十六出,剧叙陈友谅与大将军张定边商议,欲与张士诚联姻结盟,共同夹击金陵(南京)朱元龙(即朱元璋)部。张定边遂遣部将胡兰前往姑苏迎亲,不想胡兰行经慈湖界口,即被徐达部将汤和拿获。时太平府为陈友谅所夺,守将花云阵亡,徐达痛恨不已,欲立斩胡兰。经军师刘基求情,胡兰得免不死,羁留在营。因恐耽误期限,胡兰忧心忡忡,向刘基吐出实情,刘基于是安排华云龙冒充姑苏世子,并命部将郭英、赵德胜跟随前往九江,助胡兰交差。陈友谅摆酒接风,张定边酒筵上起疑,提审胡兰,胡兰拒不招认。华云龙在陈友谅及其夫人钱氏面前搬弄一场,陈友谅将张定边罚俸二月。为求万无一失,刘基又命全德兴假冒姑苏王,与陈友谅之侄陈麟济相遇于解粮途中。全德兴假称有紧急军情,即刻转回姑苏,借机将书信托付陈麟济转呈陈友谅。

华云龙假意要回姑苏,陈友谅、钱氏益信其真,正当拜堂之时,张定边闯宫擒拿华云龙。恰逢陈麟济回营交令,遂同郭、赵两人将华云龙夺转回来,陈友谅乃命陈麟济摘除张定边帅印。华云龙见张定边兵权被夺,托赵德胜带密信回金陵,告知徐达夺回太平府的时机已成熟。陈友谅兴师出征,张定边身穿素服前往阻谏,奈陈友谅深陷骗局,执意出兵。随后陈友谅身陷重围,全军覆没,幸有艄婆孙多娇先行被张定边安排在九江口等候,张定边驾舟前往驰援,陈友谅得以脱身。绍兴昆弋武班有同名剧目①,京剧有故事略同的《九江口》。

元顺帝至正十一年(1351),刘福通起兵反元,所部以红巾为号,称红巾军,天下诸侯云集响应。至正十六年(1356),明太祖朱元璋攻克集庆路,改为应天府(治所在今南京),此后东面同张士诚争夺江浙,西面与占据湖广、

---

① 顾笃璜《昆剧史补论》(江苏古籍出版社,1987,第 126 页)所引绍兴昆弋武班老艺人汪双全回忆将剧名记作《九江口》,且谓可与《失得太平城》连演。苏州戏曲博物馆藏汪双全口述昆弋武戏脚本有《闹九江》,则《九江口》即《闹九江》,香司《近年越剧之变迁》(上海《香海画报》1939 年 5 月 28 日第 94 号第 1 版)述及绍兴"武班"剧目亦云《闹九江》。

江西等地的徐寿辉、陈友谅为敌。至正二十年（1360），陈友谅夺取朱元璋部的太平府（今安徽当涂），杀死徐寿辉，于采石矶称帝，国号汉。调腔《闹九江》的故事发生在陈友谅攻取太平府之后，但本事于史实无考，也不见于明代《皇明开运英武传》、《云合奇踪》（亦名《英烈传》）之类的小说，不过其中若干情节带有江东桥大战、鄱阳湖大战的影子①。

　　本次整理以1959年油印演出本（赵培生念腔，方荣璋记谱）为基础，拼合正生、小生、小旦、正旦、末、外单角本，曲文综合吊头本和单角本，以及1958年方荣璋记谱手稿（案卷号195-4-11），并参照整理本（吊头本、油印演出本、整理本案卷号均为195-3-117）来校录。吊头本首尾皆有散佚，且讹夺错乱的情况较多，而油印演出本和记谱手稿多沿其误。单角本中小生本结尾散佚不全。场号方面，末本有一号，吊头本有四号、十七号（对应本次整理的第四号和第七号，疑"十七号"有误），可知抄本中并无例行的"开台"。小生单角本有九号、十一号，对应本次整理的第六号和第八号。至于昆腔场次，第十一、十二号根据单角本校订，最为可信，第一、十四号参照《调腔曲牌集》散曲之部（附昆腔）校订。

# 第一号②

老旦（太监）、净（陈友谅）、付（张定边）、末（胡兰）

（【小开门】）（老旦太监、净上）（引）九江基业浪滔天，万里江山独霸权。（坐）（诗）

---

①　参见马明捷：《〈九江口〉史实考》，刘新阳编：《马明捷戏曲文集》，中国戏剧出版社，2012，第195—200页。

②　本出唱昆腔，曲文从《调腔曲牌集》散曲之部（附昆腔）录出，系潘永乾念腔。曲牌名《调腔曲牌集》分别题作【点绛唇】【油葫芦】【寄生草】【尾】，而195-4-11曲谱和油印演出本以"印玺"至"那九江"为【幺篇】，其下为两支【朝天子】，其中"我女儿"至"同分江山"为前腔。又，"安摆"至"保江山"，《调腔曲牌集》原无，据195-4-11曲谱和油印演出本补。

自立九江我为王,征战沙场管韬略。武将同争干戈起,管叫洪巾①一扫无。

(白)孤家大汉王,陈友谅,自从濠梁起义,洪巾欺辱孤家,孤家不免请大将军上殿定计,破贼才好。侍儿传旨。(老旦)千岁。(净)传大将军上殿。(老旦)领旨。千岁有旨,传大将军张定边上殿。(内)领旨。(付上)(唱)

(曲一)**印玺执掌,擎天栋梁,武艺称强,独立那九江。**

(白)臣张定边见驾,愿主公千岁。(净)大将军平身。(付)谢主公。(净)赐绣墩。(付)谢千岁。臣启奏主公,传老臣上殿,有何国事议论?(净)传大将军上殿,非为别事。只为洪巾贼起义,驾坐南京,因此请大将军上殿商议,定计破贼。(付)主公,太平不能破,慈湖不能守。(净)大将军计将安出?(付)主公且是放心,待老臣带了一支人马,去到慈湖界口把守,那知老臣按计而行?(唱)

(曲二)**立纲常,基业创,昼夜里、昼夜里调兵遣将。俺这里辟土开疆,严紧的把守江上,何惧那洪巾猖狂。一任俺兵戈韬略,不怕他贼兵攻打,劝我主休得惊慌,俺自有计谋暗藏。**(净白)大将军,只因那年在武场,与张士诚两下结亲,我女许配世子为婚,接他到来完姻才好。(付)主公,何不写书一封,去到姑苏,接他到来完姻?只要两路进攻,何愁洪巾不灭也?(唱)**只有那两路攻打,杀得他无可抵挡。使洪巾腹背受敌,管叫他难猜难详。**

(净)必须要差一个心腹之人前去才好。(付)臣启主公,臣衙内麾下将军,名叫胡兰,可以去得。(净)侍儿传旨。(老旦)千岁。(净)传胡兰上殿。(老旦)领旨。千岁有旨,胡兰上殿。(内)领旨。(末上)军令如山岳,号令震山川。胡兰见驾,愿主公千岁。(净)平身。(末)千岁。(净)见了大将军。(末)大将

---

① 洪巾,即红巾,剧中指朱元龙(即朱元璋)部。元末义军蜂起,皆称红巾军。元顺帝至正十二年(1352),朱元璋投奔濠州郭子兴部红巾军。至正十五年(1355),郭子兴去世,其子天叙受韩林儿龙凤政权之封任都元帅,而朱元璋为左副元帅,实际上朱元璋开始独领一方。其后朱元璋营救被围的韩林儿,挟之以归,安置在滁州,继续奉龙凤正朔借以号召。

军。(付)少礼。(净)命你去到姑苏,接世子到来,你可愿去?(末)主公,军国大事,不惧水火而去。(付)好。军国大事,必须小心一二。主公,将胡兰名字,写在其内。(净)待孤家写起书来。(唱)

(曲三)**我女儿年已长大,接世子配合双双。望亲家整顿人马,破洪巾出战沙场,两下里分兵合击,管叫他覆国丧邦。一旦里大功告成,两下里同分江山。**

(付)胡将军。(末)大将军。(付唱)

(曲四)**今日里你行,**(白)此番你去,必须要小心一二呵!(唱)**军国大事双肩扛,还须要路上紧提防。**(末白)去往登程路,急步走关河。(末下)(净)待等世子到来,出兵交战便了。(付)老臣也得如此。(净)孤家备得有酒,大将军畅饮。(付)有劳主公。(唱)**安摆那阵图营寨,**(白)看青灯闪闪,社稷安然。(唱)**那知俺年迈苍苍保江山。**(下)

# 第二号

## 丑(汤和)、末(胡兰)

(内)众将趱上。(打【水底鱼】①)(四手下、丑上)俺,汤和,奉师爷、元帅之命,带了一支人马,四路打听巡哨。来,趱上。(打【水底鱼】)(四手下、丑下)(内)趱上。(四卒、末上)(吹牌子前段)(白)俺,胡兰,奉大将军之命,去往姑苏,接世子到来完姻。过来,趱上。(吹牌子后段)(内"吠")(四卒)前面人马来了。(末)我不与他兵厮杀,怕他什么?来,趱上!(吹牌子前段)(四手下上)呔,何处人马?(四卒)往姑苏送礼去的。(四手下)将军有请。(丑上)何事?(四手下)有人马往姑苏送礼去。(丑)往姑苏送礼去?可恼,可恼!(吹牌子中段)(末)将军,我往姑苏送礼去的。我又不与你营兵厮杀,你为何拦路劫攻?(丑)听他说来,谅必是陈友谅那边的奸细。来,将礼物劫下。(吹牌子后段)(战,四

---

① 打【水底鱼】,油印演出本作【扑灯蛾】,此从整理本。下文吹牌子,整理本牌子名为【朱木耳(啄木儿)】。

手下绑四卒、丑绑末下）

# 第三号

外（徐达）、正生（刘基）、丑（汤和）、末（胡兰）

（外上）（引）山河掌握用计谋，看社稷悠悠。（诗）瑶琴一曲至粉墙，未出茔野受灾殃。只为开兵定社稷，下山遇着一豪梁。（白）本帅，徐达，自出茅野，百战百胜，可恨九江陈友谅，拜张定边为师，阵亡花云，顷失太平①，被天下人耻笑。我这里虽军帅谋略，一时难以取胜。正是，用将何惜千金费，一战成功举略能。来，请师爷出来。（手下）师爷有请。（正生上）掐指定阴阳，社稷尽在掌。（白）元帅见礼。（外）师爷见礼，请坐。（正生）请坐。元帅，叫贫道出来，有何军情议论？（外）可恨九江陈友谅，拜张定边为师，阵亡花云，顷失太平，被天下人耻笑。（正生）元帅且是放心，张定边足智多谋，中我暗算，丧其家邦，正国大事②，决然分兵防御，不敢前来攻打了。（外）但是本帅呵！（唱）

【甘州歌】丹心一片，早提防四路烽烟。可惜了盖世英雄，兴隆会③遭此衅险。堪叹花云命殃然，顷失了太平一县。我心何忍，哭英贤，辟土开疆非等闲。恨逆贼，乱胡言，恨不得食肉啖皮罪不浅。

---

① 花云，元末朱元璋部下将领；太平，地名，元时为太平路，治当涂县（今安徽当涂）。元顺帝至正十五年（1355）六月，朱元璋率军攻破太平，并改太平路为太平府。至正二十年（1360）闰五月，陈友谅攻破太平，守将花云城陷被杀。京剧有《战太平》，即演其事。

② 丧，单角本作"操"，据文义改。正国，治理国家。

③ 兴隆会，单角本作"兴龙会"，今改正。按，明代小说《皇明开运英武传》卷一"吴祯单保兴隆会，大海独诛孙德崖"、《云合奇踪》（亦名《英烈传》）第十一回"兴隆会吴祯保驾"，写濠州守备孙德崖欲夺兵权，摆设"兴隆会"，邀太祖来会。太祖赴宴，幸得吴祯护驾脱险。孙德崖追赶，被前来接应的胡大海杀死。这里的"兴隆会"应与孙德崖无涉，当泛指各路诸侯的争斗。

【前腔】(正生唱)**劝君休得泪悲涟,他命犯姑苏难免。有一日盖世英豪,表功绩图画凌烟**①。**千秋万载永绵绵,青史留题姓名显。**(击鼓三记)(手下)呔,何人击鼓?(内)汤和回营交令。(手下)候着。师爷、元帅,汤和回来交令。(外)传汤和进帐。(手下)元帅传汤和进帐。(丑上)擒了九江奸细,来到虎帐报功。师爷、元帅在上,汤和打躬。(正生、外)少礼。命你巡查四路,怎么样了?(丑)有车辆礼物,被俺劫夺。(正生、外)车辆礼物,岂可劫夺?(丑)车辆礼物送往姑苏去的。(正生、外)送礼官叫什么名字?(丑)听他说来,谅必是陈友谅那边的奸细呵!(唱)**非是我作事倒颠,两随骑左右退远**②。**生擒活捉到台前,要问他何路英贤。**

(正生、外)将他绑过来。(四手下绑末上)(末)途路遭不测,失手被他擒。(外)拿去斩了。(正生)且慢。(末)呷吓,我胡兰死在程途之上,也是一个瞑目也!(正生)动问足下,可是青田县胡相城么?(末)正是。(正生)过来,将他放绑。(外)师爷,他是陈友谅跟前奸细,前来察听军情,怎么将他放了?(正生)这是贫道好友。(外)看师爷面上,饶他一死。来,将他扯出辕门。(外、丑下)(圆场)(正生)你可认得贫道?(末)倒也忘怀了。(正生)贫道青田刘……(末)敢是刘父母?失敬。(正生)今日到此,可有一比。(末)可比什么?(正生)久旱逢甘霖,他乡遇故知。(末)恩公救我命,遣差不离身。(正生)兄进去罢。(末)请。(下)

# 第四号

净(陈友谅)、付(张定边)

(净上)(唱)

---

① "有一日"至"凌烟",吊头本作"何日里盖世恩张,京起了太平一显(县)",今从单角本。又,单角本无"英"字,据整理本补。

② 此句吊头本作"两谁其捉友退远",今改正。

【桂枝香】星飞电走,云散雾收。只我这志吞江湖,有一日安定厮守。朱元龙,朱元龙!太平攻就,太平攻就,慈湖枉守,收奇兵交战成就。望凝眸,悬望姑苏到,行军莫逗留,行军莫逗留。

(付上)(唱)

【前腔】总理疆垣①,名闻九州。只我这握算神机,六国②中谁能参透。徐达,徐达!你是个草茅蜉蝣,枉执着兵符信绶③,只想我九江中的单鞭④,管叫他魂散魄丢。(白)主公。(净)平身。(付)谢主公。(净)大将军,胡兰此去,不见喜报回来,好生挂念。(付)主公且是放心,老臣另发一支人马,去到慈湖界口把守,那知老臣计谋也?(唱)暗计谋,若得洪巾破,管叫他命不留,管叫他命不留⑤。

【前腔】(净唱)万全计谋,无穷辐辏。堪羡你架海擎天,有一日安定厮守。太平攻就,太平攻就,凭着他万马千军,一计儿全军覆手⑥。凯歌奏,四路风烟息,金汤永固留,金汤永固留。

【前腔】(付唱)苍苍老叟,统领貔貅。威凛凛虎帐谈兵,静悄悄胸窝运筹。(白)老臣七十有余了。(唱)金刀在手,水陆何愁,万马丛中,谁不担忧。我老叟,丹心扶明主,辅佐卫千秋,辅佐卫千秋。(下)

---

① 疆垣,吊头本作"强圆",据文义改。疆垣,指边防。
② 六国,吊头本作"落殳"。"殳"系"彀"之省,"彀"又为"国"之音讹,据油印演出本、整理本改。按,元末群雄逐鹿,长江、淮河流域主要有徐寿辉(国号天完,据出土的明玉珍睿陵玄宫碑,国号实作宋)、陈友谅(后吞灭徐寿辉部,国号汉)、明玉珍(国号夏)、韩林儿(国号宋)、张士诚(国号周,后改吴)、朱元璋(称吴王)六家,故称"六国"。
③ 信绶,吊头本作"等候",据整理本改。
④ 单鞭,吊头本作"丹边",据整理本改。
⑤ "暗计谋"至"命不留",吊头本脱,据油印演出本、整理本补。
⑥ 覆手,吊头本作"复覆",据文义改。

# 第五号

末（胡兰）、正生（刘基）、小生（华云龙）、外（赵德胜）、贴旦（郭英）

（末上）（唱）

【金络索】恩情难抛弃，号令怎违背。仔细踌躇，怎得归故里？看来误限期，怎支谋①？（白）我胡兰，奉大将军之命，到姑苏接世子完姻。不想行到慈湖界口，被他所劫。（唱）好叫我进退无门，却也难酌计。他那里执法如山非儿戏，倒做了羊触藩篱②、羊触藩篱何方逃避？（白）咳，刘恩公，刘恩公，那知我胡兰心事也？（唱）这干系，难将心事告君知。祸临头怎回避，事蹭蹬话难提，事蹭蹬话难提。

（正生上）（唱）

【哭相思】③何必沉吟休多疑，有衷情快说详细。（末白）难言是难言。（正生）有什么难言，对弟说过明白，好与你前去交令便了。（唱）衷情但说豪兴志，不负君家怎把着这干系④。

（末）恩公，我奉大将军之命，去到姑苏，接世子到来完姻。不想行到慈湖界口，被他所劫。（唱）

【红衲袄】奉君命往姑苏迎亲婿，有军机、合大兵共一处。倒做了黑貂裘苏季

---

① 怎支谋，吊头本作"谢（?）支其"，单角本作"莫侍戏（?）"，据文义改。支谋，支持，谋划。
② 羊触藩篱，吊头本作"杨中万里"，单角本作"阳中万里"，今改正。调腔《铁冠图·煤山》【山坡羊】："好一似羊触藩篱，羊触藩篱，何方逃避？"
③ 此曲上两句和下两句曲谱相似，曲牌名抄本缺题，今从推断。
④ 衷情但说，吊头本作"丹心"，据单角本改。"不负"至"干系"，单角本作"明日与你叫（交）令回"。

子①,倒做了谨提防一范雎②。(正生白)大将军限你几月?(末)大将军限期一月,不想今日二十有余了。(唱)**他是个老年人多疑忌,祸临头怎回避?早难道去到姑苏也,怎向辕门交令回,怎向辕门交令回?**

(正生)来。(手下上)有。(正生)去到大营,对徐元帅说,接华云龙到来,我有话说。再传郭、赵二人进帐听令。(手下)得令。(手下下)(正生)弟备得有酒,与兄畅饮便了。(唱)

【前腔】**又何须带愁容蹙双眉,且开怀、我和你饮几杯。万全策我这里早准备,明日里与你交令回**③。(手下上)报,华云龙到。(正生)着他进来。(手下)师爷有令,华云龙进帐。(手下下)(内)来也。(小生上)(唱)**俺是个巧玲珑小英魁,暗机谋、舌尖儿我为最。胸藏六韬三略也,帏幄中谁不敬魁,帏幄中谁不敬魁?**

(白)师爷在上,华云龙打躬。(正生)少礼。(小生)进帐有何令差?(正生)非为别事,假扮姑苏王世子,去到九江完姻,可有肝胆?(小生)师爷,军国大事,小将水火不惧。(正生)仁兄,他叫做华云龙,能说姑苏乡语。他假扮亲婿,同仁兄回营交令,一脱了仁兄干系,二免得苦面仁兄。(末)这是翁婿,岂可错认?(正生)陈友谅与张士诚武场结亲,翁婿不能觌面,这是移花接木之计。(末)好一个移花接木之计。(正生)华云龙,进去打扮起来。(小生下)(手下上)报,郭英、赵德胜到。(正生)着他进来。(手下)师爷有令,郭英、赵德胜进帐。(内)来也。(外上)曾在绿林为响马,(贴旦上)沙场征战万花楼。(同白)赵德胜/郭英打躬。(正生)少礼。(外、贴旦)叫我二人,有何令差?(正生)你二人在江南能知张士诚消息,小将军去到九江完姻,你二人不可

① 苏季子,指苏秦。苏秦游说秦国,"黑貂之裘弊,黄金百斤尽"(《战国策·秦一》),无功而返,调腔《黄金印》即敷衍其事。

② 谨提防一范雎,吊头本作"谨提防一苑其",单角本作"隐隈防一万里",今改正。范雎,战国时魏人,事魏中大夫须贾,遭须贾诽谤,为魏相魏齐笞辱,佯死脱身,依靠出使魏国的秦昭王谒者王稽,躲过秦相穰侯的盘查而潜入秦国,化名张禄,后竟仕秦为相。

③ 此句吊头本作"去辕门急速的早安排",今从单角本。

害怕。(外、贴旦)师爷,冲锋破敌尚且寻常,这样小事,何虑之有?(正生)好,进去打扮起来。(外、贴旦)是。(外、贴旦下)(正生)仁兄,可有书信?(末)原有书信。(正生)出借一观。这有何难,待我套写回书一封,与仁兄交令便了。(唱)

【前腔】①蒙周庇敢不遵依,儿女事、早完佳配。**两地切莫羁迟,待功成分茅割地**②。**花烛后赴归期,免得个望断朝夕。我和你至戚谊,关情系结不须再提,胡兰亲接佳婿、亲接佳婿不误限期**③。

(小生、外、贴旦上)(小生唱)

【前腔】**打扮得滚龙袍又添唐夷**④,**束发冠、双凤并翅**。(白)华云龙打躬。(正生)起来。仁兄,华云龙打扮起来,可像世子?(末)呷吓,妙吓!(唱)**貌堂堂人风秀丽,真个是风流绝婿**。(正生白)仁兄,这是张士诚的回书。华云龙有锦囊一个,带在身旁,有紧急事情,拆开一看,自有用处。郭、赵二人过来,你们保护华云龙,不可离身。(唱)**一任他风波起不须疑,有差池莫露军机**。(末白)恩公,此去不是胡兰夸口说。(唱)**愿甘血溅自丧沟渠,何须吩咐、何须吩咐我当承值**。

(正生)九江随从过来,听我吩咐。(四卒上)(正生)你们误了限期,难免军机。我救你们性命,不可泄漏。(四卒)多感师爷救命之恩,我们怎好陷害小将军?(正生)好,各人赏银子一百,以为路费。(外、贴旦)请世子上马。(小生科)(唱)

【尾】**移花接木并君计**⑤,**换月移云惊奇**。(末、小生、外、贴旦、四卒下)(正生)妙吓,华云龙虽则年轻,他有浑身肝胆也!(唱)**虎穴龙潭心不惧**。(科,下)

---

① 本曲及次曲的词式与【红衲袄】颇有出入,且曲谱与上面两曲也有不同程度的差别,疑为其他曲牌。

② "两地"至"割地",吊头本作"各路军机我成直(承值),有军务莫露祥(详)细",今从单角本。其中"分茅"的"茅",单角本作"为",据文义改。

③ 吊头本无"免得个"至"再提",结尾作"视(是)吾(胡)兰亲婿(接)家喜(佳婿)莫露军机",今从单角本。

④ 唐夷,单角本作"唐狄",今改正。唐夷,传说中的猛兽,皮可制甲,因借指良甲。

⑤ 并君计,单角本作"争金鸡",未详。

## 第六号

正旦（钱氏）、小旦（陈彩凤）、净（陈友谅）、外（赵德胜）、贴旦（郭英）、

小生（华云龙）、付（张定边）、末（胡兰）

（正旦、小旦上）（同唱）

【傍妆台】①花亭院，游蜂浪蝶纷纷乱。一帘风送，阵阵人儿倦。倚靠妆台心多怨，闷沉沉无心恋，虚飘飘风送转②。心展转，又听得枝头上鸦鹊声喧，步出香闺身劳倦。

（小旦）母亲，女儿万福。（正旦）罢了，一旁坐下。（小旦）谢母亲，告坐了。（正旦）妾身钱氏，王爷陈友谅，自立九江。不生多男，单生一女，取名彩凤，许配姑苏王世子。儿吓，你的终身，为娘刻挂在心。（小旦）女儿终身自有良缘天定，何劳母亲挂念？（正旦）你早完亲事，免得为娘挂念。（小旦）娘吓！（唱）

【前腔】提起来心痛酸，膝下晨昏谁同伴？定省甘旨，儿不能闻呼唤。异地他乡怎得个儿回转，眼巴巴凝眸断，痛深深孝不全。恨无端，关河重重迢迢远，万种凄凉心痛酸。

（净上）（唱）

【不是路】喜笑颜开，报道天仙出瑶街。牢笼摆，一棹能打双鸿随③。夫人！喜盈腮，完全儿女终身事，（正旦白）我儿回避。（小旦科，下）（净唱）免得你我挂心怀④。（白）有报子来说，我贤婿早已进城来。（唱）登程快，东床早配坦腹

---

① 此曲牌名 195-4-11 曲谱、油印演出本、整理本作"望妆台"，今从《调腔乐府》。

② 风送转，民国年间赵培生旦本（195-2-19）"送"作"族（簇）"，光绪二十二年（1896）《阴阳报》等旦本（195-1-79）作"风儿施（旋）"。

③ "牢笼摆"至"双鸿随"，盖指女婿乘舟而来，以就婚事，可比鸿雁成双而入牢笼。"棹"代指舟船，打棹犹鼓楫，指划船。195-4-11 曲谱和油印演出本改作"老龙摆，一条能打双鸿随"，疑非是。

④ 怀，吊头本作"劳"，失韵，据整理本改。

**才,这的是误人天台①,误入天台。**

(内)世子到。(净)夫人回避。(正旦下)(净)起乐。(吹【过场】)(外、贴旦、小生上)(小生)岳父在上,小婿一拜。(净)路途辛苦,常礼免拜。(小生)草莽陋微,感蒙不弃,结偕伉俪,合拜尊前,聘情亲谊。(净)一见小婿如乘龙,合家康宁自安然。(小生)过来,见了王爷。(外、贴旦)王爷在上,小人叩头。(净)起来。(外、贴旦)谢王爷。(净)敢是贤婿心腹?(小生)小婿二十名随从们。看礼单。(外)礼单呈上。(净)且慢。贤婿人到,何用亲家礼物费心?(小生)细细薄礼,还望岳父全收。(净)来,收过了罢。(内)大将军到。(小生)大将军到,回避。(外、贴旦)吓。(外、贴旦下)(付上)要把金钩江边钓,那怕鱼儿不上钩?主公。(净)大将军,世子到了。(付)怎么,世子到了?(净)大将军见了世子,世子见了大将军。(付)世子。(小生)阿唷,大将军!大将军,久闻英名,如雷贯耳,今日一见,真个八面威风。(付)老臣年迈苍苍,误掌兵权,惭愧,实是惭愧。(小生)岂敢。(付)请问世子,你令尊堂在家,福体可安?(小生)托赖。(付)尝闻洪巾贼扰乱你姑苏,你父还是起兵,是防御?(小生)尝闻家父说,那洪巾贼自聘刘基、徐达下山,纵横天下,立取南京,号称西河王,四方杀戮不绝。(内)酒来。(吹牌子)(净)世子贤婿,孤敬你一杯。(小生)多谢岳父。(净)好说。(小生)岳父请上,小婿回敬一杯。(净)不敢。贤婿鞍马劳顿,路途辛苦。(小生)好说。(付)世子,待老臣拜敬一杯。(小生)有劳大将军。(付)好说。(小生)大将军。(付)世子。(小生)大将军,待小将回敬一杯。(付)岂敢。多谢世子。(小生)好说②。(小生、付相对而坐,末上,行礼,坐)(净)贤婿请。(小生)岳父请。(净)大将军请。(付)世子请。(小生)大将军请。(付唱)

---

① 误入天台,指男女相配。相传刘晨、阮肇入天台山采药迷路,攀岩摘桃充饥,逆溪流而上,得遇二女,结为夫妇。事见《太平御览》卷四一地部六引南朝宋刘义庆《幽明录》。

② 此拜酒过程油印演出本和整理本未详细写出,兹利用小生本补全,其中净、付说白系整理时增补。吹牌子,整理本作牌子【小开门】。

【佚名】好难猜详，这其间难分泾渭，顿令人仔细好难量。莫不是逋亡范睢①乔妆扮，莫不是返日回天效霍光？早则是栈道明修陈仓度，定然是剑戟兵戈烧十方。(净白)贤婿请。(小生)岳父请。(净)大将军请。(付)世子请。(小生)大将军请。(付)呀！(唱)**我沉入思想，是他丰姿端庄，只得巧舌玲珑话短长。**

(净)大将军！(唱)

【前腔】**庆赏宴华堂，撇却军机，开怀欢畅。**(白)大将军，姑苏世子，有多少英俊来也！(唱)**有一日称霸业，终有日号君王。**(付白)请问世子，你令尊在堂，有几位世子？(小生)只有小将一人。(付)尝闻姑苏王，说是有两位世子。(净)大将军，我亲家只有一子，这是孤家女婿呵！(唱)**胜似那重耳出奔执当阳②，赛过那秦穆公押诸邦③。堪羡你谋高计广，兵强将强，**(付白)胡言难据，有了！(唱)**我便哑声郎。**

(白)洪巾贼假冒世子，前来完姻，这是胡兰作事不小心。来，将胡兰拿到辕门拷问。(手下绑末下)(净)大将军，这是何意？(付)主公，这是胡兰作事不小心，老臣拿到辕门拷问他也！(唱)

【尾】**假惺惺乔妆模样，一计儿猜透行藏。觅出真情，免得误家邦。**(付下)

(小生)阿吓，岳父，看大将军面色，不悦小婿之意吓！(净)大将军年迈懵懂，休得见怪。(小生)是，晓得。叫人心下多疑虑，(净)何须愁烦挂胸膛？贤婿，来到后堂，见岳母去。(小生)怎么，见岳母去？(科，下)

———————

① 逋亡范睢，吊头本作"佈纲(部件'大'原作'文')帐聘"，195-4-11曲谱和油印演出本改作"布帐纲聘"，费解。吊头本讹俗诙诡，疑第二字乃"網(网)"之俗讹，"帐聘"系"张睢"之讹，而"张"当作"范"，因范睢改名张禄，故致杂糅，今校作"逋亡范睢"。逋亡，逃亡。范睢伏匿逃亡之事见第五号【红衲袄】第一支"倒做了谨提防一范睢"注。

② 执当阳，"当阳"指天子南面而治或君主登基，疑指晋文公重耳召周天子(周襄王)到践土参加诸侯会盟，襄王命晋文公为侯伯(诸侯之长)；或指重耳出奔，流亡十九年后回国即位。

③ 押，同"压"。这里陈友谅把自己比作秦穆公，把假扮世子的华云龙比作重耳。重耳曾因骊姬之乱出奔北狄，后来至秦国，秦穆公嫁女给重耳，并帮助重耳回国当上了晋君，是为晋文公。后来晋文公在城濮之战中败楚，成为春秋时期的霸主。

# 第七号

付（张定边）、末（胡兰）

（四手下、付上）令人难详，假冒东床。可笑，可笑！可笑洪巾贼，假扮姑苏世子前来完姻，总是胡兰作事不小心。来，将胡兰绑上。（手下绑末上）（手下）胡兰绑到，有锁。（付）松锁。（手下）松锁。（付）嘈！胡兰，你可知罪？（末）胡兰不知罪犯何来？（付）拿去捆打四十。（手下带末下，打，绑上）（手下）胡兰不招。（付）你这狗头，还说不招么？（唱）

【尾犯序】休得絮叨叨，我这里彻敢令交。胡为妄渎，敢违令号。（白）你这狗头，行到慈湖界口，定是被刘基人马所擒，心想活命，你将假冒世子拿来搪塞。若不是老臣在酒筵之前猜透机关，九江之中，被你一旦所害也，狗头吓！（唱）快招，免得个极刑重究，免得个国法追拷。——真情告，他是何名号，彻敢亲婿冒。

【前腔换头】（末唱）难料，不幸祸来招，遍体排牙，向谁分剖。无影无踪，何必画招。（白）大将军吓，这是姑苏世子，怎说假冒来？（唱）见错，费尽了关河路遥，走尽了程途不少。真情告，他是个年少英雄，姑苏迎亲招。

（付）来，拿去夹起来。（手下带末下）（付）狗贼吓！（唱）

【前腔】我腾腾怒咆哮，休听饰言①，军令轻藐。何得支吾，实情供招。（白）将他收。（内）不招。（付）狗头吓！（唱）恨恼，若迟延便将你敲牙剪舌，便将你屠肠腹绞。（白）将他收满。（内）收满，也不招。（付出位）嘎，胡兰，你好严刑夹讯也！（唱）令违拗，思之痛恨，怎把你轻饶。

（手下抬末上）晕去了。（付）抓起来。（末唱）

【前腔】三魂六魄去渺渺，询问当场，受尽煎熬。我死阶前，怎害年少？（白）大将军吓，姑苏王世子，有什么假冒来吓！（唱）仇报，敢只是断绝一介苗，这是无依无靠。真情告，我是理学名家，犯法难违条。

---

① 饰，吊头本作"说"，饰、说方言音同，据改。饰言，谓花言巧语。

（付）你这狗头，招也死，不招也死，拿去收监。（手下带末下）（付唱）

**【尾】** 察言问观颜貌，不须花言舌调。胡兰，胡兰！ **你露尾藏头心忒枭。**（下）

# 第八号

外（赵德胜）、贴旦（郭英）、净（陈友谅）、正旦（钱氏）、小生（华云龙）、付（张定边）

（外上）闻言心胆战，（贴旦上）报与世子知。（同白）王爷/世子有请。（净、正旦、小生上）（净）何事又相请？（正旦、小生）出堂问事因。（外、贴旦）小人叩头。（净）起来。（小生）你二人回来了。（外、贴旦）回来了。（小生）打听胡兰之事，怎么样了？（外、贴旦）王爷、世子不好了。大将军道我们假冒新婿，将胡兰打了四十，夹了一棒，下在监中。（小生）怎么，下在监中了？阿吓，岳父母吓！大将军与家父有仇，小婿才到来，要害我的性命。小婿年幼无知，望岳父母相救。（正旦）王爷，张定边年迈懵懂，难掌兵权的了。（净）过来。（内）有。（净）去到辕门，叫张定边到，说我有话。（小生）阿吓，爹娘吓！你不叫孩儿到来完姻，也无得此祸了。（唱）

**【江头金桂】** 远迢迢出国离家，不提防暗有奸诈。怎奈我年轻弱怯，何晓得冤山仇海，背井离乡断送咱。我是个少年英华，少年英华，不能够建功立业，辟土开疆，建功立业，辟土开疆，早难道轻弃邦家扫落花。止不住盈盈泪洒，盈盈泪洒，悲痛椿萱望儿归，眼巴巴。怎知儿身遭奇祸，拚将一命掩黄沙，拚将一命掩黄沙。

**【前腔】** （净、正旦唱）休得要哭泣悲哀，又何须心惊胆怕。一任他罡风四起，难摇动根深树大，有冤仇怎知你小君家。不日里男婚女嫁，男婚女嫁，双双的乔木高迁，岂可把鸾孤凤寡，放心胸泪啼痕休牵挂。（外、贴旦白）世子，且免愁烦，小人们回去禀告大王。（唱）**真情上达，真情上达，**（白）俺去也！（净）且慢，你此去，亲家必有仇恨。（小生）阿吓，岳父母吓！（净、正旦唱）**何必恼恼怒气**

加? 免泪腮,我今自有安军令,将他大权来除削①,将他大权来除削。

(正旦)贤婿随我来。(正旦、小生、外、贴旦下)(付上)(唱)

**【斗黑麻】**辕门早出,来见君家。内廷机变,误了军法。主公! 因何事急急来传咱?(净白)张定边,年迈懵懂,误掌兵权也!(唱)**你倚恃兵权,妄自尊大②。姑苏王我姻眷,被你作假。仇欺了儿童,仇欺了儿童,直恁甚奸邪。**

(付)胡兰招出,世子是假冒的。(净)咳,还敢误讲!(唱)

**【前腔】你还敢来胡缠,休得多牵挂。明有冤仇,将人欺诈③。**(白)难道洪巾早知,在慈湖界口等候不成么?(唱)**俺不住,声叱咤,**(白)本要削你大权,难为前有功勋,如今罚俸二月,以消我贤婿之气呵!(唱)**他轻年弱质,受尽波渣。直恁乱胡为,将人来欺诈。欺了儿童,欺了儿童,险遭话巴。**(净下)

(付)主公吓!(唱)

**【尾】休执见将人拿,这虎胆焉敢永跨?**(白)胡兰,胡兰!(唱)**埋藏密计无漏泄,六问三推拷问他。**(下)

# 第九号

丑(陈麟济)、净(全德兴)

(四兵、丑上)(唱)

**【端正好】披星月,戴风霜,奉军令四路催粮。只俺这轰轰烈烈英雄将,独力的扶家邦。**

(诗)身配铁甲与双雕,生来英雄谁能敌。上阵交锋金光耀,那怕虎豹出山林。(白)俺,陈麟济,俺叔父陈友谅在九江自立为王,封俺东宫太子,命俺

---

① 此句吊头本作"兵得大权将他削",今从民国二十四年(1935)赵培生《黄金印》等正旦本(195-2-21)。

② 妄自尊大,吊头本作"自尊妄",整理本作"尊妄大",据以添"大"字,并将"妄"字移至"自"前。

③ 欺诈,吊头本作"增场",次同,据整理本改。

四路催粮。此乃王命军粮，谁敢前来打劫。众车夫，粮车紧紧趱上。（唱）

【滚绣球】望前途一派荒郊，猛回头、多村庄，喜得个长空万里碧天齐，高杆浩浩军威壮。遥望见翠峰叠叠如图画，又只见古壁重重对九江，只听得竹林内咿呀声不绝，隐不住草色芳菲满池塘。恁看那浮桥流水声不绝，紧紧提防这军粮，伊看那酒笠悬挂高杆上，俺可也燮理阴阳，燮理阴阳。（四兵、丑下）

（二卒、一旗手、净上）（净唱）

【水底鱼】假扮乔妆，名称姑苏王。军师妙算，随路可行上，随路可行上。

（白）俺，全德兴，奉军师将令，假扮姑苏王模样。华云龙去到九江陈友谅那边，假冒世子完姻，又怕看破机关。闻得他侄儿解粮行过，插起姑苏旗号，到慈湖界口行事。哇嘚儿，听我号令者。（唱）

【前腔】计谋暗藏，计谋暗藏，谁识我行藏。旗纛高挂，我是西直姑苏王，西直姑苏王。（二卒、一旗手、净下）

（四兵、丑上）（唱）

【叨叨令】只为那军和马多劳攘，似龙蛇去游江。只俺这一身儿护军粮，重任儿费神劳雕鞍上。又恐怕竹林中来劫抢，虽然是威风凛凛向街衢，还须要悬胆紧提防。这一回兀的不闷杀人也么哥，那一回、急杀人也么哥。（内"吹"）（四兵）前面人马过来了。（丑）与我取双锤过来。（唱）只俺这抖擞精神双锤荡，抖擞精神双锤荡。

（二卒、一旗手、净上）（卒）吠，何处人马？（兵）陈麟济解粮到此。前面何处人马？（卒）姑苏王到此。（丑）嘎，原来亲翁大人到此，下了马。（净）嘎，原来大舅到此，下了马。（兵、卒两面下）（净）大舅，今日一见大舅，实为万幸也！（唱）

【脱布衫】①代转致密信言达上，至戚亲谊人伦纲常②。（卒上）报，启王爷，洪巾贼带来一支人马，前来攻破长江。（净）怎么，洪巾贼带来一支人马，攻破长

---

① 此曲牌名吊头本缺题，据整理本补。下文整理本订作三支【脱布衫】，恐非，今暂标作两支【小梁州】。

② 油印演出本、整理本此下紧接着曲文"都只为"至"封疆"，其后才是报子报信和全德兴借故辞别，今作改动。

江？（卒）正是。（净）退下。（卒下）（丑）亲翁大人，他所报何事？（净）大舅有所未知，洪巾贼带来一支人马，前来攻破长江。大舅，小儿在府中完姻，待等完姻一过，双双带他回来。大舅若还不信胡兰，还有回书，现在命你带去，给叔父观看，以为执照。（唱）**都只为洪巾贼忒猖狂，即回兵保国封疆。**

（丑）亲翁大人到此，不得远送，就此告别。（唱）

**【小梁州】忙辞别协力走羊肠，回宫廷随行去路忙。**（净白）大舅！（唱）**你与我多上复休惆怅，至戚亲谊人伦纲常。有一日分茅裂土，那时节开怀畅饮，共饮欢畅。**

（丑）妙吓！（唱）

**【幺篇】相逢不期两分张，有日会君颜**①**，共灭洪巾党，共灭洪巾党。**（丑上马，下）（净）咳，这头也不回，径自回去了。他回去，见了此书，陈友谅那有不信？张定边难猜难详。来，带马，回复军师去。（唱）**安平宇宙军师掌，妙算神机谁酌量。只我这巧舌斑斓，一任他怎样主张，怎样主张。**（下）

# 第十号②

小旦（陈彩凤）、正旦（钱氏）、付（张定边）、小生（华云龙）、外（赵德胜）、

贴旦（郭英）、净（陈友谅）、丑（陈麟济）

（小旦上）（唱）

**【点绛唇】珠围翠绕，珠围翠绕，霓裳绣描，绿鬓桃。芙蓉花貌，绣阁女窈窕。**

（白）奴家陈氏彩凤，多蒙爹娘爱惜，接世子到来完姻，不想大将军说新婚假

---

　　① 有日会君颜，吊头本作"友廿回君彦"，195-4-11 曲谱、油印演出本作"两军人马回"，今作重订。

　　② 本出曲牌名吊头本有【点绛唇】【园林好】，小生本有【雁儿落】【沽美酒】。吊头本"事舛错枉年老"前标注【园林好】，又其后有"补园林好"，知před者当从单角本作【沽美酒】。195-4-11 曲谱、油印演出本、整理本均受充当引子的【点绛唇】的干扰，将【新水令】至【江儿水】订作【混江龙】【油葫芦】之类，非是。

冒,将胡兰严刑拷问,此事叫人倒也难解也!(唱)

【新水令】老迈无耻起波涛,他是个少年郎、心惊胆摇。孤身谁无主,刻时耽烦恼。心意焦燎,又不敢亲规面与他欢会安好,欢会安好。

(正旦上)(唱)

【步步娇】华堂庆祝三星照,五色彩云绕。银河渡鹊桥,女貌郎才,百年欢笑。堪羡美多娇,乘鸾跨凤配今宵,乘鸾跨凤配今宵。

(小旦)女儿万福。(正旦)罢了,坐下。(小旦)谢母亲,告坐了。(正旦)儿吓,为何在房忧虑?(小旦)母亲,不想到了今日呵!(唱)

【折桂令】婚配事凤世佳兆,吉凶祸福,定在今宵。儿不怨路远迢遥,离椿萱不能够侍奉昏朝,累及你老年亲为女瓜葛。儿不能侍亲严甘旨暮朝,细思之怨恨难消。懵懂年迈,把一个攀桂仙郎,轻看做执鞭军校,执鞭军校。

(正旦)儿吓!(唱)

【江儿水】休得心悲怨,美景好良宵。妆台重凤会蓝桥,你今顶带霞帔好,双和合订结终身好。(小旦唱)好叫我羞脸红桃,伉俪和谐,一对的青春年少,青春年少。(同下)

(四手下、付上)假冒新婿,情理难容。可笑,可笑,主公不认假冒,完了亲事,这还当了得! 来,小心行事。(四手下、付下)(小生上)(唱)

【雁儿落】非是俺假新婚来假冒,都只为、奉军令立功劳。堪羡他老功勋计谋巧,参透了这根苗计谋高。(白)吓,张定边,张定边,你只好唬得别人,俺华云龙虽则年轻,浑身肝胆也!(唱)呀! 俺也曾京都逼元老,凤凰台上花言调。乡音辩舌上,谁识小花娇。(白)胡兰,胡兰!(唱)你在监牢,你在监牢宁甘心受煎熬;怒哮,露真情祸非小,露真情祸非小。

(外、贴旦上)(外)打听胡兰事,(贴旦)报与世子知。(同白)世子。(小生)你们回来了。(外、贴旦)回来了。(小生)打听胡兰此事,怎么样了?(外)胡兰再吐露真情,难保身家。在陈友谅跟前搬斗①一场是非,就可行事了。(小生)这有何难。(吹)(小生)外面何事,鼓乐喧天?(外、贴旦)谅必成亲了。(小生)做亲如何使得?(外、贴旦)成了亲,得了兵权,如同反掌。(净、正旦上)(净)堂上挂三星,(正旦)煌煌焰烛明。(小生)岳父母,小婿拜揖。(净、正旦)起来。(小生)阿吓,岳父母吓!(净、正旦)贤婿为何在此悲泪?(外、贴旦)世子被大将军一番冤枉,对小人们说,要回归姑苏去了。(净、正旦唱)

【侥侥令】**锦昼**②**双璧合,美景过良宵。**(小生白)岳父,小婿再若在此,必遭仇人之戮,不如待小婿回去了罢。(净、正旦)贤婿在此,吉日良缘。(唱)**叠闹笙歌鸾凤箫,花烛夜休苦恼。**

(外、贴旦下,四手下,付上)(小旦上,拜堂,四手下擒小生下)(净)大将军,这是何意?(付)这是洪巾贼,老臣拿到辕门拷问。(付下)(丑上)奉命解粮到,急速进大营。叔父、婶娘、妹子,吉日良缘,为何在此悲泪?(净、正旦)侄儿吓,你妹子吉日良缘,你妹丈被张定边拿去了。(丑)叔父、婶娘,妹丈被张定边擒去,妹子终身所靠何人?(正旦)王爷,你昏了?(净)我无言难据。(丑)叔父,侄儿解粮,路过慈湖界口,遇着亲翁大人,有书信请叔父观看。(正旦)你总总昏了。(净)我难猜难详。(丑)待侄儿夺他转来。(丑下)(正旦、小旦唱)

【收江南】**呀!早难道这般轻藐呵,老懵懂人无聊。不由人腾腾五内烈火烧,他是个肉眼无珠老奸刁,肉眼无珠老奸刁。**(正旦、小旦下)(净唱)**难猜难料,难猜难料,早难道移花接木妆圈套,移花接木妆圈套。**(净下)

(四手下、付上)恼恨洪巾,假冒完姻。可笑,可笑,洪巾假冒完姻,还当了得!来,洪巾抓上来。(手下绑小生上)(手下)洪巾有绑。(付)松绑。(小生)呔,张

---

① 搬斗,怂恿,挑拨。《时调青昆》卷四上层《荆钗记·玉莲投江》【驻云飞】:"恨只恨狠毒的姑娘,镇日在我娘的跟前,巧语花言,搬斗得一家无倚靠。"

② 锦昼,即昼锦,典出《史记·项羽本纪》《汉书·项籍传》,指富贵后锦衣昼行,荣归故里,这里泛指荣华、喜庆。调腔《双凤钗》第三十四号【昆腔】粉孩儿】:"双璧合昼锦堂前,拜花烛夫妻荣显。""昼锦堂"指荣华之地。

定边,你倚恃兵权,横目无人,少不得姑苏兵到,此仇必报也。(付)洪巾贼假冒世子前来完姻,与我扯下打。(外、贴旦上)嗻!这姑苏王世子,谁敢动刑?(付)嗻!你假冒世子,可恼,可恼!(唱)

【园林好】摆牢笼迎请花烛,污香闺、淑女窈窕。辄敢挺身捏造,不供招枉违①得刑拷,不供招枉违得刑拷。

(小生、外、贴旦)呔,张定边,你认真为假,枉为韬略也!(小生、外、贴旦唱)

【沽美酒】事舛错枉年老,直恁的、忒心枭,秦晋和谐结鸾交,总有冤仇一笔勾消②。谁似你执性颠倒,不念着亲戚与旧交,暗计谋私仇公报,私仇公报。

(丑上,小生、外、贴旦下,丑下)(付唱)俺呵!一片冰心壶抱,丹心浩浩。呀!反被那小人奚落,小人奚落。(下)

# 第十一号

小生(华云龙)、丑(陈麟济)、外(赵德胜)、贴旦(郭英)、净(陈友谅)、正旦(钱氏)

(小生、丑、外、贴旦上)(小生、外)恼恨狂徒,(丑、贴旦)忒杀欺人。(小生)岳父母有请。(净、正旦上)(净)好事多朦胧,(正旦)向前问事因。(小生)岳父母请上,小婿就此拜别。(唱)

【(昆腔)哭相思】受尽了凄凉悲苦,明欺我轻年模糊。

(正旦)贤婿吓!(唱昆腔【哭相思】后两句③)(白)王爷,张定边年迈懵懂,难掌兵权的了。(净)夫人此言不差。侄儿听令,去到辕门,将张定边印玺摘转。(丑)得令。(净)且慢,将印玺摘转,何人执掌?但是这……有了,将他罚俸二月,还他原印。(丑)得令。(丑下)(小生)过来,带马。(净)且慢,在此花烛

①  枉违,吊头本作"枉回",违、回方言音同,暂校改如此。

②  总,通"纵"。勾消,同"勾销"。

③  此处 195-4-11 曲谱和油印演出本作"休得要哭泣泪珠流,何必愁烦挂在心",用韵不与上下文同,今不取。

而去。再拜花烛,(正旦)重结丝萝。(小生)多谢岳父母。(正旦)喜双觇面渡银河,乘龙配凤喜三多。(净)何必愁烦挂胸膛?(正旦)重拜花烛结丝萝。

(净、正旦下)(小生)随我转过书房。(科)待我写回书起来。(唱)

【(昆腔)朱奴儿】书达上军前分诉,张定边机关猜破,是真是假难辩诉,削大权任我伪误。行师,只在朝暮,顷刻复夺太平府。

(白)书便藏好,同我到陈友谅跟前,辞别动身。(外)有恐陈友谅跟前,难以脱身。(小生)当面书一封,行师只在朝暮,顷刻复夺太平府也!(唱)

【(昆腔)尾】藏头觅迹书莫露,(外白)是。(同唱)一任他威势兵权,难逃俺巧言语。(下)

# 第十二号

正生(刘基)、外(赵德胜)

(正生上)(引)高枕衾卧,闲来瑶琴一曲。(白)贫道刘基,华云龙假扮世子,去到九江行事。张定边之计,恐胡兰受刑不起,吐出真情,华云龙性命难保。若得免过关节,此乃主公洪福齐天,陈友谅可灭,九江基业已成,四路烽烟永息,天下即可安也。(外上)离了九江地,星夜走关河。师爷。(正生)将军少礼。陈友谅见了华云龙,可欢喜?(外)那陈友谅见了华云龙,十分欢喜。(正生)张定边可存疑惑?(外)那张定边吓!(唱)

【(昆腔)东瓯令】英雄显,号令传,顷刻胡兰命不全。(正生白)胡兰可招?(外)好一个胡兰也!(唱)宁甘身首来血溅,决不漏风传。(正生白)华云龙可受罪?(外)有书呈上。(唱)即当兴师起烟,复夺太平县。

(正生)路上辛苦,后营将息。(外)是。(外下)(正生)我到大营,与徐元帅一同开拆便了。(吹【尾】)(下)

## 第十三号

丑（陈麟济）、净（陈友谅）、小生（华云龙）、贴旦（郭英）、末（家将）

（丑上）有力威风将，堂堂称儿郎。誓灭洪巾贼，出师战沙场。俺，陈麟济，叔父封俺为东宫太子。叔父有令下来，命俺为前战先行。今日起兵，与姑苏两路进攻，克灭洪巾，到辕门侍候。（丑下）（大鼓【三出场】【大开门】，起板【过场】【直场】）（四手下、净上）（唱）

**【（昆腔）红衲袄】①气冲冲怒满胸膛，恼恨洪巾。**（白）朱元龙呀，朱元龙！（唱）**侮辱孤家甚猖狂。**（小生、贴旦上）（同唱）**怎知是假扮，**（丑、末上）（同唱）**英雄出沙场。**

（众）众将打躬。（净）少礼。坦坦荡荡气轩昂，起兵十万世无双。孤家，大汉王陈友谅。今日起兵，克灭洪巾。贤婿，此计如何？（小生）岳父且是放心，只要姑苏人马一到，何惧洪巾不灭？（净）侄儿过来听令。（丑）在。（净）大小三军，发炮起马。（丑）哨，叔父有令，大小三军，发炮起马。（上马，下）

## 第十四号

付（张定边）、丑（陈麟济）、小生（华云龙）、贴旦（郭英）、末（家将）、净（陈友谅）

（付上）（唱）

**【（昆腔）一枝花】俺这里遭兵殃心下又难猜，只我这出辕门令人难详。想主公蒙鼓里心灯不亮，率三军远出征必遭伤亡。**（白）老臣张定边，主公倾国兴师，我身穿素服，前去候驾主公。（唱）**武场中阻谏者苦诉端详，为社稷立纲常。众多儿郎，免得个中圈套血战沙场。又听得喧天闹嚷，又听得喧天闹嚷。**

———

① 此曲195-4-11曲谱、油印演出本订作【点绛唇】，《调腔曲牌集》散曲之部仅收"气冲冲"至"甚猖狂"，并据吊头本改题为【红衲袄】。另，《玉簪记》等小生本（195-1-57）所抄《闹九江》小生本上场后有唱词"轻视你牧羊子困草茅"一句，是知油印演出本、《调腔曲牌集》所收曲文已非原貌。

(打【水底鱼】)(四手下、丑、小生、贴旦、末、净上)(内)张定边前来候驾主公。(净)人马扎驻营盘。(付上)金鸡凤凰台,前来阻驾者。主公!(净)咦!(付)主公倾国兴师,老臣身穿不吉之服,前来候驾主公。(净)嘈!大胆张定边,孤家倾国兴师,身穿不吉之服,前来候驾,是何道理?(付)主公,你休把朱元龙看轻,自从得了徐达、刘基下山,号称西河王。(唱)

【(昆腔)惜奴娇】休把他来看轻计谋暗藏,只我这了如指掌。他他他他是个华云龙,假扮乔妆,主公思量。(净白)嘈!大胆张定边,有侄儿在武场鞭打苗花龙,岂不是天下无敌?(付唱)休提起武场中自称豪强,你可知强中有强。(白)常遇春在武场连败十员大将呵!(唱)在武场称英雄,四海名扬。

(丑)咦!(唱昆腔【朱奴儿】前段)(白)大胆张定边,年迈懵懂,误掌兵权也!(唱昆腔【朱奴儿】中段)(小生白)嘈!大胆张定边,待俺姑苏人马一到,此仇必报也!(唱昆腔【朱奴儿】后段)(付白)洪巾贼只好瞒我家主公,老臣跟前休来卖弄也!(唱)

【(昆腔)佚名】俺俺俺俺跟前休来乱闯,俺跟前休来乱闯,你那里世子分明是假扮乔妆。我自有计谋暗藏,那怕你洪巾猖狂?休瞒我年迈苍苍,来!快抢住华云龙免遭祸殃。

(净)嘈!大胆张定边,孤家倾国兴师,你身穿不吉之服,前来阻驾。本要将你一剑分为两段,难为前有功绩,如今永不见君,去罢。(付)老臣带来御酒一杯,前来助驾主公。(净)谁要你助驾,谁要你助驾?(付)主公倾国兴兵,带了多少人马?(净)雄兵十万。(付)老臣看来。(四手下)吹。(付)苍天,苍天,此番出征,苦杀十万雄兵!(唱)

【(昆腔)尾】执迷不悟出沙场,难敌强梁。(净白)带马。(四手下、丑、贴旦、末、净下,小生回头看,下)(付)我主公头也不回,径自去了。看此番出征,必定大败而回。老臣难道袖手旁观不成?但是这……是了,带了一支人马,御酒一杯,前去助驾主公。(唱)眼看着坐不救枉为栋梁,这大事怎下场?(下)

## 第十五号

外（徐达）、净（陈友谅）、小生（华云龙）、贴旦（郭英）、丑（陈麟济）

（四手下、外上）（吹打【普天乐】前段）（白）本帅徐达，华云龙有书到来，约定在今日开兵敌战。众将杀上！（吹打【普天乐】后段）（四手下、净上）（冲阵）（净）那边可是徐达？（外）然也。来者可是陈友谅？（净）反贼，你敢来送死。（外）出马。（战，净败下，外追下）

（小生、贴旦上）（吹打【普天乐】前段）（白）请了。（小生）我与你烧坏粮草，前去交令。（贴旦）请。（吹打【普天乐】后段）（烧粮草下）

（净上）（吹打【普天乐】）（小生上，架枪）（净）贤婿，敢是败阵而回？（小生）老贼，谁是贤婿？（净）你是何等样人？（小生）俺是徐达麾下华云龙。（净）呀，照枪！（小生败下，净追下）

（丑上）（吹打【普天乐】前段）（白）呀，妹丈败阵回来也。（吹打【普天乐】后段）（小生上，逃下）（净上）侄儿，为何不将他拿下？（丑）只见妹丈，不见洪巾贼。（净）他是徐达麾下华云龙。（丑）呀，原来是洪巾贼，待孩儿擒他转来。（丑追下）（贴旦上，架枪）（净）来将报名。（贴旦）大将郭英。（净）照枪！（战，净败下，贴旦追下）

（外、小生、贴旦上）（吹打【普天乐】前段）（小生、贴旦）小将打躬。（外）少礼。（小生、贴旦）谢元帅。烧坏粮草，前来交令。（外）好，这是华云龙之功，众将杀上。（吹打【普天乐】后段）（下）

# 第十六号①

净(陈友谅)、外(徐达)、丑(陈麟济)、小生(华云龙)、小旦(孙多娇)、

贴旦(郭英)、付(张定边)

(净上)(唱)

**【点绛唇】**湖浪滔滔,湖浪滔滔,受尽波涛,真难料。恼恨洪巾,悔杀出沙场。

(白)陈友谅呀陈友谅,你好悔也!(唱)

**【驻马听】**自悔自懊,肉眼无珠神魂颠倒。杀败了雄兵十万,好一个洪巾贼忒猖狂。到如今兵又伤粮又烧,只我这粮草烧光多多少。只我这银枪一摆,杀得我无可抵挡,无可抵挡。

(外上,战,净败)(外)你走,你走!(唱)

**【折桂令】**怎道是霸九江能知水操,大将交锋,水陆并晓。任你有啼鸟水面,俺是个泼天鸣鹢,泼天鸣鹢。(净、外下)(丑上)(唱)驾扁舟枻鼓②声高,白茫茫、九江一带。黑漫漫旌旗布绕,历尽了水陆滔滔,水陆滔滔。

(小生上)(唱)

**【雁儿落】**俺和你一对的轻年少,九江中见低高。(丑唱)见仇人不相饶怒恼,要将你骨化烧恨怎消。(小生唱)呀!我跟前休得来夸耀,滚龙枪泼面削③。(丑唱)懊恼,不住的怒气哮;气哮,小儿童敢欺劳,小儿童敢欺劳。(战,小生败下,丑追下)

(大拷)(小旦上)(唱)

---

① 本出前两支曲文据 195-4-11 曲谱和油印演出本校录,而吊头本仅有曲牌名【点绛唇】,其下接抄的是【折桂令】的曲文。油印演出本【驻马听】作【混江龙】,不知【点绛唇】实际上充作引子,其下实为【新水令】【驻马听】北曲单套(小旦上场所唱曲子用如引子,不计入),只是省去了【新水令】(或原有【新水令】,老艺人口述时未予补出)。又,【折桂令】【雁儿落】曲牌名抄本缺题,今从推断。

② 枻鼓,吊头本作"壹国",整理本改作"战鼓",今改正。枻鼓,即鼓枻,叩击船舷,划桨行船。

③ 滚、削,吊头本作"昆""烧",今改正。泼面,犹扑面。

【佚名】奉命非小,奉命非小,密音如浪滔,不觉如山倒①。(白)奴家孙多娇,奉大将军之命,带领小舟一只,去到九江口侍候者。(唱)急急的把九江拨快潮②,热腾腾谁敢来冲撞③,顷刻间万丈起波涛,万丈起波涛。

(净、外上,战,净败,落水,小旦救,开船下。贴旦上,外上船,贴旦开船下)(四手下划船,付上)(唱)

【沽美酒】林下隐隐乐渔樵,为邦家、费神劳,怎得安宁暮与朝?驾扁舟前后应照,(白)俺,张定边,主公必定败阵回来。嗄呀,主公吓主公,老臣带了御酒一杯,前来候驾主公也!(唱)呀!又听得风送画角。凄怆怆声声吹着,一派的旌旗动摇,追九江全然没了。过来!怹呵!急急的紧握橹棹④,上前救捞。呀!顷透出苍苍年老,苍苍年老。(四手下下)

(小旦撑船,净上)(净唱)

【收江南】呀!早知道这般样兵败呵,听忠良老年高。到如今怎回江东,杀得俺无头脑。(付白)主公!(净)呀!(唱)声声高叫,声声高叫,豁剌剌乍见大将军到⑤,乍见大将军到。

(付上救,小生上,抓净,丑上救,上船,净、丑乘船下,付、小生站高处观望)(小旦、贴旦两边上,战,小旦败下,贴旦追下)(外、丑上,战,外败下,丑追下)(付、小生战,付擒小生,划船四手下上。外追上,一枪,付放小生,小生放镖,付接镖,外、小生下,四手下分站两边,净、丑上)(净)大将军,果然是假冒的。(付)主公,你我回转九江,再作计较。(吹【尾】)(下)

---

① 密音,吊头本"密"作"蜜",195-2-19本作"蜜蜜的"。按,"密音"至"山倒",195-1-79本作"伯夜如浪滔,独立九江闹"。

② 把九江拨快潮,吊头本作"把九江不相饶",195-2-19本作"到九江番(翻)海朝(潮)",195-1-79本作"巴(把)九江不(拨)快潮",据校改。

③ 热,吊头本作"实",油印演出本作"碧",今校作"热"。另,195-1-79本此句作"白忙忙(茫茫)谁敢来氏(抵)当"。

④ 橹棹,吊头本作"懊恼",据文义改。

⑤ "豁"字下吊头本散佚,油印演出本此句作"豁剌剌乍见大将军",今据整理本补一"到"字。

四二　白门楼

调腔《白门楼》共九出,演张飞打曹豹、失徐州,辕门射戟,白门楼斩吕布诸事,事见于元至治《三国志平话》卷上及《三国演义》第十四、十六、十九回。剧叙张飞镇守徐州,借议事之名,召集众将饮酒。张飞纵酒无度,左营将官曹豹不饮,张飞怒而打之。曹豹向女婿吕布投告,吕布领兵驱离张飞,夺占徐州。张飞飞奔淮南向刘备报信,刘备回师,将徐州拱手让与吕布,而自己驻屯小沛。淮南袁术遣大将纪灵领兵十万,围攻小沛,并事先贿赂吕布,冀求吕布按兵不动。吕布感刘备之德,邀刘备、纪灵到营,辕门射戟,纪灵只得退兵。不料张飞挟仇,抢夺吕布马匹,吕布遂与刘备反目。刘备无奈投曹,曹操遣兵攻打徐州,吕布被擒。白门楼上,吕布愿降,刘备劝曹操以丁原、董卓为鉴,曹操遂杀了吕布。

民国二、三年(1913、1914)之交和民国二十四年(1935)9、10月间,绍兴的调腔班"大统元"和"老大舞台"分别赴上海商办镜花戏园和上海远东越剧场演出,曾搬演本剧及其辕门射戟一段。宁波昆剧兼唱的调腔戏有此剧目,绍兴昆弋武班有同名剧目。

整理时以1954年老艺人忆写总纲本(案卷号195-3-7)、1962年整理本(案卷号195-3-81)为基础,拼合正生、小生、小旦、花旦、末(纪灵)单角本。至于场号,《白门楼》等小生、正生本[案卷号195-1-139(3)]和《双玉燕》等小生本[案卷号195-1-144(3)]所收《白门楼》小生本的第六、七、九、十一、十二号,与本次整理的第三、四、六、七、十号相对应。

## 第二号

外(孙乾)、小旦(陈元龙)、付(曹豹)、花旦(糜竺)、丑(张飞)、

外(陈宫)、小生(吕布)

(外上)簇簇旌旗拥,阵阵香云飘。(小旦上)立志风波万丈高,春去秋来我当道。(外)下官左营将官孙乾。(小旦)下官右营将官陈元龙。(外)将军请了。

（小旦）请了。（外）昨日三将军挂牌，大堂议事，还未升帐，你我在辕门侍候。
（小旦）有理，请。（外）请。（同下）（付上）辕门鼓打三汲浪，堂堂豪气一千丈。
（花旦上）赫赫威名谁不惧，堂堂豪气涨乾坤。（付）下官左营将官曹豹。（花
旦）下官右营将官糜竺。（付）糜将军请了。（花旦）请了。（付）三将军挂牌，
叫我等大堂议事，还未升帐，你我在辕门侍候。（花旦）请。（付）请。（同下）

【大开门】（四手下、丑上）（引）画角兴兵，坐貔貅谁不听遵？（诗）大破黄巾身
自夸，轰轰烈烈掌握家。虎牢三战立功绩，独坐盘龙显英华。（白）吾，姓张
名飞字翼德。大哥起程时节，将徐州重托与俺张飞。俺昨日挂牌发出，叫
列位将军到来，大堂议事，未知可曾到来？过来。（手下）有。（丑）开门。（手
下）开门。（吹【过场】）（外、小旦、付、花旦上）（众）三将军请上，吾等大礼相参。
（丑）列位将军，免免免。（众）不敢。多蒙将军叫吾等到来，有何公议？（丑）
叫列位将军到来，非为别事。大哥、二哥起程时节，有事重托与俺张飞，把
守徐州，因此请列位将军到来，大堂议事。可听俺的号令？（众）三将军挂
牌，吾等听令而行。（丑）怎么，听令而行？但是这个酒……封门。（手下）封
门。（四手下下）（小旦）特来造次军营，多多有罪。请问三将军有酒相迎，为
着何事？（丑）请列位将军到来，非为别事。大哥、二哥起程时节，有事重托
与俺张飞。（唱）

**【一枝花】督城的昼夜必须要勤劳，公务事免出祸苗。俺是个鲁莽儿心咆哮，
文案中一事不晓。**（众白）三将军天神威武，谋略过人，治国安邦，休得太谦。
（丑）好说。多蒙列位将军谬赞，上阵打仗，各有威名，但是吃酒误事的呵！
**（唱）这的是一家儿贺千秋，难道是酒兴中挂心劳。**（付白）三将军说那里话来？
为大将者，喝几斗酒，上阵打仗，有多少威风，有多少杀气。（丑）看，看，看，曹
将军此言不差。为大将者，喝几斗酒，上阵打仗，有多少威风，有多少杀气。
（小旦）三将军有所未知，下官乃是小小官儿，这不敢说言，请三将军作主。
（外、花旦）三将军桃园结义，负有重托，如同山岳也。（丑）好说。传令下去，不
论大小军士，今日个个尽兴一醉，明日戒酒，有人私自饮酒者，查出立时斩

首。(唱)**今日个尽兴饮酒醉酕醄,明日里众齐会个个要勤劳,个个要勤劳。**

（手下上,摆酒）（众唱）

**【牧羊关】捧霞觞饮香醪,开怀乐欢笑。满筵前乐声滔滔,一醉儿解千愁闷行怀抱。**（丑白）列位将军,这个酒是好东西嚯。（唱）**酒长英雄胆,泼天祸事消。**（白）来,斟酒。（手下）有。（丑）孙乾。（外）三将军。（丑）今日敬你一杯酒,明日小心办事也。（唱）**明日里办事要妥好。**（外白）多蒙三将军赐小将的酒,本当领情,小将不吃酒,这杯转敬与三将军。（丑）怎么,转敬与俺?咱倒要领情了,请。（外）请。（丑）呀!（唱）**未知他花言舌调,加酒事合我心劳。**（白）酒干。来,斟酒。（手下）有。（丑）陈元龙。（小旦）三将军。（丑）你是右营将官,今日三爷敬你一杯酒,明日是要小心办事。（小旦）三将军赐吾等这杯酒,吾等倒要领情。（丑）且慢。你要领情,俺要陪你一杯者。来。（手下）有。（丑）斟酒。请。（小旦）请。（丑）酒干,来。（手下）有。（丑）斟酒。（小旦）这杯酒转与三将军吃。（丑）怎么,转与俺吃?俺倒要领情了。多蒙列位将军,这个一杯,那个一杯。（笑）酒干。来。（手下）有。（丑）斟酒。曹豹。（付）三将军。（丑）俺今日赐你这杯酒,你明日在辕门,你要小心办事。（付）三将军,俺曹豹不吃酒的。（丑）咳,你方才说,为大将者,喝几斗酒,上阵打仗,有多少威风,有多少杀气。谅来你会吃。（付）俺不会吃酒的。（众）曹将军,三将军赐你这杯,你倒要领情的。（付）怎么,要领情?（众）要领情。（付）咳,待我吃。酒干。（丑）咳,方才你说不会吃酒,提起就干,你是会吃的。再赐你一杯。（付）这个……（丑）不用这个。（付）那个……（丑）不用那个。俺三爷赐你的酒,偏要你吃。（付）俺偏不吃。（众）曹将军,三将军赐你这杯,你倒要领情的。（付）怎么,又要领情?（众）又要领情。（付）俺曹豹总总不会吃酒。咳,没奈何,待我吃。（丑）来。（手下）有。（丑）列位将军个个斟满。（手下）有。（众）末将倒也有了,吃不得了。（丑）列位将军,非是俺敬你一杯酒呵!（唱）**都只为绿林虎豹,**（白）俺大哥、二哥重情义,吕布屯于小沛,这是关门养虎也。（唱）**还须要紧紧提防着,紧紧提防着。**

（白）曹豹，这杯酒为何不干？（付）俺头两杯畅饮、畅饮过的。（丑）后来畅饮几杯。（付）曹豹酒力不佳。（丑）呀，曹豹什么不佳，明明欺俺嗜酒，令人可恼也！（唱）

**【四块玉】听言来心如火烧，他那里误我令号。**（白）来，将他去了头冠。（唱）**抗军威罪也非小，**（白）来，将曹豹捆打二十。（手下）一五，一十，十五，二十。（付）看我女婿一面。（丑）女婿是谁？（付）吕布。（众）怎么，吕布？你该打，该打。（丑）可恼，可恼！（唱）**恼得俺心烦意恼。**（白）不提起吕布倒也罢了，提起吕布，将他再打二十。（众）三将军，你看吾等一面，饶他。（丑）曹豹，看列位将军一面，饶恕你。起来。（付）阿唷！（丑）曹豹，可打得是？（付）打得是。（丑）可打得不差？（付）打得不差。（丑）来，将他端出辕门。（付）阿唷！张飞，张飞，你将俺端出辕门；张飞，张飞，无故将俺来殴辱。呀呀呸！寒天吃冷水，点点在心头。（付下）（丑）呵唷，曹豹呀曹豹，你托吕布之势，前来压量与我，真真岂有此理！（众）你看曹豹去远了。（丑）怎么，去远了？孙乾、陈元龙、糜竺，大家再来宽饮几杯。（众）酒也有了，吃不得了。（丑）咳，你们都没用。俺三爷酒还未尽兴，来。（手下）有。（丑）看大杯上来。（众唱）**又何须挂心劳，酒逢知己情投好。吃一个沉醉酕醄，个个要勤劳，个个要勤劳。**（外、小旦、花旦下）

（丑）呵唷，曹豹呀曹豹，你把吕布前来压量与我，吕布三姓家奴，俺三爷那年在虎牢关时节，就是一枪削却他的紫金冠，有什么本领，真真岂有此理！孙乾、陈元龙、糜竺，来来来，我与你再来吃一个尽兴。（手下）他们去远了。（丑）怎么，去远了？（手下）去远了。（丑）这班人没中用的，俺三爷还未尽兴一醉。来，卸了大衣，看大坛来。（手下）有。（丑唱）

**【哭皇天】当日个斩华雄威名豪，兄和弟原屯虎牢。酒后爽精神，能解心腹焦。酒逢知己千杯少，可不道快乐逍遥。呀！今日个脱身游龙成就好，我和你永别了家窑。满泛金斗，只打睡挨暮朝。**（丑下）

（四手下、外、小生上）（小生）可恼，可恼！张飞不勤正事，擅辱无辜，欺我太甚。若不除之，气难息也！（外）将军，小沛弹丸之地，徐州屯兵之处，张飞酒醉

无谋,今日不夺,待等何时?然后悔之晚矣。(小生)陈宫之言不差。来,一
齐攻城。(四手下、外、小生下)(四手下、付、外、小生上)(小生)岳父受辱了,小婿
见了此书,特来成事。(付)贤婿,张飞酒醉无谋,今日不反,待等何时?(小
生)来,杀进辕门。(众下)(乱锣)(二手下上,看,下,又扶丑上)(手下)反了,反了。
(丑)吾的酒坛不倒翻。(手下)吕布造反了。(丑)呀,怎么,吕布造反?来,接
坛提枪。(小生上,架住)(丑)吕布吾的儿。(小生)咳,旧恨新仇,匹夫招战。
(战,丑败下)(四手下、外上)(小生)陈宫听令。(外)在。(小生)我有宝剑一颗,
悬挂宅门,不许惊动刘备家眷。如有将士,私进衙署,即便斩首。速去。
(外)得令。(外下)(小生)咳,玄德公,玄德公,你好用人差也!(唱)

【尾】用人量不过着,失徐州空徒劳。若不是契合相报,怎得眷和属免餐刀。
(科)(小生下)(付、丑两面上,架枪)(丑)曹豹,你敢造反?(付)造反何妨?(战,付死
下)(丑)呀,徐州也失了,三爷的酒也醒了。但是这个……有了,去到淮南,报
与大哥、二哥便了。(唱)**真叫俺怒气咆哮,杀得俺神魂颠倒,只俺这蛇矛枪无
可解交。**(下)


# 第三号

正生(刘备)、净(关羽)、丑(张飞)、小生(吕布)

(四手下、正生、净上)(正生唱)

【六幺令】**捷奏凯歌,齐把功来贺,鞭敲金镫凛凛真巍峨。**(内白)三爷飞马而
来。(正生)呀!(唱)**好难猜摩,顿时乱胸窝,莫不是翻面无情,平地起风波?**
(丑上)飞马快如云,急速报军情。(手下接枪)(丑)吾的大哥,吾的二哥吓!
(正生)三弟为何这般光景?(丑)吾的大哥,吾的二哥,唅,呀,咳!(正生)三
弟到底为着何事?(丑唱)

【风入松】**若提起俺的怒气冲霄外,他那里伏兵安排。他是个虺蛇心恶狼豺,
暗计谋、暗计谋不瞅不睬。都只为军前辕门来担代,忘恩负义不应该。**

【前腔】我怨恨吕布太心乖,他那里辕门上欺俺来。好叫俺武艺儿难担代,可恨那辕门上、辕门上败阵而回。我怨恨徐州来失败,徐州破天昏聩,徐州破天昏聩。

　　(正生)听三弟说来,徐州失了?(丑)徐州被吕布夺去了。(正生)三弟,得徐州非为喜,失徐州非为忧。(净)三弟。(丑)二哥。(净)二位嫂嫂安顿在何处?(丑)阿呀,二位嫂嫂,一旦失守在城中。(净)咳,你好吃酒误事也!(唱)

【急三枪】你是个,贪酒醉,徐州败。不顾他,人何在,不顾他,人何在。

　　(丑)罢罢罢!(唱)

【风入松】听言来心头痛悔,气得俺怒满胸怀。(白)喔哈,张飞呀张飞!(唱)腾腾豪气冲霄外,吕布你、吕布你这贼太无赖。恨只恨辕门来失败,(白)罢罢罢!(唱)愿死一命赴泉台,愿死一命赴泉台。(拔剑自刎)

　　(正生)三弟,有道"兄弟如手足,妻子如衣服",衣服破还可补,手足断谁来续?(唱)

【急三枪】休得要,哭婆婆,泪满腮。兄和弟,依然在,兄和弟,依然在。

　　(丑)大哥,去到辕门,和吕布拼个死活。(正生)淮南大败,怎好回营?且到关前,再作计较。带马。(唱)

【风入松】何须怒满怀,桃园结义堪敬堪爱。早难道人情世态,翻面的、翻面的不瞅不睬。(白)哬,守城军士听着,刘玄德到此,请吕温侯上城关答话。(唱)让徐州愿向天涯,恕无知愿潇洒,恕无知愿潇洒。

　　(内)来。(内)有。(内)开关。(内)有。(小生上)(唱)

【急三枪】整冠裳,急速的,出关隘。(白)君侯吓!(唱)吾刁罪,权任代,吾刁罪,权任代。(科)

　　(白)贤弟,非是我夺你徐州,为你令弟张飞,在此嗜酒杀人,恐有误事,弟思此前来守之。我有宝剑一口,悬挂宅门,故而不敢惊动你家眷。今日得见贤弟来,奉还牌印,布往小沛去也。(正生)且慢。多蒙将军救我眷属之命,况备无能,愿屯小沛。(小生)咳,贤弟吓!(唱)

【风入松】大丈夫立业功高大,你我是堂堂气概。(白)贤弟屯于小沛,若有一人侵犯,非是俺吕布夸口说也!(唱)方天戟沙场一摆,尸横野、尸横野谁能再来。(正生唱)传花名何有更改,感承情异日里多宽待,异日里多宽待。(小生下)

(丑)大哥,你将徐州赐予吕布,俺心中不服。(正生)三弟吓!(唱)

【前腔】休得要气冲冲心不耐,其中袖里机关藏埋。这一回吞虎口无更改,又藏着、又藏着拖刀计策①。击破奸凶计权作假痴呆,一重来了一重来,一重来了一重来。

【急三枪】我今权屯小沛,落得自在。一任他,浪高大,(白)三弟吓!(唱)稳坐渔舟决不开,稳坐渔舟决不开。

(丑)罢罢罢!(唱)

【风入松】听言来我心欢爱,叫人耐俺自认罪。必须要杀吕布灭曹贼,(同唱)都只为、都只为出于无奈。兵残粮缺势衰力败,罢罢罢!权隐迹在天涯,权隐迹在天涯。(下)

# 第四号

花旦(韩胤)、小生(吕布)、外(陈宫)

(二手下、花旦上)淮南参将韩胤,奉主公之命,前去送礼。过来,趱上。(手下)有。(花旦)来此已是,下了马。门上那一位在?(旗牌上)外面那一个?(花旦)参将韩胤,要见温侯。(旗牌)请少待。温侯有请。(小生上)花酒欢情,(外上)咳,恨英雄不近人情。(小生)何事?(旗牌)淮南袁术那边前来送礼。(小生)又来戏弄人了。命他自进。(旗牌)有。温侯命你进见。(花旦)过来,随我来。温侯在上,小将打躬。(小生)起来。(花旦)谢温侯。(小生)唔,主将忒杀无礼,即欲领兵伐之,今差你前来,何事?(花旦)到来非为别事,奉主

---

① 拖刀计策,即"拖刀计",指武将在阵上将刀垂下,佯装败走,待敌追近,乘其不备,突然回身挥刀劈去。比喻设下圈套,先以假象迷惑对方,诱其中计。

公之命,前来送礼。(小生)先将礼物献上,后事再讲。(花旦)有,礼单呈上。
(小生)"粮米二十万斛,骏马五百匹,金冠一顶,蟒袍一袭,彩缎千端,珍珠
百粒。"多蒙你家主人美意,照单收检。还有何言?(花旦)还有书信呈上。
(小生)陈宫,那袁术被刘备所欺,要我点兵伐之,恐我助他,故而送礼照会。
(外)将军,那袁术知将军之勇,故而有礼,前来安慰,不助才是。(小生)过
来。(花旦)有。(小生)不及回书,多多拜上你家主人,我这里按兵不动,回
复你家主人去罢。(花旦)吓,一炷线香火,能烧万重山。(二手下、花旦下)(旗
牌上)报,刘备有书到。(小生)吓,怎么,刘备有书到来?待我看过明白:"自
将军垂怜,令备小沛存身,实拜为感天之德。今有袁术欲报私仇,遣大将
纪灵统兵到县,命在旦夕,非将军不能救。望驱一旅之师,以救倒悬之危,
不胜幸甚。"阿吓,陈宫,那玄德公有书到来,要请兵相救吓!你我还是救
的好,不助的好?(外)将军,前者袁术有书到来,我这里按兵不动,如今怎
样助备呢?(小生)陈宫,你那里识得?那袁术若兵吞小沛,绝那刘备,北连
泰山,他诸将前来图我,我不能久领徐州也。(外)我想刘备,见喜忘忧,乃
是奸诈之徒,总之不助为妙。(小生)陈宫有是一说,你我若无刘备相容,此
刻也无存身之地,他今日遭危,前来相救,那有不救之理?(外)还有那一
说?(小生)俺知情不助,非为义也。过来。(旗牌)有。(小生)你且传令下
去,明日点兵五千,候我起程,往小沛解和者。

　　(小生)**万里江山万里行,**(外)**一人怎交两面情?**

　　(小生)**我今自有解危策,**(外)**只怕后日悔也迟。**

(小生)唔,悔什么?我总总不要你管。(小生下)(外)你说不要我管,我总总
不来管你。(下)

# 第五号

末（纪灵）、正生（刘备）、丑（张飞）、净（家将）

（内）大小三军。（内）有。（内）小沛团团围住。（四将、末上）（吹【剔银灯】前段）（末）俺，淮南大将纪灵是也。可恨刘备，借俺兵马，伤俺大将，奉主公之命，带兵十万，活擒刘关张兄弟。所为者，乃是吕布。今日大胆放阵，趲上。（吹【剔银灯】后段）（四将、末下）

（四手下、正生、丑上）（吹【剔银灯】前段）（正生白）三弟，纪灵兴兵如潮涌而来，怎的不见吕布出马？（丑）你休长他人志气，灭自己威风，只要老张枪头一动，管叫他人来鬼去。（正生）三弟此言不差。过来。（手下）有。（正生）用心杀上。（四将、末上）（吹【剔银灯】后段）（末白）方耳你这贼，借俺兵马，伤俺大将，奉主之命，叫你兄弟三人，插翅难飞也！（正生）纪灵休得无礼，三弟出马。（丑）嘈！大胆纪灵，可晓得三爷在虎牢关，破百万黄巾的威名？（末）环眼你这贼，奉主公之命，带兵十万，叫你兄弟三人，插翅难飞也！（丑）不必多言，出马！（末）照刀！（净家将上）呸，两造人马听着，吕温侯有令下来，不许争战厮杀，去到辕门评理。若要争战厮杀，依理而助之。（净下）（末）吓吓！温侯令下，来到辕门评理，想是助刘备去了。环眼你这贼，你头寄在肩上，明日到辕门来取。（丑）俺难道怕你？（末）难道惧你？（科）（正生）众将，收兵回。（下）

# 第六号

小生（吕布）、正生（刘备）、末（纪灵）、丑（张飞）

（【大开门】，四手下、四将、小生上）（小生唱）

**【点绛唇】立业开疆，立业开疆，男儿志量，人钦仰。马壮豪强，英雄出四方。**

（白）头戴金冠双雄飘，身配铁甲绣龙袍。方天画戟谁能敌，吕布威名当世豪。想玄德势穷力弱，淮南袁术国富兵强，本欲助寡而冲势，奈他有礼暗会,难好却情。因此亲到解和,且待二骑人马到来,居中评理,方显俺吕布志量也。(内)报上。(手下)所报何事?(内)刘使君到。(手下)刘使君到。(小生)大开营门。(手下)大开营门。(吹【过场】)(正生上)将军。(小生)吾今日解危,异日得志,切不可忘怀。(正生)温侯,备实力尽行,决不食言。(小生唱)

【新水令】且放眉皱喜洋洋,又何须胆战心慌?何惧兵百万,独我一身挡。管叫他兵败双双,只我这小机关反复阴阳,反复阴阳。

(内)纪将军到。(小生)起乐。(吹【过场】)(末上)告别。(小生)将军何故别之?(末)温侯莫非助刘备杀纪灵?(小生)非也。(末)助纪灵杀刘备?(小生)也非也。(末)是何故也?(小生)玄德乃布之兄弟,今为将军所困,故来解之。(末)如此纪灵命不绝也?(小生)决无此理,将军且安定了心,看坐。(吹【过场】)(小生)布平生不好斗,而好解斗,吾今为两家解和。(唱)

【驻马听】宴设琼浆,今后连和互相让。相持处谁弱谁强,二虎相争总有一伤。(末白)请问温侯有何法耳?(小生)我有一法,从天所决。来,看酒来。(吹【过场】)(正生)温侯请。(小生)请。(唱)**举金瓯开怀欢畅,饮玉液、挣得个沉醉何妨。贤弟! 说什么龙虎争斗,纪将军! 尽都是随波逐浪。十大功一旦付江洋,楚重瞳自刎在乌江,世事纷纷渺茫。**

(白)你两家看我面上,俱各罢兵了罢。(末)奉我主之命,带兵十万,活擒刘备。(小生)将军,你要活擒那刘备,你可晓得刘关张兄弟三人破百万黄巾,如同草芥。今日将军只带十万兵马而来,焉能胜乎? 还是罢兵才是。(末)我奉主公之命而来,怎肯罢兵也!(唱)

【沉醉东风】①统雄师势如虎狼,并齐心何惧关张?(小生白)将军,你可晓得张飞闹平原,云长斩华雄,声名不下将军么?(末)刘关张兄弟三人虽则饶勇②

---

① 此曲牌名单角本缺题,据 195-3-81 整理本补。
② 饶勇,勇猛。调腔抄本中"骁勇""饶勇"均有。

呵！（唱）**列旌旗山河一统,围住垓心**①**轻徜徉。**（小生白）贤弟,你今日一言不发,是何故也?（正生）温侯,但是十万之勇,备也不惧。看将军在此解和,备故不出言吓。（小生）好吓,真乃仁义君子! 将军,你不要轻觑刘备,他今日一言不发,皆由我面上,难道怯战与你?（末）若不怯战呵!（唱）**怎不去血战沙场?**（小生白）可恼,可恼!（唱）**闻言来怒满胸膛,你好欺弱恃强。不连和要决雌雄,枉了我说短论长,说短论长。**

（白）两家不肯罢兵,来,取画戟过来。（手下）画戟在。（小生）将画戟命中军帐一百五十步之外插着。你二人看者,吾若一箭射中戟小枝,你两家一个个罢兵;如射不中,你们各自回营,安排厮杀。如有不从者,并力而拒之。（末）阿吓,天下英雄,只有百步穿杨,那有一百五十步之外? 是了,他射不着画戟之中。若射着画戟之中,小将情愿收兵。（小生）取弓箭过来。（唱）

**【雁儿落】手挽着铁宝雕弓一张,又备着、七星斗箭狼牙棒。凭着这一箭儿干戈定,方显俺为公干谋高智广。**（白）来,吩咐起鼓。（唱）**呀! 不由人喜孜孜乐无涯,平生显伎俩。辕门外射戟,四海把名扬。**（射箭）（白）将军,先罢兵才是。（末）小将遵命。我主怎甘休?（小生）待我作书一封,回复你家主人便了。（末）有劳温侯。（小生）贤弟,非我一箭,小沛休矣,各自收兵了罢。（正生）弟遵命。（末、正生）众将收兵回。（同唱）**昂昂,奉先无敌将;谢穹苍,一箭儿免杀伤,一箭儿免杀伤。**（科）（末、正生下）

（小生）吓,陈宫,陈宫,你道我有勇无谋,不晓谋略,那晓我吕布今日一箭,天下扬名矣。不免作书一封,差使淮南,那袁术知道此情,必有厚礼谢之。（手下上）报,将军不好了。（小生）为何?（手下）将军有骏马五百匹,行过小沛,被张飞夺去了。（小生）吓,刘备,你这忘恩负义的贼,不念我恩,任弟胡行,抢我马匹。传令三军,把小沛团团围住者。（唱）

---

① 垓心,指重围之中。调腔《千金记·埋伏》【元和令】:"九里山前施展六韬书,大会垓心亲摆布。"

**【沽美酒】跨雕鞍灭奸狂，不由人气劳攘。放离燃眉心不良，千刀万剐不饶放。**（正生、丑上，冲阵）（正生）温侯，你何故领兵前来？（小生）玄德公，我在辕门射戟，救你大难，怎么命张飞前来，夺我马匹？（正生）只因备缺少马匹，命三弟四路贩马，焉敢夺将军的宝骑？（丑）吕布吾的儿吓，俺夺你几匹马，原是有的。（小生）环眼贼，你屡次欺我么？（丑）嗄，俺三爷夺你几匹马，你要着恼，前者夺俺大哥徐州，你待怎讲？（小生）可恼，可恼！（唱）**环眼贼忒杀逞强，禁不住雷霆怒嚷，定将你截腹屠肠。**（战，正生、丑败下）（小生）把小沛团团围住。（唱）**俺呵！一任你插翅飞腾，难出罗网。呀！好恩情一旦撇散，一旦撇散。**（科，下）

（正生、丑上）（正生）三弟。（丑）大哥。（正生）三弟，二哥到那里去了？（丑）二哥带领家眷，到广陵去了。（正生）广陵亦非存身之地。（丑）大哥，曹操兵多势勇，你我结连曹操，活擒吕布。（正生）结连曹操？罢罢罢！（唱）

**【收江南】呀！这的是凭天数降祸萧墙，星夜里、走羊肠。时乖运蹇多魔障，骨肉分离在路旁。回首惨伤，回首惨伤，可怜我命不由人怨谁行，命不由人怨谁行。**

**【尾】**（丑唱）**好叫俺怒气咆哮，不由人心下难安。投曹操活擒吕布，管叫他一命殃**①。（下）

## 第七号

净（夏侯渊）、末（许褚）、花旦（徐晃）、贴旦（李典）、付（曹操）、正生（刘备）

（【骑马调】）（四手下、净、末、花旦、贴旦四将，付上）（付）大小三军，人马趱上。（吹【六幺令】转【过场】）（四手下、四将、付下）（吹【快过场】，四手下、四将、付上，四手下、四将两面下）（付）君有势来臣有权，朝纲独立我为先，天助人缘。（白）老夫曹孟

---

① 一命殃，195-3-7 忆写本、195-3-81 整理本作“命难逃”，失韵，今作改动。

德,操练三军回营。昨日刘使君有书到来,说徐州被吕布夺去。正是,纪纲竟不振,平地起风波。(手下上)报,启相爷,刘使君要见。(付)请相见。(手下)刘使君有请。(正生上)明知不是伴,事急且相投。丞相请上,待备大礼参。(付)使君免礼,请坐。(正生)告坐了。(付)不知使君驾到,少出远迎,多有得罪。(正生)好说。丞相前者有密札到来,备实惧吕布之勇,故而缓搁而行。不想他顿起不良,备立身无地也。(付)刘使君,闻得徐州被吕布夺去了。(正生)徐州被吕布夺去了。(付)吕布忘恩负义,乃是奸诈之徒。(吹)

**(付)四海英雄会英雄,**(正生)**多感丞相救孤穷。**

**(付)我今将你提拔起,**(正生)**免得人在污泥中。**

(付)好,好个"免得人在污泥中"。使君请。(正生)丞相请。(下)

# 第八号

小生(吕布)、外(陈宫)、净(夏侯渊)、末(许褚)、花旦(徐晃)、贴旦(李典)、

正生(刘备)、丑(张飞)、付(曹操)

(四手下、小生上)叵耐狂狙①不识羞,一腔浩气反成仇。凭你雄师凶百万,不斩刘曹誓不休。可恨方耳的贼,我在辕门射戟,救你性命,不将恩报,反将仇敌,犯我徐州。若不活擒刘备、曹操,俺一世非为人也。(外上)(小生)陈宫听令,就此起兵。(唱)

【(昆腔)泣颜回】**杀气报天关,风动绣织锦旛。轰轰雷震,闻威名胆战心寒。**

(净、末、花旦、贴旦四将,正生、丑、付上)(付)温侯请了。(小生)曹操,你在濮阳烧得不怕,前来送死么?(付)前者虽有濮阳之败,今日前来会你。(小生)陈宫出马。(付)使君出马。(付下)(外、正生冲阵,正生败下,外追下)(四将与小生战,

---

① 叵耐,不可忍受,可恨。狂狙,同"狂且",狂妄的人。《诗经·郑风·山有扶苏》:"不见子都,乃见狂且。"毛传:"狂,狂人也。且,辞也。""且"为语助词,无义,《广韵》子鱼切,此受"狂"字影响而类化作"狙"。

丑接战,小生败下,四将、丑追下)(四将、正生、丑、付上)(正生)丞相,那吕布甚是饶勇,势不可挡,还须用计擒他才是。(付)使君,吕布有勇无谋,陈宫用计枉然,老夫有计擒他。徐晃①,过来听令。(花旦)在。(付)命你带领一支人马,把守东门。(花旦)得令。(付)许褚听令。(末)在。(付)带领一支人马,把守西门。(末)得令。(付)夏侯渊过来听令。(净)在。(付)带领一支人马,把守南门。(净)得令。(付)老夫大军自守北门。张飞过来听令。(丑)在。(付)命你带领一支人马,在西北道上,待等吕布战败回来,一鼓而擒。(丑)得令。(吹【泣颜回】后段)(下)

# 第九号

小旦(貂蝉)、小生(吕布)、外(陈宫)

(冷锣)(小旦上)(唱)

【(昆腔)泣颜回】夫遭国难泪偷弹,自那日重托连环。**心思长挂,不能够除却奸宦。**(白)我乃貂蝉,多蒙义父重托,先从董卓,后与吕布。咳,可惜我是女子,若是男子呵!(唱)**心惊胆战,何日得除却大患?**(内白)温侯回。(小生上)一女貂蝉,无心恋战。(小旦)将军请来见礼。(小生)夫人见礼。(小旦)将军,你与曹操交战,可得胜回营了?(小生)那曹操兵十万,势如潮涌而来,不能得胜。有恐夫人受惊,故而回来。(小旦)将军,你可记得那年濮阳之败么?(小生)濮阳之败,皆因为你在城内。我与陈宫合兵一处,徐州可保。(小旦)请将军卸甲。(小生)卸不得,卸不得。(小旦)却是为何?(小生)有恐厮杀。(小旦)咳!(小生科)吓,夫人吓!(唱)**我和你恩爱交欢,又何须急转搅翻?**

(外上)(唱)

【(昆腔)不是路】**势涌波澜,众把干戈叠城关。**(白)嘈!(小生)唉唉唉!(外)将

---

① 徐晃,195-3-7 忆写本作"催球",有讹误,195-3-81 整理本易"催"为"崔",兹据《三国演义》改。

军,曹军如潮涌而来,你还在此贪恋妻孥。(唱)**思所欢,城关紧急分解难。**(小生白)陈宫,为何进衙署来?(外)曹操讨战。(小生)可恼,可恼!(唱)**恨刁奸,腾腾怒气冲霄汉,**(白)陈宫听令。(外)在。(小生)开关交战。(外下)(小生)吓!(唱)**杀得他地覆与天翻。**(小旦白)咳,将军吓!(唱)**心惊战,一声吼吓心胆碎,魂飞魄散。**

(小旦科)(小生)吓,夫人吓!(外上)嘈!(小生)唏唏唏!(外)将军,你好迷而不悟也!(念)终朝终朝酒色贪,枉为枉为英雄汉。他是败国残花女,你何得倾身妻孥贪恋,妻孥贪恋?(小生)咳!(念)谁无妻孥?谁无妻孥?(外)将军走来。(小生)什么事情?(外)貂蝉他是败国亡家之女,先从董卓,后从将军,留他则甚!(小生)依你便怎么?(外)依我将他杀。(小生)陈宫不要动气,夫人不要啼哭。(念)内外内外事相关,怎得怎得来顾盼?绿鬓红颜女,叫我如何舍得也?(白)夫人吓,你不必凄怆。(外)将军上马。(小生)陈宫带马来。(小旦科)(小生)夫人不要哭,我去去就来。(外)将军上马,上马。(小生哭)带马。(小生上马,回头,下;小旦回头,下;外上马,下)

# 第十号

丑(张飞)、外(陈宫)、末(许褚)、小生(吕布)、花旦(徐晃)、净(夏侯渊)、贴旦(李典)、正生(刘备)、付(曹操)、老旦(宋宪)、正旦(魏续)、小旦(侯成)、杂(手下)

(三出场)(丑上)(唱)

**【醉花阴】搅海翻江连天关,喜孜孜团圆月皎。今夜静悄悄,我心却焦劳。**(白)俺张飞,前日与吕布两下交战,见他搦战,丞相赐俺一支人马,埋伏西北道上,待等吕布到来,一鼓而擒。阿哈,吕布,吕布,你前者冲犯俺三爷,如今休想活命也!(唱)**遇着俺命难逃,俺和你会会虎豹,要将你决不轻饶。今日个四路摆兵,作飞禽难逃天罗地罩,难逃天罗地罩。**(丑下)

(外、末上,战,外败下,末追下)(小生上,花旦、净上,战,小生败下,花旦、净追下)(净、末、花旦、贴旦四将,正生、付上)(正生)丞相,那陈宫擅用计,倘然再败,如何是好?(付)使君,你且放心,吕布无心恋战,退进关隘,何惧不服?来,杀上。

(四将、正生、付下)(外、小生上)(外)将军。(小生)陈宫,那曹兵十万,势如潮涌而来,我与你不能够得胜,计将安在?(外)咳,你前者不听我言,如今果然大败,你还是悔也不悔?(小生科)咳,是是。(外唱)

【喜迁莺】枉了你盖世、盖世英豪,贪妻孥翻江、翻江海搅。气也么恼,枉了我一片丹心赴波涛,那里有同心合胆除灭刘曹?(外下)(小生)咳!(唱)怒咆哮,抖擞精神活擒刘曹,百万兵何挂眼梢,何挂眼梢?(小生下)

(外、末上,战,末擒外下)(小生、丑上,战,小生败,进城,闭关下)(丑唱)

【出队子】一见了马蹄跑,他那里城关而逃。好叫俺蛇矛枪怎样斩蛟,城关紧闭怒冲霄,这叫老张无计较。俺这里除强灭暴,死不休破城关吕布餐刀。

(净、末、花旦、贴旦四将,正生上)(丑)城关紧闭。(正生)城关紧闭,一齐攻城者。

(四将、正生、丑下)(老旦、正旦、小旦、杂四手下,小生上,科)(小生唱)

【刮地风】呀!呀呀!好叫俺难舍难分女多娇,轻断送恩爱双双活擒刘曹。(白)吓,曹操,曹操!(唱)一任你暗中行智广谋高,轻觑你如同草茅。(白)来,尔等小心把守。人不可卸甲,马不可离鞍,画戟随我身边,取酒来。(唱)今夜里守城自保,(内声)(小生)呀!(唱)又听得齐声鼓噪。凭着俺兵强将高,今朝暂息戈矛鞍马劳,暂息戈矛鞍马劳。

(老旦)列位将军请了。我看温侯酒色之徒,谅来不能成其大事。闻得曹操兵多将勇,你我投诚曹操,心意如何?(正旦、小旦)我有鞍马。(老旦)我有画戟。(正旦、小旦)投曹操去,投曹操去。(老旦、正旦、贴旦、杂四手下下)(花旦上,踢门进)(小生)嘈!(花旦与小生战,末、净上,接战,擒小生下)(正生、付上)(同唱)

【四门子】俺奉着皇皇天子诏,灭豺狼擒虎豹,盖世英雄魂消胆消,魂消胆消。(末上)丞相,陈宫擒到。(付)好,将陈宫绑上。(末绑外上)(外)肉眼无珠,死而不惧。(付)公台请了,请了。(外)曹操。(付)你我别后可好?(外)恨我主不听我言,故而失手,被你所擒。(付)被擒如何?(外)情愿一死而已。(付)你自己情愿一死,家中老母妻儿,你待怎讲?(外)苍天吓!吾闻以孝治天下者,不害人之亲;施仁政于天下者,不绝人之祀。但是我家老母妻儿么,却在你手,决不挂念。(付)好,陈宫出言,你且放心。许褚,拿去砍了。(末绑外下)(丑上)丞相,吕布擒到。(付)绑上来。(丑)呃,吕布绑上!(花旦、净绑小生上)(小生)绑缚太急,绑缚太急。(付)绑虎不得不紧。你为何独自造反?(小生)反在何处?(付)今日被擒,一死难逃。(唱)**我声罪致讨,你今云阳餐刀。**(小生白)呀!(唱)**貂蝉不见,陈宫斩了,我只得告明公愿归帐幄,愿归帐幄。**

(白)玄德公,玄德公,阿吓!(付)使君。(正生打哈欠)丞相。(付)吕布在此叫你。(正生)怎么,吕布叫我?温侯请了。(小生)玄德公为堂上客,布为阶下囚,你何不发一言,而相劝乎?(正生)咳,将军,但是这个……(小生)丞相所虑,乃是吕布。如今布已服,丞相为大将,布为副将,天下岂不定乎?(付)但是这个么,使君,你道如何?(正生)丞相可记得丁、董二字?(小生)大耳贼,可记得辕门射戟乎?(付)绑过一边。(花旦、净、丑绑小生下)(正生)丞相,那貂蝉败国亡家之女,还当除之。(付)貂蝉虽是败国亡家之女,但先从董卓,后从吕布,若无此女,二患怎除?(正生、付上高台)(付)来,将吕布绑到白门楼缢死者。(花旦、净、末、丑绑小生上,杀小生下)(众)吕布已死。(正生、付唱)

**【水仙子】听画角,声悲号,断送了小英豪。白门楼黄泉道,恋妻①好家绝命了,立大功八面威风是刘曹,八面威风是刘曹。**

(吹【尾】)(下)

---

① 妻,单角本作"处",今改正。方言与"处"同音的"去",调腔抄本丑白作"起",可资比勘。

四三　金沙岭

调腔《金沙岭》共十七出，剧叙宋太宗时，英王赵德昭年幼，叔皇太宗即位，纳潘仁美之女为西宫。杨继业第七子延嗣性格刚烈，闻得潘仁美倚仗皇亲之势，扰乱朝纲，怒火中发，被杨继业所斥，禁锁书斋，以免生事。一日，潘仁美三子潘豹奉命从山东押送粮饷五万回京，路过金沙岭，为黄天祥所劫。危难之际，郝飞天出手相助，救下潘豹并夺转粮饷。潘豹感郝飞天相救之恩，将他带回京中，请其父潘仁美上殿荐举。次日朝堂上，潘仁美向皇帝荐举郝飞天为御教头之职，开封府尹吕蒙正力陈不可，潘仁美遂提议让郝飞天在皇城高摆百日擂台，打尽天下英雄，再行受职。

是年科举，新科状元梁灏以八十二岁高龄及第，游街之日，人头攒动，杨延嗣与家人亦私出书斋观看。回府途中，杨延嗣路遇流落京城的高尚雄，慷慨相助，两人义结金兰。先时，高尚雄卖拳度日，上台与郝飞天打擂，力不能敌。在酒醉之际，高尚雄将此事告与杨延嗣。杨延嗣心生恼怒，前往擂台，打死郝飞天，高尚雄还将潘豹一并打死，事发后两人被执。圣旨命潘仁美抄灭杨氏满门，吕蒙正与英王、韩娘娘设计，法场上救下杨氏一门。金殿之上，金沙岭黄天祥夺占府县的紧急军情传至，宋太宗遂命杨继业父子戴罪出征。

本剧1958年老艺人忆写总纲本（案卷号195-3-27）结尾不全，1962年整理本（案卷号195-3-73）亦不完整。整理时曲文以《金沙岭》吊头本〔案卷号195-1-119(5)〕为底本，念白拼合正生、小生、正旦、净、外单角本，其他角色从忆写本和整理本录出。

本剧正生、小生、净、外四种单角本皆出自清宣统年间至民国初年的"日月明班"，剧中用韵多系江阳、萧豪二韵，大抵为清末剧作。但本剧用韵一般不混杂，套式皆用调腔曲牌熟套且能避重，曲文大抵晓畅并有一定文采，角色分配较为均匀，显示出剧作者娴熟的创作技巧。

# 第一号

外（杨继业）、老旦（佘氏）、丑（杨延嗣）、净（杨福）、正生（太监陈琳）

（外上）（引）忠心赤胆报君恩，恨奸凶称骁成群。（念）滚滚沙场地，森森画角楼。丹心扶社稷，千古姓名留。（白）老夫，杨继业，乃是河东人也。夫人佘氏，与我同庚，生下七子二女，六郎等随呼延赞老元戎征伐辽邦去也，只留七郎延嗣在家，终日醉酒生非，因此将他锁禁后书斋，这也不在话下。先帝驾崩，本当殿下即位，他今年幼，有恐难治家邦，故将他天下借与叔皇，登基数载，国号太宗，将潘仁美之女，纳为西宫，圣上十分宠幸。这厮倚着皇亲之势，播弄朝纲，聚集奸党。咳，老夫看起来，宋室江山，有一番颠乱也！（唱）

**【皂罗袍】堪恨那播弄国政甚颠狂，不由人气昂昂怒冲霄汉。误听奸言废忠良，狐势绥绥①气昂昂。万里江山君民安，为臣的食禄君恩，粉身报偿。谁不知杨门赤胆扶家邦，杨门赤胆扶家邦？**

（走板）（老旦、丑上）（同唱）

**【前腔】清晨候缘何鹊噪檐廊，出中堂、拜见白发亲上。王爷！何事沉吟长吁叹，敢只是虑着儿郎出沙场？**（老旦白）王爷见礼。（外）夫人见礼。（老旦）请坐。（外）请坐。咳！（老旦）王爷独坐中堂，声声长叹，却是为何？（外）夫人有所未知，可恨潘仁美这厮，他倚内宫之势，聚集奸党，播弄朝纲，老夫力不能治他，如之奈何？（老旦）王爷，合朝两班文武，尚且如此，何况王爷来？（唱）**有朝衰势倒冰山，奸凶万段，剥肉斩酱。那时节清净朝廷统江山。**

（丑）爹爹，朝中就没有什么官儿，与他谏诤？（外）儿吓，不想潘仁美这老贼，他有三子一女，圣上纳为西宫，十分宠幸。其子潘龙、潘虎、潘豹，力勇过

---

① 绥绥，抄本作"队队"，据 195-3-73 整理本改。《诗经·卫风·有狐》："有狐绥绥，在彼淇梁。心之忧矣，之子无裳。"毛传："绥绥，匹行貌。"

人,无人敢惹。况朝中是他门下者多,那一个官,与他谏诤?(丑)听爹爹说来,潘仁美这奸贼,仗皇亲之势,可恼,可恼也!(急板)(唱)

【佚名】听言来腾腾怒腔,不由人气满胸膛,惹得俺三丙①显扬。(白)爹爹,潘仁美老贼,仗皇亲之势,若不治之,一世非为人也!(白)饬朝纲,才得国家太平象,免害元勋忠良将。

(外)嘈!你这畜生,年纪轻轻,为父尚且袖手旁观,何况你乳臭毛虫?(唱)

【前腔】彻敢来胡行猖狂,伊是个、蜉蝣螃蟹,激得俺睁睁怒目发如苍。(白)杨福过来。(净上)有。(外)将小畜生锁禁后书斋,不许出外闲游,如若出外闲游,连你也一死。(唱)禁书房,从今不许出门墙,免得生事及祸殃。

(净)吓。(净、丑下)(内白)懿旨下。(净上)启爷,懿旨下。(外)摆香案,夫人回避。(老旦下)(吹【过场】)(正生上)旨下。(外)千岁。(正生)听宣读,诏曰:先帝驾崩,英王喜习武略,杨令公开国元勋,赤胆有功,宣卿进宫,教授太子金刀。钦哉,谢恩。(外)千岁。(吹【过场】)(外)有劳公公捧诏。(正生)好说。令公,韩娘娘在宫立等,可随咱家进宫者。(外)过来。(净)有。(外)看象简,随爷入朝者。(正生)令公请。(外)公公!(同唱)

【尾】多多尊老玉临降,奉旨而行何容光。进宫传习韬略广。(下)

# 第二号

贴旦(赵德昭)、正旦(韩娘娘)、正生(太监陈琳)、外(杨继业)

(贴旦上)(引)龙楼凤阁九重天,常在宫中把书念。(诗)年轻父皇来驾崩,叔皇权坐宋江山。母后懿旨召继业,伴读诗书武艺传。(白)孤王赵德昭,母后有旨,宣杨令公进宫,教习武艺。父皇驾崩,叔皇借坐。若得文武双全,孤家之幸也。(唱)

---

① 三丙,当指三昧丙丁。以天干配五行,丙丁属火,因称火为"丙丁"。

【解三酲】喜孜孜丰乐悠悠,宋江山万古传流。羡朝中文官济济忠良士,森严武将非古有。博得股肱受世袭,匡扶着社稷忠公侯。(小走板)(二太监、正旦上)(唱)香盈袖,深宫内乐音齐奏,耳边厢一派清悠,一派清悠。

(贴旦)臣儿见驾母后。(正旦)平身。(贴旦)谢母后。(正旦)赐绣墩。(贴旦)谢母后千岁。(正旦)哀家韩氏。先皇驾崩,王儿年幼,无有即位,天下借与叔皇登基数载。王儿年幼,蒙杨令公教习刀法,一心习学。王儿,你蒙杨令公教习刀法,须要用心习学,父皇在九泉也得含笑也。(贴旦)母后,杨令公虽则年迈,也是忠心为国。(正旦)想那杨令公呵!(唱)

【前腔】他是个忠良裔后,气昂昂年迈英流。谁不知杨家门庭无双凑,侍奉君王丹心直剖。(贴旦唱)有多少汗马功劳奇功巧,父子英雄沙场斗。(合唱)香盈袖,深宫内乐音齐奏,耳边厢一派清悠,一派清悠。

(正生上)奉旨宣令公,已至后宫楼。奴婢见驾,娘娘千岁。(正旦)平身。(正生)谢娘娘千岁。(正旦)命你宣杨令公,可曾宣到?(正生)启娘娘,杨令公宣到。(正旦)陈琳听旨。(正生)千岁。(正旦)宣杨令公入宫。(正生)领旨。啊,娘娘有旨,宣杨令公入宫。(内)领旨。(拷【一封书】)(外上)海晏河清日,龙飞凤舞年。(白)老臣杨继业见驾,愿娘娘千岁。(正旦)爱卿平身。(外)愿殿下千岁。(贴旦)平身。(外)谢千岁。娘娘,宣老臣入宫,有何旨意?(正旦)宣你入宫,非为别事。我王儿一心习练刀法,宣你教习。在宫嬉乐一番,哀家观看。(外)领旨。(大拷)(唱)

【朱奴儿】卸下了龙袍衣袖,整肃了、英雄抖擞,龙吟虎啸金刀现,遍身体如龙盘游。(科)神通手,似雪花缠体,何曾见身与手,何曾见身与手。

(正旦)王儿嬉来。(贴旦)领旨。(唱)

【前腔】蒙传授神刀计谋,世无双、英才雄纠,杨将武略真罕少,试伎俩争标敌手。(科)神通手,似雪花缠体,何曾见身与手,何曾见身与手。

(正旦)你二人比来。(贴旦)领旨。(正旦)妙吓!王儿与杨令公,与众不同。哀家备得有酒,杨令公畅饮,王儿陪宴。(外)谢娘娘。(外、贴旦唱)

【尾】刀锋并起相厮守，畅饮香醪酌珍馐。（合唱）呈献奇功，不枉今传授。（下）

# 第三号

末（郝飞天）、付（潘豹）、净（黄天祥）、小生（探子）

（拷【一封书】）（末上）生来英雄志气高，力大无穷胆气豪。若得风云来际会，那怕万丈起波涛。（白）俺郝飞天，乃是山西人氏，只因那年打死人命，逃出在外。无业可做，只得砍柴度日。出得门来，好一番天气也！（唱）

【点绛唇】只俺这落魄萧条，落魄萧条，天困龙蛟，未遇潮。误杀英豪，何日把名标？（末下）

（内）众车夫。（内）有。（内）粮草紧紧趱上。（内）吹！（大走板）（四兵、付上）（唱）

【新水令】车儿咭叽路蹊跷，望山林、峰灵岚巧。岩石穷磊桥，鸟栖森木条。怪石巧妙，狰狞山林重重抱，山林重重抱。

（白）俺三子潘豹，奉皇旨意，解粮五万到京中。众车夫，粮草紧紧趱上。（唱）

【步步娇】提防不测刀出鞘，何惧魍魉魈？宝剑紧缠腰，杀个高低血溅漂。管叫他一命不保，谁敢犯着太岁号，犯着太岁号？（四兵、付下）

（大走板）（四卒、净上）（唱）

【折桂令】气昂昂伎俩争标，英雄众、试战枪刀。见了咱落魄魂消，命难活残生不保。（白）俺黄天祥是也。父亲在日，官居潼关总兵，被潘仁美陷害，抄灭全家。俺兄妹二人逃到金沙岭，落草为寇。妹子飞珠，生来赤发红眉，力敌万夫。今日天气清明，带领喽啰，下山巡逻者。（小生探子上）报，启大王，潘仁美三子潘豹，解饷五万，往俺山下行过，请大王劫夺。（净）再去打听。（小生）吓。（小生下）（净）阿吓，妙吓！我父亲被他所害，今日不下手，待等几时？众喽啰，用心杀上！（唱）喜孜孜顿开怀抱，父亲仇、戴天怎消。劫饷回寨杀却奸刀，开山斧努力锋交，一个个命难脱逃，命难脱逃。（四卒、净下）

（四兵、付上）（唱）

【江儿水】**行过荒山地,已至溪碍绕。何事金鼓连天噪?**(内白)呔,潘豹你这奸贼,将粮草留下。(付)嘈!狗强盗,可晓俺三国舅潘豹解粮到此,往山下经过。狗强人,不生二目么?(唱)**彻敢前来犯吾曹,叫他人来鬼奔逃。争锋交战杀个低高,不识天时,谁不知国戚名号,国戚名号?**

(四卒、净上)呔,你可是潘仁美之子潘豹么?(付)你是何人,敢来劫夺粮草?

(净)呔,奸贼,你可知金沙岭黄天祥爷爷的威名么?(冲阵,四兵逃下,净、付战,付败下)(净)众喽啰,将粮饷解上山去,待我生擒活捉。奸贼,呔,潘豹,你走,你走!(唱)

【雁儿落】**一任尔有翅难脱逃,一任尔、横霸朝纲。今日个笑吟吟仇儿报,今日个祭亡灵碎千刀,祭亡灵碎千刀。**(净下)(付上)(唱)**呀!不提防有强人放刀,险些儿、一命泉道。战兢兢马蹄儿难奔逃,不由人气冲冲像似火烧。**(内白)潘豹那里走!(付)呀!(唱)**追着,有何兵来救保?咆哮,今日个料难存活一命倾抛,一命倾抛。**(付下)

(末上)(唱)

【侥侥令】**日色当空照,走山难画描。**(内喊)(末)呀!(唱)**何事喊杀振天闹?**(白)呀,后面喊声连天,不知为着何事,高岗看个明白也。(唱)**有危急我当道。**

(净上,战)(付)救命!(付败下,净追下)(末)嘎唷,前面逃着的汉子,口叫救命,想必解粮官;后面追着的红脸汉子,谅必金沙岭强人。俺前去助他一阵,有出头之日,也未可见得。呵,郝飞天,若要出头,定在今日也!(唱)

【收江南】**呀!把精神抖擞眼睁瞧,打叫他登天入地无处逃。俺把这铁扁挑,整顿莫辞劳,救英才跳出天网罗,跳出天网罗。**(末下)(付上,净追上,杀,末上,接战,净败下)(付)多蒙汉子相救,感恩非浅。(末)好说。官长高姓大名?(付)俺三国舅潘豹。(末)原来三国舅,多多有罪。(付)好说。我这粮草被他夺去了。(末)嘎,粮草被他夺去了?待俺追他转来。(付)且慢,谅来不是他对手。(末)国舅且是放心,非是俺夸口说也!(唱)**快飞忙疾跑,一任他千军努力天神到,努力天神到。**(同下)

(四卒、净上)(唱)

**【园林好】喘呼呼气生懊恼，突闪出、强勇胡闹。**(白)罢了，罢了，正要除你这奸贼性命，闪出一个稍长汉子，被他救去。且喜留得粮饷在此，众喽啰，将粮饷解上山去。(内)慢走！(净)呀！(唱)**吼一声魂散魄消，这鏖战突起波涛。**

(末上，打，四卒败下，净左手折，净下)(四兵、付上)(末)国舅爷，粮草在此了。(付)多蒙汉子相救。那里人氏？高姓大名？(末)不瞒国舅爷说，俺是山西人氏，名叫郝飞天，流落江湖，好不焦躁人也！(唱)

**【沽美酒】欲进身无路可效**①**，隐林下、落魄蓬茅。时乖运蹇多颠倒，终有日风送滕阁**②**。若有日雾散云消，灭强梁如同削草。今相逢当今杰豪，终有日定在今朝，定在今朝。**(付白)你有一身本领，带你到京，爹爹跟前说明，好提拔与你。(末)多谢公子见爱，没世不忘。(付)整顿行李起程。(末)不瞒国舅说，上无爹娘，下无兄弟姊妹，这条铁扁担，就是行囊了。(付)怎么，铁扁担就是你的行囊？来，粮草紧紧趱上。(同唱)**唵呵！喜得个粮饷夺转，败贼而逃。呀！催促了陆路趱遥，陆路趱遥。**(下)

# 第四号

花旦(黄飞珠)，净(黄天祥)，正生、丑(头目)

(拷【一封书】)(花旦上)(唱)

**【点绛唇】只俺这女勇英豪，女勇英豪，祖先名将，镇三关。奸凶狐党，命丧黄泉上。**

(诗)小小裙钗女，貌如赛梨花。练习刀枪戟，要报父亲仇。(白)奴家黄飞

---

① 效，195-1-119(5)吊头本作"遥"，"效"与"遥"方言仅声调有别，据195-3-73整理本改。

② 滕阁，195-1-119(5)吊头本作"迤辽"。"风送滕阁"即"风送滕王阁"，调腔常用典故，指人时来运转，详见《彩楼记·捷报》"悄不觉滕王风送"注。

珠,哥哥黄天祥,父亲在日官居潼关总兵,被潘仁美老贼陷害,抄灭全家,兄妹二人,有此本领,逃出在外,在金沙岭落草为寇,聚集喽啰数千,战将数员,要报父亲冤仇也!(唱)

【混江龙】意儿摩揣,虎势昂昂凶兵将。有朝会你呵!**要将你粉身碎骨形骸丧,害得俺山寨钻我名扬。虽然是仁义争命,终是个盗首寇党。有一日冤仇消报,逃不过血肉淋淋劚**①**头命亡,劚头命亡。**

(大走板)(四卒、净上)(唱)

【油葫芦】不由人心头恨,不由人气满胸膛。腾腾火冲斗牛光,惹起丙丁②火三昧透放光。(四卒下)(净)恨杀奸凶辈,含羞回营寨。(花旦)哥哥见礼。(净)妹子见礼。咳,罢了,罢了。(花旦)为何这般光景?(净)妹子有所未知,潘仁美之子潘豹,解粮五万到京。为兄前去劫夺,被俺打得抱头鼠窜,忽然闯出一个臭汉子,被他夺转饷银,伤我左臂,好不疼痛人也!(唱)**恁是个井底蟆状,杀得你无门天罗网。**(花旦白)可恼,可恼也!(唱)**且自个惜身体胖,有日里凯歌齐唱,凯歌齐唱。**

(白)哥哥后营将息也。(净下)(花旦)众喽啰,听我吩咐。(唱)

【哪吒令】③奴是个女夜叉,一任他天神魍魉。(花旦下)(四卒上,走阵)(正生、丑上)(同唱)**雄赳赳展旌旗云外放,只俺这闹嚷嚷。点雄兵剿灭狐党,必须要人人争战,个个似虎狼。除强灭暴在这场,做天朝义侠忠良,义侠忠良。**

(花旦上)(唱)

【寄生草】父母冤仇如海深,兄长冤气重如山。旌旗对对如虎狼,军马纷纷跨雕鞍,霸占荐恨④尽狐党,方显得忠良后裔世间无双,世间无双。

(正生、丑)小姐在上,头目打躬。(花旦)少礼。(四卒)叩头。(花旦)站立两旁。

---

① 劚,195-1-119(5)吊头本作"离",今改正。劚,分解、割破。绍兴方言有该词,音"里"。

② 丙丁,195-1-119(5)吊头本作"丙显",今改正。丙丁,指火,详见前文第一号"惹得俺三丙显扬"注。

③ 此曲牌名及下文【尾】,195-1-119(5)吊头本缺题,今从推断。

④ 荐恨,195-3-73整理本作"着恨"。

（四卒）得令。（花旦）众喽啰，听我吩咐。（四卒）有。（花旦）一不要江山。（四卒）有。（花旦）二不要社稷。（四卒）有。（花旦）三，逢潘而杀。（四卒）有。（花旦）听我号令，与我带马。（唱）

【尾】一声炮响振天闹，军马纷纷跨雕鞍。刀枪密密层层齐，那时节谁敢阵当，削尽奸党，削尽奸党。（下）

# 第五号

净（潘仁美）、丑（报子）、付（潘豹）、末（郝飞天）

（净上）（引）台阁名臣播重重，森森椒房隆恩宠。（念）调和鼎鼐燮阴阳，掌握权衡尽五行。满朝文武属门下，顺者生逆者亡。（白）老夫潘仁美，夫人早背，生下三子一女，孩儿潘龙、潘虎、潘豹，女儿圣上纳为西宫。朝中文武，尽投门下，惟有赵普、吕蒙正、杨继业、呼延赞等，心性硬直，妒我权贵，意欲布摆。赵普乃是先帝老臣，当朝首相，难以摇动；吕蒙正职受吏部，那日在圣上略动舌尖，降职开封府尹；杨继业虽是先帝功臣，不过是一个武夫，也不足为虑。今有辽邦起衅，保举呼延赞带领杨家六子出征沙场，守住三关应用，去之多日，这也不在话下。命三子潘豹到山东，催粮五万进京，转至三关，还未回音，好生挂念也。（丑报子上）报，三国舅解粮回。（净）请他进见。（丑）有。三国舅有请。（丑下）（付上）只为解粮事，报与爹爹知。（末上）多感恩义重，今日方知尊。（付）同我进来。爹爹在上，孩儿拜揖。（净）罢了。（付）谢爹爹。郝英雄，见过我爹爹。（末）国丈爷在上，小人叩头。（净）少礼。（末）谢国丈爷。（净）请坐。（末）国丈爷在此，那有小人的坐位？（净）那有不坐之理？（末）告坐。（净）我儿解粮，一路可平安否？（付）爹爹有所未知，孩儿解粮行过金沙岭，被金沙岭强人劫夺，孩儿杀得大败呵！（唱）

【驻马听】突出强英，把粮阻拦勇十分。亏败一朝有难行，贼猖獗不能取胜。（净白）细细毛贼，如此无常，可有人相助？（付）后来多感这位英雄，杀退贼寇，夺转粮饷呵！(唱)**真个威风赛天神,千军之中显英雄**①。**望严提携,望严提携,可与皇家,柱石成林。**

(净)足下搭救我儿,夺转饷银,实为可羡。(末)好说。(净)请问英雄,那里人氏？高姓大名？说个明白。(末)不瞒国丈爷说,俺郝飞天,山西人氏,上无爹娘,下无兄妹,流落江湖。国舅解粮,行过金沙岭,被强人劫夺,俺心中不服,夺转粮饷。(净)有此本领,不干功名,反隐渔樵,是何故也？(末)国丈,但是俺郝飞天呵！(唱)

【前腔】**落魄窭贫**②,**时运不济,一生遭迍。公台抬举高身近,恩公举荐,犬马图幸。**(付白)爹爹,郝英雄既有此本领,何不上殿保举,与他金殿调用？(净)明日待我奏闻圣上,举你官职。若还建些功绩,必升公侯之职。得此心腹人,岂非如虎添翼也？(唱)**明日奏圣封汝职,潘府门下谁不敬？添翼飞翅,添翼飞翅,何惧朝内,冢宰元勋。**

(白)我儿解粮辛苦,里面将息。(付)爹爹,备得有酒,与郝英雄畅饮。(末)多感国丈爷提拔,俺郝飞天犬马图报。(净)我今将你提拔起,免得一身在污泥。随我来。(下)

# 第六号

外(赵普)、正旦(窦晏)、小生(吕蒙正)、小旦(宋太宗)、净(潘仁美)、末(郝飞天)

(外上)(唱)

【(昆腔)点绛唇】**燮理阴阳,**(正旦上)(唱)**文苑执掌,**(小生上)(唱)**判朝纲。**(合唱)**国家有祥,山海壮帝邦。**

(外)老夫东阁殿大学士赵普。(正旦)下官翰林院窦晏。(小生)下官开封府

---

① 雄,195-1-119(5)吊头本作"豪",据195-3-73整理本改。按,调腔鼻音韵尾或可通押。

② 落魄窭(jù)贫,195-1-119(5)吊头本作"落寨贫",据文义改。窭,贫穷。

吕蒙正。(外)列位大人请了。(正旦、小生)太师请了。(外)今当大比之年,天下举子尽皆进京应试,龙虎吉期将临,圣旨不知何官主试。(小生)早朝时分,且等圣驾临殿,一同合奏。(外)御香霭霭,(正旦、小生)圣驾临殿。(外)在此侍候。(二太监、小旦上)(引)龙楼凤阁九重天,皇亲国戚随龙颜。(众)臣等见驾,愿吾皇万岁。(小旦)平身。(众)万万岁。(小旦)宋室江山镇乾坤,风调雨顺享太平。太祖立业登社稷,借坐天下壮帝京。(白)寡人大宋太宗,先皇驾崩,借与寡人即位,已有数载。众卿,今当大比之年,何卿可考选天下奇才?(外)臣启万岁,臣保举翰林院窦晏,考选天下奇才,可取贤士也。(小旦)赵卿奏事无差。窦卿,命你考选天下奇才去罢。(正旦)臣启万岁,臣才疏学浅,有恐误了国家大事。(小旦)寡人龙心已定,不必再奏,窦卿退班。(正旦)领旨。(正旦下)(净上)(引)虎出深林遇豪杰,龙入长江翻波涛。(白)臣潘仁美见驾,愿吾皇万岁。(小旦)国丈平身。(净)万万岁。(小旦)国丈上殿,有何本奏?(净)臣启万岁,臣三子潘豹,到山东催粮五万进京,路过金沙岭,被贼寇所劫,多亏庶民郝飞天,夺转饷银,杀贼不留。此人英雄,胜比万夫无敌,是臣子带他到京,望吾皇起用。(小旦)人在那里?(净)现在午门,万岁无旨,不敢擅入。(小旦)侍儿传旨,宣郝飞天上殿。(太监)领旨。唡,万岁有旨,宣郝飞天上殿。(内)领旨。(末上)从来不识叔孙礼,今日方知天子尊。待我遮脸而进。草莽臣见驾,愿吾皇万岁。(小旦)郝飞天,你为何不抬头?(末)有罪不敢抬头。(小旦)恕你无罪,抬起头来。(末)谢万岁。(小旦)嗄唷,妙吓!此人面带虎相,日后必做皇家栋梁也!(唱)

**【(昆腔)佚名】①觑觑志昂昂,英雄胆气扬。威凛凛天神模样,可与皇家作栋梁,一统山河壮帝邦。**(净白)望吾皇降旨,何衙缺职可补。(小旦)吏簿上查来,缺少何职可补?(净)臣启万岁,吏簿班房查过,在京缺职御教头,尚未补任。(小旦)郝飞天听封。(末)领封。(小旦)寡人封你为御教头之职。(末)谢主

① 此曲牌名 195-1-119(5)吊头本缺题,195-3-73 整理本题作【哪吒令】,可疑。

隆恩。(小生)且慢谢恩。臣启万岁,郝飞天到皇家,并无寸箭之功,怎好当此重任? 只好赏赐,那有封赠? 望吾皇准奏。(净)唔。路过金沙岭,夺转饷银,岂非郝飞天之大功么? (小生)国丈道言差矣,路失饷银,先治解粮官之罪。朝中文官济济,武将森森,文者从翰墨而取功名,武者从韬略而列缙绅。郝飞天自称奇能,并无实据,无功而受职,满朝文武,岂不争乎? (小旦)郝飞天,你在家喜爱那件军器? (末)臣启万岁,俺在家十八件武艺,件件皆能。金殿上,万岁何不选几个武士,与俺较量一手? 在他以上,留在金殿调用;在他以下,情愿归家务农。(小生)住口。郝飞天,你才得见君,夸此大口,朝中武将有功于社稷,无罪于朝廷,他们俱是实功而职。金殿之上,那一个武士与你来见个高下也? (唱)**夸言讲习,如集奸党**①,**岂然荐皇家,不平起衅衊**。

(外)吕大人之言,其为有理,望万岁敕旨,待郝飞天建功之日,知他韬略,便可授职矣。(净)臣启万岁,依老臣之见,在皇城高摆百日擂台,打尽天下英雄,有能胜者,即受此职。若惧郝飞天之力,待等百日圆满,封为御教头之职,望吾皇准奏。(小旦)国丈奏事无差,郝飞天听旨。(末)万岁。(小旦)命在皇城高摆百日擂台,打尽天下英雄,待等百日圆满,封为御教头之职。

(末)领旨。(小旦)退班。(众)送驾。(唱)

【(昆腔)尾】②**天龙在帝邦,迤逦乾坤大,庆丰年百岁安康。沧州黎民饮欢畅,雨顺风调凝瑞昌**。(二太监、小旦、外下)(末偷打小生)(小生)唔,大胆犬头,这等放肆。(科)(小生下)(末)国丈,这官儿耀武扬威,什么样人? (净)他是吏部侍郎,为人硬直,那人叫他"阵头虎"。那日与老夫雀角,在圣驾跟前略动舌尖,将他降职开封府尹。如今圣旨已下,在皇城高摆百日擂台,须要小心留意。(末)非是俺郝飞天夸口说也! (唱)**一任他夜叉与金刚,打叫他魂飞魄散,一命伤亡,一命伤亡**。(下)

---

① 夸言讲习,如集奸党,单角本作"夸言讲,聚奸党"。
② 此曲牌名及曲文"天龙"至"瑞昌",195-1-119(5)吊头本原无,据单角本补。

# 第七号

正生(高尚雄),老旦(高母),付(店家),净、外(打擂人)

(正生上)(唱)

【黄莺儿】落魄无倚傍,可怜我母病在床,江湖流落甚惨伤。(白)俺高尚雄,乃是四川人也。父亲在日,官居潼关总兵,被奸佞陷害,抄灭全家。俺与母亲逃出在外,流落江湖,无资营生,卖拳度日。不想来至京中,安寓旅店,母亲染成一病,已有数日,不但房饭钱没有,就赎药疗病之资,分文没有,叫我如何是好也?(唱)囊橐①萧条无处求仰,何来济困盖世孟尝?纷纷珠泪湿衣裳。难抵挡,衣囊典尽,何值半分镪,何值半分镪?

(内)儿吓,到外面坐。(正生)咳,母亲吓!(老旦上)(唱)

【前腔】一病沉疴恙,犯啾唧一命将亡,可怜我母子在他乡。(正生白)母亲,今日病体如何?(老旦)为娘病体,看来不济事了。(付上)客人,呫娘病体介重,可有计会?(正生)店家,俺一时那有计会?在你店中打搅,多多承情。(付)那里有亲戚,挪借挪借看?(正生)咳,店家吓!(唱)展转思量无可借偿,囊无半点心下惊慌,天困英雄在他方。难抵挡,衣囊典尽,何值半分镪,何值半分镪?

(老旦)阿唷。(正生)母亲里面去。(老旦下)(正生)店家,我卖拳此地久住,自古久留必厌,却也无周济别路,那有技能之所呢?(付)那格,呫有武艺子?好个,偏偏皇城外有个郝飞天来哼摆百日擂台。打得过者,就有御教头好做个。(正生)嘎吓,怎么,在皇城高摆百日擂台?打得过者,就有御教头做?(付)非但御教头,一盘金一盘银好拿的。(正生)店家,你好生看待我母亲,俺要打擂去。(付)郝飞天甚是厉害,呫怕不是他对手。(正生)店家不妨。阿吓,妙吓!(唱)

【猫儿坠】挣开大步,见过弱与强。苍天保我这一场,管教他人魂胆丧。奔

---

① 囊,195-1-119(5)吊头本作"薨",据195-3-73整理本改。

忙,精拳称强,一任他恶虎豺狼,恶虎豺狼。(正生、付下)

(走板)(净、外上)(同唱)

【前腔】力勇心壮,急急步踉跄。任他哪吒胜金刚,一拳打教他难逃窜。奔忙,精拳称强,一任他恶虎豺狼,恶虎豺狼。

(净)列位请了。(外)请了。(净)今有郝飞天在皇城高摆百日擂台,有人打得过者,即为御教头。我们去走走来。(外)兄,郝飞天不过采樵农夫,有甚技能?只消我一拳一足,打他下来。(净)口说无凭,台上见分明。(外)有理,请。(同唱)

【尾】大家踏步街坊上,夺取功名如反掌。跨马扬鞭,归家耀祖先,归家耀祖先。(下)

# 第八号

贴旦(潘虎),付(潘豹),末(郝飞天),净、外(打擂人),正生(高尚雄)

(贴旦、付上)(吹【风入松】前段)(贴旦白)俺二国舅潘虎。(付)俺三国舅潘豹。(贴旦)兄弟请了。(付)兄长请了。(贴旦)郝英雄在皇城高摆擂台,我与你去到擂台,看个明白。(付)有理,请。(吹【风入松】后段)(贴旦、付站高台)(四手下、末上)(吹【光头】前段)(白)俺郝飞天,奉旨高摆百日擂台。来,转过擂台。(吹【光头】后段)(白)呔,天下英雄听者,俺郝飞天在此摆擂,有本领前来会俺一会也。(吹【急三枪】)(净上)来也!(末)嘈,有何本领,前来打擂?(净)你且听者。(吹【急三枪】前段)(打,净败下)(外上)来也!(末)嘈,有何本领,前来打擂?(外)你且听者。(吹【急三枪】后段)(打,外败下)(正生上)来也!(末)嘈,有何本领,前来打擂?(正生)你且听者。(吹【急三枪】前段)(打,正生败下)(末)呔,天下英雄到来,会俺一会。(吹【急三枪】后段)(贴旦、付)且慢。天色已晚,明日再打。(末)有理,请了。(吹【尾】)(下)

# 第九号

丑(杨延嗣)、净(杨福)、小生(梁灏)、小旦(呼显)、正旦(万忠德)、

正生(高尚雄)、付(酒保)

（丑上）（唱）

**【粉蝶儿】粉蝶绕墙,只见那粉蝶绕墙,坐书斋无赖无聊,好叫俺闷沉沉多烦多恼**。（白）俺杨延嗣,爹爹杨继业。爹爹说潘仁美老贼,仗皇亲之势,合朝两班文武,受他之气,恼得俺心中烈火。爹爹将俺锁进书斋,不免叫杨福出来,开了书斋门,出去游嬉一番。杨福那里？（净上）有。（丑）杨福,公子心中烦闷,开了书斋门,待公子出去,到花园游嬉一番。（净）个个是动勿得勾。王爷、夫人吩咐出来,勿许出外头,得知连我打杀。（丑）咳,公子花园游嬉一番,即刻回来的。（净）欧欧欧,个遭要死哉。我若开了书房门,要淘王爷、夫人气；我若勿开,要淘七将军气。真真官宦人家,饭有些难吃。（丑）喔唷,出得书斋,好一番光景也。（唱）**见花枝阵阵的紫绿青黄,牡丹开、一朵朵瑞气佳祥,不由人顿开了五内欢畅,见黄莺、双双的枝上啼唱,枝上啼唱**。

（白）杨福,这边什么地方？（净）介是金鱼池。（丑）那边？（净）介是就望江楼。（丑）外面？（净）花园门一头开出去,就是大街哉。介条大街通午朝门,介介叫得闹热。（丑）咳,爹爹,爹爹,你将孩儿锁在书斋,十分可怜也。（唱）

**【泣颜回】何得严禁郎,俺是个、汲海吞江。休得要把儿埋藏,有一日除强灭暴四海名扬,四海名扬**。（内吹）（丑）杨福,外面为何这等闹热？前去问来。（净）让我开得花园门去,问得一消息。（净下）（丑）俺家爹爹说,朝中潘仁美奸佞当道,俺一身本领,总要除灭奸佞也。（唱）**一心心要把鹡鸰划,方显俺平生大志,不枉俺杨氏流香,杨氏流香**。

（净上,科）七将军,问来哉,问来哉。今年大比之年,新科状元名曰梁灏,年纪八十二岁哉,得中新科状元,今日奉旨游街,那些人挨挨挤挤,都是看老状元勾,故而是样闹热。（丑）杨福,你我前去看看老状元,心意如何？（净）

我欢喜欢喜带，只怕王爷得知，要淘气。(丑)你我去望望老状元。(净)公子勿可走远个呢。(丑)即刻回来，倒也不妨。(净)介没走去。(开门)开之花园门，看状元去哉。(丑)妙吓！(唱)

【石榴花】**这壁厢鼓乐笙歌闹叮当，那壁厢、人儿挨挤闹嚷嚷。顿开我心怀适体眸凝光，不由人喜气洋洋，五色旗万人倾漾荡。**(上高台)(净)喏喏喏，老状元来哉。(四手下上，小生、小旦、正旦上)(合唱)**戴乌纱冠诰裳，插宫花、三檐放，喜得个游街喧嚷。**(小生白)下官新科状元梁灏是也。(小旦)下官新科榜眼呼显。(正旦)下官新科探花万忠德。(小生)列位年兄请了。(小旦、正旦)年兄请了。(小生)今日奉旨游街，两旁观看之人，个个称赞，个个喝彩，好不荣显也。(小旦、正旦)年兄，你八十二岁得中头名状元，今日果然，言不虚谬。(小生)列位年兄，曾记得那年在望仙楼上攻书，吕纯阳大仙说我八十二岁得中状元，言不虚谬。左右打道。(合唱)**方信道书里金黄，青云路鳌头上，今日个孔孟诗书**①**不负翰墨香，不负翰墨香。**(小生、小旦、正旦下)

(丑)呔，前面个状元，判官头要抓得牢，马要坐得稳，勿可跌落来。(净)介老状元，一翻之落来，就要跌杀介呢。(丑)咳，多讲，回去了罢。(唱)

【泣颜回】②**两鬓白发似银缸，战兢兢、跨马加鞭。魁名一甲，古今来何有这老迈元郎，老迈元郎。**(净白)好闹热也，好闹热也。(正生上)(唱)**足步奔忙，急急的取药往店堂。**(撞头，净跌)(净)呔，你这个人，眼不生珠，将杨府里介大阿叔撞倒，罪也不告，竟是去哉么？(正生)俺有急事在身，谁叫你当街撞着的？(净)放吡娘狗屁！那介，手骨跌断带哉？话介明白起来。(正生)阿，母亲吓！(丑)兄，为何这等忙促？(唱)**望伊家直言细讲，可代你解宽释放，解宽释放。**

(正生)对你讲讲无益。(净)呸！你个冒失鬼，介介就是杨七将军，吡有天大介事体，倒也替吡周济。(正生科)且住。看此人，莫非是杨令公之子？久闻

---

① 孔孟诗书，195-1-119(5)吊头本作"孔圣孟"，据单角本改。

② 此曲牌名及下文【扑灯蛾犯】【叠字犯】，抄本缺题，今从推断。

他英雄豪杰,猛勇无双。将军,一言难尽。(唱)

**【黄龙滚犯】身落魄在江湖上,时不济乏缺资囊。母与子凄凉无倚傍,痛惨惨亲病招商**。(丑白)你家住那里?高姓大名?(正生)俺高尚雄,乃是四川人也。父亲在日,做过潼关总兵,被奸贼陷害,抄灭全家。俺与母亲,逃出在外,无资营生,卖拳度日。来到此地,安宿旅店,不想母亲有病在床,不想行囊当尽,分文无凑,多蒙店家十分看待,今日问他借了数钱银子,赎了一帖药,疗母亲之病。救亲心急,将你令书童错撞一跌,多多有罪。(唱)**恕无知多多有罪广,遇英雄直剖衷肠。母在店倚门悬望,说伤心悲痛泪汪,悲痛泪汪。**

(丑)你母亲住在那家店号?(正生)汉济桥东首,聚生店号。(丑)杨福。(净)七将军。(丑)将药和银子送到聚生店号,与店家说,这病人是七将军好友,要好生看待与他,病体痊愈,公子重重有赏。(净)倘若死哉,要店倌狗肏偿命。(丑)咳,多讲。(净)药拿来,药拿来。我末送银子、药去哉,吼原还要到书房里去个呢。(丑)知道了,这就回去。(净下)(丑)兄吓,我看你英雄气概,到酒楼宽饮几杯。(正生)怎好打搅?(丑)倒也不妨,随俺来。(正生)请了。(丑唱)

**【扑灯蛾犯】看伊个相貌气堂堂,且耐心、莫虑着萱堂有恙。话情投衷情细细剖,酒旗飘葡萄汲佳酿,葡萄汲佳酿。**(白)酒保!(付酒保上)来哉,来哉。旧店新开,吃酒人都来。公子敢是来吃酒那啥?(丑)正是。(付)请进。嗳,伙计,酒拿之二壶来。酒来哉。(丑)回避。(付下)(丑)兄请。(正生)从命。(丑唱)**持金樽三杯愁怀畅,劝伊家、休得挂心肠。困穷途能屈能伸丈夫志,终有日鹏生翅飞翔,鹏生翅飞翔。**

(白)兄吓,今乃是大比之年,为何不上京求取功名?(正生)将军,一言难尽。(唱)

**【小楼犯】提起来恨奸党,害全家、天涯往。弄得个家破人亡,母子双双奔走他乡,奔走他乡。**(丑白)想你也是官家之后,我与你义结金兰,未知兄心意如何?(正生)将军说那里话来?你乃是豪门贵客,我乃一身落魄,山鸡怎好配凤凰?(丑)主意已定,你也不必推辞了。请问兄贵庚多少?(正生)二十有一岁,八月十五子时建生。(丑)这等说来,你叨长三年了。如此哥哥请上,受小弟一拜。(正生)我也有一拜。(同唱)**对苍天、对苍天义结金兰,深深拜相扶患难,从今后桃园结义**①**刘关张,结义刘关张。**

（丑)酒保那里?(付上)来哉,来哉。公子敢是要酒?(丑)原是要酒。(付)让我拿得两壶来。(丑)且慢,一壶、二壶俺是吃不够了。(付)嗄,介末拿之两罐来。(付下,拿酒上,又下)(正生)愚兄酒有了。(慢锣)(丑唱)

**【叠字犯】情投知己起波涛,**(正生唱)**吃得个眼乱透光。**(慢拷)(丑唱)**喷鼻儿美香醪,**(正生唱)**今日个开怀爽。**(丑白)吃得有趣吓,实是有趣。(正生)好气,我好恼。(丑)嗳,哥哥敢是气着小弟不成?(正生)怎敢气着贤弟,我在此气着擂台之上郝飞天。(丑)郝飞天便怎么?(正生)贤弟你不知么?今有潘仁美之子潘豹,收了一员教头,名曰郝飞天,在皇城高摆百日擂台,打尽天下英雄无敌。昨日为兄见个高下,被他打下擂台,羞惭而回,你道气有不气?(丑)怎么,哥哥被他打下擂台?阿呀呀呀,可恼可恼也!(唱)**闻说言来两鬓透放,**(白)郝飞天,我骂你这奸贼!俺七郎若不除你性命,一世非为人也!(唱)**不由人、毛发如苍,打教他顷刻命丧。逞什么擂台英雄强,俺怎肯轻轻饶却这一场,轻轻饶却这一场。**

（正生)贤弟,那郝飞天猛勇无双,就是贤弟此去,也不是他的对手。(丑)哥哥说那里话来?非但是郝飞天奸贼,就是潘家犬子,打了一只,少了一只,倒也不妨。(正生)这却使不得。(丑)店家那里?(付上)公子还要酒呢,那啥?(丑)酒也有了。俺有衣服留下,酒钱挂在我的账上,俺要打擂去也。

（正生)走吓!(正生、丑同唱)

**【尾】抛衣揎袖气宇壮,灭却狐党这一场。打叫他魂飞魄散,神号鬼怆,方显得少年英雄郎,少年英雄郎。**(下)

---

① 结义,195-1-119(5)吊头本作"一共",据单角本改。

# 第十号

净（潘仁美）、末（郝飞天）、正生（高尚雄）、丑（杨延嗣）、付（潘豹）、外（书吏？）

（四手下、净上）（吹【光头】前段）（白）老夫潘仁美。郝飞天奉旨摆擂，果然天下无敌，今日老夫亲自到彼，一则观他英雄伎俩，二督擂保护其身。今日乃是圆满日期，过来，转过擂台。（吹【光头】后段）（净上高台）（末上）（吹【光头】前段）（白）俺郝飞天，今日圆满日期，来，转过擂台。（吹【光头】后段）（白）咄，天下英雄听者：俺郝飞天高摆擂台，今日圆满日期，有何本领，前来与俺会一会也。（正生上）（打【水底鱼】）（末）咄，昨日被俺打下擂台，今日又来送死不成？（正生）不必多言，招打！（打，正生败下）（丑上）（吹【光头】前段）（末）嗟！来者何人，敢来送死？（丑）郝飞天，骂你这奸贼，俺七郎到来，除你狗命。（吹【光头】后段）（打，末败）（净）嗟！杨延嗣，休得无礼，封你为御教头之职。（丑）潘仁美，骂你这老贼，俺七郎公侯之子，岂要你御教头之职？不必多言，招打。（打，末跌倒）（末）你敢是伤我性命不成？（丑）俺伤你性命，非为英雄，我将你一腿拍下。（末死下）（净）左右，将他拿下。（净下）（丑）打！（四手下逃下，丑追下）（正生上，四手下、付追上）（付）那里走！（正生夺刀）潘豹！（正生杀付，付死下，正生杀四手下）（丑上）哥哥，郝飞天已被我杀死，军兵可曾杀退？（正生）贤弟，不但是军兵，就是那潘豹，杀了。（丑）咳，将他一刀杀了？不好了！（吹【光头】前段）（外上）（吹【光头】后段）（白）哨，众军士听者，今有杨延嗣，杀死潘豹国舅，又伤军兵无数，将皇城紧闭，捉拿杨延嗣者。（外下）（正生、丑）谁敢来？谁敢来？（吹【光头】前段）（正生白）贤弟，大丈夫一人作事一人当，待为兄向前认罪。（吹【光头】后段）（下）

# 第十一号

小生(吕蒙正)、正生(高尚雄)、丑(杨延嗣)

(四手下、小生上)(唱)

【水底鱼】闻言惊悼,皇城起祸殃。杀死潘豹,关系而非小。

(白)下官吕蒙正,今有杨延嗣,打死郝飞天,又杀潘国舅,又伤军兵无数,为此急急出衙。左右,紧紧趱上。(科)(唱)

【前腔】心意惊悼,忠良入圈套。这场祸罪,合门戮难逃。

(正生、丑上)呔,来者可是开封吕大人?(四手下)正是。(正生、丑)高尚雄／杨延嗣前来投到。(小生)下马相见。(正生、丑)大人在上,高尚雄／杨延嗣叩头。(小生)请起。七将军,杀死潘豹,伤害军兵无数,可是有的?(丑)原是有的。(正生)潘豹是我杀的。(小生)嘈!这位是何人?(丑)他是俺结义兄弟,名唤高尚雄。(小生)七将军,打死皇城御教头,又杀死潘豹,伤了军兵无数,可知皇子犯法,(丑)庶民同罪。(小生)却又来,却又来。(唱)

【前腔】心中忖量,此事如何了?奕世忠良,怎忍黄泉道?

(丑)吕大人,有道一人打死,一人抵命,何足惧哉?(小生)七将军,今番伤杀官兵,大闹皇城,难免全家诛戮之罪。左右,将他上了刑具,入朝面奏定夺。打道入朝。(唱)

【前腔】疾快飞跑,午门听旨消。事在燃眉,何计救贤表?(下)

# 第十二号

花旦(潘蕊娇)、小旦(宋太宗)、末(太监陈琳)、净(潘仁美)

(四宫女、花旦上)(引)西宫翠凤浓香飘,淡紫嫣红耳叮当。(诗)皇皇宠爱喜开怀,一家荣耀满庭芳。父兄受职在朝中,国戚皇亲伴朝堂。(白)哀家潘氏蕊娇,万岁将奴点入西宫,好不快乐人也!(唱)

【锁南枝】快深宫,乐意陶,美景莫负过良宵。暮乐与朝欢,情浓谐同调。(太监、小旦上)(唱)**朝清政,四海标;弦歌声,虞舜尧,弦歌声,虞舜尧。**

(花旦)臣妾见驾万岁。(小旦)平身。(花旦)万万岁。(小旦)赐绣墩。(花旦)谢主隆恩。(小旦)唔。(花旦)万岁进宫,愁容满面,却是为何?(小旦)爱妃有所未知,可恨金沙岭黄天祥兄妹二人,十分凶勇,夺了二府十一县,故而龙体不安。(花旦)启奏万岁,黄天祥兄妹,小小草寇,万岁提兵剿灭就是。

(小旦)爱妃,你道金沙岭小小草寇,休把他看轻也!(唱)

【前腔】妖法度,邪术高,集中亡命如狼豹。朝中兵衰微,何能除强暴?(花旦唱)**劝龙心,且放掉;满朝文和武,必剿顽寇妖,必剿顽寇妖。**

(末上)只为国丈事,进宫奏皇皇。奴婢见驾万岁。(小旦)平身。(末)万万岁。(小旦)进宫何事启奏?(末)国丈有事,面奏万岁。(小旦)命国丈进宫面奏。(末)领旨。万岁有旨,国丈进宫面奏。(末下)(内)领旨。(净上)急进宫帏道,痛杀小儿曹。阿吓,万岁吓!(小旦)国丈平身。(花旦)爹爹。(净)我儿少礼。(小旦)国丈为何这般光景?(净)臣保举郝飞天高摆百日擂台,打尽天下英雄,不料杨继业之子杨延嗣呵!(唱)

【前腔】恨凶暴,忒凶骁,顷刻飞天一命抛。血染皇城地,伤兵多多少。(小旦白)后来便怎么?(净)将老臣三子潘豹呵!(唱)**颈弑刀,血淋漂;望恩断分剖,将他碎千刀,将他碎千刀。**

(花旦)怎么,将我哥哥杀死了?不好了!(唱)

【前腔】听说罢,泪珠抛,可怜亲兄命倾掉。呷吓,兄弟吓!**恨杀奸凶辈,虺蛇是鸱鸮。**(白)万岁吓,若不将杨氏合门拿下,抵我兄长之冤,臣妾情愿一死而已。(小旦)且慢。爱妃休得心急,国丈听旨,将杨氏合门拿下,抵国舅之冤,命国丈亲自监斩。(净)万岁。(净、花旦唱)**谢隆恩,旨下诏;将他赴云阳,难免碎千刀,难免碎千刀。**(下)

## 第十三号

外(杨继业)、老旦(余氏)、末(报子)、付(圣旨官)、小生(吕蒙正)

(外上)(唱)

**【风入松】恨无知忒杀甚猖狂,满朝中队队奸党。横目无人自夸强,一味的、一味的将人欺谤。**(白)老夫杨继业,只为六郎等出战沙场,凯音未报,今日不知何故,心惊胆战,精神恍惚,莫非朝中有甚事端来?(鸦叫)(唱)**乌鸦的阵阵啼唱,吉与凶从天降,吉与凶从天降。**

(老旦上)(唱)

**【前腔】因甚脚软步轻放,好叫人如醉模样。王爷!缘何沉吟自长叹,敢只是、敢只是耄耋糊荡?**(白)王爷见礼。(外)夫人见礼。(老旦)王爷声声长叹,却是为何?(外)你我年虽耄耋,精神尚壮。只因六子出战沙场,未决胜负,好生挂念。(老旦)王爷,六子镇守边关,自有老王爷呼延赞同伴,何须忧虑?**(唱)定然是凯歌齐唱,放忧怀必临降,放忧怀必临降。**

(内)走吓!(末报子上)(唱)

**【急三枪】闻言事,转门墙。天样祸,遭诛戮,不非常,遭诛戮,不非常。**(白)拜见王爷。(外)起来。(末)谢王爷。(外)为何这般光景?(末)王爷不好了!(外)为何?(末)公子打死御教头郝飞天,杀死潘豹,大闹皇城,少刻圣旨到来,捉拿老王爷了。(唱)**皇命下,诛全家,事燃眉,图良策,计可商,图良策,计可商。**

(外、老旦)咳,怎么,有这等事来?咳,咳,畜生,畜生!(同唱)

**【风入松】私出书房惹祸殃,他是个皇亲势扬。此事如何难措掌,顿捶胸、顿捶胸无策无张。不能够久侍君王,儿不肖害染殃,儿不肖害染殃。**

(末)老王爷快快写书一封,去到边关,禀告列位将军呵!(唱)

**【前腔】事在危急快图商,顷刻间西市云阳。汗马功劳世无双,痛惨惨、痛惨**

惨家破人亡。奋翮①日削蠹奸党,免宗桃绝书香,免宗桃绝书香。

（外）咥,一生许国,万死何辞?儿不肖,逆子惹出祸来,应当诛戮。俺杨氏清白,谁不知之?若还偷生,可不道不忠不孝也。（末）好一个忠良。（末下）

（外唱）

【急三枪】奕世芳,姓氏香。岂偷生,决不做,丑名扬,决不做,丑名扬。（四手下、付上）（唱）皇皇诏,钦命降。密层层,团围住,宦门墙,团围住,宦门墙。

（白）圣旨下,跪。（外）万岁。（付）听开读,诏曰:杨延嗣打死郝飞天,杀死国舅,大闹皇城,杀死军兵无数,将杨氏合门拿下,上锁。（外）万万岁。咳,圣上,圣上!（唱）

【风入松】不念汗马功绩赏,把功劳尽付汪洋。恼恨逆子违律纲,害耆年、害耆年刀头化亡。（付唱）丧皇亲欺藐圣上,赴西市遭云阳,赴西市遭云阳。（付、四手下带外、老旦下）

（小生上,跌）（唱）

【前腔】心忙急快步踉跄,眼睁睁抄灭忠良。昔日功高沙场上,今日个、今日个一旦倾洋。（白）下官吕蒙正,不期杨七将军,惹出泼天大祸,圣上将他一门拿下,即时枭首。为此急急赶到宫中,与英王、娘娘商议计策,相救便了。

（唱）他是个功高名将,要急救忠与孝大贤良,忠与孝大贤良。（下）

# 第十四号

正旦（韩娘娘）、贴旦（赵德昭）、末（太监陈琳）、小生（吕蒙正）

（正旦上）（唱）

【啄木儿】为国事,费心劳,山河清晏贺王朝。羡杨门父子贤杰,定社稷辟土开朝。（贴旦上）（唱）朝夕里勤谙六韬,公卿臣扶佐匡勷,物阜宁静丰佳兆,宁静丰佳兆。

---

① 翮,195-1-119(5)吊头本作"壳",今改正。奋翮,展翅,比喻发达、发迹。

（白）母后。（正旦）平身。（贴旦）谢母后。（正旦）赐绣墩。（贴旦）谢母后。（正旦）哀家韩氏，先皇驾崩，王儿年幼，无有即位，天下借与叔皇登基数载，以平天下。王儿蒙杨令公教习刀法，须要用心，你父皇死在九泉之下，也是瞑目也。（贴旦）是。（正旦）谁想杨爱卿呵！（唱）

**【前腔】世代忠良杰豪表，凛凛威风世罕少。他是个铜肝铁胆，扶明君社稷坚牢。**（贴旦唱）**龙争虎斗建功高，堪叹奸凶满朝纲，颠沛黎民多多少，黎民多多少。**

（末上）奴婢见驾，娘娘千岁。（正旦）平身。（末）谢娘娘。（正旦）进宫何事？（末）启娘娘，开封府吕大人有事面奏娘娘。（正旦）宣吕爱卿进宫。（末）领旨。娘娘有旨，传吕大人进宫面奏。（内）领旨。（小生上）忙将惊天动地事，报与金枝玉叶知。臣开封府吕蒙正见驾，愿娘娘千岁。（正旦）吕卿平身。（小生）千岁。（正旦）进宫有何本奏？（小生）启娘娘，今有潘仁美，保举郝飞天高摆百日擂台，打尽天下英雄。不料令公七子延嗣，打死郝飞天，又杀潘豹吓！（唱）

**【三段子】军兵闹吵，伤军兵血溅流漂。合门拿下，顷刻间身赴划刀。何计偷天掇月遥，忠良有口难救保，伏乞洪恩赦他曹，洪恩赦他曹。**

（正旦、贴旦）吓吓，怎么，有这等事来？呷吓，令公吓！（同唱）

**【前腔】闻言惊悼，你是个股肱元老；身遭祸苗，好叫人无计相邀。奸贼！簇敛**①**豺狼今当道，贼裔胡为当命掉，吓，圣上，圣上！宠纳妖狐女妖娆，妖狐女妖娆。**

（小生）启奏娘娘，满朝文武难以相救，望娘娘早图良策，若得赦罪，不负忠良之本也。（正旦）圣上命何官监斩？（小生）命国丈监斩。（正旦）定在什么时辰？（小生）午时三刻。（正旦）阿吓，无计可施。（贴旦）母后，臣儿倒有一

---

① 敛，195-1-119(5)吊头本作"练"，今改正。宋田锡《咸平集》卷一八《圣主平戎歌》："金花簇敛若星罗，宝钿乘舆翼云旃。"

计在此。何不准备祭礼，一齐祭奠杨令公。他午时监斩，祭到午时末，侍臣儿掉下自己金冠，母后自己扯碎蟒袍，看圣上怎样议论。（正旦）果然好计。陈琳，取祭礼侍候，吕卿保驾。（末、小生）领旨。（正旦、贴旦唱）

【归朝欢】巧计定，巧计定，救却元老，念他行、奇功建劳；恨杀那，恨杀那，弄奸行巧，管叫你一旦倾抛。午时三刻分身到，怎忍忠良赴划刀，救出天罗地网牢，天罗地网牢。（下）

# 第十五号

净（潘仁美）、外（杨继业）、老旦（佘氏）、正生（高尚雄）、丑（杨延嗣）、

末（太监陈琳）、贴旦（赵德昭）、正旦（韩娘娘）、小生（吕蒙正）

（【大开门】）（四手下、净上）（引）可恨强梁忒胡为，请皇命诛戮全家。（吹【过场】）（念）戴天仇不非轻，可恨狂徒害儿身。藐视国法皇亲辈，西市云阳命归阴。（白）老夫潘仁美，可恨杨继业纵子不法，横行伤命，哭奏圣上，将这老贼全家诛戮，诏六子回京，百日内斩首，以消我儿之冤。刽子手，将杨继业合门绑过来。（手下）有。嗄，嗄，嗄。（外上）咳，苍天，苍天！我杨继业，先帝在日，有多少汗马功劳，若还战死沙场，亦得青史名标。被逆子惹祸，全家典刑，好死得不瞑不目也！（唱）

【端正好】忆当时闹沙场，南征北讨、征伐立朝纲，有多少汗马功劳不非常。到如今一旦尽废刀头丧，我恨恨恨恨杀杀畜类行。

（老旦上）（唱）

【滚绣球】切齿咬牙恨奸党，揾不住扑簌簌泪两行。（正生上）（唱）恶贼的自称名号，一时的无计解交，（丑上）（唱）睁睁两眼恨仇人，细细揣摩那奸党。（净白）杨延嗣，你在擂台之上，何等威武，好不杀气，到如今悔也不悔？（丑）奸贼，俺一死何惜，到黄泉路上，等候你这奸贼。（净）你打来，你打来。来，转过法场。（手下）有。嗄，嗄，嗄。（外唱）只听得鼓音不绝锣声急，害得我毳氄渺渺黄泉

上。霎时间作闪人鬼模样,满家人愤愤的泪汪汪,真个是城门失火池鱼殃,告酆都阎浮地界等他行。

【叨叨令】①(外、老旦、正生、丑同唱)俺只见威凛凛皇亲势,有一日消败冰山。不能够久侍龙颜定安邦,可惜了锦绣江山赴汪洋。兀的不是丧杀人也么歌,兀的不、快杀人也么歌。今日个含笑归泉乐意爽,含笑归泉乐意爽。

(手下)时辰已正。(净)吩咐开刀。(手下)开刀。(内)韩娘娘驾到。(手下)韩娘娘驾到。(净)吓,怎么,韩娘娘驾到? 咳,打混的又来了。(末、贴旦、正旦上)(净)老臣潘仁美见驾,愿娘娘千岁。(正旦)国丈平身。(净)请问娘娘何事驾临法场?(正旦)闻得国丈监斩杨氏合门,哀家同王儿前来祭奠。(净)杨继业不过是个武夫,罪犯弥天,何用娘娘亲临祭奠?(正旦)杨继业虽则武夫,先帝在日,有十大汗马功劳,同王儿前来祭奠。(小生暗上,科)(净)呀吓,吕大人,怎么,你也到此?(小生)下官身受开封府尹,今日老国丈亲自监斩杨氏一门,此地乃是下官该管之所,那有不到之理?(正旦)陈琳,摆开祭礼。(吹【过场】)(正旦)王儿祭奠。(贴旦)领旨。咳,杨令公吓!(唱)

【脱布衫】今日个赤条条跪赴云阳,可怜你废神功定家邦。苦杀了年迈苍苍耆英名将,痛惨惨一刻里身赴云阳,身赴云阳。

(正旦)陈琳奉酒。王儿跪拜。(贴旦)领旨。(净)娘娘,有道"君不拜臣"。(小生)好吓,好一个"君不拜臣"。你是监斩官,好代拜的。(净)咳,你弄来不好看的。(小生)拜拜何妨?(手下)时辰已至。(净)吩咐开刀。(贴旦)且慢。孤家在此祭奠,还未清楚。(净)老臣奉旨典刑的。(小生)不妨。虽然万岁圣旨,娘娘有懿旨的,就是未时监斩,不妨碍的。(净)万岁知道,老臣难免抗逆圣旨之罪。(小生)老国丈,又来了。你我为官之人,自古道"瞒上不瞒

---

① 此曲牌名195-1-119(5)吊头本题在前文"霎时间"句前。按,单角本前文无"霎时间"二句,"真个是"二句作"失火鱼殃告酆都,阎浮地界等他行",且为合唱,曲牌名【叨叨令】则题在"失火"句前。兹据195-3-73整理本将【叨叨令】移至"俺只见"句前。

下,瞒官不瞒私<sup>①</sup>",只差一个时辰,何足为奇吓?(净)吓,有些不便。(贴旦)

令公吓!(唱)

**【小梁州】**<sup>②</sup>多蒙你传授金刀剑与枪,怎忍你今朝刀头丧?恨杀那鸱鸮豺狼,

播弄朝纲结狐党,把金樽饮琼浆,把金樽饮琼浆。

(走板)

**【幺篇】**紧闭咽喉实难当,顿叫人两泪流胸膛。觑着他容颜无色面似黄,好一

似日色映西未刻降,日色映西未刻降。

(小生推净,净碰贴旦,贴旦摘下金冠)(小生)不好了,不好了,英王金冠打下了!

(净)呸,他自己跌下的。(正旦)潘仁美,将金冠打下,该当何罪也?(唱)

**【快活三】**恨无知老奸相,把孤身甚欺安。(小生白)我见你打下的。(净)没有

此事的。(正旦唱)**我便死向金銮,要与你面奏君王,面奏君王。**

(小生)老太师走起来。(净)娘娘,这是动也动勿得勾。(刽子手开刀)(正旦)且

慢。生离死别,暂停一刻何妨?(小生推净,净碰正旦,正旦扯碎蟒袍)(小生)不

好了,不好了,娘娘蟒袍扯碎了!(净)阿唷,望娘娘恕罪。(小生)你说没有

此事的。娘娘的蟒袍,由日光照破的?英王金冠又不是大风吹落的,我倒

明明看见是你打的。(正旦)潘仁美,骂你这老贼,将哀家蟒袍扯碎,圣上跟

前面奏。(小生)启娘娘,国丈焉敢打下太子的金冠,扯碎娘娘的蟒袍,一时

失足误跌是实。(净)喏喏喏,吕大人之言不差。(正旦)将杨氏合门放绑。

(正旦、贴旦唱)

**【北尾】**欺君辱圣罪非常,同向金銮将情讲。(外、老旦、正生、丑下,正旦、贴旦、末

下)(末)看打!(作打势,小生拉住,末下)(小生)老国丈受亏了,受亏了。(净)咳,

都是你不好。(小生)喏喏喏,我倒在此帮衬与你,你在娘娘跟前受了亏,到我

跟前来出气么?(净)你说有懿旨的。(小生)有懿旨的。(净)说过了午时,到未

---

① 瞒官不瞒私,俗语,官府或公众面前遮掩隐瞒,而对有关的人不隐瞒实情。

② 此曲牌名及下文【幺篇】和【快活三】,抄本缺题,今从推断。

时好斩的,还说什么"瞒官不瞒私"。如今汤滚被犬走①,还要面圣,金冠、蟒袍,未知圣上怎样罪祸?(小生)咳,老国丈,你总总是个椒房国戚,倒也不妨的吓!(唱)恁是个椒房亲戚,他风波一扫光,风波一扫光。(下)

# 第十六号

小旦(宋太宗)、付(太监)、正旦(韩娘娘)、贴旦(赵德昭)、净(潘仁美)、

小生(吕蒙正)、外(杨继业)、末(卢定芳)

(二太监上)噫!(小旦上)(唱)

【醉花阴】山河一统万载牢,文和武挤挨声悄。紫金阶缓步齐踹,尽执笏、尽执笏扬尘舞蹈。(白)寡人大宋太宗,可恨杨延嗣,打死郝飞天,杀死国舅,将杨氏合门拿下,命国丈监斩,怎的不见复旨呵!(唱)除强暴海晏清朝,以免得涂炭焦燎,喜得个万国祯祥加封号,万国祯祥加封号。

(付太监上)只为娘娘事,上殿奏明君。奴婢见驾万岁。(小旦)平身。(付)万万岁。(小旦)上殿有何事启奏?(付)上殿非为别事,国丈打下英王金冠,扯破韩娘娘蟒袍,有金冠呈上。(小旦)宣韩娘娘、英王入殿。(付)领旨。万岁有旨,韩娘娘、英王入殿。(付下)(内)领旨。(正旦、贴旦上)(同唱)

【画眉序】奸臣忒凶骁,辱打君后欺王小。不由人难按怒气咆哮。奏明君将他罪加,何宽恕国法律条。(正旦白)臣妾韩氏见驾,叔皇万岁。(小旦)皇嫂平身。(正旦)谢叔皇。(小旦)赐绣墩。(正旦)谢主隆恩。(贴旦)臣儿见驾,叔皇万岁。(小旦)皇侄平身。(贴旦)谢叔皇。(小旦)赐绣墩。(贴旦)谢主隆恩。(小旦)皇嫂,国丈打下英王金冠,扯碎皇嫂蟒袍,可是有的?(正旦)臣妾启奏叔皇,万岁出旨,监斩杨氏合门。杨继业先帝在日,有十大汗马功劳,带王儿前去祭奠。叔皇定旨午时监斩,未时还不监斩,臣妾公言几句,将臣妾蟒袍扯

---

① 汤滚被犬走,谓水烧开了,待杀的狗却跑了。

碎,将王儿金冠打下,望叔皇准奏。(唱)**欺君谤圣罪难饶,望叔皇降旨临诏,降旨临诏。**

  (小旦)皇嫂请进内宫,寡人自有定夺。(正旦)谢主隆恩。(正旦下)(净上)怒气满胸填,(小生)救出大贤良。(净、小生)臣潘仁美／吕蒙正见驾,愿吾皇万岁。(小旦)平身。(净、小生)万岁。(净)阿吓,万岁,打坏了。(小旦)国丈为何这般光景?(净)老臣奉旨典刑杨氏一门,时辰已正,本要开刀,不期韩娘娘与英王驾到,抗逆圣旨,释放杨氏一门,英王自己失足一跌将金冠掉下,韩娘娘自己扯碎蟒袍诬害老臣,老臣反受痛打,望吾皇降旨。(贴旦)潘仁美,你好推得清脱。(小旦)此事,寡人倒也难讲也。(唱)

**【喜迁莺】这一节干系、干系非小,法场上谁官、谁官见瞧,眼也么梢,辱君事公论难逃,有舛错内情欺君巧。莫待抛,断分明难解白皂,吕卿! 你是个硬直卿此情断剖,此情断剖。**

  (小生)万岁,韩娘娘与国丈之事,皆为杨氏一门而起。杨延嗣虽然罪大弥天,杨继业实系国家柱石,望万岁洪恩,赦他一门,臣方可断明此事。(小旦)吕卿,国丈打下英王的金冠,扯碎韩娘娘的蟒袍,事可属实?(小生)万岁,国丈打下英王的金冠,扯碎娘娘的蟒袍属实。(净)你倒看见的?(小生)下官亲眼目睹的。(小旦)二卿,待朕传杨继业上殿,问个明白。侍儿传旨,传杨继业上殿。(太监)领旨。万岁有旨,传杨继业上殿。(内)领旨。(外上)(唱)

**【出队子】①听御音传下令诏,战兢兢蟆头拜倒。**(白)罪臣杨继业见驾,愿吾皇万岁。(小旦)杨继业,你纵子为恶,还有何辩?(外)万岁,念罪臣。(唱)**愿甘心赴法市曹,逆子犯王章合门尽枭,死归泉台含冤瞑笑,含冤瞑笑。**

  (末上)只为金沙事,上殿奏君王。臣卢定芳见驾,愿吾皇万岁。(小旦)卢卿上殿,何事启奏?(末)臣启奏万岁,金沙岭黄天祥兄妹二人起叛,十分凶

---

  ① 此曲单角本题作【滴流(溜)子】,非是,今改题。下文【刮地风】【四门子】,曲牌名抄本缺题,今从推断。

勇,夺去二府十一县,有表章呈上也。(唱)

【刮地风】呀!他那里似雷如轰飞勇骁,莫迟挨猖獗寇妖。发精兵征灭狐群盗,定太平股肱元老。(小旦白)平身。(末)万万岁。(太监)表章呈上。(小旦)展看。金沙岭黄天祥兄妹二人起叛,十分凶勇,夺了二府十一县。可恼,可恼也!(唱)**这壁厢四起干戈称胡闹,那壁厢何将出兵建功劳。满朝堂兵弱衰老,谁武夫征寇努力名标,努力名标。**

(贴旦)臣启奏叔皇,臣儿保奏杨继业带兵征剿金沙岭,得胜回来,将功赎罪,望叔皇准奏。(小旦)皇侄保奏无差。杨继业听旨,命你父子带兵征剿金沙岭,得胜回来,将功赎罪。(外)万万岁。(小旦)吕卿,国丈之事,你且议来。(小生)依律法难免全家诛戮之罪,念他是椒房国戚。(唱)

【四门子】权将他谪贬王朝,配为囚赴军难逃。臣欺君小难恕饶,念他椒房国戚留情高。依律法血溅流漂,不法纵横甚颠倒,众臣议事断分剖,议事断分剖。

(小旦)看他椒房国戚,用情一二。(小生)万岁,有道用情不执法,(贴旦)执法不用情。(小旦)此事议重了,寡人自有主意。国丈听旨。(净)万岁。(小旦)罚俸五月,无得见驾。(净)咳,杨延嗣,杨延嗣,寒天吃冷水,点点在心头。(净下)(小旦)皇侄听封,封你八大王之职。(贴旦)谢主隆恩。(小旦)吕卿听封。(小生)万岁。(小旦)加封三级,宵酒摆在庆乐宫畅饮者。(唱)

【水仙子】笑吟吟、笑吟吟太平造,待功成、平贼杀寇建功劳。那时节将功折罪爵禄高,方显得全忠全孝,全忠全孝。(白)退班。(二太监、小旦下)(贴旦、小生、外合唱)**提兵带将出城壕,愿取凯歌金镫敲。出沙场得水龙蛟,愿将旗开得胜,把狼奴一刻殄扫,一刻殄扫。**(下)

## 第十七号①

外（杨继业）、正生（高尚雄）、丑（杨延嗣）、净（黄天祥）、花旦（黄飞珠）

（【大开门】）（四手下、二家将上，外、正生、丑上）（合唱）

【梁州第七】密层层耀干戈人强马壮，跨雕鞍神曹降下。那怕他野林怪木，巍峨寨头有那屏障堆垒。（外白）老夫杨继业，我罪犯弥天，多蒙南清八大王相救。黄天祥兄妹起衅，为此老夫带兵征灭。高尚雄听令。（正生）末将在。（外）命你带领三千人马，攻打前阵，不得有误。（正生）得令。（正生下）（外）七郎延嗣听令。（丑）末将在。（外）命你带领三千人马，照应后队，不得有误。（丑）得令。（丑下）（外）众将！（众）有。（外）用心杀上。（唱）协齐心擒寇捉盗，他是个鼠力奴枭。恶狠狠逆贼横邪，唾手儿抄营灭寨。（四手下、二家将、外下）（四卒、净上）（唱）只得把精神展开，势如山海波涛发，谁敢敌咱，谁敢敌咱？

（白）俺黄天祥，起兵以来，势如破竹。今闻杨令公领兵对敌，为此出营，与他一会。（唱）

【牧羊关】恁是个大忠臣一元宰，恁是个世无双英雄慷慨。

（丑上）来者可是黄天祥？（净科）然也。（丑）看刀！（战，丑擒净，花旦上，战，救净下，丑追下）（花旦上，正生上，战，正生擒花旦）（净上，丑追上，丑夺枪，杀净下）

---

① 本出资料缺乏，仅据外、净单角本略作整理。据外、净单角本，本出可能唱昆腔。195-1-119(5)吊头本和民国元年（1912）"日月明兴记"《金沙岭》正生本［195-1-119(4)］与外、净单角本不同，其中吊头本分为四号，内容为："十七号 花上 光头半 光头。十八号 末上 大头白 探子 风入松 下。十九号 大开门 风入松 急三〔枪〕泣颜回 下。二十号 手噫 花上 净上 光头 战 小兵 大战 小兵 光头 乱鼓 净 尾声 下。"正生本内容为："十七号 上／来也。／王爷在上，众将打躬。／进帐有何令差？／王爷，小将银枪一去，番奴不免。／得令。下。又上杀，敌开，杀胜，下。又上杀，胜。又上杀，下。又上杀，擒花旦，下。又杀，下。又杀，科，下。"

四四

双狮图

调腔《双狮图》共四十三出，剧叙明宣德时，兵部尚书赵天禄于寿日，在众官员前展示《双狮图》，双狮下图起舞。钱飞龙串通奸相张泰欲夺此图，遂奏知宣德帝。不想赵天禄献图时，双狮早已逃逸，时女贞国白塔儿叛乱，帝不听劝谏，仍以欺君之罪诛杀赵氏满门，而遣藩王李廷杰出征边关。赵子云贵突破御林军重围，但与其仆赵虎及母陆氏失散。出逃途中赵母自尽，赵虎埋尸后寻云贵至交战前线，收服逃逸的双狮，并被女贞国招为驸马。赵云贵为孙国兴追赶，只身误入相府花园，相府公子张有义、千金张月娥将其乔妆藏匿。李廷杰之女李秀娥过府下棋，云贵被当作侍女带回李府，其后云贵与月娥、秀娥喜结良缘。

赵虎自得无敌双狮，声言报仇，李廷杰赚来钱飞龙，助其复仇。李廷杰之子李天豹边关探父，父告以实情，天豹遂邀云贵携图收狮。云贵途中被擒，囚入死牢，张有义探监，放走云贵，并以己代之。云贵至前线收狮，赵虎亦促成女贞国归顺。行刑之日，张泰骑虎难下，请旨不允。危难之际，云贵赶至，与张泰周旋；李廷杰上殿保奏，并使赵家冤情大白。剧以奸相被收，宣德皇帝降旨大封功臣做结。

宁波昆剧兼唱的调腔戏有此剧目。婺剧昆腔、温州和剧所唱徽戏有同名剧目，故事与调腔此剧大体相同。越剧亦有同名剧目，系小歌班时期移植自调腔。

整理时曲文部分以《双狮图》吊头本（案卷号 195-1-151）为底本，其他则以 1962 年整理本（案卷号 195-3-86）为基础，拼合正生、小生、末、小旦、贴旦、外单角本。《双狮图》吊头本（案卷号 195-1-151）首尾略有残缺，所缺曲文径据单角本补入。

# 第二号

小生(赵云贵)、付(赵虎)、末(赵天禄)、老旦(陆氏)、丑(钱飞龙)、

正生(陈大人)、外(李廷杰)

(先调双狮上,下)

(小生上)(引)男儿得志冲霄汉,占魁名经纶文章。(诗)少年志气透霓虹,文韬武略旧门庭。经纶满腹诗书读,何日皇家做公卿?(白)小生赵云贵,乃是河南人氏,随父到京。爹爹赵天禄,官居兵部司马。母亲陆氏,赠受浩封。小生才年十八,得中文武解元,有一家奴赵虎,这也不在话下。今乃爹娘寿日,满朝文武俱来拜寿,为此安排酒筵,要与爹娘上寿。赵虎,酒筵可曾完备?(付上)完备已久。(小生)爹娘有请。(末上)(引)朝事清闲,今日个福寿双全。(老旦上)(引)夫君寿诞,乃苍穹福寿绵绵。(小生)爹娘,孩儿拜揖。(末、老旦)罢了。请爹娘上堂何事?(小生)今乃爹娘寿日,孩儿备得有酒,与爹娘上寿。(末、老旦)生受我儿。(小生)爹娘请上,孩儿拜寿。(唱)

【(昆腔)画眉序】但愿双亲康宁,寿比南山水长清。恕儿不肖,有负训教①。

(内)报上。(付)所报何事?(内)皇城兵马司钱老爷与礼部陈老爷前来拜寿。(付)请少待。启爷,皇城兵马司钱老爷与礼部陈老爷前来拜寿。(末)夫人回避。(老旦)是。(老旦下)(末)我儿随为父出去迎接。(小生)孩儿晓得。(末)吩咐起乐。(吹【过场】)(末)年兄请。(丑、正生上)大人请。(末)弟不知二位年兄驾到,有失远迎,多有得罪。(丑、正生)好说。闻得赵大人寿日,弟备得薄礼一份,前来恭贺。(末)大人意到就是,何用礼物费心?(丑、正生)区区薄礼,万望大人全收。(末)赵虎,照单点清,准备回礼侍候。(付)晓得。(内)报上。(付)所报何事?(内)李王爷前来拜寿。(末)二位大人后堂稍坐。(正生、丑)请。(末)我儿一同迎接。(小生)孩儿晓得。(末)王爷。(外上)司马

---

① 有负训教,单角本作"也教子训",暂校改如此。

公。(末)不知王爷驾到,有失远迎,多多有罪。(外)好说。你我通家一般,何须客气。备些薄礼,以为一敬。(末)王爷乃是世袭公爵,下官小小兵部,有蒙降临,怎好受赐?(外)大人虽是兵部,世代忠良,与祖三代同僚,俱是亲谊,还须全收。(末)赵虎,照单点清,准备回礼侍候。(付)晓得。(外)大人请上,待本藩拜寿。(末)不敢。备得有酒,与王爷、大人一同畅饮。(众)又要叨扰。(末)我儿把盏。(吹【过场】)(小生)小侄把盏。(吹【画眉序】后段)(末)王爷、年兄,再饮几杯。(众)酒也有了,告退。(吹【过场】)(末)且慢。今日小官寿日,无物恭敬,我有传家之宝,双狮图一幅,与王爷、大人一观。(众)双狮图有何妙处?(末)摆起香案,双狮能会下地。(众)有此奇宝,乞借一观。(末)赵虎,取画图出来。(付)吓,启爷,画图呈上。(末)赵虎,将双狮图高挂起来。(付)待我高挂起来。(出双狮)(众)嘎呀,妙吓!果然奇珍异宝也!(吹【滴溜子】)

(外、正生)告别。(末)候送。(外、正生下)(吹【过场】)(末)请大人后堂再饮几杯。(丑)年兄,酒已有了,弟有一言,难以启齿。(末)不知大人有何见谕?(丑)张太师寿日将近,欲借双狮图画与太师上寿,待等寿日一过,依旧送还,意下如何?(末)大人,此画乃是传家之宝,岂可借得?难以遵命。(丑)大人此言差矣,目今张太师独立朝纲,满朝文武,谁不钦尊,何况这小小图画?依下官看起来,还是允诺的好。(末)住了。钱飞龙,你依托张相之势,前来压量与我,我心性正直,从来不惧那权贵,令人可恼。(丑)呀,大胆赵天禄,你不借图画倒也罢了,反敢辱骂大臣,管叫祸事不小。(末)住口。此地不是你坐位,你且出去。(丑)不坐就罢了,就此告退。寒天吃冷水,呀呀呸!点点在心头。咳!(丑下)(小生)爹爹,不借图画,何用与他口角?他定然禀报张相,其祸非小。(末)儿吓,为父忠心为国,何惧奸党?明日上朝,要除灭奸党也!(吹【尾】)(下)

# 第三号

净(张泰)、丑(钱飞龙)

(净上)(引)朝权独霸,论僚臣谁不惊怕?(诗)当朝权贵任我行,耿耿丹心辅君王。文武群僚谁不怕,舌尖略动赴云阳。(白)老夫张泰,官居首相,满朝文武,谁不趋奉?夫人冯氏,同享荣华,所生一子,取名有义,才年十八,不喜诗书,单爱骑射,武艺过人。但这畜生,不听训教,也无可奈何。女名月娥,才年十六,才学精通,尚未适人。正是,有女未配乘龙婿,有子未婚托姻缘。(内)走!(丑上)(引)堪恨无知辈,直恁太欺人。(白)太师在上,门生参见。(净)少礼,请坐。(丑)告坐了。咳,罢了!(净)为何怒容满面?(丑)太师,不要说起,今乃兵部赵天禄寿日,门生前去贺寿,他有一双狮图画,此乃奇珍异宝,门生欲借图画与太师上寿,这厮不借图画倒也罢了,反敢辱骂太师,令人可恼。(净)这有何难,待老夫明日早朝,达奏一本,说他揞宝不献,叫他死于非命也!(丑)果然好计。(净)定下牢笼计,(丑)呀呀呸!祸事不非轻。(下)

# 第四号

末(赵天禄)、净(张泰)、丑(钱飞龙)、正生(宣德皇帝)

(末上)(唱)

**【点绛唇】恨权奸怒气满怀,怒气满怀,朝权独霸,恨豺狼**①。**无端触犯,早朝除奸党。**

(白)下官,赵天禄,只为豺狼当道,轻视忠良。可恨兵马司钱飞龙这奸贼,倚势逞凶,见宝起谋,借取图画,下官不允,将言触怒。这奸贼,定在张相

---

① 豺狼,195-1-151 吊头本作"奸刁",据单角本改。

跟前,搬斗一番是非。下官一片忠心,何惧奸党也!(唱)

【混江龙】只俺这忠良后代,秉丹心扶助王家。你不过倚恃权奸,害忠良命掩黄沙,全不念后人笑骂怨非常。俺是个、掌权衡兵部①司清理朝纲,何惧这卖国求荣,今日个速进朝房,一桩桩一件件面奏君王,面奏君王。

(净上)(引)日至龙颜近,(丑上)(引)上殿奏明君。(白)老太师。(净)贤契,天色尚早,且进朝房稍坐。(丑)是。(末)唔。(净)朝房何衙命官?(末)下官在。(净)原来是司马公,请了。(末)老太师请了。唔唔。(净)司马公为何怒容满面?(末)可恨朝中权贵当道,奏闻圣上,整理纪纲,削除奸佞。(净)阿唷,想权贵乃是近君大臣,何得出言不逊,令人可恼。(丑)赵大人,若说老太师掌握朝纲,秉心正直,圣上宠幸,谁不钦尊? 就是下官,官居兵马司,乃与皇家出力报效,何得出言不逊,令人可恼。(末)吓,可恼,可恼!(唱)

【油葫芦】急得俺冲冠怒气难按,倚恃着奸凶势大,你不过趋奉权贵,总有日冰散雪化②。(丑白)你乃武职官儿,那晓文案中之事来?(末)住口!(唱)文案中何有不晓,把天下受屈含冤拔罪超。武案中定鼎山河,战沙场争功绩一刀一枪。追元顺辟土开疆,司马名望,司马名望。

(丑)赵天禄,你开口就骂,是何道理?(末)不但骂你,打你这奸贼何妨?(丑)呀,赵天禄,下官也曾叨蒙圣恩,官居兵马司之职,谁敢摇动? 谁敢摇动?(末)我拚着一死,要与你做一个对头也!(唱)

【天下乐】急得俺腾腾怒发气寻常,气也么囔,骂声响,今日个争闹朝房,抖起雄心打你个无知奸党,无知奸党。(丑白)呀,大胆赵天禄,开口就骂,举手就打,还将下官御赐蟒袍扯碎,今日与你面奏。(末)我难道惧你不成!(净)御香霭霭,圣驾临殿。(内)噫!(二太监、正生上)(唱)众卿的何事喧囔,军国事君臣商量,御案前香烟袅袅,叩圣前山呼来参,山呼来参。

① 兵部,195-1-151 吊头本作"兵马",据单角本改。
② 冰散雪化,195-1-151 吊头本残剩相连的"冰雪"二字,疑其作"冰雪消化";单角本作"冰霜雪花",今据以校作"冰散雪化"。

（众）臣等见驾，吾皇万岁。（正生）众卿平身。（众）万万岁。（正生）寡人大明宣德，自从登基以来，风调雨顺，国泰民安。早朝众卿上殿，有事奏，无事退。（净）臣启万岁，今有赵天禄，不遵国法，轻视大臣，殴辱兵马司钱飞龙，望吾皇圣意定夺。（正生）钱卿。（丑）万岁。（正生）赵卿怎么殴辱与你，一一奏来。（丑）臣启万岁，那赵天禄私藏国宝，辱骂大臣，扯碎微臣御赐蟒袍是实。（正生）赵卿，你将钱卿蟒袍扯碎，该当何罪？（末）臣启万岁，那钱飞龙倚恃张相之势，轻觑满朝。俺托祖宗福庇，与他斗口几句。有张相惠顾钱飞龙，自己扯碎蟒袍，望吾皇准奏。（唱）

**【寄生草】念微臣一时鲁莽，心焦的犯狂。斗口的与他喧哗，望吾皇休听谗言，恕微臣罪大。玉石分开辨个青黄，一任他骤起风波一笔消化，一笔消化。**

（净）臣启万岁，那赵天禄辱骂大臣犹可，竟敢私藏国宝双狮图画，依律法难逃立决之罪。（唱）

**【鹊踏枝】①依律法难逃祸殃，到后来叛逆显然非寻常。心怀不良谋逆事大，望吾皇降旨皇皇。**（正生白）赵卿，你有双狮图画，为何不来呈献寡人？（末）臣启万岁，这双狮图并非国宝，先祖在日，为夺大明江山，万马丛中，太祖有难，救驾之时，仙人所赐，放出双狮，平灭元顺，职受荣封。张相在万岁跟前谗奏，若还不信，丹书册内，即可查明此宝。（唱）**有差池愿赴云阳，萧何律难逃祸殃。**（正生白）你有奇宝，何不出借寡人一看？（末）万岁喜观，明日早朝将图画带上金殿，与万岁观看。（正生）好，足见赵卿忠良可嘉。张相，赵卿辱骂与你，看先帝一面；钱卿，赵卿将你御赐蟒袍扯碎，看寡人一面。明日早朝众卿上殿，观看图画者。（唱）**明日里观看图画，众公卿忠良可嘉，忠良可嘉。**

**【尾】**（净、丑唱）**君心仁②德难违抗，双狮图画正朝阳。权忍耐恶气消罢，恶气消罢。**（二太监、正生、净、丑下）（末）阿吓，这奸贼在圣上面前谗奏，此番图画上

---

① 此曲牌名 195-1-151 吊头本缺题，据 195-3-86 整理本补。

② 仁，195-1-151 吊头本作"顺"，仁、顺方言仅声调有别，据改。次出【江儿水】第二支"君心仁言旨降"的"仁"字同。

金殿,难归府第也!(唱)**圣上所爱无可奈,所爱无可奈。**(下)

# 第五号

老旦(陆氏)、小生(赵云贵)、末(赵天禄)

(老旦、小生上)(同唱)

**【园林好】为无端惹起祸澜,没来由、衅起波浪。老元戎性心如雷,上早朝奏君王,上早朝奏君王。**

(小生)母亲。(老旦)罢了,坐下。儿吓,为娘昨夜梦寐不安,精神恍惚,却是为何?(小生)母亲,早知奸贼在彼,不该将双狮图挂起,也没有祸事了。(老旦)昨夜你父亲动怒,为娘何等解劝,想他忠言逆耳也!(唱)

**【前腔】情不合还须忍耐,又何须、记念胸膛?好叫我挂肚牵肠,但愿得消灾殃,但愿得消灾殃。**

**【江儿水】**(小生唱)**劝娘休多虑,不必闷愁肠。吉凶祸福人难量,意马心猿免挂怀,何须焦燎老萱堂。堪恨奸凶谋害,我心牵挂气藏,何日里清理朝纲,清理朝纲?**

(原手下、末上)(唱)

**【前腔】君心来仁德,食禄千钟享。观看宝图难违抗,明日上朝狮图带,呈献圣上多匡勷。**(老旦白)老爷,今日上朝怎么样了?(小生)爹爹启奏奸佞,圣上怎讲?(末)夫人,今日上朝,一时怒忿,辱骂奸相,将钱飞龙宫袍扯碎,这二贼在圣上面前谗奏。(唱)**谎君谗奏胡乱讪,把情由直言奏上,君心仁言旨降,一心要图画观看,图画观看。**

(老旦)相公真心为国,辱骂奸相,又将钱飞龙蟒袍扯碎,圣上不见罪相公,此仁德之君也!(唱)

**【川拨棹】心欢畅,近龙颜福寿绵长。母和子喜笑洋洋,母和子喜笑洋洋,仗雨露祖宗保障。夫妇的百年偕老,受爵禄恩荣享,受爵禄恩荣享。**

（小生）爹爹，双狮图呈献君王，难以归家，可惜传家之宝也！（唱）

**【前腔】**图形画，怎轻弃祖业传家？枉费了世代珍宝，枉费了世代珍宝，上金阶不能还乡。显显的双狮下降，若惊驾罪天大，若惊驾罪天大。

**【尾】**（末唱）你今不必多疑猜，双狮下地真堪爱。那些个武将森森，一个个待漏伴君王。（下）

# 第六号

净（白塔儿）、花旦（白飞娇）

（**【大开门】**）（四手下、净上）（吹**【点绛唇】**）（诗）铁马铜蛇可惊人，东北交锋起大兵。一心要把中原灭，一统山河四海平。（白）孤家白塔儿，祖父白颜图，丧在大朝朱元龙之手，那时孤年幼无知，隐在女贞国。孤有一女，取名白飞娇，生就一身本领。今日兵精粮足，欲起大兵，夺取大明江山，与祖父复仇。众巴图！（众）有。（净）有请公主。（众）公主有请。（花旦上）生来武略可惊人，夺关斩将逞威名。父王在上，臣儿打躬。（净）王儿少礼，看坐。（花旦）告坐。呼唤臣儿，有何吩咐？（净）可恨大明宣德无礼，孤这里欲起大兵，夺取大明江山，与祖父报仇，岂不是美？（花旦）父王，非是臣儿夸口说，此番起兵，管叫一战成功也！（净）好，王儿有此本领，何愁江山不得也！众巴图，起兵前往。（众）有。（吹**【泣颜回】**）（下）

# 第七号

付（家神）、末（赵天禄）、老旦（陆氏）、小生（赵云贵）、付（赵虎）

（起更）（付家神上,调狮子,下）

（二更）（末上）（唱）

【泣颜回】今夜里梦寐难猜料,敢只是有甚祸招? 叫人踌躇好心焦,睡卧难料。（白）下官,赵天禄,今夜不知何故,梦寐不安,坐卧难宁,好生忧虑也。（三更）呀!（唱）听铜壶三更催敲,整衣冠待漏上早朝。恨只恨卖国求荣,奸凶的豺狼当道,豺狼当道。

（四更）（老旦、小生上）（同唱）

【前腔】夫君／爹爹上早朝,听谯楼四鼓更敲。独坐中堂,听声声长叹悲号。（老旦白）相公!（小生）爹爹!（同唱）莫不是为着珍宝,轻弃了祖业传家宝? 龙心喜休得焦燎①,为忠良食禄图报,食禄图报。

【千秋岁】（末唱）事蹊蹺,吉凶难分着,二更的胆战心摇。遇那家神来朝,家神来朝,见他行蓬头鬼貌。（老旦唱）见公姑珠泪抛,愁双眉泪不料。醒来汗如潮,心血的战战意焦,战战意焦。

（五更）（付上）（唱）

【前腔】东方晓,图画紧随腰,候主人速进皇朝。（白）大老爷,谯楼已打五更,请大老爷上朝。（唱）候驾侍朝,候驾侍朝,观图画文武不少。（小生白）爹爹,上朝若有不平之事,爹爹还须要三思。（唱）劝爹尊不必心焦。父子全忠孝,不枉了阀阅门高,阀阅门高。

（末）赵虎,取象简,随爷上朝者。（唱）

【尾】何须虑赴市曹,就死黄泉何足道。（末下）（老旦白）想你爹爹呵!（老旦、小生同唱）丹心的扶助那皇朝,扶助那皇朝。（下）

---

① 焦燎,195-1-151吊头本作"无僚",疑形近而讹,今改正。

# 第八号

外(李廷杰)、净(张泰)、丑(钱飞龙)、末(赵天禄)、正生(宣德皇帝)

(外上)(唱)

【风入松】闻报边关起锋芒,奏丹墀上达君王。无端衅起犯边疆,为邦家①、为邦家擎天栋梁。(白)本藩李廷杰,今有女贞国起叛,统兵十万,攻破边关,好生厉害。边关守将,表章进京求救。想白塔儿乃白颜图之后裔,此番与祖父报仇,诛戮非小也!(唱)定然是如潮势涌,女贞国气宇昂,女贞国气宇昂。

(净、丑上)(同唱)

【前腔】恨杀天禄不忖量,敢欺我当朝冢宰。私藏国宝无踪杳,今日里、今日里一笔勾销。(白)王爷,为何入朝甚早?(外)老太师,不要说起,今有女贞国起叛,统兵十万,攻破边关,总镇有表章进京求救。(唱)夺城关如虎似狼,榆林②地一旦亡,榆林地一旦亡。

(净)女贞国如此厉害,奏闻圣上,派兵剿灭。(唱)

【急三枪】议国事,奏君王。点雄兵,出雄师,灭豺狼,出雄师,灭豺狼。

(丑)女贞国这等厉害,城关夺去,还当了得!(唱)

【前腔】③还须要,紧提防。守关隘,选良将,灭番邦,选良将,灭番邦。

(末上)(唱)

【风入松】遵奉旨意诏皇皇,上金阶呈献御览。(外白)司马公。(末)王爷,为何入朝甚早?(外)司马公有所未知,今有女贞国,统兵十万,侵犯边关。(唱)边关重地无布摆,有一女、有一女勇猛非凡。(末白)女将何名?(外)女将白塔儿之女,名曰白飞娇,甚是厉害。(唱)夺城关独力承当,无计会难酌量,无计会

---

① "为邦家"195-1-151吊头本未叠,据单角本改,下文【风入松】第四句同。

② 榆林,195-1-151吊头本作"羽舜",今作改动,次同。

③ 195-1-151吊头本每五句题一"仑"字,而其他地方【急三枪】通常作十句一曲,因此题写时按五句一曲处理。

难酌量。

(末)待等圣上临殿,一同奏闻圣上。(众)御香霭霭,圣驾临殿。(内)噫!(太监、正生上)(唱)

**【前腔】金殿何事来喧哗,敢只是为着图画。文武臣僚螭头拜,有表章、有表章一一奏上。众公卿观看图画,双狮儿世所罕,双狮儿世所罕。**

(众)臣等见驾,愿吾皇万岁。(正生)众卿平身。(众)万万岁。(正生)李皇兄,你何事上朝?(外)臣启万岁,今有女贞国,侵犯天朝,边关总镇,进京求救,表章呈上御览。(唱)

**【急三枪】榆林地,失军前,一旦亡。请求救,保边关,请求救,保边关。**

(正生)女贞国无故起兵。可恼,可恼!(唱)

**【前腔】笑你个,不忖量,岂寻常。明朝将,社稷长,明朝将,社稷长。**

(末)万岁何须忧虑,任他贼兵猖狂,有双狮图画一出,管叫他全军覆没也!

(唱)

**【风入松】劝君不必心不安,双狮儿能敌万马。杀尽胡儿定安邦,定江山、定江山万古流芳。一任他将勇兵强,全军没尽丧亡,全军没尽丧亡。**

(正生)早朝观看图画。赵卿,图画可带上金殿?(末)图画呈上御览。(正生)展开。(太监)启万岁,画上不见双狮。(正生)赵卿,图画为何不见双狮?(末)待臣看来。呀!(唱)

**【前腔】蓦见双狮①无影响,好叫我难猜难量。莫不是逃奔往他乡,顿令人、顿令人心下难详。(净白)臣启万岁,那赵天禄,早已将图画藏过,造下假图,戏弄君王。(唱)分明是嫉妒心肠,假图画欺君王,假图画欺君王。**

(正生)唔。(太监)噫。(末)万岁,臣怎敢谎君?臣在家喜看图画,摆起香案,双狮能会下地,今日未知是何故也。(正生)倒是寡人不摆香案之故。侍儿。(太监)万岁。(正生)摆香案。(太监)领旨。(正生唱)

---

① 双狮,195-1-151 吊头本作"图画",据单角本改。

【急三枪】快与朕,图画前,摆香案。双狮儿,来朝参,双狮儿,来朝参。

(太监)启万岁,画上没有双狮。(正生)唔。(太监)噫。(正生)取过。咳,赵天禄,大胆逆臣,假图画前来谎君。(末)阿吓,万岁吓!臣怎敢谎君?(唱)

【前腔】臣是个,秉丹心,祖流传。狮图宝,犯王章,狮图宝,犯王章。

(净)臣启万岁,那赵天禄一味谎君,若不正法,将来朝纲紊乱也!(唱)

【风入松】藐视国法欺君王,假狮图将言说谎。弥天大罪犯王章,赴云阳、赴云阳理所应当。(正生白)你这逆臣,假图画前来谎君,一死难逃也!(唱)**全不知国法难容,全家祸罪承当,全家祸罪承当。**

(末)阿吓,万岁吓!臣怎敢谎君,昨夜三更时分呵!(唱)

【前腔】蓦见双狮奔他乡,念微臣盖世忠良。(外唱)**龙颜暂息雷霆嚷**①**,望隆恩、望隆恩还须察详。**(丑白)臣启万岁,那赵天禄,将微臣御赐蟒袍扯碎,又持假图戏弄君王,二罪难恕也!(唱)**古今来君臣三纲,滔天势自称强,滔天势自称强。**

(正生)侍儿传旨,宣武士上殿。(太监)领旨。万岁有旨,武士上殿。(武士上)领旨,武士见驾,愿吾皇万岁。(正生)将赵天禄绑出午门取斩。(武士)领旨。(武士绑末下)(外)刀下留人。臣启万岁,那赵天禄罪犯国法,理该斩首,念其祖父赵德兴,有十大汗马功劳,赦其一死。(唱)

【急三枪】念其父,忠良将,出沙场。汗马劳,功绩长,汗马劳,功绩长。

(正生)李皇兄有所未知,前日辱骂张相,又将钱卿蟒袍扯碎,今日假图画前来谎君,一死难逃也。(外)臣启万岁,那女贞国起叛,最怕赵氏一门,若还将他斩首,胡儿愈加饶勇。双狮不见,定有舛错。万岁敕旨一道,去到兵部衙门,搜出双狮图画,呈献君王。又命他戴罪征蛮,得胜归来,将功赎罪,望吾皇准奏。(唱)

【前腔】灭胡儿,扫番邦。奏凯歌,双狮图,依然在,双狮图,依然在。

---

① 嚷,抄本作"上"。"嚷"俗作"吐",省作"上"。

（正生）皇兄保奏无差，侍儿传旨，将赵天禄绑转金殿。（太监）领旨。万岁有旨，将赵天禄绑转金殿。（武士）领旨。（武士绑末上）赵天禄绑到，有锁。（正生）去锁，冠带平身。（武士下）（正生）钱卿听旨。（丑）万岁。（正生）命你带兵去到兵部，搜图画前来复旨者。（唱）

【风入松】带着御林搜图画，必须要内厅细查。珍宝双狮世所罕，有差池、有差池全家祸殃。（丑白）领旨。（唱）犯我手休想松放，赴云阳口斑斓，赴云阳口斑斓。（丑下）

（正生）赵天禄，命那钱卿前去搜取图画，如若没有呵！（唱）

【前腔】一死难逃悔之晚①，欺君王难免祸殃。全家诛戮难饶放，恁可也、恁可也自省自详。（丑上）（唱）奉旨意搜取图画，藏何处无影响，藏何处无影响。

（白）臣启万岁，那赵天禄将图画早早藏过，微臣细细搜寻，并无影踪。（唱）

【急三枪】寻不见，宝何所，气难按。谎君罪，难饶放，谎君罪，难饶放。

（正生）平身。（外）赵大人，这双狮图画，到底藏于何处，快快说来。（末）王爷，这双狮图画，藏在内厅高梁之上，那有第二幅来？（外）臣启万岁，何不出旨一道，再到内厅高梁之上，前去搜来，或者是有，亦未可知。（正生）准卿所奏。钱卿听旨，带了假图，去到兵部衙内，再到内厅高梁之上，细细查来。（丑）领旨。（丑下）（外）这遭完了。（唱）

【前腔】好叫我，保不住，忠良将。宝不见，在那厢？宝不见，在那厢？

（末）阿吓，王爷吓！这是我命犯刀头血溅也！（唱）

【风入松】命犯刀头赴云阳，见双狮逃奔他乡。深深罪孽难消化，我死后、我死后分过白皂。（丑上）（唱）身受凌辱非常，无王法小儿郎，无王法小儿郎。

（白）阿吓，万岁吓！微臣前去搜寻，他子赵云贵，和家奴赵虎，将微臣打得可怜也！（唱）

【前腔】不遵旨意乱胡讪，将微臣詈骂非常。一百御林受磨难，欺君王、欺君

① 晚，195-1-151吊头本作“犯”，据文义改。另，末三字单角本作“副（赴）云阳”。

王如同草芥。(白)万岁吓,那赵云贵倚恃文武解元之势,将我髭须扯下一半,打得微臣好可怜也!(唱)**纵横的不法猖狂,违圣命打钦差,违圣命打钦差。**

(正生)赵天禄,咳,你这逆臣,好纵子为恶也!(唱)

【急三枪】**耐不住,冲冠恼,气难按。**(白)武士!(武士上)万岁。(正生唱)**将逆臣,赴云阳,将逆臣,赴云阳。**

(武士)领旨。(武士绑末下)(外)阿吓,万岁吓!赵天禄久战沙场,胡儿害怕,若将斩首,大明江山,谁来承当也?(唱)

【前腔】**开恩赦,免云阳。扰乱时,将难求,安天下,将难求,安天下。**

(正生)李皇兄,寡人没有逆臣,难道不能久居大位?钱卿听旨。(丑)臣在。(正生)斩赵天禄前来复旨。(丑)领旨。(丑下)(净)臣启万岁,今将赵天禄斩首,他子赵云贵,和家奴赵虎,纵横不法,望吾皇降旨。(正生)张相听旨,命你抄灭赵家,前来复旨。(净)领旨。(正生)李皇兄听旨,命你带兵坐镇边关,免得番奴扰乱也!(唱)

【前腔】**你是个,皇家臣,邦家将。坐边关,战沙场,坐边关,战沙场。**(太监、正生下)

(外)万岁!(唱)

【风入松】**旨意皇皇难违抗,恨奸臣身赴刀划。归家议论叙家常,点雄兵、点雄兵坐守边关。**(外下)(净唱)**恨逆臣不法非凡,萧何律理应当,萧何律理应当。**(净下)

(武士绑末上,丑跟上)(末唱)

【急三枪】**恨奸党,谋珍宝,起祸殃。今日个,赴云阳,今日个,赴云阳。**

(丑)咤,赵天禄,你捺宝不献,今日将你斩首,还是悔也不悔?(末)奸贼,俺赵天禄一死何惜,在黄泉路上,等你这奸贼!(丑)还要这等倔强,将他砍了。(武士)有。(杀末下)(丑)复旨去罢。(唱)

【前腔】**恁可也,悔自迟,赴云阳。只为着,双狮画,只为着,双狮画。**(下)

# 第九号

小生(赵云贵)、老旦(陆氏)、付(赵虎)、丑(钱飞龙)

(小生、老旦上)(同唱)

【水底鱼】鸟鹊喳喳,使人心惊慌。吉凶难定,心下好愁肠。

(小生)母亲,孩儿拜揖。(老旦)罢了。儿吓,你父亲上朝,为娘好生挂念。

(小生)这奸贼两次三番前来搜取,孩儿一时怒忿,与他斗口几句,赵虎性暴如雷。(唱)

【前腔】恨着奸相,谗奏好君王。陷害忠良,国法昭皇皇。

(付上)(唱)

【前腔】祸事非常,打听干系大。报知东君,何计可商量?

(白)夫人、小主不好了!(小生、老旦)为着何事?(付)夫人、小主,奸相在万岁跟前谎奏,说俺大老爷私藏国宝,戏弄君王,将大老爷斩首午门。(小生、老旦)吓,怎么,老爷斩首午门?阿吓,爹爹吓!/相公吓!(同唱)

【剔银灯】不幸你命犯刀刬,不幸你、为着图画。不幸你双狮走天涯,不幸罪犯黄沙。(付唱)堪恨奸凶不良,君昏迷忠良遭害,忠良遭害。

(白)老夫人、小主,大老爷既死,不能复生,还须三思而行。(老旦)阿吓,赵虎吓!想老爷为国尽忠,一时却也无计可施。阿吓,儿吓!你可有什么计策?(小生)阿吓,母亲吓!孩儿要与爹爹报仇也!(唱)

【前腔】顿令人心意彷徨,哭得我、泪雨潺潺①。恕儿不肖累爹行,恨只恨钱飞龙心忒狼。欺君逆罪犯王章,这冤仇何日报偿!

(四手下上,圆场,丑上、下)(付上)夫人、小主,御林军将府门团团围住。(小生、老旦)这遭如何是好?(付)依小人之见,杀了御林军,逃奔天涯,日后好与大老爷报仇。(小生)母亲吓,赵虎之言不差,待孩儿保护母亲,与赵虎杀出重

———————
① 潺潺,抄本作"惨惨",今改正。

围,逃奔天涯,与爹爹报仇也!(唱)

**【前腔】**杀逆贼决不饶放,学一个鲁莽豪强。一身本领敌万将,杀奸凶如同草芥。(老旦、付同唱)恼恨心邪不良,生和死在这场,生和死在这场。

(小生)阿吓,爹爹吓! 这是孩儿不肖也!(唱)

**【前腔】**恕儿不肖罪承当,快逃生、奔走天涯。持斧执戈手中拿,保家眷杀尽狗党。(老旦白)阿吓,赵虎吓! 吩咐众家丁、使女丫环一个个逃出去罢。(付)对。夫人说,众家丁、使女丫环一个个逃出去罢。(内)有。(小生)赵虎,我你一齐动手者。(唱)**手执凶器暗藏,杀御林罪王章,杀御林罪王章。**

(四手下上,战)(小生、老旦)阿呀,赵虎吓! 御林军团团围住,如何是好?(付)小主且是放心,待小人保护老夫人杀了御林军,可以逃生。(小生、老旦)呀! 奸贼,奸贼!(唱)

**【尾】**杀尽了冤气冲霄汉,方显得少年英华。(战,付、老旦、小生下)(老旦上)我儿,阿哟,不好了吓!(老旦下)(小生哭上)母亲,赵虎,不好了!(唱)**一家拆散分东南,拆散分东南。**(哭下)

# 第十号

## 净(张泰)

(净上)(吹【驻马听】)(白)老夫张泰,可恨赵天禄,私藏国宝。老夫奏闻圣上,说他捺宝不献,因此全家诛戮,又命锦衣卫,将他满门杀尽,怎的不见回报?(家人上)忙将紧急事,报与相爷知。相爷不好了!(净)为着何事?(家人)奉旨抄斩赵氏一门,不想他子赵云贵和家奴赵虎,杀死御林军,逃奔他乡,报与太师爷知道。(净)嘎,怎么,有这等事来? 取象简,随爷上朝。(吹【驻马听】前段)(家人白)来此朝房。(净)外厢侍候。(家人)有。(家人下)(净)臣张泰见驾,愿吾皇万岁。(内)有何文表,一一奏来。(净)臣奉旨抄斩赵氏一门,不想他子赵云贵和家奴赵虎,不遵国法,杀死御林军,肩背图画,逃奔天下,望吾皇准奏。(吹【驻马听】后段)(内白)旨下,今赵云贵和家奴赵虎,不遵国法,杀死御林军,肩背图画,逃奔天涯。画影图形,四方捉拿,到京定罪,钦哉。(净)万万岁。(手下上接)(净)赵云贵呀赵云贵!(吹【尾】)(下)

# 第十一号

正旦(郑氏)、小旦(李秀娥)、丑(张有义)、末(李天豹)、外(李廷杰)

(正旦上)(引)世袭王爵爵禄高,论门楣忠义传家。(小旦上)(引)绣阁香闺停针线,与皇家习练兵戈。(白)母亲,女儿万福。(正旦)罢了,坐下。妾身郑氏,相公李廷杰,身居藩王。所生一男一女,孩儿天豹,才年十八,尚未定婚,终日习练兵戈,在外骑射,还未回来。儿吓,你乃女道规模,不喜针指,专习武艺,成什么闺中之道?(小旦)母亲,女儿习练兵戈,要与皇家出力。(正旦)你年纪轻轻,有恐损力,如何是好?(小旦)母亲!(唱)

**【孝顺歌】休提起,描鸾凤,女道规模有门风。世袭汗马劳,九锡受恩荣。使起干戈,使起干戈,学成武艺,学一个红袍女容。描鸾绣凤,我心不欲。劝娘亲,休挂胸;得遇皇家子,上阵建奇功,上阵建奇功。**

(正旦)儿吓!(唱)

**【前腔】儿虽是,理不通,女生外向招乘龙。他爱诗书习,笑你文不通。(白)不能学你哥哥吓!(唱)习练兵戈,习练兵戈,大义纲常,成什么女道规模?三从四德,针指密缝。听娘劝,免刀锋;招赘乘龙婿,才貌两相同,才貌两相同。**

(丑、末上)(同唱)

**【前腔】穿杨箭,去如梭,异姓同胞两情浓。携手进门台,叙话喜冲冲。(末白)母亲。(丑)伯母。(正旦)贤侄少礼。(正旦、末)儿吓/妹子,见了张家哥哥。(小旦)张家哥哥见礼。(丑)世妹少礼。(正旦)我儿进去。(小旦)是。(小旦下)(正旦)贤侄请坐。(丑)小侄告坐哉。(正旦)令尊可有回朝?(丑)是我里阿伯还呒得居来。(末)母亲,孩儿与张家兄弟,虽是异姓,胜似同胞。他不喜诗书,**

所爱者骑射穿杨。（唱）**武略精通，武略精通，**（丑白）兄吓，我里做阿弟个，文不成武不就，三勿像人哉嘘。（唱）**文墨不通，武在何所？**（白）自我里阿伯拜之相，掌之朝纲，那个官该升，那个官该调，一头勿好，就笔头廊一绕，害伊杀头，为此做阿弟个有点之勿平个嘘。（唱）**学些武艺，诗书懒读。见不平，除奸凶；正直男儿汉，忠良有义风，忠良有义风。**

（内）王爷回。（大锣）（外上）朝纲来颠败，忠良赴市曹。（正旦）王爷见礼。（外）夫人见礼。（末）爹爹。（丑）年伯。（外）罢了，坐下。咳！（正旦）老爷。（末）爹爹。（丑）年伯。（同白）怒容满面回朝，却是为何？（外）夫人不要说起，可恨朝中权贵当道，陷害忠良。（末）爹爹，忠良是谁？权贵是那一个？（外）若说权贵么？唔。（丑）唅，我也明白哉，权贵乃是当朝一宰，亦是个老勿死东哉。勿知害之啥人家，让我罗问之个一声看。咳，年伯，我里个爹，害之啥人家，搭小阿侄说之明白，好居去谏训谏训个老勿死。（外）若说你父亲行事实为可恶，陷害那兵部赵氏一门，全家诛戮。（唱）

**【前腔】为狮图，谋宝物，馋奏君王害梁栋。上达圣明君，谎君罪难容。**（白）可恨兵马司钱飞龙，助强为恶。（唱）**依势逞凶**①**，依势逞凶，杀尽满门，逃散西东**。（末、正旦）爹爹／相公，为何不上殿保奏？（外）怎的不保奏？圣上听信谗言。（唱）**不闻保奏，身首尸横。无分诉，上刀锋；不记汗马劳，一旦付东风，一旦付东风。**

（丑）咳咳，坏哉，是坏哉！（唱）

**【前腔】我心儿里，恨奸凶，权重如山恣纵横，**（白）咳，呒个老勿死吓！是介样②行事来，我做倪子个人头上那哼做人个嘘。（唱）**我满面忍羞耻，羞脸满桃红。**（白）咳，赵兄呀赵兄，弟在京里个日脚③，见之呒一表人才，况是文武解元，本要把阿妹终身，许之拨呒个嘘。（唱）**付与东风，付与东风，**（白）咳，呒个老勿死，

---

① 逞凶，195-1-151 吊头本作"称厷（雄）"，单角本作"称凶"，即"逞凶"，据改。

② 介样，亦作"骨样""个样"，方言，这样。

③ 日脚，方言，日子。

是介样之个行为末,做倪子也要无法无天个哉嚎。(唱)**父子人伦,骂你个老迈憎懂。不念同僚辈,满门来诛戮。**

(外、正旦)贤侄,令尊行事,你也无可奈何。(丑)年伯、伯母,勿是介样说个。等阿伯回朝,我也谏训谏训个老勿死。(外、正旦)他是大,你是小。(丑)家有长子,国有大臣。年伯,皇帝老子跟前由伊说话,到得屋里由我说话哉。

(外、正旦)好!(同唱)

**【前腔】堪羡你,情义重,令尊不仁怎奈何。**(丑白)告别哉。(末)且慢。兄,吃了酒去。(丑)还有啥格脸孔来带吃酒,告别哉。(末)慢去。(丑)咳,我气煞哉,气煞哉!(丑下)(外、正旦、末)难得,是难得。(同唱)**大纲常,有规模;父和子,心不同,父和子,心不同。**(下)

# 第十二号

老旦(冯氏)、贴旦(张月娥)、丑(张有义)、净(张泰)

(老旦、贴旦上)(同唱)

**【一江风】闻花香,开怀满庭芳,日影过东墙。叙中堂,母女双双,檐前铁马响叮当。**(贴旦白)母亲,女儿万福。(老旦)罢了,坐下。(贴旦)是。(老旦)老身冯氏,相公张泰,官居首相。两下合卺以来,生下一男一女,儿子有义,女儿月娥。儿吓,为你女儿终身,刻挂在心。(贴旦)母亲,女儿终身,自有良缘天定,何劳母亲挂心。(老旦)儿吓,你爹爹在朝独贵,你哥哥不喜诗书,所爱兵戈,父子心性不同也!(唱)**正直男儿汉,弃文习兵马,要与皇家作栋梁。**

(贴旦)母亲!(唱)

**【前腔】笑爹行,朝权来独霸,却把忠良害。**(老旦白)你父亲播弄朝纲,但是你哥哥呵!(唱)**仁义郎,正直男儿汉,不负义心肠。**(白)你爹爹呵!(唱)**一朝权势败,冰散与雪化,一家遭难罪承当。**

(丑上)(唱)

【赚】**恶气满怀,陷害忠良老杀才**。(老旦白)儿吓!(丑)母亲,孩儿拜揖。(老旦)儿吓,罢了。(贴旦)哥哥见礼。(丑)妹子见礼。(贴旦)请坐。(丑)同坐。阿噎,我气煞哉。(老旦唱)**何事气满腮,可诉情由说端详**。(丑白)我好恨也!(老旦)我儿,这般怒气,却是为何?(丑)我可恨当朝权贵。(老旦)权贵莫非是你父亲不成?(丑)我正要骂个老勿死嘘。(唱)**无情火发,**(老旦白)他害那一家?(丑)兵部尚书赵天禄,可怜他家呵!(唱)**杀尽满门赴草台**。(老旦白)为着何事而起?(丑)他家有一幅双狮图画,乃是传家之宝,只为见宝起谋。(唱)**事尴尬,**(白)圣上跟前来谗奏,(唱)**一家的命丧泉台,命丧泉台**。

(老旦)咳,相公吓,你好胡为也!(唱)

【泣颜回】**笑你朝权来独霸,害忠良命掩黄沙。不念同僚,绝宗裔后世承当。**(丑唱)**祸**①**心不良,不怜他、奔走天涯。小书生何处藏身,地方官四路捉拿,四路捉拿。**

(贴旦)哥哥吓!(唱)

【前腔】**兄长不必恁喧哗,老爹行、播弄朝纲。军令森严,国法难容画影图拿。**(丑白)阿妈娘,儿子来京里个日脚,见之赵云贵,一表人才,况是文武解元,本要把阿妹终身许拨伊个,难拨老勿死害得个样光景个嘘。(唱)**暗度陈仓,不然是、人伦绝望。他是个潘安才貌,瘦怯怯一表人才,一表人才。**

(内)相爷回。(贴旦)爹爹回朝了。(丑)格老勿死居来哉,我要着着实实谏训谏训伊一番个嘘。(老旦、贴旦)不要如此。(丑)阿妈娘吓!(唱)

【千秋岁】**出中堂,上前言语荡,老杀才恁般不良。非是我忤逆不孝,到后来冤仇报偿。来詈骂气消哉,老爹行作事歪,非是我不肖儿郎,不肖儿郎。**

【前腔】(老旦、贴旦同唱)**义可嘉,父是当朝相**②**,做儿郎还须要**③**低头忍耐。不合情态,不合情态,老严亲权重如山。子不孝忤逆郎,钱飞龙忒猖狂,顿教人**

---

① 祸,195-1-151吊头本作"我"。"祸"俗作"祸",与"我"字形近相混。
② 此句195-1-151吊头本作"父子是忠哉",据单角本改。
③ 还须要,195-1-151吊头本作"那",据单角本改。

**切齿咬牙,切齿咬牙**。(老旦、贴旦下)

(净上)(唱)

**【尾】敢欺我一冢宰,便将你绑赴云阳**。(丑白)咳!(唱)**恼得我怒发冲冠气难按**。

(净)咳,可恨呀可恨!(丑)咳,可恨呀可恨!(净)呀,你恨着那一个呀?(丑)介呒恼啥人呢?(净)为父恼的豺狼当道。(丑)倪子恨格当朝权贵。(净)权贵莫非为父不成?(丑)老实话末像啥格样呢。(净)畜生。(丑)阿伯,我倒要问之呒一声,赵天禄呒对伊啥个冤仇,要害得伊个样光景呢?(净)他有双狮图画一幅,不来呈献为父,故而将他满门治罪。(丑)伊有双狮图画,社①是伊赖传家之宝,勿来献拨之呒末,要把伊全家诛戮。外国进贡来个宝贝,勿论多少,呒好暗谋独吞,做倪子看起来,心里有点之勿平个嘘。(净)阿哟!暖!(丑唱)

**【点绛唇】恶父奸刁,恶父奸刁,人伦绝道,子不孝。我心气恼,权贵正当朝**。

(净)畜生,你难道痴了么?(丑)我倒勿痴带来,看来呒今朝发老昏东哉。

(净)畜生!(丑)呒勿要骂,听我里倪子谏训谏训个嘘。(净)吓!(丑唱)

**【混江龙】恁是个独立当朝,见图画妆成圈套。不顾那人心勤苦,战沙场汗马功劳社稷高。双狮儿能敌番奴,祖流传世代珍宝。谁似你见宝起心,害无辜、血染划刀。可怜他小书生奔走天涯,可怜他、何处身安藏。画图的四面捉拿,你是个一品当朝,不念着忠良名标,忠良名标**。

(净)这是朝廷国宝,岂可不献?(丑)朝廷国宝么?个星②说话,直脚头放屁哉。皇帝老子呢,拨呒是瞒过去哉,头上青天,阿是瞒勿过个嘘。(净)唔。

(丑唱)

**【油葫芦】你奏他私藏国宝,一味的、听信谗言起心苗,非是我忤逆儿恶口嚣**

①　社,方言副词,相关方言研究著作亦记作"是",的确,确实。详见《双玉配》第七号"社"注。
②　个星,方言,那些。

嚣,劝爹行转意回心为人好。到后来冤仇消报,怎可也后悔迟哉,后悔迟哉。
(净白)他将假图画呈献皇上,故而将他全家诛戮。(丑)那格话? 真正叫做对牛弹琴,牛勿入耳哉。(净)畜生!(丑)奸臣!(净)小畜生!(丑)大奸臣!(净)咳,气死我也!(丑)咳!(唱)**常言道臣不忠,子不孝。听我言、免得个后患非小,有一日天理昭彰分个白皂,分个白皂。**

(老旦、贴旦上)(同唱)

【天下乐】**蓦听得将言冲撞爹年老,气也么恼,免心焦,出中堂言词可告,劝相公/爹爹耐却心焦。**(净白)夫人,生此不肖畜生,家门不幸也!(唱)**不读诗书枉徒劳,全没个父子尊卑分大小,我要去请河南开封府道,将逆子罪犯千条,罪犯千条。**

(老旦)儿吓,父是大,你是小,将言冲撞父亲,就为不孝了。(唱)

【寄生草】**必①须要低头儿跪安好,学一个大义人伦义可表。相公! 劝伊家莫把忠良害,与王家国事要勤劳。贤良正千秋万载,行奸诈后人嘲笑,休得要怒气咆哮,怒气咆哮。**

(贴旦)爹爹吓!(唱)

【鹊踏枝】**女不肖甘旨晨昏待侍劳,椿萱独立正当朝。必须要为国元勋,为国家安邦才调。**(白)哥哥吓!(唱)**莫多事一家休烦恼,**(丑白)阿妹,勿是我做阿哥个勿尊大小个嘘。(唱)**岂不闻父不正子奔他乡道,子奔他乡道。**

(净)畜生!(打丑)(净)咳!(唱)

【尾】**打你个忤逆不孝,取你命气平消。你是个嚼父噬儿恨怎消,嚼父噬儿恨怎消。**

(打丑)(净)咳,罢了。(下)

---

① 必,195-1-151吊头本作"不",据文义改。

# 第十三号

小生（赵云贵），正生（孙国兴），花旦、外（手下）

（小生上）阿吓，母亲吓！（唱）

【山坡羊】战兢兢脚儿难挨，心切切望断肝肠，为奸佞珍宝谋吞，无辜的全家祸殃。奔天涯，四路画影拿。老母拆散两分开，家奴赵虎，家奴赵虎无影响。逃往，两处行程各天涯；（白）呀，亲娘吓！（唱）亲娘，子在他乡母何在，子在他乡母何在？

（白）我赵，（两边看）赵云贵，朝中奸相弄权，谗奏君王，说我家私藏国宝双狮图画，不去呈献，有欺君之罪。圣上命御林军三千，将俺全家诛戮。那时无奈，与赵虎二人背了母亲，杀了军兵，逃奔天涯。咳，奸贼，奸贼！（唱）

【前腔】骂一声冤气难消，何日里亲仇报来？悔不该高挂狮图，又谁知骤起祸来。（白）如今画影图形，四方高挂，捉拿甚紧，无处藏身，只得安身孤庙，待等夜来出去便了。（唱）遥望着，西山日移下。未知何处存身，我只得随路奔逃，随路奔逃奔荒山。惊骇，遥望着白云飘；空望，母子重逢遇呈祥，母子重逢遇呈祥。（小生下）

（四手下、正生上）（唱）

【好姐姐】昼夜里捕捉钦犯，奉钦差、沿途捉拿。各府州县相看待，人钦仰村庄一带。若窝藏国法难容，全家的祸事非小，祸事非小。

（白）俺，殿前指挥孙国兴，一奉圣旨，二奉相爷钧令，捉拿钦犯赵云贵、家奴赵虎，有画影图形二幅，四方高挂，若有呈献者，官封万户，赏赐千金，窝藏者一体治罪。来，图画高挂起来。（唱）

【前腔】怎能够一时拘拿，候旨赏、非比寻常。做公卿爵禄非小，威权势大令出如山。怎可也双狮逃奔走天涯。（四手下、正生下）

（花旦、外手下上）（唱）

【尾】画图形来高挂，活捉钦犯休松放。（白）请了。你我奉旨，有画影两幅，各

州各府各县,捉拿钦犯赵云贵和家奴赵虎。无得踪迹,图画两幅挂起来。(唱)**若要偷生难上难。**(下)

# 第十四号

付(赵虎)、老旦(陆氏)

(付上)(唱)

【端正好】**俺是个鲁莽儿,恁纵横,为不平除灭奸凶。杀尽了御林三千,保家眷独立称雄。**

(白)俺赵,(两边看)赵虎,主人赵天禄。只因那日寿日有双狮图画一幅,高挂中堂。钱飞龙这奸贼见宝起谋,与奸贼相串通一起,道俺大老爷私藏国宝,将俺大老爷立斩午门,罪灭全家。俺心中不服,与小主人杀了御林兵,逃出在外。老夫人染成一病,小主人又无下落,叫俺赵虎如何是好也?(唱)

【滚绣球】**他那里昼和夜记念儿童,老迈残躯命犯断送。投旅店并没个人来周济,好叫我措手无计两拳精空。向何处实情诉告,细思量越思越想越悲痛。何日里雾卷云收,怎能够骨肉相依母子重逢,母子重逢?**

(老旦上)赵虎吓!(唱)

【倘秀才】①**怎奈我病入膏肓命犯坎坷,闷恹恹、行不上路途重。想娇儿不知存亡在何所,我只得哭啼啼泪落胸窝。**(付白)老夫人,我与你逃出在外,小主人不知去向,况且四方图画张贴,又不好在人前通名道姓。老夫人病体沉重,不知向何处投靠也?(唱)**往街坊改名移姓掩人耳目**②**,恼得俺烈火腾腾透九霄,好叫人万重凄凉,说起来愈加悲疼,愈加悲疼。**

(老旦)阿呀,云贵儿吓!那知为娘在此思念与你呵!(唱)

---

① 此【倘秀才】及下文【滚绣球】,195-1-151吊头本曲牌名缺题,今从推断。
② 掩人耳目,195-1-151吊头本作"长念胸窝",据195-3-86整理本改。

【滚绣球】你那里餐风宿露常挂胸窝,眼巴巴①、望不见娇儿在何所。惨凄凄说不尽万种凄凉,闷沉沉神魂不定双眉并蹙。儿吓!愿得他一路无灾祸,免使我牵肠挂肚泪落婆娑。(付白)老夫人吓!(唱)但愿得祸退消灾仇报复,方显俺主仆情投,有日里朝廷辅佐,朝廷辅佐。(下)

# 第十五号

小生(赵云贵),外、正旦(手下),老旦(陆氏),付(赵虎)

(走板)(小生上)(唱)

【叨叨令】心切切遥望潼关路途呵,步匆匆人儿闹哄哄。莫不是画影图形命断送,往别处逃奔路一通。(内白)城内城外众百姓听者,朝廷走了钦犯赵云贵、家奴赵虎,逃奔天涯,有人呈献者,官封万户,赏赐千金;若有人窝藏者,与钦犯一体同罪。(小生)阿吓,不好了!(唱)唬得人心惊胆恐逃何所,走无路何处来藏躲?这一回过山林也么哥,那一回、避藏身也么哥。(小生下)(外、正旦上)(同唱)坐关中见人儿细细问情踪,细细问情踪。

(老旦、付上)(同唱)

【朝天子】望着那喧天闹哄,为甚的簇拥人儿好惊恐。手扶着有病老孤穷,大胆的出关前去如梭。

(外、正旦)吠,你这汉子,扶着老婆子,到那里而去?(付)这是俺母亲,问他则甚?(外)兄,好像赵虎。(外、正旦)你可是赵虎?(付)何以见得?(外、正旦)有图画对来,不是,放你过去。(付逃)(外、正旦)招打!(外、正旦追下)(老旦念)

【扑灯蛾】令人好惊慌,娇儿在那厢?不见赵虎面,叫我无主张。

(白)吓,我儿,赵虎!阿吓,也罢!(碰死)(付上,外、正旦执刀追上)(外、正旦)赵虎那里走!(付夺刀杀死外、正旦,外、正旦死下)(付哭,跪拜)(付)老夫人,老夫

---

① "你那里餐风宿露常挂胸窝眼巴巴"十四字,195-1-151 吊头本脱,据 195-3-86 整理本补。

人！阿呀,老夫人吓!（念）

**【前腔】**一见好悲伤,使人泪如麻。丧在潼关地,就在此地埋葬也。

（白）且住,老夫人已死,小主并无下落,但是这个……有了,将老夫人尸首埋葬在此,打听小主人下落,慢慢前来搬丧便了。（挖坑埋尸）（哭）（付）阿阿,老夫人！阿呀,老夫人！**【尾】**（拜别下）

（调狮子上,下）

# 第十六号

净（白塔儿）、花旦（白飞娇）、付（赵虎）

（四手下、净上）（吹**【普天乐】**前段）（净白）孤王白塔儿,起兵以来,势如破竹。前面便是潼关地界,过来,趱上。（吹**【普天乐】**后段）（双狮追净,净逃下）（花旦上）（吹**【普天乐】**前段）（白）哀家白飞娇,父王起兵,充为前队,哀家以为后队。看前面杀气连天,上前看过明白。（吹**【普天乐】**后段）（净上）（花旦）女儿打躬。（净）平身。（花旦）谢父王。胜败如何?（净）双狮十分厉害,大败而回。（花旦）父王且是放心,待臣儿挡他一阵。（净）须要小心。（花旦）晓得。（吹**【普天乐】**前段）（双狮赶上,二人逃下）（付上）（吹**【普天乐】**后段）（白）俺赵虎,小主并无下落,叫俺如何是好也?（内喊）（付）呀,前方杀气连天,不知为着何事,待俺上高岗看过明白。（花旦逃上,双狮追下）（付）嘎唷,我道为着何事,原来双狮逃在此地,待我收了回去。（净、花旦上高岗,付收双狮）（付）嘈！大胆孽畜,大老爷为你家破人亡,今日主人在此,同俺回去了罢。（双狮乐）（净）嘈！你这汉子,有此本领,何不上报花名。（付）俺兵部尚书赵天禄家将赵虎在。（净）看你有此本领,何不归顺我邦,招为驸马,心意如何?（付）待俺思忖回话。（吹**【普天乐】**前段）（付暗看花旦,花旦下）（付）阿呀,且住。此番出逃在外,无处栖身,况且小主又无下落,权且投顺番邦,以后再作计较。但要依俺三件大事。（净）那三件大事?（付）一要打听小主下落。（净）那二呢?（付）要与大老爷报仇。(净)那三呢？(付)同归大朝。(双狮下)(净)好，待等秋高马壮，立起大兵，与你主人报仇便了。众巴图，摆开酒宴，与驸马爷接见。(吹【普天乐】后段)(下)

## 第十七号

贴旦(张月娥)，花旦、老旦(丫环)，小旦(李秀娥)，小生(赵云贵)，正生(孙国兴)

(贴旦上)(唱)

**【红衲袄】描鸾凤绣阁中针指绣，身懒倦、读诗书女中秀。奴是个、千金体相府楼，这姻缘才郎的容颜瘦。**(白)奴家张氏月娥，爹爹张泰，官居首相，生下兄妹二人。才年十八，还未适人。爹爹不仁，陷害忠良，哥哥不忍，将言冲撞。咳，哥哥吓！你就为不孝了！(唱)**岂不知天伦父母，欺爹行朝事多愁。**(白)哥哥说赵云贵才貌双全，闻得他家遭难，逃奔天涯，不知落在何处。(唱)**未知他存身何地也，才貌端庄世罕有，才貌端庄世罕有。**

(花旦丫环上)小姐，丫环叩头。(贴旦)起来。(花旦)谢小姐。(贴旦)上楼来何事？(花旦)上楼非为别事，李家郡主，请小姐过府下棋。(贴旦)身子不爽，你去回复与他，说小姐不来下棋。(花旦)小姐，你若是不去，有负李家郡主一番好意了。(贴旦)如此开了花园门，同我前去便了。(唱)

**【前腔】他是个清白家世公侯，奴是个、千金体东阁楼。两下里貌端庄女娇秀，胜同胞一一的话情投。**(三己)(小走板)**下层楼三寸金莲，出花园浪蝶蜂游。八月中秋端阳也，丹桂飘然①阵阵透，丹桂飘然阵阵透。**(花旦、贴旦下)

(老旦丫环、小旦上)(小旦唱)

**【前腔】女长成月中儿难诉剖，那姻缘、必须要月老求。终日里舞剑抡刀，那晓得闺中针指绣？**(白)奴家李氏秀娥，父亲李廷杰，官居藩王之职，坐镇边关。奴家不喜描鸾绣凤，喜爱习练兵戈，要与皇家出力。今日闲暇无事，好

---

① "然"字 195-1-151 吊头本脱，据单角本补。

不烦闷人也！(唱)**终日里常闷恹恹,终日里长闷心头。**那得个同乐同欢同叙也？**还望月老君子述,还望月老君子述。**

(花旦上)门上那一位在？(老旦)那一个？(花旦)张小姐过府下棋。(老旦)请少站。启郡主,张小姐过府下棋。(小旦)请张小姐相见,郡主出来迎接。(老旦)请张小姐相见,我家郡主出来迎接。(花旦)小姐有请。(贴旦上)姐妹来叙话,心意两相投。(小旦)妹子请进。(贴旦)姐姐请。(小旦)且慢,我母亲在南楼诵经,不要惊动与他就是。妹子见礼。(贴旦)姐姐见礼。(小旦)请坐。(贴旦)请坐。(小旦)咳！(贴旦)姐姐你声声长叹,都是为何？(小旦)妹子,一言难尽。(唱)

【前腔】**难提起怎出声脸含羞,为终身、配良缘何日求。老爹行出沙场解君忧,儿女事老爹妈不睬瞅。**(白)但是我家哥哥呵！(唱)**他是个鲁莽儿学成文武就,奴这里作不得自主求。**那得个少年青春配合也？**花蒂相连并低头,花蒂相连并低头。**

【前腔】(贴旦唱)**小妹子心儿里两相投,将言儿、诉衷肠莫差谬。**小妹呵！**姐和妹同年同时,配佳偶必须要貌风流。**(白)姐姐,有道忠良之后,代皆卓子①,不成想我家爹爹呵！(唱)**无辜的忠良陷害,无辜的绝命不留。**(白)叫妹子到来何事？(小旦)为姐心中烦闷,叫妹子到来下棋散闷,你心意如何？(贴旦)姐姐心中烦闷,弈棋一回,妹子当得奉陪。(小旦)丫环,摆开棋盘。(贴旦)姐姐请。(同唱)**姐妹双双叙谈心曲也,弈棋解闷喜心头,弈棋解闷喜心头。**

【前腔】(小旦唱)**下棋儿黑白的分先后,这一子、天上吕仙下九州。**(贴旦白)呀！(同唱)**那一子四路关杀,**(小旦唱)**看将来真是个棋逢敌手。**(同白)丫环数子来。(花旦、老旦)晓得。一块,两块,三块。一百,百五,百六。张小姐输了三子。(贴旦)怎么,输了三子？(小旦)妹子,你看这一子那里赢得去也！(唱)**枉**

---

① 代皆卓子,单角本作"代奸诈子",暂校改如此。

费了一番心思,仙棋一酌全子输透①。不可后悔胜负也,满盘棋儿子不留,满盘棋儿子不留。

(贴旦)姐姐,妹子输了三子,还要下棋一回,姐姐心意如何?(小旦)为姐当得奉陪。丫环。(花旦、老旦)怎么?(小旦、贴旦)收子来。(花旦、老旦)晓得。

(贴旦唱)

【前腔】昔日个李太白醉莫后,一子儿、定中原稀罕有。(小旦唱)棋谱上子子无差,我自有偷天挖月掇云手②。(贴旦白)咳,我好气也!(小旦)妹子,你敢气着为姐不成?(贴旦)怎敢气着姐姐,气着棋儿又输了。你看,这一子悔不该放在这里,不然是妹子大赢的了。(小旦)妹子,你这一子让着为姐的呵!(唱)休得要心儿里多烦恼,休得要气坏了女娇羞。妹子! 我和你两意情投也,下棋不用多僝僽,下棋不用多僝僽。

(同白)丫环数子来。(花旦、老旦)晓得。一百五,一百六,一百七,一二三四五六七,张小姐前输三子,后输七子,共输十子。(小旦)回避。(花旦、老旦)晓得。(花旦、老旦下)(贴旦)怎么,输了十子? 就此告别。(小旦)且慢。为姐备得有酒,妹子畅饮。(贴旦)咳!(小旦)妹子吓!(唱)

【尾】下棋儿宽饮酒,畅饮开怀话情投。(贴旦白)姐姐吓!(唱)好叫我羞脸桃红满面羞。(同下)

(走板)(小生上)(唱)

【水底鱼】急步飞跑,后面紧随着。军兵簇拥,四方画图招。

(白)我赵云贵,逃难天涯,有画影形图,四方高挂。那边一簇人马,喊声不绝,莫非前来追我,如何是好也?(五己)(唱)

【前腔】喊声闹吵,看来命难保。匆忙急急,不顾路低高。(小生下)

───────

① 酌,同"着",系意为下棋的"着棋"的"着"。透,195-1-151吊头本字左真右本,据单角本改。

② "掇"字195-1-151吊头本原在"月"字前,今乙正。另,单角本此句作"我是(自)有偷天掇月斯真手"。

（四手下、正生上）（唱）

**【前腔】**蓦见心劳，云贵人紧杳。休得放松，捉拿锁吊拷。

（白）俺殿前指挥孙国兴，奉旨捉拿钦犯赵云贵、家奴赵虎。来，紧紧趱上！

（唱）

**【前腔】**齐心拥上，蜂拥觅如潮。马蹄声不绝，条索紧随着。（四手下、正生下）

（小生上）（唱）

**【前腔】**汗雨如潮，一死在今朝。叫破声声，望天来救捞。（小生下）

（四手下、正生上）（唱）

**【前腔】**将近身腰，速拿刑罪拷。生擒活捉，功绩非轻小。（四手下、正生下）

（小生上）（唱）

**【尾】**走得我气干燥，有花园藏身躲着。（白）吓，听得人声鼎沸，无处藏身，跳进花园便了。（小生跳下）（四手下、正生上）（手下）赵云贵纵进花园。（正生）谁家花园？（手下）张太师花园。（正生）阿吓，妙吓！赵云贵纵进张府花园，自投罗网也！（唱）**相府东楼钦犯来亲讨，钦犯来亲讨。**（下）

# 第十八号

丑（张有义）、外（院子）、正生（孙国兴）、小生（赵云贵）、小旦（李秀娥）、贴旦（张月娥）

（丑上）（引）相府东楼客，谁敢不低头？（白）学生张有义，我里阿伯张泰，来哼京里，害得赵天禄全家诛戮，个遭赵云贵逃奔天涯，无处存身。咳，赵兄呀赵兄，你为啥勿逃到小弟个府廊来嗑？（外院子上）启公子，京里出来有位差官要见。（丑）那格来东话？嗄，京头里出来有个差官要见，呕其走进来。（外）晓得。差官那里？（正生上）纵进花园地，相府来讨赏。管家可曾通报过？（外）通报，通报过哉。我公子叫呒自家走进去，小心点，我赖是府相里。（正生）公子，公子！（丑）呛，呒个人一脚跨进门来，人勿认得，是介公子、公子乱叫个。（正生）小官孙国兴。（丑）孙国兴那格呢？（正生）一奉圣旨。（丑站起）阿唷，奉圣旨来个，还有点来头带。那二？（正生）二，相爷钧令。(丑坐下)介末清脱。话起个老勿死,勿去理睬伊,我一发坐东还。(外)公子坐带东,我大阿哥也坐带东。(正生)捉拿钦犯赵云贵,不想赵云贵纵进花园。(唱)

【朱奴儿】**相府地岂可胡行,**(丑插白)来拘赵云贵个。(正生唱)**讨钦犯细说衷情,圣旨急切怎敢违,况又是相爷钧令。**(白)公子,与小官去到花园一搜,搜出钦犯,公子功劳非轻。(唱)**莫露声,花园搜寻,同解京功绩非轻,功绩非轻。**

(丑)那格来东话,赵云贵纵进公子花园来哉?(正生)纵进花园了。(丑)是真格?(正生)小官亲眼所见的。(丑)那格,吓亲眼看见了?(正生)是。(丑)赵兄吓赵兄,难吓有点活路来哉嚱!(唱)

【前腔】**闻此言我心欢庆,假惺惺不知其情,牙爪虎威骂连声,使他行没趣而行。**(白)孙国兴,赵云贵纵进公子花园,依吓那格排场排场?(正生)公子,依小官之见,公子同到花园一搜,如何?(丑)那格来东话,我搭吓到花园去搜,搜出钦犯赵云贵,拨吓解往京都?皇上必定问起,孙国兴,吓个钦犯搜啥地方获着,吓我说里相府里获着,我相府难末犯下窝藏钦犯之罪。吓把个套无影无踪个事体,敢来陷害我里相府个嚱。(唱)**怒①难禁,恶气填心,全不念犯法朝廷,犯法朝廷。**

(正生)公子,小官只说路中获着就是了。(丑)却又来。吓拘钦犯到大路里去拘,拘到我里相府里来做啥个嚱?(唱)

【前腔】**敢欺我相府家声,不达礼全不思忖,胡为妄作太不仁,无辜的陷害朝廷。**(正生白)公子,赵云贵乃是朝廷钦犯,为何这等惠顾与他?(丑)俞杀吓个娘!(一掌)我搭赵云贵无亲无眷,我要惠顾其做啥?我要惠顾其做啥?男吓!(外)有。(丑)打伊俞进狗毡娘出去。(外)好,打,我会打。(丑唱)**不思忖,相府搜寻,犯律法罪犯朝廷。**(丑下)

(外一脚踢正生出)(外)俞杀吓个娘。差官要见,差官要见,害得我大阿叔起个

---

① 怒,195-1-151吊头本作"胸",据文义改。

瞎忙头,我是介昂啷之个别①。(关门)我吃力杀哉,里哼头吃老酒去。(外下)(正生)阿吓,且住。若还搜出钦犯,倒也还好;若还搜不出,公子怎肯甘休?(唱)

**【前腔】这事儿难猜难整,相府第怎敢胡行,一味胡为太不仁,好叫我进退无门。**(白)咳,赵云贵呀赵云贵!(唱)**纵花厅,逃不出门庭,总有日活捉生擒,活捉生擒。**(正生下)

(走板)(小生上)(唱)

**【前腔】进花园草木森森,听人儿呐喊声声,何处躲藏救我身,望苍天怜悯报应。**(白)纵进花园,高大墙垣,定然官宦人家。倘若前来搜取,难免一死。来此一座西楼,不免纵进内房一躲便了。(唱)**纵楼进,看过分明,绣阁中绣房清静,绣房清静。**

(白)纵进西楼,已是内房。寂静无人,想是下楼去了。不免进去,睡卧片刻,等夜来出去便了。(唱)

**【前腔】睡一时权劳精神,夜来时黄昏人静,**(上床,下)(内)姐姐请。(小旦、贴旦上)(同唱)**送出厅堂闺房进,明日里下棋尽兴。**(贴旦白)姐姐,小妹子今日连输十子,明日下棋一回,小妹子家中是要来的。(小旦)妹子喜爱,为姐岂有不来之理?(贴旦)就此告别。(小旦)有送。(同唱)**等回音②,下棋遵命,一子的要用心,一子的要用心。**

(小旦)慢去。(贴旦下,小旦圆场下)(丑上)(唱)

**【尾】到花园来搜寻,又未知躲在何林?**(白)咳,赵兄,学生张有义来带,你胆大些走带出来。你勿来,嘎,让我请带出来。个边呒有,一定来东哼半边哉。赵兄,小弟张有义来东,走带出来,呒勿走出来,让我请带出来,请带出来。嗒嗒嗒,来带哉,来带哉。咳,孙国兴来东话,亲眼看见,纵进我里花园,花园里

---

① 昂啷之个别,开门、关门声。

② 等回音,195-1-151吊头本和小旦本分别作"休为因""休为姻",据贴旦本改。

厢为啥会呒有人，个人啥地方去哉？（笑）勿错，来带者，我里阿妹与李家世妹两个人下棋，见之赵云贵人品端庄，是个一把绑到自家绣房头去哉。（笑）嘎，阿哉阿妹，赵云贵人品非道呒欢喜，做阿哥也有些喜欢来里个嘘。（唱）**胜似那潘安才子貌娉婷。**

（白）勿错，我到阿妹个绣房里头去看看来带来。（下）

# 第十九号

贴旦（张月娥）、小生（赵云贵）、丑（张有义）

（贴旦上）（唱）

【桂枝香】**回归绣房，满面羞惭。上层楼长闷恹恹，不觉的身子乏爽。**（白）奴家张氏月娥，下棋以来，并无失手，今日连输十子。（唱）**棋中难解，棋中难解，我这里无计思量，子子不才。**（白）姐姐，你好太狠心也！（唱）**越思量，一子能解救，满盘都丢开，满盘都丢开。**

（白）明日前来下棋，总要他连输十子，才消我胸中之气也！（唱）

【前腔】**消我气爽①，自有②高下。今夜里权忍宁耐③，奈胸中冤恨酌量。**（白）说便这等说，胜他不过，也是枉然。（唱）**枉费心肠，枉费心肠，精神散睡卧重重，上牙床安寝睡榻。**（白）身子不爽，不免睡了罢。（唱）**卸衣衫，上下衣④裙**

---

① 我，195-1-151 吊头本作"灾"，据单角本改。消我气爽，意为消解、清爽我的心头之气。本句当属于一种特殊的动补结构。王力先生把"谁能拆笼破"（白居易诗）这样的句式认定为两个词（及物动词和不及物动词或形容词）被别的词隔开的使成式（动补结构）。梁银峰认为这种句式属于致使连动结构"V1＋NP＋V2"，其中从六朝开始，典型的表状态的不及物动词开始充当 V2，如《贤愚经》卷一一："今当打汝前两齿折。"参见王力：《汉语史稿》，中华书局，1980 年新 1 版，2004 年第 2 版，第 470 页；梁银峰：《汉语动补结构的产生与演变》，学林出版社，2006，第 139—155 页。

② 自有，195-1-151 吊头本作"其又"，单角本作"事有"，即"自有"，据改。

③ 宁耐，195-1-151 吊头本作"一次"，据单角本改。

④ "衣"字 195-1-151 吊头本脱，据单角本补。

脱,睡卧想棋酌①,睡卧想棋酌。(科)

(小生出床,跪)(小生)阿吓!(贴旦)呀!(唱)

【前腔】乍见惊骇,何方游荡?上层楼玷污香闺,说分明送官吊打。(丑暗上听)
(小生)小姐吓!(唱)**休得惊慌,休得惊慌,诉**②**情由说个明白,待来生犬马报**
**偿。**(贴旦白)你是何等样人,擅入房中,敢来偷窃么?(小生)小姐休得高声,容
小生说个明白。(丑插白)是来带,是来带。(小生)小生赵云贵,父亲赵天禄,官
居兵部司马,被奸贼谋害,抄灭全家,被骑尉追赶。小生无奈,纵进花园,在
香闺躲避,望小姐相救。(唱)**恕鲁莽,冒犯千金体,一死罪难逃,一死罪难逃。**

(贴旦)吓,怎么,你就是赵云贵么?(小生)小生文武解元赵云贵。(贴旦)呀!

(丑插白)阿妹话好吓!(贴旦唱)

【前腔】容貌端庄,解元名望。只看他举止风流,遭落魄身遭患难。(白)常闻
哥哥说,赵云贵乃是当世才子,容貌端庄,今日一见,胜比潘安姿容。只是奴
的终身,难以说得出口。(丑插白)我阿哥话好末是好吓,阿妹嘎!(贴旦唱)**这**
**姻缘怎讲,姻缘怎讲?**(白)况我家爹爹与赵家有仇。(唱)**定终身欲渡相迎**③,
**到后来冤仇消报**④。**你须要细参详,将言来诉说,免得结冤障,免得结冤障。**

(白)公子请起。(小生)多谢小姐。(贴旦)今日我救了你。(小生)便怎么?(贴
旦)不可异日以恩成怨。不瞒公子说,我家就是张府,我爹爹不仁,将你抄
灭全家,不要牢记在心。哥哥不忍,将言冲撞爹爹,时常记念公子。(小生)
多蒙小姐相救,被你令兄知道,如何吃罪得起?(贴旦)今日在我房中,却也
无妨,但是这个……(小生)什么这个?(贴旦)那个……(小生)什么那个?(丑
插白)赵云贵介长介大,连是介事体都勿晓得个。(贴旦)就是奴的终身。(小

---

① 棋酌,单角本作"棋局"。按,"棋酌"同"棋着",即"着棋",意为下棋。

② 诉,195-1-151吊头本作"说",与本句"说"字重复,今改作"诉"。

③ 欲渡相迎,195-1-151吊头本"欲"作"玉",单角本作"欲渡相依",据改。按,调腔
《白梅亭》第十号【滴溜子】:"妇随夫唱永百年,上和下睦偕欢忺。欲渡银河,鹊桥双全,鹊
桥双全。"

④ 消报,195-1-151吊头本作"难报",据单角本改。

生)小生明白了。蒙小姐不弃,小生有双和合相赠,有日成名,前来完姻。

(贴旦欲接,小生收回)(贴旦)公子有双和合,奴家有龙凤金钗一股,赠与公子,以为姻缘之兆。(丑插白)两个人自话自成,我媒人倒脱出哉。(小生)小生自当收留。我和你拜了天地。(贴旦)这个……(小生)这个不妨的,小姐来吓!(丑插白)伊两个话称拜堂哉。(小生唱)

**【剔银灯】喜双双跪天叩拜,**(走板)(小生拉贴旦拜)(小生唱)**定终身夫妻和谐。从前事儿都丢开,男和女誓不再嫁。**(丑踢门进,扯住二人)(丑唱)**双双,私订姻缘,全不念国法皇皇,国法皇皇。**

(白)赵云贵,吪是朝廷钦犯,来带绣房里嫖嬉我里阿妹么? 好好,勿用话,走走走,双双扯去送官去。(贴旦)怎么,哥哥要到官?(丑)你小小年纪,是介事体吪来东做个么?(贴旦)哥哥不要送官,让妹子有话来禀。(丑)禀? 放得吪,饶得吪,难末勿用话哉,让我阿哥当之老爷,倷两人来禀。闲人站开,老爷要坐堂哉,威——武——(坐椅背上)老爷坐堂坐带哉。快点,原告来,原告来。(贴旦)咳,哥哥吓!(唱)

**【前腔】待将他送官吊打,玷污了绣阁香房。**(白)哥哥,你送到当官,难免窝藏之罪,败坏香闺,哥哥你体面何在?(唱)**败坏门墙孔圣第,赫赫门楣何在?**(丑插白)依得吪那格哉?(贴旦)依妹子主见呵!(唱)**还须,隐藏在家,免得个臭名出外。**

(白)这是妹子的良缘吓!(唱)

**【前腔】这天遣良缘已到,他是个兵马司掌。读尽诗书礼不违,笑你个白木**①**秀才。**(丑白)那格话,我阿哥白木秀才? 介带话勿得个。(贴旦)依妹子之见,将妹子终身许配与他,待等成名之后呵!(唱)**五花,官诰荣封戴**②**,前情事一笔勾销,一笔勾销。**

---

① 木,195-1-151 吊头本作"墨",据单角本改。白木,讥不识字。详见《曹仙传》第四号"就是白木官儿"注。

② 荣封戴,195-1-151 吊头本作"已到",据单角本改。

（丑）原告话过者，被告来，被告来。（小生）吓，公子吓！（丑）呒搭我歇哉！还有啥格公子勿公子，直脚头叫声我大、大阿舅是哉。（小生）大舅！（唱）

**【前腔】为你家惹起祸殃，害小书生奔走天涯。**（白）为令尊大人不仁，抄灭全家，只留小生一命，若还送官，断绝赵氏宗支。（唱）**望乞报身开恩救，须念我儒业书香。若然，送到公堂法不宽，令妹终身何在，终身何在？**

（丑）难勿好哉！（唱）

**【前腔】听言来腾腾气怀，恨杀才陷害忠良。一味胡为乱朝纲，我是个有义儿郎。**（白）阿哉妹丈、阿妹，呒两个人私订终身，一个有双和合为聘，阿妹有龙凤金钗相赠。呒两个人无媒无证，难个遭朝天一拜，谢之我媒人那光景？（小生）大舅请上，待小生一拜。／（贴旦）哥哥请上，妹子一拜。（丑拜）（小生、贴旦唱）**谢你，恩德丘山大，待来生结草衔环，结草衔环。**

（丑）阿哉妹子，呒个两拜好省过。（小生）大舅，倘若你令尊大人知道，如何是好？（丑）妹丈且是放心，个老勿死一年居来一遭，呒日里扮之丫头，陪伴我里阿妹，夜里到小弟书房里困末是哉。（唱）

**【尾】看破机关是尴尬，必须要悄悄隐藏。**（丑白）阿妹！（小生下楼，回头看，同丑碰头，小生下）（丑）阿妹，喏！（贴旦科，下）（丑）赵云贵拨我里做妹丈，心里多少欢喜来里。（唱）**两下情投依双双。**（下）


# 第二十号

老旦（丫环）、小旦（李秀娥）、贴旦（张月娥）、小生（赵云贵）、花旦（丫环）


（老旦丫环、小旦上）（小旦唱）

**【点绛唇】绣阁艳娇，绣阁艳娇，裙钗小小，武艺高。丰姿俊俏，配合才郎貌。**

（白）奴家李氏秀娥，习练武艺，懒读诗书，所爱者琴棋书画。昨日与张家妹子下棋，他连输十子，含羞而去。今日闲暇无事，去到张家下棋散闷。丫环，往张府一走。（唱）

【新水令】双双携手分低高,下棋子一酌不饶。令人难猜料,任你来解交。妙算神高,只我这离香闺花园已到,花园已到。(老旦、小旦下)

(贴旦、小生上)(同唱)

【步步娇】两意情投心欢笑,终日在家窑。兄妹情义高,老迈无知,作事颠倒。(贴旦白)出外打听,等骑尉散去,黄昏人静,送你便了。(小生)小生感蒙令兄收录,小姐如此看待,自当粉身图报。(贴旦)说那里话来?(唱)**记念在心苗,免得两下多瓜葛,两下多瓜葛。**

(花旦丫环上)报小姐,李家郡主到了。(贴旦)知道了,回避。(花旦下)(贴旦)又要下棋的意便了。(小生)小姐,小生听得明白,前日你与李家郡主下棋,连输十子,可是有的?(贴旦)原是有的。今日下棋,胜负难定。(小生)这有何难,待小生指点一二,就可赢了。(贴旦)解元,怎么,你琴棋书画,也是晓得的么?你是男子,如何指点的来?(小生)这有何难,待我扮了丫环就是了。(贴旦)好便好,他见你聪明伶俐,问起丫环那里来的,叫奴怎么说?(小生)这也不难,说父母爱惜,缠脚怕痛,故而是大的。(贴旦)如此扮起来。

(小生)待我扮起来。(唱)

【折桂令】乔扮着丫环名号,脱下了红绫色袄。(小生换衣)**头挽着女面形貌,管叫他难以猜着。**(白)扮起来可像使女么?(贴旦)妙吓!(唱)**见了他娉婷女妖娆,换乔妆丫环名号。男女不晓,体态窈窕。可惜了一双大脚,露行踪其祸非小,其祸非小。**

(小生)我要见他的娇容,未知怎样面貌。(唱)

【江儿水】**见他女容貌,风姿多俊俏。公侯将相门楣高,**(走)(贴旦)咄!扮了女子,有这样的么?(小生)小姐,要怎样走的?(贴旦)待奴来教导与你。(小生)小姐教导小生。(贴旦科)要这样行走的。(小生)怎么,要这样走?(贴旦)是。(小生)小生来吓。(科)(唱)**双脚并足行步俏,必须要低头来悄悄。咳!我是个堂堂英豪,**(白)小姐,可像了?(贴旦)这遭是了。(唱)**真个是使女丫环,看不出男子容貌,男子容貌。**

（贴旦下，小生走小步，再走大步下）（老旦、小旦上）（小旦唱）

**【雁儿落】**行过了蕊香亭燕子噪，行过了、碧荷池假山到。行过了太湖石畔，行过了花亭进门台。（贴旦又上）姐姐！（小旦）妹妹！（小生上，碰小旦）（小旦）呀！（唱）蓦然间天姿国色下九霄，文质彬彬真堪妙。叫我心中想，不像使女容貌。（贴旦白）这就是郡主。（唱）**听道，新丫环礼不晓；训教，叩尊前躬身来拜倒，躬身来拜倒。**

（白）叩见郡主。（小生）郡主在上，丫环叩头。（托裙看脚）（小旦）起来。（小生）多谢郡主。（小旦）妹子，这丫环是那里来的？（贴旦）哥哥道妹子房中冷静，买进府来服侍妹子的。（小旦）人品倒也过得，可惜实是可惜。（贴旦）可惜什么？（小旦）可惜这双脚儿大些。（小生）不瞒郡主说，爹娘在日，缠脚怕痛，爹娘爱惜，故而是大的。（小生提脚自按）（小旦）妹子叫为姐到来何事？（贴旦）姐姐，昨日妹子连输十子，今日下棋，要姐姐让妹子三子。（小旦）妹子吓，你的棋儿与众不同，如何让得三子？（小生）我家小姐的棋儿及不得郡主，还望郡主饶了二子。（小旦）丫环在此讲情，就让二子。（小旦、贴旦）丫环。（老旦、花旦）怎么？（小旦、贴旦）如此摆好棋局。（同唱）

**【侥侥令】**下棋儿合又计高，酌酌的不差半分毫。（贴旦唱）**一时的无计解交，**（小旦白）妹子，又是你输了。（贴旦）怎么，又是我输了？阿噫，我好气也！（小生）小姐，还不输。（贴旦）输得这般光景，怎么不输？（小生）待丫环放下一子，就可大赢的了。（贴旦）你放下一子，可以大赢？你来放下一子。（小生）待奴来吓。（唱）**下棋儿不相饶，下棋儿不相饶。**

（贴旦）姐姐，这一子下来，是姐姐转输了。（小生）这是大赢了。（小旦）待我看来。呀！（唱）

**【前腔】**见他女容貌，棋儿又精高。爱我心中喜欢笑，使女辈棋又高，使女辈棋又高。

（小生）咳，怕不大赢了。（小旦）妹子，这丫环不可与他下贱看待。（贴旦）这个自然。这丫环不但琴棋书画，亦且吟诗答对，都是晓得。（小旦）有道"棋高必贵",不可将他作奴仆看待。(贴旦)与他什么相称?(小旦)为姐与他姐妹相称。(贴旦)这使女丫环,怎好姐妹相称?(小旦)还有言难以启齿。(贴旦)但讲何妨。(小旦)这丫环何不到为姐房中,讲习琴棋书画,你心意如何?(贴旦)这个使女丫环,礼也不晓,难以遵命。(小旦)妹子,为姐与你情投意合,胜似同胞,这一个使女丫环,就舍不出口?咳,你好小气了!(贴旦)难以遵命。(小生)小姐不要动气,郡主喜爱,讲论琴棋书画,不过几日,就好回来的。(贴旦)你去到王府,礼数也不晓,去不来的。(小生)好去的。(小旦)丫环。(老旦)怎么?(小旦)扯他去!(唱)

【收江南】呀!堪笑你无情无义呵,况又是两相交。使女丫环何妨道,出言不逊不忖量。口语嚣嚣,口语嚣嚣,(贴旦唱)劝姐姐还须三思忍耐好,三思忍耐好。

(小旦)扯去!(小旦下,老旦扯小生下)(贴旦扯小旦转回,科,小旦下)(贴旦)阿吓,不好了!(唱)

【沽美酒】漏风声祸来招,漏风声祸来招,你是个、朝廷钦犯祸非小。顿忘了画影图形①四方招,纵入花园结鸾交。谁想你作事多颠倒,王府香闺来胡闹。朝廷事露真情,好叫我无言诉告。怎呵!玷污我香闺名号,败俗风骚。呀!祸临头自悔自懊,自悔自懊。(哭下)

# 第二十一号

老旦(丫环)、小生(赵云贵)、小旦(李秀娥)、正旦(郑氏)、丑(张有义)、

老旦(冯氏)、贴旦(张月娥)

(老旦扯小生上)(小旦上)(唱)

【尾】看他貌魁梧女才调,可惜他使女名号。(小生白)郡主,丫环新进来的,不晓香闺之事,丫环要回去了。(唱)免使我挂肚牵肠费心劳。

———————————

① "图形"二字195-1-151吊头本脱,据单角本补。

（小旦）且慢。才得到此，怎说回去？（小生）有恐我家小姐悬望。（小旦）你家小姐，有我郡主担代。请坐。（小生）郡主在此，丫环怎敢坐？（小旦）话长那有不坐之理？请坐。（小生）告坐了。（小旦）你的棋艺，有这样精巧，说与我知道。（小生）不瞒郡主说，丫环也是官宦门楣，爹爹在日，官高爵显，被奸相谋害，一命身亡了。（小旦）就没有定下什么人家？（小生）爹爹在日，做媒的总又不合我意，还未适人。（小旦）如今卖与人家做婢，可不误了一世终身？（小生）呵吓，郡主吓！（唱）

【啄木儿】谁诉告，这情由，自选佳期配佳偶。恐误了一世终身，望姻缘自结朱求①。（白）想终身之事，总有父母之命，若配丑陋不堪，恐误了一世终身了。（唱）因此上耽误佳期选贤郎，卖入相府作下流，须念我宦室香闺一女流。

（小旦）呀！（唱）

【前腔】听言来，诉根由，配佳期自选佳偶。那得个才貌相同，顿使我喜上心头。（白）听你说来，世间才女，难道没有当世才子配合？（小生）不瞒郡主说，爹爹在日，也曾将奴许配。（小旦）许配那一个？（小生）爹爹在日，有一好友，乃是兵部赵天禄，他有一子，名曰赵云贵，才貌绝世无双。（小旦）咳！（小生）郡主说起赵云贵，声声长叹，却是为何？（小旦）不瞒大姐说，我爹爹在京，将奴终身许配赵云贵，不想被奸相陷害，逃奔天涯。（唱）提起叫人脸含羞，可怜何处天涯走，奴这里空度思量枉逗留。

（小生）郡主要见云贵，不难的。（唱）

【三段子】眼前虽有，又恐怕怒触心头；（小旦白）眼前只有你我，那里赵云贵？（小生）晓便晓得。（小旦）既如此，你且说来。（小生）说出口来，有恐郡主出恼。（小旦）我不出恼。（小生）若说赵云贵呵！（唱）犯尊前罪不容恕，（小旦白）你为何不说？（小生）郡主不出恼，丫环要说出来了。（小旦）当真不出恼。（小生）吓，如此小生就是赵云贵。（小旦）阿呀，不好了！（小生）呵吓，郡主不要高声，

———————————

① 自结朱求，单角本作"自承主求"，俱费解。

小生只为避难到此,望郡主恕罪。(唱)**须念我幼子不留。赵氏宗支乞相留**①,
**一时儿风尘下叩,说分明方可出口。**

【前腔】②(小旦唱)**羞脸满面难禁受,这事儿桃红脸羞;**(小生白)阿吓,郡主吓!
(小旦)呀!(唱)**叫一声爱我心头,貌端庄绝世风流。**(白)既如此,公子请起。
待我去到母亲跟前,说明便了。(唱)**央媒说合鸾凤俦,效于飞天长地久。**(小
生唱)**谢你恩德如山丘,才子佳人配佳偶。**(同下)

(走板)(正旦上)(唱)

【前腔】**老年华安享福凑,喜娇儿双双问候。**(鹊叫)**步中堂鹊噪报,喜何事的
满面含羞。**

(小旦上)(唱)

【尾】**禀慈颜说根由,天赐良缘喜心头。**(白)母亲!(唱)**说不出这段姻缘**③**喜
心头。**

(白)母亲,女儿万福。(正旦)罢了。(小旦)谢母亲。噫,娘吓!(正旦)我儿为
何这般光景?(小旦)阿吓,母亲吓!(唱)

【一枝花】**难诉根芽香闺败,貌端庄举止俊俏。在花园亲睹娇容一才郎,定终身、诉
情由罪犯王章。我是个绣阁女红妆,一对的才貌两相当。**(正旦白)儿吓,听你说
来,赵云贵在那里会见过的?(小旦)母亲,赵云贵被军兵追赶,无处存身,纵进花
园,女儿相救与他。(唱)**定终身私订姻缘,望娘亲仔细参详,仔细参详。**

(正旦)呀!(唱)

【梁州第七】④**听他言我心欢爱,告姻缘忠良后代。又不是豪恶奸刁,弄朝权**

---

① 乞相留,195-1-151 吊头本作"祠相留",据文义改;单角本作"断绝不留"。
② 195-1-151 吊头本于"叫一声爱我心头"前出表示前腔的"又"字,但上文"方可出口"标有表示曲牌结尾的蚓号,因此断"羞脸"以下为前腔。
③ 姻缘,195-1-151 吊头本作"恩〇(缘)",据单角本改。
④ 此曲牌名 195-1-151 吊头本题作【梁州序】,抄本【梁州第七】或误题作【梁州序】,今改正。

朝纲颠败。(白)儿吓,可惜你父亲坐镇边关。(唱)**老年华坐镇边关,竟弃了**①
**姻缘丢罢**。(白)可惜赵云贵身为朝廷钦犯。(唱)**可惜他罪犯朝廷,恨权奸谋**
**命忠良**。(小旦白)女儿终身,还望母亲作主。(正旦)你的终身,自有为娘作主。
(唱)**堪羡你女娇容烈忠裙钗,有眼力自选东床**。(白)为娘选定吉日与你完姻。
(唱)**完全了一世终身,免使我挂肚牵肠**。(白)你且回避。(小旦)谢母亲。(小旦
下)(正旦)过来。(内)有。(正旦)去到书房,叫爵主到来,说夫人有话。(唱)**喜**
**孜孜欢娱良宵花烛双拜,花烛双拜**。(正旦下)

(走板)(丑、老旦、贴旦上)(同唱)

**【五供养】终日里无恼无烦,兄和妹问安双双。母年老亲自修行**②**,竟把儿女**
**终身来丢罢**③。(贴旦白)母亲,女儿万福。(丑)孩儿拜揖。(老旦)罢了,一旁坐
下。(贴旦)哥哥见礼。(丑)妹子见礼。(老旦)儿吓,你不读诗书,单爱习练武
艺,这成什么官宦体统?(丑)母亲,孩儿习练武艺,要与皇家出力也!(唱)**儿**
**是个效力皇家**。(老旦白)想你兄妹两人,男未娶女未配,为娘刻挂在心。(丑)
阿哉阿妈娘,倪子勿要话起,阿妹终身现现成成有一份来带哉。(老旦)是那
一家?(丑)是介个……(贴旦摇手)(丑)是介个……(贴旦眨眼)(丑)说是说勿得
个嗬。(唱)**说出来进退两难满面羞惭**。(吹打【过场】)(贴旦)呵吓,不好了!(唱)
**又听得笙歌嘹亮,莫不是露机关花烛双拜,花烛双拜?**(吹打【过场】)(白)不好
了!(唱)**量其中一事无差**。

(丑)阿妹,为啥来东啼哭?(贴旦)哥哥吓!(唱)

**【四块玉】他他他他乔妆两情爱,**(丑白)阿妹,丫头拨世妹扯去,会居来还个。
(贴旦)哥哥吓!(唱)**下棋儿见他风姿美貌一才郎,扯进王府花烛双拜**。(吹【过
场】)(丑白)难勿好哉!(唱)**闻言来措手无计较,早难道袖手旁观花烛拜,袖手**
**旁观花烛拜**。(白)咳,妹丈妹丈,你个人没得良心个嗬。(唱)**私订终身我是媒**

---

① 竟弃了,195-1-151 吊头本作"惊起了",据文义改。

② 此句 195-1-151 吊头本作"与年老亲慈修行",据单角本改。

③ 此句 195-1-151 吊头本脱,据单角本补。

人,纲常丢罢人伦何在? 恼得我烈火旺旺。(老旦白)畜生,走来,你兄妹二人讲的话,为娘却也不懂。(丑)阿妈娘,倪子到如今瞒也瞒勿住,个遭要话出来哉。赵云贵逃奔天涯,纵进我里花园,我里阿妹相救,伊赖二个人私定终身,赵云贵以双和合为聘,我里阿妹以龙凤金钗相赠,倪子看破,做之媒人。我里阿妹与李家世妹酌棋,露出真情,被李家世妹扯到王府,成亲去哉。(老旦)怎么,有这等事来? (丑唱)**非是我不尊娘亲,可怜他忠良后代。**

(老旦)这遭末清脱。(贴旦)哥哥走来,妹子终身,是你为媒的吓! (唱)

【小梁州】**你是个冰人月老,玷污我孤鸾弹鸟。怎可也休认兄妹是同胞,辞别娘亲愿死泉台,愿死泉台。**

(丑)慢点,慢点,阿妹你勿要个样心意,让阿哥抢得妹丈居来末是哉。阿妈娘、妹子请进。(老旦)任你这畜生去罢。(老旦拉贴旦下)(丑)男吓! (四手下上)大爷在上,阿男叩头。(丑)起来。(众)叫阿男出来,有何吩咐? (丑)叫你们出来,非为别事,同我到王府抢亲去罢哉。(唱)

【幺篇】**见新郎不分白皂,来劫抢不必闲道。到他家来吵闹,有祸事我承当免心焦,承当免心焦。**

(众)哈,大爷,伊赖是王府,我赖是相府,抢亲要抢出祸头来么? (丑)伊赖王府,我赖相府,府对府,要去斗斗来。(唱)

【尾】**又何须虑着王府名号,我是个相府堂堂正当朝。况又是媒翁月老,要与他一场吵闹,一场吵闹。**(下)

# 第二十二号

末(李天豹),丑(张有义),小生(赵云贵),正旦(郑氏),

花旦、老旦(丫环),小旦(李秀娥),贴旦(张月娥)

(末上)(唱)

【步入园林】①悬灯结彩闹嚷嚷②，乐意喜洋洋。公侯门楣第，才郎貌非凡。(白)俺李天豹，今日妹子吉日良辰。我妹丈乃是赵云贵，他是朝廷钦犯，在我王府招亲，那个官儿，敢来胡闹也？(唱)**不怕势滔滔，世袭公侯，谁敢来胡闹？**(四手下、丑上)人平不语，水平不流。(众)来此王府。(丑)打进去。(末)呔，什么样人，打进王府？(丑)勿客气，小弟张有义来带。(众)张公子来带。(末)阿呀，原来是张兄，为着何事，打进王府？(丑)何事么？呒个场事体欺待之小弟个嘘。(唱)(【园林好】)**敢欺我相府堂堂，忒欺人、新新才郎。**(末白)新新才郎是那一个？(丑)就是兵部公子赵云贵。(末)吓，我也明白了。那赵云贵乃是朝廷钦犯，今日在王府招亲，被你知觉，带了一众豪奴，前来擒获不成么？(众)大爷，吃勿落个呢。(丑)勿要多话，居去。(众)有数。(四手下下)(丑)兄吓，我对呒话哉，赵云贵被军兵追赶，无处存身，纵进小弟花园，夜晚无处安身，纵进绣房，我里阿妹相救，两下有情，私订终身。一个有双和合为聘，我里阿妹有龙凤金钗相赠，对天盟誓，私订终身。不料被小弟看破，就做得媒人。躲在绣房，又恐露形，假扮丫环，免漏风声，与世妹酌棋，露出真情，被世妹扯到王府里来成亲个嘘。(唱)**双和合定终身无虚假，定终身无虚假。**

(末)吓，张兄，你敢在弟的跟前卖弄么？(唱)

【江儿水】休得来胡闹，今日花烛拜。公侯门楣休多讲，你是个奸凶十恶势滔滔，陷害忠良受罪划。(丑白)阿哉兄吓，我里阿伯虽是奸个，难道小弟也是奸么？(末)有其父必有其子。(丑)咳，呒个老勿死，叫倪子人头廊那哼做人个嘘。(唱)**不顾后人来笑骂，一味胡为作奸诈，诬陷忠良害全家。**

(白)兄吓，若不还我妹丈呵！(唱)

---

① 【步入园林】在曲律上为仙吕入双调集曲，系集自【步步娇】一至五句和【园林好】二至末句。195-1-151吊头本在【园林好】三句前标出曲牌名，今不再另起一行。

② 嚷嚷，195-1-151吊头本作"常常"，据单角本改。

【前腔】**休得来痴呆,人证**①**依然在。小妹终身**②**无虚假,我媒人作主张。**(白)要还。(末)偏不还。(小生、正旦上)(正旦)贤婿随我来。(同唱)**忽闻得人声喧哗,敢只是为着姻缘闹嚷? 必须要说个分明,免得个两地牵挂。**

(小生)大舅。(丑)呸! 啥人家是吓大舅? 啥人家是吓大舅? (正旦)年侄。(丑)伯母。(正旦)你敢是为妹子姻缘而来? (丑)伯母一点勿错,为阿妹个终身来格。(正旦)待等小女拜完花烛,然后送过府来,与你令妹拜堂,心意如何? (丑)伯母,吓格闲话错哉。我里阿妹勿要拜堂,个龙凤金钗赠伊做啥? 老大人勿灵清,请过一边。小侄有些白话来带,吓个没良心走带来,吓倒欢欢喜喜来里王府成亲,苦只苦我里阿妹个嚏。(唱)

【川拨棹】③**分东潡**④**,枉费我一片心肠。**(白)你个人看带起来还是吓得情义个嚏。(唱)**你本是无义忘恩,绣阁中恩爱双双。**(白)好哉,勿用话,把龙凤金钗去挪带出来,待我带得居去,我里阿妹,从今以后也勿许人家哉。阿妹吓! (唱)**苦杀了弱质女娇娃,弱质女娇娃。**

(小生)大舅吓! (唱)

【前腔】**耐胸膛,这的是良缘欢畅。**(白)岳母,凡百事情,总是小婿不是。(唱)**恕无知冒犯门楣,先聘定相府裙钗。**(末白)母亲,孩儿有话禀告。(正旦)我儿有话起来讲。(末)母亲,孩儿与张兄如同手足,妹子与张家妹子胜似嫡亲。依孩儿之见,彩轿一乘,喜灯二盏,接张家妹子到来,一同拜堂。(唱)**成花烛良缘欢畅,**(正旦白)年侄。(丑)伯母。(正旦)彩轿一乘,喜灯二盏,接你妹子到来,同拜花烛,心意如何? (丑)那格,接我妹子同拜? 还有啥个闲话,如此多谢伯母。兄吓,就此告别。(末)且慢,里面吃喜酒去。(丑)那格,吃喜酒? 喜

---

① 人证,195-1-151吊头本作"什你"。疑"你"为"深"的俗字"泝"之变,今据文义校作"人证"。

② "身"字195-1-151吊头本脱,据文义补。

③ 此曲牌名抄本缺题,今从推断。

④ 分东潡,疑"潡"当作"撺",俗"划"字。"东"为方言助词,"分东划"即"分划",意为部署、张罗。

酒吃高兴,还要打新郎,翻梢①。(正旦)过来,彩轿一乘,喜灯二盏,去到相府,接张小姐到来,同拜花烛。(唱)**笑盈盈大家欢笑,大家欢笑**。

(吹【过场】,花旦、老旦丫环、小旦、贴旦上)(拜堂)(正旦)送入洞房。(吹【尾】)(下)

# 第二十三号

正生(周龙)、末(胡彪)、外(李廷杰)、付(赵虎)、花旦(白飞娇)、净(白塔儿)

(大拷)(正生、末上)(正生)凛凛威风将,奉旨出沙场。(末)干戈来骤起,杀敌扫番邦。(正生)俺,周龙。(末)俺,胡彪。(正生)胡将军请了。(末)周将军请了。(正生)万岁有旨下来,命李王爷挂帅,你我为左右先锋,带兵克灭女贞国。此刻还未升帐,你我在辕门侍候。(末)有理,请。(同下)

【大开门】,四手下、外上)(吹【粉蝶儿】)(外念)世袭公爵王侯府,风烟四起动交锋。提兵复起干戈乱,锋动干戈称英雄。(白)本藩,李廷杰,祖父李文忠,扶助社稷,定鼎山河,有十大汗马功劳,世袭侯爵。今有白塔儿起兵,十分厉害,侵犯攻打榆林关。今时奉旨征伐,升虎帐议事,吩咐开门。(正生、末上)王爷在上,末将打躬。(外)列位将军少礼。(正生、末)谢王爷。有何令差?(外)列位将军有所未知,今有女贞国起衅,闻报来说,十分猖獗,今日升帐,定计破贼,心意如何?(正生、末)不知王爷有何妙计?(外)本藩呵!(吹【上小楼】前段)(正生、末白)请王爷发令。(外)好,列位将军赤胆齐心,何愁番奴不灭?周将军听令。(正生)在。(外)命你带三千人马,攻打前阵,不得有误。(正生)得令。(正生下)(外)胡将军听令。(末)在。(外)命你带三千人马,攻打后阵,不得有误。(末)得令。(末下)(外)众将,一齐上城观看者。就此起马。(吹【上小楼】后段)(四手下、外下)

(四番将、付、花旦、净上)(净上高台)(吹【泣颜回】前段)(念)威风凛凛统貔貅,匹马

---

① 翻梢,翻赌本,这里指赢回面子,带有戏谑的意味。

单刀几时休。那怕大朝兵百万，一心要报祖父仇。（白）孤家白塔儿，祖父元白颜图，伤在大朝朱元龙之手，驸马有言说过，待等秋收粮足，兵强马壮，要与主人报仇。此刻时机已到，驸马爷听令。（付）在。（净）攻打前阵，不得有误。（付）得令。（付下）（净）王儿听令。（花旦）在。（净）攻打后阵，不得有误。（花旦）得令。（花旦下）（净）众儿郎，就此起马。（吹【泣颜回】后段）（四番将、净下）

（四手下、正生上）俺周龙，带了一支人马，前来除灭番邦。来，杀上！（四手下、正生下）（四番兵、花旦上）（吹【小楼犯】前段）（白）奴家白飞娇，奉父王之命，带了一支人马攻打榆林关。来，人马杀上！（吹【小楼犯】后段）（四手下、正生上）（花旦）来将通名。（正生）大将周龙。（花旦）大胆周龙，前来送死。（正生）住口，大胆胡儿通名。（花旦）住口，你可晓白飞娇在？（正生）不必多言，看枪！（战，花旦败，正生追下）（四番兵、付上）（吹【下小楼】前段）（圆场下）（四番兵、花旦上，四手下、正生上，战，四番兵、花旦败下，付上，接战，付败下，正生追卜）（四番兵、付上）呀，来将甚是厉害，这便怎处？有了，放出双狮，伤他便了。（正生上，与付战，付放双狮吃正生下）（四手下、末上）（吹【下小楼】后段）（圆场下）（四番兵、花旦上，四手下、末上，冲阵，大战，四番兵、花旦败下，付放双狮吃末下）

（四手下、外上）（吹【黄龙滚犯】）（报子上）报，启王爷，二位先锋被双狮所吞。（外）再去打听。（报子下）（外）吓，二位将军出马，全军覆没，待本藩城关观看。过来，转过城关。（四番兵、付上）（外）呔，番奴，本藩在此，彻敢无礼。（付）参见王爷。（外）你是何等样人？（付）赵虎是也。（外）呔，赵虎，你主盖世忠良，被奸臣陷害，死于非命。你投入番贼，不忠不良，是何理也？（付）李王爷，俺与小主拆散，老夫人染成一病，一命身亡，为此投入番邦。（外）赵虎，你虽有义仆之情，劝你归顺大朝，本藩奏闻圣上，削除奸佞，以消你主人之气也！（吹【叠字犯】前段）（付白）俺往女贞国招兵买马，与主人报仇呵！（吹【叠字犯】后段）（外白）好。你与主人报仇，倒也不难。本藩写表进京，要钱飞龙这奸贼到来，可报冤仇。（付）好，众巴图，收兵回营。（四番兵、付下）（外）咳，奸贼，奸贼，你陷害忠良，叫本藩难以敌战也！（吹【尾】）（下）

# 第二十四号

小生(赵云贵)、小旦(李秀娥)、贴旦(张月娥)、正旦(郑氏)、末(李天豹)

(小生上)(引)想起家常事,冤气何日消?(诗)父亲受屈害,仇恨深如海。娘亲在何处,日夜挂胸怀。(白)小生赵云贵,爹爹赵天禄,被奸佞陷害,斩首午门,抄灭全家。我与赵虎,杀了御林军,逃出在外,主仆拆散,想我母亲、赵虎不知落在何处也!(唱)

【玉芙蓉】冤气在胸中,何日仇报公,看纷纷画图四面追踪。男儿立志名何在,父母冤仇紧记胸。杀奸凶,恨无端气汹,正朝纲豺狼当道命不终,豺狼当道命不终。

(小旦、贴旦上)(同唱)

【前腔】姐妹出堂中,双双谐鸾凤,论婚姻二妇一夫配同。自小身伴不虚动,终日香闺谐鸾凤。(小生白)小姐见礼。(小旦、贴旦)见礼。(小生)请坐。(小旦、贴旦)有坐。(小生)咳!(小旦)官人独坐中堂,声声长叹,却是为何?(小生)想我母亲、赵虎,不知落在何处也!(唱)**走路通访觅亲严,免得他两眼巴巴望儿童。**(小旦、贴旦白)且是放心,待等骑尉退去,请兄长去到边关,打听婆婆、赵虎下落,何须忧虑?(唱)**男儿重,立志冲天,一任你天涯海角访亲翁,天涯海角访亲翁**①。

(正旦上)(唱)

【前腔】夜来心胆恐,梦中好惊动②,莫不是老年华边关冲冲。心下难安多忧虑,有甚祸事定吉凶。(小生白)拜见岳母。(正旦)贤婿少礼。(小旦、贴旦)万

---

① 贴旦本“男儿重”之前的说白作“官人,你去寻访婆婆,理所应当,但你是朝廷钦犯”,小旦本此处曲白作“在王府招亲,谁人来胡闹也!(唱)孤身访亲兄(翁),四下难逃躲,乱纷纷何处藏迹身踪?倘有不测萧墙祸,生存亡命断送”,曲前说白今从 195-3-86 整理本。

② 动,195-1-151 吊头本作“雄”,据 195-3-86 整理本改。

福。(正旦)罢了。(小旦)母亲长闷恹恹,出堂何事?(正旦)非是为娘长闷恹恹,想你父亲坐边关。(唱)**阵交锋,争战非小,但愿得一战凯歌贺圣朝,一战凯歌贺圣朝。**

(小生)小婿愿往边关,一则探望岳父大人,二寻访母亲、赵虎下落。(小旦、贴旦)你是去不得。(小生)为何?(小旦、贴旦)你是朝廷钦犯。(正旦)贤婿、我儿不必担心,待为娘写起书来,命天豹孩儿前去一走便了。我儿出来①。(末上)(唱)

**【前腔】书房心安中,又听娘言重,**(白)母亲,孩儿拜揖。(正旦)罢了。(末)谢母亲。妹丈、妹子见礼。(小生)大舅见礼。(小旦、贴旦)哥哥见礼。(末)母亲,叫孩儿出来,有何吩咐?(正旦)你父亲坐镇边关,为娘心下难安。(末)母亲,孩儿正要去到边关,爹爹跟前问安,二与皇家效力。(唱)**免得个乱扰纷纷纵横。文官把笔安天下,武将持刀不放松。**(正旦白)儿吓,为娘写书一封,叫你前去探望父亲。(唱)**复命重,披星戴月,关河重叠去如梭,关河重叠去如梭。**

(小旦)哥哥。(末)妹子。(小旦)你边关问安,何不带我同去?(末)你一身女流,在家服侍母亲,待为兄独自前去一走。(贴旦)哥哥,你去到边关,倘若遇见婆婆、赵虎,你要带他同来。(末)为兄早已留心,有劳妹子重托。(贴旦)谢哥哥。(末)母亲请上,孩儿拜别。(唱)

**【尾】拜别娘亲走关河,见爹行喜颜笑呵。**(正旦、小旦、贴旦同白)有送。(同唱)**上达严亲,儿女结丝萝,儿女结丝萝。**(下)

# 第二十五号

净(张泰)、丑(钱飞龙)

---

① "(小生)小婿愿往边关"至"我儿出来",195-3-86 整理本作"(李秀娥)必须差哥哥前去探望父亲才好。(郑氏)好,我女此言不差,待为娘写起书来,你叫他出来",与小旦、贴旦本不合,今作改动。又,小生本仅《双玉燕》等小生本[195-1-144(3)]一件,抄至第二十二号为止,故此处小生说白系整理时增补。

（净上）（唱）

【北剔银灯】闻报道扰乱边关，伤军兵无可抵挡。写表进京来求救，奏君王另选大将。（白）老夫张泰，可恨赵天禄，私藏国宝双狮图画，不来呈献，奏闻圣上，立斩午门。有御林军三千，抄灭赵家，被赵云贵和家奴赵虎杀尽，奏与圣上画影图形，四方捉拿。今有定国公李廷杰，坐镇边关，闻报女贞国甚是厉害，有告急本章进京，请兵求救，要老夫圣上跟前保奏。朝中将老兵衰，今有皇城兵马司钱飞龙，乃是老夫的门生，命他带兵十万，前去助阵，钱飞龙此番出阵，灭得女贞国，爵禄非小也！（唱）努力交锋来斩将，回朝来世袭恩世代流芳，世代流芳。

（丑上）（唱）

【前腔】奉皇命旨意皇皇，速提兵披甲连环。削尽了番奴贼徒，山河一统恩师受享。（白）恩师，门生拜揖。（净）罢了。（丑）谢恩师。（净）贤契，老夫奏闻皇上，命你去到边关，此番灭了女贞国，你的功劳非小也！（唱）提防征战勤王，奏朝廷独踮鸰班，独踮鸰班。

（丑）恩师保举门生，不是俺夸口说也！（唱）

【前腔】非是俺自称伎俩，唬得他心惊胆慌。那黄公三略六韬，各有奇门法宝无望。兵戈扰乱，方显俺兵马名儿威风浩荡，威风浩荡。

（净）贤契吓！（唱）

【前腔】堪羡你谋高计广①，兵书战策效力皇家。赵云贵逃奔天涯，若会面生擒捉拿。一任他赵氏宗派，管叫他放虎归山，放虎归山。

（丑）恩师，门生拜别去也！（唱）

【尾】②拜别恩师起锋芒，即速提兵敌万马。方显俺队伍森森，去杀尽了番奴豺狼，番奴豺狼。（同下）

---

① 此句195-1-151吊头本作"原帐下原归孰道"，据195-3-86整理本改。
② 此曲牌名195-1-151吊头本缺题，今从推断。

# 第二十六号

末(李天豹)、丑(钱飞龙)、花旦(白飞娇)、付(赵虎)

(内)马来也!(末上)(吹打【风入松】前段)(白)俺李天豹,奉母亲之命,去到边关,爹爹跟前问安,二要与军前效力,不免催马趱上。(吹打【风入松】后段)(末下)

(四手下、丑上)(吹打【风入松】前段)(白)俺钱飞龙,奉旨带兵,克灭女贞国也!(吹打【风入松】后段)(内白)前面何处人马?(手下)兵马司钱大人在此。(内)俺李天豹要见。(手下)李爵主要见大人。(丑)请相见。(内)马来!(末上)(吹打【急三枪】)(白)钱大人见礼。(丑)李爵主少礼。(末)谢大人。(丑)李爵主到来何事?(末)俺李天豹,奉母亲之命,去到边关,爹爹跟前问安,二要与皇家效力。请问大人带兵何往?(丑)李王爷有表章进京求救,俺奉旨带兵,克灭女贞国也!(吹打【急三枪】)(末白)俺一路同行,大人心意如何?(丑)李爵主请。(末)大人发令。(丑)一同杀上。(四手下、丑、末下)

(二手下、花旦、付上)(吹打【风入松】半段)(付白)俺赵虎。前者李王爷有言说过,叫钱飞龙这奸贼到来对敌,不见到来,好生挂念也!(吹打【风入松】合头)(二手下、花旦、付下)

(四手下、丑、末上)(吹打【风入松】半段)(丑)爵主你看前面,番奴重重叠叠,如何进得关去?(末)大人且是放心,待俺挡他一阵。(丑)有劳爵主。(末)呔,番奴休得无礼,俺李天豹来也。(末下)(丑)众将趱上!(吹打【风入松】合头)(四手下、丑下)

(二手下、花旦、付上)(吹打【风入松】)(末上,冲阵)(付)来将通名。(末)俺李天豹。(付)原来爵主来此,赵虎一礼。(末)住口。大胆赵虎,你家主人被奸臣陷害,你不与主人报仇倒也罢了,反投入番邦,有你这不仁不义的奴仆也!(吹打【急三枪】)(付白)爵主有所未知,俺投入女贞国,要报大老爷之仇也!(吹打【急三枪】)(末白)呵吓,听你说来,倒有一片忠义之心,理所应当。(付)李爵主何往?(末)俺到边关问候爹爹,钱飞龙人马在后头,你何不放条生路,待俺进关?(付)爵主到此,那有不开关之理?众巴图,开关与爵主进关者。(末下)(四手下、丑上,架枪)(付)来将通名。(丑)皇城兵马司钱飞龙在。(付)妙吓,钱飞龙这恶贼一到,大老爷冤仇可报也!(吹打【风入松】半段)(架枪)(丑)来将通名。(付)赵大老爷家将赵虎在。(丑)嘈!大胆赵虎,天兵到此,你还不下马来投降,少刻枪头之鬼。(吹打【风入松】合头)(付白)不必多言,看枪!(付败,丑追下)(花旦上)(吹打【风入松】半段)(付上)(吹打【风入松】合头)(丑上,战,付、花旦败下,丑追下)(付、花旦上)(吹打【急三枪】)(付)呀,钱飞龙人马甚是厉害,这便怎处?有了,待我放出双狮,伤他便了。(丑上,付放狮吃丑下)(付)妙吓!这奸贼被双狮所伤,大老爷冤屈已报也!(吹打【急三枪】)(下)

# 第二十七号

外(李廷杰)、末(李天豹)

(外上)(吹【六幺令】半段)(白)本藩李廷杰,请兵求救,圣旨下来,命钱飞龙前来助阵。飞报来说,番奴十分雄勇,全军覆没,钱飞龙被双狮所伤,叫本藩进退两难也!(吹【六幺令】合头)(末上)爹爹,孩儿拜揖。(外)罢了,坐下。到边关何事?(末)孩儿奉母亲之命,爹爹跟前问安,二与军前效力。(吹【六幺令】前段)(白)孩儿一路而来,遇着兵马司钱飞龙,被双狮呵!(吹【六幺令】后段)(白)奉母亲之命,有书呈上。(吹【六幺令】前段)(外白)儿吓,为父早已知道朝中都是奸党弄权,陷害忠良,有双狮甚是厉害,为父难以出战,未知何日扫尽风烟,捷奏凯旋,都是奸相之故也!(吹【六幺令】后段)(白)这双狮乃画上之物,总要寻访赵云贵,有了画图,方可收得。想赵云贵乃朝廷钦犯,不知落于何处。(吹【六幺令】前段)(白)有了画图,可以收得此物。必须要差人,寻访赵云贵,悄悄行事,可以收得双狮,这冤有报也!(吹【六幺令】后段)(末白)爹爹,那赵云贵在我家的了。(外)他是朝廷钦犯,为何在我家中?(末)爹爹有所未知,那赵云贵被骑尉追赶,纵进我家花园,母亲见他才貌双全,将妹子终身许配与他。(外)他是有罪于朝廷,若露出风声,还当了得?(末)依孩儿之见,叫妹丈带了双狮图画,前来收服双狮。一军前立功,二要报仇雪恨也。(外)好。我儿之言不差,你回去叫你妹丈,背了图画,到边关效力,收了双狮,冤仇可报。(吹【尾】前段)(末白)孩儿晓得,就此拜别。(吹【尾】后段)(下)

# 第二十八号

小生(赵云贵)、小旦(李秀娥)、正旦(郑氏)、末(李天豹)、外(李德)

(小生上)(唱)

**【(昆腔)洞仙歌】王府门第世袭威,入赘绣帏女中魁。想起父母珠泪淋,闷坐书斋暗自悲**。(小旦上)(唱)**见赵郎愁锁双眉,上前去好言劝慰**。(白)官人见礼,请坐。(小生)请坐。(小旦)官人,你在王府招亲,乃是赫赫门楣,无人知觉,何必愁烦?(小生)小姐,想我在王府招亲,我母亲、赵虎不知落在何处也?(小旦)我哥哥去到边关,探望爹爹,打听婆婆、赵虎下落,何须忧虑?(唱)**且安心舒放愁眉,待边关好音传回。**

(正旦上)招赘乘龙婿,才貌两相同。(小生)岳母,小婿拜揖。(正旦)贤婿少礼。(小旦)女儿万福。(正旦)罢了。(小旦)母亲长闷恹恹,却是为何?(正旦)非是为娘长闷恹恹,你哥哥去到边关,不见回来,故而心下不安。(小生、小旦)想必就回来了。(末上)离了边关地,来此是家门。母亲,孩儿拜揖。(正旦)罢了。(小生、小旦)大舅见礼/哥哥见礼。(末)妹丈、妹子见礼。(正旦)儿吓,你去到父亲跟前问安,你家爹爹可安泰否?(末)爹爹倒也安泰。孩儿一路而去,遇着兵马司钱飞龙,被双狮呵!(唱)

**【(昆腔)玉抱肚】**①**双狮凶勇,将他行伤其命容**。(白)有一蓝脸汉子,就是妹丈

---

① 此曲据195-1-52末本校录,195-3-86整理本此曲作"边关上两军对垒,初一战赵虎败回。那赵虎放出双狮,钱飞龙马仰盔丢。叫妹夫速去边关,收双狮大功巍巍",连同上曲【洞仙歌】,均系后补。

家奴赵虎,放出双狮,十分厉害也!(唱)**好虎狼伤人非勇,乱纷纷直达饶勇**。(正旦白)爹爹怎说?(末)叫妹丈背了图,去到边关,收服双狮,一军前立功,二可报仇雪恨也!(唱)**扫尽胡儿灭奸凶,皇家效力立大功**。

(小生)大舅,你到边关,我母亲可有会见?(末)亲母倒没有得见过。(小生)这个……小婿去到边关,寻访我母亲、赵虎下落。(正旦、小旦)你去不得。(小生)为何?(小旦)你是朝廷钦犯。(末)母亲,一路之上,有孩儿作伴,倒也不妨。(小生)大舅,你一发去不得。(末)为何去不得?(小生)你若同去,王府难免有窝藏钦犯之罪了。(末)爹爹在边关立等,如何是好?(正旦)不免差李德前去就是,我儿回避。(末下)(正旦)李德那里?(外上)来了。王府多恩德,服侍甚殷勤。夫人在上,老奴叩头。(正旦)起来。(外)叫老奴出来,有何吩咐?(正旦)叫你出来,非为别事,服侍姑爷去到边关,回来重重有赏。(外)老奴多蒙王爷、夫人恩德,若有大事,无不尽心,这个老奴晓得。(小旦)倘若被看破机关,如何痛心得过?(吹【尾】第一句)(正旦白)取行李过来。(小旦)女儿晓得。(小旦下,取行李上)(小生)拜别去也!(吹【尾】第二句)(正旦、小旦白)有送。(吹【尾】第三句)(下)

# 第二十九号

正生(孙国兴)、小生(赵云贵)、外(李德)

(四手下、正生上)奉旨拿钦犯,钦犯走天涯。纵进相府地,令人好难详。俺,殿前指挥孙国兴,奉旨捉拿钦犯赵云贵,被他纵进相府花园。俺前去讨取,被公子一番肮脏,因此被他逃脱。俺在总镇衙内耽搁,今日带领御林军,四路搜寻。来!(手下)有。(正生)四路提防者。(唱)

**【粉孩儿】**①急急的往山林各村庄,捉钦犯无得漏网,必须要坚心提防。看形

---

① 粉孩儿,抄本作【粉蝶儿】,与北曲曲调名相混,今改正。

状切不饶放,剖①胸膛。四方的连日守把,管叫他自投罗网,自投罗网。(四手下、正生下)

(小走板)(小生、外上)(小生唱)

【红芍药】迤逦来一带荒山,遥望着开封地界。(白)小生赵云贵,去到边关,寻访母亲、赵虎下落。(外)姑爷,我和你一路而来,大路难行,必须要往小路而走。(小生)前面什么地方?(外)此地黄花岭,过去就是开封地界了。到了村庄、码头,不要叫老奴的名姓。(小生)却是为何?(外)你是朝廷钦犯。(小生)你太多虑了。(外)姑爷,非是老奴多虑呵!(唱)**虽则**②**是王府门楣,漏风声问罪正当。**(小生白)只要与母亲相逢,大丈夫生死何惧也!(唱)**愁肠,何须多牵挂,到边关会合泰山。**(外白)姑爷吓!(唱)**堪恨好凶忒猖狂,又恐怕祸起萧墙,祸起萧墙。**(小走板)(小生、外下)

(大拷)(四手下、正生上)(唱)

【耍孩儿】**高挂形图非寻常,管叫他心惊胆慌**③**,要提拿钦犯候旨请赏。**(小走板)(小生、外上)(小生唱)**步快,人挤簇拥喧哗,敢是钦差在路旁? 越思越想犯王章。**

(手下)嘈!(外退下)(手下)你是钦犯赵云贵么?(小生)何以见得?(正生)有图画在,对来。(小生)阿呀!(正生)将他锁着。(四手下、正生锁小生下)(外上)阿吓,姑爷被钦差拿去,不免回去,报与夫人知道便了。(唱)

【会河阳】**非比寻常事关大,绳串索绑刑囚枷。不想道反累遭挟,不敢高声解危难。怎支抵**④**,逃不出图圄受波渣;这一回,解往京都一死难逃,一死难逃。**

(外下)

(四手下、正生带小生上)(正生唱)

---

① 剖,195-1-151 吊头本作"意",据单角本改。

② 虽则,195-1-151 吊头本作"步达",单角本作"我",据 195-3-86 整理本改。

③ 慌,195-1-151 吊头本作"飘",据单角本改。

④ 抵,195-1-151 吊头本作"谪",单角本"商",暂校改如此。下文第三十二号【画眉序】第一支"此事怎支抵",195-1-151 吊头本"支抵"作"支商",单角本一作"主张"。

【缕缕金】逃不过、逃不过路上提防,统雄兵、统雄兵自投罗网。总府衙署点名上。囚车护看钦犯①,候旨下绑赴云阳。

(小生)住口,为何将俺拿下?(正生)住了。前者被你逃脱,今日被俺拿下,一死难逃也!(唱)

【越恁好】②休想生活,请旨赴云阳。不遵王法,问罪承当。(小生白)娘吓,孩儿到边关前来寻访,只望母子会面,谁知遇着奸党,死于此地也!(唱)**死恨冤渺渺茫茫,钦命皇皇罪承当。说什么奉旨指挥,害小姐两泪汪③,害小姐两泪汪。**

(正生)过来,趱上!(唱)

【尾】**到辕门令重如山,执法森严非等闲。趋奉当朝张冢宰。**(下)

# 第三十号

付(牛焦)、老旦(手下)、小生(赵云贵)

(付上)(引)坐堂多威风,严刑国法重。(白)下官河南总镇牛焦,钦差大人奉旨前来捉拿赵云贵,被他纵进相爷花园,当日前去相讨,反被公子肮脏一番,现在我衙内耽搁。今日天气清明,又去捉拿,不见回报,好生挂念。(老旦上)报,启大老爷,钦差大人将赵云贵获着了。(付)怎么,赵云贵获着了?(老旦)是。(付)吩咐传点开门。(付下)(老旦)大老爷有令下来,传点开门。(老旦下)【大开门】(四手下、付上)奉命审钦犯,虎威在两班。将他来执法,胡言大刑揽。下官牛焦,今日坐堂审问,管叫赵云贵有罪难逃也!(吹【甘州歌】)(白)来,将赵云贵带上。(手下带小生上)(手下)带到,有锁。(付)去锁。

---

① 此句195-1-151吊头本作"车护着钦犯"且被涂抹,据单角本改。

② 此曲牌名抄本缺题,《调腔乐府》以"死恨冤渺渺茫茫"以下为【越恁好】,今将该曲牌名移至此。

③ 两泪汪,195-1-151吊头本作"两姓家",据《调腔乐府》改。

嘈！大胆赵云贵，见了本镇，为何不下跪？（小生）住了，俺乃文武解元，岂肯跪你这奸贼！（付）还有这等倔强，去了衣巾，捆打四十。（手下带小生下）（内）一十，二十，三十，四十，打满。（手下带小生上）（付）大胆赵云贵，你好好将画图献出，免得本镇动刑。（小生）咳，画图早已呈献君王，还有什么画图？什么画图？（吹【排歌】）（付白）你这狗头若不献出画图，一死难逃也！（吹【排歌】）（白）招也不招？（手下）不招。（付）夹起来。招不招？（手下）不招。（付）收，再收，收满。（手下）收满，也不招。（付）松了夹。（手下松夹）（付）你这狗头，招也死，不招也死。来，上了刑具，拿去收监。（手下）上锁。（付）封门。赵云贵呀赵云贵！（吹【尾】）（下）

## 第三十一号

外（李德）、正旦（郑氏）、小旦（李秀娥）

（外上）（唱）

【（昆腔）玉抱肚】①**急步踉跄转家窑，细说端详。犯下了弥天罪大，解京都请旨皇皇。**（白）我李德，同姑爷去到边关效力，不想到了开封地界，被骑尉拿去。他是朝廷钦犯，有言难说，只得任他拿去。此番囚解进京，一死难逃，不免报与夫人、爵主知道，或者有救，也未可知。阿吓，姑爷，姑爷，倒是老王爷害你了！（唱）**恨杀奸凶忒凶恶，陷害书生命难保。**

（白）来此已是，夫人有请。（正旦、小旦上）（同唱）

【前腔】**又听苍头归家乡，中堂一见年迈苍。为何来家，敢只是有什么祸殃？**（外白）老奴叩头。（正旦）起来。（外）谢夫人。（正旦、小旦）为何这般光景？（外）夫人，不好了。（正旦）为何？（外）老奴同姑爷去到开封地界，却有骑尉，画影图形，中途等候，将姑爷拿去了。（正旦、小旦）咳，怎么，被骑尉拿去了？（外）拿

---

①　第一支【玉抱肚】根据《双狮图》《分玉镜》外、末本［195-1-134（2）］所抄《双狮图》外角吊头本校录，最为可信。下一支及【尾】则根据195-3-86整理本录入。

去了。(正旦、小旦)不好了!(唱)**好叫人痛断肝肠,两泪汪汪,恨奸贼忒杀猖狂。**

(小旦)母亲,赵郎被骑尉拿去,如何是好? 如何是好?(正旦)儿吓,为娘无计可施。(小旦)母亲吓,待女儿假扮绿林,去劫夺囚车,母亲心意如何?(正旦)儿吓,一身女流,你如何去得?(小旦)为救儿夫,我也顾不得了。(唱)

【(昆腔)尾】**这是那情关重大,劫囚车那顾红妆?**(小旦下)(正旦)儿吓!(唱)**可怜那绣阁裙钗,怎当得跋扈强梁?**(下)

# 第三十二号

末(李天豹)、小旦(李秀娥)、贴旦(张月娥)、丑(张有义)

(末上)闻言心惊慌,叫我怎主张?(小旦上)为救儿夫事,生死同一胞。(末)妹子,妹丈被骑尉拿去,为兄却也尽知,我一时难以解救,如何是好?(小旦)哥哥吓!(唱)

【醉花阴】**难诉根芽犯王章,到边关效力王家。夫与妻一旦两分开,为爹行、为爹行助力邦家。有骑尉图形来捉拿,将书生囚解进京华,望兄长救出了天罗地网,天罗地网。**

【画眉序】(末唱)**此事怎支抵,弱质书生受波渣。为我家陷害了赵氏后代。都只为双狮勇雄,去边关平伏夷蛮。**(白)咳,我好悔也!(小旦)哥哥吓,敢是悔着妹子终身许配赵郎不成么?(末)为兄怎敢悔着妹子的终身?我那日不该叫妹丈前去,不然也没今日之祸也!(唱)**不该来到边关地,顿忘了朝廷钦犯,朝廷钦犯。**

(小旦)哥哥吓,待妹子假扮绿林模样,到中途劫夺囚车,哥哥心意如何?

(末)阿吓,妹子吓! 他有千军万马,保护囚车,你是女流,如何劫夺钦犯? 这事使不得。(小旦)妹子也顾不得了!(唱)

【喜迁莺】**在途中等候、等候钦犯,劫囚车奴当、奴当救他。怕什么强,一任他**

如虎似狼,救儿夫心粗胆大。休愁肠,休虑俺小小花奴,一心要救儿夫归家,儿夫归家。

（末）咳！（唱）

【画眉序】口语乱胡训,你是香闺女红妆,全不晓律犯王章。他是个罪犯朝廷,俺这里世袭侯家。若露机关非寻常,萧何律同赴云阳,同赴云阳。

（白）妹子,想囚车解到进京,定有一月之期。待为兄去到边关,爹爹跟前,请了免死金牌到来,相救便了。（唱）

【出队子】休得意焦燎,我自有妆成圈套。劝你家一场跋涉枉费神劳。（小旦白）哥哥吓,妹子一心要去,你也不必三心二意了。（末）妹子吓,你一心要去,只怕性命难保。（小旦）咳噫！（唱）一心心主意定下,兄和妹同胞各天涯。劫囚车生死难定下,母年老仗兄长甘旨奉养,甘旨奉养。（小旦下）

（末）阿吓,我妹子头也不回,竟是去了,倘然失手,还当了得？但是这个……吓,有了,去到钦差大人跟前,如此如此,恁般恁般,助他一臂之力便了。（唱）

【双声子】假惺惺,假惺惺,囚车护解;有差池,有差池,我当救他。绝命沙场,兄妹情关。早早的巧计安排,巧计安排。（末下）

（贴旦上）（唱）

【刮地风】呀！闻言来我心愁肠好嗟呀,到如今恩爱夫妻两分开,何日里同叙团圆欢畅？恨只恨老父的朝权来独掌,害无辜全家诛戮,止不住心惊胆慌。这壁厢,那壁厢,要相逢三更梦一场。叫一声恩爱夫妻赵郎,囚解进京生死情关,生死情关。

（内）走吓！（小旦上）（唱）

【滴溜子】别严亲,别严亲,有事尴尬;忙移步,忙移步,转过花园一带回廊。（贴旦白）姐姐,赵郎被骑尉拿去,如何是好？（小旦）妹子,为姐为救赵郎之事,前来与妹子作别。（唱）我和你异姓同胞,我娘亲仗你看待,死黄泉幽冥欢畅,幽冥欢畅。

（贴旦）姐姐，救得赵郎回来，还有相会之日。（小旦）如若不然呢？（贴旦）如若不然呵！（唱）

**【四门子】**等回音说个短长，有差池同死一腔。三人的同死同欢，决不做负恩顿忘。遵父命誓不再嫁，有差池天理①昭彰，呀！就将我碎骨分身决不再嫁。（小旦白）好，妹子讲出此话，实为难得，就是为姐死在沙场，也是瞑目也。妹子请上，受为姐一拜。（贴旦）也有一拜。（小旦唱）**拜别分离泪汪汪，劫囚车去救郎。姐和妹同心合胆人伦在，家门不幸来消败，**（白）妹子！（唱）**我今出沙场何惧兵百万，何惧兵百万？**（贴旦扯小旦，小旦甩贴旦下）

（急走板）（丑上）（唱）

**【水仙子】**恨恨恨着老杀才，急急急得我心乱如麻。（贴旦白）哥哥吓，赵郎被官兵拿去，如何是好？（唱）**我的姻缘是你主张，今日里死生有情关。**（丑白）阿妹吓，妹丈因解进京，阿哥也知情格。（贴旦）哥哥，李家姐姐假扮绿林，劫夺囚车去了。（丑）阿妹吓，想李家世妹是个女流，那囚车有千军万马保护，如何救得？待阿哥赶到京里，与老勿死拼个死活，救得妹丈，与你相会罢哉。（贴旦）哥哥吓，爹爹见了赵郎，仇深如海，如何救得？（丑）做阿哥自有个样做法个嘘。（唱）**偷天挖月人难量，暗中谋害密计来隐藏，救妹丈便将我身赴云阳，身赴云阳。**（下）

# 第三十三号

正生（孙国兴）、付（牛焦）、末（李天豹）

（内同白）大人请。（正生、付上）（吹【泣颜回】前段）（付白）大人见礼，请坐。（正生）有坐。（付）钦差大人，赵云贵被你获着解往京都，你的功劳非小也！（吹【泣颜回】中段）（正生白）牛大人，一来圣上洪恩，二来赵云贵自投罗网。（吹【泣颜回】合头）（手下上）启大老爷，李爵主要见。（正生、付）请相见。（手下）李

---

① 天理，195-1-151吊头本作"天地"，据单角本改。

爵主有请。(末上)(唱)

【(昆腔)泣颜回】**暗伏机关人难量,为亲谊心不安。辕门直进,向军前假作痴呆。**

(白)大人。(正生、付)李爵主见礼,请坐。(末)请坐。(正生、付)李爵主到此,有何贵干?(末)钦差大人,闻得钦犯赵云贵,被你获着,大人功劳非小了。(正生)一来圣上洪恩,二赵云贵自投罗网。(吹【泣颜回】后段)(末白)好说。二位大人,闻得赵云贵,有家奴赵虎,投入女贞国,有恐前来劫夺囚车。俺同解进京,大人心意如何?(正生)有劳爵主。(末)大人说那里话来?俺乃世袭公爵,要与皇家出力报效。(唱)

【(昆腔)千秋岁】**受皇恩,世袭荣封享,为朝廷报答君王。钦命皇皇,有恐归风被浪荡。**

(白)牛大人,非是李天豹夸口说也!(吹【千秋岁】合头)(付白)下官备得有酒,爵主、大人一同畅饮。(正生、末)多谢大人,又要打搅。(吹【尾】)(下)

# 第三十四号

小旦(李秀娥)、小生(赵云贵)、正生(孙国兴)、末(李天豹)

(小旦上)(唱)

【(昆腔)醉花阴】**少年恩爱难撇掉,因此上途路劫抢。独骑的单身与匹马,两恩爱、恩爱夫妻双双。**(白)奴家李氏秀娥,赵郎因解进京,性命难保。因此别了母亲,前来劫夺囚车者。(唱)**在中途等候钦犯,劫囚车独自承当,一任你罪犯王章后事承当。**(小旦下)

(四手下、小生囚车上,正生、末随上)(正生唱)

【(昆腔)画眉序】**军兵重围在,提解进京奏君王。有恐怕途中劫抢。**(末白)大人,钦犯赵云贵,被你拿着,解往京都,大人功劳非小。(正生)一来圣上洪恩,二赵云贵自投罗网。(唱)**你是个盖世英雄,况又是世袭后代。**(末白)咥,大胆赵云贵,闻得你是个文武解元,有多少本领,俺李天豹要试试你的手段。(正生)且慢。路中不要计较与他,解往京都立功。来,趱上!(唱)**速解囚车返京华,奏圣上请旨行赏**。(四手下、小生囚车下,正生、末下)

(小旦上)(唱)

【(昆腔)**喜迁莺**】**行过了羊肠、羊肠一带荒,途路中劫夺囚车,因此上独身直上。那顾得登山涉水,眼巴巴望断肝肠**。(小旦下)

(四手下、小生囚车上,末、正生随上)(吹【画眉序】)(内白)囚车留下!(手下)有人劫夺囚车。(正生)何处女寇,前来劫夺?来,将囚车闪过一旁。(末、四手下、小生囚车下)(小旦上,与正生架枪)(正生)呔,你这女寇,前来劫夺囚车,是何理也?(小旦)囚车留下,饶你过去。(正生)如若不然?(小旦)枪头之鬼。(正生)爵主出马。(末上)呔,何处女寇,前来劫夺囚车?俺李天豹在。(小旦)哥。(末掩口)(小旦)呀!(唱)

【(昆腔)**出队子**】**心儿里暗想、暗想我兄长,囚车的来护解,顿叫人难猜料又难详**。(白)囚车留下,饶你过去。(末)如若不然?(小旦)如若不然。(唱)**怎挡俺一支银枪,马上那杀气谁挡,你可也一命丧黄粱,怎禁得厮杀一场?**

(战,末败下。正生上,接战,小旦败下)(正生)你走,你走!(吹【滴溜子】)(正生追下)

(末上,看,小旦上)(末)妹子。(小旦)哥哥。(末)妹子吓,你看囚车有千军万马保护,你一身女流,如何劫夺得转?劝你回去的好。(小旦)哥哥吓!(唱)

【(昆腔)**刮地风**】**呀!听言来令人暗思想,止不住小鹿心头撞。望兄长把儿夫来释放,必须要念同胞共爹娘**。(末白)你看军兵重重叠叠,再迟一刻,只怕性命难保。(小旦)哥哥吓!(唱)**此话儿一一来说谎,京都去赴云阳**。(内喊)(小旦唱)**只听得这壁厢,那壁厢,簇拥儿闹嚷嚷。阿呀,哥哥吓!放钦犯妇随夫唱,放钦犯妇随夫唱**。

(小旦与末战,末败下。正生上,接战,小旦败下)(末、四手下、小生囚车上)(末)钦差大人,这女寇甚是厉害,如何是好?(正生)爵主,你在此保护囚车,待俺杀退女寇。呔,女寇慢走,俺赶上来也!(正生追下)(末)列位将军请了。(众)请了。(末)钦差大人前去活擒女寇,恐有失手,保护钦差大人去罢。(众)小将在此保护囚车。(末)囚车有俺保护,保护钦差大人去罢。(众)请了。(四手下追下,末劈开囚车,放小生下,末下)(小旦上)(唱)

【(昆腔)四门子】急匆匆马儿直飞上,我兄长挺身救我行,险些儿一命黄泉丧。阿呀,赵郎吓!(内喊)(小旦唱)旌旗闪闪,这边有弓那边有枪,看来命必亡,看来命必亡。

(正生上,与小旦战,小生上,接战,正生败下,小生、小旦下)(四手下、正生上)杀败了,杀败了,钦犯逃脱,还当了得?来,绊马索侍候。(四手下、正生下)(小生、小旦上)(小旦唱)

【(昆腔)水仙子】见见见见郎君心中多惨伤,脱脱脱脱牢笼消除祸殃。(小生、小旦下)(小生、小旦逃上,正生上,与小旦战,小旦败下,四手下上,擒小生下)(小旦上)(唱)又又又又谁知皇天不护忠良将,恨恨恨恨杀我难敌又难挡。杀杀杀杀得我天昏地暗,他他他他那里又追上。

(正生追上,战,小旦下马,末上,架刀,小旦逃下)(正生)呔,女寇打下马来,伤他性命,你挡刀锋,是何理也?(末笑)大人,这女寇有什么本领,闻得赵云贵,文武解元,有多少才貌,前来会会与他,你何苦伤他性命?此番赵云贵又被你获着,解往京都,你功劳非小。(正生)唔。李爵主之言,倒也说得有理。来,紧紧趱上。(四手下、小生囚车上)(吹【尾】)(下)

# 第三十五号

丑(张有义)、小旦(李秀娥)

(小走板)(丑上)(唱)

【锁南枝】蓦闻言,步踉跄,即速前行到京华。探听这踪情,恼恨老杀才。(白)学生张有义,我里妹丈因解进京,我要进京与老匆死拼个死活,救妹丈回来与阿妹相会罢哉。(唱)救妹丈,我担代;就粉身,何有碍?就粉身,何有碍?

(丑下)

(急走板)(小旦上)(唱)

【前腔】枉费我，空思想，劫因不成做凶犯。险些命何在，生死有情关。（坐地）（丑上）（唱）小书生，受惊骇；救出天罗罩，云散见日开，云散见日开。

（小旦）你敢是张家哥哥？（丑）阿妹吓，你为何个样光景格？（小旦）阿吓！噫呀，哥哥吓！（哭）（唱）

【江头金桂】为郎君我命乖张，恨骑尉将人来伤。实指望救出天罗，提出笼牢，又谁知一旦分离两处开。抖起了无情火发，无情火发，我不合劫夺钦犯，假扮响马，途路中劫囚成话巴。小书生受此刑章，受此刑章，誓不还乡。奴好凄凉，奴身一死何足惜，夫妻恩爱实可伤，夫妻恩爱实可伤。

（丑）世妹吓！（唱）

【前腔】劝伊家休得恺快，我自有泼天胆大。你是个绣阁裙钗，烈志轩昂，那晓得出战争锋相厮杀？恨只恨老父不良，老父不良，无故的陷害满门，全家祸殃，陷害满门，全家祸殃，我不平将言来冲撞。有画图四方捉拿，提解钦犯。我好痛划伤，云贵是我亲妹丈，代赴云阳我承当，代赴云阳我承当。

（小旦）哥哥吓，此番赵郎因解进京，你令尊见了赵郎有仇，定然性命难保了。（唱）

【忆多娇】情难舍，恩不忘，夫妻人伦在那厢，恩义成冤前孽障。挂肚牵肠，挂肚牵肠，若要相逢黄泉路上，黄泉路上。

（丑）世妹吓，阿哥去救出妹丈回来，勿用话哉。（小旦）如若救不回来？（丑）阿哥死在京里，也勿居来哉噱。（唱）

【前腔】暗计谋，人难量，我有密计来行商，手足情莫顿忘。休得言讲，休得言讲，一场巧事口舌斑斓，口舌斑斓。

（小旦）哥哥请上，受妹子一拜。（唱）

【尾】深深拜恩高德广，你是有恩有义郎。（丑白）世妹吓！（唱）救出天罗地网哉，天罗地网哉。

（小旦）阿唷！（小旦下）（丑）阿噫，个老勿死害得伊是介光景。世妹吓！（哭下）

# 第三十六号

净(张泰)、丑(张有义)、正生(孙国兴)

(净上)(唱)

【一枝花】恨无端赵天禄国宝藏,谎奏起蒙蔽君王朝纲坏。只为那双狮图画惹祸殃,不呈献、欺老夫如同草芥。抄灭了全家祸满门诛戮,可恨那云贵赵虎走天涯。画图影形四方觅,并没个音信回还,顿叫人心下难安,心下难安。

(白)老夫张泰,执掌朝纲,调和鼎鼐。只为兵部尚书赵天禄,辱骂大臣,罪犯天条,全家诛戮。他子云贵,家奴赵虎,杀了御林军,肩背画图,逃奔天涯。画影图形,四方捉拿,并无踪影。闻报来说,赵虎投入女贞国,钱飞龙被双狮所伤,实为可叹也!(唱)

【醉月明】闹嚷嚷①战死沙场为国亡,堪恨无知忒猖狂。将我的心腹人归泉台,有赵虎投番邦,前仇来报偿,前仇来报偿。(白)前者回府,不孝逆子冲撞老夫,实为可恨也!(唱)盈盈的泪不干,心思思梦一场。何日扫灭女贞国,赵虎贼奴甚猖狂。恨逆子将言触怒老爹行,紊乱纲常,不肖儿郎。家门不幸儿不才,枉为家宰,枉为家宰。

(丑上)(唱)

【醉太平】走关河迤逦是京华,见爹行假痴呆。(白)阿伯,倪子拜揖。(净)畜生!(唱)忤逆子不肖儿郎,恼得我怒发冲冠烈火洋洋。(丑白)阿伯,前番原是倪子不是,个遭阿伯老大人有些勿是哉。(净)怎说为父不是?(丑)喏!倪子路远迢迢来探望吚阿伯老大人,吚会做大人,理该家常事务问一声,阿妈娘年老之人来东屋里,安泰勿安泰?阿妹末许勿许人家?倪子个样长大哉,娶勿娶亲哉?是介问一声,也是大人格正道理。倪子一脚勿曾跨进门来,吚倒开口畜生,闭口畜生。幸喜吚是个爹,我是个倪子,拿来调带转头,我做爹吚当

---

① 闹嚷嚷,195-1-151吊头本作"闹场场",嚷、场方言音近,据改。

之倪子,介个也要气个嚄。(唱)**全没个亲生骨血,父子人伦,枉为朝中一宰,朝中一宰。**

(净)你进京何事?(丑)难末勿错哉。进京一来问安。(净)那二?(丑)那二,阿妹有得人家哉。(净)许配那一家?(丑)嘎,是介个……(净)讲来。(丑)呵,许配是介个……(净)说来。(丑)呵,是介个……咳,话是话勿得嚄!(唱)**【醉春风】这事儿说出来仇恨天大,我只得语隐藏。**(净唱)**一味的指东话西,有一日春雷动花烛双拜。**(正生上)(唱)**捕钦犯一路跋涉到帝邦,到相府说真情来讨赏。**(白)相爷在上,孙国兴叩头。(净)起来。(正生)谢相爷。(净)孙国兴,赵云贵可有获着?(正生)钦犯获着,押在刑部天牢,候相爷发落。(唱)**请其罪莫留钦犯,有王府爵主护解,逢路中劫夺囚车双双厮杀。**(净白)看天色已晚,明日早堂审问,你且回去。(正生)谢相爷。(丑)咳,走转,走转。吓是勿是前者到我赖相府拿钦犯个孙国兴?(正生)原是小官。(丑)社是吓。天下同名同姓个人多得紧,拿钦犯勿可拿错人。(正生)小官有画图对过,一些无差的。(丑)嘎,一些无错过?好,走过来。(一掌)俞杀吓个娘!(正生下)(丑)吓个心里好过,我个肚里蟹爬介来带爬。(净)哼!(丑)个老大人来东气恼哉。咳,伊个人单喜吹捧,勿错,待我进去吹捧两句伊。嗨哧,阿伯,哧哈哈哈哈。阿伯,赵云贵押在刑部天牢,倪子闻得赵虎投入女贞国,又恐怕要前来翻牢劫狱。待倪子前去对禁子说,不许闲人进去探望。若有闲人进去探望,拿下一同问罪。阿伯老大人,吓道那光景?(净笑)哇呀,嘿哈嘿嘿哈哈!我儿此言不差,去到监中与禁子说,不许闲人出入探望。若有闲人出入探望,拿下一同问罪。(唱)**保钦犯立时拘拿,含笑归泉怹可也一计安排,一计安排。**

**【尾】**(丑唱)**一场巧舌口斑斓,暗使机关怎难猜。说情踪替代妹丈,到边关、尽把那番奴平伏收狮图画。到监中细说踪情,只我这正直人,一命儿轻轻的替代,轻轻的替代。**(下)

## 第三十七号

末(李天豹)、小生(赵云贵)、丑(张有义)、付(阿狗)、杂(王小毛)

(末上)呀！(唱)

**【点绛唇】夜静更阑,夜静更阑,独救贤郎,我承当。堪怜书香,怯书生受波渣。**

(白)俺李天豹,只为妹丈因解进京,押在刑部天牢,一死难逃。与张兄商酌一计,今夜翻牢劫狱,一救妹丈,二除灭奸党也。(二更)呀!(唱)

**【驻马听】谯楼二打,一路行程受悲哀。**(末下)(小生上)(唱)**哭哀哀长闷胸膛,瘦怯怯弱质裙钗。香闺女难舍夫妻情深,途路中因车劫来。可怜你为我身躯,苦杀了绣阁双双,绣阁双双。**

(急走板)(丑上,付随上)(丑唱)

**【前腔】步跟跄急到监房,昼夜不宁,无计安排。无可奈、暗地承应,步跟跄一事难猜。**(付白)阿哉公子,半夜三更,到啥个地方去?(丑)到监牢里骂仇人去。(付)阿哉公子,啥人家是晤个仇人?(丑)赵云贵。(付)阿哉公子,骂勿得个。(丑)为啥?(付)晤骂带起来,犯人困勿熟,倒勿要话起,害得牢头也都困勿熟个。(丑)困勿熟勿要晤管,快点走。(唱)**使计谋神鬼难量,神鬼难量。**

(付)公子,监牢门到哉。(丑)通报。(付)阿哉,牢头!(杂上)外面啥人家?(付)张公子来游戏。(杂)那格,张公子来游戏?游戏末城隍庙、土地堂都好去戏,班房里有啥个戏头?(付)张公子话班房里清静些。(杂)嗄,那格话,班房里清静些?张公子要游戏,只得拨其游戏,请进来。(付)公子请进。(丑)走进去。(杂)张公子在上,王小毛溜个溜。(丑)走带起来。那格,晤叫之王小毛?(杂)咳,我叫王小毛。阿哉公子,半夜三更到班房里做啥些?(丑)我来骂仇人。(杂)啥人是公子仇人?(丑)赵云贵是公子仇人,个歇时光骂起首,骂到大天白亮。(杂)咳,介倒骂勿来。(丑)为啥骂勿来?(杂)晤是介骂带起来,犯人困勿熟,倒勿要话起,连我老毛也困勿熟哉。(丑)犯人困勿熟随伊,老毛困勿熟,公子会"在行"。(杂)那格"在行"?(丑)小毛小毛,赏你十两银子,一只元宝。(杂)元宝做啥些?(丑)命你到街坊去吃老酒。(杂)话起吃老酒,喉咙翻跟斗。勿好,勿好。(丑)为啥勿好?(杂)个班犯人啥人管?(丑)犯人公子与你代管。(杂)赵云贵是杀头重犯。(丑)赵云贵公子来带骂哉。(杂)勿错,犯人公子来带管哉。吃酒少陪伴。(付)陪伴我阿狗来带。(杂)阿狗陪阿毛,(付)吃酒会讨好。毛哥哥狗弟弟,好格,好格,走走。(杂锁门)(丑)咳,监牢门勿用锁。(杂)监门要锁。阿狗吃酒到啥地方去吃?(付)到撒尿街口熟酒摊头去吃。(杂)啥个过口?(付)下螺蛳,煨乌龟,炖黄鳝,烧黄鱼。(杂)好个,好个,去去。(杂、付下)(丑)我里妹丈在那里?在那里?妹丈。(小生)大……(丑掩小生口)(带转萧王殿①)(小生)阿呀,大舅吓!你也到京中来了。(丑)妹丈吓,你下在监中,李家世妹苦煞哉。(唱)

**【山坡羊】可怜他弱质裙钗,在绣阁、啼痕泪洒,救儿夫途路劫夺,杀得个蓬头散发。**(白)苦只苦李家世妹犹可,可怜我里阿妹嗟!(唱)**痛哀哭,力衰与肝肠。只见他悲苦甚凄凉,**(急走板)(小生)阿呀,小姐吓!(唱)**害娇容弱质轻年,劫夺钦犯受灾殃。被军兵,遭此没下场;何日重逢会娇娘,重逢会娇娘?**

(丑)阿呀,妹丈吓!我里个老勿死搭吓有仇,吓个条性命活勿成,小弟与你替代罢哉。(小生)大舅吓,我家之事,怎好连累与你?(丑)阿呀,妹丈吓!吓带了双狮图,去到边关,收了双狮回来,到法场救救小弟,也是未迟个嗟。(唱)

**【园林好】休得要执心痴呆,去边关效力皇家。若得番奴平灭,救小弟在法场,救小弟在法场。**

(小生)大舅吓,这事动不得的。(丑)妹丈吓,若不依我之见,死东吓眼面前哉。(小生)且慢,大舅果有此心?(丑)原有此心。(小生)果有此意?(丑)原有此意。(小生)如此大舅请上,受我一拜。(唱)

---

①　萧王殿,指设在监狱内的狱神庙。因庙中所奉为萧何,故称"萧王殿"。

【前腔】堪羡你仁义情郎，你是个正直堂堂。（丑唱）**露风声祸事非小，必须要
低头暗藏，必须要低头暗藏。**

（杂上）（唱）

【水底鱼】醺醺醉来，头重脚轻步难踹。监中事大，还须守监牢。

（白）我里王小毛便是，在街坊吃老酒，路上碰着一班好朋友，银子吃到九两
九。老酒吃醉，到监牢里困觉去罢哉。（头碰监门）啥人家，拨我乱碰乱撞，
劈其三个呆神巴掌。我是个"着"。（手打在监门上）（杂）唷吓，监牢门到哉，
叫公子快开监门。阿哉公子，开监门。（丑）啥人家？（杂）我老毛居来哉。
（丑）老毛，吪老酒吃勿吃饱东？（杂）老酒末吃饱带哉。（丑）让我来开。喏，监
牢门反锁东格。（杂）那格，监牢门反锁东个？实在反锁带，让我开带开来。
（丑与小生耳语）（杂）锁开带哉。（丑）老毛，个遭吪走伊好。（杂）晓得。（丑）介末
吪走进来。（开门，小生逃下）（杂）喔吓，还好还好。赵云贵天亮要杀头个，个班
杀头鬼"啰啰啰"逃出去哉。阿哉赵云贵！（丑）来带个头。（杂）个人公道个，
赵云贵。（丑）来带哼头。（杂）头歇来带个头，个歇来带哼头，赵云贵。（丑）来
带。（杂）吪是张公子？（丑）是个。（杂）赵云贵呢？（丑）赵云贵我放走哉。（杂）
吪当真呢，还是取笑？（丑）啥人家搭吪取笑。（杂）个遭完哉！（唱）

【前腔】心中胆慌，（白）张公子走带来。（丑）做啥？（杂）赵云贵天亮要杀头个。
（丑）我公子代杀。（杂）还要全家诛戮。（丑）那怕其两家诛戮？（杂）阿吓，王小
毛，王小毛，吪个黄汤要勿要吃哉！（唱）**我命丧泉台。**（丑唱）**我一身承当，休
得来惊慌，休得来惊慌。**（丑、杂下）

（四手下、末上）（唱）

【尾】非我来鲁莽，劫牢翻狱承当。都只为忠良后代，到监中休得惊慌。（下）

## 第三十八号

小生(赵云贵),老旦、正旦(旗牌),丑(张有义),末(李天豹)

(小生上)(吹打【红绣鞋】)(小生下)(老旦、正旦上)(吹打【红绣鞋】)(提丑上,众绑丑下)(小生上)(吹打【红绣鞋】)(小生下)(原手下、末上)(唱【红绣鞋】)(白)吓,你可是妹丈?(小生上)敢是大舅?(末)正是。(小生)有礼。(吹打【红绣鞋】)(半【尾】)(末)我和你越城而出便了。(【尾】下句)(下)

## 第三十九号

净(张泰),老旦、正旦(旗牌),丑(张有义)

(开门)(四手下、净上)钦犯进京华,早堂问律法。来,将赵云贵带上来。(老旦、正旦绑丑上)(老旦、正旦)有锁。(净)去锁。(老旦、正旦)去锁。(净)听点。(丑)候点。(净)钦犯一名赵云贵。(丑)阿伯,是倪子。(净)你是张有义?(丑)孩儿是张有义。(净)赵云贵呢?(丑)孩儿放走了。(净)为父与他有仇。(丑)倪子与他有亲。(净)我要杀他。(丑)有我来代。(伸颈)(净)可恼,可恼也!(吹【泣颜回】半段)(丑白)阿哉阿伯,吓对伊有仇,倪子对伊有亲,吓要杀伊,倪子要救伊,以消赵家之气个。(吹【泣颜回】合头)(净白)你这畜生,释放钦犯赵云贵,圣旨到来,一死难逃也!(吹【千秋岁】半段)(丑白)阿伯,自古道一命抵一命,吓也勿必多问个嘘。(吹【千秋岁】合头)(净白)来,将他上了刑具,带去收监。封门。(老旦、正旦绑丑下)(净)(吹【尾】一句)(白)喔哈哈!张泰张泰,不能治家,焉能治国,如何掌得朝纲也?(吹【尾】下句)(下)

## 第四十号①

末(李天豹)、小生(赵云贵)、外(李廷杰)

(末、小生上)(吹【剔银灯】半段)(末白)妹丈,你我带了图画,收了双狮,回来好救张家哥哥。(小生)有理。(吹【剔银灯】合头)(末、小生下)(外上)(吹【剔银灯】半段)(白)本藩,李廷杰,奉旨征蛮。番奴十分猖獗,有双狮非等闲,伤害军兵无数。为此命我儿归家,叫那云贵,带了图画,收了双狮。想有半月,怎的不见到来?(吹【剔银灯】合头)(末、小生上)(末)爹爹,孩儿拜揖。(外)罢了。(末)这是妹丈。(小生)岳父,小婿拜揖。(外)贤婿起来。(小生)谢岳父。(外)我儿一路上可无事否?(末)前者妹丈途中被擒,囚解进京。感得张家哥哥,自往替代,妹丈才得脱身。(吹【剔银灯】半段)(白)张家哥哥尚在监中,料想奸相不会善罢甘休。(吹【剔银灯】合头)(外白)吓,奸贼,奸贼,你好逞势也!(吹【剔银灯】半段)(白)贤婿,家奴赵虎投入番奴,双狮猛勇,不能平灭,如何是好?(小生)岳父且是放心,小婿双狮图画带在身旁,明日开关,见了赵虎,收取双狮,一战成功也!(吹【剔银灯】合头)(外白)好,贤婿之言不差,明日开关交战便了。(末、小生)有理。(吹【尾】)(下)

## 第四十一号

付(赵虎)、末(李天豹)、小生(赵云贵)、外(李廷杰)、花旦(白飞娇)

(内唱)

【泣颜回】**气宇昂昂冲霄汉**,(付上)(唱)**俺本是天魔降下。千军何惧,吼一声地覆天翻**。(白)俺赵虎,只因李王爷闭关不战,今日立起大兵,杀进皇城,除灭

---

① 本出末角说白单角本仅有"爹爹,孩儿拜揖""这是妹丈""有理",其余系整理时增补,小生说白"岳父且是放心"至"一战成功也"亦系整理时增补。

奸相,要报大老爷之仇也!(唱)**直进城关杀,叫他何处来躲藏。耐心胸,念忠良世袭后代,世袭后代。**(付下)

(末、小生、外上)(同唱)

【前腔】**统领三军雄兵十万,号炮连天震响。齐心努力,各提防连环披甲。**(外白)本藩李廷杰,为番奴雄勇,今日开关,收取双狮,剿灭蛮贼。贤婿,若见赵虎,恐有别意之心,若还不认,如何是好?(小生)赵虎见了小婿,那有不认之理?(外)贤婿之言不差,用心杀上。(同唱)**层楼观望,擒番奴收双狮有图画。赵虎不顺,投蛮夷兴起祸殃,兴起祸殃。**(小生、末下)

(外上城)(付上)(唱)

【千秋岁】**见他行,队伍分两开,问他名忠良留芳。**(白)嗱!守城军士听者,非是俺赵虎无理,俺要杀进皇城,除灭奸相,报大老爷之仇也!(唱)**恕我鲁莽,恕我鲁莽,报冤仇理所正当。休多言免战牌,开关**①**来敌,杀奸党我心快哉,我心快哉。**

(外)嗱!赵虎,你主人在此,还敢无礼么?(付)既然主人现在,何不叫他出关相见?(外)贤婿出马。(内)得令。(小生上)嗱,来将可是赵虎?(付)然也,来者可是小主?(小生)正是。(同哭)(小生)阿,赵虎吓!(付)小主吓!(小生唱)

【前腔】**见伊家,数年无会面,今日个主仆会合双双。**(白)赵虎,我母亲安顿在那里?(付)老夫人亡故了。(小生)我母亲亡故了。阿呀,母亲吓!(唱)**闻言惊唬,三魂的六魄何在?子不肖忤逆郎。逃奔天涯,痛娘亲死在泉台,死在泉台。**

(外)赵虎虽然义仆,倒有一片忠义之心。本藩命你快快收了双狮,叫番奴归顺天朝,待本藩奏闻圣上,可以报仇雪恨。(付)王爷、小主休得心急,收了双狮,再作计较。(小生)有理。请。(外、付、小生下)(花旦上)(转头)(唱)

【尾】**杀气震天关,双狮非等闲。**(白)奴家白飞娇,祖父白颜图,父王白塔儿,

---

① 关,195-1-151 吊头本作"兵",《双狮图》外本[195-1-144(2)]同,据 195-3-86 整理本改。

今日立起大兵,杀往京城,要夺明朝江山也!(唱)**遵父命打破城关,夺江山尽归我掌,尽归我掌。**

(末、小生上,战,末、花旦下)(双狮上)(小生)嘈!你这两个孽畜,大老爷为你家破人亡,今日主人在此,仍归图画去罢。(双狮下)(末)双狮可曾归图画?(小生)仍归图画。(末)好,仍归图画,前去交令。(下)

## 第四十二号①

付(赵虎)、花旦(白飞娇)、外(李廷杰)、小生(赵云贵)、末(李天豹)

(付、花旦上)(吹【风入松】半段)(付白)公主。(花旦)驸马。(两面看)(付)公主见礼。(花旦)驸马见礼。(花旦)驸马胜败如何?(付)双狮被他收去。(花旦)待我夺他转来。(付)且慢。双狮被他收去,你那里是他对手?你我回去禀告郎主知道,写了降表一纸,投降与他。(花旦)驸马请。(吹【风入松】合头)(付、花旦下)(四手下、外、小生、末上)(吹【急三枪】)(小生白)岳父,小婿拜揖。(末)爹爹,孩儿拜揖。(外)罢了。贤婿,双狮怎么样了?(小生)双狮仍归图画。(外)妙吓!双狮收下,呈献君王,可灭奸党。贤婿,番奴不能除灭,如何是好?(内)报上,赵虎要见王爷。(手下)启王爷,赵虎要见。(外)赵虎马前相见。(手下)赵虎马前相见。(付上)赵虎叩见王爷。(外)起来。(付)谢王爷。我主前来投顺,有降表呈上。(吹【急三枪】)(外白)待我回朝奏闻圣上,降诏封王便了。(付)谢王爷。(外)众将,打得胜歌回。(吹)(下)

## 第四十三号

净(张泰)、丑(张有义)、正生(陈大人)、外(李廷杰)、末(李天豹)、小生(赵云贵)

(净上)(唱)

---

① 本出 195-1-151 吊头本尚有净角白塔儿出场的内容,而 195-3-86 整理本无之。

【一枝花】可恨这不肖子犯王章,无故的释放钦犯。好叫我进退无门无筹划,全家祸、谁来承当? 欺君王罪犯朝廷,断绝了张氏后代。(白)老夫张泰,可恨这畜生释放钦犯赵云贵,少刻圣旨到来,老夫如何是好也? (唱)**怎叫我袖手旁观,全没个父子人伦有大道,父子人伦有大道。**

(报子上)报,公子提到。(净)带进。(丑上)(唱)

【一转】为贤良何惧命抛,完全了、两家团圆终身有靠。只我这披枷带锁受煎熬,犯王章身赴云阳何足道。(净白)你这畜生,释放钦犯赵云贵,少刻圣旨到来,将你斩首,你悔也不悔? (丑)阿伯,倪子若还怕死,介个计策也勿行。(净)你死犹可,为父被你所害了。(丑)若还吪阿伯死者,爽快我倪子个肚哉。(净)畜生,畜生! (唱)**提起来冲冠怒发,恨深深一味的口语胡诌。又谁知罪及临身,枉费我独霸朝纲,独霸朝纲。**

(丑)阿伯,倪子有点缘故来里个嘘。(唱)

【二转】都只为两下有情关,因此上、兄妹手足共娘胎①。救云贵到边关灭夷蛮,不枉我忠义双全死正当②。(净白)听你说来,难道女儿终身许配赵云贵了? (丑)非但许拨伊,困也困之好几个月哉。(净)你这畜生! (唱)**恼得我五内中起三法③,打你这犯法违条逆郎。言三语四来调谎,要将你皮开肉绽千刀剐。**

(内)圣旨下。(丑)阿伯,圣旨下。(净)摆香案接旨。(丑)摆香案接旨。(吹【过场】)(二手下、正生上)圣旨下,跪。(净)万岁。(正生)听宣读。(净)万万岁。(正生)张有义无故释放钦犯赵云贵,代赴云阳。钦哉。(净)万岁,万岁,万万岁。(吹【过场】)(净)你这畜生,圣旨到来,将你斩首,悔也不悔? (丑)阿伯,倪子一些勿悔。难个遭倪子死哉,妹子、妹丈好好看待得伊,若有一点差池,倪子做鬼也勿肯饶吪个嘘。(唱)

---

① 娘胎,《调腔乐府》作"患难"。
② 死正当,《调腔乐府》作"好儿男"。
③ 起三法,《调腔乐府》作"烈火烧"。

【三转】救忠良一死何碍，在幽冥冤气难散。手足同胞情义难舍，真个是公冶长缧绁含冤刀头丧。（正生、二手下绑丑下）（净）咳！（大转头）（唱）**断绝了张氏嫡派，纵子罪叫我怎样安排。恨老贼将女配钦犯，自害自身放虎归山**，咳！**悔不该听信奸言害忠良，奸言害忠良**。（净下）

　　（二手下、外、末、小生上）（外唱）

【四转】**唱凯歌复旨回朝，受皇皇雨露恩诏。望着那皇城禁闭，何事的喧天热闹**？（末白）爹爹，日高三丈，皇城紧闭。（外）我儿前去问来，为何皇城紧闭？（末）得令。咄，日高三丈，为何皇城紧闭？（内）奉旨监斩张泰之子张有义，故而皇城紧闭。（末）爹爹，奉旨监斩张泰之子张有义，故而皇城紧闭。（外）咳，张泰，我骂你这老贼，你掌握朝纲，一个儿子典刑，不上殿保奏，全无父子之情。可恼，可恼！（唱）**恼得我腾腾气难按，岂不知父子情分大义郎**①。（白）我儿，今定国公征剿女贞国有功，要进京复旨，叫他大开皇城。（末）咄，守城军士听着，定国公征剿女贞国有功，要进京复旨，大开皇城。（内）大开皇城。（小生）岳父，张有义为小婿绑赴法场，还望岳父相救。（末）爹爹，张有义与孩儿胜如同胞，今日法场斩首，还望爹爹相救。（外）这有何难？你二人到法场，留下犯人，待我上殿保奏，请了赦旨一道，可以救得。（小生、末）斩旨在前，赦旨在后，如何救得？（外）阿呀，是吓！这有何难，我有免死金牌，可以救得。（唱）**令森严休得违拗，奏君王降旨九重霄，违军令一死难逃**②。

　　（末、小生）晓得。（唱）

【五转】**到法场相救贤郎，先帝所赐免死金牌**。（末、小生下）（外）过来，转过朝房。（唱）**堪笑他父子人伦何在，奏君王将他罪大，将他罪大**。（二手下、外下）（内）有！有！有！（二手下绑丑上，正生随上）（丑唱）**催命鼓也么哥，赴云阳也么哥。恨不尽奸贼钱飞龙，搬言语朝纲颠败**。（丑跪）

---

①　难按，《调腔乐府》作"冲霄"。大义郎，单角本同，《调腔乐府》作"大义高"。

②　"令森严"至"一死难逃"，《调腔乐府》作"有义郎恩如天大，往法场休误了令差，奏君王降旨恩赦"。

（末、小生上）（唱）

【六转】**只俺这两步行来一步行，免死牌去法场刀下留人。只听得破锣鼓催声紧，禁止不住小鹿心头恨深深。**（白）阿吓，陈大人！（正生）李爵主到来何事？（末）我爹爹请圣旨去了。（小生）大舅！（丑）妹丈吓，小弟为你在此代死，你不去逃命，反而到法场自投罗网呵！（唱）**乍见了泪雨浓浓。**

（小生）大舅吓，我家岳父征剿女贞国有功，免死金牌挂在胸膛，却也无事。

（末）张兄你且放心，我爹爹请圣旨去了，却也无事。（小生、末同唱）

【七转】**休得要哭泣泪珠抛，堪羡你大义人伦义侠①可表。**（净上）（唱）**手捧着催旨一道，怎将忤逆子万剐千刀。**（白）圣旨下。（小生夺旨）（小生）谁敢？（净）嘈！大胆赵云贵，我儿为你问斩，你到法场来自投罗网也！（唱）**也是你命犯刀头一死难逃，请旨定夺一笔勾销②，手捧着旨诏也么哥，捉钦犯也么哥。**

（白）来！（手下）有。（净）将赵云贵拿下。（手下）拿下。（末）谁敢？谁敢？（净）嘈！大胆李天豹，你王府窝藏钦犯，也是犯法之人。来，将那个李天豹一同拿下。（末）嘈！张泰，我把你这老贼，俺乃世袭公爵，就是窝藏钦犯，你也难为我不得。我爹爹征剿女贞国有功，进京复旨，奏闻圣上，要除你这老贼也！（唱）

【八转】**俺是个世袭公爵，灭番奴得胜还朝。奏君王少不得治你罪大，请圣旨叫你自悔自懊，自悔自懊。**（内白）圣旨下。（吹【过场】）（外上）圣旨下，跪。（正生）万岁。（外）监斩官听宣读。诏曰：今有张有义，不惜生命，代赴云阳，本当斩首。今有钦犯赵云贵，征服女贞国有功。赦其一死，无得见斩。钦哉。（正生）万万岁。（外）圣旨下，跪，张泰听开读。（净）万岁。（外）今有张泰，谋宝不准，谎奏忠良，陷害赵氏一门。奉旨拿下，三法司勘问，然后定罪。钦哉。（净）万万岁。（丑）阿伯，呵哈哈哈。倪子倒勿死，阿伯老大人吚当真要死哉。

---

① 义侠，《调腔乐府》作"万世"。

② 此句《调腔乐府》作"自投罗网我恨可消"。

(净)难言是难言。(丑)有啥个难言勿难言,若还阿伯老大人死哉,畅快倪子个肚哉嚱。(唱)**可不道青天湛湛,善恶分明循环昭彰。无辜的满门诛戮,到如今一笔成毁**①**好不快哉,好不快哉。**

(外)过来,将他拘禁天牢,候旨定夺。(唱)

**【九转】堪笑你朝权来独霸,害忠良斩尽后代。全不念父子人伦,怎将这亲骨血云阳刀划?**(净白)钱飞龙呀钱飞龙,你死在沙场犹可,老夫前者听你此言,今日一死难逃也。(丑)后悔也迟东哉。(净唱)**恁胡为搬弄朝纲,谋宝不遂双狮图画。枉费我千方百计,到如今一场空望,一场空望。**

(二手下绑净下)(丑哭)咳,年伯吓!我里阿伯做人虽然不好,杀是杀勿得个,年伯保奏保奏。(外)令尊有些奸诈,下在监牢,约定数月,然后待本藩保举,赦他一死。(丑)多谢年伯。(正生)王爷,小官有言难以启齿。(外)有言但说无妨。(正生)看张公子忠义双全,小官有一女,许配张公子为婚,还望王爷作伐。(外)都在本藩身上。贤侄,陈先生有一女,许配贤侄,老夫作伐,意下如何?(丑)小侄山鸡,怎好配凤凰?(外)贤侄也不必推辞,拜了岳父。(丑)岳父在上,小婿一拜。(唱)

**【尾】拜深深不弃寒家,多感德佳配凤鸾。**(外、正生同唱)**堪羡你正直人儿,正堂堂忠良快哉,忠良快哉。**(下)

## 第四十四号②

付(赵虎)、贴旦(张月娥)、小旦(李秀娥)、正旦(郑氏)、外(李廷杰)、
末(李天豹)、丑(张有义)、小生(赵云贵)、正生(陈大人)、花旦(陈大人之女)

---

① 一笔成毁,《调腔乐府》作"雾散云开"。
② 本出195-1-151吊头本【步步娇】以下散佚,据195-3-86整理本和单角本补足。剧末圣旨内容整理本原缺,而正生本自第三十六号【醉春风】"逢路中劫夺囚车双双厮杀"以下未抄录,兹参照上海益民书局印行的绍兴文戏《双狮图》增补。

（付上）（唱）

【新水令】投入番邦回大朝，今日个重整家邦。王府门楣荣耀，重整家邦不忘那恩重山高。（白）俺赵虎，小主在王府招亲，老夫人坟墓安顿已好，报与小主知道，不免往王府一走。（唱）欢乐开怀，只我这义侠男儿头颅可代，头颅可代。

（贴旦、小旦、正旦上）（同唱）

【步步娇】闻言开怀心欢笑，出堂离香房，功勋世袭高。征服番邦，凯歌还朝。（贴旦白）伯母，我爹爹下在天牢，不能出狱，如何是好？（正旦）你且是放心，待年伯回来，上殿保奏，恕你父亲无罪便了。（小旦、正旦唱）上达圣明表，完全骨肉真堪笑，骨肉真堪笑。

（外、末、丑、小生上）（同唱）

【折桂令】开恩赦雨露恩高，受皇封当全忠孝。奉旨荣归开怀抱，进门台团圆欢笑。（小旦、贴旦白）哥哥吓！（唱）乍见了骨瘦容憔，害你受苦多多少。（末、正旦同唱）不必悲号，不必悲号，喜得个骨肉相逢，兄和妹相逢今朝，相逢今朝。

（外）夫人。（正旦）相公得胜还朝，合家团圆，不胜之喜。（外）上托圣主洪福，二乃贤婿之功也。（小生）大舅，若不是你舍死代监，小弟一命呜呼也。（丑）妹丈，那日在法场上，小弟魂灵也是吭得哉嚱。（唱）

【江儿水】圣旨来速急，魂飞透九霄。渺渺游魂天涯飘，九死含冤何足道。喜平蛮儿转回朝，那时节恰逢头枭。喜得个圣旨赦罪，不然是一命难逃，今日个豁开眉梢，豁开眉梢。

（外）贤婿，那日令尊寿日，本藩到你家拜寿，见双狮图画，能会下地，那钱飞龙见宝起谋。（唱）

【雁儿落】使设计欲图珍宝，双狮儿逃奔天涯。道奸言奏起祸招，又谁知犯法天条。（付上）王爷、小主。（小生）赵虎，我母亲坟墓可安顿好？（付）老夫人坟墓安顿已好。（小生）阿呀，娘吓！（付唱）心焦不必悲号，老夫人坟墓安顿好。义高，俺赵虎义气好，俺赵虎义气好；九锡荣封，大义纲常不颠倒，大义纲常

**不颠倒。**

（外）赵虎虽是义仆，倒有忠心可嘉，实为可敬也！（唱）

**【收江南】呀！堪羡你正直无私呵，义仆情投万名标。到如今团圆会合门楣耀，奉旨荣归九锡高。**

（内）圣旨下。（众）摆香案接旨。（吹【过场】）（正生上）圣旨下，跪。（众）万岁。

（正生）听宣读，诏曰：赵云贵子顶父职，封李氏为一品夫人，张氏为二品夫人。张有义封为礼部尚书，赵虎拜为大将军。钦哉，谢恩。（众）万万岁。

（外）点起龙凤花灯。（花旦上，与丑拜堂）（团圆）（下）

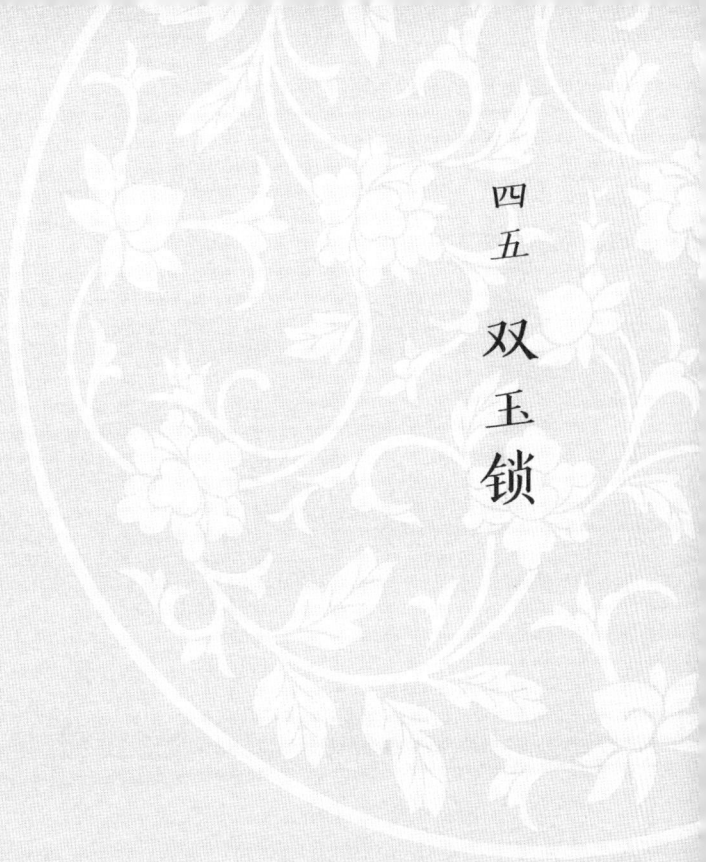

四五　双玉锁

调腔《双玉锁》共三十七出,剧叙嘉兴秀水县全玉秀有侄全万贤,私通希明高之妻董氏、刁氏,害死希明高,并构陷玉秀。玉秀被发配至山西洪洞,临行前给幼子取名"九锡儿",刻名于其臂,并悬双玉锁于胸前。全万贤为占尽玉秀家财,偷抛其子,杀死义仆全贵夫妻。九锡儿幸为浙江按察班景松所收养。洪洞知县仰天裕乃全玉秀结拜兄弟,遂留玉秀在身旁做师爷,后仰天裕升任杭州知府,玉秀随往,被荐往任班按察义子之西席,遂得父子相认。希明高、全贵夫妇之冤魂,纷纷至秦广王殿下呈告,秦广王查得全万贤阴禄未满,待其恶贯满盈,再打入地狱。是时全万贤改名换姓,隐迹杭州,欲加害为九莲庵收留的玉秀妻秋氏。按察衙门觉察此事,派人救出秋氏,玉秀一家团圆,全万贤及董氏、刁氏受到严惩。

整理时曲文以光绪二十八年(1902)杨境轩《双玉锁》吊头本(案卷号195-1-148)为底本,念白拼合正生、小生(解差、仰成)、正旦、小旦、花旦、净、末单角本,其余角色据1954年老艺人忆写总纲本(案卷号195-3-34)校录。

## 第二号

正生(全玉秀),末(全贵),正旦(秋氏),外、小生、付(众贺客)

(正生上)(引)礼乐名家,喜得有子欢畅。(诗)理学名儒旧名家,文业深深志可夸。闻说天朝黄榜动,惟愿独步踹金阶。(白)卑人,姓全名玉秀,祖贯乃是嘉兴秀水县人氏也。父亲在日,曾做布政;母亲郑氏,勤绩桑麻。不幸父母双亡,留下兄弟二人。不幸哥嫂亡故,留下侄儿,取名万贤,从幼教养身伴,如今年已长大,不听训教,终日游荡,不顾家产,且是由他。卑人娶妻秋氏,颇成妇道。那年科场结拜金兰,有一好友,名叫仰天裕。只是奈我命运蹭蹬,不能鹏程上达,效力皇家,这也不在话下。今日孩儿周岁,命全贵准备祭礼,酬神谢祖,未知可曾齐备。全贵那里?(末上)有。(正生)命你寻觅大爷,可回来?(末)老奴在街坊上寻觅,大爷与人家相争,老奴叫他，他全然不睬，老奴只得回来了。（正生）全贵，恐有贺客到来，请安人出来。（末）安人有请。（正旦上）（引）夫贤妻有幸，愿得子孙昌顺。（白）员外见礼。（正生）见礼。（正旦）请坐。（正生）请坐。（正旦）员外，今日孩儿周岁，可曾完备？（正生）诸事俱已完备，你出来与孩儿拜谢天地。（正旦）命全贵前去寻访侄儿，可有回来？（正生）全贵说这畜生与人相争，叫他全然不睬，他就回来了。吓吓吓，气死我也！（正旦）前者指望靠他暮年，如今孩儿一周岁，须看先人一面。（正生）言之有理。全贵，摆香案。（吹【小开门】）（同唱昆腔【画眉序】）（内白）报上。（末）所报何事？（内）众乡邻前来恭贺。（末）请少待。员外，众乡邻前来恭贺。（正生）安人回避。起乐。（正旦下）（末）起乐。（吹【过场】）（正生出接）（外、小生、付上）（正生）弟不知众乡邻到来，有失远迎，多多有罪。（外、小生、付）好说。（外、小生）和你俱是祖父交好，又是同窗，你令郎周岁，我们准备细细薄礼，前来恭贺。（正生）窗友意到就是，何用费心？（外、小生）细细礼物，收下就是。（付）老全，唔令郎周岁，我有一百压岁钱来带，压压岁。（正生）你家下艰难，何用费心？（付）介是要紧个，省勿来个，收东。（正生）备得有酒，众乡邻上席。（吹【双声子】）（外、小生、付白）酒也有了，散了筵席。（吹【过场】）（外、小生下）（末）员外，他酒醉了。（正生）扶他出去。（末）吓。（吹【尾】前段）（正生、末下）（付）老全开门！咳，好无趣，这酒一吃吃醉哉。一百铜钱，还是当店里当得来个。（吹【尾】后段）（下）

# 第三号

　　　　丑（全万贤）、净（希明高）、小旦（董兰花）、花旦（刁汝美）

（丑上）（念）

**【缕缕金】时不济，运不交。双亲早归黄泉道，我心忒浮漂，我心忒浮漂。**（白）

学生全万贤,阿叔全玉秀。昨日子,我罗阿弟来里得周①,叫全贵老毪养前来叫我,被我骂之一顿,居去还哉。我一些没有事好做,到街坊游嬉游嬉罢哉。来里个哉,本城有个希明高大爷,万富家财,走带进去,大爷、大爷叫之几声,麻油嗒嗒,有散碎银子拿点用用,有啥个勿好嚎? 个遭往大爷府上一走。(念) **急走街坊道,趋捧富豪。若得东君开怀抱,赠我银子也不少,赠我银子也不少。**

(净上)(念)

**【前腔】全不念,心焦燎。每日神魂多颠倒,黑夜睡不牢,黑夜睡不牢。**(白)老全!(笑)吓,老全,格两日为啥勿到我屋里来走走?(丑)大爷,勿要话起,格两日我阿弟来哼得周,接个人客也要我送个,勿来陪伴大爷,冷落哌哉,得罪是得罪。(净)岂敢是岂敢。吓,我有心事勿高兴。(丑)大爷,出之东门,有个汪家庄,汪四娘有个阿囡,名字叫得露水花,年纪十八岁,眼睛波俏,嘴好比樱桃;身子窈窕,脚寸来得小;大爷看见,扑咚要翻倒。(净)那啥,大爷看见,扑咚要翻倒。老全,开包要多少银子?(丑科)(净)好,带吓银子去开包。(同念)**双双戏耍,楚馆与秦楼。若得东君开怀抱,连理并头,连理并头。**

(内)啐!(丑)大爷啥个事体?(净)吓,老全,大娘娘、二娘娘出来哉。(丑)去不成哉。(丑下)(小旦、花旦上)(小旦)闻说儿夫贪花柳,(花旦)忙忙移步问根由。(净)吓,大娘娘、二娘娘见礼。(小旦、花旦)见礼。(净)请坐。(小旦、花旦)请坐。(净)出堂来做啥勾?(小旦、花旦)你说要到那里去?(净)我同老全两人去讨账去格。(小旦、花旦)我姐妹二人在房,听得明白,你要到汪四娘家中看露水花,可是有的?(净)咳!(唱昆腔【驻马听】前段)(白)男人吓来带话是话,女人家七嘴八嗒,好没有家教。(唱昆腔【驻马听】后段)(小旦、花旦白)咳!(同唱)

① 得周,婴儿周岁。《越谚》卷中《风俗》"得周"条:"产儿周岁,母家备礼又往,即'晬盘'也。《爱日斋丛钞》曰'试周'。"

【(昆腔)驻马听】①乱语胡讲,一味花言作游荡。不记书香旧族,贪爱花柳,冤孽欢畅。(白)你终日在外嫖妓宿娼,不顾我姐妹二人娇妻美妾,与你死不甘休。(同唱)**你今休得言荒荡,你少恼分个青黄。**(丑暗上)(净唱)**你今不必来啰嗦,全无家教,何必絮叨叨。**

(白)老全,讨账去。(科)(净下)(丑、花旦传情,丑下)(小旦)呷吓!(科)(花旦)姐姐,他不顾你我姐妹二人,如何是好?(唱昆腔【尾】前段)(白)整日出外嫖妓宿娼,如何是好?(小旦)员外不顾姐妹二人,也无可奈何。(唱昆腔【尾】后段)(科,下)

## 第四号

正生(全玉秀)、净(希明高)、丑(全万贤)、正旦(秋氏)

(正生上)(唱)

【园林好】闷无聊怫郁②襟怀,顿叫人、愁眉难开。撇书斋诗赋不揣③,步庭前过花街,步庭前过花街。

(白)卑人,全玉秀。昨夜观看诗书,直至二更。清晨起来,精神恍惚,所以不览诗书。心中烦闷,不免庭前闲步一回。(唱)

【前腔】步轻移履郁草台,见街衢、人声喧来。尽都是名利争先,意浓浓心开怀,意浓浓心开怀。

(走板)(净、丑上)(同唱)

【江儿水】闲游同散玩,转过街坊道。双双携手开怀抱,天仙丰姿花月貌,顷刻里欢愉良宵。(丑白)大爷,我老全为人在世嘘!(唱)风流情趣,朝和暮乐得逍遥,乐得逍遥。

---

① 本支曲牌旦角部分据《双玉锁》小旦本[195-1-133(2-1)]校录,净角所唱部分则出自195-3-34忆写本。

② 怫郁,抄本作"腹郁",今改正。怫郁,郁闷。

③ 不揣,195-1-148吊头本作"便",单角本作"不猜","猜"当作"揣",据改。

（正生科）咳！（丑）阿叔，侄儿拜揖。（正生）你这畜生，终日出外闲游，不顾家筵。想昨日你兄弟周岁，不回来倒也罢了，不顾旧族书香，一味闲游飘荡，成什么宦家之后也？（唱）

【前腔】**门楣振家声，忠显字可表。不记祖上嫡宗派，骂你这顽劣子不肖，不读诗书浪浮飘。**（白）父母在日，有万贯家财，被你消败尽了，还要同那些狐群狗党，同行闲游漂泊。（唱）**全氏流传书香，骂你这不孝儿曹，不孝儿曹**①。

（净笑）全玉秀，你训教侄儿，也是应该。啥格狐群狗党，直脚头勿是话嗨！（唱）

【玉交枝】**好不度量，轻出言语将人肮脏。我希氏家声正堂堂，你肉眼无珠轻视我行。**（白）全玉秀，吪格爹不过是布政，我爹河道；吪是贡元，我是通判，也勿来畏惧吪嗨。（唱）**你今忒杀将人怪**②，**枉读诗书经纶埋。气得我目瞪口呆，气得我目瞪口呆。**

（走板）（正旦上）（唱）

【五供养】③**闻言闹吵，嫡亲叔侄，休得心焦。移步庭前出，特来问根苗。员外！何必怒恼，共结连枝，骨肉和好。侄儿吓！叔父苍年老，还须侍晨宵。凡事念我，嫡亲顾照，嫡亲顾照。**

（正生）希明高，我在此训教侄儿，你来阻我么？（净）吓！（正生唱）

【前腔】**腾腾怒恼，他是全氏，嫡亲裔苗。何得来出口，不必絮叨叨。**（丑白）阿哉大爷，凡百事体，总是老全做人勿好嗨！（唱）**不必气嚷，恕我无知，累着你行。何得生嗔怒，须看我**④**面庞。且急回归，乐怀欢畅，乐怀欢畅。**

（净）气杀哉！（丑扯净下）（正旦唱⑤）

【川拨棹】**免怒恼，且安心身躯自保。休得要闲事怒恼，休得要闲事怒恼，且**

---

① “全氏”至“儿曹”，195-1-148吊头本脱，据单角本补。

② 怪，195-1-148吊头本作“丧”，而次句句首有“怪”字，据单角本校改。

③ 此曲牌名抄本缺题，今从推断。

④ 须看我，195-1-148吊头本作“吃”，据195-3-34忆写本改。

⑤ 此处195-1-148吊头本作“正旦、正生同唱”，据单角本改。

安居自在逍遥。想当初暮年靠，今日里有裔苗，一任他浪花漂，一任他浪花漂。

【前腔】(正生唱)气咆哮，不由人三昧火烧。好事儿反成虚嚣，好事儿反成虚嚣，气得我目瞪口呆。心思忖自招烦恼，养育恩一旦撇抛，一任他浪花漂，一任他浪花漂。

【尾】(正旦唱)你今休得意焦燎，须看先人一面杳。他不听良言枉费辛劳。

(下)

# 第五号

小旦(董兰花)，花旦(刁汝美)，丑(全万贤)，净(希明高)，正生(全玉秀)，

正旦(秋氏)，外、小生(乡邻)，末(全贵)

(起更)(小旦上)(唱)

【醉花阴】堪恨夫君迷野花，终日里不顾浑家。一味的贪花柳风月爱，不记着、不记着①光彩门台。(白)奴家董氏。公公在日，官居河道，遗下家私巨万。不想这蠢夫，终日在外嫖妓宿娼，不顾姐妹二人、娇妻美妾，如何是好也？(唱)芙蓉帐冷香消被②，孤衾独枕独自在，撇得我姐和妹朝夕悲哀，朝夕悲哀③。

(二更)(花旦上)(唱)

【画眉序】铜壶漏滴催，孤灯独守泪满腮。进房中姐妹相代。(小旦白)见礼。(花旦)见礼。(小旦)请坐。(花旦)请坐。(小旦)妹子，进房来何事？(花旦)姐姐，员外在外嫖妓宿娼，不顾姐妹二人、娇妻美妾，如何是好？(小旦)员外不

---

① "不记着"195-1-148吊头本未叠，据单角本改。

② 被，195-1-148吊头本作"波"，据195-1-133(2-1)小旦本改。"香消被"即"被香消"。

③ "芙蓉"至"悲哀"，光绪二十二年(1896)《阴阳报》等旦本(195-1-79)所抄《双玉锁》小旦本作"终日里嫖妓宿娼，不顾那祖上门楣，有一日家业散门楣败，那时节悔也迟哉，悔也迟哉"。

顾姐妹二人，也无可奈何。（花旦）姐姐，昨日见那全万贤人才出众，依了妹妹主见。（唱）**学一个崔莺莺佳期会合，襄王庙神女阳台**①。**三人同枕共衾睡，乐得个欢娱快哉，欢娱快哉。**

（小旦）吓！（唱）

**【喜迁莺】骂你这泼贱、泼贱奴胎，没脸面顿望、顿望痴呆。胡也么柴，全不想祖上门楣，怎做出伤风败俗人伦绝坏。**（花旦白）姐姐，言虽如此，当初武则天尚且如此，何况你我小户人家？他不顾你我娇妻美妾，我怎顾他旧族书香？（唱）**有何碍？不顾我嫩柳娇才，那顾他旧族门台，旧族门台？**

（小旦科）妹子此言不差。既如此，将那人引入房中，为姐在房中等候。（唱）

**【画眉序】姐妹同心在，催马游缰寻夫来。引入渔郎洞房欢爱。**（花旦唱）**三人的唧唧浓浓，上阳台云雨潇洒。**（花旦下）（小旦）员外，你终日在外嫖妓宿娼，不顾姐妹二人、娇妻美妾，你妻子反目于人，你还是悔也不悔？（唱）**我今日芳菲春色开，免得个芙蓉帐冷空房独在，空房独在。**

（丑上）（唱）

**【出队子】暮不寐神魂、神魂颠倒，想娇娥心切、心切怀抱，欲火骤起祆庙烧。**（白）咳，我昨日想起二娘娘格容貌，在书房里翻来覆去，死也困勿熟。若得二娘娘碰着，一把扯着勿放嘘。（唱）**论人生窃玉偷香，须当暗中谋量**②。**若得巫山会，宁死黄泉上，宁死黄泉上。**（丑下）

（花旦上）（唱）

**【滴溜子】夜深沉，提灯步上；悄地里，等候情郎。**（丑上）二娘娘，救救我，救救我。（花旦）你是什么样人，夜静更深，如此无礼么！（丑）阿哉二娘娘，学生全万贤，昨日见二娘娘容貌，故而在此等候二娘娘。二娘娘开开恩，开开恩。（花旦科）怎么，你日间见我容貌，夜静更深，在此等我的么？（丑）咳，二娘娘开开恩。（花旦）如此你且不要高声，随我来。（唱）**密悄悄切莫声响，携手入兰房，鱼水两欢畅。**

---

① 此句 195-1-148 吊头本作"丧（襄）王的神阳台"，据单角本改。
② 量，195-1-148 吊头本作"良"，今改正。谋量，谋划。

青春能有几,学一个地久天长,地久天长。(花旦、丑下)

(净上)(唱)

【赏余曲】渴焦难当,何事的心惊胆慌,小鹿心头频频撞。(白)学生希明高,今夜口中焦渴,不免去到房中去罢哉。(花旦、丑提灯上,下)(净)噫!(唱)**见人影男女双双**。(白)吓,为啥有男女身影?吓,来带哉,两个花娘搔头搔脑,老全个毡养来带书房,两人一瞧,一把扯到房里困觉。吓,有哉!我前去打听打听,没有事务,歇哉;若有事务,拿之一把钢刀,杀得毡养罢哉。(唱)**管叫你血溅餐刀,双双命夭,二灵儿向森罗哀哀苦告,哀哀苦告**。(净下)

(三更)(花旦、丑上)(花旦唱)

【四门子】夜更深铜壶三更,(丑唱)密密的有谁知晓。(花旦唱)上阳台挤挤抢抢①,(丑唱)大交锋闹战场。做一个大破天门杨六郎,(花旦唱)呀!**奴比做武氏君皇**,(丑唱)三思搂抱上牙床②,三思搂抱上牙床。

(小旦上)(唱)

【鲍老催】孤身等望,步兰房探听端详,(内白)噫!(小旦)不好了。(唱)**两下里欢娱罗帐**。撇得我孤身好彷徨,好叫我欲火难禁,春色阳阳,春色阳阳。(白)妹子开门。(花旦、丑跌下床,丑躲)(花旦)何人到此?(小旦)为姐到此。(花旦)姐姐到此。(开门)(小旦)住了,你是什么样人?在我房中,做何勾当?(丑)阿哉,大娘娘开恩。(花旦)啐!有什么开恩不开恩,依得我三人同得困。(小旦)三人同得困,还有啥个乱话。(花旦、丑唱)**三人的同娱罗帐,上阳台欢笑才郎**。(科)(净提刀上,劈门,花旦夺刀,咬净,杀净,净死)(小旦、花旦唱)**可怜你血溅受刀伤,令人一见魂飞魄散**。(小旦白)妹子,你将大爷杀死,如何是好?(花旦)姐姐,妹子无可奈何。(小旦)妹子吓,外面问起大爷到那里去,叫奴怎说?(花

---

① 挤挤抢抢,同"济济跄跄",本用以形容士大夫有威仪的样子,指举止动静合宜、从容端庄,这里意思有所俗化。

② 武氏君皇,指武则天。三思,指武三思,武则天之侄,受武则天宠幸,又与韦后、上官婉儿私通,谋废太子李重俊,后反被李重俊所杀。

旦)这遭如何是好？(丑)大娘娘、二娘娘,我有个主意来带,昨日子大爷对阿叔争吵一场,将尸首背到阿叔门口,陷害我阿叔罢哉。(小旦、花旦)何人背去？(丑)我背去。(小旦)怎么,你背去？(丑背净下)(小旦、花旦唱)**俺这里暗度陈仓,你从空祸来招,你从空祸来招。**(小旦、花旦下)

(四更)(丑背净上)(丑唱)

**【刮地风】**呀！只俺这密密悄悄行计巧,暗地里有谁知晓。(科,靠尸)(走板)(唱)**将尸首倚靠在门儿台,管叫他平白地祸来招,平白地祸来招。**(科)(丑下)(五更)(正生上)(唱)**昨夜里神魂颠倒,清晨的心惊胆摇。**(开门,跌尸)(白)不好了！(唱)**血淋淋尸首靠门上,唬得我魂飞魄散。**(白)安人快来！(正旦上)(唱)**何事喧哗闹声响,出蓬帏问端详。**(白)员外何事？(正生)安人吓,清早起来,开门一看,这尸首跌进门来了。(正旦)不好了！(同唱)**是谁来尸首刀伤,血淋淋倒在尘埃上。**(外、小生上)(外)何事高声叫？(小生)上前看分晓。(同白)员外为啥？(正生)二位吓,我清早起来,开门一看,有尸首跌进门来了。(外、小生)啥人？吓唷,原来南街希明高大爷杀死哉,报与希大娘知道。(外、小生下)(正生、正旦)不好了！(唱)**这的是祸从天降,难分泾渭与青黄,难分泾渭与青黄。**

(小旦、花旦、外、小生上)(小旦、花旦唱)

**【水仙子】**呀呀呀好惊慌,呀呀呀好惊慌,忙步儿探问夫郎。(白)员外吓！(唱)**可怜你血溅受刀伤,令人一见魂飞魄散。**(白)住了,为何将我员外一刀杀死？(正生、正旦)二位大娘吓,清早起来,开门一看,尸首跌进门来,不知那个杀死的？(小旦、花旦)住了。我也明白,日间在街坊与我夫口角相争,夜来往你门首经过,将我员外一刀杀死。(正生、正旦)大娘,我家旧族书香,没有此事的。(小旦、花旦)贱人！(唱)**谁许你嘴喳喳闲话讲,告当官分白皂辨青黄。可怜我夫妻分离半路上,全尸骸偿夫命含冤泉台,含冤泉台。**(小旦、花旦扯正生下)

(正旦)阿吓！(丑上)假意来问安,前来探端详。婶娘吓,为啥个样来哀苦？(正旦)侄儿吓,你叔父清早出来,有一希大爷,不知何人杀死,尸首跌进门来,将你叔父扯到当官去了。(丑)婶娘吓,不知那个贼娘贼,将尸首陷害我里阿叔? 快快去取银子一百两,待侄子前去料理要紧。(正旦)全贵。(末上)有。(正旦)取银子二百两,与大爷前去料理。(末)吓。(末、丑下)(正旦唱)

【尾】儒生反做凶手害,祸到临头无躲挨。员外! 但愿你无是无非脱祸归。(下)

# 第六号

贴旦、老旦(手下),付(胡得庆),小旦(董兰花),正生(全玉秀),

外、小生(乡邻),末(家人)

(贴旦、老旦手下,付上)(引)县堂朝南开,铜钱银子括剌剌搬进来。(坐)(念)我做官,清到底,没有铜钱就是米。没有米,番薯六谷、芋芳萝卜也可以,也可以。(白)下官,秀水县胡得庆。人人说我糊哒哒,糊得过去就是哉。昨日接了一起公案,全玉秀杀死希明高,下官检验尸首,果然刀伤绝命,今日下官坐堂审问。来,开门。(手下)开门。(付)人犯带进。(小旦、正生、外、小生上)(付)听点。(众)候点。(付)董氏。(小旦)有。(付)全玉秀。(正生)有。(付)地方、地邻。(外、小生)有。(付)人犯下去,董氏跪着。(正生、外、小生下)(付)董氏。(小旦)有。(付)董氏,全玉秀为何将你丈夫杀死,一一讲上。(小旦)爷爷有所未知,员外与他口角相争,夜来门首走过,将我员外杀死,望爷爷伸冤。(付)你可晓老爷来意么?(小旦)老爷来意? 小妇人明白了。(付)怎么,明白了? 明白了就好了,下去。(小旦下)(付)传全玉秀。(手下)传全玉秀。(正生上)春元在。(付)全玉秀,将希明高杀死,一一讲上。(正生)启禀老父台,春元在家闭户读书,安分守己,岂肯杀人? 既要杀人,何不杀在别处? 杀在自己门首,反招其祸,望父台详察。(付)下去。(正生下)(付)传地方、地邻。(外、小生上)有。(付)杀死希明高,你们那里知道?(外、小生)老爷,我们那里知道? 全玉秀叫喊起来,我们出去一看,果然希明高杀死是实。(付)我且问你,全玉秀往常做人可好的?(外、小生)好的好的。往常联名儒生,救济贫民,是好的。(付)怎么,好的?下去。(外、小生)多谢大老爷。(外)人命牵一牵,(小生)三年难种田。(同白)好,去种田去。(外、小生下)(付)吓唷,听地方说来,全玉秀往常联名儒生,救济贫民,是好的。我看董氏搔头搔脑,这场公案,定有舛错。(内)报上。(末上)启老爷,那董氏说,那全玉秀与希明高抵罪,有金条一十二支,还有银子三千,送与老爷,以作一茶之费。(付)这些货物呢?(末)早已送到奶奶上房去了。(付)下去。(末下)(付)嗄,董氏差人来说,有银子三千两,金条一十二支,有这些货物,下官只好做全玉秀不着了。传全玉秀。(手下)传全玉秀。(正生上)春元在。(付)杀人凶手,称什么春元!去了衣巾,跪着。(正生跪)(付)日间与希明高口角可是有的?(正生)原是有的。(付)既与他口角相争,不该将他杀死。(正生)老父台容禀。(唱)

**【(昆腔)锁南枝】在书斋,出门墙,只见尸首鲜血冒。喧叫地方到,不想祸来招。**(白)春元有个侄儿,终日在外飘荡,春元训诲几句,不想希明高呵!(唱)**只为那昨日里,来相争;陷害我,把命讨。**

(付)谅来不打不招,来,捆打四十。(手下押正生下)一十,二十,三十,四十。(手下押正生上)(正生)春元在。(付)讲上。(正生)既要杀人,何不杀在别处?杀在自己门首,反招其祸。(付)招也不招?(正生)冤枉难招。(付)来,拿去夹起来。(手下押正生下)(付)收。(手下)收。(付)再收。(手下)再收。(付)收满。(手下)收满,也不招。(付)将他绑上。(手下绑正生上)(付)招也死,不招也死,来。(手下)有。(付)上了刑具,带去收监。(手下绑正生下)(手下)全玉秀收监。(内)收监是实。(手下)收监是实。(付)掩门。(众手下下)(付)全玉秀,全玉秀!(唱)

**【(昆腔)尾】管叫你一命受牢狱,死不转家门道。**(白)咳,全玉秀,我银子好用着,你命案是实哉。(唱)**要把那详文达部,顷刻命伤亡。**(下)

# 第七号

正旦(秋氏)、老旦(全贵妻)、丑(全万贤)、末(全贵)

(正旦哭上)(唱)

【皂罗袍】堪叹夫君祸招,到官衙不知如何诉告。愿得他灾退祸消,早回来团圆欢笑。(白)妾身秋氏,不知何人杀死希明高,陷害员外,将我员外扯到公堂。官员不知怎样审问,好生挂念也。(老旦抱婴儿上)安人,员外自有天开日,何须忧虑?(唱)劝你耐着心窝,放却怀抱;休得哭损娇容,泪雨如潮。皇天不负善良报,皇天不负善良报。

(内)走。(丑、末上)(丑)假意急来到,(末)报与安人知。(丑)婶娘,侄儿拜揖。(正旦)侄儿回来了。(丑、末)婶娘勿好哉!／安人不好了!(正旦)员外扯到公堂,怎样审问?(丑)侄儿县前打听,叔父打了四十,夹了一棒,下在监中了。(正旦)怎么,下在监中了?(丑)下在监中了。(正旦)不好了!(唱)

【皂角儿】唬得我魂飞魄荡,战兢兢、浑身胆丧。哭哀哀乱箭攒心,惨凄凄如何主张?(丑白)婶娘吓,侄儿总要上台投告,要救阿叔出狱个嘘。(唱)拚微躯,速登程,投御状,辩冤枉,一死何妨?(白)快快取银五百,去到监中,探望阿叔,婶娘心意如何?(正旦)全贵。(末)有。(正旦)取银子五百两,到监中探望员外。贵娘,你在此照管家筵。侄儿,我与你前去探望便了。(唱)含冤忍泪,探问夫郎。顾不得,步儿蹁跹,蹊跌①路旁,蹊跌路旁。

【尾】安分守己旧书香②,泼天祸事从空降。顾不得抛头露面受凄凉。(下)

---

① 跌,195-1-148 吊头本作"叠",今改正。
② 分、书香,195-1-148 吊头本作"问""忆阳(悒怏)",据单角本改。

# 第八号

净(禁子)、丑(全万贤)、正旦(秋氏)、末(全贵)、正生(全玉秀)

(净上)(念)我做牢头，瞎张虎威，犯人进去，是我管守。有钱是朋友，无钱做对头。大棍打小棍抽，遍身打得血流流，血流流。(白)我罗秀水县禁子李树成，全玉秀落之我监里，没有人来探望。今日子空，坐在监牢门口等候罢哉。(丑、正旦、末上)(丑)假意来当真，(正旦)特地探夫郎。(丑)婶娘，来此已是。(正旦)通报。(丑)禁子大叔。(净)啥哉？(丑)全玉秀可落之吭监？(净)是，落之我监。吭问其做啥？(丑)喏，我哩格婶娘前来探望。(净)好。家信通哉，拿私用钱来。(丑)有个，拿去。(净)多少？(丑)五两。(净)那格，五两银子？勿够。全玉秀杀人重犯，勿够拿去还。(丑)大阿叔，格五两银子，拨吭买一杯茶吃吃。若还探望过哉，监口一概我来料理好哉。(净)那格，监口吭来料理？(丑)是。(净)看你分上。(丑)开监门。婶娘请进。(正旦、末)员外在那里？(净)咳，不要高叫。全玉秀！(内)何事？(净)吭老婆来探望得吭哉。(正生上)安人在那里？安人在那里？(正旦、末唱)

**【哭相思】**乍见了形容改变，配枷锁蓬头垢面。(正生唱)**可怜我狴犴诬陷，恨天天不照鉴。**

(正旦)员外吓，侄儿来说，你下在监中，妻子兀的不痛、痛杀人也！(正生唱)

**【江头金桂】只是我命遭颠沛，平空的祸飞灾。这的是前世冤愆，今生报来，又谁知图圄受苦哀。可怜你妇道裙钗，妇道裙钗。朝夕里勤绩桑麻，贤德可嘉，实指望夫妻厮守偕白发。恨杀杀狂徒陷害，狂徒陷害，儒门子弟受飞灾。我苦无奈，那得龙图青天降，公冶缧绁出罗网，公冶缧绁出罗网？**

**【前腔】**(正旦、末唱)**恨悠悠狂徒诬害，痛杀杀图圄受灾。怎得个雾散云收，青天鉴察，脱罪祸福得重来**①？**谁知道妻儿撇下，妻儿撇下。实只望名成利就，**

---

① 祸，195-1-148 吊头本作"窝"，暂校改如此。又，此句单角本作"脱罪归家祸重来"。

家门安泰,谁知狂徒移祸害。不由人痛苦悲哀,痛苦悲哀,家门不幸遭颠败①。我苦悲哀,铁石人闻肝肠碎,拚死微躯丧泉台,拚死微躯丧泉台。

(正生)安人吓,我身虽在监中,倘若青天开眼,得脱罗网,夫妻还有重会之日。(丑)阿叔吓,姊娘乃是女流,待侄儿做了状纸,上台投告,要阿叔出狱勾。(正生)好,侄儿出此一言,能为孝哉。姊娘女流之辈,兄弟年幼,好生照管家筵。为叔若还出狱,把你嫡亲看待了么侄儿吓!(唱)

【忆多娇】②朝夕里,莫飘荡,须要照管家和产,免得劣叔挂愁肠。切莫泪汪,切莫泪汪,总有日重叙家常。

(走板)(同唱)

【斗黑麻】③顷刻分离,痛断肝肠。各自凄凉,怎不泪汪?天灾祸,骤然降,怎得乌台,怎得乌台,立救贤良。猛拚残生丧,上台诉冤枉。救出儒生,救出儒生,感谢穹苍。

【尾】夫妻分离好凄凉,刀割胸窝泣断肠。见者无不伤心泣,脱罪归家谢穹苍,脱罪归家谢穹苍。(下)

# 第九号

小旦(董兰花)、花旦(刁汝美)、丑(全万贤)

(小旦上)只为冤家事,日夜挂在心。奴家董氏,想公公在日,何等门楣。一时无主,听了妹子之言,与全万贤通奸,杀死亲夫。只望得度终身,不想这冤家不顾姐妹二人,如何是好?(花旦上)只为风流欢娱,将人推入圈套。(小旦)妹子见礼。(花旦)姐姐见礼。(小旦)请坐。(花旦)请坐。(小旦)这冤家终日在外嫖妓宿娼,不顾姐妹二人,如何是好?(花旦)姐姐且是放心,等

---

① 颠败,195-1-148吊头本作"磨难",据单角本改。
② 此曲牌名195-1-148吊头本缺题,据单角本补。
③ 此曲195-1-148吊头本标为"又"(前腔),非,今从推断。

冤家回来，妹子问个明白。(丑上)只为阿叔事，报与娇娇知。大娘娘、二娘娘见礼。(小旦、花旦)冤家见礼，请坐。(丑)请坐。(小旦)你昨夜不归，在外面做何事情？(丑)阿哉大娘娘、二娘娘，勿要话起，我里阿婶去到监中，探望阿叔，的的笃笃好会哭。(小旦、花旦)冤家，想你在我家中，你叔父到来，查出根由，其祸非小了。(丑)个样？嗄，来带哉，我有个计策来带，明日准备银子一千，送进官衙，拨我阿叔发配远方，你道好勿好？(小旦、花旦)冤家，此计才好，明日准备银子一千两，送进官衙便了。冤家吓！(同唱昆腔【玉山颓】)(白)里面酒饭。(丑)里面吃酒去，里面吃酒去。(吹【尾】)(下)

# 第十号①

末(仰天裕)、贴旦(丫环)、老旦(杨氏)

(末上)(引)身荣侥幸，论男儿当达鹏程。(诗)十载寒窗苦徘徊，诗书文业锦衣归。阆苑仙客攀丹桂，紫薇花下握金台。(白)下官仰天裕，祖贯江南吴县人氏。少年苦志寒窗，幸得登科甲，蒙圣恩得中第八名进士，特授山西洪洞县，定在今日起任。夫人杨氏，与我同庚，并无一子，单生一女，才得周岁，不想夫人有病在身，怎奈圣旨催促，不敢停留。言虽如此，不免请出夫人，商议便了。过来。(手下)有。(末)叫丫环服侍夫人出来。(贴旦丫环扶老旦上)(老旦引)愁病恹恹，幸喜得有女膝前。(白)老爷。(末)夫人请坐。(老旦)有坐。(末)夫人病体可好些么？(老旦)仍然沉重。(末)怎奈下官圣命催促，定在今日赴任，请夫人出来商议。(老旦)老爷，妾身病体困沉，恐风霜难禁。(末)既如此，你在家好生将养病体痊愈，下官一到任所，差人前来接你就是。丫环，好生服侍夫人进去。(贴旦扶老旦下)(末)就此起马。(吹【出队子】)(下)

---

① 本出老旦部分系整理时增补。

# 第十一号

小生(解差)、净(禁子)、正生(全玉秀)、末(全贵)、老旦(全贵妻)、

正旦(秋氏)、丑(全万贤)

(小生上)手拿无情棍,管带犯法人。上司公文下,星夜不留停。(白)俺,秀水县长解。上司公文下来,全玉秀发配山西洪洞县为军,今日就起解,去到监中一走。行行去去,去去行行,来此已是。牢头!(净上)何事?(小生)全玉秀可在你监中?(净)在我监中。(小生)上司公文下来,全玉秀发配山西洪洞县为军,今日就要起解了。(净)候着。全玉秀走出来。(内哭)(正生上)(唱)

**【点绛唇】心意焦燎,心意焦燎,严刑紧拷,泪如潮。妻儿抛撇,今做了犯法与违条。**

(白)大哥,叫我出来何事?(净)方才解军说,你发配山西洪洞县为军,要起解了。(正生)咳,怎么,要起解了? 苍天,苍天,全玉秀今做了杀人凶手了么?(唱)

**【混江龙】骤闻言魂惊魄掉,惨可可、泪雨如潮。抵多少寒窗苦志受煎熬,只道是金榜题名多幸侥,实只望夫妻厮守同偕老。**(白)阿吓,妻儿吓!(唱)**可怜你周龄儿父出怀抱,母子伶仃苦无恼,真个是公冶长缧绁受屈枉,公冶长缧绁受屈枉。**(小生带正生下,净下)

(末、老旦抱婴儿,正旦上)(正旦唱)

**【油葫芦】痛杀杀夫在监牢,受悲悼,泪汪汪、昼夜哭号啕。**(白)妾身秋氏,只为员外下在监中,不能出狱,侄儿说做了状纸,上台投告,救员外出罪。天吓,但愿脱罪归家呵!(唱)**愿得你灾退祸消,皇天祈求相佑保。**(丑上)(唱)**闻言意心喜欢笑,假意含悲哭号啕。**(正旦白)侄儿回来,为何这般光景?(丑)婶娘勿好哉!(正旦)为何?(丑)上司公文下来,阿叔发配山西洪洞县为军,今日起解了。(正旦)怎么,要起解了?(丑)起解了。(正旦)天吓!(唱)**听言来挖心**

来吊,割肝肠胸前刀绞。痛儿夫配军远出,撇妻儿谁来顾照,谁来顾照?

（丑）婶娘吓,依侄儿主见,抱了阿弟,去到十里长亭,分别分别罢哉。（正旦）
侄儿此言不差。贵娘,将孩儿抱来与我,你在此照管家筵。全贵,你我一
同前去一别。（唱）

【鹊踏枝】步踉跄心急走街道,那顾得脚步低高? 可怜我夫妻分离好似飞鸟,好似
飞鸟。（末、老旦、正旦、丑下）（内）全玉秀趱上。（小生带正生上）（正生唱）离城垣迤逦闯
阛道,行一步、转望家乡眼多焦。好一似同林栖鸟,失窠穴①各自奔逃。（正旦、丑、
末上）（正旦唱）怀抱着小儿曹,可比做棒打鸳鸯两处分抛,两处分抛。

【哪吒令】（合唱）一见伤心处,令人痛悲号。夫妻怎重会,父子顷刻抛。叔侄
来离别,主仆寸断肠。今日离别伤心,未知何年再聚②家郊,再聚家郊?

（正旦）员外吓,今日分离,叫妻子怎生割舍?（正生）妻吓,今日府场分离,未
知何日再会?（正旦）员外吓,有什么言语,吩咐妻子而去?（正生）咳,安人
吓! 卑人别无所托,你将孩子抚养成人长大,以接宗桃,我在外乡,也得放
心。且住,我想孩儿才得周岁,倘若成人长大,父子亲面,那里认得? 这
个……安人吓,你回去把孩儿左膀上刺着"九锡儿"三字,倘若长大成人,
做一个瑞隆寻父③了么? 儿吓!（唱）

【寄生草】父子夫妻难分抛,乱箭攒心如刀绞。妻吓! 切莫忆着夫怀抱,安分
守己养儿曹。（正旦白）员外吓,妻子愿学周氏宗派、许氏训教一体。（末）员
外,你一路之上,怎受风霜之苦? 老奴同去,服侍员外。（正生）全贵吓,安人
女流之辈,小官官年幼,好生侍奉,我才得放心。（丑）阿叔吓,婶娘女流,阿弟
年纪小,凡百事情,侄儿周全。（正生）侄儿吓,你婶娘女流之辈,兄弟年幼,好

---

① 穴,195-1-148 吊头本作"竭",单角本作"蝎",今改正。

② 聚,195-1-148 吊头本作"叙",聚、叙方言音同,据改。

③ 瑞隆寻父,指周瑞隆寻亲,事出明人《周羽教子寻亲记》。周羽为张敏陷害,发配
广南,其妻郭氏有孕,自毁其容以却张敏,生子周瑞隆并抚养成人。周瑞隆弱冠考中进
士,弃官寻父,终得一家团圆。新昌县档案馆藏调腔抄本尚有《茶坊》一出,唱昆腔。

生照管家筵。为叔倘若还乡,把你当嫡亲看待了么侄儿吓!(众同唱)**恁般催促好伤怀抱,若得个枯木花春发,那得个夫妻重逢,父子觌面主仆欢笑,主仆欢笑。**(小生带正生下)

(末)吓呀,员外!(末、正旦唱)

**【尾】瘦怯**①**书生远配发,痛伤心天崩地塌。但愿得一路平安,得归家酬谢穹苍,酬谢穹苍。**(下)

# 第十二号

小旦(董兰花)、花旦(刁汝美)、丑(全万贤)

(小旦上)(引)只为风流欢娱,(花旦上)(引)日夜挂在心。(小旦)妹子见礼。(花旦)见礼。(小旦)请坐。(花旦)请坐。(小旦)妹子,这冤家不顾姐妹二人家筵,如何是好也?(花旦)冤家回来,说个明白。(丑上)只为计巧事,说与娇娇知。大娘娘、二娘娘见礼。(小旦、花旦)冤家见礼,请坐。(丑)请坐。哈哈哈。(小旦、花旦)为何这等欢喜?(丑)大娘娘、二娘娘有所未知,我里阿叔,被我罗弄子发配,远充山西洪洞县,永生永世勿回来哉。个两份人家家私,拨我好独得哉,呒道欢喜勿欢喜?(小旦、花旦)你好痴心妄想,他有儿子的,日后成人长大,那里轮得着你管吓?(丑)阿吓,是吓!我里阿弟大带起来,那里会轮得着我管呢?是介个,大娘娘、二娘娘,我有个主意来带。(小旦、花旦)什么主意?(丑)勿烦难,我悄悄走带进去,拨个小贼种偷带出来,抱到荒郊之所,拿之石块,着顶其死,绝得后患,呒道好勿好?(小旦、花旦)冤家,此计虽好,明日前去行事便了。冤家吓!(同唱昆腔【玉抱肚】)(白)里面酒饭。(丑)怎么,里面有酒?(笑)(同下)

---

① 瘦怯,195-1-148 吊头本作"棲怯",据单角本改。

## 第十三号

外(班景松)、付(班福)、老旦(陆氏)

(外上)(引)身受君恩正堂堂,庇荫职授身荣昌。(诗)幼年苦寒窗,勤读立志昂。金榜姓名题,一举天下扬。(白)老夫班景松,那年在科场,与江南吴县仰天裕,两下结拜金兰,一别十有余年,这也不在话下。老夫蒙圣恩,特授福建泉州知府。本要归家,圣上道老夫为官清正,转升浙江按察。夫人陆氏,与我同庚,并无一子,好不忧虑。昨日风狂浪大,难以开船,为此停泊。不免叫夫人出来,叙话一番。过来。(付上)有。(外)请出夫人。(付)晓得。夫人有请。(老旦上)风波骤起,停船难开。老爷。(外)夫人见礼,请坐。(老旦)老爷请坐。(外)咳!(老旦)老爷声声长叹,却是为何?(外)夫人,老夫蒙圣恩职授浙江按察,年迈无子,岂不要长叹?(老旦)老爷不须忧虑,何不差班福上岸,寻访官媒婆,买了绣花女子,服侍老爷,心意如何?(外)夫人!(唱)

【桂枝香】**几度空望,休得闲讲。论班氏赫赫家声,官吏名清证名家。说什么纳妻通房,纳妻通房,那得个接我香烟?这也是命里乖张。休望想,那有麟儿添斯盏?何必娶妾污娇娘,何必娶妾污娇娘。**

【前腔】(老旦唱)**休得恺快,何必参详?两夫妻年过天命,到今朝半子无望。休得要执意心怀,执意心怀,须当要纳妾偏房,玉麒麟天赐降下。遇呈祥,宗祖荫庇造,暮年有靠傍,暮年有靠傍。**

(付)老奴多感老爷十分看待呵!(唱)

【前腔】**寻觅娇娃,娉婷裙钗。奉殷勤须当劝解,朝和暮陪侍相待。**(白)老奴上岸寻访官媒婆,买了绣花女子,倘若产生一子,以接班氏香烟。(唱)**恩德山大,恩德山大,**(白)老奴自有忠心呵!(唱)**赐麟儿姓氏流传,主和仆团圆欢爱。**(外白)你上岸,必须就要回船。(唱)**休迟挨,宗桃蒸尝继,访问女婴孩,访问女**

婴孩。(下)

(大拷)(白神①上,下)

## 第十四号

正旦(秋氏)、末(全贵)、老旦(全贵妻)、丑(全万贤)

(正旦上)(唱)

【洞仙歌】夫君遭诬害,配军往天涯。昼夜思夫,盈盈泪自揩。(白)妾身秋氏,想员外别后,孩儿幼小,我母子伶仃,好不苦杀人也!(唱)举目又无亲,血泪染衣皆②,望断云山夫不在,望断云山夫不在。

(白)我夫起程有言吩咐,将孩儿左膀上,刺下"九锡儿"三字,但愿成人长大,好学一个瑞隆寻父。儿吓!(唱)

【前腔】父言记心怀,愿你成人大。学个王裒泣墓③,闻雷长寿昌。寻父早归家,你可为孝哉,夫妻父子团圆快,夫妻父子团圆快。

(末、老旦上)(同唱)

【前腔】移步出厅阶,侍奉殷勤待。见安人形憔瘦,眉锁展不开。安人吓!休得思东君,朝夕哭悲哀,惜却身躯保婴孩,惜却身躯保婴孩。

(白)安人,保养身躯,休得把员外思念。(正旦)全贵,大爷说状纸上司投告,也是一片好心。(末)安人,大爷终日在外飘荡吃酒,他不回家,且是由他。你要保养小官官,成人长大,员外总有回来日子,你不必挂心。(老旦)老老,看安人形容憔瘦,去到街坊买些货物,与安人将息将息。(末)妈妈此言

---

① 白神,即白无常。

② 皆,195-1-148吊头本作"揩",据单角本改。染衣皆,即皆染衣。

③ 王裒泣墓,195-1-148吊头本作"褒泣暮",据单角本校改。《二十四孝》有王裒闻雷泣墓故事。又,《三国志·魏书·王修传》裴松之注引王隐《晋书》:"(王裒)痛父不以命终,绝世不仕。立屋墓侧,以教授为务,旦夕常至墓前拜,辄悲号断绝。墓前有一柏树,裒常所攀援,涕泣所著,树色与凡树不同。"

不差。看安人容颜憔瘦,好生服侍安人,我街坊买些货物,与安人将息将息。咳,思君甚悲切,茶饭不思忖。(末下)(老旦)安人,我老老去到街坊,买些货物,与安人将息将息。(唱)

【前腔】**你愁眉展不开,身躯自保来。忘食废寝,形骸貌如柴。**(老旦下)(正旦)不免将孩儿放在窝篮内,做些针指便了。(唱)**休得语闲讲,忙步进兰房,绣花儿缀刺鸳鸯,绣花儿缀刺鸳鸯**①。(正旦下)

(丑上)(唱)

【前腔】**悄悄密计排,暗地度陈仓。假意问安,偷抢婴儿娃。**(婴儿叫)妙吓!**听得叫娃娃,不觉心开怀,移云掇月人怎猜,移云掇月人怎猜?**(丑抱婴儿下)

(走板)(正旦上)(唱)

【前腔】**移步出房外,暂停衣绣花。**呀!**窝篮内不见婴儿郎,忙问贵娘。**(白)贵娘快来!(老旦上)(唱)**炊煮在厨房,厅堂唤声嚷,忙忙移步问端详,忙忙移步问端详。**

(正旦)贵娘,小官官敢是抱回家去?(老旦)那里有得抱回?(正旦)我上房做针指,放在窝篮内的。(老旦)既如此,小官官那里去了?(正旦)难道被贼偷去了?(老旦)贼那里进得房来?(正旦)若然不偷去,那里去了?(跌倒)(唱)

【忆多娇】**霎时间,倒尘埃,噤咽喉咙魂不在,平空失却小婴孩。骤然祸灾,骤然祸灾,一重未了一重来,一重未了一重来。**

(白)阿吓,九锡儿吓!(唱)

【前腔】**唬得我,魂不在,鬼门关上寻儿孩,**(哭)(白)咳,儿吓!你升天么?(唱)**你上天我娘还在。**(科)(白)哈哈哈,你怎么回来了么?(唱)**我好快哉,我好快哉,**(白)儿吓,你上京赴考,为娘好喜也!(唱)**五花官诰自我披戴,五花官诰自我披戴。**

(白)哈哈哈,儿吓,你寻父去了,为娘赶上来。(大拷)(正旦下)(急走板)(末上)

---

① "休得"至"鸳鸯",单角本作"愿你成人大,寻父早归家,挑绣针指做绣鞋(又)"。

买得糕和饼,即速转家门。(老旦)阿吓,老老吓!(末)妈妈,为何这般光景?(老旦)老老有所未知,安人只为小官不见,痴癫出门去了。(末)吓,怎么,有这等事来?妈妈,在此照管家筵,我去寻觅安人回来。(老旦)如此快去。(末)心内如火急,两脚步如飞。安人,你且慢走,老奴赶、赶上来了。(末下)(老旦)安人吓!(唱)

【尾】善良家遭颠败,福无双全祸无单。愿得主仆同归家,万炷名香谢穹苍。
(科,下)

# 第十五号

付(班福)、净(土地)、丑(全万贤)、正生(魁星)、外(班景松)、老旦(陆氏)

(付上)只为班氏无后裔,寻访媒婆作媒翁。买了绣花作偏房,好与班氏接后代。(白)老奴班福,为因老爷无子,寻访媒婆,买一个绣花女子,侍奉老爷,生下一子,好与老爷接班氏香烟。上得岸来,好天气也!(唱)

【锁南枝】见阛阓,走偏道,抬头举望是城壕。访向多娇女,老仆恩当报。(白)看此地有个凉亭,待我坐坐而去。(净土地上,丑抱婴儿上,正生魁星同上)(丑唱)心急急,走飞跳;旷野无人见,将他一命杳,将他一命杳。

(丑放下婴儿,取石块)(大一己)(正生挡住石块,净扯付)(付)咳,你这后生,要将这小孩子,谋死不成?(丑)不瞒老阿伯说,小人本地方人,家中有三男四女,无可奈何格嗟。(唱)

【前腔】命乖张,运颠倒,颠沛家业殊消耗①。(白)只因年岁荒旱,难以度日,故而出于无奈。(唱)自己亲骨血,怎舍一命抛?(白)老伯有急义之心,救我父子性命,来世犬马图报。(唱)说不出,这苦恼;望你怜贫穷,没世恩德高,没世恩德高。

---

① "颠沛"的"颠",195-1-148吊头本脱,今补。殊,195-1-148吊头本作"如","殊"与"如"方言音同,据义文改。

（付）听你说来,家中三男四女,十分苦楚,我赠你银子五十两,将孩子卖与我,心意如何?（丑）但是这……阿吓,看这老人家,好像外路来个,不是本地人氏,他有银子五十两拨我,小人拨他抱去,也勿啥要紧。勿错,他有银子五十两拨得我,我假谢其一记。阿哉老阿伯在上,受我父子一拜。（唱）

**【前腔】叩尘埃,身拜祷,恩同再造如天高**①**。完全我骨肉,搭救小儿曹。**（付唱）**休哭泣,免瓜葛;扶养成人大,亲生是襁褓,亲生是襁褓。**

（丑）这些银子,好吃老酒去。（丑下）（婴儿叫）（付）嘎唅,看这小孩,衣衫光彩,身上挂记双玉锁,看来不是贫苦人家,一定是有蹊跷。待我抱到船上,与老爷、夫人说明便了。（唱）

**【前腔】意浓浓,喜开怀,携手怀抱小婴孩。麟儿天赐降,班氏有**②**后代。不枉我,老年华;急急到船中,即报那恩台,即报那恩台。**（付抱婴儿下）

（走板）（外、老旦上）（同唱）

**【前腔】闷终朝,无聊赖,身受君恩多显彩。二品正煌煌,天绝我宗桃埋。**（外白）夫人,有子无子,乃是命中注定,你何必差班福上岸寻访贤良女子,这何以使得?（老旦）老爷,班福上岸,若有女子买来,生下一子,接班氏宗桃。（唱）**习古人,心自快;学个杨氏门,宗桃继绝来,宗桃继绝来。**

（内）走吓!（走板）（付抱婴儿上）（唱）

**【前腔】笑盈盈,上眉梢黛,两步行来一步跨。将身下舟来**③**,主仆多潇洒。**

（外、老旦）班福回来了。（付）老奴回来了。（笑）（外）为何这等欢喜?（付）老爷、夫人有所未知,老奴上岸,年迈无力,行到凉亭上,一霎时头晕眼花。有一位后生,抱了婴儿,到亭子上,要将他击死。老奴出了银子,将他小孩买了来,请老爷、夫人观看。（外）夫人,这婴儿不是贫苦人家。（老旦）怎样吓?（外）这婴儿颈上挂着双玉锁,一定是后生挟仇私窃婴儿,故而在郊外

---

① 天高,195-1-148 吊头本作"天条",据文义改。

② "有"字 195-1-148 吊头本脱,据 195-3-34 忆写本补。

③ 将、来,195-1-148 吊头本作"你""养",据文义改。

结果性命。(老旦)老爷，这婴儿叫一个乳娘，抚养长大成人，以接班氏香烟。(外)班福，这婴孩在外面不可走漏风声，雇乳娘抚养成人长大，接班氏香烟。(唱)

【前腔】夫和妇，开怀抱，天赐麟儿降吾曹。顶礼三牲愿，名香告祖考。班福！堪羡你，仆义高；二老年衰迈，有麟儿万事抛，有麟儿万事抛。(同下)

# 第十六号

正旦(秋氏)、末(全贵)、丑(全万贤)

(内唱)

【泣颜回】(起板)寻子不见好伤怀，(正旦上)(痴呆)儿吓，你好来。(唱)**免使我心切挂怀**①。**孤身独在，走荒郊望眼巴巴。**(白)哈哈哈！(科)儿吓，为娘出来寻你呵！(唱)**你好不肖，为娘的望你好心焦。**(白)哈哈哈，儿吓，上京赴考，得中状元了么？(唱)**喜得你荣宗祖耀，做娘的受了你五花官诰，五花官诰。**

(白)哈哈哈，儿吓，你寻父去了么？(大走板)(唱)

【前腔】**一家骨肉团圆快，喜今朝否极泰来。**(白)员外，你父子升天去了么？(唱)**孤身独在，受凄凉我好悲哀。**(白)我也来了。(唱)**任你有云梯步月，我自有快步上蓬莱。**(白)全贵，贵娘，我一家人，一个也没有了。(唱)**阿吓，天吓！撇得我孤身凄凉，不由人望断肝肠，望断肝肠。**

(白)儿吓，你父子前面走，太夫人赶上来了。(正旦下)(末上)(唱)

【千秋岁】**急飞跑，闻言魂魄消，分崩裂三昧火烧。**(白)我全贵。妈妈说为小官官不见，安人痴癫出门。我一闻此言，为此急急前来寻觅。安人，安人，你身落何处，叫老奴那里来寻你吓！(唱)**走得我汗雨如潮，汗雨如潮，不顾着蹁跹路道。**(丑上)(唱)**骤闻得痴颠狂，有老仆觅寻道。心中展转道，占家产定在**

---

① "使"字 195-1-148 吊头本脱，据单角本补。心切挂怀，单角本作"心肠牵挂"。

今朝,定在今朝。

（末）大爷,老奴叩头。（丑）咳,全贵,哑为啥来东啼哭?（末）大爷,你难道不
知安人为小官官不见,痴癫出门去了。我前来寻觅安人的。（丑）全贵,有
班人来东话,有一位女娘家披头散发,往南山顶颠上去东哉。（末）大爷,你
我到南山顶上寻觅安人回来。（丑）全贵走。（同唱）

【前腔】泪珠抛,主仆同行道,家不幸遭此颠倒。（丑踢脚,末跌倒）（末）阿唷!
（唱）气喘咆哮,气喘咆哮,霎时间心惊胆摇。（丑白）老人家吓!（唱）休悲泣泪
双抛,上山岭唤主道。若得寻主归家,不枉你义仆恩高,义仆恩高。

（末）大爷,山顶四面望去,不见安人。（丑）前面不见婶娘,后面一看。（末）
阿吓,大爷,不好了,安人若还失了一脚,性命难保了。（丑）阿吓,是吓!我
婶娘若是失了一足,还当了得。全贵,我与你一同叫叫看。（末）安人,安
人!（丑）婶娘,婶娘。（丑踢）（末）呃,杀你个……（大一己）（末跌死下）（丑）全
贵,全贵!咳,全贵,全贵,你死在千人坑,有万丈深潭,做得鬼吓呒有羹饭
吃嘘!（唱）

【做尾】非我心狠忒凶枭,前生与你结下仇非小。老仆的一脚跌死在山岙,有
谁人来猜透吾曹,猜透吾曹?（科,下）

# 第十七号

老旦（全贵妻）、丑（全万贤）

（内）阿! 安人,安人吓!（老旦上）（唱）

【端正好】痛伤心,哭悲号,遭颠沛家业消耗。不提防平空失却小儿曹,如颠
狂、寻儿出外跳。

（白）老身,全贵之妻。安人只为小官官不见,痴癫出门,我老老出外寻觅安
人,不见回来。咳,一份人家,这般光景,如何是好也?（唱）

【滚绣球】天不念善良报偿,想东君、大义有方,心怀恻隐救孤寡,怜贫穷行人

便方。一个是妇道颇广,济多少世态炎凉,到如今身受缧绁出外乡。阿吓,员外吓!你那知妻儿遭魔障,愿得他主仆三人转还乡,我酬谢穹苍,酬谢穹苍。

(走板)(丑上)(唱)

【叨叨令】醉醺醺并浓浓心欢畅,那知俺、暗地里机关藏?进中堂假虎扬威骂声嚷,管叫他难信又难详。(老旦白)大爷,老身叩头。(丑)起来。(老旦)安人吓!(丑)贵娘,吼为啥来东啼哭?(老旦)大爷,你还不知情由么?(丑)我大爷管外哼头事情。(老旦)只为小官官不见,安人痴癫出门去了。(丑)贵娘,我里阿叔心不好,阿弟不见,婶娘要痴癫,一份人家,弄得凋花飞散,你还要哭其做啥?(唱)休得二言三语哭声浪,这的是天理报昭彰。你何必哭悲伤也么哥,兀的不、哭什么也么哥。自古道昭彰天理循环,昭彰天理循环。

(老旦)嘎,大爷,连你也说出此话来了。(丑)贵娘,我里阿叔发配远充,婶娘痴癫出门,全贵被我骗到南山顶上,被我"着"一脚踢到千人坑下落去哉。

(老旦)怎么,将我老老踢死了? 老老吓!(唱)

【倘秀才】骤闻言唬得我魂魄消,可怜你一命死山高,可怜为主人命倾抛。贼狂徒心忒枭,都是你狗肺狼心恶奸刁,害得我一家骨肉分抛,骨肉分抛。

【脱布衫】(丑唱)你那里嘴喳喳詈骂声高,恼得我、分崩五内烈火烧。少迟延你命早丧黄泉道,你夫妻只得向森罗哀告,森罗哀告。

(老旦)你这贼子,一份人家,被你害得这般光景。我老老被你谋死,我与你死不甘休也!(唱)

【意不尽】你是个恶蛇虺蝎是鸱鸮,嚼啮如狼如豺豹。不念咱同支共裔苗,害得他骨肉分抛。猛拚一命黄泉道,要与你分个低高,分个低高。

(丑踢,老旦跌倒)(大一己)(老旦死)(丑)咳,老太婆走起来,老太婆走起来,拨我一脚头踢死哉。尸首那格排场? 有哉,将尸首埋在地平板下罢哉。(科)(唱)

【尾】非是我邪心设计忒凶枭,将你一双命归杳。你那向森罗哀告,沉冤拨超,只除非再世龙图判断吾曹,判断吾曹。

(丑出门,关门)(笑)陪伴娇娇去。(下)

## 第十八号

末(仰天裕)、花旦(门子)、小生(解差)、正生(全玉秀)

(四手下、末上)(引)身坐向心,百里琴堂侥幸。(白)下官仰天裕,蒙圣恩职授山西洪洞县令。到任以来,盗贼远离,子民安乐,这也非在话下。昨日解到详文,嘉兴秀水县有一犯人,名曰全玉秀。想我前者在科场结义兄弟,也是嘉兴秀水县人氏,名曰全玉秀,乃是一个贡元。他是儒门之后,难道遭此大难不成?吓,天吓!但愿同名同姓才好。来。(花旦)有。(末)传解子。(花旦)大老爷传解子。(小生上)报上,解子。大老爷,解子叩头。(末)起来。(小生)谢大老爷。配军解到公文呈上。(末)解子,犯人全玉秀可曾解到?(小生)解到了。(末)将全玉秀带上。(小生下,又带正生上)(小生)有锁。(末)去锁。解子下去。(小生下)(末)犯人听点。(正生)候点。(末)犯人一名全玉秀,你为何不抬头?(正生)有罪。(末)恕你无罪,抬起头来。(正生)多谢大老爷。(末)掩门。(四手下下)(末)贤弟请起。随我来。(圆场)(末)请坐。(正生)有坐。(末)贤弟,为兄闻得你黄榜有名,为何遭此大难?(正生)哥哥,一言难尽。(唱昆腔【驻云飞】)(末白)这等说来,苦杀你了!(正生)好说。(末)你且放心,在为兄衙内耽搁,待为兄差人打听弟妇、侄儿便了。(唱昆腔【驻云飞】合头)(白)为兄备得有酒,与贤弟畅饮。(正生)有劳哥哥了。(吹【尾】)(下)

## 第十九号

付(船夫)、老旦(师太)

(内)船家开船。(内)有。(付摇船上,老旦上)(老旦)(念【扑打蛾】)多感得贵小姐有捐助,赠我银两,急速回庵中,急速回庵中。(白)贫尼如法,自幼出家九莲庵为尼,去到嘉兴府仰天裕衙门写捐,多感仰小姐赠我二百两银子,修造九莲庵,船家快快开船。(付)有。(老旦念)仰小姐,慈悲心,这捐金,回庵中,修造房屋,修造房屋。(下)

## 第二十号

正旦(秋氏)、付(船夫)、老旦(师太)

(内哭)(正旦上)(唱)

**【山坡羊】渺茫茫何处浪荡,寻娇儿今落何方?哭啼啼无踪无影,悲切切刀挖心肠。**(白)妾身秋氏,只因孩儿不见,痴癫出门。我乃儒门之女,作此丑态。天吓,我秋氏前生做何孽障也!(唱)**好悲伤,泪落有千行。垢面蓬头甚凄凉,只为孩儿,只为孩儿①,生死何方? 泪汪,细思量痛断肠**;阿吓! **悲伤,夫在何所子何方,夫在何所子何方?**

(白)且住。行到此地,路径也不熟,一派荒郊,黑夜之中,不知何处是我家乡。天际狂风大雨,我秋氏命该如此了。(唱)

**【前腔】看多少世态炎凉,尽都是南柯梦上,我秋氏渺渺逐浪,好叫我越思越想越悲②伤。**(白)且住。如今要这苦命何用,不免寻个自尽了罢。(念)白浪滔滔汹泼天,一身骨肉丧江边。亲生骨肉无由见,未知生死在何方? 宁甘一

---

① "只为孩儿"及下文"被人耻笑"叠词,195-1-148 吊头本未标,据单角本改。
② "越悲"二字 195-1-148 吊头本脱,据单角本补。

心投江死,然后必做万古扬。夫吓,若要妻子重相见,鬼门关上念夫郎。(唱)**命乖张,偬僬受凄凉。不如早向黄泉上,免得个被人耻笑,被人耻笑作颠狂。心伤,儿不见夫何方?悲伤,无夫无子泣断肠,无夫无子泣断肠。**(投水)

(付上,碰头,救)(付)我头碰破带哉!(老旦上)何事这等惊慌?(付)有个妇人寻死。(老旦)妇人,进舱来说过明白。(正旦)师太,一言难尽。(唱)

【前腔】奴本是儒门旧族,平白地失却儿郎,说不尽万种凄凉,诉不出满腹冤枉。(老旦白)请问妇人那里人氏?(正旦)我乃嘉兴府秀水县人氏,丈夫名曰全玉秀,乃是府学贡元,被人陷害,发配远充。只为孩儿不见,痴癫出门,在江边寻死。若不是师太到来呵!(唱)**泪汪汪,拚死来投江。家私颇有田园产,亦非下贱人匪,下贱人匪作游荡。痛伤,送奴归酬谢广;阿吓痛伤,得全微命犬马偿,得全微命犬马偿。**

(老旦)你去到我庵中,耽搁几天,好送你回去,夫妻母子相会便了。(正旦)若得如此,感恩非浅。(老旦)船家开船。(付)有。(摇船)(老旦)安人吓!(唱)

【尾】**休哭泣免悲伤,总有日团圆欢畅。**(正旦白)师太吓!(唱)**得救重生恩德广。**(下)

# 第二十一号

调判官。

# 第二十二号

正生(掌案判官)、小生(王灵官)、净(秦广王)、末(李善明)、外(鬼卒)、丑(李氏)、付(李兴儿)、花旦(希明高)、末(全贵)、老旦(全贵妻)

(【大开门】,牛头、马面、二小鬼,正生、小生二判官,净上)(净唱)

【粉蝶儿】**善恶吾掌,善恶吾掌,幽冥界、幽冥界显赫地府天堂。积善家清虚福享,愿后世阴司德广。怎那里心歹意邪,任你有没天威光,凭着俺有口难**

讲,有口难讲。

(诗)赫赫巍峨幽冥界,昭彰善恶两分排。任你阳间做歹事,难逃阴司地狱灾。(白)某,一殿城隍秦广王,执掌幽冥。那善者,身登清浊之福禄;那恶者,打入铜锤油锅,方显善恶两分也!(童男女、末上)(末)大王在上,李善明叩头。(净)善人请起。(末)谢大王。(净)李善明,在阳间之事,一一讲上。(末)大王容禀。(唱)

【泣颜回】上告诉缘讲,平生拜诵经和忏。施广济怜孤恤寡,作阴功行人便方。(净白)善人,你在阳间一生行善,今至幽冥畅快。我且问你,你还是喜爱清福,还是浊福?(末)启大王,福何谓清浊?(净)那云游道术、仙品果方,此即清福;为卿为相,此乃浊福。(末)启大王,意转于浊,济施于普民;再转于陛下,列入于登清,未知大王可允否?(净)善人。(唱)**你心存善良,为人忏悔功非常。到阴府辩白快畅,喜得你清浊福享,清浊福享。**

(白)掌案的,将阴阳簿查来。(正生)启大王,李善明为人忏悔度光阴,普济于贫民,作种种之阴功,行事事之方便。江南万贤正,历代积善,为官清正,膝下乏嗣。(净)李善明,你在阳间行善积德,江南万贤正,为官清正,膝下乏嗣,以为善心得报。(末)谢大王。(净)童儿,好生送过金桥。(童男女)领旨。(吹【小开门】)(童男女送末下)(净)好,善恶两分也!(唱)

【上小楼】一任你胡为作事心忒歹,难逃这、地府阴司网①。你道是争名夺利为钱财,噩口多饶舌,暗计杀人害。速降下无常勾魂牌,管叫你撇却田园空手来,任你有千谋百计,那时节撇却了父母妻孩,撇却了父母妻孩。

【泣颜回】②(内唱)(起板)**悔却从前不忖量,**(外吊丑上)(丑)大叔,我打是打不起的。(外)你既然打不起,不该在阳间搬弄是非。(丑)咳!(唱)**到如今痛苦难**

---

①　网,195-1-148吊头本作"刚",单角本一作"罗",据文义改。

②　此曲牌名195-1-148吊头本缺题,检该曲词式与上一支【泣颜回】较合,首句中间皆有一个甩头("甩头"详见本书卷一"前言"注释),且较上一支更合乎【泣颜回】平仄格律,同时亦符合前四支曲牌一北一南的排列。准此,可定为【泣颜回】。

当。悔不该是非撇常，到阴司拔舌犁耕。（外将丑一槌打进）（外）李氏拿到。
（净）呧，李氏，你三寸斑斓舌，杀人有万千，来到阴司地狱，抽肠挖心肝。（唱）
**你心忒歹，害人夫妻受屈枉。斑斓舌胜似龙泉，打入风波誓不消散，誓不**
**消散。**

（白）来，将他打入地狱，永不超生，去罢。（外带丑下）（外吊付上）（付）咳！（念）
我做杀猪屠户，屋里开头放赌，犯过八年重刑，养过无数娼妇，今朝来到阴
司地，这种苦头从来呒得吃着过，呒得吃着过。（外念）今朝被我拿住，将你
锉、磨，变作豆腐。（付念）呒个小鬼，勿要来吓我，我到大王爷爷跟前，有口
分诉。（外）那哼分诉？（付念）我说道，大王爷，喏，喏，勿有我个杀猪屠户，
个种带毛猪头，那格吃得落肚？倷班判官、小鬼，要吃夹毛猪污。若话不
放八年重利，个班穷佬各处无门路；若话不开头不放赌，有个人家世世代
代勿落去，穷个人家子子孙孙要吃苦；若话勿开兰花院，世间上个种光棍，
叫伊吃素，那格吃得过？那格吃得过？（外念）天下那格会有呒这种好主顾，
大王爷请你吃热货。（付）啥个热货？（外念）勿是铜锤，就是油锅。（付念）小
鬼勿要吓我，细碎银子有得带来勾。（外）拿得来。（付）一个大贼屁。（外将
付一铜锤打进）（外）李兴儿拿到。（净）呧，李兴儿，你在阳间作恶多端，骗人金
财，拆散人家夫妻，今日来到阴司，难逃地狱之苦也！（唱）

**【黄龙滚犯】你是个狠心毒计恶强梁，一味的暗渡钱财兴泼**①**荡。你道是人生**
**百世安居享，那晓得锯锉钻磨剖腹屠肠**②**？**（白）来，将他打入地狱油锅。（外
打付下）（花旦鬼上）（净）何处冤鬼，闯入台前？王灵官。（小生）有。（净）速召上
殿。（小生召花旦进）（净）前来叫冤，可有状纸？（花旦点头）（小生）将状纸呈上。
（花旦呈状）（净）"告状人希明高，其妻董氏、刁氏，与全万贤通奸，三人同谋性
命，移尸陷害胞叔全玉秀，贿赂公堂，发配远充。"可恼，可恼！（唱）**你道是恶**

---

① 泼，195-1-148吊头本作"发"，据单角本改。

② 锉，抄本字左金右羞，"羞"当为"差"之讹，"鎈"同"锉"。剖，195-1-148吊头本作
"音"，据单角本改。

**势满快,占人妻、亲夫杀害。移祸儒生受飞灾,事难容天理不该。**

(白)希明高,此刻恶势未满,我有游魂路引一纸,等他势败冰散,与你报冤去罢。(花旦下)(末、老旦鬼上)(净)何处冤鬼,闯入台前?王灵官。(小生)有。(净)召进来。(小生召末、老旦进)(末、老旦)大王在上,鬼犯全贵夫妇叩头。(净)将冤情一一讲上。(末)启禀大王,鬼犯乃全玉秀家奴全贵。那日安人只为小官官不见,痴癫出门,我前去寻觅安人,行到半路途中,遇着全万贤这恶贼,哄我到南山顶上,将我一脚跌死的吓!(唱)

【扑灯蛾犯】①**可怜我血淋淋丧泉台,可怜我、死幽冥含冤埋。可怜我骸骨无存荒郊在,这游魂痛哭不堪。**(净白)女鬼讲上。(老旦)启禀大王,可恨全万贤这恶贼,将我老老谋死,回来又将我一脚踢死,尸首葬在地平板下呵!(唱)**冤魂鬼渺渺何处望乡台,两夫妻海底含冤无超拔。阿吓,大王吓! 速将他镂骨焚灰化,夫妻含冤得潇洒,夫妻含冤得潇洒。**

(净)可恼,可恼!(唱)

【叠字犯】**诉说含冤就道,黑白沉冤污埋。你那里威势大,害人命心忒歹。早难道黑天无道横行强暴,黑天无道横行强暴。**(白)掌案的。(正生)有。(净唱)**快与俺细细查问究考,有什么冤冤相报,冤冤相报。**

(正生)启大王,全万贤前生受全玉秀夫妻缧绁三载,今生故受此报。全贵夫妻无故受屈,此刻全万贤恶势未满,难以报冤,待等势满日期,焚烧九莲庵主母身躯,以报含冤。班景松膝下乏嗣,念他为官清正,有半子相依。全玉秀虽遭缧绁,倒有三姓团圆。(净)全贵夫妻,此刻恶势未满,等他焚烧九莲庵。赐你游魂路引一纸,一保主母身躯,二报自己含冤,与你报冤去罢。(末、老旦)谢大王。(末、老旦下)(净)掌案的,收了威灵。(吹【尾】)(下)

---

① 此曲牌名 195-1-148 吊头本缺题,今参照《四元庄》第二十九号之例补题。

# 第二十三号

小生（仰成），外、老旦（乡邻），正生（全玉秀），末（仰天裕），

净（管家），贴旦（门子）

（小生上）奉着师爷命，特地到嘉兴。（白）老奴仰成，奉老爷、师爷之命，来到嘉兴，打听秀水县城内，不知住在何处。那边有人，待他到来，问过信儿才好。（内）唵啐。（小生）唵吓，那边有人来了，问过信儿便了。（外上）何事唤声音？（老旦上）上前问事情。（小生）老伯、妈妈请了。（外、老旦）请了。（小生）待我借问一声。（外、老旦）所问何事？（小生）此地有个全玉秀相公，住在那里去了？（外、老旦）这位官长有所未知，不知那个狂徒，杀死希明高，陷害全玉秀。他有侄儿，名唤全万贤，害他叔父发配远充。（小生）是发配远充，在我老爷衙内，做师爷的了。（外、老旦）这等说来，还好还好。既在贵衙，前来打听什么？（小生）前来打听师母家下的。（外、老旦）咳，后来全万贤恶贼，将他孩儿偷出谋死。安人不见孩儿，痴癫出门，也无着落。（小生）老奴夫妻二人呢？（外、老旦）也被全万贤害死了。（吹【驻马听】）（小生白）他侄儿全万贤可在？（外）这个……（小生）你为何怕他？（老旦）咳，说说又有何妨？全万贤与希明高妻董氏、刁氏通奸，独占家产。（小生）听你说来，门儿封锁的了。（老旦）封锁的了。（外）那全万贤终日在外嫖妓宿娼，不顾家里。（小生）听他说来，家中一个无人了？（老旦）正是。（小生）不免回去，报与师爷知道便了。老伯、老妈请了。（吹【驻马听】合头）（小生下）（外）慢去，慢去。有道，各人自扫门前雪，（老旦）休管他人瓦上霜。（外、老旦）咳，休管闲事好。（外、老旦下）

（正生上）心切怀抱，未知何日重逢家窑？（末上）衙门多事情，转到书房门。（正生）哥哥见礼。（末）贤弟见礼，请坐。（正生）请坐。（末）贤弟，看你愁眉不展，难道为兄轻看你不成？（正生）小弟多蒙哥哥之恩，身在衙门，亦得安然，未知妻儿怎样，好生挂念。（末）贤弟，为兄差仰成前去打听你的家乡，

何必挂念。(小生上)打听家下事,报与师爷知。门上那一位在?(净管家上)是那个?(小生)仰成回来了。(净)候着。启老爷、师爷,仰成回来了。(末)快叫他进来。(净)吓。老爷叫你进去。(净下)(小生)老爷、师爷在上,老奴叩头。(末、正生)起来。(小生)谢老爷、师爷。(正生)命你打听师母之事,师母在家可好?(小生)师爷不好了。(正生)为何?(小生念)老奴奉命到嘉兴,承蒙老伯说分明。令郎霎时平空失,师母痴癫出门庭。老奴双双无由见,师母之人无踪影。万贤独占家和产,全、希二姓两并吞。(正生)怎么,有这等事来?阿吓!(唱昆腔【江儿水】前段)(末白)贤弟!(唱昆腔【江儿水】中段)(正生白)这是全玉秀命犯缧绁,重愁之苦也!(唱昆腔【江儿水】后段)(贴旦上)老爷,上司公文下,有封。(末)拆封。(贴旦)拆封呈上。(贴旦下)(末)"仰天裕为官清正,转升杭城知府。"贤弟,杭城到你嘉兴路也不远,待为兄上任一过,差人打听你家乡下落。(吹【尾】)(下)

# 第二十四号

小旦(董兰花)、花旦(刁汝美)、丑(全万贤)

(小旦上)(唱)

【六幺令】自悔无裁,听信谗言风月堪爱。只望得度百年偕。(白)奴家董氏,与全万贤通奸,指望得度终身,不想这冤家在外嫖妓宿娼,不顾姐妹二人,如何是好也!(唱)**有心栽花花不发,做了无心插柳柳成排。**

(花旦上)(唱)

【前腔】恼恨冤家,贪恋风流轻弃娇娃。气得我目瞪口又呆。(小旦白)妹子见礼。(花旦)姐姐见礼。(小旦)请坐。(花旦)请坐。(小旦)这冤家终日不回来,如何是好?(花旦)冤家回来,妹子拼个死活。(唱)**你今不必多忧怀,拼个死活与他做冤家**。

(丑上)(唱)

【前腔】醺醺醉怀，伴取风流我心欢爱。人生落得逍遥在。（白）学生全万贤，在外三五日不回，两个狗花娘要吃醋东哉。是个，让我假酒三分醉，走之居去罢哉。（唱）**假意不识这根芽，方表一一说明白。**

（白）大娘娘请来见礼。（小旦科）见什么礼！（丑）二娘娘请来见礼。（花旦）见什么礼！（丑）头晕去哉，是勿是我格两日勿居来，来东懊恼哉。（小旦）既晓何须问，（花旦）各自去谋生。（小旦）你管你的事，（花旦）大家各开门。（小旦科）冤家走来，我姐妹二人，为你费了多少心机。今日将我姐妹二人，一旦抛撒了么？（花旦科）冤家走来，我姐妹二人为了你，枉费了多少心机。你如今猫哭老鼠假慈悲，还我了局。（丑）有啥个了局勿了局，我格两日有事务来东。（小旦、花旦）啥事务？（丑）女娘家那里晓得，我里阿叔充军充到山西洪洞县，留进做得师爷哉。（小旦、花旦）做得师爷哉？（丑）我里阿叔差得人来打听，不知那格贼娘贼对其话，话我罗三个人通奸，被我阿叔晓得，我和吤三个人头保勿牢哉！（小旦、花旦）这遭如何是好？（丑）那格好？依之我。（小旦、花旦）有什么主意？（丑）田地房屋一概卖得还，拼拼倒倒讨之一只船，移名改姓，去到杭城摆儿巷，开之一爿大木行。吤道好勿好？（花旦）冤家此言不差，明日行事便了。（小旦）有理，明日一同下盘便了。（同唱）

【前腔】机关安排，改姓移名杭城隐埋。落得个地久天长偕白发。（小旦、花旦白）姐妹二人备得有酒，冤家畅饮。（唱）**一生欢乐多快哉，逍遥欢娱得安泰。**

（白）要吃杭州米饭去哉！（小旦、花旦下）（丑）噫！两个狗花娘做杭州婆高兴哉，我个头来带摇。（下）

# 第二十五号

正旦（秋氏）、老旦（师太）、贴旦（呆人）

（正旦上）（引）数年血泪染衣襟，只为孩儿长挂心。（白）奴秋氏，我夫全玉秀被人陷害，发配远充。孩儿不见，痴癫出门，在江边寻死。多蒙九莲庵师

父收留,已有八载。今日师父往知府衙内去了,不免叩拜大士便了。(拜)

大士,大士!(唱)

【紫金花】佛光普照佛前灯,南无灵感观世音。君王有道民安乐,五谷丰登贺

太平。南无南无阿阿南无阿阿弥陀佛①。一炷清香一盏灯,保佑君王万万

春。天下太平禾苗稔,官清吏白水长清。南无南无阿阿南无阿阿弥陀佛。

再点清香再点灯②,三官大帝显威灵。消穷解危天赐福,家家户户保康宁。南

无南无阿阿南无阿阿弥陀佛。再点清香一盏灯,释迦牟尼拜世尊。但求夫妇

重会面,民安物阜万万春。南无南无阿阿南无阿阿弥陀佛。再点清香再点灯,

送子张仙抱麒麟。未知娇儿归何处,若得母子团圆谢神明。南无南无阿阿南

无阿阿弥陀佛。哀哀哭泣泪珠淋淋,数年血泪染衣襟。告天告地告神明,雷公

雷母两边分,十殿阎君查真情。幽冥教主地狱尊,判官皂鬼两眼睁。跪蒲团,

叩世尊,哭断肝肠喉咽苦凄其③,鉴察善恶照分明,善恶照分明。

(老旦上)(唱)

【紫金香】空门脱却离红尘,普济慈航照分明,救苦救难观世音。(正旦白)师父

回来了。(老旦)回来了,请坐。(正旦)请坐。(老旦)安人,在此做些什么?(正

旦)师父,我秋氏丈夫不能够相会,母子不能够团圆,在此礼拜大士知道。(老

旦)安人,你总有日夫妻相会,母子团圆,何须忧虑。(正旦)师父你往那里回

来?(老旦)从本府太守衙内回来。(正旦)本府大爷,可有夫人、公子么?(老

旦)没有公子,只有一位千金小姐,我对他说,叫你去陪伴小姐,教些针指便

了。(唱)承蒙提携女千金,闺阁教传线和针。你是个儒门妇才学深,他是个

千金体德性温存,德性温存。

---

① 此佛号 195-1-148 吊头本作"南无佛(又)"并附"重全句,原句高唱,重句低唱"
的蝌号,单角本作"南无阿：：：(又)阿弥托佛",今从《调腔乐府》。其中,开头的"南无"
和"南无阿阿弥陀佛"系由后场接唱。

② 点,195-1-148 吊头本作"盏",依照下文改。按,四句有关清香和灯的曲文,单角
本前两句作"一炷清香一盏灯",后两句作"再点清香一盏灯"。

③ 凄其,寒凉貌。《诗经·邶风·绿衣》:"绤兮绤兮,凄其以风。"

（大一己）（贴旦呆人上，小生上，赶下）（大一己）（正旦）师太，霎时昏迷精神，如今清爽了。（唱）

**【尾】收拾啼痕泪淋淋，且放心窝耐着心**。师父吓！**那得个枯木芳菲花枝新，枯木芳菲花枝新？**（下）

# 第二十六号

外（班景松）、末（仰天裕）、贴旦（门子）、付（班福）、小生（九锡儿）

（外上）（引）赫赫浙江钦命，万姓谁不敬尊？（白）下官班景松，浙江按察，掌握生死权衡。娶妻陆氏，产生一子，取名九锡儿，才年一十二岁，这也不在话下。本府上任仰天裕，我想仰天裕江南吴县人氏，那年在科场，与我结拜金兰，胜如同胞，他必定前来拜望。正是，钦命皇恩重，纪纲谁不遵？（末上）（引）离了府衙门，前来拜尊兄。（贴旦）老爷，来此已是。（末）通报。（贴旦）门上那一位在？（付上）外面那一个？（贴旦）仰老爷到。（付）候着。启老爷，仰老爷到。（外）怎么，我贤弟来了？开正门，说我出外迎接。（付）老爷出外迎接。（末）你且回避。（贴旦下）（外）贤弟。（末）哥哥。（外）贤弟见礼，请坐。（末）请坐。哥哥，小弟到任，早不来拜望，恕小弟不敬之罪。（外）贤弟，我和你情同骨肉，何出此言。请问贤弟，我与你科场一别，有十数载，弟妇可贤惠否？（末）已亡故了。（外）可有侄儿留下？（末）并无一子留下，只有一女，年方一十二岁，请问哥哥，可有侄儿？（外）为兄单生一子，与侄女同庚的。（末）哥哥既有侄儿，何不叫他出来，小弟一见？（外）那有不见之理？过来，请出小相公。（付）小相公有请。（小生上）（引）何事又相请，上堂看分明。（白）爹爹，孩儿拜揖。（外）罢了，见过叔父。（小生）叔父在上，侄儿拜揖。（末）侄儿起来。（小生）谢叔父。（末）哥哥，看侄儿聪明伶俐，日后必做皇家栋梁。（外）多感贤弟谬赞。（末）哥哥，小弟有言难以启齿。（外）有何话说？（末）哥哥，我小女许配侄儿为婚，未知哥哥心意如何？（外）小儿貌

丑,怎好仰攀?（末）小弟喜爱,不必推却。（外）既蒙贤弟见爱,我儿过去拜见岳父。（小生）岳父请上,小婿一拜。（唱）

【（昆腔）玉抱肚】**拜谢你恩高德广,读诗书只望青云直上。**（外、末唱）**堪羡你心中欢畅,但愿你功名成就显门墙。**（小生下）

（末）哥哥。（外）且慢,如今要叫亲家了。（末）亲家,何不另请先生,教育贤婿?（外）一时之间,那里去请?（末）我衙内有个全玉秀,乃是贡元出身,也是弟结拜金兰,他才高八斗。（外）既然有此高才,请他到来教学。（末）即可叫他过衙。闻说西湖美景,明日你我一则前去游玩,二则察听豪恶奸刁。（外）贤弟喜爱,为兄当得奉陪。（末）就此告别。（外）且慢,留得有酒,亲家畅饮。（末）有劳亲家,请。（同唱）

【（昆腔）尾】**多感得义亲翁,开怀畅饮喜洋洋。乐意欢笑双双席上。**（下）

# 第二十七号

净、付（管家）,丑（全万贤）,末（仰天裕）,外（班景松）

（净、付管家,丑上）（唱）

【（昆腔）粉孩儿】**匆匆的换罗衫访美人,只看西湖美景桃柳树春开,扬风卷地来。**（白）学生全万贤,改名万年青,在杭州摆儿巷,开张大木行。在屋里心中烦闷,带之家丁出外游玩,好不有幸。男吓,嬉之上去。（唱）**行过了翠苔江边,但只见人多挨来,来来去去热闹欢爱。**（净、付、丑下）

（末上）（唱）

【（昆腔）福马郎】**假扮着江湖模样,察听豪恶奸猾。**（白）下官仰,（掩口两面看）仰天裕,闻得西湖十分美景,一则前来游玩西湖,二则察听豪恶奸刁,果然繁华美景也!（唱）**看西湖华丽美景,只见那凉亭直上。**

（外上）（唱昆腔【会河阳】）（二人同坐）（内）趱上!（净、付、丑上）（丑唱昆腔【耍孩儿】前段）（净、付扯外,末撇开）（末）咳,凉亭官堂,大家有分,大家好坐的。（净、付）

勿错,个凉亭大家有分,大家好坐,我赖大爷来东,让拨我赖大爷坐哩。
(外)岂有此理!(付)岂有此理!(丑)凉亭大家有分,也是大家好坐格嘛。
(唱昆腔【耍孩儿】中段)(外白)住了。你这狂徒,如此无理,姓甚名谁,与俺说
个明白。(净、付)话起我赖大爷谁勿谁,有囡嫁拨我罗大爷,我罗大爷老婆
两个来东哉。话起我赖大爷,名叫万年青大爷,住在杭州摆儿巷,开之一
爿大木行,吭看看东,住住东。(外)名叫万年青,牢牢记着。(丑)个二位老
毬养,好像勿是本地人,一定是外路贼,勿要理睬。大家好坐吓!(唱昆腔
【耍孩儿】后段)(净、付、丑下)(末)哥哥,此地有这等狂徒,为何不将他拿住?
(外)贤弟,此地只有你我二人,怎能拿他? 待为兄回衙,差捕厅前来,捉拿
棍徒便了。(末)哥哥回衙去。(外)贤弟请。万年青吓万年青,那知老夫要
你一条命? (唱昆腔【尾】)(下)

# 第二十八号

　　贴旦(仰闺贞)、老旦(师太)、正旦(秋氏)、花旦(丫环)、正生(全玉秀)

(贴旦上)(引)悲痛萱堂①幼倾丧,苦伶仃孤女无傍。(白)奴家仰氏闺贞,自
幼丧母,撇奴一人,并无兄妹。爹爹仰天裕,职受黄堂②,王事勤劳。奈我
闺阁无人训教,不习描鸾绣凤。才年二六,不识三从四德,想起来好不闷
杀人也!(唱)

**【园林好】**痛慈亲早归泉道,闺中贞、幼女轻抛。三从四德谁训教,怎能够鸳
鸯刺鸾凤描,鸳鸯刺鸾凤描?

　　(老旦、正旦上)(同唱)

**【江儿水】**迤逦官衙道,转过厅阶道。进房伴取女多娇,承蒙千金来相邀,提
携贫妇德恩高。不须长叹声高。(老旦白)门上那一位在?(花旦丫环上)外面那

---

　　① 萱堂,单角本作"椿庭",据文义改。
　　② 黄堂,古代州郡太守厅事的正堂,这里借指知府。

一个？（老旦）大姐，说我九莲庵师太要见小姐。（花旦）请少待。小姐，外面九莲庵师太要见。（贴旦）叫他自进。（花旦）晓得。叫你进去相见。（老旦）有劳。你与我一同进去。（正旦）晓得。（老旦）小姐请上，贫尼稽首。（贴旦）起来。（老旦）多谢小姐。安人，见了小姐。（正旦）小姐，难妇叩头。（贴旦）请起。（正旦）多谢小姐。（贴旦）师太，这妇人敢是昨日说的这位妇人么？（老旦）正是。（贴旦）他那里人氏？为何在你庵中？（老旦）不瞒小姐说，他本是秀水县人氏，丈夫全玉秀是一个贡元，被人陷害，发配远充。只为孩儿不见，痴癫出门，在江边寻死，贫尼留归庵中。闻得他绣凤针指俱全，因此叫他前来陪侍小姐。

（唱）**朝夕教传刺鸳鸯，识三从诗赋讲，识三从诗赋讲。**

（贴旦）你这女子，何不在我房中，训教针指，心意如何？（正旦）多蒙小姐抬举，敢不遵命。待我回归庵中，收拾行李，明日进衙陪伴小姐便了。（唱）

**【玉交枝】启言禀告，念难妇不识礼教。望乞看照怜贫道，只当做没世恩报。**

（贴旦白）师太，你二人回转庵中，收拾零细，明日再进府来便了。（老旦、正旦）谢小姐。（贴旦唱）**香闺尊候悬眼焦，看他体态温存貌。真个是裙布荆钗成妇道，裙布荆钗成妇道。**（老旦、正旦、花旦、贴旦下）

（正生上）（唱）

**【五供养】踌躇无聊，长闷胸膛，心切怀抱。移步厅阶出，散玩我心苗。**（老旦、正旦上）（同唱）**兰房闺道，双双携手，步出荒郊。谁怜孤身妇，免得受焦燎。儒门妇道，顾不得羞脸红桃，羞脸红桃。**（老旦、正旦下）

（正生）呀！（唱）

**【川拨棹】事蹊跷，见他行形容相貌。好一似糟糠妻娇，好一似糟糠妻娇，想秋氏颇成妇道。到此地狐疑难料，天下有同形同貌，止不住泪双抛，止不住泪双抛。**（哭）

（白）咳！（唱）

**【尾】霎时间心惊魂胆消，血泪杜鹃哭悲号。**（白）这又奇了。（唱）**莫不是眼花缭乱，错看容貌？**（下）

# 第二十九号

净、付(管家)，丑(全万贤)，老旦(师太)，正旦(秋氏)

(内)趱上。(内)有。(净、付管家，丑上)(打【水底鱼】)(白)学生万年青，在此游玩多时，又恐大娘娘、二娘娘悬望，居去。(打【水底鱼】)(老旦、正旦上)(打【水底鱼】)(丑惊，正旦遮面下)(丑)阿吓，个个人好像我里个婶娘，为啥来带格地方里，个也奇杀哉！后面老师太请转，请转。(老旦)你这位大爷，何事？(丑)这位老师太，待我借问一声。(老旦)所问何来？(丑)前头这位女娘娘，那里人氏？到那里去个？(老旦)前头这一位妇人，是秀水县人氏，丈夫全玉秀，被人陷害，发配远充，只为孩儿不见，痴癫出门，在江边寻死，是贫尼相救的。(丑)个歇时光，啥个地方来勾？(老旦)此刻是本府衙内出来的。(丑)到啥地方去？(老旦)同我一同到九莲庵去的。(正旦内)师父快来。(老旦)晓得，来了。(老旦下)(丑)阿吓，我里个婶娘在九莲庵，倘若败露机关，还当了得？但是这个……有哉，我今夜带得家人，用火把九莲庵烧去罢哉。趱上！(打【水底鱼】)(下)

# 第三十号

正生(全玉秀)、末(仰天裕)

(正生上)(引)睹物心酸意如痴，神魂不定，心下踌躇。(白)我全玉秀，多蒙哥哥之恩，得在衙内。昨日在花园散闷，有一妇人，与尼僧同伴。想这妇人，好似我妻秋氏模样，咳，本要向前相叫一声，免得心下疑惑。(唱)

**【解三醒】心狐疑自难度量，见形容心下惨伤。想他是荆钗妇道绩麻桑，早难道撇却闺门步羊肠。**(白)前者我哥哥差人打听。(唱)**他说道失却儿郎甚颠狂，步出门墙觅四方。未可当，老仆的双双觅访，一家儿尽遭灾池鱼受殃，池鱼受殃。**

（末上）（唱）

**【前腔】伏仗庇身受皇皇，坐黄堂万民钦仰。**贤弟吓！**休得要愁眉百结泪千行，且耐胸窝放却愁肠。**（正生白）哥哥进来何事？（末）为兄参拜按府，他有公子，请贤弟过府教学，心意如何？（正生）我多蒙哥哥举荐，敢不从命？只是小弟才疏学浅，误了一世功名。（末）咳，贤弟吓！（唱）**堪羡你经纶满腹与贤郎，正所谓困苦卧龙在海底藏。**（正生白）多蒙哥哥收录，得全残命。我全玉秀若没有哥哥之恩，我命早丧泉灵乎！（唱）**谢伊行，这恩德衔环报偿，金兰义雷鲍**①**双双，雷鲍双双。**

（末）吓，贤弟！（唱）

**【尾】整顿衣冠刑台参，教习诗赋训儿郎。**（正生唱）**我这里万斛千愁哭心伤。**（下）

# 第三十一号

外（班景松）、末（仰天裕）、正生（全玉秀）、付（班福）、小生（九锡儿）

（外上）（引）忆昔君恩浩荡，怎得美堪夸。（白）老夫班景松，蒙圣恩职受浙江按察。昨日与贤弟前去游玩西湖，观看繁华美景，行道凉亭少坐。谁想有一棍徒，如此不法，纵横奸邪，问他名姓，他说住在摆儿巷，名叫万年青。为此命捕厅前去捉拿棍徒，还未回报。昨日我贤弟说，他衙内有一个贡元，名叫全玉秀，才学渊博，文墨精深，请他到来教训孩儿，到了此刻，还不见到来，好生挂念。（末上）整衣冠参刑台，（正生上）心怀怫郁愁满怀。（末）门上那一位在？（付上）是那一位？原来是仰老爷，老奴叩头。（末）起来。通报，说我要见。（付）老奴晓得。老爷，外面仰老爷要见。（外）说老爷出外迎接。（付）老爷出外迎接。（外）贤弟见礼。（末）哥哥见礼。贤弟，过来见了

---

① 雷鲍，盖指东汉人雷义和春秋时人鲍叔牙。雷义助人不矜耀其功，佯狂以让贤于陈重，后世称为"胶漆陈雷"。事见《后汉书·独行传》。鲍叔牙与管仲为友，向向齐桓公举荐管仲为相，世称"管鲍之交"。

大人。(正生)大人在上,晚生叩见。(外)请起,请坐。(正生)大人在此,晚生怎敢?(外)你是我贤弟结拜金兰,我与你也是兄弟的了。(正生)告坐了。(外)我孩儿请贤弟教习诗书,若得成名,不忘贤弟之恩。(正生)大人,晚生才疏学浅,有恐误了令郎一世功名。(外)好说。过来。(付)有。(外)请出小相公。(付)小相公有请。(小生上)何事来唤声,出堂向事情。爹爹,孩儿拜揖。(外)罢了。见了岳父。(小生)岳父,小婿一拜。(末)贤婿少礼。(小生)谢岳父。(外)我儿拜过先生。(小生)先生请上,受学生一拜。(唱)

**【(昆腔)朱奴儿】**①**拜谢你心意欢畅,只我这一心勤读功名望,诗书用功勤习讲。**(正生白)呀!(唱)**好难量,只见他玉锁挂胸膛,好叫我心惊又难详。**

(外)备得有酒,二位贤弟畅饮。(末、正生)有劳兄长。

<blockquote>(外)手捧霞觞醉酩酊,(末)得见一子又欢欣。</blockquote>

<blockquote>(正生)今见玉锁心如醉,(小生)得步蟾宫听玉音。</blockquote>

(众)好一个"得步蟾宫听玉音"。(下)

## 第三十二号

<blockquote>贴旦、花旦(手下),净(捕快),小旦、付(管家),丑(全万贤)</blockquote>

(大拷)(贴旦、花旦手下,净上)俺捕快是也,奉大老爷之命,捉拿万年青。来,趱上。(吹牌子)(下)(大拷)(小旦、付管家,丑上)(丑)俺,万年青,夜到火烧九莲庵。用心趱上。(下)

## 第三十三号

<blockquote>正旦(秋氏),老旦(师太),付、小旦(管家),丑(全万贤),末、小生(鬼魂),<br>花旦、贴旦(手下),净(捕快)</blockquote>

---

① 本曲据 195-3-34 忆写本校录,其中"功名望""勤习讲""好难量"系整理时增补。

（起更）（内）师父快来！（正旦上）（唱）

【醉花阴】恍惚精神心惊摇，小鹿频频肉跳。裙钗妇胸中似刀绞，敢只是、敢只是思夫君忆惜儿曹。（白）妾身秋氏，多蒙师太留归庵中，去到本府衙内，教学针指，服侍小姐。今夜心惊肉跳，不知是何故也？大士，大士！（唱）**还望你神灵来护保，一霎时小鹿心头频频跳，莫不是今夜里有甚蹊跷，有甚蹊跷？**

（二更）（老旦上）（唱）

【画眉序】谯楼二鼓敲，独自心惊多烦恼。为何的梦魂三更掉？云堂上香烟缭绕，你何得昼夜悲号？安人！劝你收拾啼痕抛，明日里进香房伴侍多娇，伴侍多娇。

（正旦）师父，到此刻还不安睡，敢是在后堂诵经么？（老旦）安人，你去整顿行李，明日进衙陪侍小姐，教学针指便了。（正旦）师父，我日间回来，不知何故，心惊肉跳也。（唱）

【喜迁莺】莫不是有甚、有甚祸招，吉凶事全然、全然难料。事蹊跷，今夜里神魂难打熬，祸与福尽在今宵。（老旦唱）**且安好，善良自由天护保，终有日夫妻父子团圆笑，夫妻父子团圆笑。**（老旦、正旦下）

（付、小旦管家，丑上）（唱）

【出队子】齐努力休得违拗，一个个切莫声高。焰腾腾放火来焚烧，九莲庵顷刻回禄遭。（丑白）俺万年青，夜到火烧九莲庵，用心趱上。（唱）**除却后患不相饶，你一双命难保，你一双命难保。**（付、小旦、丑下）

（末、小生鬼魂上，科）（付、小旦、丑上，放火科，下）（老旦、正旦上）不好了！（唱）

【滴溜子】你何故，烈火焚烧；唬得我，魂散魂消。（焰头）（大一己）（老旦、正旦跌倒）（同唱）**今夜里两命不能保，是何人与他仇敌非轻小。**（跳出）仰望，苍穹护保，灾退祸消，灾退祸消。（老旦、正旦下）

（付、小旦管家，丑上）（唱）

【鲍老催】仇报今朝，免得后患冤家来到，累及着宇庵遭焚烧。也是你数定回禄遭，数定回禄遭。（付、小旦下）（末、小生扯丑下）（花旦、贴旦手下，净上）（唱）**遥望**

火光透天豪,九莲庵回禄遭,(白)呀,火光透天。过来,前去救火者。(唱)**齐心努力来护保,齐心努力来护保**。(花旦、贴旦、净下)

（正旦、老旦上）(同唱)

【刮地风】呀！唬得我战战兢兢魂魄消,感得佛光来普照。救残生一双微命保,脱离灾厄罗网罩。(内声)那里走！(正旦、老旦科,唱)**听后面喊声喝道,谅必是狭路冤家来追着。这壁厢,那壁厢,无门投靠。哀告,酬谢苍穹来拜祷,酬谢苍穹来拜祷**。(正旦、老旦下)

（花旦、贴旦手下,净上）(唱)

【四门子】雄赳赳人声闹吵,化白地佛灵火灾遭。可惜了宇庙焚烧,天降灾殃人怎逃?(老旦、正旦上)救命！(净)说过明白,好救你回去。(老旦、正旦)爷爷吓,不想何处棍徒,焚烧九莲庵,爷爷相救。(唱)**望爷爷查究根苗**,(末、小生扯丑上)(净)你是什么样人?(末、小生咬耳)(丑)学生万年青,在九莲庵放得火来个。(净)呀,奉老爷之命拿你,来,将他锁着。(末、小生下)(花旦、贴旦锁丑)(净唱)呀！**强徒十恶罪滔滔,难免云阳受餐刀,云阳受餐刀**。(科,下)

# 第三十四号

正生(全玉秀)、小生(九锡儿)、外(班景松)、正旦(秋氏)、净(捕快)、丑(全万贤)

（正生上）(引)忽见糟糠泪如麻,玉锁颈挂难猜难详。(白)卑人全玉秀,身在按察府内,伴读公子。见他颈上挂着双玉锁,乃是我祖上传家之物。看他左膀上,刺着"九锡儿"三字。年方二六,想在府场分别,也有十二年,好似孩儿一般无二。昨日衙内遇着九莲庵这位妇人,看他容貌,好似结发妻秋氏安人。本要向前相叫,倘若错认,可不被人取笑? 正是夫妻父子觌面,不能叙话,好不伤感人也！(唱)

【啄木儿】(起板)**怎奈我声长叹,苦悲号,万斛千愁难解交。这的是阻碍银河,胜似那参商两抛**。(小生上)(唱)**青灯黄卷苦勤劳,云梯步月上青霄,愿得步入**

蟾宫贺皇朝。

（白）先生，学生拜揖。（正生）公子少礼，请坐。（小生）谢先生，告坐。（正生）咳！（小生）先生愁眉不展，声声长叹，却是为何？（正生）不瞒公子说，我有满腹含冤在身，怎的不要长叹？（小生）先生既有满腹含冤，何不与学生说，学生到爹爹跟前去说，有恐超拔，也未可见得。（正生）公子听道。（唱）

【前腔】祖贯籍住，嘉兴秀水县道，中宪第、理学①名标。破田园家财万贯一旦抛，有糟糠荆钗妇道。府场分别儿怀抱，左膀九锡刺名号，玉锁颈挂小儿曹。

（小生）呀！（唱）

【三段子】闻言就道，好叫我难猜根苗；口语嚣嚣，莫不是蜈蛉宗祧？玉锁颈挂小儿曹，左膀九锡刺名号，必须要分个清浊问分晓。

（内）可恼，可恼！（外上）恼恨狐鼠辈，横行犯法条。（正生）大人在上，晚生拜揖。（外）请起。（小生）爹爹在上，孩儿拜揖。（外）罢了。可恼，可恼！（正生）为何这般光景？（外）先生不要说起，昨夜差捕厅去，捉拿棍徒，不想九莲庵放火焚烧，如今拿得棍徒拷问呵！（唱）

【前腔】黑天迷道，起邪心放火焚烧；国法轻藐，自难免云阳餐刀。（正生白）大人在上，晚生有言奉告。（外）先生有言，请道。（正生）昨日九莲庵救回府中这位妇人，好像我结发妻子秋氏安人，意欲叫他出来问知，大人心下可容否？（外）这那有不允之理？丫环，叫九莲庵妇人出来。（内）晓得。（正旦上）（唱）**呼唤急出兰房道，向前诉说这根苗，感得恩公救我曹。**

（白）大老爷在上，难女叩头。（外）你这妇人，是那里人氏？说个明白。（正旦）大老爷，难妇秀水县人氏，丈夫全玉秀，乃是府学贡元，被人陷害，发配远充。只为孩儿不见，痴癫出门，在江边寻死，多感九莲庵师太相救，留归庵中，有十数载。（外）既是秀水县人氏，你丈夫现在，过去相认。（走板）（正旦）员外在那里？员外在那里？／（正生）安人在那里？阿吓，安人吓！（同唱）

---

① 学，195-1-148吊头本作"乐"，据单角本改。

【归朝欢】自那日,自那日,府场分抛,乍相逢、豁开眉梢;感恩公,感恩公,重提救捞,几年夫妻自悲号,今日相逢放开怀抱。(外白)我儿过去,见过师母。(小生)师母,学生拜揖。(正旦)公子不敢。(小生)谢师母。(正旦)呀!(唱)**形容一见伤怀抱,玉锁紧颈挂儿曹,觑面**①**伤情泪珠抛。**

　　(外)恭喜师母,贺喜师母。(正生、正旦)无喜可贺。(外)夫妻相会,岂不是一喜?(正旦)大人之福庇。(正生)多谢大人美赞。(外)好说。(净上)大老爷,小人拿了一个棍徒,口说全贵夫妻,要与员外安人伸冤。(外)押在头门,明日早堂审问。(净)晓得。(净下)(正生、正旦)怎么,全贵夫妻来了?(外)全贵夫妻是何等样人?(正生)全贵夫妻,是我老仆夫妻。(外)原来。(净上)报,启大老爷,这棍徒小人二十名拿他不住,闯进内堂来了。(外)看公案,抓过来。(净下,押丑上)(丑)海底沉冤分白皂,一一从头说根苗。(净)拿到,有锁。(外)去锁。(丑)员外、安人在上,全贵夫妻叩头。(正生、正旦)你是我侄儿全万贤,怎说全贵夫妻?(丑)阿!噫吓,员外、安人吓!(唱)

【风入松】**极天含冤无拔超,可怜我主恩来报。**(白)员外、安人有所未知,可恨全万贤这恶贼,与希明高妻董氏、刁氏三人通奸,杀死亲夫希明高,陷害员外受屈,与淫妇三人商议一计,安人跟前骗了银子一千,送进官衙,将员外发配远充。后来三人又商量一计,将小官官偷出,抱到荒郊之所,结果他的性命。多感班府老总管相救,抱进府来,班大老爷收下,以为蟆蛉。(外)嗜!你这棍徒,讲出都是鬼话。来!(净)有。(外)打下去!(净)打下去!(丑)大老爷,你不要惊吓与我,你如若不信,小官官颈上挂起双玉锁,左膀上刺着"九锡儿"三字,伸出手来,便知晓明白。(正生、正旦)全贵,你怎样死的?(丑)员外、安人有所不知,只为小官官不在,安人痴癫出门,老奴出外寻访安人回来,路中遇着全万贤这恶贼,哄我到南山顶上,将我一脚踢死千人坑呵!(唱)**渺渺游魂丧山岙,骸骨的、骸骨的无存无料。**(正生、正旦白)苦杀你了!(同唱)**听言来盈**

①　觑面,195-1-148吊头本作"睹面",据单角本改。

盈泪抛,累及老年人死山岙,老年人死山岙。

(正生、正旦)贵娘,你怎样死的?(丑)老婢死得好可怜也!(唱)

【前腔】恨杀恶贼忒凶枭,一味的黑天迷道。(白)只为小官官不见,安人痴癫出门,老老出外寻访安人,全万贤这恶贼回来,将我一脚踢死,尸首葬在地平板下。(唱)一命呜呼赴泉道,夫与妻、夫与妻森罗哀告。(白)我夫妻二人,奉阎君之命,赐我游魂路引一纸,一保主母身躯,二报自己含冤。(唱)老仆的恩冤当报,这黑白冤今日消,黑白冤今日消。

(正生、正旦)这等说来,苦杀你夫妻二人。(丑)好说。我夫妻受屈理所当然,如今员外、安人好了,夫妻相会,母子团圆,班大老爷为官清正,半子有靠。到后三姓团圆,我夫妻二人含冤分明,我二人去也。(外)来!(净)有。(外)将他锁着。(丑)咳嗽,咳嗽。喂,头脑,个是啥地方?(净)这是班大爷内堂。(丑)那格,班大爷内堂?(正生)全万贤。(正旦打丑一掌)恶贼。(丑)婶娘来带。(净押丑下)(小生)阿!噫吓,爹娘吓!(正生、正旦、小生合唱)

【前腔】(起板)今朝方说含冤道,感恩公重提救捞①。来生区区犬马报,完全我、完全我骨肉和好。一家儿团圆欢笑,办名香苍穹告,办名香苍穹告。

(正生拉正旦,正旦拉小生欲下,外拉小生,小生推外,正生、正旦、小生下)(外)九锡我儿!(三顿足)(下)


# 第三十五号

小旦(董兰花)、花旦(刁汝美)、净(捕快)

(小旦、花旦上)(小旦)只为冤家事,(花旦)日夜挂心思。(小旦)妹子,这冤家不顾姐妹二人,如何是好?(花旦)想必就回。(二手下、净上)你可是董氏、刁氏?(小旦、花旦)正是。(净)上锁。(净、二手下锁小旦、花旦下)

---

① 救捞,195-1-148 吊头本作"劳救来",据单角本改。

## 第三十六号

外（班景松）、丑（全万贤）、小旦（董兰花）、花旦（刁汝美）

（【大开门】，四手下、外上）（唱）

**【一枝花】**（起板）**俺本是奉天监察无私毫①，钦王命刑台非小。古今来多少公案，那里有这般十恶？要将他碎骨粉身赴市曹，除强徒含冤拔超。起狼心黑天无道，正国法萧何律条，萧何律条。**

（诗）钦天皇命坐刑台，生死权衡宝剑掌。伦彝绝断邪心偏，湛湛青天来昭彰。（白）下官班景松，只为棍徒全万贤做的黑天无日，为此坐堂勘问。来，将棍徒抓上来。（手下绑丑上）（手下）有锁。（外）去锁。（手下）去锁。（外）嘈！棍徒好好招上，免受刑罚。（丑）小人冤枉难招。（外）捆打四十。（手下绑丑下）一十，二十，三十，四十。（手下绑丑上）（外）恶贼，恶贼！（唱）

**【乌夜啼】你本是蛇蝎辈恶鸱鸮，嚼父母、人伦绝道。你那里占人妻谋夫命枭，移尸害叔刑囚拷，贿赂公堂罪远抛。手抱婴儿断宗桃，跌死老仆死山岙。跌死老婢埋伏在地阁下，两家田园并吞谋。桩桩件件画供招，提起来三法难逃，三法难逃。**

（白）招也不招？（丑）难招。（外）拿去夹起来。（手下夹丑）（外）招不招？（手下）不招。（外）将他收。（手下）收。（外）再收。（手下）再收。（外）收满。（手下）收满，愿招。（外）将他画招上来。（手下）画招。（丑）要死哉。（念）只道一世欢，谁知头上有青天，不由人儿算。杀亲夫，占人妻，移尸害叔偷堂弟，一脚踢死老仆两夫妻。改姓名，换住基，火烧九莲庵，亲口来招出，亲口来招出。（手下）画招呈上。（外）画招已实。来，将董氏、刁氏带上。（手下）董氏、刁氏带到。有锁。（外）去锁，听点。（小旦、花旦）候点。（外）董氏。（小旦）有。（外）刁氏。（花旦）有。（外）刁氏下去。（花旦下）（外）董氏。（小旦）有。（外）你

① 毫，195-1-148吊头本作"豪"，今改正。无私毫，即毫无私。

是千金之体,与全万贤通奸,谋死亲夫,陷害全玉秀,从实招上,免受刑罚。

(小旦)呷哉,大大大老爷吓!(科)(手下)咳,有格许多"大"。(小旦)我罗杭州人氏,口齿是这样个。(手下)要老老实实来。(小旦)呷哉,大老爷吓!说起杀死亲夫,诬害全玉秀,勿有介事务。(外)你还说没有此事,将他拶起来。

(手下拶小旦)(外)淫妇,淫妇!(唱)

【梁州第七】**你本是闺中贞千金怀抱,你本是、识三从门楣旧表。你道是贪花月心性柳梢,谋亲夫害儒生莛犴受牢,莛犴受牢。**(白)招不招?(手下)不招。(外)将他敲。(手下)一二三四五六七八九十。(小旦)呷嗳,冤枉难招。(外)带过一边,传刁氏。(花旦)大老爷,刁氏在。(外)刁氏。(花旦)有。(外)你与全万贤三人通奸,杀死亲夫,陷害全玉秀,可是有的?(花旦)呷哉,大大大老爷吓!(手下)咳,有格许多"大"。(花旦)阿哉头脑,我罗杭州人讲话社是介个。(手下)要老老实实来。(花旦)呷哉,大老爷,若说自杀亲夫,陷害全玉秀,一尺天一尺地,清清水白白米,六月雪冻杀绵羊,没有格种事情。(外)一派胡言,取桃条打。(手下打)(外)淫妇,淫妇!(唱)**不要来嘴喳喳花言舌调,贱淫妇没脸面勾引风骚。**(白)招不招?(花旦)冤枉难招。(外)滚醋泼下,再打。(唱)**管叫你浑受限身,淋淋血溅浇。要将你万剐千刀,伏夫命含冤偿报,含冤偿报。**

(花旦)愿招。(小旦)妹子使不得。(花旦)苦痛吃勿着哉,只得招者。(外)招上。(外)董氏,刁氏招出,你还有何辩?(小旦)妹子受刑不起,胡招乱招的。

(外)还说胡招乱招,来,将他松拶,卸下衣衫,用红丝通乳。(手下绑小旦下)

(小旦内)呷吓,愿招。(外)带上来。(手下绑小旦上)(外唱)

【四块玉】**他他他他纵横邪意居安享,**(科)(转头)**今日个、凌迟碎剐,**(科)**方显天理有循环。**(科)**万民观善恶昭彰,尸骸五门来高挂,**(科)**钦皇命海底沉冤我拔超,海底沉冤我拔超。**

(白)左右,将恶贼绑在画表之上,拿去千刀万剐者。(唱)

【做尾】**王章三法不争差,万剐千刀剖心剜。两命儿顷刻丧泉台,方显俺法无**

私曲惜却乌台①,惜却乌台。

(白)封门。(下)

## 第三十七号

全玉秀、九锡儿考试。

## 第三十八号

正旦(秋氏)、老旦(师太)、正生(全玉秀)、小生(九锡儿)、外(班景松)、

付(班福)、末(仰天裕)、贴旦(仰闺贞)

(正旦上)(唱)

【新水令】颠沛流离苦哀哉,喜今朝否极泰来。骨肉尽分离,一旦都消败。上
苍眼开,照鉴察善恶清白,善恶清白。

(老旦上)夫人,贫尼稽首。(正旦)师太请坐。(老旦)夫人在此,那有坐位?
(正旦)你是大德恩人,请坐。(老旦)谢夫人,告坐了。(正旦)那日里若没有
师太收留,那有今日?待他父子回来,重修庙宇,裱装金身。(唱)

【步步娇】不然早丧黄泉台,感得你恩德大。累你受飞灾,结草衔环,难报恩
台。(老旦白)夫人!(唱)你积德阴功大,善良过后天报来,过后天报来。

(正生、小生上)(同唱)

【折桂令】今日个乌纱帽插,父子同朝,身荣快哉。赴宴琼林御笔亲提,金榜
争先,名题雁塔。(进内)(正生)妻吓!(唱)自那日府场分离,今日个峥嵘堪
夸。(正生、正旦同唱)只道是天降祸灾,恶心肠暗计撺弄②,到如今方表明白,方表
明白。

---

① 乌台,195-1-148 吊头本作"呜",据 195-3-34 忆写本改。
② "只道是"至"撺弄",195-1-148 吊头本作"只道是天降祸心肠家,暗计撺弄",据
单角本改。

（小生）母亲请上，受孩儿一拜。（唱）

**【江儿水】**叩拜儿童罪，膝下远离来。父母恩深如山海，昊天罔极弥天罪，为子的劬劳五代。（正旦白）儿吓，为娘若没有如法师太，那有今日？须要重修庙宇，褙装金身。（唱）**可怜他无亲无依，你可也建造修盖。**

（外、付上）（外唱）

**【雁儿落】**堪羡他、父和子同采①，堪羡他、登金榜多光彩。不枉我半子相依空情况，待完全夫妻父子团圆快。（正生白）不知驾到，少出远迎，多多有罪。（外）好说。（正生）我夫妻父子多蒙恩公收留，得全微命，超泄②含冤，也有今日。（正生、正旦）恩公请上，受合门拜谢。（正生、正旦、小生合唱）**呀！谢得你恩德天来大，养育恩深难报答。教子成名蹑金阶，赴宴琼林御笔彩。潇洒，合家的多欢爱；潇洒，谢得你福禄绵绵寿天大，福禄绵绵寿天大③。**

（正生、正旦）儿吓，老总管是你大德恩人，过去拜谢。（小生）恩公请上，受我一拜。（唱**【侥侥令】**）（付白）不消拜得。（内）仰大老爷驾到。（吹**【过场】**）（末上，众出接）（正生）不知哥哥驾到，少出远迎，多多有罪。（末）好说。（正生）小弟不是哥哥恩德，死于非命，那有今日荣归？请上，受我夫妻父子一拜。（末）不消拜得。（正生、正旦、小生同唱）

**【收江南】**呀！感谢你完全骨肉呵，这恩德、如天来大。愿得有冠绵绵在，你二人盐梅帝台。为子的一般奉戴，一般奉戴，须当初寄生襁褓衲来，襁褓衲来。

（末）你我兄弟三人，虽是异姓，胜如同胞一般。（同唱）

---

① 采，195-1-148 吊头本作"夜"，疑"夜"字为"侪"之形讹，而"侪"又当作"采"。同采，同僚，剧中谓父子同登科第，同朝为官。"采"亦作"寀"，《尔雅·释诂》："寀，寮，官也。"《文选》卷二四张茂先《答何劭二首》："自昔同寮寀，于今比园庐。"

② 超，单角本作"造"，今改正。"超"为超拔，本为佛教语，谓得到救度而脱离苦难，泛指得到解救或赦免；"泄"为泄冤。"超泄"即洗雪冤屈，亦作"泄超"。调腔《六凤缘》第三十七号**【四煞】**："枉死城、沉冤鬼魄难泄超，俺这里判断阴阳无缺少。"

③ 195-1-148 吊头本、正旦本曲文抄至此为止。

【尾】胜似那雷鲍角表,胜桃园、关张刘备。全班仰三姓宗脉,谢穹苍亘古难改,亘古难改。

（外）贤弟到来何事？（末）送小女与贤婿完姻。（吹【过场】）（众）花轿带上,龙凤花烛。（贴旦上,拜堂）三姓团圆,拜谢皇恩。（吹【尾】）（完）（下）

四六　循环报

调腔《循环报》，又名《连环报》，共三十五出。民国二年（1913），绍兴的调腔班"大统元"赴上海商办镜花戏园演出，曾于 12 月 13 日夜戏搬演《连环报》之《大闹花灯》。

调腔《循环报》剧叙福建泉州府韩秀与莫廷德为友，而莫廷德垂涎韩妻方氏美色，心生不良。时值恩科开试，韩秀意欲上京应试，而莫廷德称病不往。临行时，韩秀携仆韩义上京，而将家园托与莫廷德照管。苏州府吴县差役平界方欠下官债，本利无措，被迫卖妻还债。恰逢韩秀路过平界方家门，赠银相助。韩秀主仆进入苏州，正赶上苏州城里广放花灯，二人出外观灯。不料其时江湖水旱，盗贼蜂起，有人趁府城放灯之际，劫抢库银。官府擒贼缉盗，韩秀因拾获群贼所遗元宝，被诬攀为盗。由于行囊被骗，纸文凭照随同丢失，韩秀无法证明身份，遂被苏州府问成死罪。韩义急忙归家报信，路遇改行做起小买卖的平界方，诉说韩秀下狱之事。

平界方得知韩秀之事后，赶回苏州吴县狱中，助韩秀出逃，事后韩秀、平界方两人转回泉州。不想莫廷德伙同刁伯仁，先杀取银往赎韩秀的韩义，再买通泉州府，告发韩秀，使韩秀复系于狱，并离间韩秀夫妻。韩秀母亲惊恸而亡，刁伯仁又诱使韩妻方氏卖身殡殓及救夫。方氏被带至莫府，得知莫廷德的险恶用心，意欲以死明志，被莫妻张氏劝阻。张氏放走方氏，方氏出逃后，遇巡按李若清，诉说冤情。李若清微服察访，案情大白，于是惩奸除恶。韩秀高中状元，夫妻团圆。宁昆兼唱的调腔有此剧目。宁海平调"前十八"本、台州高腔、温州高腔亦有此剧。

调腔此剧有正生（朝奉、李若清）、小生、老旦、付、外五种单角本，其中小生、老旦本为清末民初日月明班抄本，曲牌名和场号题写详细，付本则为 1958 年老艺人忆写的单角本。另有 1958 年老艺人忆写的总纲本两种（案卷号 195-3-52 和 195-3-53、195-3-54），其中 195-3-52 忆写本较为信实，但篇幅仅相当于本次整理的第八号至第十七号。《宁海平调优秀传统剧目汇编》第二集所收宁海平调本（仅有曲文）的信实程度次之，而 195-3-53、195-3-54

忆写本的曲文则粗浅失真。另,新昌县档案馆藏有老艺人忆写吊头本(案卷号195-3-39),曲文与宁海平调本略同,宁海平调本有若干曲子缺失或删去,而忆写吊头本完整。

因此,本次整理以忆写总纲本为基础,拼合上述五种单角本。两种忆写总纲本都从第八号平界方卖妻写起,因而对于第二号至第七号单角本之外的角色的说白,根据上下文稍作补充。同时,对于忆写总纲本粗浅失真的曲文,参照忆写吊头本和宁海平调本校录,择善而从,必要时略作删改,择要出注。本次校订后的场号,与小生、老旦本相合。

# 第二号①

小生(韩秀)、老旦(陆氏)、外(韩义)、花旦(丫环)、正旦(方氏)

(小生上)(引)儒业书香门第,簪缨奕世门墙。(诗)朝夕常怀天地恩,寸心不忘养育深。若得效于开元②志,略表显宗称儿心。(白)小生,姓韩名秀,字子尚,乃福建泉州府人氏。父亲韩奇,在日官居吏科给事,不幸去世。母亲陆氏,赠授诰命,赖极康宁。家财万贯,博蕴书香。小生自幼,庭训孟轲,早入芹宫。未踏金阶之道,先占洞房之欢。娶妻方氏,同庚二九,成亲三日,虽未识字,这也不在话下。命韩义整备轿马,未知可曾端正。不免请母亲出堂。母亲有请。(老旦上)(引)桑榆暮景,喜今朝教子成名。(小生)孩儿拜揖。(老旦)罢了,坐下。儿吓,今日乃是三朝,吩咐韩义打轿进来,去拜祠庙,回来同娘亲上席。(小生)母亲这般慈心,爱惜儿媳,

---

① 宁海平调本第二场相当于调腔本第四号,而第一场与调腔本第二、三号不同。根据曲文,宁海平调本第一场写莫廷德前往韩府拜望韩秀,韩秀劝莫廷德同往京城参加恩科。会面时莫廷德看见韩秀之妻,心生歹意。195-3-39吊头本第二、三两号与调腔单角本大体相合。

② 开元,或当作"乾元",系《周易·乾卦象传》"大哉乾元,万物资始,乃统天"的"乾元"。第六号"不觉精神欠爽"的"欠"字,小生本原作"开",可参。

折罪不浅也。（老旦）你如今小登科①，原是爹娘之幸。日后名题雁塔，光宗耀祖，不枉为娘守节之愿也。（外上）手攀天上桂，花烛洞房春。启大相公，轿子、众人俱已齐备，请新大娘前去拜祠庙。（老旦、小生）吩咐打轿上来。（外）打轿。（家人带轿上，花旦丫环、正旦上，老旦、正旦上轿）（小生）上马。（科，下）

# 第三号

净（莫廷德）、丑（刁伯仁）、外（韩义）、小生（韩秀）、花旦（丫环）、

老旦（陆氏）、正旦（方氏）

（净、丑上）（吹【锦堂月】）（净白）学生莫廷德，在家心中烦闷，老刁，同我到大街上一走。（丑）大爷请。（外、小生上，下马）（小生）二兄何往？（净）原来韩兄。我同老刁在此游玩散闷。（小生）原来。（丑）阿哉韩兄，新婚燕尔，好不有兴。（小生）休得取笑。（净）韩兄，何不一同到街坊上耍耍来？（小生）兄，弟舍下有事，就此告别。（净、丑）兄请便。（外、小生科，上马，下）（丑）大爷，韩秀今朝要拜三朝，我赖去看看来。（净）好，到他家一走。（圆场）（家人带轿，花旦丫环、老旦、正旦上，下轿，家人下）（净）老夫人。（老旦）贤侄，小儿在祭拜韩氏祖先②。（吹【醉翁子】）（净白）小侄来早了。（老旦）贤侄，前日多蒙厚礼了。（净）好说。小侄少刻再来。（老旦）有酒相请，是要来的呢。（净）遵命。（老旦）见了莫伯伯。（正旦）莫伯伯万福。（净）尊嫂少礼。（科）老夫人，小侄拜别。（老旦）拜别。（吹【前腔】）（花旦、老旦、正旦下）（净）妙吓，好齐整个女娘家！（吹【尾】前段）（丑白）个女娘家吒是勿是欢喜？（净）那格会勿欢喜？（丑白）大爷是

---

①　小登科，指士人完婚。

②　此处老旦本残剩"氏祖先"三字，据文义补。绍兴风俗，新婚夫妇婚后，先上祠庙祭拜，后在厅堂祭祖，又设酒招待亲戚，谓之"拜三朝"。明李楩修、莫旦纂《（成化）新昌县志》卷四："三日凤兴，婿与妇至祠堂行四拜礼，用祝文告庙，曰庙见。家中设酒，会亲欢饮，名曰三朝酒。"

话欢喜,包东我老刁个手把里。(净)那格,好包东呒手里? 老刁,明日子到我府上,商量商量罢哉。(吹【尾】后段)(下)

# 第四号

付(平界方)、贴旦(丁氏)、净(总爷)、末(手下)

(付、贴旦上)(唱)

**【驻马听】①时乖运蹇,何日里放开愁眉? 只为官债赔偿,无处措办,终日追逼。**(付白)正是屋漏更遭连夜雨,行船又遇打头风。(贴旦)阿吓,苦吓!(付)我平界方,只为那年在吴县当了一名差役,亏空皇粮,借得官债银钱一百两,如今官府追逼,无可措办。不想债主要调到边关,日夜追逼,要我本利一并还清。家主婆,别样事情还好忍受,个个官债,倘若迟个一日,打骂非常,还要、还要移文本县主追讨,本利无措办,如何是好?(唱)**家无隔宿柴和米,思思想想无别计。倒不如一命丧沟渠,随风浪荡,任他主意。**

(净、末上)(净)只为官债银,前来相追逼。(末)平界方开门,开门!(付)啥个人? 原来是总爷。请进,请坐。(净)告坐。(付)小人叩头。(净)起来。平界方,官债银钱,不可再拖欠了。(付)总爷,个银子无处借到,实是没有,望总爷宽缓几日。(净)咳,当真没有?(付)没有。(贴旦)总爷吓!(唱)

**【前腔】哀告详细,念我居家实是苦凄。家无隔宿柴和米,怎一一交还,清楚本利?**(付白)阿吓,妻吓!(唱)**看看别无好主意,向何处哀告人知。**(净白)咳,平界方,有道"欠债还钱,天经地义"。(唱)**打得你皮开肉绽,卖妻偿债,才是道理。**

(白)没有银子,来,给我打!(贴旦)阿吓,官人吓!(付)小人情愿卖妻偿债。

(净)好,爷改日再来,倘若再没有,只得官府吊拷。(付)是。(净、末下)(贴旦)

---

① 此曲牌名忆写本缺题,今从推断。

阿吓,官人吓!(付)咳,妻吓!(唱)

【尾】眼睁睁一对连枝理,只道是夫妻举案又齐眉。只为寻踪无觅处,贞节岂可再从谁?(哭下)

# 第五号

净(莫廷德)、小旦(张氏)、末(院子)、丑(刁伯仁)

(净上)娇容瞥见心神乱,(小旦上)膝下无儿闷怎当?(净)娘子见礼。(小旦)官人见礼。(净)请坐。(小旦)请坐。(净)学生莫廷德,娶妻张氏,两下合卺以来,并无半子,这也不在话下。咳!(小旦)官人吓!(唱)

【降黄龙】不须悲悼,膝下无儿,恐乏宗桃。积德心田,善乐施好,怕没个麟儿相招。休焦,这的是命中注定,只分迟早。有一日瓜瓞绵绵,开怀欢笑,开怀欢笑。

【前腔换头】(净唱)听道,也不为接嗣宗桃,朝思暮想,梦魂颠倒。真个是沉鱼落雁,闭月羞花貌。见了他魂消胆消,精神颠倒,精神颠倒。

(小旦)官人,你在这里思想那一个?(净)娘子,不瞒你说,那日在韩府见之韩秀家主婆,生得来貌比天仙,好叫我魂不附体。为此请刁伯仁到来,要他出个主意。(小旦)咳!(唱)

【黄龙滚】听说怒冲霄,罪恶犯律条。万恶淫为首,远在儿女招。(白)古人云:"湛湛青天不可欺,未曾举意早先知。善恶到头终有报,只争来早与来迟。"(净)咳,你晓得什么!(小旦唱)却不道青天湛湛,胡行事,天理近,循环报。

(净)咳!(唱)

【前腔】何须发怒恼,休得气咆哮。况且是同窗,岂有这心劳。(小旦唱)听我言莫行乖巧,愿得皇天佑,育麟儿,暮年靠。

(末院子上)启老爷,刁伯仁到。(净)说老刁,老刁到。娘子回避。快快有请。(末)是。刁相公有请。(小旦)咳!(小旦下)(丑上)阿哉莫大爷,莫大爷!(净)

哈,老刁！见礼,请坐。老刁,个桩事体,怎么样了?(丑)附耳过来。(科)

(净)好,好!(唱)

**【尾】蒙兄设计真奇妙,感得仁兄好计较。**(丑唱)**这的是海底捞针绝世高。**

(净)里面有酒,与老刁畅饮。(丑)谢大爷。(下)

# 第六号

小生(韩秀)、末(院子)、净(莫廷德)

(小生上)(唱)

**【步步娇】皇榜招贤能,庸才忙疾称。感得雨露恩,若占魁元,方表男儿兴。**
(白)小生韩秀,闻得恩科开试,为此府堂领了纸文,即便起程。为此相约莫兄
同往,以作同伴也。(唱)**若得效张卿,腰紫衣锦还乡井。**

(白)来此已是莫兄门首。里面可有人么?(末院子上)来了。原来是韩相公,
到来何事?(小生)你家大爷可在?(末)老爷在家的。(小生)说我要见。(末)
请少待。老爷有请。(小生)想莫兄闻此喜,心中喜出万幸也!(唱)

**【前腔】皇都得意情,锦绣丝纶整。朱衣**①**暗佑荫,不枉寒窗,十载青灯。**(净
上)(唱)**闻说到门庭,想必此事来通讯。**

(白)吓,韩兄!(小生)吓,莫兄!(净)韩兄请进,请坐。(小生)莫兄,前日会
文,不觉精神欠爽,如今贵恙恁重了么?(净)咳,愈发沉重了。(小生)兄,速
速调治才是。(净)敢问兄到来何事?(小生)兄吓,弟一则前来问安,二则有
喜报知。(净)喜从何来?(小生)莫兄,想上日呵!(唱)

**【集贤宾】圣天寿开文运,钦诏恩科招儒生。不枉了寒窗下十载青灯,一朝平
步上青云。方显得书中自有黄金,鳌头独占心欢庆。约兄行,同往帝都,得
志显姓扬名。**

---

① 朱衣,指朱衣点头,详见调腔《凤头钗》第十二号【尾】"惟愿朱衣暗点"注。

（净）兄吓！（唱）

【前腔】闻言不觉心欢庆，皇榜招贤能。身患恶疾不能行，如何同兄到京？不枉我十载青灯①，怎发鹏程，这的是寒门不幸，命运蹭蹬。

（小生）兄吓！（唱）

【黄莺儿】虽然身体不安宁，岂可负功名？路途调养宽神。待小弟服侍殷勤，朝暮安顿，不须跋涉费劳心。莫愁闷，三年一度，岂可误了功名②，误了功名？

（净）兄，非弟不思功名，怎奈有恙在身，怕是不能够上京了。（唱）

【前腔】奈我病缠身，怎好到帝京？餐风宿水多劳顿，累兄担烦苦辛。多少志诚，况且一科那有两头名？感承问，愿你桂枝高攀，金榜题名，金榜题名。

（小生）莫兄不去，小弟奉母亲之命，只得一往。（净）此去功名有望，弟静候佳音。（小生）莫兄，弟还有一事，拜托莫兄。（净）兄请讲。（小生）弟出门之后，家中无人料理。家母年老，还望兄照看一二。（净）这个自然。（唱）

【猫儿坠】何必金言嘱咐伊，家业一一我当承，堂上萱亲自奉敬。休挂心，虽是两姓，胜似嫡亲，胜似嫡亲。

【前腔】（小生唱）感蒙大德怎报恩，难得同窗胜雷陈。倘然得志转门庭，来临门，青衣小帽，酬谢深深，酬谢深深。

（白）告别。（唱）

【尾】别兄到府领纸文，（净唱）愿兄奋发上青云。（小生白）请。（小生下）（净）哈哈哈。咳，老刁吓老刁，你个计策，神鬼都勿知道哪！（唱）还要你巧计安排好欢庆。（笑下）

---

① 青灯，195-3-39吊头本和宁海平调本作"寒窗苦"，失韵，今作改动。据文义，"不枉我"似当作"枉了我"。又，此处当脱一句。

② 误了，单角本作"休误"，与要表达的意思相反，据文义改。按，此句宁海平调本作"何况是钦赐恩科，休误功名"。

# 第七号

老旦(陆氏)、正旦(方氏)、小生(韩秀)、净(莫廷德)、外(韩义)

(老旦、正旦上)(老旦引)扬鞭策马报喜音,愿成名改换门庭。(正旦)婆婆万福。(老旦)罢了,坐下。(正旦)谢婆婆。(老旦)老身陆氏,幼适韩门,不幸相公去世,遗下一子,名曰韩秀,早入芹宫。娶妻方氏,德性勤孝。恩科招士,命我儿上京应试,倘若皇榜有名,不绝我韩氏书香。媳妇儿。(正旦)婆婆。(老旦)你丈夫谨守勤孝之句,但愿显宗耀祖,不枉为婆三迁训教也!(唱)

**【园林好】愿得他名登高选,不枉我、守他心坚。光宗耀祖门楣换,相公呵!在黄泉心欢忭,在黄泉心欢忭。**

(小生上)(唱)

**【前腔】府学领凭转回家,别亲友、辞归故园。归家拜别老亲严,速登程莫迟延,速登程莫迟延。**

(白)母亲,孩儿拜揖。(老旦)罢了。(小生)娘子见礼。(正旦)官人见礼。(老旦)坐下。(小生)谢母亲。(老旦)儿吓,你回来就要起程了么?(小生)孩儿到儒学领了纸文,别了亲友,拜别母亲,就要起程。(老旦)儿吓,但愿你步去马回。(小生)孩儿启告母亲知道。(老旦)起来讲。(小生)孩儿出门之后,把家筵之事,托与同窗莫兄照看。(老旦)那莫贤侄去也不去?(小生)想莫兄呵!(唱)

**【江儿水】身患坎坷病,不能到帝京。蒙他承受我家园,定省朝暮来看管,儿去他乡休挂牵。伏望娘亲来欢忭,代儿甘旨,恕不肖有缺尊前,有缺尊前。**

**【前腔】(老旦唱)多蒙好友义,看管我家筵。通家谊乐我心田。**(正旦白)官人,但是……(小生)娘子,我与莫兄虽则异姓,情同手足,况托家筵,何须多虑?(净上)(唱)**只为娇娃心挂牵,假作患病不得痊。若得一处共同眠,就死不枉**

然,到他家恭敬依然①。

(白)门上那位在?(外上)来了。是那一个?(净)原来是老管家,说我前来饯行。(外)候着。启大相公,莫大爷前来饯行。(小生)娘子回避。(正旦下)(小生)说我出来。(外)大相公出来迎接。(净)吓,韩兄!(小生)吓,莫兄请进。(小生)回避。(外下)(小生)莫兄请上,受小弟一拜。(唱)

【五供养】拜倒阶前,望你扶持,看他老年。得志还乡井,酬谢恩非浅。(净白)弟也有一拜。(唱)自小金兰义不浅,论为人须要心意两全②。(白)老夫人见礼。(老旦)贤侄少礼。媳妇儿,见了莫伯伯。(正旦上)莫伯伯万福。(净)尊嫂少礼。(科)(老旦)看仔细。媳妇回避。(正旦下)(净)小侄略备薄礼,送韩兄起程。(老旦)多蒙贤侄大义,怎好又施厚礼?(净)些须薄礼,何足挂齿。(老旦唱)若得还乡转,酬谢拜尊前。交情交义,两下欢忭,两下欢忭。

(净)告别。(唱)

【玉交枝】霎时劳倦,一病坎坷旧难痊。满腹经纶锦绣添,不负皇家作栋梁。愿你桂枝来高攀,五百名中第一仙。恕我行不得一饯,恕我行不得一饯。

(老旦、小生)慢去。(净下)(外上)(唱)

【川拨棹】文场选,速登程莫迟延。(白)大相公,行李俱已端正。府堂大老爷饯行,速去侍候。(唱)乱纷纷杂踏喧天,乱纷纷杂踏喧天,有花红府堂一饯。不由人喜气连。

(小生)母亲请上,孩儿拜别。(唱)

【前腔】别慈颜,恕不肖有缺尊前。(同唱)但愿鳌头独占,但愿鳌头独占,衣锦归欢生满面。不由人喜气连。

【尾】(小生唱)从今两下心挂牵,儿去他乡泪涟涟。(同唱)得第归来放眉展。(下)

———————

① "只为"至"依然",宁海平调本莫廷德唱段作【五供养】只为娇娃,假作患病不能行。若得同一处,就死不枉然。到他家依然恭敬",195-3-39吊头本略同,今稍作改动,编为莫廷德所唱的【江儿水】四至八句。

② "自小"至"两全",195-3-39吊头本、宁海平调本原在"拜倒阶前"之前,今移改。

# 第八号

付（平界方）、贴旦（丁氏）、正生（朝奉）、丑（小儿）、小生（韩秀）、外（韩义）

（内哭）吓吓！阿呀，妻／夫吓！（付、贴旦上）（唱）

【金络索】①恩情不到头，我也不由己。半路相抛，难谐连理。论为人须当要自立，只为官债追逼，难舍难分，事到如今无靠无依。我也曾无可算计，命犯孤栖，怎不叫人痛悲泣？好叫我肝肠绝断，好不伤心，悲悲切切回程知何日②。

（付）吓嗳，家主婆吓！此刻同来一叙，再停片刻，就是别人家赖③个人者。

（贴旦）夫吓，妻子去到他家，未免一死而已。（付）咳，老天吓老天！我平界方前生作何罪孽，一个妻子，不能消受，想将起来，兀的不痛、痛杀人也！

（唱）

【罗帐里坐】思量此际，措手无计。要觅青蚨④，又无门第。（正生朝奉、丑小儿上）（正生唱）快步向前到他家里，见觑多娇如何华丽。（付唱）到如今命丧沟渠，

---

① 此曲牌名及下文【罗帐里坐】【刘泼帽】，各本缺题，参照调腔《三婿招》第四号《请药》补题。

② "恩情"至"何日"，195-3-53忆写本作"【皂罗袍】恩情不到头，我也不由人。半路相抛，我也不由己。只为官债，难谐连理。好叫我痛断肝肠，怎不怙栖（苦凄），悲悲凄凄未知何日回程"，宁海平调本除"难谐连理"作"难揩泪涟"，其余基本相同，而曲牌名缺题。今据195-3-52忆写本校改。但195-3-52忆写本用韵多为真庚韵，其中如"我也不由己"原作"我也不由人"，"论为人"四句原作"论为人须当要合家连声，只为官债，难说难分，事到如今无处借银"，"悲悲切切回程知何日"原作"悲悲切切未知何日回程"。本出当押机微韵，作真庚韵者为口述或忆写失真，今参酌改动。

③ 赖，可视为方言中意为"他们"的"伊赖"之省，但语用上类似表达无须把"伊"字说出。

④ 要觅青蚨，195-3-53忆写本作"要觅蚨夫"，宁海平调本作"要觅青天"，后二字当结合两者为之。青蚨，指钱，详见《一盆花》第六号【桂枝香】第二支"换青蚨柴米周全"注。

速望来世再结佳期<sup>①</sup>。

（贴旦）官人吓！（唱）

【前腔】<sup>②</sup>痛杀妻子，怎得两离？愿死黄泉，阴司路里。（付白）妻吓！（唱）非是我无情抛撇与你，只为官债难谐连理。倒不如一命丧沟渠，恩爱夫妻再结来世。

（正生）嗳！（唱）

【刘泼帽】休得多言怎羁迟，命犯孤鸾怎相对<sup>③</sup>？前世孽障今受惨凄，休得要哭损花蕊。

【前腔】<sup>④</sup>（贴旦唱）活泼泼拆散我夫妻，眼睁睁两下分离。闻者伤心见者泪垂，顷刻分离寸心如劚。

（小生、外上）（小生唱）

【不是路】程途迢递，只为功名到京畿。（科）呀！甚因依？（白）韩义吓！（外）相公。（小生唱）向前忙问事端的。（外白）晓得。（小生）兄吓！（唱）看他泪珠漓，（白）敢有什么深情事，（唱）从头一一说我知。（正生白）友生，行路只管行路，你管甚个闲事！（小生）嗳！（唱）是和非，（白）常言道男女有分别，（唱）全没个纲常道理，纲常道理。

（正生）友生，你不晓得，我说你听。我掼三五千两银子，买得格介丑妇，有

---

① "到如今"至"佳期"，195-3-52忆写本作"但来生不能同欢庆，倒不如一命丧沟渠"，其下由朝奉上场唱"快步上前，速去催人，行来已是他家门"数句。195-3-53忆写本和宁海平调本没有与正生本"快步"至"华丽"相应的内容，至于"到如今"至"佳期"，前者作"紧追振财，吉难对弃。到如今命丧沟渠，速亡（望）来世再法（结）佳期"，后者作"系泊浪漓难言难詈，倒不如一命丧沟渠，恩爱夫妻来世再结"。

② 此曲宁海平调本无，195-3-52忆写本有付所唱的"痛杀杀血泪我夫妻，有口难言诉衷情。到如今无靠无依，不由人珠泪双淋"和贴旦所唱的"活泼泼拆散我夫妻，谁来分剖谁来救济？两处分离，难以回程，好叫我悲痛伤心"，今从195-3-53忆写本，其中"再结来世"原作"来世再会"，据195-3-39吊头本改。

③ 单角本此下原有"我"字，今删。另，195-3-52忆写本此句作"命犯孤鸾怎相我意"，可参。

④ 此曲据195-3-39吊头本校录，其中"如劚"原作"取銐"，今改正。劚，割。

什么纲常大礼？（小生）兄吓，见他夫妻悲泣，叫我怎的不要盘问？（丑）朝奉，他是个书呆子，与他讲讲，是不妨的。（正生）咳，怎么，与他讲讲，是不妨的？（丑）是不妨的。（正生）平界方，你与他讲讲来。（付）呕，有劳朝奉者。（小生）请问仁兄，高姓大名？为着何事，把五伦之首，有分袂之形？乞告一言。（付）相公，小子平界方，那年在吴县当了一名差役，亏空皇粮，借得官债银钱一百两，本利全无，我只得将家主婆，典卖与朝奉哉嗻。（唱）

**【前腔】不忍分离，提起叫人泪淋漓。不得已，夫妻今日两分离**①。（小生白）兄吓，夫妻乃是人伦之首，岂可轻言典出？（付）相公，小子乃是下贱之辈。（唱）**吐情辞，**（白）怎奈我命遭颠沛，（唱）**我也顾不得纲常伦理**。（白）勿想惊动之相公哉嗻。（小生）呀！（唱）**听言启，**（白）看他声声哭泣伤心语，（唱）**我必须完聚，必须完聚。**

（白）仁兄，弟见之不忍，愿效挂剑相赠②，而完百年之苦③，尊意如何？（付）蒙相公开天地之恩，完聚我夫妻，未知朝奉可允否？（正生）友生，你有恻隐之心，我难道没有恻隐之意？你还得我银子，我就还他契书。（小生）好吓，出言快爽，乃是侠义之辈。韩义。（外）相公。（小生）取银子一百两出来。（外科）相公，银子在。（小生）兄吓，弟有五十两在此，请收。（付）朝奉，五十两银子在此，你还我一张身契。（正生）小儿，还他身契。走。（丑）朝奉，只要有银子，怕没有门当户对的人。（正生）你格后生说来勿差个，只要铜钱银子多，门当户对人家难道没有？唵，叫之一场欢喜一场空。（正生、丑下）（付、贴旦）阿吓，妻／夫吓！恩公深恩大德，叫我夫妻如何得报？（小生）岂敢。路途危急，无所周全，岂图报乎？（付）多蒙相公赠银，我夫妻不能报答，来世犬马

---

① "不忍分离"至"分离"，195-3-52忆写本作"泪珠淋，夫妻今日两分离"，195-3-53忆写本作"不忍分离，提起叫人珠泪淋"，今结合两者，并添"不得已"一句。

② 挂剑相赠，指季札挂剑赠徐君。春秋时，吴国季札（延陵季子）路过徐国，徐君好其剑，季札心知之，但因出使晋国之需而未献。回来时徐君已死，季札挂剑于徐君墓。详见《史记·吴太伯世家》。

③ 苦，疑当作"诺"。

图报。(小生)兄,弟还有五十两银子赠与兄,另图别业,可以度日了。(付)请问恩公高姓大名？府上何处？乞道其详。(外)我家相公,福建泉州府人氏,姓韩名秀,一十三名举人,上京会试去的。(付)原来。相公此去早登科甲,题名金榜。请上,受我夫妻二人一拜。(小生)不敢。(付、贴旦唱)

【皂角儿】**深深叩拜尘埃地,愿相公、金榜名题。荣归故里转家门,博得个封侯万里。**(小生唱)**今日里,我心喜,得成全,夫妻伉俪。**(外白)相公！(唱)**看日已西沉,须当趱程期**①。(小生白)韩义吓！(同唱)**论为人,济困扶危,济困扶危,正当周济。**(小生、外下)

(付)相公慢去。(付、贴旦唱)

【尾】**今朝才得同一处,方可举案与齐眉。**(贴旦白)阿吓,官人吓！还须要报答这位相公深恩才好。(付)家主婆吓,要报得这位相公,也是勿难个。(唱)**朝夕礼拜谢得伊。**(下)

# 第九号

正生(李若清)、末(院子)、老旦(夫人)、花旦(丫环)

(正生上)皇皇钦命,身受荣恩。(白)下官李若清,奉命四省巡察。出得京来,昨日风狂浪大,难以开船,今日天气晴明②,不免叫夫人出堂,一同下船。来。(末院子上)有。(正生)请夫人出堂。(末)夫人有请。(老旦上,花旦丫环随上)(老旦)夫荣妻贵,举案齐眉。相公见礼。(正生)见礼,请坐。(老旦)请坐。相公奉命巡察,择日在于几时？(正生)夫人,荣任就在今日。(老旦)相公两袖清风,执法无私,万民瞻仰,妾身之幸也。(正生)好说。非为别事,叫夫人出来,一同下船。(科,下)(二船家撑船上,二旗牌上,正生、老旦等转上,下船)(正生)妙吓,下得舟来,好一片江水也！(吹牌子)(下)

---

① "期"字单角本脱,据文义补。
② "昨日"和"今日天气晴明"八字,单角本原无,据文义补。

## 第十号

丑(魏阿狗)

(内)偷南瓜。(丑上)啥人偷倷南瓜?吓嗳!(念)新新着着,恼恼长长,小名呆阿彰。走到台下赶赌场,我今挨落扎老洋,撒扎落一把抢,拿起两块老鹰洋①。嗳,呏暴起青筋,三个呆巴掌。我竟一脚跳过墙,间壁就茅坑,陡地泅带转。屎尿落肚肠,肚里翻洋洋,肚里翻洋洋。(白)我魏,(科)我魏阿狗。爹娘生我落来,也有好些家私,有鸡笼个间屋,有豆腐干个一爿田,拨我弄得滑塌精光。难介没有生意好做,日里骗东西,夜里挖墙洞。闲话少讲,今有苏州城里,广放花灯,有五日五夜勿关城门,让我走带进去,有介种晦气毪养,去拿些来,有啥勿好?(下)

## 第十一号

净(魏非)、末(徐禄)、正生(乡民)

(内咳嗽)(净、末上)(念)渔船上,称豪强,得了时运江湖旱,男女望断肠。(净)我魏非。(末)我徐禄。(净)伙计请了。(末)请了。(净)我想这样天气,江湖旱燥,捕鱼不来,那些家小们,都要饿死来。(末)伙计,这如何是好呢?(净)等伙计们到来,一同商量商量才好。(正生挑葱上)(念)江湖旱,无渔网,只得挑葱卖一场。眼前没得过时光,亲男女,哭泪汪。(净、末)嗄唷,伙计请了。(正生)请了。(净、末)伙计到那里去?(正生)伙计,看江湖旱燥,捕鱼不来,那些家小们,都要饿死来。(净)嗄唷,都是这样口气。(末)我们改行改行。

---

① 挨落扎老洋,指人多挨挤,碰落了银元。撒扎落一把抢,指因丢钱生恼,于是抢夺别人用于下赌注的银元。撒扎落,当为拟声词。鹰洋,墨西哥铸造的银元,因图案为鹰和仙人掌国徽,故称。

（净）改什么行？（末）我们挖壁洞去。（净）做贼拨马快看见，苦头难吃个。
（正生）还是依我。（末）依你便怎么？（正生）我们做小生意去。（末）咳，有几
个老钱好贱，不好不好。（净）还是依了我。（正生）依你便怎么？（净）今有苏
州城里，广放花灯，有五日五夜勿关城门。我们混入城中，劫抢库银，抢来
银子，大家可以分派来。（正生）咳，这是强盗，要杀头的。（净）不是这等讲。
有道天生一对，（末）别弄一块。（正生）要死凑对。杀哉杀那一对？（净）咳，
要讲好话。（正生）嘎，大家发财。（末）依计而行。（净、正生）请。（下）

# 第十二号

老旦、正旦、小旦、贴旦（观灯人）

（内）观花灯吓！（老旦、正旦、小旦、贴旦上）妙吓，果然好灯彩也！（唱）
【（昆腔）驻云飞】灯彩热闹，只因花灯光耀。男女多欢庆，各自两会好。
（老旦）列位阿妹请哉。（众）请哉。（老旦）到啥地方去？（众）看灯去。（老旦）
看灯同我老太婆去。（众）到那里去？（老旦）到城隍庙里去。（众）城隍庙里
有啥个灯彩呢？（老旦）昼珠灯、鳌山灯、狮子灯、绣球灯，还有一倍①灯灯
灯……（众）敢是九莲灯？（老旦）还有倍灯，来得奇哉。（众）那格奇？（老旦）
有十节竿长，八车箩大。（众）蜡烛要点格多少？（老旦）蜡烛要点两百担。
（众）点带东亮勿亮？（老旦）点带东还是暗瞪瞪个。（众）别别唉会会动②？
（老旦）别别唉动动，勿别唉是勿动。（众）老阿母，个倍呕啥个灯？（老旦）个
倍就叫做呆别龙灯。（众）大家看呆别龙灯去吓！（吹【驻云飞】后段）（下）

---

① 倍，方言量词，本字不详，只，个。
② 别，方言，转动。会会动，方言，即"会勿会动"。

# 第十三号

小生(韩秀)、外(韩义)、付(店家)、丑(魏阿狗)、净(魏非)、末(徐禄)、正生(乡民)

(小生、外上)(小生唱)

**【(昆腔)驻云飞】风景频繁,迤逦行来到江南。幸逢普天庆,灯火甚灿烂。**(白)韩义,我们进得城来,花灯广放,城内人烟簇拥,那里寻个幽静之处,安寓才是?(外)相公,这里没有亲友,况且天色已晚,只得安宿饭铺才好。(科)相公,这里是个饭铺了。(小生)你叫店家出来。(外)是。店家那里?(付上)来哉,来哉。(丑暗上)(付)高挂一盏灯,安宿四方人。嗳,相公,倷来投宿的么?(外)前来投宿的。(付)请进伢①小店里。唅,倷有几位?(丑暗示三)(付)呕,三位,三位。(付下)(丑)相公可要酒饭?(小生、外)酒饭是要的。(丑)店家,我里相公要酒饭。(付内)没有工夫,自家来拿。(丑)呕,自家来拿。(科)相公,酒饭来哉。(外)相公,幸喜进城得早,少迟一刻,饭铺之中,都没有了。(小生)阿吓,是吓!少迟一刻,连饭铺之中,都没有了。(内)看灯去吓!(小生)店家,外面为何这等闹热?(丑)相公,今有苏州城里,广放花灯,有五日五夜勿关城门。县前昼珠灯,府前鳌山灯,个两倍灯,值两千两银子来东嚱。(唱)**喋!真正多闹嚷,人声喧嚷。**(小生、外白)县前往那里去的?(丑)看灯上南路,过东就到哉。(小生)韩义,我与你出门观看花灯。(外)相公,你去观灯,老奴在此看管行李。(丑)老人家,吪只管看灯去,铺盖行李放带,阿拉小店里连草茅都勿会少一根个。(小生)倒也不差。(丑)我拨倷园好。(科)让我开之门,(科)关好之个门,锁子锁。老人家,倷钥匙拴得去。(小生、外)交代店家。(丑)呕,我拨倷园带。(小生)韩义吓!(外)相公。(小生唱)**暂且闲游,权作浮花浪。**(小生、外下)(丑)店家,我里相公看灯去哉,我也要看灯去哉。(唱)**游玩街坊闹嚷嚷。**(丑下)

---

① 伢,195-3-52忆写本作"呦",王福堂《绍兴方言研究》记作"偓",今记作"伢",方言,义同"我赖",我们。绍兴方言读作[ŋa],阳上调。

（净、末、正生上）走。（净）日日游街坊，（末、正生）夜夜宿饭店。（同白）店家，店家！（付上）你们做什么？（净、末、正生）我们来投宿的。（付）我们宿不起了。（净）我们要宿的。（付）宿不起了。（丑上）哈，倷为啥来里啰咥？（付）我们宿不起了，他们要宿的。（丑）店家，凑巧凑巧，我里相公亲眷人家留得去哉，呕我转来拿铺盖行李个。（付）行李放在啥地方？（丑）我们自己放的。（付）你自己放自己拿。（丑）我自己放，自己去拿。（科）（走出）（付）哈哈，房饭钱。（丑）嗒，一手巴。（打一巴掌，丑下）（净、末、正生）店家，他们去了，我们好投宿。（付）请进来。（净）拿酒饭来吃。（末、正生）拿酒饭来吃。（付）一班好像强盗。（下）

# 第十四号①

小生（韩秀），外（韩义），净（魏非），末（徐禄），正生（乡民），付（盗贼），
老旦、正旦、小旦、贴旦（救火兵、手下），小生（书吏），丑（苏州府），外（全得胜）

（小生、外上）（小生唱）

【（昆腔）倾杯玉芙蓉】步徐闲游喜洋洋，秋月星晴朗。观不尽重重叠叠，浩浩洋洋，无尽灯火，一派烂灿。（外白）相公，这里灯彩，与我们的大不相同了。（唱）**精巧珠龙骊色像，描画丹青真伎俩**。（小生白）看上前去。（外）是。（小生唱）**行步上，看云霞怎样，眼儿中观觑心欢畅**。（同下）

（净、末、正生、付群盗上）（同唱）

【（昆腔）朱奴儿】闹嚷嚷齐声合胆，雄赳赳杀气难挡。一心只图财帛饷，打劫来、打劫来大家安享。（净白）伙计请了。（末、正生、付）请了。（净）你看人也未散，灯也未灭，我们到那里去？（末、正生、付）我们到城隍庙里去。（同唱）莫骚

---

① 本出曲牌名除【朱奴儿】系推断，其余皆从单角本录出。单角本仅书"吹"或"唱"，而未抄录曲文，其中小生本曲牌名【倾杯玉芙蓉】前有"笛"字，说明本出唱昆腔，且该【倾杯玉芙蓉】为以笛伴奏的细吹之曲。本出曲文，根据195-3-39吊头本和宁海平调本校录，而校录时个别字句有改动，如【尾犯芙蓉】"轻易声张"原作"泄漏风声"和"走露风声"，【尾】"何以辨青黄"原作"何以分白皂"。

扰,且暂停隐藏,凭着俺精神抖擞实轩昂。

(净)请。(小生、外上,科)阿呀!(小生、外冲散下)(末、正生、付)我们打进去。

(净)咳,不要打进去。我们就在此地放起火来,那些官兵都来救火,我们劫抢库银,此计如何?(末、正生、付)果然好计。大家放起火来。(焰头、净、末、正生、付放火下)(老旦、正旦、小旦、贴旦救火兵上,救火下)(内)不好了!(小生书吏上,科)(唱)

【(昆腔)普天乐】恨无端猖狂,把库银来劫抢。(白)我乃吴县吏典是也。夜静灯灭,有大盗劫抢库银,不免报与大老爷知道便了。阿呀,大老爷!(老旦、正旦、小旦、贴旦四手下,丑上)(唱)夜深静人嗟呀,因何事击鼓乱嚷?(小生白)大老爷不好了!(唱)更已静翻波涛,可恨强徒库银抢。(丑白)嗄唷,怎么,大盗劫抢库银?(唱)行告文武突速往,拿盗贼不可漏网,(白)本府有火签一支,去到城守衙门,点兵一千,捉拿大盗。(小生)吓!(小生下)(丑唱)风波忽起怎提防,风波忽起怎提防?

(白)掩门。(四手下、丑下)(老旦、正旦、小旦、贴旦四手下,外城守官上)(唱)

【(昆腔)尾犯芙蓉】闻言怒胸膛,堪笑狂徒,直恁不良。(白)俺,吴县城守将官全得胜是也。只因广放花灯,有大盗混入城中,打劫库银,为此提兵捉拿。来,趱上!(唱)四下搜寻,切不可轻易声张。(四手下、外下)(净、末、正生、付上)(唱)慌张,见灯光前拥后上,一定是官兵追赶,何处躲藏?(四手下、外上,净、末、正生、付库银丢地,开打,四手下擒净、末、正生、付)(外)数来,有多少名?(四手下)二十名。(外)打劫库银,不止二十名。来,四门紧闭,追上。(唱)休得来释放,绳捆索绑赴公堂。(外、四手下绑净、末、正生、付下)

(内)韩义吓!(小生上)(唱)

【(昆腔)剔银芙蓉】人头为何奔忙,主和仆两处来盼。(科)(白)韩义,韩义呀!(唱)过前街不闻人声响,(科)无灯盏脚步跟跄。(白)什么东西?(科)阿呀,这好似元宝,为何掉在地下?吓,是了。想是有人失下的,待我站在此地等他,有人寻转来,还他便了。(唱)脚步跟跄,踟蹰趑趄在此等望,(老旦、正旦、小旦、贴旦四手下上)走！(唱)**一路里捕风捉影觅强梁。**

(小生)列位，你们寻什么东西？(老旦)相公，我们在此寻元宝。(小生)嗄，怎么，寻元宝？小生拾着在此。(老旦)出借一观。(小生)喏，这两个元宝，可是么？(老旦)伙计，这是库银，他是个大盗。(众打)(科)(小生)吓，为何将我锁着？(众)你是大盗，锁着。(小生)呸，我是会试的举子，怎说我是大盗？放肆！可恶！(众)大盗劫抢库银。(小生)我是地下拾着的。(内)走！(外上)夜游灯火地，失散两处寻。阿呀，列位吓！你们为何将我相公锁了？(小生)阿呀，韩义吓！我在地下拾着两个元宝，他说我是个大盗了吓！(唱)

**【(昆腔)尾】他们说我同伴入伙与强梁，无故将人来肮脏。**(白)韩义！(外)相公吓！(四手下带小生下)(外)阿呀，待我赶到县前，说个明白便了。(唱)**可怜你会试举子，何以辨青黄？**(下)

# 第十五号

丑(苏州府)，正生、花旦、老旦、正旦、小旦、贴旦(手下)，净(魏非)，

末(徐禄)，小生(韩秀)，外(韩义)，付(店家)，正生(平子金)

(正生、花旦二手下，丑上)(引)流水鸣琴，论公案铁面冰心。(诗)身受君恩重，一片丹心忠。判断公案事，我今不放松。(白)下官，周志荣，职受苏州府知府，到任以来，民安物阜。今有大盗劫抢库银，命城守官全得胜前去捉拿。此刻时候，还不见到案。(老旦手下上)众大盗获着，库银呈上。(丑)库银归库。(二手下)库银归库。(内)归库是实。(二手下)伙计，大盗带进来。(老旦)大盗带进来。(正旦、小旦、贴旦三手下带净、末、小生上，外暗上)(手下)大盗带进，一五、一十、十五、二十，二十一名大盗当面。(丑)大盗跪齐，报名。(净)魏非。(末)徐禄。(丑)这后生？(外)这是我家相公韩秀。(丑)这老头儿？(手下)老头儿勿认得。(丑)老头儿带下去。(外科，下)(手下)大盗有锁。(丑)去锁。韩秀，我看你斯文一脉，为何与大盗同党？(小生)启太公祖，生员福

建泉州府人氏，上京应试去的。（丑）为何来到苏州吴县？（小生）闽省到京，

路由此地。（唱）

**【梁州序】只为恩科颁行，各省四海，图名齐赴帝都。普天同庆，云邀乘兴**①**步月观灯火**。（丑白）魏非、徐禄。（净、末）有。（丑）他是会试举子，何故攀他同党？（净、末）大老爷，小人捕鱼度日，江湖旱燥，捕鱼不来，没有生意好做。来了韩秀兄弟，说今有苏州城里，广放花灯，有五日五夜勿关城门，叫我们劫抢库银。抢来银子，他得七分，小人只有三分。（小生）哓哓哓，你们这些千刀万剐的狗强盗，好一张驴嘴。太公祖，念生员呵！（唱）**知书达理多，岂不晓皇皇律犯萧何？**（净、末白）大老爷。（唱）**是他犯淫为盗首，恕我无知恶强徒。**（丑白）韩秀，你既然会试举子，难道没有纸文凭照？（外上）爷爷，纸文有的。（丑）在那里？（外）在张家饭铺之中。（丑）听差过来。（老旦）有。（丑）本府有火签一支，同老头儿去到张家饭铺之中，领了纸文回话。速去。（老旦）吓！（外）这遭好了。（老旦）走走走。（老旦、外下）（小生）太公祖秦镜高悬，清德方正，鞠案②你们这班狗强盗，少刻纸文拿来一对，你们千刀万剐难逃了。（净）咳，吥也难逃哉。（丑）韩秀，若有纸文，本府出罪与你；如若没有纸文，怎讲？（小生）若无纸文，生员愿认同党。（丑）好！（唱）**听他言语无差错，又不是同伴入伙，诬害良民怎不罪过？**（老旦、付、外上）（外唱）**唬得我魂飞魄堕，这事儿如何分诉**③？（白）相公吓，店家将我行囊图赖了。（小生）阿，店家将我行囊图赖了？（老旦）有锁。（丑）去锁。（付）店家叩头。（丑）店家，你为何图赖他的行李？（付）大老爷，小人怎敢图赖他的行李？他有三个人，进我店里来个。（小生、外）只有两个。（付）倷有三个。（小生、外）只有两个。（丑）咳，不要争，店家讲来。（付）大老爷，他有三个人进我店来个，后来出去看灯哉。（小生）行李交代你的。（付）

---

① 宁海平调本无"云邀"二字。乘，单角本作"称"，今改正。乘兴，趁着兴致。

② 鞠，单角本作"足"，今改正。鞠案，审讯拷问。

③ 分诉，单角本作"抵挡"，195-3-39吊头本和宁海平调本作"分讲"，"讲"疑为"诉"之误，今改正。

有一位小哥,说道相公亲眷人家留得去哉,呕伊转来,来拿铺盖行李,与我小店无涉。(小生、外)你家走堂的。(付)俫同来个。(小生、外)走堂的。(付)同来个。(丑)咳,店家无故,出去。(付下)(小生)阿呀,韩义吓!行李小事,只要纸文拿来质对,就无事了。(外)阿呀,相公吓!行囊没有,还有什么纸文凭照?爷爷吓,我家相公实是会试举子,爷爷若还不信,移文一角,到福建泉州府儒学中,好查省的。(丑)咳,老头儿,此地到福建泉州府,路有千里,大盗等上司移文一转,即刻就要处决。老头儿带下去,韩秀取下衣巾,捆打四十。(小生、外)阿呀!(正生带外下)(小生)阿呀!(手下打小生)一十、二十、三十、四十。(小生)不好了吓!(唱)**这无头公案怎招坐,酷法严刑怎逃躲?怯怯书生命坎坷,闲游灯火遭奇祸,平白地受凌辱。**

(丑)招不招?(小生)冤枉难招。(丑)将他夹。(小生)阿呀!(内)上司验仓库。(手下)启太爷,上司验仓库。(丑)传平子金。(手下)传平子金。(正生上)平子金叩头。(丑)起来。禁子,我老爷有二十一名大盗,交付与你,等移文一转,大盗即刻就要斩首。大盗一齐上锁,带去收监。掩门。(正生)吓。(丑下)(外上)相公吓,官府怎样问供?(小生)阿呀,韩义吓!不想这班狗强盗呵!(唱)

**【节节高】无端盗贼忒狠毒,说我同党入伙为首坐**。(外白)强盗大哥,我家相公前世无冤,今生无仇,何故攀扯我家相公?(净)老人家,要救你家相公出罪,也是勿难。(外)便怎么呢?(净)嗒!(唱)**不用多,千两金赎牢狱,大家松宽小罪过**。(外白)大哥吓!(唱)**些须小事何惜足,只愁程途迢递走关河**①。(小生白)阿呀,韩义吓!(唱)**水泊风餐怎奈何?**(外白)相公吓!(唱)**只愁年迈苍苍迟延拖。**

(小生)阿呀!(手下带净、末、小生下,外下)

———————————

① 走关河,单角本作"来跋涉",据195-3-52忆写本改。

# 第十六号

付（平界方）、外（韩义）

（内）卖销货嗄！（付上）（唱）

**【六幺令】小本营生，感得慷慨赠花银。时常挂念无报恩。**（白）前者公门差役，今朝贸易商人。小子平界方，前者卖妻偿债，多蒙上京会试去、名叫韩秀的相公，与我赎还身契，又赠我家资本银五十两。我每天营生，夫妻两个可以生活。今日乃是中秋佳节，配些销货，到乡村贩卖，有啥勿好？卖销货嗄！**（唱）卖货物，到乡村，不顾崎岖转家门。**

（白）卖销货嗄！（付下）（内）走吓！（走板）（外上）（唱）

**【前腔】不辞劳辛，急忙归报取事因。登山涉水苦难禁。**（白）我韩义，只为相公受累，为此急急归家，取银赎罪。盘费全无，我只得将衣典当，以作盘费。若得出罪，不枉我一片坚心也！（唱）**千两金，赎罪身，不顾年迈苍苍转回程。**

（外下）

（内）卖销货嗄！（走板）（付上）（唱）

**【前腔】四围幽景，花街桥塊**①**叶遮日影。黄菊花开遍地锦。**（白）卖销货嗄！唅，有凉亭在此，让我坐坐再走，坐坐再。（外上）（唱）**年衰迈，步蹭蹬，暂且歇息略消停。**

（白）有凉亭，坐坐而行。（科）（付）唅，吙位老人家，我倒有些认得。唅，老人家，吙敢是同韩秀相公，上京会试去个老人家么？（外）正是。你敢是卖……（付）咳，卖老婆个平界方，就是我。（外）请了。（欲下，付扯转）（付）老人家回转来，回转来。阿哉老人家，你家相公，路上可好呢吓？（外）请了。（付）老人家回转来，回转来。阿哉老人家，我看吙急急忙忙，敢是相公有病呢啥？（外）相公没有病，亦且生死相关。（付）吓，还是生死相关。（外）请了，

---

① 塊，音"兔"，桥畔，桥两端靠近平地的地方。

请了。(付)老人家回转来，回转来。老人家，吥到底为啥个事务？(外)吓吓！阿呀，小哥吓！(唱)

【孝顺歌】**这是泼天祸，事不小，罪犯弥天怎躲逃？说起这根苗，心内如刀绞。**

(付白)阿哉老人家，吥来东说个话，我一懂也勿懂。(外)我同相公，到苏州城内，没有亲戚，只得安宿饭铺。(付)后来呢？(外)后来同相公前去观灯呵！(唱)**喧哗叠闹，喧哗叠闹，灯灭静悄，巷衢幽绕。夜阑人静，四下里声咆哮。持灯亮，执枪刀；乱纷纷，街坊道，乱纷纷，街坊道。**

(付)后来便怎样？(外)后来相公在地下，拾了两个元宝。(付)那格话吓，地下拾得两只元宝？发财哉，发财哉。(外)只道有人失下，寻转来还他的。

(付)勿错，你家相公，原是个好人，有人失下，有人寻转来，就可还他。(外)不想后来呵！(唱)

【前腔】**不想蹭蹬事，奇祸招，命犯迍邅受罪牢。**(付白)再后来怎样呢？(外)被官兵扭结呵！(唱)**扭结到公堂，严刑酷法拷。**(付白)阿哉老人家，你家相公，难道官府面前，勿会分剖的？(外)相公原是会试举子，那县家说，既是会试举子，只要纸文一对，就可无事了。(付)勿错个，只要纸文拿来一对，就可无事了。(外)不想我同公差前去呵！(唱)**纸文丢掉①，纸文丢掉，饭铺之中，行囊都失掉。无执无凭，官府心懊恼。将我主，受鞭拷；今拘禁，在囚牢，今拘禁，在囚牢。**

(付)那个话吓，相公落之监哉？难是勿好哉嘘！(唱)

【前腔】**听说罢，怒冲霄，平地风波怎躲逃。恼恨恶强盗，反诬书生盗。如何是好，如何是好？叫我如何分解，难察难晓。拔罪超冤，自有青天鉴照。仇可伸，冤可消；皇天不负善良报，吓咦！皇天不负善良报。**

(白)老人家，吥为啥勿在监里服侍相公，回家何事去呢？(外)那强盗，说要一千两银子，相公出罪。因此归家取一千两银子，救相公出狱的。(付)老

_____

① 丢掉，单角本作"去吊"，据文义改。按，宁海平调本作"凭照"，较胜。

人家,还要问你一声,你家相公在那县狱中?(外)在吴县狱中。(付)老人家,吴县狱中禁子,名曰平子金,是我阿哥。我生意勿要做哉,吪回去拿银子,我到监里服侍相公,你道如何?(外)阿吓,这等说来,大德恩人了。请上,受我一拜。(付)勿用拜个。(外唱)

**【前腔】深深礼,忙拜倒,大德丘山恩再造**。(付白)老人家!(唱)**急速归家道,取银赎罪了**。(同唱)**两路相抛,两路相抛,我往家中,你往苏松道①。相会之时,再说这根苗。若出罪,开欢笑;免得个缧绁之中担烦恼,缧绁之中担烦恼**。

(外)请了!(付)请了!(外下)(付)嘎,恩人落监哉。我生意勿做,到监里服侍恩人要紧。走,服侍恩人要紧。走,走!(下)

# 第十七号

丑(魏阿狗)、正生(平子金)、老旦(手下)、小生(韩秀)、净(魏非)、末(徐禄)、付(平界方)

(冷锣)(丑上)(念【水底鱼】)假扮丰姿,假扮丰姿,好不华丽时。姑娘嫖嫖,好不乐杀之,好不乐杀之。(白)我魏,(科)我魏阿狗,个日子苏州城里广放花灯,有五日五夜勿关城门。拨我混进城中,勿想来了个晦气毡养,一包行李拨我骗之来哉。难末我头戴深深巾,身穿红海青,好像斯文个大相公带哉。难末今朝心里交关②开心带,让我到勾阑院里去走走,有啥勿好?(内咳嗽)(丑)哈,来个好像马快,让我走过好。(正生上)(念【前腔】)值日官司,值日官司,好不烦恼时。大街小巷,游玩散心思,游玩散心思。(丑暗下)(正生)嘎唷,去个好似魏阿狗,到我这里转来带。阿狗别走,老子赶上来也。(丑

---

① 苏松道,明清行政区划名称。明代设苏松道,辖苏州、松江二府。清雍正年间设分巡苏松道,后加兵备衔,遂称分巡苏松兵备道,并移驻松江府上海县。乾隆时将太仓州并入管辖,称分巡苏松太兵备道。

② 交关,方言副词,很,非常。

逃下,正生追下)(丑逃上)(念【前腔】)心想嫖妓,心想嫖妓,撞见个马子。无处
奔逃,看见要打子,看见要打子。(正生追上,丑逃。正生又追,丑又逃,正生捉住
丑)(正生)阿狗,吨好会逃。(丑)吨好会追。(正生)走。(丑)到罗里去?(正生)
到好地方去。(丑)呕我吃饭去,我带圆圆肚里饶①带哉。(正生)走进去。
(丑)呕介娘杀,长久勿来哉,还铺得地阁板带哉。(正生)唅,阿狗,吨为啥身
上穿子华丽丽介带哉?(丑)勿客气,格两日魏大爷随身便衣。(正生)嘎,随
身便衣?(丑)随身便衣。(正生打一掌)错俫娘!唅,阿狗,吨格两日,在啥地
方来哼发财?为啥勿来孝敬我大阿叔?(丑)入俫个娘!为啥勿来孝敬吨?
个娘杀,伢做贼有马快管,吨个牢头究得管管犯人个,伢啥来孝敬吨?啥来
孝敬吨?(正生)嘎,怎说我管你不着?喏,太爷出下牌票,不论大盗贼匪,都
归我所管,吨倒看看格。(丑)呕我看看。看看麻渣渣,捋捋滑秃秃,俥②认
得我,我勿认得俥个。(正生)好一张利嘴。(丑)我吃饭,碗一只没有咬破。
(正生)我如今不用旧律,用新律。(丑)啥个旧律、新律,都见过哉个。(正生)
阿狗,喏,一碗酸醋,一把青竹皮,还有名堂的。(丑)啥个名堂?(正生)号为
青龙喷火。(丑)嘎,青龙挑白虎。(正生)哗哈,恶贼吓,恶贼!(打)(念【前
腔】)恶贼无知,恶贼无知,刑罚拨你吃③,刑罚拨你吃。(丑)喏,大阿叔。
(念)我有廿两银子,望你饶一次,望你饶一次。(正生)错杀吨个娘!勿打勿
吊,只道白要。(丑)你勿打,那里会拨吨呢?(正生)做贼个人,总要打赖。
我还要搜搜。(丑)你搜好哉。(正生剥衣)(正生)没有了,好出去哉。(丑)唅,
大阿叔,介冷天气,呕我走带出去,勿要冻杀个我?贼勿要做哉,我要弃邪
归正哉,监里有啥个生意好做?(正生)做贼勿要做哉,要弃邪归正哉。(丑)

① 饶,方言,饥饿。该字《集韵》作"膋",《集韵·豪韵》:"膋,脆也,一曰腹鸣。"
② 俥,195-3-52忆写本作"矣",下文第二十二号195-3-53忆写本"伊"记作"以",
另有"矣"字记第三人称代词复数,今从王福堂《绍兴方言研究》记作"俥"。俥,绍兴方言
读作[ɦia],阳上调,他们。
③ 此句195-3-52忆写本作"怎不绕须痴",195-3-53忆写本作"刑法不旧文",据文
义改。下文"饶一次",195-3-52忆写本作"绕须痴",暂校改如此。

做贼个苦头吃勿起。(正生)呀,有,监中少个巡夜。(丑)嘎,呕我做个巡夜官。(正生)叫你拷梆。(丑)拷梆有多少钱一日?(正生)二十文钱一日。(丑)二十文钱一日,买买烟都勿够。(正生)犯人进监来,有花红派个。(丑)呀,犯人进监来,有花红派个?愿做,愿做。(正生)阿狗,喏,这个是你拷的。(丑)呀,介个东西,拨我拷?呕,拿来,个搭好个,好变戏法、卖膏药个。列位吓!来看我老鼠变黄牛,卖烂污泥膏药,一分两张,二分四张,买膏药嘎!(正生)错俫娘,你做什么?(丑)吼叫我卖膏药。(正生)我叫你拷梆。(丑)拷梆我勿会拷。(正生)我教吼。(拷梆科)(丑)呀,这样拷的。介个东西,我只管有得听见个,阿狗吼偷东偷东,好当好当。(拷梆科)大阿叔,拷梆拷得会话哉。(正生)怎讲?(丑)伊说道,剁阿剁,剁到精堂光。(正生)好,从今弃邪来归正。(丑)免得棒头吃夹棍。(正生)进去。(丑下)(老旦手下上)平子金。(正生)何事?(老旦)众大盗太爷要提去复审了。(正生)知道的。大盗带出来,太爷提去复审。韩秀走动。(内哭)吓吓!阿呀,皇天吓!(小生上)(唱)

**【点绛唇】**无端受枉,无端受枉,受尽凄凉。苦难挡,怎不泪汪,老萱亲你那知儿受刑杖?

(净、末上)错俫娘。(小生科)(净、末)韩秀,吼差老人家回家拿银子,此刻还没有拿到,还要日夜啼哭,没有啥个便宜。(正生)韩秀,你差老人家回家取银,此刻为何还不见拿到?(小生)大叔吓!想此地到福建,路途遥远,又无亲戚,家人回去取银,必有几天耽搁。若还一到,就可付与他们了。(净、末)咳,如今银子不要来,大家陪伴陪伴,也是好的。(小生)阿呀,大叔吓!(唱)

**【混江龙】**只我这瘦怯书生,并不曾受这磨难。望你们大开仁慈宽吾行,这恩德没世不忘。阿呀,亲娘吓!你在家中只道是孩儿往帝邦,那知儿被盗所攀?(科)实只望名题金榜,反把这姓名儿在盗案供状,盗案供状。(老旦带小生、净、末下,正生关门下)

(付上)(唱)

**【油葫芦】**匆匆急急来赶上,步蹊跷、顾不得脚儿忙。来到监中来探望,我只

**得哀求兄长,哀求兄长。**(白)阿哥开监门!(正生上)来哉。那一个?嘎唷,原来兄弟。(付)哈,阿哥。(进门)哈,恩人,恩人!(正生)吓,兄弟,那个是你恩人?(付)被大盗所攀个韩秀相公,是我个恩人,到罗里去哉?(正生)太爷提去复审了。(付)待我赶到公堂,前去分剖。(正生)咳,审了一堂,就会进监来的。(付)审了一堂,就会进监来个?(正生)兄弟,你包囊放下。请坐。(付)阿哥坐坐。(正生)兄弟,怎说韩秀是你恩人?(付)哥哥,勿要话起,小弟那日卖妻偿债,多亏韩秀恩人呵!(唱)**主仆双双往帝邦,路途中、完聚我夫妻双双。闻得今朝受屈枉,特地前来问端详。还望你慈悲来方便,把枷杻轻轻松放,轻轻松放。**

(慢锣)(老旦带净、末、小生上,老旦下)(付)哈,恩人!(净)咳,什么恩人!(付)哈,恩人!(末)咳,什么恩人!(正生)喏,兄弟,这个就是。(付)呀,你可是我恩人么?(小生唱)

**【天下乐】可怜我浑身有口不能讲,强也么梁,恶豺狼,我与你前生有甚冤和障,今生何故来寻访?**(付白)恩人,喏,可认得我么?(小生)你是那一个吓?(付)卖老婆个平界方到此。(小生)吓,原来平兄到此。你那知我下在监中,怎生前来望我呢?(付)吓咦,恩人呀!那日在凉亭之上吓!(唱)**那日在凉亭卖货,见家人急速匆忙,闻得恩公受屈枉,到监中来探望,到监中来探望。**

(白)恩人,狗强盗怎样攀你?(小生)吓,兄吓!不想这班狗强盗呵!(唱)

**【哪吒令】一味的胡扯乱攀,紧紧的、枷杻怎当?料无生路不能转还乡,身躯悬死在那沟渠上。**(付白)官府怎样问供?(小生)不想那瘟赃呵!(唱)**三推六问成招状,三木下、如何抵挡?穷酸必定赴云阳,老萱亲在家中悬悬望,闻儿信必定痛断肠。母子两处各心伤,不住的寸心相盼,寸心相盼。**

(付)哥哥,韩秀乃是小弟大德恩人,还望哥哥呵!(唱)

**【鹊踏枝】①看他斯文一脉旧书香,望我兄长,把枷锁轻轻松放。有道是公门中好修行,阿哥吓!开一线字字行行,字字行行。**

───────────

① 此曲牌名各本缺题,今从推断。

（正生）兄弟吓！（唱）

【尾】又何须悲伤，我把紧铐儿、轻轻松放。（正生、小生、付同唱）从今出了狴犴换外监，免得个、凄凉声唳。但愿得皇天佑报昭彰，那时节雾开日昶，雾开日昶。（科，下）

# 第十八号

老旦（陆氏）、正旦（方氏）、外（韩义）、净（莫廷德）

（老旦、正旦上）（老旦唱）

【懒画眉】昨夜里梦寐不安宁，乍醒时滴漏声频，檐前鸟雀报阵阵。莫不是寒门有甚，吉凶未卜小鹿频。

（正旦）婆婆吓！（唱【懒画眉】一至三句）（老旦唱）

【前腔】人情意难猜难评，从来祸福皆前定。

（内）走吓！（外上）（唱）

【不是路】跋涉劳辛，万里风波渡关津。来此是门庭，急速堂前报事因。（白）吓吓，老夫人、大娘吓！（老旦）呀！（唱）为何因，泪流满面汗淋漓？（白）主人在外平安否？（唱）缓缓将言莫迟钝①。（外白）老奴同相公一路上呵！（唱）到苏城，泼天大祸来承受，说来怕惊，说来怕惊。

（老旦、正旦）有什么泼天大祸来？（外）同相公到苏州城内呵！（唱）

【前腔】广放花灯，乡村男女尽进城。（老旦唱）普天庆，（白）我这里也放灯火，（唱）处处共乐皆欢欣。（外白）不想苏州城内呵！（唱）盗贼临，打劫库银闹盈盈。乱纷纷，说我相公同党入伙，拿获公庭，拿获公庭。

（老旦）吓吓，怎么，相公被盗所攀，下在监中了？阿呀！（科）（正旦）婆婆醒来！（老旦、正旦）儿吓！／官人吓！（同唱）

---

① "迟钝"二字老旦本残缺，据文义补。

【红衲袄】你是个弱质书生,怎受得、三推六问?你那里受尽了多少严刑,我这里、望不到我儿╱儿夫痛伤心。况是个年少青春,怎比做、粗莽暴佞?好叫我痛断肝肠也,不由人坐卧两意不安宁,坐卧两意不安宁。

(老旦)韩义,相公受狱,怎的不在监中服侍相公,反独自回来么?(外)老奴在监,服侍相公,那强盗说,有了一千两银子,买贼禁口,就可出罪,因此归家呵!(唱)

【前腔】因此上急归家忙驰奔,取千金、到彼处赎罪身。不顾着高山峻岭,望夫人、快商策莫迟停。(老旦白)既如此,给银两一千,速速料理监口要紧吓!(唱)只要脱得罪身①,那顾得、一千两雪花银?他那里望得眼穿也,知何日②得转回程,知何日得转回程?

(净上)只为娇娘事,日夜挂在心。门上那一位在?(外)莫大爷。(净)唅,老人家,你同相公上京会试,居来做啥?(外)莫大爷,不要说起,相公到苏州,被盗贼攀害,下在监中了。(净)那格话,吓相公到苏州,被盗贼攀害,落得监哉?(老旦)阿吓,儿吓!(净)老人家,吓为啥勿在监里服侍相公,居来做啥个?(外)归家取一千两银子,救相公出罪的。(净)伯母放心,都包在小侄身上。(老旦)有劳贤侄了。(净)老人家,吓还是往旱路里,往水路头去呢?(外)救主要紧,往旱路而行。(净)你往旱路而行,一千两银子,那里背得动?(外)咳!(净)放心,我拨吓兑换得金子,好拿哉个。(外)多谢莫大爷了。

(净、外下)(老旦、正旦)儿吓!╱官人吓!(同唱)

【尾】从今降下灾殃衅,泪珠湿透衣襟。(老旦白)儿吓!(唱)但愿你赎罪回万事平。

(白)儿吓!(科,下)

---

① "罪身"二字老旦本残缺,据文义补。
② "知何日"三字老旦本残缺,据文义补。

## 第十九号

净(莫廷德)、丑(刁伯仁)、外(韩义)

(净上)阿吓吓,有个样事务。我倒想盘算韩秀家主婆,勿想韩秀在苏州落得监哉。个老贼回来取银子赎罪,倘若韩秀脱罪回来,个面皮那哼对得?是介个,有哉,到老刁屋里去商量个商量罢哉。走走走,到哉。老刁开门,开门!(丑上)忽听门外叫,开门见分晓。阿哉莫大爷,呏来带。请进,坐、坐。(净)坐、坐。(丑)阿哉大爷,呏到我屋里,有啥个事体呢?(净)阿哉老刁,韩秀在苏州,犯得盗案哉呢。(丑)大爷,呏那格会晓得?(净)差得老人家居来,取银子赎罪,如果话脱罪回来,韩秀家主婆想勿到手,我对你来商量商量。(丑)计策有带。(净)有啥个计策,快点话带来。(丑)我问得你,个老人家还是往旱路里,往水路头去呢?(净)往旱路里去。(丑)旱路头去,勿难个,叫得两个家人,同我扮之绿林,去到路里,个老人家杀得还好哉,银子好拿转,你道好勿好?(净)老刁果然好计策。请到我屋里吃酒去。(丑)大爷请。(净)老刁请。(净、丑下)(外上)(吹【黄莺儿】前段)(白)老奴韩义,为主人受罪,归家取一千两银子,我只得趱上前去。(吹【黄莺儿】后段)(科)(外下)(二家人、丑上)(吹【黄莺儿】前段)(丑白)假扮绿林强人,要把老命丧身。我罗刁伯仁,奉莫大爷之命,假扮绿林,在途路中杀之老家人。兄弟们!(二家人)啥哉?(丑)等之老家人到来,一齐动手。(吹【黄莺儿】后段)(二家人、丑下)(外上)(吹【黄莺儿】前段)(二家人、丑上)嘈,什么样人,将他拿住。(外)救命吓!(丑)你可认得我?(外)你是刁……(丑)我将你一刀。(杀外)(丑)来,尸首抬过一边。(二家人抬外下)(丑)回复大爷去。(吹【黄莺儿】后段)(下)

# 第二十号

付(平界方)、正生(平子金)、小生(韩秀)、老旦(手下)、净(魏非)、

末(徐禄)、丑(魏阿狗)

(付上)大恩无以报,殷勤当劬俭。若要行大事,除非这情关。(白)我乃平界
方,千思万想,要救恩人出狱。几番说要放他出逃,他是执性之人,宁死而
不愿出狱门。想将起来,好不痛杀人也!(正生上)事急无挽回,顿足与挺
胸。兄弟开监门。(付)来哉。(正生)兄弟勿好哉。(付)为何?(正生)上司公
文下来,想必恩人要走路了。(付)吓,怎么,恩人要杀哉?定在什么时候?
(正生)定在亥时典刑。(付)阿哥,小弟大恩未报,烦劳阿哥到街坊买了酒
食,待小弟分别几句。(正生)为兄去打壶酒来。(正生下,拿酒上)(付)阿吓,
今夜就要杀头哉。咳,恩人吓!恩人,请到外面坐坐。(小生上)蒙恩得义非
常,宽松枷枑出外厢。兄,见礼。(付)恩人见礼。(小生)请坐。(付)请坐。
咳!(小生)兄,今日见了我,为何愈加悲泪了?(付)咳,恩人吓!(唱)

【端正好】恨吴县不能来救拔,这事儿如何担代?若要说出其中意,又恐难上
难,莫做了露尾藏头事儿败。

(小生)呀!(唱)

【倘秀才】听言来词明白,敢只是缴文转,今夜里要赴阴界?这是我前生注定
今受灾,只虑我老亲娘无人看待,还有那少妻房朝夕里如何相待?

(老旦手下上)呔,平子金,老爷传你有话。(正生)兄弟,我去去就来。(正生、
老旦下)(小生)吓,敢是缴文转了?(付)恩人吓!(唱)

【叨叨令】休得要这话儿胡乱猜,就是那缴文转也没有这样快。(初更)呀!听
铜壶初更排,浑身儿、顿然一摆[1]。就把这热心一片赴泉台,权将酒来醉解。

---

[1] 顿然一摆,195-3-53忆写本作"顿然一安",宁海平调本作"顿安然",据文义改。

论为人必须要恩德当报先,那些个忘恩负义无聊赖。兀的不恨杀人也么哥①。阿呀,天吓！说什么举头三尺神明在②。

(白)恩人勿好哉,今夜要杀头哉！(小生)阿呀！(三退头)吓吓,怎么,就要典刑了？阿呀,不好了！(唱)

【偻秀才】唬得我魂飞九霄云外,唬得我、魄落在千奇万态,命犯分首不能全骸。也是前生定今受灾,阿呀,亲娘吓！儿不孝累你守孤寡,阿呀,妻吓！我薄幸累他青春守寡哉。

(付)阿吓,恩人吓！今夜杀头,小弟代替杀罢。(小生)阿呀,兄吓！这是我前生孽债,今生受辱,怎好累及你无故之人？却使不得的。(付)阿吓,恩人吓！我那日卖妻偿债,若不是恩人赎还身契,完聚我夫妻,尸骸不知漂流到何处。今日此恩不报,乃是衣冠禽兽的了。(小生)阿呀,兄吓！你虽有义心待我,况且令兄在监,倘若败露,我又不能活命,兄一旦赴与东流了③。(付)如若不允,我碰死监中。(小生)且慢。兄果有此心？(付)果有此心。(小生)请上,受我一拜。(唱)

【脱布衫】多感你义气非常外,这恩德、来生报答。但愿得六月飞霜快,见乌台救出危厄,救出危厄。(科)

(白)阿呀！(科,出监,小生逃下,付关监门)(正生上)(唱)

【小梁州】④速速的去安排,到监中、把犯人点解。(白)兄弟开监门。(付开监门,关监门)(正生)韩秀,韩秀！兄弟,韩秀呢？(付)韩秀我、我放走哉。(正生)韩秀要杀头哉。(付)杀头我来代。(正生)这遭不好了！(唱)**说出来令人惊骇,同胞手足赴泉台。**(二手下上)禁子。(正生)来了。(正生开监门,二手下提净上,带

---

① 此下疑当有"兀的不、痛杀人也么哥"一句。

② 神明在,195-3-53忆写本作"神明鉴",宁海平调本作"神鉴察",据李子敏《瓯剧艺术概论》所引温州高腔本改。

③ 此下小生本尚有"那官府体察,却不道、两命沉埋"两句曲文,195-3-53忆写本、195-3-39吊头本和宁海平调本无相应内容。

④ 此【小梁州】和【幺篇】以及下文【快活三】,曲牌名各本缺题,今从推断。

下）（正生唱）唬得我浑身汗流无主宰，战战兢兢难开怀。（二手下上，提末上，
带下）

（起更）（付）哥哥吓！（走板）（丑上，拷梆下）（正生唱）

【幺篇】料此事那里来巡查，倒不如把守更人来换改。（丑上，正生、付绑丑）（二手
下上）（唱）进狴犴开监寨，众人们两边齐排。（正生唱）莫做声有担代，黑墨涂脸
上悄悄安排，悄悄安排。

（二手下带丑下）（正生、付唱）

【快活三】这的是天相助神护哉，这罪案脱祸灾。隐迹埋名莫露败，此休提莫
再来，休提莫再来。（正生、付下）

（四手下带净、末、丑上，刽子手上，杀净、末、丑）（众）回复大老爷。（下）

# 第二十一号

正旦（方氏）、老旦（陆氏）

（正旦上）（唱）

【（昆腔）山坡羊】①闷忧忧不护天地，痛杀杀挂念朝夕，恨悠悠不及见夫妇，眼
睁睁不耐烦婆和媳。（老旦内白）媳妇儿，扶我出去。（老旦上）天不念良善，反
把祸来降。吓，媳妇儿。（正旦）婆婆。（老旦）韩义可有得回来？（正旦）还没
有回来。（老旦）咳，老天吓老天！我韩门世代积善，奕世无亏，怎将这样祸
来？想起来好不痛杀人也！（唱）你是个弱质身躯，恶狠心严刑拷逼，哭哀
哀无限凄凉，意悬悬望不见禁图圄。（正旦白）婆婆且宽心，儿夫吉人自有天
相。（唱）你是个老年人，愁眉莫漏泄。你孩儿不日出狱归家里，那时节喜

---

① 本曲据195-3-39吊头本校录，其中"挂念朝夕""禁图圄""家里""门闾""伫迟"
原作"朝夕挂念""图圄禁""家井""门庭""之迟"，今作改动；曲间正旦说白系整理时添补。
又，老旦本标有"唱山坡羊／借音／同仙哥（洞仙歌）""唱哭相思"字样但无曲文，则本出
唱昆腔，据以标注"昆腔"二字。但调腔鲜见昆腔【山坡羊】，老旦本之"借音"疑指借用调
腔常见的昆腔【洞仙歌】的旋律来演唱【山坡羊】曲词。

气洋洋,喜气洋洋耀门闾。劝你,放心田保身体;愁眉,叫奴盼望怎忙迟①,盼望怎忙迟?

(老旦)扶我进去。(唱昆腔【哭相思】)(哭下)

# 第二十二号

净(莫廷德)、丑(刁伯仁)、小生(韩秀)、付(平界方)

(净上)不思万丈深潭计,(丑上)管叫神鬼勿得知。(净)老刁,坐、坐。(丑)大爷,坐、坐、坐。(净)哙,老刁,想苏州个遭事务,可曾结案么?(丑)大爷,苏州个件事体,个老人家被我杀还哉,银子拿得转来哉,还有啥个事体呢?(净)多感你计策,难介好打算做新郎哉呢。(丑)大爷,吓倒介要紧,打算做新郎,我老刁个两日心头勿好过。等我心内开心,我得吓大爷去办去。(净)老刁,我明白哉。我今朝银子勿得带来,明日差家人送得人好哉。(丑)多谢大爷费心。(净)老刁,今朝我要到那里白相白相来?(丑)白相勿难,同我老刁到大街县前,狮子牌坊游玩好勿好?(净)好个。老刁来。(丑)让我开好门,落之锁。(净)老刁请。(丑)大爷请。(净)独游无伴没兴趣,(丑)两人嬉耍鸳鸯池。大爷请。(净)老刁请。哈哈嘿嘿。(净、丑下)(内)兄请。(小生、付上)(念)

【香柳娘】脱囹圄返家,脱囹圄返家,急忙转船罢。(付白)恩人,到府上还有多少路程?(小生)兄吓,我和你到了苏州,一路回家,不觉早到东门了。进城不多几步路,就是寒舍了。(付)恩人请。(小生)兄请。(同念)双双的到家,双双的到家,事不争差,情投意合。(小生、付下)(净、丑上)(念)出东门嬉耍,出东门嬉耍,游玩步儿踏,见女娘真可夸。

(小生、付上)(原念②)(碰)(净)哙,韩兄见礼。(小生)莫兄见礼。(净)阿哉韩

① 伫迟,企望,等待。
② 原念,小生本题写如此,即重复念"脱囹圄返家"或"双双的到家"等句。

兄,闻得你被强盗所攀,个遭事务,那哼哉呢?(小生)莫兄,不要说起那些强盗。(念)

**【前腔】恨强徒忒杀,恨强徒忒杀,无端来攀害,百般凌辱受波渣**。(净白)强盗那哼攀呒个呢?(小生)为观灯呵!(念)**拾库银两下,拾库银两下,公堂屈陷害,祸起萧墙外**。(净白)兄吓,呒非是脱罪居来哉?(小生)多蒙这位恩人呵!(念)**妙计儿无差,妙计儿无差,日已西下,明日叙话**。(小生、付下)

(净)咳,老刁,韩秀个人,你话杀还哉。(丑)杀还哉。(净)个人啥人呢?(丑)那格拨其居来,奇杀者。(净)来带者,前日子我对伊个家主婆有几句白话,莫非俺得知哉?(丑)大爷,你盘算他家主婆,韩秀居来,俺家主婆定要告诉个。(净)我想伊个家主婆,韩秀回来,俺老婆必定告诉,我个脸面,那格落得去吓?(丑)大爷,依得我,去到泉州府去告,韩秀在苏州犯了盗案,脱逃回家。大爷拿银子一千两,送进官衙,勿怕韩秀勿死。(净)老刁好计策,竟是个样做法,我去告去。(丑)你去告。(净)蒙兄大德无以报,(丑)要把那人命丧亡。(净)我去告,我去告。(净下)(丑)总要他一死。(下)

# 第二十三号

末(泉州府)、净(莫廷德)

(末上)(引)蒙圣恩职受非轻,掌刑台难饶罪犯。(诗)犯法难逃躲,萧何律不轻。有人犯我手,执法不容情。(白)本府朱怜,蒙圣恩官居泉州府。到任以来,盗贼肃清,百姓瞻仰,这也不在话下。(手下上)报,启大老爷,莫大爷要见老爷。(末)请相见。(手下)晓得。莫大爷有请。(净上)整衣拂袖忙恭敬,见我献贡便殷勤。太公祖,生员大礼相参。(末)少礼,看坐。(净)谢太公祖,告坐。生员有礼奉敬。(手下)有礼呈上。(末)何劳莫生员这等恭敬。(净)些须小物,太公祖全收。(末)来,将礼收下。(手下)收下。(手下下)(末)不知莫生员到衙,有何贵事?(净)启太公祖,那韩秀在苏州犯了盗案呵!

（吹）（末白）且是放心，待本院出牌捉拿便了。（净）就此告别。（末）多感礼物来相送，（净）些须小事何挂心？（末）莫生员慢去。（净）太公祖请。（下）

# 第二十四号

正旦（方氏）、小生（韩秀）、老旦（陆氏）、正生（旗牌）、付（平界方）、丑（刁伯仁）

（正旦上）虚惊来一场①，（小生上）喜得转回程。（正旦）官人见礼。（小生）娘子见礼。（正旦）请坐。（小生）请坐。娘子，母亲之病，怎样而起的？（正旦）婆婆闻知凶信，思儿心切，染成一病。（小生）先生开方，吃了一帖药，就会好的。（内）媳妇、我儿，扶我出去。（老旦上）感得祖宗福，脱离祸灾门。（小生）孩儿拜揖。／（正旦）婆婆万福。（老旦）罢了，坐下。儿吓，为娘闻知凶信，染成一病，如今见你归家，为娘的病好了一半了。（小生）这是孩儿不孝，累及母亲受郁。（老旦）差韩义归家取银，可有么？（小生）有的。（老旦）韩义可有得到来？（小生）没有得到来。（老旦）你怎生脱罪归家？（小生）吓吓！阿呀，母亲吓！（唱）

【罗帐里坐】**说来惨然，说来惨然，受尽罪愆。缴文已转，令人兢战。义人周济，却有个人儿替换。想前生不该赴刀溅，总然万事总有天，总然万事总有天**②。

（四手下、正生旗牌上）（正生唱）

【泣颜回】**奉命驱遣，到他家、搜取盗案。**（白）打进去。（小生、老旦）你们何等样人，打进我门来？（正生）你可是韩秀？（小生）正是。（正生）将他锁着。（小生、老旦）为何锁了？（正生）你是苏州逃犯，将你拿住。（唱）**罪犯十恶，为甚私自逃**

---

① 此句上场白及下文"婆婆闻知凶信，思儿心切，染成一病"，系整理时增补。

② "总然"的"总"，通"纵"。此下小生本尚有"（同唱）办炷名香谢苍天，天不绝我韩门良善（又）"，则此下当叠用【罗帐里坐】一支，但老旦本没有该合唱内容，忆写本和宁海平调本亦无可对应。

免？（小生）阿呀！（正生）四下搜来。（四手下下）（小生、老旦、正旦同唱）**无可答言，料此事无人漏传。**（正生唱）**到内庭各处搜寻，有赃物一一呈献。**

（四手下上）有银两钗环首饰在此。（小生、老旦、正旦）住了。这是我家之物，怎说盗赃？你是何衙门官？（正生）我们是泉州府捕快，奉太老爷之命，捉拿逃犯。（小生）阿呀！（正生）将他婆媳赶出门外，房屋封锁。（老旦、正旦）阿呀，儿吓！／官人吓！（科）（正生、四手下带小生下）（付上）买药回转，求得病痊。阿吓，老夫人，为何站在门外啼哭？（老旦）恩人吓，不知何人泄漏消息，泉州府捕快，将我孩儿拿去了。（付）那啥，恩人拿去哉？待我赶到堂前，打听明白。（付下）（老旦、正旦）阿呀，儿吓！／官人吓！（同唱）

**【千秋岁】这是天不念，怎生来脱免？好叫我珠泪涟涟。提起心酸，提起心酸，婆和媳何处躲盘？**（丑上）（唱【千秋岁】七至九句）（白）阿哉老伯母、阿嫂吓，为啥站在门外哭泣？（老旦）阿呀，刁贤侄吓！我儿归家，不知何人泄漏消息，将我儿拿去，连房屋封锁了。（唱）**封锁家园，无住所好心酸。**

（丑）那啥，连房屋封锁了？（老旦）看天色已晚，我婆媳无处安居，如何是好？（丑）老伯母、阿嫂吓，东门外坟庄，可以住的。（老旦）媳妇儿，可处得么？（正旦）愁只愁婆婆有病在身。（老旦）刁贤侄，到坟庄居住便了。（丑）老伯母、阿嫂吓，韩兄被官府拿去，待我去到堂前，看过明白。（丑下）（老旦、正旦唱）

**【尾】一重来了一重连，皇天怎不行方便？儿吓！／官人吓！只愁你身躯受熬煎，身躯受熬煎。**（下）

# 第二十五号

正生（旗牌）、小生（韩秀）、末（泉州府）、付（平界方）、外（禁子）、丑（刁伯仁）

（正生、四手下带小生上）（正生）报，韩秀。（正生、四手下带小生下）（内）嗻！两班衙役听着，大老爷有令下来，喜坐内堂，不坐外堂，亲戚闲人等，不得窥伺。

唔喔！（末上）来，将韩秀带上。（内）有。（正生、四手下带小生上）（手下）有锁。（末）去锁。（手下）去锁。（末）韩秀，你在苏州犯了盗案，私自归家，该当何罪？（小生）生员不知情的。（末）咳，还要抵赖，谅来不打不招。来，将他捆打四十。（小生）阿呀！（手下带小生下）（内）一十、二十、三十、四十，打满。（手下带小生上）（末）招不招？（小生）愿招。（末）来，将他上锁，带去收监。（众下）

（付上）呵吓！（唱）

**【尾犯序】**平地起风波，瘦怯书生，怎受折磨？这的是命运蹭蹬，如何摆布？悲苦，好叫我无头无谱，好叫我无处可诉。望牢狱，黑天冤枉，只得仰天诉。

（外禁子、二手下带小生上）（付）恩人吓，官府怎样问供？（小生）平兄吓，不想这瘟赃呵！（唱）

**【前腔】**说我盗贼窝，罪犯天条，怎生脱狱？那有清廉，一味贿赂。急速，快报我年老娘亲，快报我妻房知么。（付唱）望大哥，望你枷枉宽锁，酬谢不虚讹。

**【前腔】**听说泪滂沱，无限极刑，如何结果？恨杀瘟赃，怎不察摩？悲苦，好一似万箭攒心，好一似千刀剖腹。望大哥，望你枷枉宽锁，酬谢不虚讹。（付哭下）

（丑上）只为暗中计，前来看分明。阿哉大叔。（外）啥？（丑）韩秀回回打，有银拨你。（给银）（丑）阿哉韩兄，官府怎样问供？（小生）阿呀，刁兄吓！那官府一味严刑拷打，我受刑不起，只得画招了。（丑）阿哉韩兄，有句话勿知当讲不当讲？（小生）你且说来。（丑）咳，话带起来，韩兄自家勿好缘故。（小生）怎说我自家不是？（丑）有道"祸起萧墙"。（小生）什么祸来？（丑）你自己好朋友莫大爷，你个屋里，来去来去，则①阿嫂两个人有恩情哉。韩兄回来，莫大爷与阿嫂进出勿便，阿嫂到泉州府告得你个。（小生）阿呀！（三退）吓吓，怎么，有这等事来？咳咳咳！（唱）

**【前腔】**闻言怒气满胸窝，泼贼狠毒，私情苟合。只道是情深义大，谁想两地摆下网罗。（丑唱）网罗，恼得我无言可讲，听我言不须愁眉锁。（小生唱）有日

---

① 则，亦作"做"，方言，和，跟。

出监狱,将他凌迟碎剐,出不得我气消磨。

(外打小生)(小生)阿唷,阿唷!(丑)阿哉大叔,慢点,勿要打,看我个面上。

阿哉韩兄!(唱)

【尾】一一差钱俱是我,衙门之事都由我。(小生白)刁兄!(唱)雪中送炭,谁似你一个?

(外)关监门了。(丑下,二手下带小生下,外关门下)

# 第二十六号

正旦(方氏)、老旦(陆氏)、付(平界方)、丑(刁伯仁)

(内)扶我出去。(正旦扶老旦上)(老旦引)家业萧条无依靠,到公堂如何分晓?(正旦)婆婆,你保重身体要紧。(老旦)媳妇儿,你丈夫到公堂,不知官府怎生问供?(正旦)婆婆,媳妇本要前去打听,怎奈婆婆病体愈发沉重,叫媳妇如何放心得下?(老旦)为婆之病,看来必做沟渠之鬼了。咳,老天吓老天!想我韩门累代积善,如今我儿被害,好不痛杀人也!(唱)

【罗鼓令】思儿想孩,病儿好难挨。你是个弱质裙钗,怎好去露丑出乖?我看你珠泪盈腮,好一似难舍难行,兀的不是天降灾,好叫我难布摆。(付上)全赖神天佑,出狱便开怀。老夫人、大娘勿好哉!(正旦)恩人,为何这般光景?(付)移文苏州府,恩人处刑罚,下在监中了。(老旦)怎么,有这等事来?阿呀!(科)(正旦)婆婆苏醒!(老旦唱)闻言胆骇,闻言胆骇,这的是命里安排①。这是前世不修今生受灾,你在九泉之下怎不伤怀?不期的沟渠里埋。气急哽咽,气急哽咽,隔绝命归泉台。

(白)阿我儿,儿吓!(老旦死)(付)老夫人死哉!(正旦)平叔叔吓,婆婆死了,如何是好?(付)我去到街坊,买得棺材来,安葬老夫人是哉。(付下)(正旦

---

① 老旦本"这的是"下散佚,"命里安排"至下文"命归泉台"据195-3-39吊头本补。

哭)阿吓,婆婆吓!(唱)

【山坡羊】①哭哀哀怎不难挨,哭啼啼婆死无奈,痛奴心百无一有,痛杀杀儿夫受屈罪。(丑上)暗里来打听,坟庄看分明。阿嫂吓,你为啥是介倒在地上嘘?(正旦)阿吓,刁叔叔吓!我婆婆死了!(丑)那格话,你个阿婆死哉?从来勿死,今朝那格会死嗄?阿嫂吓,商量安葬老伯母尸首,去到监中探望韩兄,那光景呢?(正旦)奴本要去到监中,探望我官人,想我婆婆尸首无人料理,如何去得?(丑)阿嫂吓,老伯母尸首暂停几日不要紧,有我来带照管。(唱)**有钱财,何须泪满腮?衣衾棺椁好安排,殡葬婆婆,殡葬婆婆,免得个暴露尸骸。**(正旦唱)**苦悲,蒙大伯无报答;伤怀,天降灾殃怎受累,天降灾殃怎受累?**

（丑)阿嫂吓,你去到监中,探望韩兄要紧,探望一过,慢慢好殡葬个,你道心意如何吓?(正旦)这是有劳刁叔叔了。(丑)介好个,介好个,都在我身上好来,你放心好哉。(丑下)(付上)夫人死伤心,棺木买停当。恩嫂,棺木买好,要二十两银子。(正旦)平叔叔吓,一时之间,那有二十两银子?我与你前去探望我官人,事后再计较便了。(付)大娘,看天色已晚,明日及早去到监中探望便了。(正旦)平叔叔请安睡,奴今夜守孝,明日去到监中探望便了。噫吓,婆婆吓!(唱)

【尾】愁默默哭哀哀,皇天怎不行方便?婆婆吓!哭到天涯珠泪揩。

（白)噫吓,婆婆吓!(下)

---

① 此下 195-3-54 忆写本作"(正旦唱)【尾】你命归阴丧泉台,好叫我哭伤怀。乱箭穿心怎难挨。(丑上)(白略)(正旦唱)【山坡羊】哭哀哀痛断肝肠,止不住两泪汪汪,痛婆婆难舍萱堂,痛夫君监牢受冤。好悲伤,何处去商量?奴身那处去靠傍,悲切切心如刀割,心如刀割烈火扬。心酸,哭婆命实可伤;噫吓,婆婆吓!悲伤,怎叫儿媳怎主张,叫儿媳怎主张?(白略)(丑下)(正旦唱)【前腔】想起来盈盈乱(泪)腮,那知我心如箭穿?不能够行孝奉侍,怎能够立祀孝堂?(付上)(白略)(正旦唱)难言讲,叫人流珠汪。撇却守孝老萱堂,奴到那监中去探望,监中去探望见夫郎。怎样,止不住泪汪汪;噫吓,我夫吓!你在监中怎么样,在监中怎么样?(白略)(正旦唱)【江头送别】别离去,别离去,孤苦老年;到图圄,到图圄,要见夫面。我心中难言,我只得独自伤怀。(白)噫吓,婆吓!(下)",今从 195-3-39 吊头本校录。

# 第二十七号

外(禁子)、小生(韩秀)、付(平界方)、正旦(方氏)、丑(刁伯仁)、花旦(丫环)

(外上)手执无情棍,管打犯法人。我乃泉州府禁子刘承。韩秀进监以来,使用钱一个没有,日夜啼哭,不免叫他出来,问得其银子到底有勿有。韩秀,走带出来。(内哭)阿呀,皇天吓!(小生上)只道脱罗网,谁想又遭魔障。吓,大叔!(外打)(小生)阿唷,阿唷!(外)入杀哑个娘,那个叫你做强盗!(小生)大叔,我韩秀是冤枉的。(外)倷娘个入杀,冤枉老爷冤枉你,我牢头也会来冤枉哑?(小生)吓吓!阿呀,大叔吓!(唱)

【一江风】我是旧书香,怎受无穷枉,言之实可伤。谁依傍,被官府抄没家产,一旦遭空望。(外打)(小生)阿唷,阿唷!(外、小生下)(付、正旦上)(正旦唱)匆匆急急步儿忙,到监中问短长,顾不得抛头露面口难讲。

(付)来此已是。(正旦)通报。(付)禁子大哥!(外上)啥人?(付)喏,韩大娘探望韩秀相公来个。(外)好个,家信通哉,拿使用钱来。(付)大娘,他说要使用。(正旦)怎么,他要使用?我有银针一支,拿去与他便了。(付)一支银针。(外)那格话,一支银针当使用?勿够个。(付)下次再补。(外)下次要拿得来。让我开带开来,走进来。(付)待我进去。(付下)(正旦)官人在那里?(外)咳,不要高声。韩秀,你妻子前来探望你。(小生上)吓吓,娘子在那里?(正旦)官人在那里?(小生)我妻,贱人!(科,打)(唱)

【风入松】令人一见怒胸膛,你是个奸淫泼谗。全不念夫妻恩爱情况,使巧计、使巧计害我无状。我本是旧族书香,被你贼泼贱败门墙,贼泼贱败门墙。

(正旦)官人吓,为何凌辱妾身?(小生)凌辱么?(打科)(唱)

【前腔】还要假惺惺来暗藏,打你这恶狠狠密布罗网。安排巧计害我行,不由人、不由人毛发乱攘。你本是晋卫国王,图赵娘伤风化败纲常①,伤风化败纲常。

（正旦）阿呀,官人吓！你将妻子这般痛打,却是为何？（唱）

【急三枪】②这凌辱,因何的,这般样？打得我,言难讲,打得我,言难讲。（小生白）今日不来问你,有日出狱,决不饶你这贱人！（正旦）噫咳,婆婆吓！（唱）婆和媳,实可怜,住坟庄。命归阴,无埋葬,命归阴,无埋葬。

（小生）吓吓,怎么,母亲亡故了？（正旦）婆婆亡故了。（小生）阿呀！（唱）

【风入松】闻言不住魂飘荡,儿不肖累你老年人轻丧。真个是生不能养死不能葬,阿呀,娘吓！你的魂灵在何处渺渺茫茫。我这里叫不应千万声的老娘,犹如万箭攒心窝上,万箭攒心窝上。

（丑上）（唱）

【急三枪】急急的,到监中,去调谎。弄得他,家破亡,弄得他,家破亡。（白）阿吓,韩兄吓！（唱）可怜你,披枷锁,受磨难。何处伸,这冤枉？何处伸,这冤枉？

（丑给银与外,让外打）（小生）呀唷！（外唱）

【风入松】打得你全不像锦衣彩光,打得你皮开肉绽。恼得我怒满胸膛,管叫你、管叫你命丧泉壤。（正旦唱）望大哥恕我行,（白）念我家并无别计。（唱）迟一刻再商量,迟一刻再商量。

（丑）好商量个,好商量。（外）你去商量来。（丑）阿哉韩兄,你来带监牢里,个种苦头,也吃无数个。阿嫂吓,你依得我,卖之身。（小生科）（丑）银子一百两,五十两安葬婆婆,五十两料理监口,你道那光景？（正旦）阿吓,官人吓！妻子情愿卖身,与官人使用。（小生打）贱人！（丑）阿哉大叔,纸笔有勿

① 晋卫国王图赵娘,晋卫,或当作"卫晋",指春秋时卫宣公,"晋"乃其名;赵娘,或当作"娇娘"。卫宣公替其子娶妻于齐,见齐女貌美,遂夺而娶之。
② 此曲195-3-54忆写本和宁海平调本彼此相异,前者粗浅失真,后者似有脱误,校录时略作增改。

有？（外）纸笔有个，待我拿得来。（外下）（小生）刁兄，他要嫁人了。（外上）拿得去。（丑）阿哉阿嫂，写卖契。（正旦）官人吓，你来写，你来写。（小生打）贱人！（正旦唱）

【急三枪】提起笔，写文契，（丑白）慢点，还要生死。（正旦）嘎，怎么，还要生死么？我的生死，决无反悔。（唱）一一的并写上。从今后，付伊行。（丑白）写是个样写。韩兄，手印。（小生）嘎，怎么，要手印？罢！（唱）**打手印，莫心伤，打手印，莫心伤**①。

（丑）好个，我去拿银子来。大叔，开监门。（外开门，丑下，外关门）（小生唱）

【风入松】**一霎时家破与人亡**，可怜我娘亲死在沟渠上。（白）阿呀，皇天吓！前有急处我当济扶，今日我韩秀卖妻，阿呀！（唱）**有谁人来救挽，下场头论来无傍**。算将来没天理报察昭彰，这是我命中注没改样，命中注没改样。

（走板）（丑上，花旦丫环、家人带轿随上）（丑唱）

【急三枪】众人们，齐赶上，到监中娶娇娘。从今后，同欢畅，从今后，同欢畅。（白）大叔，开了监门。（外开门，丑进）（丑唱）**是小叔，礼和物，忙达上**。有身价，银百两，有身价，银百两。

（正旦）大叔吓！（唱）

【风入松】**望大叔一一来收上**，（白）从今后把我丈夫好生看待。（唱）**要宽宏莫彷徨**。（丑白）大叔拷背，拷背。（外替小生拷背）（小生）阿唷。（科）（花旦替正旦换衣）（正旦）如此官人请上，受奴一拜。（唱）**半路相抛甚凄凉，可怜我夫妻活泼泼拆散鸳鸯。从今后好似失群孤雁**，算将来无依无傍，全名节在这场，全名节在这场。

---

① 此处195-3-54忆写本内容为："（方氏唱）我自写卖身文契，止不住盈盈泪腮。（刁）慢点，还要生死。（方氏）嘎，怎么，还要生死么？（科）（唱）生死并无后反悔，一一的、一一的诉（书）写明白。身契上百两银子，望大叔放宽恕（又）。（丑）写是个样写。韩兄，手印。（韩）嘎，怎么，那（捺）手印？也罢。（唱）我只得，决无奈，身契上。将手印，来答在。"显然，忆写本曲文失真，今从宁海平调本。按，第二号小生自报家门，谓方氏"虽未识字"，则方氏自写文契，有失允协。疑此处当由小生写契，而曲文"提起笔"至"付伊行"仍归方氏所唱。

（丑）上轿，上轿。（吹打）（付上）吓，大……（正旦上轿，花旦、家人带轿下，丑下。外关门，带小生下）（付）阿呀，看大娘监中出来，身穿吉服，小轿一顶，后面跟着刁伯仁，这又奇了。待我赶上前去，看过明白。（下）

# 第二十八号

净（莫廷德）、小旦（张氏）、末（院子）、丑（刁伯仁）、花旦（丫环）、

正旦（方氏）、付（平界方）

（净上）自见美貌多思想，如今了却这心肠。学生莫廷德，前日子同老刁商量，要害韩秀家破人亡。个事务呢，神勿知鬼勿觉，只叫我等拜堂是哉。（内）丫环，看守房门。（净）哈，家主婆出来哉。（小旦上）只为宗祧图后嗣，想儿夫自娶一房。官人，为何这样打扮？（净）苏州讨得一房小，所以个样打扮个。（小旦）官人，别人家讨小，也不用这样打扮的吓。（末院子上）报，大爷，花轿到门口哉。（净）花轿抬进厅堂来。（末）晓得哉。（末下）（小旦）我总看在没有儿子的分上，任你去行事罢。（小旦下）（内）花轿到。（吹打）（丑、花旦丫环、家人带正旦乘轿上，付随上）（付）我看天色渐渐暗，来到莫家门。里面有人么？（末上）啥哉？（付）你去对莫廷德说，平界方要见。（末）大爷，外面平界方要见。（净）叫其自个走进。（末）大爷叫你自个走进。（付）你是莫廷德？（净）勿错个。（付）有话问你。（净）问我啥西？（付）你是韩子尚同窗好友，拨其家主婆抬进来做啥？（净）个是我苏州讨来做小呢。（付）走带来。头上啥个东西？（净）个是天。（付）旁边一人叫你啥？（净）打东。（付打）你打，我还要去告你。（净）打出去，打出去！（付）到城隍庙去告。（净）关之门。（末）关门。（付下）（净）落轿，拜堂。（丑）大爷，堂好勿用拜。个是二婚头，只消洞房好哉。（净）好个。老刁，你里哼头吃喜酒去。（丑）咳，我吃喜酒去。（丑下）（净）丫头，带到房里头去。（花旦、末、家人下）（净）待我关之房门。个遭来东哉。揭起盖头红，里面看娇容。阿哉娇娇！（正旦）你是莫伯伯？（净）

学生莫大爷。（正旦）呀！（唱）

**【新水令】移花接木一身穿着，这事儿人心难料。结拜义金兰，安排暗谋巧。** （白）莫伯伯，你今夜与我说过明白，与你洞房。（净）话倒对你好话，看今日子天夜哉，困之一夜，明日子对你好话哉。（正旦）你说过明白，倒也罢了；如若不说，情愿一死。（唱）**快把真情说分晓，何人设计妆圈套？**

（净）慢点，死勿得个，死勿得个，我就话拨你听好哉。隔日子拜祠庙，见之你个容貌，到今朝个嚛。（唱）

**【步步娇】朝思暮想为多娇，老刁设计真奇妙。时逢恩科诏，假妆患病，把家筵重托。** （白）韩秀在苏州犯之盗案，差韩义归家拿一千两银子。与老刁商议，老刁、家人假扮绿林，去到路中，将韩义一刀杀死，韩秀必做异乡之鬼嚛。（唱）**谁想归家道，**（白）老刁用了一计嚛。（唱）**今夜才得谐同调，才得谐同调。**

**【折桂令】**（正旦唱）**听说罢怒气冲霄，这恶贼安排计巧。奴这里先下手赴命阴曹，日后慢慢保节操。**（净白）话讲明白哉，好困觉哉。（正旦）官人，我且问你，刁伯仁还是好人，还是个恶人吓？（净）他与我出力办事，是个好人。（正旦）他是一个恶人。（净）是个好人。（正旦）你道他是好人，你与韩秀同窗好友，害得他家破人亡。我与你做了夫妻，然后再是同样做法，叫妻子如何想法？（唱）**他是个绝世奸刁，怕没有宦门相交。害奴身如同草茅，阿呀，莫伯吓！叫奴家如何局了？**（净白）勿错个，个个娘杀人是介恶，那格办呢？（正旦）依奴主见，先除死他。（净）我对其知心知意，那格除得落手？（正旦）你如若不绝他性命，连你性命难保。（净）勿错个，如若勿除他一死，连我个性命，伤东其个手里，让我去是哉。勿好动，勿好动。（正旦）官人，你还不去？（唱）**除他归道，除他归道，免得他祸患非小。**

（白）在今夜之计呵！（唱）

**【雁儿落】先下手莫思计巧，不然是透露机关祸先招。**（净白）勿错。老刁，勿是我不仁，你个贼娘贼，良心忒个凶嚛。（唱）**听言来真是个夫妻合胆同心妙，闺中女子见识高。呀！待行事只在明朝，今夜里且安心欢娱好。**（正旦白）你为何不去？(净)我去，我去。老刁，我只得做你勿着哉。(唱)**谨遵妻命杀奸刁，若不除后患非小。这的是密布儿你自行自招，自行自招。**(净下)(正旦唱)**先除他恶狼豺，**(白)吓，有了！(唱)**口舌之中密思机关巧。**(正旦下)

(内)老刁请。(四家人、净、丑上)(净、丑唱)

【江儿水】**喜得两缘结，琴瑟和同调。**(净白)老刁！(唱)**你神机妙算计谋高，**(丑白)大爷，我个计策，神勿知鬼勿觉盖①。(唱)**真个是卧龙凤雏猜不到其中妙，我把这密布儿针钻到②。**(净白)好个，好个。(唱)**谢得你恩高义好，因此上酒筵摆着，今夜里谢大媒开怀来饮香醪。**

(吹打)(白)老刁请。(丑)大爷请！(净唱)

【收江南】**呀！你是个智广谋高，为朋友费尽了多少心劳。**(丑白)勿错盖，为朋友者生，为朋友者死，一死有何妨盖。(唱)**为朋友一死何足道，**(大锣一己)**为甚的小鹿心头频频跳？**(净白)老刁，我还要你救个救来。(丑)个相思病救好东哉，还要啥西？哈哈哈！(净)个新大娘勿肯则我洞房，要你老刁救我一救。(丑)那新娘子勿肯洞房，只消恩情话对其话个两句，打动个打动，会则你洞房。(净)新娘子话过，要问你老刁借样东西，就好洞房。(丑)借样东西？我身上一些东西没有，想来想去只有一点性命。若说话性命，只管拿得去。(净)好！招招招，只要你性命一条。(丑唱)**休得取笑，休得取笑，性命岂可来胡闹？**

(净)勿取笑。(走板)(正旦上)(唱)

【沽美酒】**到中堂说根苗，再把假意儿来说报。**(丑白)阿嫂。(正旦打)恶贼，你害得我家破人亡，还要害我莫官人。官人走来，你若不除他一死呵！(唱)**他是个凶恶强暴，奴情愿一死赴波涛。**(净白)进去，进去。(正旦下)(丑)大爷，女娘家，勿要听得其。(净)我入杀你娘！今夜若还勿除你一死，然后我个性命，死得你个手里嘘。(唱)**先除恶强暴，免得个后患非小。**(丑白)大爷走带来。

---

① 盖，方言，相当于"个"，句末助词。

② 此句195-3-54忆写本初作"针蜜(密)布儿自有妆圈套"，兹据其上蓝笔校改后的文字校录。另，此句195-3-39吊头本作"胜(星)罗密布天罗罩"。

（净）做啥？（丑）我到底为来为去，为你大爷，为娇娇？（净）是个，我大爷为娇娇，你老刁为啥东西，你倒话话看。（丑）喔是介个……（净）俫妈个入杀！（丑）阿唷唷，大爷，我到底为得你个嚯。（净）那韩秀，同窗好友，为啥害得其家破人亡？（丑）大爷，你是为娇娇。（净）是个，我大爷为娇娇，你为啥东西？（丑）是介个……（净）虬你个娘吓！（唱）**今日刁来明日刁，只得你性命一条**。（丑唱）**俺呵！此行难料，设计无知觉。呀！谁想一命断送在窈窕**。（净杀丑下）

（走板）（正旦上）（唱）

**【绵搭絮】**①**除却强暴，除却强暴，才出我胸中气恼。身死黄泉无瓜葛，倒不如早早赴阴曹。阿呀，丈夫吓！你在监中枉出恼，我是个贞烈女岂可来胡闹，从今后上心头泪珠抛。万事不由人计较**，也罢！**倒不如早早的解丝带上前吊，解丝带上前吊**。

（花旦捧茶上）阿吓，夫人快来！（小旦上，救正旦）（小旦唱）

**【望哥儿】为甚的短见命相抛，唤醒时问出这根苗**。（白）咳，我官人讨你进来做小，为何寻死短见？（正旦）我乃韩秀之妻。（小旦）原来韩婶婶，请来见礼。（正旦）大娘见礼。（小旦）请坐。（正旦）请坐。（小旦）婶婶，此事从何而起？（正旦）大娘有所未知，只因我官人上京会试，在苏州观灯，被盗所攀。差韩义归家，取银子一千赎罪。可恨刁伯仁，生不良之心，假扮绿林，赶到路中，将韩义杀死。后来我官人脱罪回来，大爷与刁伯仁商议一计，害我官人下在监中，要娶奴成亲，我只得悬梁自尽。（小旦）咳，禽兽吓！（唱）**做出事来犯律条，律法清正罪难逃，我在绣闱那知道？且放心休得泪落，我今保你全节操，保你全节操**。

（花旦）大娘，何不依丫环主见，放韩大娘后门出去，逃生便了。（小旦）丫环此言不差。取灯亮过来，往后门而去，你道如何？（正旦）倘若被大伯知道，

---

① 此曲曲文据195-3-39吊头本校录，曲牌名及下文【望哥儿】【忆多娇】【黑麻令】各本未见，今从推断。

还当了得？(小旦)此刻官人不在，还可脱身；少刻官人回来，多有不便。(正旦)此刻叫我那里而去？(小旦)出了后门，等到天明，就有活路了。(唱)

【忆多娇】切不可哀声高，须要静悄悄，跳出罗网飞远逃，那些恩怨两相抛。(正旦白)如此大娘请上，受奴一拜。(小旦)也有一拜。(正旦唱)**恩深再造，恩深再造，救我身来生犬马报**。(正旦下)

(花旦)大娘，放韩大娘逃走，大爷回来问起，如何是好？(小旦)且是放心，奴心自有计会。(唱)

【黑麻令】**莫使他四下寻多娇，管叫他喜上加喜多欢乐。做出事来大家欢笑，还要整家规打他一大梢，打他一大梢**。(花旦、小旦下)(净上，四家人随上)(四家人)大爷，刁伯仁尸首，埋葬好哉。(净)到天亮领赏。(四家人)晓得。(四家人下)(净)丫头走出来。(花旦上)大爷何事？(净)叫新大娘出来拜堂哉。(花旦)大爷，新大娘说今日子拜堂拜勿来个。(净)为啥呢？(花旦)今日是红砂受死日，拜堂夫妻勿到头个。待等明日子，可以拜堂。(净)走进去。(花旦下)(净)做夫妻知心知意，话吓说完哉嚄。(唱)**少刻重见多娇容，必须要殷勤奉好。双双的鸾凤颠倒，可不道喜杀我老新郎胡须梢**①。(下)

# 第二十九号

小生、贴旦(船家)，末(院子)，正生(李若清)，老旦(夫人)，正旦(方氏)，

净(莫廷德)，付(平界方)，花旦(丫环)，小旦(张氏)

(小生、贴旦二船家撑船上，二旗牌②上，末院子，正生、老旦上)(正生唱)

---

① "少刻"至"胡须梢"，195-3-39吊头本和宁海平调本无相应曲文，而195-3-54忆写本题作【尾】，今与上文"莫使他"至"一大梢"合为【黑麻令】。

② 二旗牌，195-3-54忆写本作"手下四人、二旗牌"，倘若如此，则本出上场人数将超出旧时戏班十二角色加一杂角的额数，今仅书"二旗牌"，以与前文写李若清起任的第九号相一致。按，对于第九号，195-3-52忆写本于二船家之外，只笼统地写作"众"，没有给出所配手下的具体数目，而195-3-53忆写本为普通的起马上任，随从为四手下。

【锁南枝】奉命巡各省,急急来从闽,船泊江边且暂停。(白)下官李若清,奉命四省巡察。下得舟来,顺水滔滔,好不有喜人也!(唱)乐事安守分,官正吏自清。(内哭)(正生)呀!(唱)听声叫,啼哭声;来,若说有冤情,叫他下船问,叫他下船问。

(末)打跳。(小生、贴旦)打跳。(末下,又上)启老爷,岸上有位妇人啼哭。(正生)叫他下船来。(末)晓得。女子下船来。(正旦上,下船)(末)见了老爷、夫人。(正旦)老爷、夫人在上,难女叩头。(正生)你这女子,为何黑夜逃出在外?(正旦)老爷、夫人容禀。(唱)

【前腔】奴本是儒门女,贞节身,无限冤情不能伸。(正生白)什么,你是儒门之女?请起。(正旦)谢老爷、夫人。(正生)你是那里人氏?丈夫姓甚名谁?(正旦)不瞒老爷说,奴是泉州府人氏,姓方名月琴,丈夫韩秀,一十三名举人,上京会试,被人所害。(正生)此事因何而起?(正旦)在苏州观灯,被盗所攀,脱罪归家,遭人陷害,又陷囹圄。(正生)被何人陷害?(正旦)不想莫廷德与刁伯仁呵!(唱)观奴貌超群,设计陷夫命。强逼奴,来成婚;(白)后来亏得莫廷德妻子呵!(唱)保贞烈,放逃奔,保贞烈,放逃奔。

(正生)呀!(唱)

【前腔】听说冲冠怒,怒气满胸襟,奸刁设计害书生。(白)丈夫下在何县狱中?(正旦)在泉州府狱中。(正生)女子。(唱)奉命来巡察,冤情我当承。(老旦唱)看他贞节妇,烈性人;(正生唱)且在此,权安顿,且在此,权安顿。(开船下)

(净上)重新打扮做新郎,今日鸾凤喜洋洋。(付上)可恨恶贼良心丧,狼心狗肺谋娇娘。来此恶贼门首,待我进去。莫廷德!(净)啥个事务?(付)我要问得你,韩大娘个人呢?(净)呃,你是外路人,要问其做啥个呢?(付)你与韩秀同窗好友,朋友之妻。(净)朋友之妻落得嬉。(付)真真放侬娘个贼狗屁!(净)男来,与我打出去。(末院子上)有,打呵!(付下)(净)关之门。(末)关好门。(末下)(净)丫头。(内)何事?(净)新大娘出来拜堂。(花旦丫环持竹棍、小旦戴红盖头上)(净)呃,丫头。(花旦)大爷。(净)个个啥东西?(花旦)话好话。(净)话好话,呒话带来,来活一千年。(花旦)破竹重圆。(净)破竹重

圆,也是好话。大爷要动手,揭起盖头红,里面见娇容。嘎唷,娇娇!(小旦)禽兽吓禽兽!(唱)

【前腔】书中兽,昧良心,我的跟前利嘴唇。(白)我且问你,格日子这女子,那里来的?(净)是苏州讨来做小。(小旦)你还要强辩!丫环,与我打!(花旦打)(小旦唱)同窗贞节妇,岂可下毒心?(净唱)他是村庄女,没此情;(小旦唱)与我高吊起,还把妻纲正,还把妻纲正。

(净)你道清脱勿清脱。(花旦带净下,小旦下)

# 第三十号

付(平界方)、正生(李若清)

(付上)(唱)

【醉花阴】似这等冤气痛伤怀,又没有超冤拔罪①。一味的贪赃受贿,那顾得书香受灾?俺这里哭啼啼救不出书生辈,他那里喜洋洋说不尽恩和爱,怎得个钦差巡按,那得见再世乌台?

(白)我乃平界方,为恩人受屈,下在监中。早逢天佑,脱狱归来,不想又遇恶棍陷害,下在监中。无门可诉,只得上台呈告。倘若得遇青天,出狱也未可知。(唱)

【画眉序】告天天哭哀哀,须念我一生要救恩爱。恨奸刁摆下牢笼,通官府内衙出入,不能够伸冤皂白。展转愁容嗔蹙眉,早来到城隍庙外,城隍庙外。

(白)城隍庙。你看来此城隍庙。我想神道执掌阴阳,不免进去,对神圣哭诉一番,救我恩人出狱,也未可知。(正生暗上,科)(付)神圣在上,弟子平界方,只为恩人受屈在监。神道,你乃执掌阴阳,弟子要往上台呈告,还望神

---

① 超冤拔罪,195-3-54忆写本、195-3-39吊头本作"伸冤理枉"。本出押皆来韵,而灰回韵常押入皆来韵,兹改。超冤拔罪,即超拔冤屈。调腔《双凤钗》第二十六号【尾】:"除强灭暴定铁案,超冤拔罪案可销。"另,宁海平调本无【醉花阴】曲。

道,阴中保佑,神道吓!（唱）

【喜迁莺】俺这里拜倒、拜倒尘埃,望神灵、阴中、阴中鉴察。痛也么哀,苦只苦瘦怯书生受不起严刑拷打,恨只恨恶强徒用尽了玄机妙法,玄机妙法。

（白）神道,我恩人上京会试,路过苏州,被大盗所攀,陷害狱中。早逢天佑,脱狱归家,不想遇着莫廷德与刁伯仁,见色起意,买通贿赂,到家暗算,说我恩人窝藏白银,下在监中,害他家破人亡。他妻子监中探望,不知那个恶奴,将韩大娘抬到莫廷德家中。我跟到他家,问说情由。弟子要告府院,神道,你乃是执掌生死阴阳,必须要神灵显赫,速速报应,神道吓!（唱）**再叩拜,实真情句句上达,快把那雷霆急速善恶鉴察。**

（白）神道,弟子要往上台呈告,望你阴中保佑了,神道吓!（唱）

【滴溜子】神灵佑,阴中、阴中护佑;伸冤仇,免死狱底、狱底葬埋。阴阳总是一般在,何用叩乌台,御史巡察?只要你观冥司,分清赏罚,分清赏罚。

（正生）你这小哥,何冤枉事情,在此哭诉神明?（付）原来是一位老丈。老丈,我有满腹冤枉,无处诉告,所以对神道来哭诉盖。（正生）你既有泼天冤枉,对我说出,我好友与你拔罪超冤。（付）老丈你坐坐,我慢慢对你讲。（正生）你且说来。（付）本城有一位韩秀,一十三名举人,上京会试呵!（唱）

【出队子】为恩科招纳、招纳贤才,各生员、齐赴、齐赴帝台。他把家私托付同窗好友恶狼豺,一路里救连理仗义慷慨。（走板）

【画眉序】忽闻祸起萧墙外,中秋夜花灯闹街。主和仆两下里出外戏耍。有强徒劫库银,官兵追赶无处藏埋。我恩人拾着库银拿在手,不想被盗贼所害,被盗贼所害。

【刮地风】呀!莫说起街坊拾着起祸灾,那官府说不出糊涂、糊涂之辈。他那里说咱同伙一支派,俺这里诉着斯文旧门楣。这边厢,那边厢,两下里难分青和白。他道是真君子难辨真和假,调纸文当堂质对,谁想那安寓中把行囊尽拐,把行囊尽拐。（走板）

【鲍老催】那书生受不起三木下严刑拷打,三推六问画招罪。不提防部文下,三更内，要赴云阳市外。是我瞒亲兄将身替代，不忍手足痛伤怀，把一个无辜人早赴望乡台。

【四门子】回归故土乡井快，遇奸刁设计策。贿赂知府要把书生害，害得他人亡家败，人亡家败。奸刁蛇蝎狠毒恶心肠，才且望夫监牢妻卖，出囹圄换吉服轿儿快抬，轿儿快抬。我在后面随跟快，要问个详细明白，其意难猜，是他同窗好友把佳人污埋，急向公堂急救裙钗。恨赃不能罪拔，无门路救奇灾，我只得告神明那里有再世乌台，再世乌台？

（正生）这等原有泼天冤枉，你何不到御史衙门前去投告？（付）原要往上司呈告，只是没得门路。（正生）四省巡察出京，前去投告，有好生利害。（付）只消恩人出狱，何惧钉板，就是油锅，也要钻、钻得下去哉。（正生）好。你可有白纸？（付）一时之间，罗里有白纸？就是有白纸么，状纸无人与我做。（正生）你扯下冷衫，状纸我与你做。（付）冷衫在此了。（正生）待我做起来。（唱）

【水仙子】诉诉诉诉的是青云客，告告告、告受贿奸刁莫廷德，害害害害同窗一英才。他他他他那里喜笑满怀，我我我我这里痛哭伤悲。望望望望青天鉴察，好好好好与他同聚恩和爱。救救救救书生狱底尘埃，那那那那时节奸刁十恶贼，重重叠叠。

【尾】你把状纸当官告，（付唱）谢你大发慈悲观自在。（付下）（正生唱）十恶奸刁难饶恕，少不得钉板油锅一齐来。（下）

# 第三十一号

外（中军）、付（平界方）、小生（旗牌）

（打【水底鱼】）（四手下、外中军上）令行山岳动，言出鬼神惊。俺，李大老爷麾下，中军方秀是也。大老爷奉命巡察四省，若有人前来投告，须要先付钉板，后收状纸。今乃三六九放告日期，大老爷命我值守。来。（四手下）有。（外）若有人前来投告，须要先付钉板，后收状纸。（四手下）有。（付上）欲报恩公,不顾残生。(击鼓)(四手下)有人投告。(外)抓进。(四手下带付进)(外)付上钉板,讲上。(付)大老爷容禀。(打【水底鱼】)(外白)放下。(小生旗牌上)呔,中军听者,告状人带进内衙。(外)得令。告状人带进内衙。(小生带付下)(小生上)中军听令。(外)在。(小生)大老爷有令箭一支,摘了泉州府印信,捉拿莫廷德,犯人韩秀,一齐提到辕门,候大老爷亲审者。(外)得令。(下)

## 第三十二号

净(莫廷德)、外(中军)、小旦(张氏)

(净上)只因作事忒不良,到如今悔之已晚。学生莫廷德,费尽多少心机,害之韩秀家破人亡。指望韩秀家主婆吉日良宵,指望望梅止渴,倒做了画饼充饥,反做了一场话巴个哉。(锣鼓【一封书】)(四手下、外中军上)奉命捉拿奸刁,那怕豺狼虎豹?打进。(四手下)打进。(净)啥人打进我门?(外)你是莫廷德?(净)莫大爷。(外)将他锁着。(四手下)锁着。(家人上,看)(外、四手下带净下)(家人)大娘有请。(小旦上)何事唤声高?出堂问分明。家人何事?(家人)大爷被官府拿去了。(小旦)阿吓,不好了!快去打听。(家人)晓得。(家人下)(小旦)阿吓,官人吓!(小旦下)

## 第三十三号

正生(李若清)、外(中军)、末(泉州府)、小生(韩秀)、净(莫廷德)、付(平界方)

(【大开门】,四手下上)(正生上)(唱)

**【一枝花】俺本是执法刑台一司马,奉命巡察。要把那贪官污吏一笔罢,诬害冤必须救他。陷害你怎肯饶他,方显俺耿耿丹心悬挂。任你椒房宗支派,那怕你国戚与皇家?**

【梁州第七】①无犯法欢颜笑话，犯律条执法无差。并没个私情通差，一心要正直无党，秋官第奕世家，秋官第奕世家。（白）十恶奸刁不非轻，见色起淫心。贿赂到公庭，怎不叫人怒生嗔。（唱）**提起来冲冠怒发，他他他、他特要风流加。喜只喜闺中节操一娇娃，苦只苦救恩人义报赛**②，**恨只恨十恶奸刁设计来占霸。当堂贿赂难消罢，咱如今供案重画。你那里心猿意马，一个是见色起淫，一个是钱财而亡，两下里牢笼摆，那书生怎知他幸遇俺凛凛乌台，把供案重消化，把供案重消化。**

（外中军上）大老爷，泉州府人犯一概提到，交还令箭。（正生）来，传泉州府。（外）大老爷传泉州府。（末上）大人在上，卑职大礼相参。（正生）韩秀此案，可是你审问？（末）是卑职审问。（正生）下去。（末）是。（末下）（正生）先传韩秀。（外）大老爷传韩秀。（外下）（小生上）有。（正生）韩秀。（小生）小人在。（正生）韩秀，你恨着那一个？（小生）小人恨只恨妻……（正生）吓，妻子不来恨你，反恨着妻子？你读书之人，你把家业重托好友，害妻出乖露丑，你那体面何在？下去。（小生）是。（小生下）（正生）传莫廷德。（外）大老爷传莫廷德。（净上）大老爷，生员在。（正生）莫廷德，韩秀家业重托与你，你反强奸他妻子，该当何罪？（净）大老爷，生员与韩秀同窗好友，没有个事务个。（正生）来，付上钉板。（净）阿吓！（手下抓净上钉板）（正生）恶贼，恶贼！（唱）

【四块玉】还要来嘴喳喳，密谋事、我也尽解。这的是皇天有眼报应无差，漏机关无虚讹，漏机关无虚讹。

（净）愿招。（正生）放下。莫廷德，刁伯仁与你出力办事，你为何要谋他一死？（净）那刁伯仁设了一计，将韩秀妻子拨我。（正生）这一句讲得愈加凶

---

① 此曲牌名以及下文【四块玉】的【幺篇】系推断。另，本曲重句位置，与调腔《双玉配》第十号相似。

② 义报赛，单角本作"攲报要"。"攲"当为受"报"影响的类化增旁俗字，调腔抄本"要""要"常常不分，而"要"和"赛"方言仅声调有别，今改正。报赛，古时农事完毕后举行谢神的祭祀，剧中指平界方到城隍庙祷告。

恶也。（净）刁伯仁害韩秀一死，故而要除他一死。（正生）你一句讲得中听也！（唱）

【幺篇】这的是毒吃毒来报应无差，十恶罪用甚家法！（白）圣上，圣上！（唱）**敕赐微臣惜刑法，叫我何言难处下**。剀子手！**把把把、把十恶贼儿绑在丹墀下**，（科）**破他腹看良心是红是黑，是红是黑**。

（手下杀净下）（正生）带韩秀。（小生上）有。（正生）韩秀，今日你幸亏那一个？（小生）多感大老爷莫大之恩。（正生）非我之故，好友之义。来，传平界方。（手下）平界方。（付上）大老爷，小人叩头。（正生）此案若没有平界方，也难出罪。本院还你头巾，上京赶考去罢。（小生）多谢大老爷。（付）谢谢大老爷，（科）恩人出罪哉，恩人出罪哉。（小生、付下）（正生）含冤已消，封门。（下）

## 第三十四号

韩秀考试。

## 第三十五号

小旦（张氏）、末（院子）

（小旦上）恼恨儿夫心不良，丧残生悔之已晚。奴家张氏，官人不听我之言，害得奴家破人亡。如今天理循环，自丧残生。咳，官人吓！害得奴好不寂寞、好不孤栖也！（末院子上）奉着老爷命，特地到此来。夫人请上，老奴叩头。（小旦）老人家请起。（末）谢夫人。（小旦）到来何事？（末）到来非为别事，我家老爷有请帖，请夫人过府饮酒。（小旦）我与韩门，并无亲戚，想我官人害得他人亡家破，有何面目，前去见他？又蒙老人家到来，岂可辜负？待奴备些礼物，前去一望。老人家请回。（末）老奴晓得。（小旦）蒙他好意来相请，（末）老奴也是会中人。（下）

## 第三十六号

小生(韩秀)、付(平界方)、外(院子)、正生(李若清)、花旦(丫环)、

正旦(方氏)、小旦(张氏)

(小生上)喜得占高魁,(付上)把家园重整。(小生)平兄,幸喜皇天有眼,得雪沉冤,今日前去拜谢恩公才是。(付)阿哉恩人,青天大老爷,我也要去拜望其带来。(小生)换衣而去。来,看便衣来。(科)兄请。(付)恩人请。(小生唱)

**【新水令】把冠裳卸下换青衣,忙达上三步拜启。谢得你拔罪沉冤,怎生报伊？衔环结草,报不尽恩和义。**

(手下)状元老爷,到了。(小生)通报。(手下)门上那一位在？(外院子上)外面那一个？(手下)状元老爷登门叩谢。(外)请少待。大老爷有请。(正生上)(唱)

**【步步娇】复命还京隆恩庇,赏爵加禄捧品级。喜气满面生,问知根苗厅堂里。**(小生白)恩公。(正生)状元。(小生科,牵衣裳科)(小生)恩公请上,受韩秀一拜。(正生唱)**天子门生,怎行大礼？**

**【折桂令】**(小生唱)**拜谢你恩同天地,拔罪沉冤,提出在污泥。幸今朝登科及第,因此上小帽和着青衣。跪门墙酬谢恩庇,愿执鞭效犬马微躯。奸刁呵！他在鬼门关上无存济,恶贼呵！早向这无情地已剖心肺。报应早迟,报应早迟,不料他奸刁贼齐赴在黄泉路里,黄泉路里。**

**【江儿水】**(正生唱)**你今身荣归故里,不该将言来凌欺,实是骂你薄幸的,骂你薄幸的。**(小生白)恩公,请出寒荆一见。(正生)丫环。(内)怎么？(正生)服侍状元夫人出堂。(内)晓得。(正生)平兄！(唱)**我和你须当回避,相会之际,夫妻家闲话儿有几句,闲话儿有几句。**(正生、付下)

(花旦丫环、正旦上)(正旦唱)

**【雁儿落】我为他受尽了无限孤栖,我为他受尽了多少磨折。**(小生白)妻吓,丈夫屈杀你了！(正旦)你是何人,难女不认得。(小生)丈夫韩秀,难道不认得了么？(正旦)嗄,怪道你是读书之人,那日在监中,不问详细,开口就骂,动手就

打么?（唱）**我为你身到狱底,我为你受尽了无限惨凄,我为你住坟庄埋葬你母亲的。我为你花言巧语说是非,我为你设计除灭奸恶的。我为你悬梁高挂来自缢,我为你黑夜走东西。我为你告恩公诉情理,我为你功名拜祷天和地。你今才得身及第,说什么夫和妻!你本是杀妻,求荣一吴起①,求荣一吴起。**

（付上）状元请开,让我来。状元夫人,这是奸刁毒害,你星②说话,错怪之状元老爷哉嘘。（唱）

【侥侥令】**他身遭颠沛受缧绁,奸刁的使巧计。他闻言词怒生嗔,因此上把你来凌欺。屈杀你受淋漓,劝夫人恕他无知,受官诰团圆完聚,团圆完聚。**

（正旦）恩公!（唱）

【收江南】**呀!蒙大德告恩台呵,薄幸的全没个纲常道理。他无钱卖奴身,奴卖身写下文契。还要来恶狠狠打奴的,声浪浪骂奴的。**

（小旦上）（小旦、付同唱）

【园林好】**劝夫人前话儿休提起,都是我儿夫生毒计。死黄泉两下平心气。**

【沽美酒】**今日团圆会大家欢喜,天理循环报须知不差池,冤仇已息恩义两齐。俺呵!劝夫人雷霆怒息,劝状元无恼无痴。呀!若不依从我二人跪伏在地,跪伏在地。**

（正生上）恭喜恭喜!（小生、正旦）恩公请上,受我夫妻二人一拜。（唱）

【清江引】**拜谢你完全我夫妻,大德丘山报答伊。但愿兰桂馨香早满门多喜气,天理循环报,一籍新文作话题。**

（团圆）（完）（下）

————————

① 吴起,战国时卫人,曾杀妻以求为鲁国之将,详见《分玉镜》第二十九号【牧羊关】"拙哉西河守"注。

② 星,方言量词,（一）些。

四七

双贵图·磨房

清焦循《花部农谭》:"《双富贵》之蓝季子,以母苦其嫂,潜代嫂磨麦。又潜入都为嫂寻兄,行李匮乏,赤身行乞,叫化于街。观之令人痛哭。"①《双富贵》即乱弹《双贵图》,其中《磨房》一出写兰芳草继妻许氏,趁二子仲林、仲秀投军,丈夫赴襄阳讨账之际,心生不良,将儿媳仲林之妻王氏打入磨房挨磨,逼孙女桂姐江边挑水。三叔兰季子悯其嫂嫂、侄女辛苦,从中相助,并在磨房串戏,将前来探查的母亲许氏奚落一番。因所串之戏为调腔,故调腔班亦演此出。

校订时以光绪十八年(1892)《雌雄鞭》等总纲本(案卷号 195-1-42)所收《磨房》总纲为底本,"串戏"的曲文校以民国十年(1921)"方嵩山习"《磨房》吊头本[案卷号 195-2-8(2)],并参校了《浙江戏曲传统剧目汇编》绍剧四(中国戏剧家协会浙江分会、绍兴县绍剧搜集小组编,1961)《双贵图》第十三场《入磨房》与《传统剧目汇编》越剧第三集(上海市传统剧目编辑委员会编,上海文艺出版社,1959)《双贵图》第一场和第三场。

老旦(许氏)、正旦(王氏)、丑(兰季子)

(老旦上)(引)员外到襄阳,老身牵挂肠。(白)早当家暮当家,提起当家乱如麻。早起开门七件事,柴米油盐酱醋茶。老身许氏,配夫兰芳草。员外去到湖广襄阳,收讨账目未回,这也不在话下。明日乃是三官大帝寿日,不免叫王氏出来,去到磨房,挨些面粉回来,也好供养三官大帝。他若去,倒也罢了;他若不去,我要打他一顿。待我叫他出来。吓,王氏那里?(正旦上)来了。(引)夫叔上边庭,母女受苦辛。(白)婆婆,媳妇万福。(老旦)罢了。(正旦)婆婆,叫媳妇出来,有何吩咐?(老旦)叫你出来,非为别事。明日乃是三官大帝寿日,叫你出来,去到磨房,挨些面粉回来,也好供佛。(正

---

① [清]焦循著,韦明铧点校:《焦循论曲三种》,广陵书社,2008,第180页。

旦)婆婆,已①要挨磨,待等三叔回来,挨也未迟。(老旦)吓,我且问你,一家人的饭,难道三叔一人吃的么?(正旦)原是大家吃的。(老旦)你还去也不去?(正旦)我是不去。(老旦)呸,贱人吓!(唱)

【二凡】可恨王氏太不良,不听我命罪非轻。开言就把王氏骂,骂一声贱人你自听。高堂交椅轮流坐②,你做媳妇也有做婆日。不信但看檐前水,点点滴滴不差分。我手执家法将你打,打死你贱人,谁来问我讨性命。(正旦白)婆婆吓!(唱)媳妇跪在尘埃地,受告婆婆在上听。劝婆婆得饶恕来且饶恕,阿呀,婆婆吓!得饶人来且饶人。

(白)婆婆,媳妇愿去了。(老旦)吓,你愿去了?(正旦)是。(老旦)你且起来,待我拿麦子与你。拿去。(正旦)婆婆,这里有多少麦子?(老旦)有三斗麦子。(正旦)要挨几斗面粉。(老旦)要挨九斗面粉回来。(正旦)婆婆,三斗麦子,那有九斗面粉好挨?(老旦)这麦子有名堂的。(正旦)麦子有什么名堂?(老旦)名为三黄麦。(正旦)何为三黄麦?(老旦)有上、中、下三等。(正旦)婆婆,那上等的?(老旦)为婆供佛。(正旦)中等的?(老旦)为婆自己所用。(正旦)下等的?(老旦)吓,怎么下等的? 你难道母女二人,不要吃的么?(正旦)阿呀,苦吓!(唱)

【三五七】可恨,婆婆心肠狠,将我打入磨房中。夫叔,二人上京去,母女二人受苦辛,母女二人受苦辛。(老旦唱)打发,王氏磨房去,老身在家作是因③,老身在家作是因。(正旦白)苦吓!(唱)在家下,领了婆婆命,勒逼磨房去做工。泪汪汪,开门往外看,叫人心下相奇情④。

【二凡】想当年有一个李三娘,他丈夫刘智远去当军。三娘哥嫂心肠狠,勒逼三娘去做工。日间井边去汲水,晚来挨磨到天明。后来磨房产一子,取名叫

---

② 交椅,底本作"叫奇",越剧本此句作"有道是堂前交椅轮流坐",据校改。
③ 作是因,疑即"作胜因"。胜因,佛教语,殊胜的善因。
④ 相奇情,底本如此,费解。

做咬脐郎。差人送往邠州地,养大成人十六春。他丈夫出外身荣耀,后来夫妻母子得团圆。我王氏在磨房身受苦。阿呀,皇天吓!我王氏未知何日得团圆?(丑上)走吓!(唱)**将桂姐安顿在外婆家下内,去到磨房搭救嫂娘亲。行来已到磨房外,**(正旦"苦吓"①)呀!(唱)**忽听嫂嫂放悲声。外面四下无人在,叫一声嫂嫂快开门。**(白)嫂嫂开门!(正旦)呀!(唱)**忽听外面有人叫,吓,是了!想是狠心婆婆到来临。自古道丑媳妇免不得见公婆面,我只得上前去开门。**(丑白)嫂嫂。(正旦)呸!(唱)**我道开门那一个,原来狠心当大人。你母子二人行巧计,害我母女受苦辛。**(丑白)嫂嫂!(唱)**千不是来万不是,总是我娘亲狠良心。嫂嫂屈把来骂怨,季子倒有救嫂心。**(正旦白)呀!(唱)**忽听三叔忠良话,为嫂才得放了心。开言就把三叔叫,为嫂上前礼相迎。**

(丑)嫂嫂,你不在绣房,来到磨房何事?(正旦)为嫂在此挨磨做工。(丑)嫂嫂,你是个秀目娘子,那里会挨磨做工?凡要挨磨,你对婆婆说,待等三叔回来,挨也未迟。(正旦)阿呀,三叔吓!为嫂也是这等说,婆婆只因不肯,为嫂出于无奈。(丑)这也难怪与你。为,嫂嫂,这里有多少麦子?(正旦)三斗麦子。(丑)要挨几斗面粉?(正旦)要挨九斗面粉。(丑)三斗麦子,那有九斗面粉好挨?(正旦)婆婆言道,麦子有名堂的。(丑)麦子有什么名堂?(正旦)名为三黄麦。(丑)何为三黄麦?(正旦)有上、中、下三等。(丑)那上等的呢?(正旦)上等的,婆婆供佛。(丑)中等的呢?(正旦)婆婆自己所用。(丑)那下等的呢?(正旦)阿呀,三叔吓!下等的,就是苦命为嫂吃的吓。(丑)吓唷,娘吓!你好狠良心。下等的都是麸皮面糠,人都好吃的么?(正旦)苦吓!(丑)为,嫂嫂,你不要啼哭,小叔与你代挨就是了。(正旦)三叔,你且出去好,婆婆到来不当稳便。(丑)不妨。我娘亲勿来倒也罢了,若还来勾时

---

① 正旦夹白"苦吓"底本以小字出之,未标角色名目,今补出角色名目,施以括号,下同。

节，我是介斗卵子介一脚[①]。(正旦)天伦父母，岂可打得？(丑)没有良心娘，打打不妨得的。嫂嫂你且坐了。(正旦)多谢三叔。(丑)待我关好子磨房门，是介哈。阿唷，你这个人，真真没做用的，三斗麦子，挨了一天工夫，还有二斗七八升。我是要何磨豆落者。(正旦)三叔，盘外了。(丑)那啥，盘外者？罗个罗进，多个喂加加[②]鸡。待我来挨哈，待我来挨哈。(正旦)三叔，倒挨了。(丑)倒挨了？待我调将转来。(唱)

**【二凡】湛湛青天不可欺，抬头三尺有神祇。善恶到头总有报，只争来早与[③]来迟。挨得我眼儿团团转，天昏地黑倒尘埃。**

(白)嫂嫂，磨房倒者，磨房倒者。(正旦)三叔敢是头晕了？(丑)当真头晕了。我是个男子汉，挨不来；嫂嫂是个女流之辈，那里会挨得来？吓，是者，讲来讲去，总是磨个毴养勿好，待我打他一拳。阿唷，阿唷！磨介毴养，比我拳头硬。(正旦)三叔，石块是打不疼的。(丑)待我扛还[④]了他。(正旦)阿呀，三叔吓！你将磨盘倾坏了，没有面粉交与婆婆，岂不害了为嫂不成？阿呀，苦吓！(丑)嫂嫂，你勿要啼哭。做小叔个串介儿只大戏你听听。(正旦)三叔，你不要如此，婆婆到来不当稳便。(丑)不妨。婆婆到来，有我公公做主。(正旦)敢是三叔做主？(丑)三叔做主。为，嫂嫂，我那一日，在城隍庙看戏，偷得两件东西。(正旦)什么东西？(丑)偷得两件阿角乱。(正旦)这是巾。(丑)阿角乱巾，豆腐面巾，头上除下乌毡帽，戴起那个阿角乱，还有吴妻。(正旦)这是胡须。(丑)胡须。为，嫂嫂，我扮将起来，好像一个先生。(正旦)好像一位先生。(丑)一位先生。阿唷，串戏是要锣鼓的。吓，是哉，把地下画了一个圈儿，当做一面鼓；把壁上画了一个圈儿，当做一面锣。

---

① 是介，方言，这样，那样。卵子，《越谚》卷中《身体》："卵子，即两肾。"又指睾丸，也泛指男阴。

② 加加，象声词，鸡叫声。

③ 与，底本作"未"，今改正。绍兴方言止摄合口三等牙喉音存在文白异读情况，其中白读音韵母作[y]（汉语拼音 ü），调腔抄本"保卫"常写作"保与"，可资比勘。

④ 还，方言，在动词或动宾短语后做补语，表示完成。

还没有板,骨末①那处?吓,是哉,待我扇子当当板,待我来饰演饰演看。是介搞末搞末净,搞末净,净搞净净②。为,嫂嫂,什么起头的?(正旦)你自己串戏,反问为嫂。(丑)阿唷,勿差勾。自己串戏,反问嫂嫂,骨叫做上场昏③。(正旦)上场昏。(丑)上场昏。待我再来过。是介搞末搞末净,搞末搞末净,净净。吓,来里哉,来里哉!十年十年又十年,十年窗下无人问,一举成名勿得知。臂上挂蓑衣,连我阿妈娘要淘气。小生姓苏名秦,表字伯喈,别号班昭。严嵩是我堂外公,关老爷是我太娘舅。下官刘智远,登场傅罗卜④。阿呀,勿好哉!名字报上许多,叫我唱啥东西?吓,有哉!昆腔勿便,乱弹无丝弦,就把调腔若得两句罢者⑤。(唱)

**老年高,鹤发童年少**⑥。(白)慢点,慢点,难介说知唱,要讲白者。少小须勤学,文章笃笃深。满朝紫珠贵,尽是读书人。吓!(唱)**人人都道登科第,方显今朝难上难。难今日守空房,怎不叫人心下想。**

(白)嫂嫂,你道我在此想什么东西?(正旦)为嫂不晓。(丑)当初李娘娘产生太子,刘娘娘心中不忿,命寇承御⑦与他裙刀一把,将太子刺死在金水桥下。或者有旨无旨。(正旦)或者有旨。(丑)咳!(唱)

**你那里苦苦谋害他做怎的,谋害他做怎的**⑧?**远观人马闹嚷嚷,也不须待漏随朝夜,也不怕功勋压着帝邦**⑨。**兄和弟状元郎,弟和兄都是状元郎。**

---

① 骨末,"骨"亦作"个""格""告",方言,那么。
② "搞末"至"净净",系模拟锣鼓声。
③ 上场昏,刚上场时的慌张。从下文正旦的纠正来看,这里的"昏"当作另一字。
④ "登场"下底本尚有一"专"字,今删。
⑤ 此句越剧本作"我竟把调腔唱格两出末是哉"。
⑥ "老年"至"年少",出自《青袍记·荣耀》【一江风】。
⑦ 御,底本作"女",据《妆盒记》改。
⑧ 此处底本不重,据 195-2-8(2)吊头本改。
⑨ 闹嚷嚷,底本作"闹场场",据绍剧本改。功勋压,底本作"公卿押","押"同"压",《俗文学丛刊》第一辑第 56 册所收北京高腔《东游》:"兀的不是待漏随朝客,功勋压帝邦。"据校改。

我想状元二字，亦非是丞相所居，此乃是万岁御笔亲题。我把状元二字辞官不做，带回家中，悬挂在中堂，千年留下何等样熏香，何等样快乐。唐二呵，辞官不做奉高堂，堂上双亲命，张公相唤我去求名。欲尽妻情，好叫我难违尊命①。红粉佳人一旦抛，声声走过②洛阳桥。桥边多少风流女，笑倚栏杆把手招③。叫一声金姐、江姐和着大姐，我叫、叫一声唐二心肝我那贤丈夫④。

（白）嫂嫂，我同你来算账，唐二官去挑担，有多少年代者？（正旦）为嫂不晓。

（丑）待我来算吓！（唱）

我这里算将来，三三见八。（正旦白）三叔算差了。（丑）方才问你勿晓，如今我算差了。我还要来。（念）一八得八，二八一十八，三八廿八。连我算得无达，算得无达。（白）自古道有账算勿绝，我还要来算吓！（唱）我这里算将来，我这里算将来，三三见九，那曾见小将军白兔儿走将过来⑤？你来就说来，不来就说一个不来，哄奴怎的？耍奴做怎的？冤家呵，撇得我黄昏独坐，直等得月转西楼。将人便丢，阿呀！那些个、撇得我情儿厚⑥。你不记得当初在彩楼，千言辱骂吕穷流。早知今日身荣贵，何不含惭自含羞。呢，贱丫头还不走⑦！

---

① "堂上"至"尊命"，出自《琵琶记·小别》。

② 声声走过，195-2-8(2)吊头本作"人人行过"，绍剧本、越剧本作"声声叫过"。

③ "红粉"至"把手招"，疑出自《四喜四爱》。《群音类选》官腔类卷一七《韩夫人金盆记》（原注：一名《四喜四爱》）【二犯朝天子】第一支念白有"白白红红满担挑，一肩挑过洛阳桥。声声唤起春闺妇，闷倚阑干把手招"一诗，《摘锦奇音》卷三下层《红叶记·韩氏惜花爱月》相应内容为滚唱，文字略有出入："白白红红满担挑，声声叫过洛阳桥。谁家豪富风流女，笑倚栏杆把手招。"《摘锦奇音》的《韩氏惜花爱月》，也就是《乐府菁华》《玉谷新簧》等戏曲选本所收《四喜四爱》。今所见调腔抄本已无此出。

④ "叫一声金姐"至"贤丈夫"，出自《黄金印·小别》【一江风】第一支。又，那，底本作"乃是"，据《黄金印·小别》删改。

⑤ "那曾见"至"过来"，出自《白兔记·汲水》。

⑥ "你来就说来"至"情儿厚"，出自《玉簪记·吃醋》【泣颜回】第一支。

⑦ "你不记得"至"还不走"，出自《彩楼记·捷报》。又，含惭，底本作"晏斩"，据《彩楼记·捷报》改。

昔日里花园相会,到如今槐阴分别,可比做甚的而来? 好一似绣球蓬抛在江心里,抛在江心里,空团圆不到底,总有团圆难到底,总有团圆难到底①。

(老旦上)开门吓! (丑)呀! (唱)

叫开门的是何人②? 你那里白日不来,夜半三更,白日不来,夜半三更私自来,私自来叩我小叔窑门③。(正旦"苦吓")劝嫂嫂,免心焦,小叔岂是那奸豪? 你那里花容割破,俺这里枉费心劳。却原来辂儿④不肖,恼得大娘心焦躁,怒轰轰把机头断了,把机头断了⑤。

(正旦)三叔,外面有人叫叩门。(丑)不要你管,待我出去看来。自介撄撄之介避⑥。(老旦)开门吓! (丑唱)

奴道是妇道之家,行不可动裙,笑不可露唇。不出闺门,才是个道理;不问来人,就好去开门。我问你门外的叫开门的是何人⑦? (老旦白)为娘到此。(丑)嫂嫂勿好者,当真我娘亲来了,那里躲躲才好? 嫂嫂布裙底下。(正旦)三叔磨盘底下。(丑)嫂嫂,我娘亲去了,我戏还要来唱吓! (唱)天降灾殃人怎逃,天降灾殃人怎逃⑧? (下⑨)

---

① "空团圆"至"难到底",195-2-8(2)吊头本作"好一似团圆难到底(又)",绍剧本作"犹恐团圆难到底,总是团圆不到底"。按,元杜仁杰【般涉调·耍孩儿】《喻情》【哨遍】:"铁球儿漾在江心内,实指望团圆到底。"明朱权《卓文君私奔相如》杂剧第四折【离亭宴煞】:"(云)俺两个好似那生铁球儿,抛在江心里。(唱)管取团圆只到底。"《六十种曲》本《幽闺记》第四十出【金钱花】第二支:"铁球漾在江边,江边;终须到底团圆,团圆。"铁球入水即沉,故用来比喻团圆到底;绣球浮于水面,因而调腔该剧说团圆"不到底"和"难到底"。

② "叫开门的是何人"出自《黄金印·小别》【一江风】第三支。

③ "你那里白日不来"至"来叩我小叔窑门"出自宋元南戏《杀狗记·叩窑》。今所见调腔抄本已无《杀狗记》,《青阳腔剧目汇编》上册所收安徽岳西高腔《杀狗记·叩窑》有此曲文。又,叩,底本作"扣",今改作通行字形,下同。

④ 辂儿,底本作"奴儿",据《三元记·教子》改。

⑤ "却原来"至"机头断了",出自《三元记·教子》。

⑥ 撄撄之介避,开门、关门声。

⑦ "奴道是"至"是何人",出自《黄金印·小别》【一江风】第三支。

⑧ "天降灾殃人怎逃"及其重句,出自《琵琶记·书馆》【小桃红】。

⑨ 这里的"下"系躲在磨盘底下。

（正旦）婆婆,媳妇万福。（老旦）罢了。三叔可有得来到?（正旦）没有得到来。（老旦）站开。季子,我儿,走出来,同为娘回去。这边没有,想必是那边。吓,季子,我儿,走出来,同为娘回去。既不在磨房,为婆去了。（正旦）婆婆慢去。（丑）嫂嫂,我娘亲可曾去了?（老旦）三叔,婆婆去了。（丑）我娘亲去了,我要出来了。（老旦）贱人,还不退下!（正旦）苦吓!（丑唱）

**听说罢心怀悒怏①,蓦地里心中暗想。忽听得娘亲一声声高叫,一句句相催②;一声声高叫,一句句相催,晓得了知道了,天吓不觉顿惊慌③。我见、见娘娘走向前来,阿呀,是了么娘娘! 娘娘若要揭开妆盒盖,则除非同到金銮万岁台。看过真假,问过明白,看过真假,问过明白,那时节方开盒盖,方开盒盖④。**

（老旦）小畜生,有这等事来。为娘打死你这小畜生。（丑）妈妈你要打那一个?（老旦）为娘要打你。（丑）你不要打,一打二打,又一只戏打出来了。（老旦）什么戏?（丑）妈妈当做李三娘,是我当做刘智远,花园夺棍做一只。（老旦）小畜生,不怕天雷打死的。（丑）妈妈串戏是不妨得的。阿呀,三娘妻吓!（唱）

**你若有夫妻情,花园送杯茶。没有夫妻情,但凭⑤你心下。莫说花园有瓜精,就是天雷我愿当⑥。**（白）小校,拿大刀过来。（唱）**你与我多多拜上二位皇嫂嫂,多多拜上二位皇嫂嫂,叫他休忧、休忧免心焦。汉关某自有随计行变,志广谋高,虎略龙韬,偃月钢刀,偃月钢刀,叫他们谋不成计不就,只落得一场**

---

① 悒怏,底本作"意呀",据 195-2-8(2)吊头本校改。

② 相催,底本作"相识",据《荆钗记·逼嫁》改。

③ 天吓,底本作"天降",据复旦大学图书馆藏光绪十年(1884)敬义堂杨杏占抄本调腔《荆钗记·逼嫁》和越剧本改。又,"听说罢"至"惊慌",出自《荆钗记·逼嫁》。

④ "我见"至"盒盖",出自《妆盒记·盘盒》。

⑤ 但凭,底本作"但别",据绍剧本、越剧本改。

⑥ "你若有"至"我愿当",出自《白兔记》。今所见调腔抄本已无此出,《青阳腔剧目汇编》上册所收安徽岳西高腔《白兔记·扭棍》有此曲。

好笑，一场好笑①。（白）手执青龙偃月刀，（唱）**将身上了华容道**。（白）吓，吓！曹操，曹操！（唱）**你与俺狭路相逢，狭路相逢冤家来到**②。（白）咍，老太婆，你来过几次了？（老旦）为娘来过三次了。（丑）好，倒是个老做客。（正旦）老串客。（丑唱）**三请云长不下马，将刀割去嘴上毛**③，**一本戏文唱完了。叫一声老太婆，你与我接大刀**。

（白）难介花园罚咒④哉。（老旦）小畜生，有这等事来。这顶帽子，拿去做把柄。（丑）把柄，把柄，还有一顶。（老旦）小畜生，这顶和尚帽，是那里来的？（丑）妈妈床头拿出来的。（老旦）为娘床头，那里来的和尚帽？（丑）那一日，担饭和尚看到我慌了起来，妈妈床头，是我拿出来的。（老旦）我不要，还了你。（丑）还了我，又是一只大戏着进东者。（老旦）什么大戏？（丑）妈妈当做小尼姑，是我当做小和尚，《思凡》《落山》做一只。（老旦）小畜生，不怕天雷打死的。（丑）妈妈串戏，自不论言。吓，优尼，优尼。（唱）

**小和尚一出门笑呵呵，一见妇人眼婆娑。红粉佳人娶一个，生男育女交接着香火。官府知道拿着我，和尚为什么要老婆？我说道大老爷贫僧也是没奈何，我今打你一个没奈何。板子影介形，两眼碧波青，吟天吟地叫勿应，两腿打得血淋淋。南无护法韦陀，田公田婆，撄冷公撄冷婆**⑤，**和尚来里要老婆，有得苦有得苦。好笑好笑真好笑，此事**⑥**真个妙。和尚养起头发来，戴起新**

---

① "你与我"至"一场好笑"，出自《三关·挑袍》。

② "手执青龙偃月刀"至"冤家来到"，当出自《放曹》。《放曹》演关云长华容道释曹，新昌县档案馆藏调腔抄本现仅存曹操（外）单角本。

③ 嘴上毛，底本作"嘴上帽"，越剧本作"嘴边毛"，据校改。

④ "花园罚咒"系目连戏出目，见明郑之珍《新编目连救母劝善戏文》卷中《花园捉魂》、肇明校订《调腔目连戏咸丰庚申年抄本》智集第八出《罚誓》。

⑤ 撄冷公撄冷婆，195-2-8(2)吊头本作"挨那公挨那婆"，绍剧本作"佴乃公侪儞婆"，调腔《琵琶记·弥陀寺》提到"鹦能公"和"鹦能婆"。按，绍剧本之"佴乃"即儞赖，"侪儞"即伊赖，俱见《越谚》卷中《人类》之《伦常》，分别意为你们和他们。

⑥ 此事，底本作"是却"，据195-2-8(2)吊头本改。

郎帽,和尚与尼姑做夫妻同携到老,同携到老①。吓!丈夫,丈夫,你妻子送你到十里长亭,头也不回竟是去了,倒做了身出丑脸含羞②,身出丑脸含羞。

(下)(完)

---

　　①　"好笑"至"同携到老",出自调腔目连戏《相调》。又,此下底本有间隔符号"リ",当系老旦下场。

　　②　"倒做了"至"脸含羞",出自《荆钗记·投江》。又,脸含羞,底本作"见韩秀",据《荆钗记·投江》改。